谨以此书献给为新中国税收事业奋斗、牺牲的先辈们!

生命线

谢枚琼 ◎ 著

中国青年出版社

引 子

当我接到清山省国家税务局教育处欧阳处长的电话时,我正在收看中央电视台一台的《新闻联播》。欧阳处长在电话里抑制不住喜悦地告诉我,他得到了比较确切的消息,蓝子天老人将被邀请参加中国人民抗日战争暨世界反法西斯战争胜利70周年纪念活动。

这天是公元2015年8月15日,70年前的今天,日本天皇裕仁广播《停战诏书》,宣布接受《波茨坦公告》所规定的各项条件,无条件投降。新闻里正在播报各地举办"勿忘国耻,祈愿和平"纪念活动,如:"正义审判——第二次世界大战审判战犯纪实"展在东北沦陷史陈列馆开幕、侵华日军第七三一部队罪证陈列馆新馆在哈尔滨正式开放、湖南芷江四百多名群众点燃火炬祈愿和平……

"你知道吗,特别是蓝老将要参加9月3日在北京天安门广场上举行的盛大阅兵式。"我仿佛看见欧阳处长眯缝的眼睛里溢出的笑意,"蓝老既作为新四军老战士的代表,又作为财税战线老战士代表。正式的通知很快就来,好消息就提前透露给你吧。哈哈。多大的荣誉啊。"

我的心底涌起了暖流。蓝子天退休前曾是我们潇浦市税务局的老局长,去年开始,我负责潇浦市国家税务局政治思想工作这一块,对于离休干部蓝子天的过去产生了浓厚兴趣,他富有传奇色彩的一生深深地吸引着我。这一年多来,只要捉得空闲,我就往老人家里跑,成为了蓝家的常客。一开始,老爷子对于我这个经常不请自来的客人,摆出的是一种不置可否的态度,瞅我的眼神里似乎还有些不屑,好像在说你这后生崽闲得心里慌吧,啥事没有也往我家里钻。倒是他的老伴龙雪老奶奶不同,一见到我来了就总是拉着我的手,往那床旧布沙发上一靠,絮絮叨叨地打开了话匣子。老奶奶虽说九十岁高龄了,然耳聪目明,思路清楚。也许人一旦上了年纪就需要倾诉吧,而我是她最好的听众。我会安安静静地坐上大半天。老奶奶从头到尾都会扯着我的手,好像不记得松开似的。临要走了,她还是攥着我的手送到门口,朝我轻轻挥挥手之际,总不忘加上一句:多来呀。去得多了,老爷子也会朝我露上一丝转瞬即逝的笑脸。他常常半眯缝着眼,倚在沙发的一头,一言不发,看起来像在养神,但冷不丁却又插上一句嘴,打断奶奶的讲话,往往是补充或者纠正。这让我觉得老爷子看似养神,其实也在认真地听着。老奶奶觉得他讲得对时,就不作声了,以示默认;要是认为他讲错了呢,就会说:你睡你的,你睡你的。我不禁莞尔一笑。

老人家家在五牌楼一条狭窄的小巷子里,在一栋上世纪八十年代建造的五层楼房的二层。一套两居室带一个会客兼餐厅功能的小厅、一个卫生间、一个厨房,外加一个小阳台。这就是蓝子天和他的老伴龙雪两位离休老人日常生活的全部空间,充其量不过60平方米吧。我第一次走进这套有些逼仄的居室时,脑子里立马蹦出来一个词:一览无余。至于屋内的摆设呢,在此我想亦不必多作陈述,日常家用电器一应俱全,且与房子的"品相"相当地匹配。厅堂的墙壁上明显有些渗漏的印迹,只挂了两幅泛黄的照片,玻璃装框,年代显见有些久远了,附有简短的文字说明,一幅写着"潇浦县税务稽征局成立合影留念,1941"的字样,一幅则是蓝子天和龙雪结婚照,载着"新婚留念,1949"。除此之外,别无长物。我原本想着在老人家里当有一面"功德墙"吧,骄傲地挂满主人公从战火纷飞中一路冲锋陷阵地闯过来的荣耀,但我的目光满屋子地睃巡了两遍,也没有发现。

老人本来完全可以、也应该住到市干休所去的,那里生活条件更优越、居住环境更宜人,但他拒绝了。没有理由,硬邦邦地就三个字:"不喜欢。"你问得急了,他冷冰冰地加上三个字"不想去",这算顶客气的了。再要问,那你可真是要自讨没趣,他一准就朝你瞪起了眼,两道精光霎时逼住你,让你到嘴边的话都得自己生生地给吞回去,此时你脑子里面再多的疑问也只有淹没在问号的深潭里,徒唤奈何。

　　面对那两道依然那么锐利的目光,仿佛闪烁刀锋一样的光芒,此时此刻你不得不惊叹,这是一位95岁高龄的老人吗?这竟然就是一个世纪老人!

　　挂断欧阳处长的电话,我立马想跑到五牌楼去,我要告诉蓝子天老人这一消息。转念一想,还是收回了迈出的步子。我实在拿捏不准,这样一件在旁人听起来也许是无上荣耀的事情,究竟能不能让世纪老人蓝子天感觉到幸福和快乐呢?

　　一晚上,我的脑海里不断映现的是这样一份简历,那是一份蓝子天老人的简历,我已经耳熟能详:

　　　……

　　1937——桐江县学兵队队员;

　　1938——新四军江北游击纵队民运队员、四支队服务团员、经济工作队员;

　　1940——潇浦县游击大队政委;

　　1941——潇浦县税务稽征分局局长;

　　1943——潇浦县税务局局长;

　　1947——潇浦县敌后税务稽征小组组长;

　　1949——江峡边区税务局副局长、督导员;

　　1950——江峡地区专署税务局局长;

　　1958——清山省江峡专署财税局副局长、代局长;

1978——清山省潇浦财税局党组书记、局长；
1986——离休；
……

第一章

1

蓝子天压根就没想到,这次来出席潇浦县抗日政府成立大会后,他的身份竟然会发生变化。

他接到当时的潇浦县抗日政府筹备会主任、后来当选为潇浦县首任县长的于振兴的通知与会时,当然是以潇浦县游击大队政委的身份从狮子山游击队队部赶来县城的,同来的还有他的老搭档——潇浦县游击大队队长谷家峻。两人带上通信员小豆子,骑上快马,不敢有丝毫耽搁,紧走慢赶地耗了两天一夜才总算赶上了成立大会。一路上,谷家峻还在嘀咕着:这次的安排有点不合适啊,哪有队长、政委两个都同时丢下部队的搞法呢?蓝子天也纳闷了,这在以往的确鲜有先例。

待到成立大会上,谜团才解开。

会上,新任县长于振兴部署了一揽子抗日救国的工作,并宣布了几项人事调整。其中就有关于组建潇浦县税务稽征分局,由蓝子天担任分局长的任命,以及谷家峻兼任潇浦县游击大队政委的决定。

蓝子天一听傻眼了,谷家峻一听愣住了。

于振兴最后还加上一条要求:"三天之后蓝子天必须做好移交,报到上任。"说毕,他冷峻的眼神扫过台下的蓝子天和谷家峻。

在蓝子天看来,现在于振兴的神情看似有些意味深长,他的嘴角甚至挂上了一丝微笑——那是属于他于振兴标志性的微笑,语气却是不容置辩的坚决。

台下的蓝子天坐不住了:哪能这样子安排呢?你县长新官上任三把火,倒是烧得痛快,还笑呢?典型的"笑面虎"的搞法嘛!

蓝子大身子一蹿,差点就要蹦起来了,谷家峻赶紧按住。蓝子天说:"老谷,你看看,你看看,我好不容易才来到游击队可以和他娘的小鬼子面对面地干了,这一下好,又把我给硬是拽回来。"

谷家峻说:"先别发飙,等散会了我们去找他于大麻子论论理,哪能这样子搞呢?让我兼政委?他于大麻子又不是不知道我几斤几两,能当政委吗?我绝不同意。"他其实也是一肚子牢骚。

成立大会结束了,人们纷纷散去,步履匆匆地分头忙自己的事去了。于振兴送走江峡边区政府来的陈主任,一转身看到蓝子天和谷家峻两个还站在原地一动不动,便走近来:"怎么,这是哪来的两根木桩子,戳在地里拔不动了?"

谷家峻气呼呼地道:"我对这个安排有意见。"

于振兴不理他,目光却转向蓝子天:"只怕意见更大的是你吧?"

蓝子天重重地点了点头,算是老老实实地承认了,也不言语,他等待于振兴的说法。

"这次安排没有事先和你们通气,事出有因啊,税务稽征分局的成立是边区政府临时决定的一件大事,当前刻不容缓的大事。上级的指示就是'马上组建,迅速工作'八个字。"

谷家峻还在嚷嚷:"还有什么比打鬼子更重大的事,我就不信了。"

"看来今天不和你们讲个明白,思想是通不了的,想不通那麻烦就更大了。"于振兴一挥手,"走,我们去屋子里坐下慢慢谈,磨刀不误砍柴工嘛。"

警卫员给三人倒上了水,于振兴方正的脸严肃起来:"为什么要说现在成立税务稽征分局是一件大事呢,你们是不当家就不知道柴米油盐的贵。俗话说:兵马未动,粮草先行。自古就是这个道理。子天,你看过《三国》是不是?家峻你听过说书的,是不是都是这样子讲的?道理不多讲了。我们新四军的给养从何而来?又如何保障的呢?一开始我们主要靠的是国民政府,早几天边区苏维埃政府苏主席把我叫去给我算了一笔细账,我现在也算给你们听听。"说着,于振兴从衣袋里掏出来一个小本子,边翻边说,"我原来也不懂,一窍不通,听苏主席一算,我算是搞清了,开窍了,你俩也听听。"

"国民政府发给新四军的军饷,万人的队伍之前是每月8万元法币,后来据理力争啊,才好不容易提高到了11万元,而同样万人规模的国民党军呢,他娘的却有30万元。人家才是亲娘生的,我们算什么?后娘养的。在各方呼吁与奔走下,国民政府去年起核定新四军经费为137360元,而我们已达十万之众,人均军费不过1.3元!1.3元啊,你们说说看,这点钱能做什么?买枪支弹药?去他妈的蛋,就是喝凉开水都不够吧。"于振兴一拳砸在桌子上,"而实际上呢?我们总部有个估算,再怎么保守地讲,我们人均费用怎么的也要20多元。给养缺口高达96%以上,像你们在一线的作战部队得4个人共穿一套军装,不要提别的啦,衣服都没得穿,让人家光屁股去打仗啊?生存如此艰难,难道就因为我们是共产党的队伍?可我们共产党的队伍打鬼子一点也没含糊过。

"你们不相信吧,我再给你说个事,早几年吧,对,1938年,我们一支部队在连续伏击日寇后,东进至皖东的敌后地区,发展起来了抗日游击区。没有军饷保障,等米下锅啊,怎么办?只好向当地大户借粮。好说歹说,找人家借来了两车粮,你说气死个人不?被国民党军看到了,见我们运粮的战士衣装不整,穿得像叫花子,手里武器呢,乱七杂八像烧火棍,以为好欺负,气势汹汹赶来抢粮,故意在队伍前摆上十几挺机枪示威。我们这支部队呢,急忙向本军兄弟部队借来重武器,加上自己缴获的,也摆出了几十挺机枪,总算镇住了他们,这才保住了军粮。

"我们现在可是处在外打鬼子、内'抗膀子'的境地,既要防鬼子扫荡,又要对付国军挑衅,你们想想,这是哪门子事?被动,无奈呦。没有粮草,兵马就动不了,今后的日子只怕是越来越苦,困难只怕会越来越大。"

谷家峻一摸脑袋瓜子:"这个,我可真没寻思过,我只管杀鬼子杀得眼红,杀得痛快。"

蓝子天听得一脸凝重,他接过了话题:"所以我们要组建税务稽征分局,得靠自己来解决问题。有了税钱,就不用眼巴巴地指望别人打发你几个铜钱了。"

于振兴一拍大腿:"子天,你这就说到根子上了。我们总不能饿死困死吧,得想办法。活人不能让尿憋死。所以组织决定调你来当这个首任局长,你不用找理由推辞,我知道你只想到前线和敌人面对面、真刀真枪地干,不只你们两个想那样干,我内心里都是这样想的。但对敌斗争的需要,我们不能由着自己的想法来。你再有想法,也得服从,不管你有多少理由认为自己不合适当这个税务稽征分局局长。现在,我代表县政府、代表组织正式告诉你,你就是目前最合适的人选,不二人选。至于人员嘛,已做初步的统一调配。"

谷家峻眼珠子骨碌碌一转,朝蓝子天说:"兄弟,这下没办法了,谁叫你在江北就当过经济工作队员呢,这和钱打交道、收税的事,还真是得靠你了。至于杀鬼子的事嘛,我会替你多砍几颗鬼子脑袋的,你就多操心收税的事吧。"他大咧咧地朝蓝子天肩膀上拍了拍。

他说的没错,蓝子天17岁那年正赶上桐江县成立以宣传抗日和打击日本鬼子为己任的学兵队,该队是地下党组织失学学生、东北流亡学生、进步人士、失业教员组成的,因学校被炸坏,蓝子天正待在家里,也就得以成了其中的一员。在桐江县学兵队的一年多中,蓝子天秘密加入了党组织。尽管学兵队主要是以抗日宣传为主,但也有弃文从武的时候。桐江县保安团和学兵队多次合作共同打击日本鬼子,还取得过几次胜利,在当地的百姓中赢得了威望。其后由于国共摩擦加剧,党组织要求将干部撤到新四军江北游击纵队指挥部。在国民党的严查之下,费了一番周折后,蓝子天才和其他干部赶到了江北。慢慢地,随着前来投奔的人数增多,新四军江北游击纵队指挥部将他们组成了青年大队,在学习训练了3个月后,全部安排去了新四军四支队。在一次战斗中,蓝子天的腿负伤了,在根据地经过一个月的住院治疗后,他先是被安排到政工队,在王子城、古城、梁园等地从事民运工作。半年多后,他又被调至经济工作队,由后勤部直接领导,主要是为部队筹款、筹粮。正是他的这一段工作经历,使县长于振兴在物色税务稽征分局局长这一角色时,第一个想到的就是他蓝子天。

迎着于振兴那充满期待的目光,蓝子天沉吟片刻,站起身来,立正,朝于振兴干净利落地敬礼,响亮地说:"坚决完成任务!"

于振兴伸出他那一双粗大的手,紧紧地握住了蓝子天的双手。

"我现在就和谷大队长赶回狮子山去,尽快做好交接手续,后天就赶回来上任,只不过……"蓝子天看了看旁边的谷家峻,欲言又止。

"有什么尽管说,于县长在这,你还怕什么鸟,别吞吞吐吐的,像个娘们样。"谷家峻嗓门大起来。

蓝子天心里一乐:这可是你要我说的,于是立马道:"报告县长,我要求带游击队的尚山虎和喻大江来税务分局工作。"

谷家峻一听果真急了:你蓝子天要走那是没办法的事,现在你反过来还挖我的墙脚了,想得美!可于振兴不待他反驳,即问蓝子天:"理由呢?"

"一是新建立税务稽征分局,一手收税,一手还要做好打仗的准备,尚山虎同志勇猛顽强,能打开局面;二是喻大江同志是土生土长的潇浦人,熟悉本地民俗风情和地形地貌,调他来,有利于快速开展工作。"

"准了。"于振兴大手一挥。

蓝子天兴奋地大叫一声"得令",侧转身子就朝门外人跨步迈去。谷家峻愣怔了一下,只好悻悻地跟上。

2

三匹马奔跑在狮子山通往潇浦县城的驿道上,扬起一路尘嚣。

颠簸的马背妨碍不到蓝子天心里的活动,他深知:此去的路,其实一点也不会比在游击队的艰苦战斗轻松。摆在面前的是一片空白,是一个完全陌生的领域,接受任务好说,表态也好表,他自问有多大把握能做好接下来的工作,心里并没有多少底。这一路上仔细一琢磨,他暗暗地有些后悔自己那么快就接受于振兴县长的安排,未免冲动了点吧,他暗自摇了摇头。但开弓没有回头箭,何况那不是他蓝子天的性格,再说开展税务征收工作那样意义重大,再难也总要有人去做呢。于振兴说正因为难、正因为苦,才让他蓝子天上。回想参加革命的几年里,哪一次不是从风风雨雨中挺过来的呢?车到山前必有路,退堂鼓是敲不得的。现在关键的是要厘清思路。盘算不清,一世糊涂。

第一步,得有人。于县长说已作初步调配,这就好。有了人就好走下一步棋子。

第二步,得成立机构。把旗子打出来才有号召力,才能统筹起来。

第三步,得制定政策。把怎么收税规定下来,才好操作。

第四步,得培训人员。规定弄妥了,不晓得去执行可是大问题啊……

"砰砰"两声呼啸而至的枪声猝然将蓝子天从沉思中拽回,他勒住缰绳,尚山虎和喻大江早已拔枪在手,蓝子天一看,他们一行三人已到了老木冲地界。枪声应当就是从三里外的岔子坳传来的。紧接着又是几声枪响,蓝子天听到夹杂了乱哄哄的吆喝声正在朝这边嚷过来。

蓝子天朝尚山虎和喻大江一挥手,说:"隐蔽。"三人翻身下马,牵了马隐入路旁的林子里。拴好马,蓝子天一打手势,三人就地埋伏,紧盯着枪响的方向。

他们看到约莫十来个穿黑制服的人正在追赶着穿着一样制服的两个人。跑前面的两人边跑边回头还击,一人手里持一把短枪,另一人拿一杆长枪。

从衣着上判断,他们应该是日伪警察。可是为什么会自己人打自己人呢?尚山虎低声说:"狗咬狗,咬得好。"喻大江朝蓝子天征询道:"不关我们的事,我们赶紧走算了,别耽搁了赶路。"

"这事邪门,有蹊跷,再看看。"蓝子天将枪栓打开。

拖长枪的人这时显然中弹了,被打中了右腿,一拐一拐地跑不动了,持短火的赶忙又折回来搀扶他,两人看到一块大岩石,忙躲过去了,以此为屏障还击。

追赶的人不敢太靠近,听到领头的一副破铜锣嗓子嚷嚷开了:"鲁双涛,鲁大队长,你跑不掉了,赶紧出来投降吧,兄弟我还可以保你一命。兄弟一场,何苦枪口相见呢?你和我回去,我在山田太君面前替你讲讲好话,定能免你一死。"

其他人接过话音,也纷纷乱叫起来:"鲁队长,你都伤了我们好几个弟兄了,再不投降,可别怪兄弟们不讲情面了,将你打成筛子眼。""狗日的鲁双涛,你害苦了老子,抓到你不把你撕成两半,老子不是人。""何苦啊,石头兄弟,你跟鲁双涛瞎胡闹干什么,你捞得到一根稻草吗?""冲过去,捉活的!""姓鲁的,走投无路了吧?""局座没亏待你们啊。"……劝降的、恫吓的,嚷成一团。

蓝子天听出来个大概了,那个持短枪的应叫鲁双涛,另一个则叫石头。

这时,"破铜锣"声又起:"鲁双涛,鲁队长,要不你就将那四块金砖抛出来,我回去交得差,也就放你一马。"

此时,沉默了一阵的岩石后面回应:"江敬义你个狗汉奸,狗腿子,老了早就受够了,老子今天也活够了,想要拿回金砖,做梦吧。"话音甫落,两声枪响,吓得江敬义赶紧趴到地上。

尚山虎问:"咋办?"

蓝子天果断地说:"先救下来再说。你们俩左右两边迂回阻击,甩他几颗手榴弹,我在中间接应。记着,吓跑他们就可以,不得恋战。"

躲藏在岩石后面的鲁双涛正在想着命在旦夕,只怕难得逃过今天这一劫,他对石头说:"拖累兄弟了,死就死了,反正不能被抓了,抓回去得喂他日本鬼子的狼狗,死了不值得。"

突然他听到了手榴弹接二连三地炸响,纳闷间,一个精干的汉子身手矫健地纵跃着朝他们藏匿的地方奔过来。

江敬义一干人陡然遭到围困袭击,顿时慌作一团,不知就里,胆小的赶紧扯腿就往回跑,有人嘴里还叫着:"妈呀,遇上四爷了。""被四爷打埋伏了。""中四爷的计了。"

江敬义见此阵势,搞不清到底是不是碰上新四军主力了,保命要紧,跟着溜之大吉吧。

尚山虎望着那些仓皇逃窜的身影,鄙夷地说:"这帮龟孙子,只晓得欺负老百姓,一点也不经打。"

鲁双涛朝三人一拱手,道:"多谢了,多谢了。"

蓝子天说:"现在不是讲客气的时候,赶紧撤,等他们反应过来追上就麻烦了。"

喻大江急忙和鲁双涛扶起石头,所幸他伤得不重,简单包扎后,蓝子天将自己的马让石头和鲁双涛骑上,自己跃上喻大江的马背,一行人抓紧撤离。

匆匆打马狂奔了足有五里地远,估摸着一时难得追上了,蓝子天这才揩了一把汗水,吁了一口气,缓下了步子,向鲁双涛问起了事情的原委。

鲁双涛喘息未定地说:"追杀我们的是江敬义,他是潇浦县税警局的局长。"边走边聊中,蓝子天他们才搞清楚事情的来龙去脉。

抗日政府进驻潇浦县前,江宗旺是个坐大不虚的人物,他不仅拥有一个叫"香十里"的酿酒坊,还有一座名"望江楼"的酒家,至于名下的数处地产、店铺更是占据在县城的几处热闹地带,哪行赚钱做哪行。江家在相邻的容壁县亦有地产和生意,容壁县城颇具规模的一家名为"通江祥贸易"的公司,即是由江宗旺派其外甥白志富在打理着。说江家富甲一方,一点也不为过。尤为让江家可以在县城像螃蟹一般横行的是,江宗旺有两个如狼似虎的儿子,江敬义和他的大哥江敬仁,人称"江氏二虎"。老大江敬仁是县自卫队队长,老二江敬义是县税警局局长,江家父子随便哪个打一个喷嚏,都能在潇浦县刮起一股子风,哪一届县长大人都得小心伺候着,否则他江家就叫你立马滚蛋,这可不是吹的。蓝子天对此早有耳闻,他和谷家峻曾经动过要教训教训江氏二虎的念头,可一直寻不到合适的时机。

日军攻占潇浦后,国民政府的县太爷早早撤退了,江氏父子转而投入到鬼子怀抱,摇身一变,老大当了皇协军保安司令,老二还是当他的税警局局长。江宗旺毕竟自知民愤太大,作孽太多,原本不想再觍着张老脸去抛头露面了,但一则架不住山田少佐的威逼利诱,二则抵不住两个儿子的前拉后推,走马上任,成了首任维持会会长。老百姓恨得牙痒痒,但谁也不敢吱声。江宗旺面对人们冷漠的眼光,自己给自己找了个台阶,冠冕堂皇地说:"良禽择木而栖,贤者择主而事,自古有之。今为皇军之天下,我辈自当审时度势,焉能做螳臂当车之自不量力之举?"

而半年之后的一天晚上,新四军江北纵队突袭而来,打了日伪军一个措手不及,一举攻克了县城,江宗旺只有痛哭流涕,捶胸顿足地仓皇出逃,不得不眼睁睁地抛下楼堂馆所之类搬不动的家产,和两个儿子跑到了邻县容壁投靠日本主子去了。临走时,江宗旺号啕大哭,一跺脚撂下狠话:"是我江家的就总是要归还的。"

鲁双涛本在江敬义的税警局里当行动队队长。"那他怎么会追杀你呢?"蓝子天问道。

石头这时抢先回答:"那江敬义不是个人,畜生变的,害了多少人命,数都数不过来了,鲁大哥和我们早就看不惯了。可恨的是,他大哥江敬仁见鲁大哥的嫂子长得好看,竟然就打起了歪主意,被鲁大哥正好撞见了,一气之下就狠揍了他一顿。没想到这下捅马蜂窝了,江敬义要给他大哥出气,密谋派人要捉拿鲁大哥。昨天刚好鲁大哥去龙口税卡子上查税了,我得到消息,一大早就赶紧来找鲁大哥,我们一合计,三十六计走为上,反正回不去了,干脆就抢了卡子上没上缴的两个元宝。"

鲁双涛从怀里掏出来两个元宝:"喏,就这俩东西,狗日的说成了四块金砖,夸大数量,估计回去又要糊弄他的狗主人了,从中又好捞一把。"

蓝子天望了他一眼,"哦"了一声,鲁双涛说:"江敬义经常搞这些虚报冒领的名堂,欺上压下,他的日本主子还蒙在鼓里头呢。"

尚山虎笑了:"这狗腿子,还真不是盏省油的灯哩。"

"唉,只是连累了我那哥哥、嫂子了,不知他们会把哥哥、嫂子怎么办。"鲁双涛唉声叹气着。

"瞧瞧,我这记性,说了老半天,还没问救命恩人姓甚名谁呢?"鲁双涛不好意思地挠挠头,"是'四爷'吧,一定是'四爷',看你们哥仨的派头肯定错不了。"

尚山虎打趣道:"谁有那什么爷啊爷的派头呀,谁'四爷'啊,我们是新四军,这位是我们潇浦县游击大队的蓝政委,大名蓝子天。"

石头插话说:"我们那边都管你们新四军叫'四爷'呢,你们这个,这个的。"他说着竖起了大拇指,"敢打小日本,我就是佩服!"

蓝子天朝鲁双涛问："你们俩有什么打算呢？那边肯定回不去了。"

鲁双涛锁起了眉头："还能去哪呢？到处是鬼子汉奸的天下，先找个地避避风头吧，过一段子，我还得潜回容壁，实在放心不下哥哥、嫂子。"

尚山虎便建议道："我看你也是血性汉子，要不你跟我们走吧，打他娘的小鬼子去。"蓝子天一听，心里一动，这小伙子的确有些志气，而且又是税警局的，要是能加入我的税征分局，说不定还是一把好手了。他心里这样想，嘴上却不动声色地说："我看这个也行，你们现在没合适的地方去，先到我们那边转悠转悠吧，至少不用东躲西藏吧。"

石头不待鲁双涛表白，迫不及待就投起了赞成票："正好，正好，鲁大哥，我们去吧。"

鲁双涛忙说："我也这样想，只是怕给你们添麻烦啦。"

喻大江则道："麻什么烦啊，都是打鬼子的，不是一家人，不进一家门。走起啰。"

3

蓝子天从摊满零乱材料的桌面上抬起头来，揉了揉发酸的眼，疲惫的目光穿过木格子窗棂，突然发现院子里的那棵红枫树上的叶子已转黄，转眼间就进入秋天了。蓝子天一拍脑袋。秋天正是收割季节，老乡们的田地里荡漾起一层薄薄的金黄，因为根据地的建立，让潇浦这块土地获得了多年来从未有过的宁静，老乡们终于可以不用提心吊胆地过日子，也就有了去田里耕种的心思。而今年老天爷也似乎格外开眼，连往日里总要掀风鼓浪的青沙江上也是风平浪静的，沙洲上的芦苇开花了，苇花如雪，随着轻扬的风漫天飞舞，煞是好看；水田里的稻子也开始驼弯腰了，仿佛逢人就点头哈腰的憨厚样,惹人心生喜爱;山坡上的地里棉花朵爆裂开来,远远望去,像一片片白云飘浮着,又像是一群绵羊憩息在坡地上;老乡们房前屋后的空坪隙地上都见缝插针般栽种上了黄豆、绿豆、芝麻、红薯之类作物。蓝子天知道,只要有一块地,老乡们就有办法让它生长出念想来,就能收获到果实。土地之于他们而言,既是父母,又是儿女,这可是一腔对土地爱得深沉的情分呵。

组建潇浦县税务稽征分局的筹备工作已经紧锣密鼓地进入到第三天。一切都在按他和于振兴县长敲定的步骤有条不紊地进行着,但蓝子天想,还得加快步子,赶上秋收的黄金季节。好在鲁双涛和石头的到来,助了他一臂之力。鲁双涛在耳闻目睹了一番抗日政府新景象之后,向蓝子天提出来要加入新四军,于振兴了解情况后,认为鲁双涛熟悉税务征收流程,现正是缺人之际,可行。于振兴对蓝子天说,我们还可以通过鲁双涛更加充分地了解日伪的税警情况,今后免不了要和他们作斗争的,知己知彼,方能百战不殆。鲁双涛因此热情倍增,他还将带过来的两个元宝捐献给了抗日政府,石头"呵呵"地笑说:"权当作见面礼吧。"鲁双涛纠正他:"不对,是缴获归公。"蓝子天一听,拍了拍他的肩膀,对石头道:"瞧瞧人家鲁大哥,一下子就懂我们的政策了,你可得多学着点哩。"石头不好意思地吐了吐舌头。

金秋的一天,天高云淡,一片片薄纱似的白云在慢慢地浮动着,不忍离去,好像也在留恋着人间的美丽秋色,火红火红的枫叶,简直要把人的目光和心都点燃了,阳光在树叶间闪闪烁烁。

潇浦县税务稽征分局在这一天正式挂牌成立了。

看到大家都在为潇浦县抗日政府的这一新生事物而高兴、庆祝,蓝子天忘记了身体上的疲倦,脚底像装上了绷紧的弹簧条,一刻也不停歇地忙碌着。他也忘不了压在自己肩膀上的担子,甚至于更觉得分外沉重了。来参加挂牌仪式的江峡边区政府财经委主任委员董准在会上和大家所作的那一席谈话,让他的心情无法轻松起来。

董准是边区公认的财经方面的行家里手，他对抗日政府举步维艰的境地了如指掌，他从政治和经济的层面分析阐述：国共两党实现第二次合作，由南方红军游击队下山整编而成的新四军实际上成为了两党政治博弈的产物，这样的"出身"预示着新四军从组建之日起就将面临着巨大的困难，经费物资严重缺乏，这已在过去的实践中得到了例证，同时也预示着今后形势发展的曲折。而在险恶的战争环境下，经费物资的多寡甚至筹集速度的快慢都足以决定一场战争的胜负。皖南事变前，新四军曾领到了大部分的欠饷，之后呢，新四军被宣称是"叛军"，国民政府就再也没有给新四军发过军饷了。国民党掌握了几乎全部的国际援助资源，共产党的军队毫无军饷来源，还要被日寇、国民党两面封锁，国民党军队的装备以德式、美式为主，共产党的军队则是挥舞着大刀长矛，鸟铳土炮，一直战斗在日寇占领区，周旋于敌寇的心脏地带。日寇多如牛毛的大大小小的"扫荡""清乡"，不仅是对根据地军事上的围剿打击，更是对抗日政府极其有限的物质财富的毁灭性摧毁掠夺，所以延安号召靠大生产解决边区军民吃饭穿衣的基本生存问题。潇浦县税务稽征分局成立，是江峡边区的第一个财经机构，是潇浦县抗日政府的一项极其重要的举措。它才是真正属于抗日政府的，才是真正意义上属于共产党人自己的财政。今后的工作目标是每一个抗日根据地的经济建设不仅要满足本地的军需和民用，同时还要尽最大可能地支援其他兄弟部队，要对抗战最终胜利的到来作出尽可能大的、多的贡献。

在同董准、于振兴私下里闲聊时，蓝子天敏感地捕捉到了董准的兴奋之外，还有深深的忧虑。董准郑重地提醒了他，搞抗日财经工作，完全是白手起家，绝无平坦可言，那是在抗日战争中开辟的另外一个战场，这一个全新的战场上，有烽火硝烟，有斗智斗勇，有流血牺牲，有一切意想不到的艰苦卓绝。在听取了蓝子天关于工作开展的构想和如何打开局面的看法之后,他对于振兴和蓝子天说:"税收,税收,说明了税是要靠收才能上来的,当然,之所以叫作收,就不是抢,更不是横征暴敛,要讲方法,讲政策,这可是根本。取得广大老百姓的支持,这是做好抗日救亡,发展壮大我们队伍的重要一环,这也是我们做好特殊时期非常时期税收工作的基础。切记,切记。"说得两人频频点头。

工作日程表早已排得满满的,等不得人了,蓝子天马上主持了潇浦县税务稽征分局成立后的第一次全体会议。因为按照计划,还要举办首次业务培训,所以,蓝子天召开的会议其实就是有关工作布局的宣布和有关人事的安排。

税务稽征分局分局长下设副分局长1名,由喻大江担任;全县建立龙口、月林、古窑、横铺子、胜岩砥五个税卡子,分别明确了卡长,龙口由尚山虎任卡长,月林由任其文任卡长,古窑由王方奇任卡长,横铺子由周福光任卡长,胜岩砥由林少伟任卡长。还有一个税务便衣队,负责稽查,队长由蓝子天兼任。县政府为分局配备的人员共13人,加上新加入的鲁双涛和石头,全分局一共15人,每个卡委派2人,卡长兼任财经会计。分局本部除蓝子天、喻大江外,只留下石头。鲁双涛则分配到便衣稽查队。

机构架子搭起来了,当下棘手的是龙口目前还由日伪军占领,而且也在那里设立了税卡。龙口地处潇浦、容壁、大埠桥三地交界处,青沙江在此有一个"U"形大折弯,湍急的江流冲溯,形成了一片宏阔的水域,好像一条龙张开大口,口内吐出的狂飙直奔长江汤汤而去。传说远古时代,瑶池宫里住着西天王母的第十三个女儿琴姬,她在紫清阙里向三元仙君学得了变化无穷的仙术,被封为英华夫人,专司教导仙童玉女之职。她生性好动,又哪里耐得住仙宫里那般寂寞生活,一日,她带着侍从悄悄地离开了仙宫,去遨游东海。但是,当她看见洪水猛兽给人间造成灾难时,便出东海腾云西去,要一探究竟。一路上,仙女们飞越千峰万岭,阅尽人间奇景,好不欢快,岂料来到风雨茫茫的龙口上空,却见一条蛟龙正在兴风作浪,危害生灵,琴姬大怒,她决心替人间除龙消灾。于是她按住云头,用手轻轻一指,但闻惊雷滚滚,地动山摇,待到风平浪静,蛟龙的身体已断裂,一分为三,瘫软于地,成为了三块绿洲,供人世间的生灵安居乐业。而恶龙之首犹作垂死挣扎,张开血盆大口欲反扑,琴姬意念蕴于指尖,再一施技,那孽畜张开的口从此以后再也没能合上,这便是龙口地名的由来。且因其地理位置显要,历来为兵家必争之地,扼住了龙口,便可居进退有据之利。龙口也是一座真正的古镇。春秋时为楚国境域,战国时属楚黔中地。龙口镇坐落于青沙江南岸。据镇志记载,自古以来,龙口就是连接容壁、大埠桥的陆上交通要道和青沙江边的重要水运码头。唐代时,龙口有"舟中集市"之称。龙口有穿镇而过的河道、石拱桥、石驳岸,傍水而筑的民居,踏级入水的水埠。人们说"十座牌楼五环龙,小小龙口赛洋场",指的是镇上有十三座牌楼,五顶石拱桥。到了明代,这里又发现了盐田,到了清末以后,沙洲退远了,农业发展了,商业也随之繁盛起来,因此有了繁荣的镇市。清代和民国时期,设有青沙江流域五省会所,协调商业贸易相关事宜。一时商贾云集,灯红酒绿。

  龙口镇是典型又独特的原生态格局。老街两旁开满了店铺,这些店铺后面是住家,就是所谓的"前店后宅"。人家的老宅是有板有眼的江南人家进落式布局。第一进是店堂,第二进是古代传统式样,仪门楼、黑漆大门、铜门环,门上大都会有朱底黑字对联。还是举例来说吧,龙洛铭是龙口镇上的头面人物,他家的宅子门联上书"京洛传鉤,曲江养鸽"。什么意思呢?京洛是指唐代的首都西京长安、东都洛阳,"鉤"是古代佩剑的别称,曲江是唐长安城南皇家花园,原来唐玄宗时,凡考中进士者,皇帝都会恩准"曲江池游宴,大雁塔题名"。那么,这副对联就是说龙洛铭的先人做过大官,曾在京城有过辉煌,乃书香门第也。这个门楼是中西合璧的,门楼上部是传统式样,而立柱是巴洛克的西洋样式。天井两旁是二层楼房,走马廊式的阳台,西洋花饰的门窗,装了彩色玻璃,厅堂是马赛克瓷砖的地面,典型的海派风格。第三进是厨房和后厅,却是农家式样,老式的灶头、木桌、木凳、水缸、农具,后门打开是一座石板小桥,横跨河道,对岸是宅后的一个花园。老镇街坊,过去家家几乎都是这样的格局,几进宅院,前面街,后临河,古式门楼,西式厅堂,农家厨房,小桥流水,田园风光。隔河都有小桥相通,过桥是园子,有的人家是花园,有的是菜圃,河水清涟,小桥、水埠,桃红柳绿,家家傍河而居,户户种菜莳花……说实在话,龙口镇上那些亦商亦农人家的生活是很有几分惬意的。其曾经的繁华热闹甚至连潇浦县城都无法比拟。

这样一块"肥肉",日本人自然舍不得松口。

新四军江北纵队派出支队突袭解放了潇浦县的绝大部分地区,龙口却一直没能夺取。建立抗日政府后,县政府曾派出狮子山游击大队发动过一次对龙口的进攻,却因为日伪在原来一个小队兵力的基础上成倍增加了守备力量和轻重武器装备,游击队久攻无果,还造成了重大损失,加之容壁、大埠桥的日军对龙口形成了两面夹击之势,队长谷家峻和政委蓝子天只好中途撤兵,无功而返。其后,这事就因诸多原因一直悬而未决。龙口围攻的失利,难免也成为了让谷家峻、蓝子天窝火的事情,同样地亦成为了县政府于振兴县长的一块心病。

一定得把龙口拿下来,否则税务稽征分局的工作就将受到严重的制约和危害。蓝子天心里暗自琢磨开了。

显然要拿下龙口,靠税务稽征分局的力量明显是"鸡蛋碰石头",不仅力量对比悬殊,而且武器弹药也根本不在一个档次上。硬碰硬无异于飞蛾扑火,那就只能智取。智取才是打赢这一仗,拿下龙口税卡子的唯一途径。

作为税务稽征分局的第一场战斗,不可草率从事,得从长计议。以蓝子天的性格，没有八成的把握，他是不会轻易作出决定的。那就先把基础打牢再说，他想。

4

在接下来的培训班上，蓝子天首先作了一个简明扼要的动员令。"说老实话，我其实也不懂什么是税，以往从没有从事过税收工作，这回是和大家一样'大媳妇上轿——头一次'，幸亏边区财经专家董准委员给我恶补了一些这方面的东西，才让我有了初步的了解。那么，我们就先从这个'税'的字面上来说说吧。税是由禾和兑组成，禾旁加上一个兑字，怎么说呢，简单地讲，就是用田里长的禾之类的作物交给政府就是税了。自古以来即有皇粮国税，乡里还有句俗话叫作'养崽要供娘，作田要纳粮'，讲的大概就是这个意思。"他顿了顿，接着说，"从没有收过税的人组成一支收税的队伍，我们肩上的担子很重，要怎么样完成党交给我们的这个重大任务，现在我请董委员给我们上上课，培培训。"

江峡边区抗日政府财经委员董准于是站起来向大家敬上一个礼："同志们即将走上一条不同于以往的战斗之路，我要向大家表示深深的敬意。现在首要的是我们必须要搞清楚三个问题，第一个是抗日政府的税由谁来收的问题。毫无疑问，税要由抗日政府来收，具体由我们税务稽征分局来执行，在座各位从今以后就是代表潇浦县抗日政府收税的。但显然，光靠我们这十五个人远远不够，所以，我们还得发动老百姓来帮助我们，这其实也是和打仗一样的道理，新四军之所以能快速发展壮大起来，我们党走的就是充分发动和依靠人民群众的路子。

"第二个问题是抗日政府的税向谁收的问题。我们税务稽征分局当然是代表共产党收税的，那么，我们收税的宗旨也必须符合党的方针政策。1937年8月22日至25日，我党在陕西省洛川县城北10公里处的红军指挥部驻地冯家村召开了中共中央政治局扩大会议，毛泽东主席代表中共中央政治局作了军事问题和国共两党关系问题的报告。会议通过了《关于目前形势与党的任务决定》，并根据毛主席的提议，通过了著名的《抗日救国十大纲领》。这十大纲领中的第六条讲的是战时的财政经济政策，明确提出'财政政策以有钱出钱和没收汉奸财产作抗日经费为原则。经济政策是：整顿和扩大国防生产，发展农村经济，保证战时生产品的自给。提倡国货，改良土产。禁绝日货，取缔奸商，反对投机操纵'。纲领中的第七条讲的是改良人民生活，其中就有废除苛捐什税和减租减息的指导方针。根据党的救国纲领，我们的税收工作就是要服从于抗日救国的大局，整饬经济秩序，广辟财源，广泛发动民众，救国救民。

"第三个问题是抗日政府的税怎么收的问题。边区抗日根据地一直孤悬敌后，始终处于敌、伪、顽'犬牙交错'，斗争十分尖锐复杂的境地。随着抗日游击战争的发展，军事费用日益增加，边区财政愈加困难。边区的财政来源不能没有税收，所以，为抗日筹集资金的重大责任便落在我们税务战士身上。皖南事变后，国民政府停止对新四军的拨款，我们要落实中央与毛主席'一切有收入的居民，不论工人、农民均须负担国家赋税'的指示，关键是我们怎么去把税收上来呢？这是大家关心的问题。

"当前，我们新四军的各个根据地都建立了抗日民主政权，将逐步地设置财税征收机构。今天成立的税务稽征分局就是我们潇浦县抗日民主政府的税收专门机构。由于各根据地在日伪封锁下成孤立状，各根据地隶属于不同的部队建制，开征的税种、税制与组织机构自然也并不相同，一般以行署或专署为单位，自行规定。目前普遍开征的有田赋（公粮）与货物税、营业税、盐税、农业税、产销税等，各地方开征的地方税有过境税、契约税、屠宰税、酒税、牙税、薄荷税、牌照税等。同时贯彻《抗日救国十大纲领》的要求，取消了原来那些诸如保甲费、户头捐、牛头捐、牲畜税等几十项苛捐杂税。在税收征收负担上，基本是按照100个庄稼人养一个士兵把握的。潇浦县的税收政策根据实际情况，并报边区政府批准同意，在初始阶段我们主要执行如下几项政策规定：一是要爱惜民力，尽力减轻贫苦大众负担。坚持减租减息，对封建剥削的地租剥削予以限制，以减轻贫苦农民的负担。二是开征农业税。不论是出租还是自耕土地，都有纳税义务，这就叫作完粮。佃农不纳税，由田主缴纳。税率有统一规定，每年按收成情况浮动，以谷物计算，1亩征6升。农业税实行累进税率，合理负担，自田不超过1亩免征；人均不够1亩的征基数，超过部分加倍征收。每年夏、秋两季分批征收，夏季征税是'上忙'，秋季征税是'下忙'。三是发布《江峡边区物资统制关税税则》和《关税征收办法》。总的原则是：保护正当的自由贸易，严禁奸商囤积居奇，保护水陆运输，禁止根据地军需物资'出境'，限制非必需品'入境'。四是开通坐商税，按销货额征收，销货额根据经营规模估计，小本经营按1%至5%征税。如屠户卖一头200斤的猪所征税金约2.5斤肉价，但对于开行赚佣金的，则实行较高的税率，按佣金征15%至30%。坐商税一般按月征收。这四项税收政策是目前我们要执行的根据，具体的征收办法和细则，我们会以通告的形式在根据地各行政区域内广为发布。作为税收人员，我们心中要做到'一盘清'，非常熟练地运用好每一条政策，并且要做到广为宣传，深入发动，人人皆知，家喻户晓。边区财经委员会在研究出台根据地税收法则时，把握了一个大体的原则，那就是根据地的中心区、游击区、边缘区之间负担要大体平衡合理。当然，中心区人民的负担可略重于游击区、边缘区。农、工、商各业之间负担也要基本上合理……"

　　董准侃侃而谈，台下的每一个人都在专注地听着。出于对税务工作的陌生感和新鲜感，他们的神情看上去都恨不得爹妈多生两个耳朵才好，生怕漏掉了一个字，时不时沙沙沙地在本子上埋头记录。

突然，原本掩上的门板"咣当"一声被谁撞开了，沉浸在听课之中的人们一惊，不约而同地将目光投向那个不速之客。董准也一头雾水，不得不停下讲课。房子里一时寂然。

蓝子天心里有些生气，哪个冒失鬼如此莽撞？他从座位上站起来，朝门口看去，只见从门外抢进来一个姑娘，十八九岁上下的年纪，调皮的眼神，精致的五官，短发，蓝色小上衣，黑裙子，一身学生装打扮，背上还有个黑色的背包，看上去整洁、素净、干练。

她看到大家都向她投来"注目礼"，白晳而秀气的脸庞上登时飞上了两朵红云，不好意思地吐了一下舌头。

蓝子天有些恼怒地瞪了她一眼，尽量地抑制着自己的不满，问道："请问你找谁？"

"我找蓝子天分局长。"姑娘见有人发问了，赶紧说。

"我就是蓝子天，请问你找我什么事？能不能等会儿再说，我们现在正在培训。"

"不能，我正是要来参加培训班的。"语气还蛮坚决的。

蓝子天有些奇怪了："这是我们税务稽征分局的培训，你是不是弄错了呢？"

姑娘忙说："没错，没错的，我向于县长申请到税务稽征分局工作，他同意了，说要我来找你报到。"

蓝子天这下心里还真有些气，这个于大县长玩的什么套路啊，调我来税务搞的是突然袭击，现在安排人来也是突然袭击。他便没好气地说："你回去告诉于大县长，就说我蓝子天讲的，这里不需要人了。请你自便吧，我们得继续上课了。"

听到蓝子天发出了"逐客令"，那姑娘还真不当回事。她调皮地一甩那头乌黑的短发，立正回答道："于县长说了，你肯定会收我的。如果你拒绝，那就也得让你看看一件东西我再走。"

大家听了都起了好奇心，尚山虎和石头甚至开始起哄了："拿出来亮亮嘛,什么好家伙。""赶紧的,赶紧的,不然得走人了。"

蓝子天不知道于振兴和这姑娘葫芦里卖的什么药,便干脆环抱起双手,注视着她,看她到底带来了什么神秘的东西。

姑娘倒也干脆利落,她伸手从背上的包里"哧溜"地抽出来一件物品,朝空中一扬,洒落一串清脆的响声。

"不就是个破算盘子吗?这有啥稀奇古怪的?"石头一见,立马嚷嚷。

"是啊,这算哪门子事?别闹了,你去找于县长去吧,我看你到战地服务队去挺合适的,搞搞医疗卫生也行。"蓝子天挥挥手,示意她快走。

"慢。"一直在台上看热闹的董准这时候站出来说话了,"你会打算盘吗?"

姑娘也不言语,左手将算盘平端,右手"噼里啪啦"就拨动着珠子,嘴里还念念有词,台下的听不清她念的什么"经",近旁的董准自然听清了,她背诵的是珠算口诀。董准脸上现出一丝微笑,询问:"姑娘,你的算盘确实打得好,请问你是在哪个学校专门学过吧?"

姑娘一扬头,狡黠地一笑说:"保密。"董准听了打了个哈哈。她反问道:"您看我可以进税务稽征分局工作了吧?"

董准朝蓝子天一点头:"我看可以,蓝分局长认为呢?"

蓝子天嗫嚅着说:"可是人家一小姑娘啊,我这分局可还没女的呢,您看这清一色的爷们,这,这……"

一听这话,小姑娘可不客气了,一顿抢白就朝蓝子天甩了过来:"蓝分局长这是典型的重男轻女封建主义思想。毛主席都说过,要男女平等嘛。再说我也不是小姑娘了,我都快20岁了。"

董准打起了圆场:"蓝分局长,我看这小姑娘挺适合的,女同志心细如发,也适合做经济工作,和数字打交道。"

这下蓝子天不好再坚持下去,就地下台阶吧。他说:"请你入座,参加培训。"突然想人家的姓名还没问清楚呢,却不待他发问,那姑娘立正报告:"谢谢分局长,我叫秦瑾,正式向你报到。"话音甫落,人已一溜烟地跑到台下端端正正地坐上了。

蓝子天心里暗自一哂:呦,看这小姑娘,动作倒是蛮利索的哩。

第二章

1

应邀出席潇浦县税务稽征分局成立大会后,潇浦县商会会长秦人简回到了他那坐落在后河街尾端的家。

秦宅是一座有着徽州特色的院落,坐北朝南。秦人简年轻时走南闯北,对徽派建筑情有独钟。他喜欢其轴线分明、构图规整,兼之不事奢华,本色示众,淡雅清新,竟如东坡诗《花影》云:"重重叠叠上瑶台,几度呼童扫不开。刚被太阳收拾去,却教明月送将来。"秦人简觉得为人处世抑或经商,还是讲规矩为要,所谓天方地圆,天人合一者也。他的住宅灰瓦白墙,高墙封闭,马头翘角者谓之"武",方正者谓之"文",墙线错落有致,色彩典雅大方。"目"字形的三进院落。"有堂皆井"作为徽派建筑的特色,主宅厅堂前的"天井",即是秦人简最为得意之所。天井在正堂与门厅之间,形成一种过渡的闲逸空间,与内室的隐蔽、厅堂的庄重截然有别。天井通天接地,上通天,纳气迎风;下接地,除污去秽,吞吐光线,藏风聚气,含有"四水归堂"的吉祥寓意。天井内置砖雕的门罩,石雕的漏窗,木雕的窗棂、楹柱等,融古雅、简洁、富丽为一体,更有修篁几竿,绿蕉一株,乡土情趣盎然流露。闲坐于天井内,即可领略到"四面春光入,无处不花香"的自然景致。

秦人简刚落座,杯到嘴边还未及品上一口他最爱喝的君山银针茶,他的儿子秦琮就进来说,商会的卢达副会长和张老板、李老板来了。秦人简心里清楚他们来的目的何在,还不是为了抗日政府要收税的事吗,都坐不住了哦。

果不其然,卢达三人屁股没落椅子,就你一句我一言地嚷嚷开来:"秦兄啊,这共产党成立税务局,听说就是要专门对付你我这些人的,有这回事吧?"

"怎么还说要减租减息,都减了,那我们喝西北风去?"

"我做了二十年生意了,没听说过连囤点货都要被叫作奸商。商人嘛,谁不想多赚俩铜板呢?"

"这样一来,我们辛苦数载,可是竹篮打水一场空了。"

"我们的钱也不是抢来的,是老子省吃俭用,流血流汗拼来的,想打我们的主意,做他的春秋白日梦。"

"会长,你老兄可得给兄弟们做主啊,总不能看着我们到头来落得个两手空空,背井离乡吧。"

……

一个接一个都是气呼呼的。

而秦人简一言不发,任他们牢骚满腹,气话连天,只是悠闲自在地喝起了茶。

牢骚发够了,三人觉得不对头了:怎么你秦会长如此淡定,好像不关你半个铜钱一样呢?难道说共产党对你是网开一面?三人面面相觑,关住了话匣子,疑惑地盯着已微敛上双睑的秦人简,要看看他到底有何反应。

秦人简听耳旁没了声响,这才抬头轻声问:"都讲完了?没有啦?"

卢达连连摇晃了几下他那颗肥硕的脑袋,说:"没了,没了,你说,你说吧。"

"没有了,那我就讲啦,"秦人简指了指椅子,"都坐下,都坐下,喝喝茶,压压气,咱慢慢聊聊。兄弟几个可是顺风耳啊,这会刚一散,我回家屁股都没坐热,你们就都知道要征税的事了。话说回来,早知道也好,反正得面对的,谁也逃避不了的事嘛。"

他停了停,又漫不经心地抿了一口茶:"我看我们先不管人家共产党的税收不收到我们脑壳上来,也不管他共产党的税又是怎么收的。"

李老板急性子:"会长,你就甭卖关子了,直说,直说。"

"李老板,这事还真急不得,还真得慢慢聊,都不急,今天中午就在寒舍小聚,我略备薄酒,和三位小酌一杯吧。"他随即吩咐站在旁边的秦琮,"去,让吴叔去准备准备,弄几个下酒菜,中午我要和你的这些世叔们一醉方休。"卢达正想推辞,秦人简不容他开口,就堵了回去,"难不成卢兄弟不给我这点面子啊?"弄得卢达只好欲言又止了。

"都把心安下来了。我再接着和老兄弟们聊,"秦人简不愠不火的样子,让本来揣了一肚子怨气的三个人现在只好强制着让自己坐下来,听他秦人简说道说道了。

"打民国二十八年春上日本人进入了我们潇浦县,国民政府的张主席一干人倒是跑得快,先一天不声不响,第二天一大早,噫,不见影子了,溜之大吉了,据说财宝细软装了满满四辆马车,人家跑了,咱们跑得了吗?俗话说跑得了和尚跑不了庙,人家本来就不是跟你我一样,我们是坐庄子啊,怎么跑?那老老小小的,往哪去?好不容易积攒下来的那点家产,谁又忍心抛下不要了呢?是不是啊?你们三个,和我一样都没跑路,那我们留下来的这一年多里,可是遭了什么罪孽呢?我不说,你们心里也清楚的。"

"我说老兄哪,这些你就不必多说了,就讲现在怎么办?"李阳春就是性子急。

"阳春老弟啊,这些,我还非得说不可。"你李阳春急,他秦人简可不急。

"他日本人来了,江宗旺家那俩狗崽子得意起来了,好像他江家祖坟上突然冒出了一缕青烟,原来国民政府坐镇,他江家还多少有些顾忌吧,这下子可好,那气派真的是衣角扫死人——好威风,你我受日本人的气不说,连他江家的气也受够了吧,本来都是乡里乡亲的,抬头不见那低头也见啊,相煎何急呢?是吧?江家有日本的'爷老子'撑腰,对乡里乡亲的可没看在眼里,坏事做绝。你们记得前河街的辛老板吧,胆子细得头顶上掉下片树叶子都怕砸死人,他又怎么会去惹是生非呢,结果硬是让江家逼死了,还不是盯上了辛家的水货生意。辛老板被抓去打得全身没一块好肉,抬回来第二天就一命呜呼了,我们都晓得,辛老板是个通共的人吗?就算你我通共,也轮不到他那老实巴交的啊,老婆子一根绳子往梁上一挂也去了,他家两个儿子一个女儿,大儿子是个愣头青,硬是跑去和日本人论理,结果呢?还不是自投罗网,让鬼子放狼狗给活活咬死了,那场面真是惨不忍睹啊。二女儿孤苦伶仃的咋办?那孩子长得秀秀气气的,听说江敬义准备将她献给山田,这是人做的事吗?畜生不如啊。那姑娘也是贞烈,不甘清白身子让畜生糟蹋,一口气投了青沙江。剩下那小儿子怎么办?不跑,人家还不斩草除根?今天也不瞒你们,还是我偷偷派人将他送出了潇浦,远走他乡,投个生路吧。造孽呢,乡里乡亲的,看不过去啊。"

张平均一拱手:"秦会长古道热肠,兄弟佩服了。"

秦人简一摆手,接着说:"你我可都是敢怒不敢言啊。自从人家共产党新四军来了,不管怎么说,我们还是没受过那些窝囊气吧。我也知道,大家伙对共产党也有看法,譬如要交救国粮啰,要捐款啰,还要减租减息啰,好像就剜了你心头一块肉一样,当然谁也心疼,我也不例外。但平心而论,人家共产党的队伍还是讲义道的,这你们又不是看不到,他们一来,那日子可太平得多了,平常年份里,那鹰嘴岭的土匪,就是绰号'马上飞'的马猛飞,还不隔三岔五地就要来闹出点动静吗。政府有个屁用,到头来不还是我们自己出钱消灾,我跟你们说,官匪一家子,还真是么回事,每次要我们出钱出枪,说是剿匪,结果钱年年花,枪年年出,你看匪剿了没有?还有青沙江上的江匪,那个'水上漂'毕渭民,还算讲点江湖规矩,不似'马上飞'那般凶残,可我们哪次在江上走货又不是提心吊胆的,他一高兴了手一抬,你的船没事,人没事,可货得留下,他不高兴了,连人带船带货一股脑扣了,你不'大出血'休想赎回来。"

卢达感觉到不对劲了,这秦人简尽扯些不着边际的事,分明在为人家共产党开脱,听得他耳朵都长了,还没听到一句实质性的话,真是老奸巨猾。他有些坐不住了,不行,他得将他的话题拉回来,便打断了秦人简的话头:"秦兄说得都在理,可是他共产党主政潇浦县,维护一方太平乃其天职,总不至于将眼睛老是盯住我们这些人吧?"

李阳春马上附和:"是啊,是啊,你共产党要去救国救民没错,怎么去救是你的事,可你不能硬要拉上我们吧。"

秦人简闻言,正色道:"李老板这样说就差矣,救国救民可不仅仅是共产党一家的事,亭林先生顾炎武早已说过,天下兴亡,匹夫有责。共产党抗日救亡,那可是民众的福祉。"

卢达听到这里,心生不满:"听会长的话,可是有赤化之嫌啊,还是少说为妙吧。老兄身为商会会长,理当为我等思量,怎能置会众利益于不顾不管,那可是会长的失职了。"

李阳春冷笑着说:"卢副会长说的是,秦会长的屁股只怕是坐歪了吧?在其位可得谋其政。哼哼。"

卢达干脆挑明了说:"兄弟今天来不是听会长训示的,会长的那些救国救民的道理还是留着自己说去,我们只想来讨个主意罢了。"

秦人简见状,便自知今天的话难得谈到一块,忙"哈哈"两声,自打圆场:"看两位老弟说的,我能被赤化?那简直是抬爱我了,今天不谈国事,不谈国事,咱兄弟难得一聚,就只叙叙旧,说说兄弟情谊罢了。"

孰料卢达站起身来,道:"既然想来讨个主意会长都不给,那我就先告辞了,恕不奉陪。"打一拱手,抬腿就往外走。

李阳春更干脆,连半句话别也没有,紧跟着卢达竟也走了。张平均一见,脸早尴尬,连连道:"这怎么就走了呢,秦会长,真不好意思,下次再来陪你喝酒。"言毕,躬身而退。

剩下秦人简独自坐在厅堂里,唯有摇头苦笑。

秦琼正好进来,看到客人一个个地走人了,不解:"这怎么都走了呢?中午饭都安排妥当了啊?"

秦人简鼻子里哼了一声:"走了好,走了我们自己吃。"

秦琼躬身来轻声对父亲说:"小妹去参加新四军了,听说都分配到税务局工作了。"

秦人简吃了一惊:"你是说秦瑾?你三妹?"

"是的。"秦琼老老实实地垂首回答。

"这小妮子,无法无天,胆大包天,这不是给我出难题了吗?刚刚人家还在怪我赤化,这下可好,家里一下子真就钻出来个小共产党来。"秦人简将一腔火气撒向了儿子,"你这当大哥的,像个大哥的样子吗?连自己的妹子都看不住,还不反了天了?"

秦琼备觉委屈,可他向来在父亲面前只有唯唯诺诺的份,不敢反驳,心里却很是不服,嘴巴里一不小心就嘟囔出来了一句:"你自己不是也没管住吗?"

秦人简正在烦躁地踱着步子,一听儿子的嘟囔声,登时大怒:"你个没用的东西,说什么呢?还戳在这里现眼啊,还不快去给我把她找回来,揪也好,捆也好,绑也好,都得给我弄回来。"

2

潇浦县抗日民主政府关于在所辖区域内开展税务征收工作的通告两天前就在大街小巷张贴出来了。从几条渠道反馈来的情况看,这在潇浦县城并没有激起多少反响,小城平静一如往日,绕城而过的河道上泛着蓝茵茵的波光,金秋的阳光洒在身上,让人感觉到了几分惬意和舒适。

蓝子天设想过征税动员令一经公布可能出现的几种情况：一是民众肯定会议论纷纭，征税成为大家街头巷尾热议的话题，当然，这是很正常的；二是有部分人会为此忧心忡忡，担心自己的财富会因此不保，故而对政府的征收行为产生抵触情绪，但他们会尽量克制自己，采取冷眼旁观的态度，静观其变；三种情况呢，则是比较极端的局面，有人将怒气冲天，甚至于不排除有向民主政府施加压力的可能，或者是硬抗到底。两天下来后，一切似乎都风平浪静。人们对于民主政府征税的事情，并没有出现如他所估计的那些现象。喻大江认为这是好事啊，说明大家对征税相当理解、支持，俗话说万事开头难，他觉得税务分局的开头开得好。

蓝子天没有附和他的讲法，他的心里有丝丝不安。既然心中没底，他就得走上街头，去实地了解一番。离首个征收日还有三天的时间，他得摸清情况，做到有备无患，一定得确保头一个征收日顺利进行。打定主意了，上午，蓝子天放下手头上的事，一个人走出了税务分局的院子。

蓝子天沿着后河街走去，他其实没有明确的目的地，随意走着，一心想去一个人群聚集的地方，去听听人们"打闲卦"也行，总能从中听到些什么。而后河街是县城一处相对而言算热闹的地方。

正赶上这天赶集。每逢一、五、九就是赶集日。城外的百姓一大早就都挑着些农产品进城来了，老老少少，四面八方的人流向后河街，最终汇集成一条嘈杂、拥挤的河流。乡下人挑着、提着、背着、挎着诸如豆子、稻米、菜蔬和舍不得吃的鸡鸭蛋什么的，以及自家种植的旱烟或是编制的背篼、筛子之类的东西，拿到集市上寻一个适宜的地段摆上；还有老大娘、小媳妇们挑灯缝纳的布鞋、千层底，和她们自家熏制的茶叶，等等，也都摆到了街边，等待着城镇居民来选购。

后河街上，人山人海，各色各样的商贩已摆起了摊子，或是用简易的小桌子摆上，更多的干脆就放在地上。吆喝声、还价声、说笑声和小孩的吵闹声此起彼伏，有人在做完自己的生意后离去，去县城里四处逛荡，荷包里有了点钱，他们往往会买上家里需要的称手物品回去，或者会给小孩子们捎带上一包芝麻糖什么的。却又有人接连加入进来，络绎不绝的人流把个集市赶得热热闹闹。赶集的人并不全是为了买卖。那些一家之主，做掌柜的，在每次赶集之前，要早早谋划好购买的物品，或者打点好出售的东西，而那些上了年纪的老汉，还有那些村里、城里的闲人，优哉游哉地晃悠到集上去，在街道里东瞅瞅西看看，凑的就是个热闹。瞅见便宜货了收拾一两件，遇不上也无所谓，因为他们赶集的目的好像就是遛遛腿，看个热闹而已。

集市上最招眼的是那些小媳妇、小姑娘。她们这天指定要穿上自己最喜爱的衣服，三个五个地相邀结伴而至，在那些花花绿绿的布摊子前，一站就是老半天，东挑西选可不一定舍得买，饱饱眼福似乎也是很快乐的事了。碰上"咬筋"的摊主，可不准她们的手在布面上乱摸，这时，她们会不客气地白人家一眼，丢下一句"稀奇啊？碰都碰不得了"，辫子一甩，腰肢一扭，走了。

集市上叫嚷得最欢的是那些卖跌打损伤药的，他们着劲地吆喝，招徕顾客，明明都知道他们是在卖狗皮膏药，但偏偏有人愿意去买上点，也许花钱也不多吧。

一路上，蓝子天随着摩肩接踵的人流漫无目的地徜徉。他对眼前的缭乱无心留意。他眼睛四处搜寻着什么，却又似什么也不在意，耳朵竖立努力捕捉着什么，可两个耳朵里除了胀满的嘈杂外，什么也没听清楚。当他来到三王庙前，看到有几个人正围着一张贴在墙壁上的布告看，他便凑近去，正好是以县民主政府名义下发的那份征税布告，布告的下方县长于振兴的大名赫然在目。

他一副无所事事的样子凑足上前，总算是听见了人们指指点点的议论。

一位穿长衫的中年人正在一字一句地念着布告上的内容,围观的显然有不识字的,也有看不懂的,中年男子一边念着,一边还解释上几句,旁边则有人你一言我一语地插嘴。

"抗日民主政府收税的目的是为了救国救民,这没啥说的,该当如此。"

"原来的税多如牛毛啊,只差拉屎屙尿没收税了,这共产党的税还是少了好多了。"

"我看收税倒是要得,只不过不要让钱进了官老爷们的私人腰包就行。"

"以前交那么多的税,到底用在哪了,鬼晓得,要说是买了枪炮,鬼才相信,日本鬼子一来了,没听到放一枪早就跑了。"

"别到时候只收老百姓的税,那些大户人家的、有来头的就不收了,那就和原先的政府没两样了。"

"俺一个佃户,以往每年累死累活,连自己的肚子都填不饱,新四军搞减租减息,好,好政策。"

"俺没钱交,交点田里土里种的东西应该也可以抵数吧?"

"我看要多交点税才好,人家新四军是帮我们来打鬼子的,多交点给他们,他们好快点把那帮狗日的赶走。"

"是啊,你看看,要是不用躲鬼子了,我们的日子那才真正安心了呢,那就天天可以像今天这样热热闹闹、大大方方地来赶集了。"

……

蓝子天仔细地听着,从大家你一嘴我一句的言论里,他在心里理出了几个判断:老百姓对抗日政府的征税应该说是持理解和支持的态度;如果说税收政策不公平、不合理的话,那人们是不会从心底里服气的;交税的方式可以多样化,实物,如农作物也可以抵税;征来税款不能损公肥私,而是要真正用于抗日救国的大业,这是老百姓关注的焦点。

见布告前聚集的人越发地多了,蓝子天便从人丛里侧身出来,随着又一股人流朝后河街尾走去。

3

眼里蓦然现出一座临街巷的粉墙黛瓦建筑,这在潇浦县城绝对称得上是精致的府第,蓝子天一抬头,看到门楼十分讲究,石雕装潢,门楼横坊上有双狮戏球雕饰,柱两侧配有抱鼓石,显出高雅华贵的气派来。再瞅瞅大屋顶的脊吻,系正吻,即正脊两头口衔屋脊。正吻塑鳌鱼状,特别打眼。鳌鱼指的是传说中的龙鱼,究其起源比较原始,据说汉武帝造柏梁殿,遭火殃,方士说:"南海有鱼虬,水之精,激浪降雨,作殿吻,以镇火殃。"正吻就由此产生并沿袭下来。

蓝子天再一看朱红色大门边那一副木刻对联,黑底金字,上联是"世事让三分,天宽地阔",下联道"心里存一点,子种孙耕"。他不禁轻声念了出来,心里暗揣,这家主人看来还是个世事洞明、人情练达之人了。只不过他不知道这是谁家府第,他来到县城仅仅几天的工夫,对县城里的各色人物均甚陌生。

不知不觉间已到后河街的尾巴上了,便打算返回。正要掉头走,听到那两扇朱红大门"吱吱"叫唤起来,沉重的大门缓慢地启开来一条门缝,一个少女的身影倏地从里面一闪而出,她手上挽了个布包,一脸的不高兴。紧跟随出来了一个三十左右的青年男子,一脸焦急,口里喊着:"小妹,等等我,等等我,妹子。"女孩子却是头也不回,干脆勾着头撒腿一路小跑起来,却冷不防和蓝子天撞了个满怀。

女孩子杏眼一瞪,嘴巴里也没好气:"好狗不挡道,你偏偏像树桩子一样立在这里。"

蓝子天心里一下子窝火了,想着,你这人好没道理,明明是你撞上我了,还把我当出气筒,这街道又不是你家的。正想反驳,定睛一看,这不是秦瑾吗。女孩子也反应过来了,一见是蓝子天,霎时脸上飞起了两朵红云,怪不好意思的,期期艾艾地忙朝蓝子天鞠上一躬:"没想到撞上蓝分局长了,对不起,对不起了。"蓝子天微微一笑,问道:"没事,这么慌里慌张地去哪啊?"

秦瑾正要开口,那青年男子,她的哥哥秦琮赶过来了,一把就拽住妹妹手上的布包,气呼呼地说:"你赶紧给我回去!"

秦瑾试图甩开哥哥的手,左右接连甩了几下,毕竟没有那么大力气,只得作罢,却不让步,头一偏:"就不回,我今天走出这扇门,就再也不回这个家了。"

见妹妹如此执拗,做哥哥的还真没辙了,只好软了口气劝着:"我的大小姐呀,你这一走不是要把爹活活气死吗?怎么着,你还真舍得丢下爹啊?他都一把年纪了,身体又不好,算哥求求你了!你要不跟我回去,那爹还会让哥有好日子过吗?你不晓得,你每次惹爹生气,他总把火撒到我身上,我都成了爹的出气筒了。"

"活该,谁叫你那么听话,你就是爹的应声虫。他说一,你不敢说二。"

"唉,我看就是爹把你给惯坏了。"

"他还惯我了?为什么我要做的事他总是反对?这还叫惯坏了?"

"不让你去参加新四军,这,爹不是怕你有个三长两短吗?再说,你一个女孩子家在外面疯疯癫癫,人家会说是家里没教养的,会指我秦家背皮啊。"

"我就知道你和他一个腔调,一个鼻孔出气,参加新四军打鬼子有什么见不得人的,我才真正佩服人家新四军哩,日本人来了,他们就敢上、就敢打。再说现在都什么年代了,女孩家怎么啦,还得关在家里吟诗作赋,描红绣花吗?哥,我看你和爹一个样,老古董。"

做哥哥的自知斗嘴向来就不是妹妹的对手,秦瑾连珠炮似的一阵数落,呛得他只有干瞪眼的份。他一转眼看到蓝子天在旁边,忙拉扯着妹妹的手:"我们有什么回去说,回家去好好说,别在这里出洋相了,让外人笑话。"

秦瑾一点也不买账,指了指蓝子天,对秦琮说:"他不是外人,他就是新四军呢,你让他给评评理。"

蓝子天一直站在一边听兄妹俩磨嘴皮子,清官难断家务事,他本来不想掺和进去的,这时只好自我介绍说:"我是县税务稽征分局局长蓝子天。"

秦琮一听,马上说:"是蓝长官啊,你给评评,世上哪有连爹的话都不听了的事情?你们新四军难道说这样不孝顺的人都能要吗?"

秦瑾听哥哥这样一说,更气了:"不许你乱讲新四军的坏话。是我自己要参加新四军的,又不是人家逼我的。"

蓝子天自然已大体上听明白了是怎么回事,他劝慰秦瑾:"我看你还是回家和家里人好好商量再说吧,不必着急,我们搞革命工作也好,打日本鬼子也好,都得要家里人支持嘛。"

秦瑾急了:"和他们没法商量的,我爹骗我三番几次了,一会儿讲我年纪小了,等到我再长大点准同意;一会儿又说你们新四军不收女的;一会儿还讲只要新四军要我,他就不会阻拦我的。你看看,税务稽征分局成立了,不是需要我吗?他一下子就反悔了,没道理可讲,就是'不同意'三个字。"她有些怄气地白了蓝子天一眼,蓝子天明白那眼神里有怪他没帮她说话的意思。

眼看正僵持着,谁也说服不了谁,谁也不肯作出让步,这时,秦人简从大门里走出来了。他其实一直都站在大门背后,观察着。

秦人简和蓝子天见过面的,自然相识,只是还不熟悉。他朝蓝子天一拱手,客套着:"不知道蓝分局长大驾光临,失礼,失礼。"

"秦会长客气了,我是碰巧路过贵府而已。还真不知道会长是住在这里。好地方呀。"蓝子天又环顾了一眼秦宅,忙说。

"哦,那赶早不如碰巧,请蓝分局长赏脸到寒舍一坐,品尝品尝一杯银针茶如何?"秦人简一边说,一边做出了"请"的手势。

蓝子天原本想找个借故赶紧走人,现在听秦人简一说,改变了主意,正好借此机会和秦人简聊聊天,探探商界人士对于县政府征税一事的反应。于是,他爽快地朝秦人简一抱拳:"那就打扰了。"

秦人简领头往屋里走去,蓝子天随后。那秦瑾犹是犟着个脑袋不肯进去,秦琮扯都扯不动,秦人简严厉地瞪了女儿一眼,哪知她故意偏过头去,不加理睬。把秦人简气得直翻白眼,当着外人的面,又不好发作。蓝子天看在眼里,心里暗笑,在外面风光无限的堂堂商会会长,摊上这样一个大小姐,也没了脾气了。他便朝秦瑾努努嘴,示意她回家去,那个大小姐才极不情愿地随着往门口迈开了脚,也算是下了台,解了围。

4

分宾主坐下,上了茶,果然是上好的君山银针茶。茶芽外形很像一根根银针,叶底肥厚匀亮,香气清高,味醇甘爽,汤黄澄高,芽身金黄发亮,冲泡后,芽竖悬汤中冲升水面,徐徐下沉,再升再沉,三起三落,蔚成趣观。是以当地人又叫它为"跳舞茶",倒也有几分贴切。

秦人简面带赧色地说:"让蓝分局长见笑了,小女任性,秦某之过。"蓝子天看了一眼秦瑾,微笑着说:"秦小姐报国心切,也在情理之中哩,秦会长不必计较。"秦人简道:"你有所不知,老夫有一子二女,独对这满女儿心疼得紧,她娘在她三岁时患病辞世,临走时最不放心的就是这孩子了。所以我三个孩子中,我对她分外溺爱些,没想到现在翅膀硬了,连我的话她也当耳边风了,左边进去，右边出来。"本来秦瑾听父亲说起母亲来，她就伤感得泪眼蒙眬，乍一听父亲又说她不听话，管不得有蓝子天这个外人在场，忍不住回嘴了："只说溺爱了我，开口总说什么都顺着我，这样子干涉我的事，是什么都依着我吗？"

她这一不管不顾的驳斥，让秦人简颇觉难堪。他加重了语气道："你这妹子，真不懂事。我是担心你啊，世道这么乱，有个三长两短的，我怎么向你娘交代啊？"

"哼，你老是提我娘。我参加的是税务稽征分局，又不是去打仗，去拼刺刀，有什么担心的。"秦瑾头发一甩，扭头就朝里走，临走还哽咽道，"都怨我娘，把我生了就不管了。"

秦人简这下哑口了，摇摇头，对蓝子天说："她小孩子怎么晓得世上的凶险啊，税务局就没危险了？收税就是那么好玩的事？想得轻巧。"

蓝子天从他的话里敏锐地捕捉到了什么，却又是并不明朗的感觉。他正好借这一话题切入，便一副漫不经心的口气说："相对于战场上的刺刀见红和炮火枪弹，收税当然要安全多了，秦小姐说的也是事实。再说了，我们共产党民主政府颁布实施的征税政策，还是得到了绝大多数民众的支持理解嘛，毕竟要与民主政府对抗甚至为敌的是极少数嘛，所以我想，刁难我们收税的肯定有，也不过是极个别的现象吧。"说完，他观察着秦人简脸上的表情，看他如何回答。

"蓝分局长讲得当然有道理。"蓝子天等着他说下去，可秦人简却缄口了，显然是在脑子里搜索要表达的词语。

蓝子天见他不说了，也不追问，只是看着他的眼睛。

秦人简的眼神与蓝子天碰撞一下，迅即避开，嘴上打起了"太极"，说："贵党抗日民主政府在潇浦成立以来，的确让广大民众拥护，各项民主政策，皆为救国救民着想，可谓深得人心啊。"

秦人简玩起了迷踪，蓝子天决定直奔主题了："那么，对于此次我政府推行的税收政策,不知道大家怎么看的?"他顿了顿,直视秦人简说,"特别是作为潇浦商会会长,秦会长认为本政府的征税是否合情合理呢?商会是否会鼎力支持啊?"

秦人简回避不掉了,只好说:"这个嘛,本人对民主政府的征税绝对百分之百地支持、服从。我之于抗日救国的态度,蓝分局长可能不了解,可是于振兴于县长是心知肚明的。"

蓝子天说:"我早已知道了,秦会长胸怀大义,为人正直,远非奸商可比,这是有口皆碑的,抗日政府心中有数。新的税收政策执行还全赖会长大力支持。离首个税收开征日只有三天了,我想,这第一炮必须打响,我请示于县长同意,打算届时搞个集中征收的活动,一方面造造声势,另一方面也是一次政策的集中宣传,您看可行吗?"

秦人简马上说:"这个主意好,好。蓝分局长到底是有文化的,点子多。前程无量啊!"

蓝子天谦让道:"会长高看蓝某了。我这还有个不情之请,要请会长多多支持。"

"那没问题,要捐款捐物,秦某向来是在所不惜的。都是为着抗日嘛,不分彼此。"

"呵呵,我就知道会长爽快之至,去年县里号召捐救国粮,会长第一个率先响应,一捐就是上百担,树立了楷模呢。"

"哪里哪里,应该的,应该的,还是那句话,抗日不分彼此嘛。"

"我这个请求就是在首个征收日,我们举办集中交税活动时,想请会长仍然带个头,做个交税的榜样。以您在潇浦举足轻重的地位,您积极交税,那可是会产生多大的影响呢。当然,税不在于您交多交少,按照政策算,该交多少就是多少。您意下如何?"蓝子天充满期待地看着秦人简说。

"这个,这个,"秦人简迟迟艾艾的,"我去不太合适吧,税款我当然会一分不少地交给政府,那种场合我就不去了罢。"

"这有什么不合适的？平时口里讲得好,抗日救国人人有责的口号做歌一般唱,现在要你去交个税,就推三阻四了啊。"秦瑾突然从里间"嗵嗵嗵"地闯将出来,朝着秦人简就是一番数落。

秦人简听得脸上一阵红一阵白,呵叱着她:"你个不省心的小妮子,你晓得个屁啊!让我去当第一个交税的,那是把我往火上架,往枪口上撞呢。"

蓝子天锁起了眉头,忙问:"秦会长怎么会这样想呢？难道我们民主政府的税收政策还真的是有很大的问题吗？竟然还到了要人性命的地步了？"

此时,秦人简才长叹一声:"事已至此,也就不瞒你了。前时商会的卢副会长等人来找我,目的就是说对你们政府的征税不满,我也没能说服他们,他们可是气冲冲走了的。现在你们要我出来交税,那我可是真为难,两面难讨好了。据我这两天在商会那边的消息,他们可能会闹出些事来的,到底怎么个闹法,我也不知情,只是提醒你们注意点为好。蓝分局长你说,我日后还得在商会混下去,你让我站出来,那不成了人家的活靶子了吗？所以,还请多多体谅,体谅。"他压低声音附着蓝子天的耳朵说,"听说这几天江敬义的人在县城露面了。"

蓝子天听了,心里一紧,原来看似平静的背后还真是不那么太平了,他起身来向秦人简道别:"谢谢会长的提醒。会长的难处,我理解,也就不好勉强了。告辞了。"

秦人简忙起身相送。秦瑾却飞快地跟上蓝子天一道走出了家。秦琮作势要去拦,秦人简无可奈何地对秦琮说:"且随她去吧,拦得住人,留不下心。"

蓝子天远远地飘过来一句话:"您就放心吧,我们大家都会照顾好她的。"

第三章

1

首个集中征收日如期进行。地点在县立公学的操场上。

昨天下午，蓝子天就陪同县长于振兴来到这里，就准备工作一项项进行检查，看哪个环节还有没想到的或者有遗漏之处。分局副局长喻大江统筹指挥布置现场，他们搬来了课桌，摆设了一个政策咨询台、一个开票估算台、一个收现款台、一个收实物台，分工很细，明确了每个台子的人员和要负责的事情。政策咨询由喻大江自己负责，接受询问，解答疑难；开票估算台由秦瑾、"顺口刘"负责。秦瑾死磨活缠地要加入新四军，声称父亲秦人简不同意就要与他决裂，于振兴和蓝子天一合计就准她加入了税务分局。女孩子心细，又有文化，蓝子天将她留在分局当税收会计。难能可贵的是她一张算盘打得纯熟，这次就让她负责计算好应缴的税款和开票。考虑到还有拿实物抵交税款的，就由"顺口刘"进行估价，他土生土长于此，熟知市场行情。细致严谨的孟春山负责收取现款，让他来干这事，放心，不会出现闪失。收实物的则有安理福和祖桂秋，他们甚至都准备好了索子、箩筐、扁担、麻袋之类物什。

一条龙的流水线安排，让于振兴和蓝子天觉得满意。尚山虎则带了几个学生模样的在张贴宣传标语，操场的围墙上都刷上了红红绿绿的宣传口号，蓝子天看看内容，写的有"抗日救国需要钱，全靠税收来支援""交上一分税，多造一杆枪""大家都来交税钱，保家卫国有安全""民主政府为民众，收上税来为抗日"诸如此类的内容。于振兴念着念着,觉得还真是朗朗上口,不觉问身旁的蓝子天:"这都是谁想出来的呢?字也写得好,一手端庄漂亮的颜体楷书,应该是从小练过帖的。"喻大江接过来回答:"字是秦瑾写的,小秦姑娘功劳最大,她昨晚加了大半夜的班才写好,别看她一个小姑娘,到底是去清山省城读过女子学校的,有文化。内容大都是'顺口刘'想出来的,还有就是大家伙你一句我一句凑的。"喻大江顺手指着近处墙头上的一张大红标语,"'顺口刘'可是读过几年私塾的,平常什么四六句子顺口溜张口就来,脱口而出,挺逗乐子的,大家都喜欢听他扯淡,给他起了个外号叫'顺口溜',他姓刘,叫着叫着干脆叫成了'顺口刘',瞧,那几句就是他想出来的。"

几个人凑近去细看,只见上面写着:"目前正是收获季,谷子满仓猪羊肥。一亩六升来交税,一猪三羊两块钱。积极缴税莫迟疑,抗税不交要吃亏。简简单单算清楚,争做光荣纳税户。"

于振兴一拍巴掌,回头对蓝子天他们说:"讲得好,讲得好,就是要这样子宣传,通俗易懂,一看一听谁都清楚明白。这个'顺口刘'还真是个人才,我原来不了解,早知道他有这样的文化底子,就让他进宣传队,可轮不到你们税务分局了啰。都怪自己官僚主义,后悔莫及啊。"于振兴自己调侃着。蓝子天笑着打趣道:"汉元帝不识王昭君美貌,送她出塞,后悔也迟了。而我的县长大人不知道'顺口刘'才高八斗,没留身边,现在也迟了呦。"

"哈哈,你这子天同志,得了便宜还卖乖。"于振兴佯装生气地擂了蓝子天一拳,"不过,在哪都是革命需要,你们税务分局刚刚成立,更需要这样的人才。"

他严肃地对蓝子天说:"秦人简还算是个开明人士,我们要保护他们这一类人的抗日热情。他和你反映的情况,我们也不能大意,得做好两手准备,'外堵内防',务必保证明天的第一个集中征收日顺利进行,真有谁敢来捣乱,要坚决打击。"

蓝子天和喻大江异口同声地说："保证完成任务。"他们的声音洪亮，坚定。

因为有了秦人简的提醒，蓝子天自然不敢麻痹大意。那天从秦家出来后，他就召集喻大江和尚山虎商量，向于振兴县长报告并作出了"外堵内防"的安排部署。因为龙口卡子的情况复杂，在分配去月林、古窑、横铺子、胜岩砥四个卡子的人员都已上任的时候，蓝子天决定让尚山虎缓一步再去龙口工作。对蓝子天来说，龙口卡子当然是难啃的硬骨头，得从长计议，当务之急，是首个征收日要一炮打响，这样，税务征收才算是旗开得胜。他干脆把尚山虎留下来先协助做好县城首个征收日的保卫工作。是以在集中征收日这天，蓝子天和尚山虎不再承担有关征收的具体事务，而是将全部精力放到了安全保卫这一块来，他们知道，自己身上的担子在这天将是无比沉重的。这是"内防"。所谓"外堵"则是由县政府布置，加强进入根据地人员的盘查，严格凭抗日政府开具的"路条"通行，防止日伪军混进来制造麻烦。

现在看起来万事俱备了，就等集中征收的第一声锣响。蓝子天他们在凝神静气中等待着，或者说盼望着这个时候的到来。这一天的到来，对于他们来说，意味着潇浦县抗日民主政府的税务征收工作将由此掀开崭新的一页，他们的革命生涯亦将因此而开始以另外一种方式进行书写了。

蓝子天步入县立公学的操场时，他觉得自己的脚步迈得那么坚实。秋天的阳光，让他心旷神怡，他自信已做好迎接一切挑战的准备了。

2

所有的工作都在按预先的安排有条不紊地进行着。

操场上聚集的人还真不少，人头攒动。自然而然地有不少人来看热闹,总是有人不乏围观的喜好,哪里热闹就往哪里凑。

蓝子天身着便装,在人堆后的边缘警戒着,鹰隼一般的眼睛始终保持着锐利和机敏。他看到尚山虎按既定的安排已混入了人群,那是一只"搜山虎",多年的战斗经历练就了他猎犬一样灵敏的嗅觉和果断出击的反应。他再一搜寻,看到人群里的鲁双涛和石头都已就位,他们两个既能和自己保持着三角联结,又能和人群中的尚山虎互为犄角,相互配合。他心里稍稍安心了。

蓝子天注意到,喻大江的政策咨询台前已经聚拢了好几个人。喻大江在指指点点地解答着什么问题,小何的脸上堆着微笑,手里拿了一沓宣传资料还有公告什么的站在桌子边,见到有人拢近了,就热情地递上去一份资料,嘴里说:"这是发布的政策,去看看吧。"他可管不了人家识不识字,只管热情地递过去。而台前的人也不论自己认不认得上面那黑乎乎的字,见到递到手边了,伸手便攥过去,识字的则挪到一边自己慢慢看去,不识字的呢,则一把折叠起来放到口袋里,揣回去找识字的再看吧。

像赶场一般,不断有人拥进来了,有的推着独轮车,有的挑着担子,还有的捎着篓子。向政府交税并不是稀奇古怪的事,就近说,从清末到民国,从末代皇帝到地方军阀,从国民政府又到日伪时期,从国民党掌权再到共产党执政,以往,潇浦的老百姓向各式各样的政府交过五花八门的税,捐过名目繁多的款,什么通关税、烟灯税、盐税、酒税、鸡税、人口税、婚姻税,水陆关卡林立,征收过道捐税,甚至于还有潇浦特税。人们交头接耳,议论纷纷,有人说,像这样子交税还真是头一回,人家把税给你算清楚,和你讲明白,该交多少就交多少,这就心中有底了;有人说,有钱有势的人家,看来也逃避不了纳税啰,穷苦人家交上点税也不至于就过不了日子;还有人说,以前看到那些收税的上门来了,躲都躲不赢啊,那是收税吗?简直就是抢,抢,抢。你敢不给?不给就抓去坐牢,都荷枪实弹的,吓都吓死你,难怪老百姓都要叫他们"税狗子"……当然也有人质疑:"都讲是为了抗日救国,以前那江氏二虎不也是打着这个幌子收人家的税吗?后几年的税都给他一年收了,然后跑路了。"马上就有人接腔了:"是啊,鬼才晓得刮了我们的油水干啥子去了,打鬼子?没看到把鬼子打跑,只怕都进了自己的腰包吧。"旁边一位一直静静站着的老人这时忍不住了,他一副学究打扮,挂了根拐杖,穿了件青纱,戴着眼镜,下巴上飘着一绺白须,看上去颇有几分仙风道骨。老人把拐棍往地上使劲戳了三下,语气激动地说:"做人要有良心,讲话也要凭良心。人家共产党的抗日民主政府是干什么的,人家共产党的新四军又是干什么的,大家只要不是睁眼瞎,就都看得一清二楚。老朽活到古稀之年,还是第一次见到这样仁义的政府,如此仁义之师啊。"有人认出他是前河街的马秀才,清末最后一科秀才。马秀才的话引起了旁边人的附和:"就是讲啊,马老先生讲得是,人家新四军那才是一心一意打鬼子,国民党一听到小鬼子来了,照面都不打,比兔子溜得还要快。还不是新四军才把鬼子赶跑的?""这样收税,我是心甘情愿交的,心服口服,共产党的政府做事没讲的。""只要真正是为了打鬼子,我多交点都行,那小鬼子把我们一家害得太惨了。""去问问,看新四军招人不,我要报名参军。""我也去打鬼子……"

　　在观望、议论和看热闹的过程中,有人走向了开票台,他即将成为第一个交税的人。

　　蓝子天定睛一看,暗暗吃了一惊,那人竟然就是潇浦县商会会长秦人简。

　　比蓝子天更诧异的是秦瑾,当她看到父亲一步步走到自己所在的开票台时,她根本没有料到竟然是父亲第一个来。她一时间有些蒙了,思维短路了一般,不相信自己的眼睛,见女儿呆呆的样子,秦人简在桌子上轻轻敲了两下,女儿还是定定地看着父亲,依然没反应过来。秦人简心里好笑,大声说:"我来交税了!"秦瑾猛然间回过神来,有些不好意思地朝父亲笑了,露出她那一口好看的洁白牙齿。

秦人简对跟随在身后的管家王明基说:"把账给小姐报一报,不,给秦长官报告吧,算算我家该交多少税。"

秦瑾脸上发烧,知道父亲在调侃,便嗔道:"我不叫长官,叫同志,会长大人。"她随即转向管家:"辛苦王叔了。"王明基问:"这税从什么时候开始算起呢?"秦瑾答道:"通告上都写了,就从公告之日起,也就是这个月的,以往的都不管了。"

王明基便从身上取出账本,摊开在秦瑾面前的台子上,对她说:"还是请大小姐自己看看吧,我就不方便一一报告了,这生意上的事可是忌讳让旁人听到的。"他翻开账册,一一指点着说:"这是本月入息,这是本月租金入项,这是本月的商行营业额,还有,这里记的是货运站的情况,这是煤栈的……"秦瑾以前不知道家里到底有些什么具体的经营,所有的生意都是父亲一手掌握的秘密,也是他一个人在支撑着这个家族的经济支柱。近些年来,父亲年纪渐渐大了,感觉到精力亦有些不济,现在才开始让大哥秦琮慢慢参与进来。而大哥天生有几分怯懦,父亲显然是觉得他难以继承自己的衣钵吧。秦瑾偶然就听到父亲和小娘说过可惜只有这一个男丁的话,小娘为此还落泪啜泣,因为她自打嫁入秦府,一直都未能为秦人简再添上一丁半口,总是觉得内心愧疚。事实上,在旁人看来,秦家的那俩女儿,都比长子要胜出几许,两个女孩子倒是一副精明、泼辣样,凡事有主见,做事也是风风火火的。二女儿秦瑜这些年正在欧洲留学未归,她早就想回国,但秦人简见战火烧到了家门口,便勒令她不得回来;三女儿秦瑾在清山省城女子学校读书,省城沦陷前,被秦人简赶紧接回家来。

秦瑾从自家生意的账簿上仿佛看到年迈的老父在生意场上奔波劳碌的身影,她不禁为自己年少任性而冲撞父亲的行为心生自责。父亲为这个家庭的确时时刻刻都在操心尽力,社会动荡不安,战火纷飞不歇,加上生意场上尔虞我诈、你死我活的竞争,父亲过的无异于也是一种刀尖上讨生活的日子啊。而她这个做女儿的,对父亲又有过多少理解、多少关心呢?一想这里,秦瑾仿佛觉得自己一下子长大了。她看到父亲的鬓角上好像又有新降的霜雪,眼睛不禁有些湿润了。

秦瑾埋头将账簿上的数据仔细抄到了本子上,然后噼里啪啦地拨动着算盘,计算着应交的税金。秦人简留意到那算盘的棱架上竟然标着"秦记"二字,再细看,这个算盘就是他多年前曾经用过的那一把沉香木的算盘,这算盘沉香味非常好,用干净布擦一下后,布上都可以明显闻到香味。算盘中间的横梁上系着一股线绳,有个指甲盖般大小的竹节,能来回滑动,可以标记所算的进位数字,算盘的两侧拴着一根丝带,是过去用纺车纺的那种,背面插着背板。对这种有背板的算盘,有种说法是,有背板,算是兜底,无论你怎么算,财富都不会从指缝间溜走。由于岁月的流逝和使用的磨损,算盘标牌上的图案和字迹有些模糊,难以辨认,但秦人简清楚地记得上面的字迹为"南华毛笔算盘厂,上海邑庙豫园路一八〇号东园门口"。椭圆形的商标里,一个算盘和一支毛笔,中间有一只伸出大拇指的手,上下空档处写着一组令人值得回味的话:"首创第一,完全国货,一片冰心,品华出品。"短短几句话,说明厂家是为对抗洋货而生产的,可见一腔爱国情怀。秦人简清楚地记得在小时候看到人使用算盘,他们手头的算盘是工具,打得"噼啪"作响,声音清脆而有张力,与那些摇头晃脑、背诵唐诗宋词的老学究们相比,丝毫也不会逊色到哪里。最能展示他们技能的是,利用小窄条的算盘,在狭窄的天地间,手不用划拉那么大幅度,只是拇指、食指、中指配合,关节松动和收缩,一边打、一边记,眼睛几乎不看算盘,上上下下,左左右右,噼里啪啦,犹如玩耍一般,让旁观的目不暇接。秦人简的父亲自小就告诉他,只要有打算盘的本领,就可在遮风挡雨的环境下做事,不用费体力,不用出血流汗,足以养家糊口,挣碗饭吃。所以,秦人简的算盘曾经也是打得出神入化。秦瑾小时候不爱女红,许是耳濡目染吧,小姑娘偏对算盘表现出了浓厚兴趣,秦人简惯着这个小女儿,就用那把沉香木的算盘手把手地教她打算盘。这把算盘,秦人简已经多年不再使用了,他把它放在家里收藏着,没想到这个时候竟被秦瑾偷偷拿出来重新派上用场了。"她爱用就行,反正收在家里也是收。"秦人简本想责备女儿几句,转念一想也就罢了。

秦瑾不一会儿就将税算好了,她将写在本子上的数目给王明基过目。"共计是四十一块五角整。"她告诉父亲。秦人简点点头,也不多言,对管家说:"按这个数目交钱吧。"秦瑾朝旁边收款台的孟春山招呼一声,告诉王明基交税款去他那边。

由于秦人简的带动,那些揣着钱和捎带抵税物品的人本来还在抱着看看的态度,这下就都行动了。秦瑾的台子前一时间就拥挤起来,她埋头忙着计算税款,同一个台子的"顺口刘"也开始对人们带来抵交税款的实物进行过称、估价……抵交税款实物主要是稻谷、豆类之类农作物,交来的现款亦是五花八门,有国民政府的银行法币和汪伪政府的储备券等,还有其他根据地发行,但已流通到潇浦一带的货币,诸如江淮币、淮北币、大江银行币等。这可苦了孟春山,他得按交来的钱币分类清理;收实物的安理福和祖桂秋也不轻松,对上交的实物,他们要复述数量、验收质量,无误后,还要分别予以包装装袋,以便运送。

蓝子天见到集中征收的流水线不仅流动起来了,而且还是比较顺畅地流动,他的嘴唇边不动声色地滑过一丝愉悦,而心里紧绷的那根弦却不敢因此松弛半分。他心想要是今天的事情会一直如此顺利地进行下去就好了。

3

果然出现状况了。状况首先出现在实物收取台。

两个青皮后生抬了一麻袋稻谷到了安理福面前,向他出示了开票台秦瑾开具的税票,上面明白无误地填写着:交税人张平均,税金十块零六角,交税形式是以稻谷一百五十斤抵交。两后生将麻袋放下,就等着安理福验收,安理福招呼祖桂秋一块准备将稻谷装进他们备用的箩筐里,好将麻袋还给后生带回去,但其中那个穿黑短褂子的胖一些的后生却拦住了他们,说:"不用了,给我们在票上盖个章,我们回去好向老板交差就行了,袋子我们不要了。"听他这样一说,安理福不禁抬头多看了后生一眼,他第一反应就觉得有些不对劲。那两个一身农民打扮装束的后生,却生得显然不像是在田里土里风吹日晒劳作的那副模样,那一个矮小个子的,脸上倒是显得黑瘦,却是一副病恹恹的样子,没点精神,尤其是比较胖的那一个脸上淌着汗。安理福注意地看了看他的肩膀,发现扁担压过的地方一片深红色的痕迹,如果说是乡下庄稼汉和哪个作坊里的伙计,两个人抬着百来斤的谷子,肩膀上应该不致压得这般红了,至少可以说明他们平常是不大干体力活的。老安霎时警觉起来,便坚持说:"老乡,这可不行啊,麻袋得给你腾空了好带回家去,下回还派得上用场。"他边说边朝小祖使了个眼色,两人不管三七二十一,就将麻袋解开来,同时一使劲,抬起便往箩筐里面倒,只听到"咣当""咣当"声,倒出来的除了罩在袋口的少许谷粒外,其他的竟然全部是石块。

　　俩后生见势不妙,抬腿想溜,早已候在一旁的尚山虎说时迟那时快,一把就势抓住了靠近他的那个黑瘦个子,干净利落的一招含胸切腕,逼得他下跪就擒。胖子见状,仗着身高体大,朝尚山虎抢奔过来,忽地一拳击向尚山虎脑门,试图将同伴救走。尚山虎见其势大力沉,不好硬挺,不得已松开了瘦个,侧身以避开当面那一击。不料胖子不是省油的灯,看似笨拙,动作却是老到,见一击不中,他脚下挪动却快,猛然身形调整,一把就抱住了尚山虎的腰,自恃力大,欲将尚山虎摔个嘴啃泥。尚山虎来不及思考,迅即重心下压,只见他额头上青筋突起,运足了一口气,脑袋用力后撞,连续撞击着胖子的脸,同时顺势下蹲,两手陡地从自己裆内伸出,借自己身子下坐之势,一把牢牢揪住了胖子的右腿,猛喝一声,将那条腿使劲向前一拉,接着马上往上一提,胖子失去重心,"砰"的一声仰天倒下。瘦子意欲偷偷溜走,这时上来了鲁双涛和石头,将他死死地按在了地上。而尚山虎也没再给胖子翻身的机会,他抢前一步锁住了胖子的喉咙。尚山虎立即朝老安和小祖吩咐着:"都捆上,押回分局去。"

周围的人喝彩鼓掌,这一幕算是揭过去了。

秦瑾那头却又发生了事情,原来正当这边闹哄哄的时候,秦瑾分神了,她站起身来,想看看是怎么回事呢,不料,一个身影倏地掠到台前,一把抓过她的税票掉头就跑,待她反应过来时,那人已在人群里左闪右闪的,朝操场外跑去,眼看着就要跑掉了,没提防一个扫堂腿就把他扫翻于地。蓝子天及时赶到了。

人群又是一阵骚动。眼看秩序就要乱了,偏偏这时又有人嚷嚷着:"新四军打人啊!""共产党抢钱啊!"很显然是想搅乱现场,浑水摸鱼。这不是偶然性的事件,到底还有多少个人混进来了,现在情况不明,蓝子天来不及细想,将抓住的人交给尚山虎,大步奔到前面,跃上一张桌子,大声疾呼着:"乡亲们,请你们不要吵闹,听我讲几句。"见有人站出来了,大家便把目光聚集到了蓝子天身上。

蓝子天知道,必须迅速控制住局面,否则后果不堪设想。他见到大家的注意力已被自己吸引过来,当然得趁势了。

他洪钟一般的声音在操场上振荡起来:"乡亲们,今天是我们抗日政府税务稽征分局开展的第一个集中征收日,感谢乡亲们的到来,我在此谢过了!"他深深地朝大家鞠了一躬。这一举动,自然而然地博得大家的好感。操场上开始安静下来。

"我们共产党的政府为什么要成立税务局,为什么要征税呢?这个道理,我想我在这里不必多讲了,我们的目的是要彻底地将小鬼子赶出潇浦县,赶出中国,这样一来,我们才能过安定和平的日子,我们才不至于整天提心吊胆,不至于担心我们的亲人早上出去晚上还能不能回来。那种揪着心过的日子我们再也过不下去了。"他攥紧拳头,神情悲愤,"我们谁愿意过那种人不人鬼不鬼的日子呢?你说,有谁愿意吗?"

下面有人大声回答:"谁愿意,他娘的哪个龟孙子愿意啊。"

"可是小日本就是要让我们那样过。"蓝子天说,"人家强迫我们做不了人,只能做鬼啊。为什么呢?他狗日的强盗有飞机有大炮,有的是钱啊,他们的钱是哪来的?还不是抢了我们大家的吗?抢了我们的钱造飞机、大炮来炸我们,造枪造弹来打我们。我们坚决不会答应!"他在空中做了一个斩钉截铁的手势。

台下顿时高喊:"不答应,决不答应。"

蓝子天伸出双手向下压了压,示意大家安静。

"我们当然不能答应,可是有人却要答应,"他指了指被捆绑在地的那三个人,"这些汉奸走狗们今天故意来捣乱,他们这是破坏我们的抗日救国,不仅仅是与我们民主政府为敌,更是与乡亲们为敌。对这样的败类,我们也决不饶恕。与人民为敌是绝没好下场的。"他厉声喝道,"把这三个汉奸拖起来,让乡亲们看看他们的丑恶嘴脸,奴才相。"尚山虎他们立即将瘫软在地上的那三人拖到前面,人们的愤怒之火被点燃了,谩骂声四起,还有的试图冲上前去殴打,被便衣队员拦住了。

蓝子天再次用手势平息大家伙的激愤情绪,他朗声说:"我们不会那么轻易地放过这些坏蛋分子的,我们还要好好审问他们,把背后的黑手挖出来,把更大的汉奸找出来,然后交给大家来审判。现在把他们押去关起来。"

"我们民主政府征税就是希望全民动员,举全体之力,来打一场全民抗战的战役,这样,我们相信一定能打赢日本人,一定能打跑小鬼子。乡亲们有钱的出钱,有力的出力,都来为抗日做出自己的贡献吧,再次谢谢大家了。"他又一次深深地朝大家鞠了一躬。

人群里响起了一阵阵的掌声。

"现在请大家都来维护秩序,要交税的请继续交,要问问政策的,也欢迎大家来问。"蓝子天说完后,跳下桌子。他揩了揩额头上细细密密的汗珠子,长长地吁了一口气。

首个集中征收日在经历了中间这一风波后,还算顺当地结束了。

晚上,蓝子天召开了会议,统计了当天的收税情况:计有交来的现金二百三十九块八角,还有谷物豆子之类实物三百担。他总结说:"我们今天不管收到多少税金,都应该说是一个胜利果实,毕竟这是我们迈出的第一步,也是至关紧要的第一步,今天的情况告诉我们,日后征收的路途注定将是很艰难的,每个人都要有充分的思想准备,同时,我们也要看到,乡亲们对我们是很支持的,这就是我们搞好征收的重要保证。"

秦瑾一直在注意听蓝子天的总结,她对于因自己今天的疏忽而导致税票被抢,感觉到心里堵得慌,尽管大家都没责怪她,但让她一时难以释怀。她认为他们是看在她初来乍到的分上,不想拂了她的面子,虽然她的自尊心很强,她内心里还真是希望蓝子天在会上能狠狠地批评她一顿,那样她心里反而会感到好过一点。但偏偏蓝子天没有。

她抬起头来直视着他,看到他的脸上既有凝重,也有乐观。

第四章

1

第二天上午,蓝子天正在苦苦沉思着,怎么样才能将敌人手中的龙口卡子夺取过来呢。龙口的事情一日不解决,那他这个税务稽征分局长就不能算是完成了组织和领导交给的任务,而且宜早不宜迟。他太知道龙口地位的重要性了,龙口的税收在十七万人口的潇浦县,可是占了几乎半壁江山的。于振兴县长已经两次询问他进驻龙口的打算,而他实在还没有想出好的招数来。尚山虎是急性子,见另外四个卡子的人都奔赴到任了,他早就急不可耐,一撸袖子说:"猛攻啊,不信打不下来。"蓝子天白了他一眼,说:"你以为是好玩的啊,那里有一个鬼子小队守着不算,还有个税警队,也有二十多人,重武器都有。再说了,猛攻下来,那还不会连累到老百姓吗?枪炮不长眼,我们去攻下一个打得稀巴烂的龙口有多大的意义呢?我们在那里设卡子,目的还是想征到税。"

喻大江用试探的口吻说:"要不咱要游击队谷大队长帮一把吧。"

蓝子天还是摇头:"关键我们现在不是要去强攻的问题。何况游击队现在也是分身无术,他们入秋以来反'清乡'的任务艰巨,还要帮助老百姓抢收和坚壁清野,我不能再去给谷家峻添乱了。"

"这也不行,那也不行,那你快想个法子来吧。"尚山虎一把捋下帽子,一屁股坐在门槛上了。

这时,石头急匆匆地跑来了,见尚山虎堵住了门,他进不来,只好站在门口喊了一声:"报告。"蓝子天说:"进来。"抬头看到尚山虎坐在门槛上,石头进不来,他没好气地对尚山虎道:"你这算是只什么虎呢?没看到过蹲在门口的守门虎。"尚山虎自己也觉得好笑了,挪开了身子。

蓝子天问什么事,石头回答说,有个叫张平均的人要见你。

"张平均?他是什么人?"

"是的,叫张平均。昨天那两个闹事的就是来替他交税的。"

蓝子天"哦"了一声:"带他来吧。"

尚山虎一听,又来劲了:"他胆子蛮肥哪,没去找他,他倒自己送上门来了,正好一把收拾了。"

蓝子天说:"你就是不冷静,真有那么蠢到家的人吗,要抓也得搞清楚人家来干吗吧。"

说话间,门口进来一个戴黑色礼帽,穿一身深蓝长衫的中年人,中等个子,胖乎乎的脸上堆满了笑容。

一进门就大弯腰拱手礼:"小民张平均,特来觐见蓝长官。"眼睛便在屋子内的三个人脸上巡回。尚山虎眼一瞪,没耐烦地说:"少酸不溜秋的了,喏,那边。"他朝蓝子天一扬下巴。

蓝子天道:"说吧,有什么事。"

那张平均旋即换了一副脸,哭丧着辩解:"长官,昨天的事,实在不是小民有意为之,你就是借我天大的胆子,我也不敢与抗日政府为敌呀。"

"那你说说,到底是怎么回事?"蓝子天听他这一讲,奇怪了。他指了指凳子,让他坐下讲。张平均哈了一下腰,坐下。

"都是那挨千刀的江敬义啊!"张平均怒气冲冲的模样,"早三天的事了,那江敬义还带着两个随从,乔装打扮地摸到了我的家里,要我来捣鬼的。你想想,我哪能呢,可他拿我一家老小九口人威胁我呀!你们都知道,他江敬义向来都是心狠手辣的,我惹不起!那偷梁换柱、瞒天过海的馊主意都是他出的,天地良心,绝对不是我张某人要偷税。否则,天打五雷轰,不得好死。"他朝上伸出了三个手指头。

"那他要你这样做的目的是啥呢？你难道不清楚，你搞的这些鬼名堂，就是把火往自己身上烧。"喻大江插嘴道。

"他说，只要我一闹，浑水摸鱼再加上抢票，那场面肯定就乱成一锅粥了，他还会多派些人混进来，趁势就打你们一个措手不及，里应外合，最好是能一锅端了你们的税务局，让你们从此以后甭想在潇浦收到一分钱，甚至立脚都立不稳，最后就——就——就那个了。"

蓝子天心想，好在"外堵"得及时，也幸亏秦人简的提醒。

"那怎么他江敬义不找别人，专来找你呢？"尚山虎问。

张平均擦了擦脑门子，嗫嚅着说："我以前和江家有些生意上的来往，我走货通过他家的码头，还有靠他家的船队运出去。不过，那仅仅是生意上的往来，我绝不会瞒了良心去和他们沆瀣一气的，从没做过为害四邻的事，你们可以去调查的。"

蓝子天说："做没做过违心事，不是你讲了算，我们自会去搞清楚。那你今天来找我，还有什么事吗？"

张平均小心翼翼地说："一是来请求宽大处理；二是我特地来补交税金的，认交也认罚；三个的话，要请长官高抬贵手，放了我家的那三个伙计，他们也是被逼的，要罚就罚我吧。"

"看起来你还是敢于担当的了。"蓝子天望了一眼喻大江和尚山虎，沉吟了一下，说，"念在你主动来揭发和讲出真相的分上，我看这样吧，你去补交了应交的税钱，还要按照我们的规定交齐罚金，然后回去写出检讨，抄写十份，在县政府门口、后河街、前河街和县立学堂门口等处张贴，以儆效尤。至于那三个伙计你也可以今天带回去，但要严加管束，今后你等再有重犯，敢与民主政府作对，那我们就不会再客气了，定当严惩。"

尚山虎显然对蓝子天这样的决定有看法，正欲开口，喻大江赶紧扯了扯他的衣角，他只好不作声了。

张平均连忙点头哈腰,连连说:"多谢蓝长官开恩,多谢三位长官网开一面,我一定谨记于心,再欲重犯,听凭处治。"蓝子天对石头说:"你带他去办手续吧。"

张平均走后,尚山虎问:"就这么轻易放了?"

蓝子天道:"他刚才讲的情况和我们抓回来的那三个交代的大致一样,看来他也还是有些原委的。目前,我们的工作局面还没有完全打开,还得尽量团结那些可以团结的力量,这也是我党抗日救国纲领的大政方针啊,放他一马,给予他罚金和张贴检讨的处理,一方面做到了仁至义尽,体现出我们共产党的政府是讲仁义的政府;另一方面,更能收到一个警示惩戒的效果。如果说他张平均日后再不和江敬义之流走狗汉奸划清界限的话,我们再行重处也不为迟。"

听蓝子天这么一条分缕析,喻大江和尚山虎都认为还是这样处理为妥。

张平均一走,蓝子天猛然一拍脑袋,把喻大江和尚山虎都吓了一跳,不知他何故这样一惊一乍的。正疑惑时,蓝子天笑道:"好,好,我们正好以其人之道,还治其人之身,龙口有戏了。"一听到这,尚山虎立即两眼放光。

2

染黄的树叶是这个季节的肤色,枯叶纷纷落下,在地上厚厚地堆积一层,飒飒的秋风起处,黄叶卷起一股股尘埃,在空中打着漩涡飘舞着、飘舞着,远远地落下去。

龙口镇往日的繁华热闹仿佛也在秋风里消瘦了,街头巷尾呈现出一片萧瑟。倒是风刮过后,那青石板路面上显得分外干净,光溜得照得见天上那一轮苍白的太阳。顺墙根而走的行人,裹紧了衣裳,勾头耷脑的样子,显示出他们的谨小慎微。一向来,龙口街头都不清静,这表明这里还是鬼子和伪军把控下的地盘子,时不时地有穿着高筒子皮靴的鬼子"咔嗵咔嗵"地在街上巡逻穿行,时不时也有伪军税警在商铺店面和市场摊担前强取豪夺,人们只有远远地绕道走,只有打落牙齿和血吞,信奉着"惹不起可躲得起"的信条了。

这天上午的巳时许,龙口镇上来了几个"不速之客"。镇上的人一眼就认出都是些生面孔。龙口镇上可是有一段时间少见外地来的客商了。是以,当这几个人一在街头露面,立即就引起了人们的注目。确切地说,那只是四个人,走在前头的汉子,看上去在二十出头的年纪,中等个头,剑眉朗目,一副商人打扮,礼帽长衫,显得干练洒脱,只是鼻梁上架了一副墨镜,白白的太阳光在镜片上晃荡着,让人看不清他的眼神。另一个年纪比他大不了多少,身材却要高大魁梧些,短襟穿着,惹眼的是他那一张割得青溜溜的方脸膛,提了个包袱紧跟在长衫人后面,好像是个保镖随从之类的角色。再之后则是一男一女,男的瘦削,看上去有些老气,穿着却不俗气,精明外露,手上提着口看似沉甸甸的黑色皮箱。女的呢,则不过十八芳龄,面容姣好,身材傲人,浑身上下透出洋气来。这四人当然没人认识,前面两个正是潇浦县抗日政府税务稽征分局局长蓝子天、龙口税卡子尚未上任的卡长尚山虎,后面的是副分局长喻大江以及分局的会计秦瑾。

四人坦坦然地走在龙口街上,那神情、那姿态好像浑然不知他们所处的是什么地方,善良的人在暗暗为他们担心,这样子招摇过市,只怕会脱不得身啊。但又没人敢去好意地提醒他们,谁也不想在这个多事之秋惹火烧身。

说来也是怪,这四人在街头神情悠然地"踢踏踢踏"着,却没有谁上去招惹他们。就连平日里神气十足的税警队的队副"活蜈蚣"明明面对面地碰上了,也只是斜睨了他们一眼,连话都没问上一句,人家就目不斜视地和他擦身而过了。小跟班"黑皮"有些不解,结巴着对"活蜈蚣"说:"就,就,就这样子,这样子给走啦?""活蜈蚣"眯缝着那对小眼睛,看着四人渐渐远去的背影,说:"是啊,让他们给走了,你小子眼瞎了吧,这四个人看来是善者不来,对老子正眼都不瞧一眼。""就是,就是讲嘛,简直是不知马,马王爷长几只眼,看我去,去,去收拾了。""黑皮"说着就要往外掏枪。"活蜈蚣"止住了他,说:"不急,有收拾他们的时候,你带人去给我摸清他们的'水路'。""哎,这就去,这就去。""黑皮"扯腿就走,却又不忘反过头来谄媚地说,"爷,那小娘们还真是长得水灵,好看。"说完,一溜烟地去了。

蓝子天一行可是有备而来的。他们的气场竟然镇住了在龙口横行霸道的"活蜈蚣",一见他们那架势,看起来来头不小,"活蜈蚣"不敢造次,怕到时候搞得自己下不了台。

同来的其实还有鲁双涛和石头。一拨六人分成了两组行动。

蓝子天四人来到了悦来客栈。悦来客栈在龙口属于顶尖的客栈,从来不缺客源,可近一段时间来也呈"门前冷落鞍马稀"的萧条了。可以说,悦来是龙口的晴雨表。

站堂的伙计正闲得有些无聊,没精打采地趴在桌上,两眼空洞洞的,见突然有贵客上门,顿时来了精神,笑脸一展就迎将上去。蓝子天本想就只要楼上的两间房,一间给秦瑾,他们仨挤一间,转念一想,既然派头抖出来了,还是做足为好,便吩咐伙计要了两个单间,给他和秦瑾,再开了一间给喻大江和尚山虎。四人不慌不忙地安顿好,整个上午伙计就没见他们下楼来,也不知他们在房间里鼓捣啥,难道说睡觉了,伙计看看窗外的日头,不对啊,现在哪是睡大觉的时候呢,伙计心里便嘀咕开了,直觉这伙客人有些怪怪的。他一眼瞥见税警队的"黑皮"带了两人在客栈外探头探脑,更觉得客栈里来的客人只怕有些不同寻常。也不知是好事还是祸事,他不再"咸吃萝卜淡操心",顺手拿起一块抹布忙他的去了。

直到午餐时,才见四人下楼来吃饭,似乎嘴里没味道,只随意点了三样小炒,一份青椒炒秋茄子、一份白椒炒酸豆角,还有一碗白菜豆腐汤,另要了四碗米饭,可连龙口本地酿的"女儿香"也没要一壶。伙计本来在一旁还使劲地撺掇他们尝尝悦来客栈的招牌菜"泥鱼钻豆腐",可人家愣是不买账。那青下巴的汉子见伙计多啰唆了几句,甚至还朝他瞪起了眼,把他噎得不敢再开口了。伙计心想,看上去是大主顾的派头,没想到吃起来这样抠门呢。

他们匆匆扒拉了一碗饭,又上楼上房间里了。一直在客栈外晃悠的"黑皮"其时不见了,只留下另外一个还在盯着。

3

"黑皮"找"活蜈蚣"报告去了,他直奔槐树街的柳花儿家去,知道这个时候去那里一找就着。柳花儿是"活蜈蚣"的相好。

"活蜈蚣"正搂抱着柳花儿喝着交杯酒,一见"黑皮"来了,招呼道:"来来来,没吃吧,陪爷喝两口。""黑皮"眉开眼笑地应着:"好嘞,谢谢爷。"一屁股坐下,自己就倒上了,端杯朝"活蜈蚣"诌笑着:"我敬爷一个。"两人一饮而尽。"黑皮"夹了一块五花肉就往嘴里塞,"活蜈蚣"筷头差点就要敲上他的脑门了:"嘿,你这黑小子倒是真不讲客气啦,当成自家人了。我要你干吗去了?忘了吧,光惦记吃,吃的。""黑皮"停住了往嘴巴里送的筷子,"嘿嘿"两声:"这,这不正要向爷,爷报告嘛。"他往"活蜈蚣"耳旁凑了凑,说:"人都在悦来住,住下了,有兄弟,在,在,在盯住了,没得跑,没得跑的。""活蜈蚣"问:"那都是啥来头呢?住下了都干什么呢?""黑皮"一挠后脑勺子:"就住着,楼,楼都没下来,来头,我可没弄明,明白。""活蜈蚣"用筷头子点着"黑皮"说:"没弄明白?那要你去干吗?只怕你娘的,光想着看那漂亮小妞子吧,倒忘了老子的正事。""黑皮"还是一脸的诌媚:"爷,爷啊,小的哪敢呢,人家再漂亮,不,不,不也是爷你,你看上的。"柳花儿在一边听得皱起眉头。

"黑皮"自知失言,赶紧地对柳花儿讨好:"瞧瞧我这,这,这一张臭嘴,当着嫂子面也胡说,胡说八道,只配吃屎,吃屎去。"一边说,一边把夹住的肉往嘴巴里送。柳花儿见了"扑哧"地笑出声来。"活蜈蚣"恶声道:"还要吃,还不快滚去,给老子搞清楚。""黑皮"无奈,只好怏怏着起身往外走去,心里恨恨道:姥姥的,姥姥的,连饭都不让老子吃一口。

"黑皮"回到悦来客栈前,见那盯梢的还老老实实地在那,心里便觉得放心了。他问发现什么情况没有。回答说,没有一点情况,都好好地在那店子里面待着呢。"黑皮"纳闷了,难不成这几个家伙还真是来闲逛的?正想着,突然见那个着长衫戴礼帽、墨镜的年轻人从外面走进了客栈,"黑皮"揉搓了一下眼睛:没花啊,正是上午见到的那个为头的,不是说一直在店里吗?什么时候出去了,这还又回来了。"黑皮"气不打一处来,一个耳光就朝边上的小子甩过去了,喝道:"什么都在,在,在店里,那,那,那,他娘,娘的是哪个?"那小子也蒙了,辩解说:"这不是出鬼了,我可是眼睛都没眨巴一下,死盯着呢。"他当然没敢说自己中途去对面的摊子上吃了一碗干扣面的事,可是那也没耽误多久啊,而且自己的眼睛还时不时地瞭着店子门口,这眼皮底下都溜了,也太玄乎了。

回到客栈的那个当然是蓝子天。

他趁盯梢的一不留神就溜出去见了一个人。那个人便是龙口镇地下组织的负责人——龙雪。

蓝子天按照联络方式和龙雪在联络点——郁金香茶楼接上头时,他没想到眼前的这个全身上下焕发着青春活力的姑娘竟然会是地下党负责同志。龙雪对他的迷惑不解看在眼里,微笑着说:"蓝子天同志,曾经是狮子山游击大队的政委,现在是税务稽征分局局长,也不见得比我大多少吧?"说得蓝子天有些不好意思了。

龙雪直截了当地对蓝子天说:"我已接到了上级指示,要求我们地下党组织全力配合你们把龙口税卡子从敌人手里夺取过来,你说吧,需要我们怎么做?"

蓝子天倒是很喜欢人家这股直爽劲,也就省却了客套:"一个是我们需要敌人的军力部署情况,包括日军和伪军的人数、武器配备;二个是我们要了解最近几天内敌人有什么大的行动;三个是我们需要地下党组织的紧密配合,最好能调动一些武装力量和我们协同作战。具体情况越详细越好。关于行动方案我们有了初步的安排,但具体细节还得等到你给我们提供情报后再作进一步的商量和完善。"

龙雪不假思索就说:"蓝子天同志,关于敌人力量的情况是这样的:龙口现在驻有鬼子一个小队,共有十二人,小队长叫作村尾冈寿,配有轻机枪一挺,他们占据了唐公寺院作为驻扎地,还有一个税警队,二十人,队长是苗风涛,队副名叫什么还真不知道,都叫他'活蜈蚣',这家伙一肚子坏水,他们驻扎在镇公所里,平时鬼子负责维持龙口秩序,抓捕抗日群众,税警负责龙口收税,搜刮民脂民膏,日伪军无恶不作,让老百姓们苦不堪言。他们驻扎地的方位路线,我这里有张图。"说着,龙雪从怀里掏出一张纸来,从桌子上推过去给了蓝子天。蓝子天立即收好,说:"太好了,你们工作做得很扎实。"

龙雪接下来说:"两天后,鬼子和伪军要举行一个集会,经打听,主要有两个目的,一是庆祝龙口伪政府成立一周年,二是据说他们要加重龙口百姓的税收,出台了新的税收规定,具体情况不明。这几天大家都在议论纷纷,再要加税的话,老百姓们反应很激烈。"

蓝子天眼睛一亮,她补充一句:"听说容壁县税警局局长江敬义还会亲自出马,来龙口参加所谓的庆祝会,关键是他要来督促税收征收工作。"

蓝子天冷笑道:"那他来得好,让他有去无回吧。"

龙雪道:"鬼子对龙口控制得很严,因为龙口的位置重要,三地交界,而且这里的税收历来就支撑起了潇浦县的半壁江山,我们根据地扩大的话,就必须攻下龙口来,现在日伪占领着,也威胁到了抗日政权的安定。蓝子天同志,我们早就盼望着这一天,你们来消灭日伪军,把龙口变成我们自己的根据地。你们来了,真是太好了,太及时了。"蓝子天充满热情地望着她,说:"在敌占区工作,你们辛苦了。这次县政府下决心要打下龙口,不能眼看着鬼子在抗日民主政府的大门口飞扬跋扈,更不能让他们成为我们的心腹大患,迟打不如早打,否则只会养虎为患。"

龙雪问:"那这次你们派了多少人马来呢?"

蓝子天微笑着跷出了右掌的大拇指和小拇指。

龙雪吃惊了:"六个,就六个人啊?"

"是的,只有六个人。"

"那,这怎么打啊?敌人可不是泥巴捏的。凶狠着哩。"

"所以我们得想办法啊,现在县政府也派不出更多的部队来,而且强攻的话,战火无情,只会把龙口打得一塌糊涂,老百姓更加受害了。"

"可是六个人连税警队都对付不了的。"

蓝子天自然也深知情况的凶险,不过他还是进行了周密的安排,有冒险的成分,但也不是没有成功的把握。他暂且不想向龙雪过多地透露他们的打算,而是信心满满地对龙雪道:"这你放心吧,再难我们也要啃下这块硬骨头的。现在我们还要请地下党调动武装力量来配合我们的行动。你看能调动多少人?当然要精干力量。"

龙雪答道:"我们可调动的不是很多,最多也就八九条枪吧。"她还是无法释去心中的疑虑,眼睛里闪烁着担心:"你看怎么安排,就全听你调遣。"

"足够了,我们这次可不是靠人数多,而是要打打脑子的主意。"蓝子天指了指自己的头说,"那请你通知你的人随时待命,任务我会另行通知你的。我不宜在此久留,先告辞了,明天晚上还在这里碰头吧。"龙雪说:"不行,明天我们要换到另一个联络点,同一个地方,我们不能连续使用。"

蓝子天心里佩服她的警惕性,那可是在危险的环境里养成的机智,龙雪告诉他明天的会面改到江边的那个废弃码头。蓝子天记下了路径,颔首道:"那我走了。"

龙雪点点头,轻声地嘱咐了一声:"你注意安全。"

蓝子天感激地注视了她一眼,起身离去。

4

夜色在窗外铺开来,白天的喧嚣已经渐渐被宁静覆盖,临街的铺面大多早早地就关上门板了,深秋的街头巷尾在夜色里瑟缩着,已然是一片凄清的模样,白天高声吆喝的摊担噤声了,偶有夜归人走在街头,也是那样急急匆匆的。街的拐角处有一星如豆的街灯,在寒冷的夜风中摇曳着昏黄。

喻大江、尚山虎和秦瑾聚在蓝子天的房间里,他们压低声音,在商量后天行动的事。现在让蓝子天他们心中没底的是,鲁双涛和石头整整一天了还没一点消息,他拿不准是不是出现了意外。如果说鲁双涛那边出状况了,那么意味着情况不妙。鲁双涛的行动是这次夺卡之战的重要一环,千万不能掉链子,否则就会是竹篮打水一场空。他们出发前就约定傍晚时分在悦来客栈碰头的,如今早过了约定的时间,还没见到鲁双涛的影子,这的确让蓝子天暗暗着急。喻大江已表现出了不耐烦,他怀疑着:"鲁双涛不会又反水了吧?毕竟他来得那么短,不知根不知底的。"他说的也不无道理,鲁双涛是从伪军那边过来的,加入新四军没几天。喻大江这一说,让蓝子天不好怎么说了,他想难道说自己真的看错人了吗?那这样一来麻烦就大了,自己得承担一切责任了,因为派鲁双涛来执行这次任务,可是他力主的。场面一时陷入沉闷。这时,秦瑾开口了:"我相信鲁大哥不是那种人,不能以加入新四军的时间长短就来判断他会反水。"喻大江正想反驳,转而觉得不妥,因为秦瑾也差不多就是和鲁双涛同时进来的,他这一说,不是把人家秦瑾也一锅搅拌了吗?

楼下突然就传来吵嚷声。有人在尖叫着:"查房了,查房了。"零乱的脚步声在楼梯的木板上震响。

蓝子天一个箭步来到门口,耳朵俯在门板上倾听。他不知道到底是不是已经暴露了。

事已至此,只有静观其变,不到万不得已不能自己先暴露了,那样的话白来一趟不说,还得作出无谓的牺牲。蓝子天用手势制止了喻大江和尚山虎拔枪。他招呼着几个在茶几边坐下来。

脚步声骤然停在了门口,猛地一声"嘭"响,房间门被一脚踹开了。"活蜈蚣"一头闯了进来,他手里扬着一把驳壳枪,厉声喝道:"都不准动!"后面跟着"黑皮",也是咋咋呼呼的。

喻大江三人不约而同地都站了起来,只有蓝子天独自坐着,屁股挪都不挪一下。

"你们来干啥的?快说!""活蜈蚣"用枪指着蓝子天,他已从蓝子天的神态上断定他是这四个人中为头的。

蓝子天不慌不忙地回敬:"你问我们来干啥的,我现在还要问你闯进来想干啥子呢?"他头也懒得抬,眼睛根本不往"活蜈蚣"身上去,完全是一副睥睨的态度。

"活蜈蚣"心想:"这小子口气不小啊,难道说真是有些来路的?老子今晚就要摸清你的底,翻开你的牌,看你是何方神圣、哪路神仙。"他直接就把枪口抵住了蓝子天的后脑勺,口里张狂着:"他妈的,你还敢问我来干啥子,分明就是抗日分子了,我看你活得不耐烦了,今天撞在我'活蜈蚣'手里,也算你死得不冤。"

蓝子天猛地一拍茶几,上面的茶杯被他这一拍震得跳起来了。

他转过脸来对着"活蜈蚣"吼道:"我看你是想找死了,今晚你要是敢动老子一根毫毛,你吃饭的家伙明天大清早就不用开口了。"

这一巴掌拍下去,倒把"活蜈蚣"给震荡得有些不知所措。原本想敲山震虎,把老虎给震出来,没想到这虎没震住,反而被虎给震住了,岂有此理啊,他"活蜈蚣"在龙口地面上何曾受过这等窝囊气呢。但他又实在不知道对方来头有多大,背景有多深,怕这一闹下去,反而不好收场,让自己吃不了兜着走,那就得不偿失了。虽有顾虑,可他"活蜈蚣"怎能咽得下这口气呢,他将枪栓打开,嚎道:"你就是天王老子,今晚也得给我'活蜈蚣'爷爷脱层皮。"

"黑皮"也举起枪:"是的,是的,脱、脱、脱层皮。"蓝子天一听,便明白来者何人了,正是龙雪所说的那个税警队队副"活蜈蚣",是个作恶多端的主,看来得小心应付了。他暗暗地给喻大江使了个眼色。

喻大江见状,忙赔着笑脸说:"爷,咱这可是大水冲了龙王庙,自家不识自家人哪。"

"活蜈蚣"喝道:"滚一边去,谁和你自家人了。"

蓝子天这才接过话头来:"我们是奉皇军的命令来这里收购棉花的,耽搁了皇军的大事,看你有几个脑袋。"

"活蜈蚣"嘴上还硬着:"别想蒙爷爷我,明明是替'四爷'做事的,还想跟老子玩花花肠子啊?"

喻大江依然脸上堆着笑,连连说:"我们还真是替皇军来办事的,这不,天气转眼就入冬了,皇军要采购大批棉花做军大衣,兄弟这不就来了,没先给爷报告一声,这不是今天才刚到吗,还没来得及。"

"活蜈蚣"狐疑地望着喻大江:"那你说的可是真话?"手中的枪口却一直指着蓝子天。

"当然是真的,我们生意人岂敢骗你,那不是自找死路吗?"喻大江说着从口袋里掏出一张纸,扬了扬,说,"这是日本商行开给我们的委托收购书,都有大红巴巴的戳印在上头。你看看,你看看。假不了的。""活蜈蚣"这时缩回了持枪的手,一把扯过喻大江手里的文书,看了起来,他看到上面有汉字,也有日文,认得的不多,但他注意到后面的确盖了日本国大川棉花株式会社的印章。尽管心里的疑问没有彻底打消,眼下这形势还是由不得自己任性。他心里权衡了一下,心下不甘地将枪收了起来。

喻大江见势趁机递上了烟,说:"消消气,消消气,都是替皇军效劳,都不容易呢。"还替他把烟点燃了,算是给了"活蜈蚣"一个台阶下。"活蜈蚣"只有就势下坡了,他嘴里犹是骂骂咧咧的:"说得轻巧,都是替皇军办事,你们倒是过得轻松了,哥几个可是把脑袋别在裤带上,明早一觉醒来,还不知吃饭的家伙在不在。"

喻大江忙说:"那是,那是,你们可是过的掉脑袋的日子,卖的是命,兄弟的日子也不那么样松泛,和皇军做生意是越来越难哪。"他边说边掏出来两块光洋,塞给了"活蜈蚣","拿着拿着,给弟兄们打口酒喝,弟兄们也不容易。"

"活蜈蚣"也不推辞,一把接过来,乜眼瞧了瞧,在手上掂了掂,却不发话,旁边的"黑皮"结巴着:"噫,噫,噫,这这这是打,打发叫花子啊?""活蜈蚣"瞪了他一眼,骂道:"怎么说话的,没规矩了啊?"喻大江看明白这俩货在唱双簧,赶紧又递上两块塞到"活蜈蚣"手上,说:"现在钱也难赚,等兄弟我发达了,请爷俩喝酒,不醉不归。""活蜈蚣"这才手一挥说:"职责所在,多有得罪,走啦。"

喻大江道:"不坐下来喝杯茶啦?"

"活蜈蚣"懒得答话,掉头就走了,"黑皮"赶紧蚂蟥一样跟上去。

5

一场危险暂且化过去了,蓝子天松了一口气。

尚山虎却朝喻大江气鼓气胀地挖苦:"你倒是大方啊?还把钱

给那王八羔子,你看我们自己省得一分钱都要剁开做几块来用。"

喻大江有些生气了:"有你这样说话的吗?我不也是看情况危急才急出来的法子啊。"

尚山虎说:"什么叫危急啊,那俩龟孙子,收拾起来还不是喝口水的工夫。你倒当自己是诸葛亮了。"

蓝子天止住了两人斗嘴,说:"我们来的目的不是要弄死一两个汉奸,刚才这一闹也好,至少表明我们还没有暴露,这'活蜈蚣'看来只是个雁过拔毛的角色,奔着钱财来的,虚惊一场。现在我倒是担心鲁双涛了,不知道怎么还没有消息。"几人一时都闷头无语了。

正沉闷间,门上响起了轻轻的敲门声,一长两短,蓝子天心里一喜,立即把门打开,鲁双涛一闪身进来了。

喻大江疑惑地问:"你没碰到伪军吧,他们前脚刚走。"

鲁双涛说:"我其实早来了,见有伪军在,就躲起来,一直等到他们走了才敢进来。那个'活蜈蚣'可是认得我的,所以我不能现身。"

尚山虎急不可耐地说:"赶紧的,快说说你那边的情况。"

秦瑾给鲁双涛倒上一杯茶,说:"连水都不让人家喝上一口啊?"

蓝子天忙点头:"别急,别急,先喝杯水再说。"

鲁双涛向大家讲述了他和石头来到龙口之后的情况:

鲁双涛对龙口这地方比较熟悉,他原来在江敬义手下的税警局当行动队队长时,就经常来龙口稽查税收。龙口的税收是江峡地区最多的,所以江敬义对龙口也很倚重。而且龙口税警队现在的队长就是鲁双涛的结拜兄弟苗风涛,两人名字中凑巧都共有一个涛字,这样一来两人在心里便不自觉地有了三分亲近,再兼之寄寓于同一个屋檐下,交往多了后,便觉得志趣相投,平常喝醉酒后,总免不了发出些生不逢时,误入门槛,枉生男儿身之类的感叹。经苗风涛提议两人一起拜了关老爷,结下金兰之交,平日里关系自然更加近了。蓝子天在了解到这些情况后,心生主意,让鲁双涛来策反他的结拜兄弟苗风涛。

鲁双涛带着石头潜入龙口,他不敢像蓝子天他们那般大摇大摆地去找苗风涛,毕竟龙口税警队认识他的人不少,而他被江敬义追杀的事早已风传开来。他自然不能明目张胆地上门去见结拜兄弟。而时间又不等人,怎么办呢?他寻思不出好主意,最后决定潜入苗风涛的家里去,坐等。这当然是一个最笨的办法。但偏偏事有凑巧,当他潜进苗风涛的住所时,却意外地发现苗风涛还蒙着被子躺在床上呼呼大睡,桌子上一片狼藉,房间里一股浓烈的酒味直冲鼻子,还掺杂着劣质烟草的气味,再看看地上,烟蒂丢得满地都是。鲁双涛不禁皱起了眉毛,以他对苗风涛的了解,晓得他肯定是遇上心里不痛快的事了。

苗风涛这时遽然惊醒,他一个鲤鱼打挺,翻身而起,手里早已多了把手枪,动作之快,反倒让鲁双涛惊着了。看清来人竟是鲁双涛,苗风涛把枪往床上一扔,跳下地来,鞋子都顾不及套上,光了脚就一步奔向鲁双涛,一把将他的肩膀抱紧了,口里叫着:"怎么是你,怎么会是你啊,哥。"

鲁双涛被他双手勒得生疼了,忙轻轻说:"你这是干啥呢,三岁细伢子一样,痛死我了,哎哟,哎哟。"他故作夸张地呻吟起来。苗风涛赶紧松开了他,说:"大哥,你出事让兄弟可担心死了,想着这辈子只怕见不到你了,没想到你还好好地回来了。"鲁双涛说:"我没事,好好的。""那你给我说说吧,你怎么逃脱了,现在都在哪干吗?"鲁双涛拉他坐下,将自己的遭遇和他细细说了。听到鲁双涛现在成为了"四爷"的人,苗风涛原本高兴的脸上阴郁了。鲁双涛敏锐地捕捉到了他情绪的转变,便说:"你难道不赞成我加入新四军吗?"苗风涛说:"人各有志,我怎能不赞成呢,只是日后我们兄弟只怕要刀枪相见了啊。"鲁双涛说:"怎么会呢?"他不能开门见山地表明来意,还得探探路。苗风涛叹了一声,沉默不语。

"我算是受够了那份鸟气,早就不想过那人不人鬼不鬼的日子了,一辈子都要被人家戳脊梁骂,一世都做不起人,现在好了,"鲁双涛长吁一口气,"我堂堂正正地跟着新四军打他奶奶的小日本,把早几年怄的那些乌七八糟的恶气都统统给出了,这才是真正痛痛快快的日子。"苗风涛还是不搭腔。

鲁双涛便岔开话题,转而问:"兄弟看来有些不痛快啊,大白天的关起门来睡大觉,做春秋美梦啊?"

"唉,大哥你快莫提起了,一提心里就烦。"

"不是因为我连累了你吧?"

"那算什么事,就是连累了我也不怕。"

苗风涛终于道出了原委:"我操他日本鬼子,操他江敬义的祖宗十八代,年年都给我这个税警队摊派任务,次次加码,龙口巴掌大的地方连地皮都刮走了尺把厚。不说老百姓的日子不好过,不讲生意人的日子不好过,连我这个税警队队长的日子都没法过下去了。这不,现在更没得搞头了,早几天又给我加了征收任务,到年底还不到两个月的时间了,要征收粮 2 万石,代金 5 万元,税收额要 50 万元,这可是平常年份的整整三倍了。你也看到了,龙口现在是个什么样,快成了鸟不拉屎的地方,哪怕地上摆着现成的钱和粮弯腰去捡,腰也弯不过来啊。"他一拳砸在桌子上,"这日子你说能过吗?我现在是老鼠掉进风箱里,两头受气,小日本拿我不当人,老百姓看到我也像躲瘟神一样了。真他妈的猪八戒照镜子——里外不是人。烦不烦哪。人家可都背地里骂我吃里爬外呢,骂得也是没错,拿中国人钱,吃中国人的饭,去抢中国人,去打中国人,还去占中国的地,我都不敢跟江北老家的老娘提起我在给日本人做事,就是死了只怕也进不得祖坟了。"

"那完不成钱粮征收任务,你怎么交差啊?日本鬼子和江敬义可不是那么好说话的。"

"这回就是剁碎了我也完不成的,难道还真要我去杀人越货啊,那不比土匪还土匪了?"

"总得想个周全的法子才行,不然……"

"还能有啥法子,大不了老子不干了,趁早走人,省得成为人家砧板上的鱼肉。"

话说到这分上,鲁双涛觉得自己该出招了,他紧盯着苗风涛说:"兄弟,跟我走吧,这才是个好出路。"

苗风涛犹豫着说:"跟你走?"又恍然大悟般道,"大哥难道说是专门为我而来的?瞧我一高兴再加上一发牢骚,都忘记问你来找我干吗了。"

鲁双涛也就直言不讳了:"兄弟说得是,也不瞒你了,我们这次来就是奔着小鬼子来的,要将他们赶出龙口的地盘子。"

"你不是一个人来的?"

"当然不是,还有一个小兄弟石头,原来和我一起在行动队的,他现就在你屋子外面把风。还有一帮子人由蓝子天分局长带着也来到了龙口。我们这次就是要想办法狠狠打他一家伙,把小鬼子统统赶跑。凭什么咱们自己的地方老是让他小日本占领,咱们反而是有家不能回,背井离乡,妻离子散。这是他娘的什么世道啊?你眼下这一关可难得过去了,完不成征收任务,死路一条,可你也不愿意瞒着良心去干伤天害理的事,那是要遭报应的。"

苗风涛沉吟了半晌,终于下了决心,他一咬牙,牙齿缝里蹦出来两个字:"干了。"

鲁双涛心底的石头落地了。他狠狠地朝苗风涛结实的胸脯上擂了一拳:"那就好,咱兄弟俩联手闹他个天翻地覆。来,我们商量一下怎么动手。"他托出了蓝子天临行前特别嘱咐他的使命。

6

蓝子天听完鲁双涛的汇报,眉头才开始舒展:"有了苗队长的协助,成功的把握就更大了,不过,双涛,你还得盯住了,你得回到税警队去,和石头一起,必须协助好苗队长做好其他人员的策反,不能出现半点差池,每一环节都要确保不出问题,每一个细节都要仔细把关。"说着说着,他自己都觉得今晚有些婆婆妈妈了,于是手一挥说,"你去吧,按我们商量好的办就行,其他的见机行事吧,千万注意别过早地暴露了自己。"

目送鲁双涛走了出去,蓝子天赞许地说:"双涛是块好钢,再到我们革命队伍里锻造锻造,就能打成一把锋利的尖刀刺向鬼子。"他招呼喻大江、尚山虎和秦瑾围拢过来,对后天就要展开的行动进行详细而周密的部署。他的严谨和细致,让加入队伍并不久的秦瑾打心眼里佩服,她没想到,这个比自己大不了几岁的蓝子天会有这么丰富的经验,会有这么缜密的心思,还有那么强的随机应变能力,她想到先时"活蜈蚣"来发难的那一幕,她当时心里面紧张得要命,可是蓝子天竟然那么坦然自若,最终化险为夷,她不由得对他产生了无名的不可言喻的好感,痴痴地想着,他这么年轻,为什么会有如此的见识和胆略呢?难道真如他自己所说的革命队伍就是一个大熔炉,能锻造出一块一块的好钢。那么我今后也得在这个队伍里多多锻造,一定要成为一块如他所说的好钢。

少女的眼里充满了对于未来的美好期待。

7

苗风涛起了个大早,他昨晚把鲁双涛和石头安排到了队部的库房里藏匿,胸中郁积的块垒虽已释然,却还是睡得不踏实,半夜就醒来,毕竟接下来的事不容有半点闪失,脑子里一团乱麻,辗转反侧地好不容易挨到了天微亮,干脆一骨碌爬起。早晨的风里寒意正浓,吹在脸上感觉到有些麻,苗风涛来到院子的地坪中央,静心静气地打了趟巫家拳。清乾隆末年,由福建汀州人巫必达所创的这套拳术,既有少林拳术的各种攻防手法,又有武当内家拳法的特点,拳架紧凑,势势相连,环环相扣。苗风涛自小就跟随外祖父习练,他已有多日无心练习了,今早为排解郁结的心情,屏声静气地操练起来。一趟拳下来,顿时觉得浑身舒坦,经络通达,出了一身毛毛汗,去洗漱完毕后,穿戴齐整地出门来,直奔唐公寺而去,那里正是驻扎龙口的日军营地。他此去是要见日军小队长村尾冈寿的。

村尾冈寿见苗风涛来了,便满脸不悦地责问道:"你的,皇军不满意。"他竖起食指朝苗风涛摇动,"三天了,你都三天没来向我报告征税的情况了。"苗风涛扯了扯脸上的肌肉,挤出点笑容,哈着腰说:"太君误会误会的啦,我这几天可是都在为征粮征税奔波的呦。"这是村尾冈寿眼下正关心的问题。

他来了兴致:"亚西,你办得怎么样啦?"

苗风涛跷起了大拇指:"报告太君,大大的好,大大的好。"

"哦,说来看看。"

苗风涛将早已编排好的词一股脑儿地向村尾冈寿倒了出来:"自从皇军进驻龙口地区以来,保护老百姓的安全,土匪不敢来了,地痞不敢出头了,皇军的威严大大的,谁他妈敢和皇军作对,那不是自寻死路吗?鹰嘴岭那个叫'马上飞'的土匪,以前的国民政府拿他没辙,烧杀抢掠,欺男霸女,十恶不赦啊,这不,现在还不得乖乖地听太君的话吗?龙口的人们都见识了皇军的强大,和皇军斗法,无异于鸡蛋碰石头。"

"那依苗君的看法,龙口现在是天下太平了?"村尾冈寿狡黠地问。

"当然啰,也有少数几个不识时务的糊涂虫跳出来闹,可他们闹得起吗?还不是最后都给太君消灭了,通通死啦死啦的。那些人不过是听了共产党的蛊惑、唆使,新四军那几条破枪能顶啥用,还不是自取灭亡吗？他们建立什么根据地，那也要看皇军高不高兴，皇军一不高兴了，伸出个手指头就把他们统统给捏死了，蚂蚁一样死了死了的。他们哪有那么大的力量来和皇军叫板呢，连自己都顾不上自己了。"

村尾冈寿点了点头说："对的,对的,我大日本军队势如破竹,他共产党游击队只不过是一群流寇,成不了气候,不足为虑的。"

"是啊,自从上次抓了那几个共党分子后,现在不是鸡不跳狗不叫了吗？什么共产党,什么新四军,什么游击队,都跑得没了踪影了。太君,大东亚共荣的好,老百姓的大大的拥护,举双手的拥护。"

"亚西,亚西,苗队长的大大的,皇军的好朋友。"

"哪里哪里,应该的,应该的。"苗风涛一副谦卑的模样。

村尾冈寿问："那这次征粮征款的任务,你的可以完成？"

苗风涛露出了苦笑,说："不瞒太君,要完成,确有难度啊,但太君放心,小的会尽力而为,尽力而为。"

"不是尽力,而是必须！记住,是必须！"村尾冈寿态度强硬地说,"不过,你有什么难处的,可以告诉我,我会帮助你的。"他语气又缓和了些,他知道,如果苗风涛撂挑子了,他的麻烦也来了,完成不了钱粮征收,他在山田少佐那交不了差。所以他也得稳住苗风涛和他的税警队。

"谢谢太君。是这样的,新加的征收任务下来后,我这几天一直在跑,跑得两条腿都细了,大家都愿意交税给皇军,都说皇军是为了维护龙口的治安,亲民,共荣嘛,可是老百姓也有老百姓的难处啊,有的就说手头上没有现钱,可不可以交实物抵税,有的说时间上要宽限几日, 他们得等到地里土里的收成上来了才好交税……"

村尾冈寿打断了他的话："抵税的可以的,宽限的不行。现在皇军急需经费和物资来保证圣战的胜利。"

苗风涛忙说:"好的,好的,我去和他们说说。时间太紧了啊,拖不起,为保证在两个月内完成任务,我这里有个想法,不知道当讲不当讲?"他用探询的口气说。

"讲。只要是对皇军好的建议,尽管讲。"

"是这么回事,我想借皇军后天庆祝会之际,一方面下达并且公布各个厘金点要征收的任务,让他们心里有数,好早做准备;另一个话,我想再进行一次民众动员,让民众都知晓这次征税的意义、时间和数目,而且要动员一部分民众积极来交税,用他们的行动来影响其他人的行动。如果说要一个个地去做工作,要上门去收钱收粮,多费劲啊,何况这时间很急了,等不了了,您看如何?"

村尾冈寿显然是感兴趣了,他马上说:"亚西,好主意,好主意。"

"只是,只是——"苗风涛嗫嚅着。

"只是什么,你的快说。"村尾冈寿急了。

"只是这安全保卫问题,我怕不好办。"

村尾冈寿哈哈笑起来:"这个,你的不必担心,在龙口还有谁敢来挑战我大日本皇军的威严?共产党的根据地都被皇军的清乡行动扫荡了,撵得游击队四处乱跑,国民党的正规军向来都是缩头乌龟,窝在家里不敢露头。"

"那倒是,太君这一说,我可放心多了。不过还是不能大意,听说我们税警局江局长会亲自来督查,我们得保证他的安全。"

"苗君,你的大大的忠心。江局长来到的没事,我会将龙口一部分皇军的力量,最有威力的武器都用来部署,其他的皇军随时待命。你们税警队的,统统的都来。这就足够了。"

"我们肯定来,因为后天还有人要来交税嘛。"

摸清了底子,特别是村尾冈寿接受了他的建议,一切按预期进行着。苗风涛满意而去。

8

苗风涛接下来的事更为紧要。

回到区公所税警队的队部后,他得好好理清一下头绪。

税警队连他一共有二十号人,在龙口下面设了三个厘金卡子,负责卡子所在片区的征收。卡子上共去了六个人,今天就得将这六个人都给召回来。那十九个人里,他觉得有把握控制的有五六个人吧,他们都是跟随他多年了,会听从他的话,跟他走;还有四五个的话,苗风涛不指望他们会和他一起"反水",但大都是那种本分、胆小、怕事的角色,相信不至于会成为他的绊脚石。最让他恼火的是队副"活蜈蚣",这小子铁定是不会和他一条心的,不可能走到一条道上去,"活蜈蚣"的问题必须先行解决,否则他只会坏事,还有"黑皮"、牛八等几个"活蜈蚣"的心腹,也得一并了结,可是,这样一来,只怕动作太大,搞出了动静,让日本人知道就麻烦了,而不解决呢,显然都会是身边的定时炸弹。这事让苗风涛真有些头大了。好在还有鲁双涛在,于是溜到鲁双涛和石头藏匿的库房,去向他讨主意。

鲁双涛俩躲藏在库房里,正闷得慌,虽然苗风涛给他们准备好了干粮和水什么的,但不敢说话,不敢乱动,得老老实实地待着,神经绷得紧紧的,见苗风涛来了,总算松了一口气。苗风涛把见村尾冈寿的情况说了之后,将他现在面临着的怎么样解决税警队的难题和鲁双涛说了。鲁双涛意识到,这个棘手的问题是绕不过的,必须把它解决了,才能开展下一步的行动。他托着下巴深思起来。旁边的石头只会干着急,他向来是一根筋,自然也想不出好办法来。石头本来蹲在鲁双涛的对面,见他半晌没作声,急了,便蹲着慢慢腾腾向鲁双涛蹲着的地方移过去了,他拿肘子捅了捅鲁双涛,催问着:"想出来了吧。"

鲁双涛一激灵,眼前一亮,脱口而出:"有了。"

那两个高兴了:"什么,什么?"

鲁双涛指着石头说:"挪,挪动,像他刚才那样,挪开一下嘛。"

石头白了他一眼:"你能不能说点听得懂的呢?"

而苗风涛一拍大腿:"好,我知道怎么做了。你们还得委屈一会儿,得在这里继续蹲着,到天黑再出来吧。"

苗风涛回到办公室,马上召唤"活蜈蚣"进来,对他说:"我刚才去见村尾冈寿太君了,他对我们现在征收的进度很不满意,要求本队必须集中精力抓好粮款任务的征收,否则将军法从事。太君是真大动肝火了,任务完成不了,他也日子难过,我头都要裂了。按太君的命令,本队从现在起分两个催税小队行动,你我各带一队人马,因为村尾冈寿小队长明天还要举办周年庆祝会,严令本队配合做好秩序维护和安全措施,所以,我决定由吴队副带领几个人去下面的三个卡子上催税,我带领几个人在协助完成明天的保卫后在龙口镇上和郊区进行巡查,内勤的人员就不好出动了,家里总得留下几个看门的吧。唉,兄弟啊,你我这碗饭也不好吃呢,名义上我们是税警队,应该是只管收税的事不,可实际上呢,我们什么揩屁股事都要给人家干,说白了简直就是一打杂的嘛,还不得不服从,不得不听人家的。不知道你觉得怎么样?我看是越来越觉得难办,事难办,人也难做。""活蜈蚣"眼睛骨碌碌一转,心里打着自己的小九九,与其跟在日本人屁股后面听人家的屁响,还真不如自己带人下去跑,乐得逍遥自在,于是假惺惺地道:"队长说的是实情,只是队长亲自出马那可辛苦了。"苗风涛长叹一声:"有什么办法呢,现在皇军逼得紧,咱们先想法子看能不能挺过这一关吧,咱兄弟就不讲那些客套了,过了这要命的两个月,一切都好说了,谁叫我是队长呢。"

"那你想具体怎么个安排法?"

"我想下面三个卡子上每个卡上都得抽回来一个,另一个就留在卡子上,等着你吴队副带人去后,他也能带个路,传个话什么的,毕竟留下一个熟门熟路的,你去了就不必花精力去踩点了。另外,你看带哪几个人下去合适些,那就由你定吧。"

"嗯,队长想得真是周到,这样好,这样好,我就带'黑皮'、牛八,还有王二财他们几个去算了,陈四、'黄鸡虫'他们这次就不带了,我不也得替队长着想一下嘛,队长以为如何?"

这正是苗风涛心里所期望的。陈四拐子、"黄鸡虫"本也是"活蜈蚣"的心腹,可"活蜈蚣"肯定是由于更深的考虑将这两人留下了,只怕也有不放心他苗风涛的意思,但留下来也没事,坏不了大事的。他故意说:"够不够啊,这一去好几天的,路上也辛苦,要不要再多带几个,也好多个照应。"

"够了,够了,在龙口这块地上,还没有我'活蜈蚣'对付不了的事。"他忙不迭地说,生怕苗风涛再给他派来个和自己尿不到一个壶里的人来。他马上又问:"什么时候出发?"那口气恨不得拔腿就走,走慢了怕苗风涛变卦一样。

苗风涛心里笑了一下:"那好吧,事不宜迟,现在一上午也快过了,这样吧,干脆吃了中饭就走,我给弟兄们饯行,中午就去一壶春酒楼喝一杯。"

这就说得"活蜈蚣"眉开眼笑,屁颠屁颠地去了。

9

夜的手指真是灵巧得很,它们七绕八缠地就编织成一张黑沉沉的网,撒开了,就一把罩住了大地。

税警队的会议室里烟雾缭绕,苗风涛还没宣布会议开始,那一杆杆烟枪却早已吞云吐雾了。除去"活蜈蚣"带走的和三个厘金卡子上留守的外,十三个人全部到得齐崭崭的(卡子上的另外三个人接到通知后也赶回队了)。以往开会除了队长和队副佩带的短枪外,其他人员配备的长枪如汉阳造、三八盖都按平时的规矩放在会议室后面的墙角上立着,这次自不例外。众人在悠闲自在地开着荤腥的玩笑,抽着烟,喝着茶,等候坐在上首的队长发话。

苗风涛清了清嗓子,大家知道,这是他要开口说话的前奏了,便都安静下来,规规矩矩地坐直了身子。

苗风涛说:"今晚召集大家来,是因为有重要事情布置。"

看到大家都尖起耳朵了,他接着说:"现在我要郑重地宣布一件事,我决定带领弟兄们一起投奔新四军去。"说完这一句,他特地停顿下来,等着人们的反响。但是一片沉寂,好像还没有反应过来一般。苗风涛锐利的目光在睃巡着。终于,那个绰号叫"黄鸡虫"的叫起来了:"队长,你说什么呢?没搞错吧?"

苗风涛不动声色,一字一顿地重复着:"我决定带领弟兄们一起投奔新四军去。"

"黄鸡虫"这回相信自己没听错了,他一拍桌子跳将起来:"姓苗的,你这是要把我们往绝路上带啊?"

旁边的陈四拐子这时立马叫嚣:"姓苗的,你这是早就安排好了啊,支开了吴队副,你搞政变,耍花招,玩阴的。要走你走,老子才不跟你去丧命。"

"黄鸡虫"更是猖狂:"弟兄们,我们不能上当,皇军会来算总账的。不能被苗风涛卖了咱们的命。"

有人开始窃窃私语起来:"这去投'四爷',那日本人能放过咱吗?""现在可是人家日本的天下,共产党的游击队经不起几下子打啊。""这可不是好玩的,要掉脑袋瓜子的事呢。"

苗风涛从座位上站起来大声说:"弟兄们,难道你们做他日本鬼子的牛马做得还不够吗?你们难道都忘记了自己的祖宗是什么人吗?你们知道我们现在是什么身份吗?是汉奸,是走狗,是出卖自己祖宗的狗腿子,我们简直就不配做个人,做个堂堂正正的中国人。日本人给了我们什么好处,他们来到我们的家乡,做的就是一件事,除了烧杀抢掠,还是烧杀抢掠。而我们竟然还帮着这些强盗来杀害我们的同胞，来抢劫我们的财富。"他指着一个叫来宝的说，"你说说，你妹子是不是叫鬼子强奸了，又害命了？"

"还有你，孙大壮，你的父亲是不是因为要向鬼子去讨回被他们抢去的耕牛，结果牛没要得回来，反而让他们给打断腿脚，到现在还躺在床上？

"弟兄们哪，我们平时可都是自称是有血性的汉子，七尺男儿，可为什么要受这份窝囊气呢？有仇不能报，有冤无处申，你说你还是个男子汉吗？"

苗风涛越说越激动。多年来心里的憋屈，他一直没能发泄出来，现在终于有了一个决洪的机会。

他看到了来宝在勾着头抽咽，孙大壮的眼眶红了。一时间，房间里只有他苗风涛激愤的情绪在鼓荡。

"黄鸡虫"和陈四拐子被他的激昂震惊了，不敢轻举妄动。

苗风涛语气一转："当然，如果硬是不愿意和我走的，本人也不勉强，但绝对不容许再为鬼子卖命，更不得助纣为虐，为害乡里。否则可别怪我苗风涛手下无情。"

"黄鸡虫"和陈四拐子见势不妙，情知大势已去，遂一使眼色，两人迅速朝靠近后门的墙角扑去，枪支都靠墙立在那里，他们试图夺枪顽抗。鲁双涛和石头早已埋伏在窗外，见此情景，破门而入，三下五除二就把"黄鸡虫"和陈四拐子牢牢控制住了。"黄鸡虫"和陈四拐子认得鲁双涛，便心知其实早被他苗风涛给算计了。石头作势欲结果两人性命，苗风涛止住了，说："先给我捆紧了关起来吧，毕竟也是兄弟一场，也是父母所生养，留下他俩性命，算是给他们一次重新做人的机会吧。"

10

龙氏宗族祠堂宽敞的院子已被布置成龙口日伪镇公所成立

周年庆典的会场。"大东亚共荣"醒目的标语挂在台前。

苗凤涛安排了孙大壮和来宝等四个人守在院子的大门口,名义上负责对可疑人员的盘查。他自己带了另外可靠的兄弟在戏台两旁把住,一个个都枪不离手。苗凤涛特别观察了村尾冈寿的兵力部署,他只看到了四个鬼子荷枪实弹地立在戏台前,却没发现村尾冈寿把那挺轻机枪布置在何处,心里有些纳闷,昨天村尾冈寿说了会将"最有威力的武器都用来部署"的话,难道他对今天的安保信心满满,没有带机枪来?或者说他对自己留了戒备?苗凤涛心里没底,他得再仔细摸摸情况,不能疏忽大意。于是,他决定去院落周边的厢房巡视一番。这一察看,果然就发现了端倪。原来狡猾的村尾冈寿把机枪暗地布置在戏台后面的布草间,派了两个鬼子把守在那里,很隐蔽。这么说,村尾冈寿派出来了六个鬼子,还有四个则是作为了预备待命。他想把这个情况尽快通知新四军这边的人。于是他慢慢地踱到了门口,等待机会。

来参加庆典会的人开始陆续入场了。这其中当然包括了蓝子天和秦瑾,以及地下党负责人龙雪带来的人。鲁双涛、石头和喻大江三人被蓝子天安排去解决那些被村尾冈寿作为预备接应的鬼子了,因为鲁双涛熟悉鬼子驻扎地的情况。蓝子天决心这一次一定要将龙口镇上留守的鬼子和伪军一股脑儿给端掉,以免留下尾巴。

肩负着特殊任务的蓝子天在肃杀的寒风中走进龙氏宗族祠堂,他对这次行动虽然充满信心,但心中也有着不可预知的担心。他提醒自己精神要高度集中,视线和眼光要更加开阔、敏锐,动作要更加机警、敏捷,他记不清自己已经历过大大小小多少次的战斗,无论冲锋陷阵,拔城夺寨,还是刺刀见红,与敌人面对面地搏斗,他都没有过临阵脱逃,或畏葸不前,一旦上了战场,他的眼里燃烧的就只有熊熊的怒火,血液仿佛都在沸腾着,让他所有的怯懦涤荡无遗,因为他深知,战场上的胆怯只会让自己陷于绝境,陷入万劫不复。但今天的这一次却与以往历次的战斗不可同日而语,他已经站在另外一个战场的前沿,虽然是一样的硝烟弥漫,一样的危险重重,一样的血肉纷飞,但更加需要他的理智、冷静、胆略,而且这已远远不只是一场枪林弹雨中的突破和搏斗那样简单,而是一场搏杀加博弈的较量,它的背后有着尤其深远和广阔的意义。这是自潇浦县抗日民主政府税收稽征机构建立以来,蓝子天和他的战友们面临着的第一个重大的考验,他必须保证在这次考验中能胜利通过,他没有资本可以输得起。踏入龙氏宗族祠堂前,他在脑子里再一次将全部细节都回映了一遍,他的脸上表现出来的表情是坦然自若的。

地下党员们按照龙雪的部署,化装成参加庆典会和前来主动交税的百姓,有的推着土车子,有的挑着庄稼地里收割的作物,他们把武器都藏在其中。

蓝子天刚步入院子,就看到苗风涛看似漫不经心地站在门口盘查进来的人们,实则不断地用眼睛在搜索着什么,他猜测他一定有事要通报。之前,他俩并没有见过面,时间紧迫,没有留给他们相见的机会,所有的联络都是靠鲁双涛和石头完成,而今天鲁双涛和石头都被派去阻击留守接应的日军了,当然也考虑到江敬义会来参会,怕鲁双涛和石头暴露。蓝子天记住了鲁双涛给他描绘的苗风涛的外貌特点:五短身材,但很壮实;小眼睛,目光锐利;特别是嘴巴上留着一抹浓黑的胡子,很醒目。蓝子天故意迟疑着停下了步子,苗风涛果然机智,他马上朝蓝子天走了过来,口里喊着:"你,就是说你,等一下。"来到他跟前,蓝子天不再犹豫,将右手掌按在肚子上,作了个弯腰点头的姿势,大拇指却弯入掌心,只给他伸出了四个指头。这是他们早已约定的接头暗号,伸出四个指头即亮明了自己是新四军的身份。苗风涛压低声音告诉蓝子天鬼子机枪火力点布置的位置。

庆典会如期开始了,税警局局长江敬义才匆匆忙忙走上主席台。他本来带来了三名随从护卫,谁知从容壁赶过来的半路上,他的那匹坐骑跑着跑着竟然越来越慢,一跛一跛的,只得下来查看,才发现它的前蹄铁掌居然松动了,江敬义啐了一口,骂了一声:"晦气。"他平常是很讲究出行利吉的,没想到碰上这等事,当时就想,此去只怕不得安宁哪,顿时萌生了退意,随从江贵就劝他,这要是不去,日本人那可不好交差啊。江敬义进退为难,权衡轻重后,还是换了另一个随从护卫的马,让他留下来去找人把马掌钉好再赶路,他则带了江贵等二人赶过来。紧走紧赶,好歹算是赶上了。

龙口区公所的维持会会长龙洛铭主持会议,他先是向大家介绍了村尾冈寿和江敬义,接着就按日本人事先的安排照本宣科地大讲了一通大东亚共荣如何如何好的道理,接着就请江敬义发表关于征收税金的动员令。

龙洛铭起劲地吹捧宣扬日本人的功德时,下面还算平静,大家只是冷眼旁观而已。蓝子天不认识正在台上讲话的龙洛铭,向身边的龙雪打听,龙雪却不作回答,一脸鄙夷的神情。他便寻思,看来这个龙洛铭在龙口是不得人心的吧,也就不再追问。

但当江敬义一副趾高气扬的派头开口就说要加派税金时,台下不安静了:

"又是加税,天天加,还让人活不活啊!"

"这还是收税吗?干脆就明火执仗地抢!"

"龙口的地皮都要刮走了,不要讲有没有活路,连脚都没地方站下了!"

"俺家里反正只剩下几块破砖了,要就拆了去算了。"

……

人们先是交头接耳地小声议论,接着慢慢地就酿成了一片"嗡嗡嗡"的声音,好像场子里撞进来了一群四处乱飞的蜜蜂。江敬义脸面上挂不住了,他的脸涨红起来,但又怕激怒众人,不好收拾,忙将眼光投向站在台上中间位置的村尾冈寿。村尾冈寿正也恼火着呢,他的目光狠狠地剜了一眼不远处的苗风涛。

苗风涛知道他那一剜中的含意,分明是在恼怒他之前向他所汇报的都是在糊弄他。他现在得站出来了。

苗风涛来到了人群前面,高举起双手在空中摇了摇,然后做了一个下压的动作,意图是让大家安静下来。认识苗风涛的人当然较多,他平日里给人的印象也全然不是"活蜈蚣"那般凶神恶煞,所以他一站出来,人们还是给足了他面子,躁动的人群开始自觉地平静了许多。村尾冈寿见状,脸上的神色缓和了些,蓝子天呢,则不由得对苗风涛也有几分另眼相看了,觉得这个苗风涛在当地还算有些号召力,眼看江敬义和鬼子要下不了台了,他苗风涛一出头,还真是镇得住场子。这样说来,能够将苗风涛拉过来这步棋真是走对路了。

苗风涛大声说:"乡亲们,皇军来到龙口可是为我龙口作出了贡献的,我们不要误会了皇军的一番好意,现在加税是因为皇军要增强军力,维护龙口的平安无事。"他话音甫落,人群里有了小小的骚动,显然他的话是人们所不能苟同,不能接受的。蓝子天心想,苗风涛这样讲,自然不会得到大家的理会,照这样下去,只怕不好控制局面,于是他马上响应起了苗风涛:"皇军征税,当然也是为了龙口,历朝历代,都要交皇粮国税,现在是人家日本人坐天下,我们当然也得给他们交税啊。"

旁边的龙雪立即说:"是啊,我们现在就交税去。"尚山虎指着他挑来的那一担谷子说:"我今天特意担了谷子来交,是新打的晚稻。"他朝苗风涛问道,"这谷子可以抵俺家的税钱吧?"苗风涛心领神会地说:"可以,怎么不可以呢?"混杂在人群里的地下党其时也踊跃地呼应着:"反正要交的,我们现在就交了吧。""早早交了图个省事,免得人家苗大队长要带人上门来收呢。"

苗风涛知道这是蓝子天他们即将动手的信号。他朝台上的村尾冈寿望去,只见他也正好在望着自己,两人的目光一碰上,村尾冈寿朝苗风涛露出了赞赏的神情,并且还朝他微微地点了点下巴。江敬义这时又神气活现了,他讨好地朝村尾冈寿说:"太君,你看民众对皇军可是大大的拥护!"村尾冈寿看也不看他,嘴里蹦出来一句:"苗队长的,这个。"他跷起了大拇指。江敬义没讨到好,只得附和:"那是,那是。"

苗风涛招呼着:"要交税的到前台来,你,你,你,还有你,赶快来收下乡亲们的钱物。噢,赶紧的。"他朝税警队员和鬼子咋咋呼呼地叫喊着,临了,他朝蓝子天一使眼色,噔噔噔地往台上跑去。此时不动手,还待何时,蓝子天一见,立马发出了行动的信号,一声尖锐的"呼哨"响起,尚山虎率先踢翻了箩筐,里面不过是些瘪谷,藏着几杆枪,他和身旁的地下党迅速操起枪朝走拢来的鬼子扑上去,与此同时,隐伏的其他行动队员也纷纷从各自带进来的土车底下或麻袋里掏出了暗藏的武器,按照事先盯住的敌人实施起了两个合力解决一个的围攻计划,以确保一击中的。

突如其来的变故,让台上的村尾冈寿、江敬义、龙洛铭一时蒙了,傻傻地站在那里,目瞪口呆,头脑里陡地短路了一般。还是村尾冈寿有着军人特有的快速反应能力,他惊醒了,拔出了手枪,朝天上开了一枪,刺耳的枪声划破了院子的上空。村尾冈寿希望自己这一枪能镇得住乱成一团的场面,可他失算了,这一枪响,他看见除了使人们更加惊慌失措外,那些饿虎一样扑向日军的人不仅没有因此而住手,他们的动作却好像更凶狠了。很快地,四个鬼子和江敬义带来的两个税警就被放倒了。而更让村尾冈寿吃惊的是一个着长衫的青年和苗风涛眨眼间一股风般卷到了台上,他们的手里持着短枪,分明是直奔他和江敬义而来。村尾冈寿忙朝隐藏在台后布草间的机枪手做出了开火的手势,可是后面却哑火了,没一点动静。村尾冈寿情知不妙,忙胡乱地朝苗风涛放了一枪,转身就跑,江敬义现在除了跟着他的屁股跑外,别无他策了。

蓝子天刚刚一看村尾冈寿朝台后的手势就看出来他的用意何在,他其实已准备了一颗手雷,目的即是那挺机枪。可没等他甩出去,从布草间里跑出来了两个人,朝他使劲摆手,并高声喊叫:"解决了,解决了。"蓝子天正纳闷咋没听到机枪开火呢。可那两人,他一个也不认识,匆匆忙忙中他只觉得那两人长得有些意思了,反差明显,一个膀大腰圆,一个瘦削清秀。但他眼下顾不及细细寻思,和苗风涛循着村尾冈寿和江敬义逃跑的身影追过去了。

这边的枪声自然也就成了喻大江和鲁双涛、石头行动的指令。

鲁双涛带着喻大江和石头从唐公寺后面的大樟树上轻松地摸进了日军驻扎地,留守在此的四个鬼子恁地胆大,毕竟他们在龙口还从没有遇上过真正的对手,这无形之下滋长了他们轻视和自大的心理。当鲁双涛他们摸到他们的房子外时,听到那几个家伙正在吆喝着划拳斗酒。在他们看来,也许没了长官村尾冈寿的监督,正好是自己放松放松的难得时机吧。所以,原本在门口站岗的鬼子也受不了酒香的诱惑,兴高采烈地加入到了喝酒的行列。

而当枪声划过来时,他们立马惊醒了,日本人的军事素养的确不可小觑,可当他们快速操起三八大盖准备往外冲时,已经没了机会,两颗手榴弹从窗口丢了进来,轰,轰,两声爆响,一股浓烟从窗子里腾腾而起。当鲁双涛冲进去后,他看到三具尸体横在地上,血肉横飞,还有一个没有毙命的,已然伤得不轻,倚在墙角痛苦地抽搐着软耷耷的身子。石头举枪给他补了一家伙,骂道:"打发你一粒花生米吧,这样就不会做饿死鬼了。"

第五章

1

虽然村尾冈寿和江敬义逃脱,但龙口攻下来了,从版图与建制上,它属于了潇浦县抗日民主政府的根据地范围,对于潇浦县抗日民主政府税收稽征分局来说,龙口征税卡子也可以正式建立了。县长于振兴很兴奋,他说,打下了龙口,意味着什么呢?就好像长在自己身体上的一块毒瘤终于割掉了。

接下来的事是尽快着手加强对龙口的治理整顿,于振兴给蓝子天下了一道命令,让他牵头在龙口建立起民主政权,蓝子天以自己只是负责税收征收、不适宜来组织的理由,想推辞掉这个任务,于振兴并不理会,一则确实是因为当下干部人手紧张,二则是虽然有明确的分工,但只要是革命需要,就必须无条件地服从组织安排。

尽管要在龙口重新建立一个全新的民主政权,犹如白手起家,困难重重,但蓝子天不会退缩。他召集了地下党负责人龙雪和喻大江等人商议,当务之急,必须要组建龙口自卫队,建立自己的武装来保卫民主政权。龙雪作为不二人选担任了龙口自卫队队长,龙口百姓踊跃要求加入自卫队,龙雪便有选择性地吸收了四十七名青壮年作首批队员。蓝子天考虑到龙口的实情,他请示于振兴县长后,将原定的龙口税卡改为龙口税务所,尚山虎成了首任税务所所长,苗风涛担任了副所长,原来日伪税警队的人员在遵照其自愿的前提下,绝大部分都留下来了。对苗风涛,通过这次夺取龙口行动的表现,蓝子天觉得他是值得信任的,将他留下,对于下一步局面的打开无疑是有帮助的,这样一来,龙口税务所一时倒是兵强马壮了。"活蜈蚣"和他的亲信被"调虎离山"后,得知龙口变故,恨得牙根发痒,然于事无补,只好逃窜去投奔江敬义。龙口的事在紧锣密鼓地忙了个大体差不离后,蓝子天才放松了一下绷紧的弦。

他于是告别龙雪、尚山虎他们,带着喻大江、鲁双涛、秦瑾、石头踏上了返回潇浦县城的路途。临别时,尚山虎对他说:"分局长,我这才知道了你说的那个以其人之道,还治其人之身,原来是这么回事了。"

一路上无话,一行人匆匆忙忙赶路,蓝子天脑子里一直琢磨着那两个搞掉了鬼子机枪的人,不知道是什么身份,他可以肯定不是自己这方的人,因为组织上如果说另有安排的话,不可能不事先通知他的,即算是事发紧急,那么事后也不至于就来个不告而别,当他追击村尾冈寿无果而返再来寻找那两人时,已是遍寻无着。他想,奇了怪了,怎么的也得让他当面说个"谢"字吧?

2

刚刚回到分局,连茶都没有喝上一口,却见胜岩砥卡子的卡长林少伟来了,一副风尘仆仆的样子,他已风闻了龙口的事,一屁股坐下就兴奋地说:"分局长这次亲自出马,可是打了人家个措手不及啊,这下好了,所有的卡子都建立起来了,我们可以大干一场了,干出点式样出来给大家伙看看。"

蓝子天微笑着说:"我看你大老远地跑回来,可不是为了给我灌米汤水吧?"林少伟被他一说即中,嘿嘿地笑了。

"说吧,别绕弯子了。"

"我这次来尽是正事呢,一个是来解款的,我给你说,我们胜岩砥卡子这个月刚刚建立,可是税收比以往交的都要多,你猜,多了多少?"

石头在旁便猜开了:"哪个地方多少税,我和鲁大哥心里可有本账。胜岩砥那一块原来收税从来就没超过千元一个月的,最好的时候也只有七百来元。你能多到哪里去,顶多八百元这样子。"

林少伟说:"你再猜猜看,别怕猜,大胆猜。"

蓝子天道:"别卖关子了,你也不看看我们脚才落地,哪有闲工夫来听你胡咧咧啊。"

林少伟嬉皮笑脸地说:"和我们的蓝大分局长讲话从来就没噱头,都是挤光水后讲干的。"

"告诉你吧,我们这个卡子这个月征了整整一千元。"林少伟冲石头得意洋洋地跷起大拇指。

蓝子天说:"哦,那不错,值得表扬。说吧,还有什么正事?"

林少伟嘟着嘴巴道:"要讨得你分局长的几句好话,看来也是难。不过嘛,话说回来,我也不是为了图表扬才收税的,但我的要求你总得考虑考虑吧,我的困难你可不能坐视不理吧。"

"那要看什么样的要求,什么样的困难了,不是所有的我都能解决的。你说说看。"蓝子天还是一副公事公办的口气。

"我来的第二个原因是找你大局长要人来了。"他接着说,"我也知道,你现在人手紧巴巴的,还不仅仅是你,只怕我们那个于振兴于县长手上也紧巴巴的。"

蓝子天马上抢过话来将他一军:"既然你明白现在人手紧张,那你干吗还提出来要人呢?"

林少伟一张苦脸了:"你看,你看,我这不是没办法了吗?胜岩砥那么大的地盘子,连汤带水就我们两个人,我就是要跑一圈都少不得个把月,精力不济啊,再说,现在虽然是我们在那里设下了卡子,可人家鬼子会不会要打歪主意呢?这情形,谁也不能打包票吧?我来要个把人,应该还是理不亏吧。"

蓝子天回答他:"平心而论,你来要个把人,当然不理亏,不仅不理亏,而且很在理,何况你们胜岩砥卡子上还做出了那么大的成绩呢?"这一说听得林少伟来了兴致。

"可是,你也知道,现在战事吃紧,日本鬼子已经开始实行新的清乡计划,还叫作什么'拉网式清查',根据地的每一寸土地都可能成为鬼子围剿的目标,我们的前线将士正在流血拼搏,他们可以说是在用生命捍卫着根据地的完整和和平。我们作为征税的,就是要千方百计地征税,用税款去造枪造炮,用税款去维护我们的民主政权的安全。我们现在缺少的就是干部,特别是懂得经济和税收的人手。"

林少伟只得继续苦着脸了:"那我又白说了。"

蓝子天道:"至少目前满足不了你的要求,但我送你一句话,办法总比困难多。多少艰难困苦我们都走过来了,还怕缺个把人吗?而且,你可以自己在征税的工作中去发现合适的人,去吸收新的力量进来,我们的党、我们的队伍不也是那么一步步发展壮大起来的吗?"

蓝子天的说道,让林少伟无懈可击,他觉得也不好再啰里啰唆地说什么了。

一时无话,秦瑾见蓝子天一脸倦容,便招呼林少伟去办解款手续,几个就都散去。

秦瑾几天没回家了。她心里面还一直有个问号没有消除掉,回到家里,她便去见父亲,秦人简正好和管家王明基在谈生意上的事,见女儿回来了,好生高兴,爱怜地问:"你十天半月不见人影子了,那么忙,忙些什么事呢?"王明基知道父女俩有话要说,忙告辞了。

秦瑾就将去龙口的事情和他说了一遍,她讲起来眉飞色舞的,言语间透露着对蓝子天的油然敬佩,秦人简脸上笑意微漾,静静地听着她一个人滔滔不绝地讲个不停,他在想着,真有许久没有听到女儿这样打开过话篓子了,自打把她从清山省城女子学校强行接回来后，女儿一直和他斗心火，特别是当初他极力反对和阻止女儿去参加新四军一事，让女儿对他产生了莫大的反感，见面都是爱理不理的。今天女儿回家来，这样子的兴高采烈，让他又是怜爱又是高兴，心里却仍是有一种排解不了的隐隐担心。他知道女儿所走的道路是一条怎么样的路，他无法不提着一颗心。听到女儿对蓝子天的赞许，他又暗暗放心了些，他记得那一天蓝子天带走女儿时留下的那句话。说心里话，不仅仅女儿对蓝子天佩服，他也从蓝子天身上看出来，这个小伙子不简单，稳重、机智、有主意，尤其是知书达理，让秦人简欣赏。这年头，那些个扛枪的，动辄喊打喊杀，他还真没见到几个识字的，他也从心眼里有几分瞧不上人家。他转念一想，女儿对蓝子天那么崇拜，莫非这小妮子动了什么心思吧。

秦瑾其实也是觉得有好久都没和父亲好好地说话了，父亲那天率先交税，给她心灵上不小的震动，她当时甚至于还觉得自己太不了解父亲了，于是心生愧疚。只是她没想清父亲那天为何又会改变主意，断然做了第一个交税的呢。而之前当蓝子天向他提出这个请求时，他可是找了种种理由来拒绝的。她好想问问父亲，但又怕会让父亲觉得突兀，所以一直都隐忍着不开口。

秦瑾转到父亲的椅子背后，双手轻轻地为父亲捏起了肩膀，父亲微敛着眼享受地接受了女儿的爱抚。这也是做父亲的多日不曾有过的享受了。秦人简以往总是把女儿的这种亲昵举动当成自己的享受。常常是在他感觉到身心疲累之时，女儿就是如此这般给他捏捏肩膀的，捏着捏着，他就觉得自己在一点一点地松弛下来。偶尔回头去看看女儿灿烂的脸庞，看她那双会说话的眼睛，他的心里就会贮蓄着满满的温馨。女儿大了，有了自己的选择，尽管女儿选择的这条路，让他充满了矛盾和深深的担忧，可他无法阻止她，让她回心转意，他其实从心里觉得女儿所走的这条路是对的，而每每回想起那些抗日者被鬼子砍头，一个个年轻轻活泼泼的生命眨眼间说没就没了,他的心里就淌着血。他清晰地记得去年仲冬的时候,一个看上去还只是个孩子的小新四军因为受伤掉队了,结果被江敬仁的伪军捕获,他们先是将他赤膊五花大绑地游街示众,然后绑在前河街心的那棵大槐树上,小伙子真是勇敢呵,破口大骂,死不低头,结果被割了舌头,接着又割了双耳,那张青春稚嫩的脸膛上血肉模糊,他几次昏迷过去,又被冷水泼醒,硬是活活地痛死、冻死了。秦人简到现在都不敢去翻开那血淋淋的一页记忆。他想如果那孩子的父亲当时在现场的话,会有怎样的举止呢?肯定是生不如死的感觉吧,肯定是宁愿自己去替儿子挨刀受割吧。他更是怎么也不敢想象,如果有一天是自己的孩子倒在鬼子的屠刀下,他会是怎样的一番痛苦,真有这样的时候,他想还不如自己先死了更好。所以,当女儿坚定地、义无反顾地走上了那一条在他看来无异于就是一条不归路的时候,他想,自己必须作出一个选择——那就是和女儿站在一起。作出如此选择,他觉得只不过就是一个父亲的选择,一个父亲因为女儿所作的选择,如此而已,简单得没有多么深刻的意义和多么高尚的动机。那一天,当他做出率先交税之举,在旁人眼中无疑不亚于是一项够得上伟大的义举,抗日政府的县长于振兴甚至对他的行为给予了"民族大义,救国楷模"的评价,他听了,只有在心里暗道一声惭愧了。当然只有他自己才清楚自己在为啥、做啥。但他说不出口来,甚至和女儿也无从说出那番心里的真实思想来。他只是想着,作为一个父亲,一个深爱着女儿的父亲,他不能不和女儿站在一起。在他看来,除此以外,别无选择。

秦人简把脑袋转动着,看了一眼女儿,他看到了女儿眼里的温顺,也看到了女儿眼里的心思,他知道,女儿对于自己那一天的举动满是疑惑,到现在为止,她的疑惑依然没有得到冰释,也许她会开口来向他探寻答案,也许她会一直默不作声,这些,在他看来都无关紧要,他只是想,如果女儿能感觉到父亲是和她并肩站在一起的,这就够了。

秦瑾显得心很重,捏着父亲肩膀的那双红巧的手想向父亲传递着什么,秦人简不想去猜,他微敛上了眼睑。

窗外什么时候下起雨,雨不大,不急不缓的样子,却一点也没停歇的意思,冰冷的雨滴落在庭院里枯萎了的芭蕉叶上,让萧条的庭院显得愈发凄清。冬天的雨,下起来怎么会是那么淅淅沥沥没完没了的呢,秦瑾自说自话。

3

却说江敬义仗着路熟,掩护着村尾冈寿费了九牛二虎之力才摆脱了苗风涛和蓝子天的追赶,逃回了容壁税警局。村尾冈寿倒是毫发无损,江敬义左手臂上被苗风涛一枪打了个穿孔,好在没伤及筋骨。他这一次吓得不轻,命都差点丢在了龙口,好不容易捡回来一条老命,他对苗风涛恨到牙根发酸,这次半路马失前蹄,没想到真的是出师不利,更没想到使绊子的竟然会是那个苗风涛,亏得自己那么相信他。这辈子和他苗风涛算是有了解不开的套了,他铁青着脸咬牙切齿地对自己说。

狼狈不堪的村尾冈寿在山田少佐面前抬不起头来,挨了山田三记响亮的耳光后,村尾冈寿又把一腔无处发泄的怒火撒向了江敬义,他将山田赠予他的那三记响亮的耳光又原原本本地转赠给了江敬义。他上蹿下跳,像一个小丑朝江敬义咆哮如雷,呵斥他的无能,训斥他的愚蠢,没想到逼走了鲁双涛,又被苗风涛反咬一口。打归打,骂归骂,他还得依靠江敬义和他的税警局去完成山田少佐下达给他的任务。山田用阴森森的目光逼视着他,一字一顿地说,如果他村尾冈寿不能完成征收任务,那就唯有自剖以谢天皇这一条路了。江敬义面对村尾冈寿的咆哮,他除了浑身哆嗦,筛糠一样抖动着双腿,连屁都不敢放。他算是第一次如此真切地体会到了在人屋檐下讨饭吃的艰难和凄惨。但他觉得除了在主子跟前摇尾乞欢之外,他再也没有别的路可以再行选择。于是,他现在只有默默地忍受着身体上和心灵上的双重痛苦。

村尾冈寿怒不可遏,不报此一箭之仇,誓不罢休,但他手上可调动的只有一个小队的日本军队,其他的就只有江敬义的税警局了,日军主力和保安军都去参与拉网式清乡行动,再无一兵一卒可供他调遣。他要派兵武装夺回龙口的企图已成空想,只好另做打算。入华以来的节节胜利,让不少如村尾冈寿之类的日本军官滋长了日益骄横的情绪。村尾冈寿原本对自己镇守龙口信心百倍,他打心底瞧不上共产党新四军那几杆破枪,从骨子里鄙视着游击队东打一枪西放一枪的偷袭行为,共产党虽说在潇浦县建立了所谓的政府,但他相信他们成不了气候,也没有什么实力涉足龙口的,龙口是他村尾冈寿的地盘子,永远是大日本的天下。他自然绝没想到,龙口竟然会被他认为是鞭长莫及的潇浦县的共产党给偷袭了。这是他村尾冈寿的奇耻大辱,这口气叫他怎么咽得下去呢?

但如今已是木已成舟,成既败之局,他再不甘心,也无可奈何。而山田交给他的征收任务要完成,又从何下手呢?这才是真正让他头痛之处。

江敬义手下虽有六七十条枪,说实在的,他也不想将这点家当去和新四军硬拼。他那三角绿豆眼骨碌碌地转出来一个主意,便讨好地对村尾冈寿说:"太君,依小的看来,现在新四军势头正旺,我们还是避其锋锐为好。"

村尾冈寿狐疑地看着他,等待着他的下文。

"您来看看,"江敬义来到墙壁上挂着的地图前,指点着说,"据可靠情报,当前共产党在潇浦县成立了税务稽征分局,下面设置了月林、古窑、横铺子、胜岩砥、龙口五个税卡子,龙口是刚刚才建立起来的,其他那四个卡子之前已经开始了运转。你看这几个卡子的地理位置,龙口在潇浦的东边,毗连容壁,与大埠桥亦相邻,这里历来是一个兵家必争之地,而且因其物埠富饶,水陆交通便利,素有'小南京'之谓;胜岩砥在龙口的西南方,这里隔龙口比它离潇浦更近,可谓是龙口的南大门。你再细瞧,横铺子在龙口的北面,这三个地方就好像是潇浦的脸面,什么咽喉、脑门子、鼻子、眼珠子的都在这一块了,共产党的政府首脑机关落在潇浦偏西北地区一带,为啥不来这一块落脚,他们为何如此安排?我看他们还算有点自知之明了,偏隅西北,地处贫瘠,穷山恶水,他们显然是慑于皇军威严,一旦皇军大举进攻,他们即可快速逃窜,弃地保命啊。"

村尾冈寿听着觉得江敬义讲得有道理,目光便柔和起来,鼓励他继续讲下去。

"所以你看共产党税务分局的五个卡子就有三个设在龙口相邻的这一大块区域,而西边只设了月林和古窑两个,因为税收的大头还是在龙口这一边嘛,那么,当下之计我们不妨先打胜岩砥和横铺子的主意,胜岩砥和横铺子的守卫力量我已探听过了,那里都成立了共匪的基层政府机构,如村公所、村民自救会、自治委员会等五花八门的,但不过是靠一些民兵在把持,还有些儿童团、妇救会之类,没有共党的正规军和游击队,一群乌合之众而已,不堪一击。倘若把这两个卡子控制住了,就对龙口形成上卡下扼之态,下一步再集中力量将龙口夺取,这叫先打外围,再图大业。太君以为如何?"

村尾冈寿阴鸷的脸上露出了一丝狞笑,沉思了片刻,他下了命令:"你的行动队的快快地出击,给我端了胜岩砥和横铺子。"

江敬义"啪"的一个立正,大声说:"是。"

4

胜岩砥税卡子卡长林少伟向蓝子天报告人手紧张的事当然

是实情,但是报告归报告,问题能不能够得到解决又是另一码事。蓝子天的回答其实也在林少伟的意料之中。办法总比困难多,他记得蓝子天说的这句话。蓝子天说得一点没错,想当初他加入到革命队伍后,碰到过多少坎坎坷坷,几次死里逃生,哪回不都也挺过来了吗?没有枪,去从敌人手中抢;没有人,慢慢发展壮大;曾经居无定所,以天为屋顶,把地当床睡,从无到有,新四军不也是开辟了一片又一片的根据地了吗?如今虽然一样的艰苦,而相比以往来说毕竟好多了。在胜岩砥,建立了我们自己的政权,有了自己的自卫队,不必东躲西藏的了,林少伟相信,税卡子的那些难处慢慢地都能得到解决,他在心里面给自己打气鼓劲。"办法总比困难多",他再一次在心底默念着。

林少伟回到胜岩砥后,他做的第一件事就是找到农民自治会主席莫幼林和民兵自卫队队长姜志民,他向两人提出了关于协助征收和护税的请求。鉴于目前的形势,他必须获取地方政府的支持,借助地方政权的力量,才能有利于税收卡子的工作开展。

多年来残酷斗争的经验告诉林少伟,他绝不能掉以轻心,作为税卡子负责人,把税款征收上来固然重要,而税款的安全上解和税票的安全保管更是不容忽视的。票证可是征收的生命线,马虎不得。考虑到根据地特情的复杂性,他想,还是把税票和征收印章分开来吧,交由信得过的老乡家分别保管稳妥些,税款则由他自己和卡子上的二强子来共同担起保管之责。得尽快落实去,这样思虑着,他觉得心头上压着的那一块石头轻了许多。

林少伟决定把税票送去杨老根家,把印章送到莫老明家,都是靠得住的人,放心。晚上,他把想法和正在埋头记账的二强子说了,然后道:"强子,明天一大早我就去杨老根和莫老明家一趟,半日就回来了,家里的事你招呼着点。明天开始自卫队姜队长会派两个人来,配合我们到卡子上设卡检查,你先和他们过去。"二强子"哎"了一声:"好的,卡长路上注意安全。家里的事你就放心好了。"

第二天一大早,林少伟就从箱子底拿出票和章,仔细地包妥了当,揣进怀里就出门了。

杨老根家在离卡子五里地远的桃树坳,在胜岩砥去潇浦必经的路上,莫老明家和杨老根家不在一条线上,得从卡子折向东南方走上里把路才到。林少伟这样考虑是有安排的,票证和印章分两处地点保存,想来想去更安全可靠些。莫老明家要近点,林少伟想,还是先去远处的杨老根家吧,返回来时再去莫老明家。打定主意,便不再迟疑,他扯开步子就奔老根家去。

桃花流水窅然去,别有天地非人间。桃树坳理当是个好地方。当然,前提是,如果没有战争、没有炮火的话,桃树坳肯定会有着世外桃源般的恬静和秀雅。桃树坳因其生长有大片桃树林得其名,然眼下却已没有几棵活着的树了。杨老根家屋后那一棵老桃树还在,孤零零地瑟缩着,桃树的叶子业已掉光了,像一位风烛残年的老人,在瑟瑟寒风中一边哆嗦一边喃喃自语着。那一条小溪还在,小溪绕村而过,抖抖嗦嗦般哼着一支枯木朽树似的老歌,汩汩汩汩……那歌子就老让人想一些已经久远了的故事。

林少伟步履匆匆地朝杨老根家而去。老根正肩扛着锄头准备出门,林少伟问道:"这大冷的天了,还下地干吗呢?"老根说:"不下地,上山去,看能不能采挖些草药材回来。"老根祖上曾行走江湖,懂得些医术偏方,老根自幼耳濡目染,也粗粗学得些药理,特别是在伤骨动筋上,平日里他那一口草药在邻舍中还是有口皆碑的。一到冬闲,他便上山寻找药草,回来晾晒烘烤后经过若干道焙制,研磨成粉备用。林少伟忙拖住他,回到里屋,从怀里掏出一个叠好的布包,郑重地交给了他,说明了来意,叮嘱他:"这票证说它比命都重要也不为过,老根啊,你一定要用心地保管好,出不得半点闪失的。"老根听他说得如此严肃,有些紧张了,赶紧就双手紧紧捂住,说:"一定,一定。"林少伟又说:"我们要用时就会来找你的,一般在每月的十日左右吧,到时候你可别离家太远了。"老根又说:"一定,一定。"林少伟舒了一口气,起身就走。"喝杯热茶再走吧?"老根跟在后面出来,他被林少伟那一席话给弄得连茶都忘记端给他了。

"不喝了,你忙你的去吧。"林少伟的背影早已拐过了屋后的那棵桃树。

5

二强子带着自卫队队长姜志民派来的何三和铁头赶到村口官道上时,天刚蒙蒙亮。冬天的早晨,大地被裹上一层薄雾,朦朦胧胧的,一切只能用死寂来形容,连不远处的小河也似乎停止了流动,天地间唯存单一的灰蒙,看不到一丝生命的动感。这种萧条充斥了万物,一点一点地抽走了它们的生命活力。

光秃秃的树枝上挂上了一层白霜,三人穿得都单薄,两件单衣套着,一双单层布面鞋子,怎么抵得住冷飕飕的寒风呢,只好不停地跺脚,将双手捂上嘴巴呵热气。雾越来越大了,眼看着远处渐渐模糊,视线被白色的雾拦腰截断。铁头对二强子说:"二强哥,你看这样的天气,哪能收得到税啊?鬼影子都没见到一个。"何三哆嗦着说:"强子,你们平时都得这样干守着吗?"二强子牙齿上下打架:"当然就是这样守着的,不然的话,哪哪哪能收到税呢?这就是税卡子嘛,有时候晚上得到了有人趁夜过卡子逃税的消息,我们还得通宵在这里堵截呢。"何三道:"那还真的是叫作啥了,守株待兔?可这天气冻得人手脚都要断了,哪个谁还会钻出来啊?人家正在抱着老婆、孩子睡得热火吧唧的。"

二强子嘴巴里含混不清地说:"那,那也没法子,守着嘛,两位兄弟坚持着点,眼睛也放光亮点,睁大点,这雾真是越来越大了。"他在头上抹了一把,又说,"露水也大,头发都湿了。"那两个只好不作声。三人站在卡子的木栏杆前,来来回回地踱着小碎步。

何三眼尖,一抬眼看到前面突然出现了几个人影,因为视野不好,当那几个人影再走近些,他才数清楚有五个人,忙用笼在袖里的手肘捅了捅二强子:"喏,总算是过来了几个人。"二强子定睛一瞧,见是几个商人打扮的,便将斜背在背上的长枪正了正,等到他们走近时,这才迎上去几步发问:"你们是干什么的?"

他话音未落,那五条黑影迅猛地向他们三个扑了过来,猝不及防,何三和铁头连枪都没取下来,就被两个黑影扑倒在地,二强子眼疾手快一个侧身避开了迎面的一击,迅速端枪在手,可来者再没给予他拉开枪栓的时间,一道寒光挟着一股冷风径奔他脸面狠狠刺来,二强子情急之下只有横枪一挡,却没料到躲开前面的刺杀,后腰上却感觉到一阵剧痛。他被人从后面袭击了,挨了一刀。二强子双腿一软,跪到了地上。他看到何三和铁头已经被死死地摁在了地,现在没人救得了他。二强子强忍痛苦,试图借助枪杆支撑住自己不要倒下去,他刚想大声喊叫,一片薄薄的锐利锋刃划过了他的脖颈。他看到了自己的鲜血从颈项飞溅而出,身子慢慢地软塌塌地倒下去。几乎同时,铁头和何三也被拧断了脖子,他们的眼睛始终都在圆睁着。

那五个人正是江敬义的税警行动队,为首的是行动队队长"活蜈蚣"。"活蜈蚣"自上次在龙口着了苗风涛的道,回不了龙口,就直投江敬义去了。本以为日本人和江敬义会让他"不死也得脱层皮",孰料江敬义非但没惩罚他,相反对他一番慰抚,并且委以重任,让他当了税警行动队队长。"活蜈蚣"心里狂喜,真是"塞翁失马,焉知非福"啊,自此感激涕零,死心塌地为江敬义卖命了。

"活蜈蚣"见三人均已毙命,便一摆手,立刻有人前去翻动三人的尸体,从衣服里搜寻,却只在二强子的衣袋里找到了五张盖好印章的空白税票,其他钱物一无所获,"活蜈蚣"显然有些失望,骂了声:"真是穷鬼。"旁边的跟着骂道:"晦气,一个子都不落。"欲把那几张票撕了,"活蜈蚣"眼睛一转,说:"不忙,先带回去吧,也好交差。"见卡子边上有个破木房子,一行人随即便走进去,"活蜈蚣"一脚踹开裂口的门,眼光一扫,发现仍然是空空如也,只有一条长条木凳子,还是缺了一条腿的,其他什么都没了。

几个人都觉得有些奇怪了,他们都在江敬义税警局的卡子上待过或长或短的一些时间,可眼前的这个景象,让他们疑惑了,"妈的,这算什么税卡子呢?一根稻草也没捞着。"有人骂了一句。几个围住"活蜈蚣",面面相觑,用征询的目光看着他,等待他发出下一个指令。

"活蜈蚣"略作思考,一挥手说:"天气太冷,雾越来越大了,老天爷一时半会开不了脸,先躲到房子里避避风再作打算。去把那三个死人扔到旁边的水沟里去。"说完他一头拱了进去,那几个手忙脚乱地去处理躺在地上的二强子等三人。

6

凭着对路况熟悉,林少伟在茫茫浓雾中摸索着行走。他没想到今早的雾会是这样子的变化,起床时还没这般大,从杨老根家出来后,走着走着,雾却越铺越厚了,慢慢地竟连眼前的路径都模糊起来。他想着,杨老根还说要上山采药,可别摔下山崖去了,又想着,他肯定打转回家了吧,这样的鬼天气,采得到药吗?到莫老明家估摸着还有四里地远,照这样子走法,只怕得午后才得到了。他一琢磨,还是先到卡子上看看吧,二强子一个人去,他有些不放心了,而且这样又冷又黑的天气,也不知姜志民队长派了人去没有。他一边胡乱地寻思着,一边打定了主意往卡子上摸去。

眼看就摸到了卡子边上了,林少伟隐隐约约地看见栏杆前没一个人影,心想,难道说二强子回去了?难道姜志民没派人来协助?可是昨天明明和他说得好好的啊,即使他不派人来,二强子也不是那样擅离职守的人,今天是怎么回事呢?也许他躲到屋子里去了吧,这天也是怪冷的,于是林少伟冲着小木屋喊叫着:"强子,强子,你在吗?"空寂的天地间阒然无声。连林少伟喊叫的声音都好像被雾水打湿的翅膀,飞了不多远就直沉沉地滚落到哪个山沟沟了。

躲藏在里面的"活蜈蚣"一听,立即拔出了枪,对手下说:"看来还漏了一个,也好,他自己送上门来了,哥几个,亮家伙,听我的吩咐。"几人马上紧张地散开在门的两旁,只待外面的人进来就动手。

林少伟喊了几嗓子不见回音,他来到栏杆前站定,四下里打量,没一个人影,他一头雾水了,觉得有些不对头,却又说不清道不明,怪怪的感觉。他趴在地上仔细察看,地面湿湿的,他见到有好几个零乱的脚印糅掺在一块,心里一紧,暗道一声:"不好。"他悄然拔枪在手,猫着腰,往木屋子边移动脚步。

突然"嘭"的一声,房子的木门大开,咚咚咚的脚步声响起,从里面冲出来几条黑影,朝他直扑过来。原来是"活蜈蚣"他们在屋子里见林少伟久久不肯进来,听起来虽然好像只有一个人,但木屋子狭窄,又恐怕被人包了"饺子",于是低沉地命令着:"冲出去,如果只有一个人,就给我捉个活的,说不定还能从他身上捡到点便宜。如果人多,哥几个就一顿乱枪,打他个措手不及,趁雾大溜走。"所以他一跺脚,带着人冲了出来。出来后一见来的果真只有一个,心里面胜算就大了,五个人挥舞着短枪旋即对林少伟形成了半包围圈之势。

身边并无可倚靠遮挡之物,林少伟来不及思索,就地一弓腰,朝着扑面而来的黑影甩手就是一枪,子弹呼啸着,尖厉的声音似乎将厚重的浓雾划破了,却很快又弥合了。枪声让"活蜈蚣"他们惊骇了一下,脚下迟钝了片刻,林少伟仗着熟悉地形,趁机往官道的左边地里一个驴打滚,他知道只要逃进了左边那片灌木丛就多了几分跳出危险的把握。"活蜈蚣"虽然不熟悉这一块地，但他一眼就看出了林少伟的心思。看来要捉活的有难度了，枪声一响，难保就不会招来援兵，人生地不熟的，那样麻烦就大了，只怕自己要脱身都难。"活蜈蚣"狠狠地一咬牙举枪朝林少伟的身影射击。雾蒙蒙弥漫之中，他也不知道是否已击中了对方，刚才对方的那一枪就没有打中他这边的人，他只是凭着感觉开枪了。随着枪响，他依稀看到一个人影身形一矮，往路的左边烓过去了。

几个人围了上来，已见不到人影，"活蜈蚣"道："跑不远的，就在这一块，搜！"一干人便小心翼翼地往前搜去。

林少伟亦是尽量地控制着自己的动作，不致弄出大的响动来。他一边往前方的林木丛里蹭动，一边伸手去摸了摸藏在怀里的印章，硬硬的，还在，却感觉到自己的手上黏黏糊糊的，他心想："糟了，被狗日的打中了。"这时他的小腹一阵撕裂般的疼痛，肯定是肚子中枪了，林少伟咬紧牙关，一手死死压住伤口，以缓减些肌肉受伤后痉挛引起的痛楚。要抵达那片林子，还得穿过眼前的田畴，田野里满是庄稼收割过后留在地里的硬根茬茬，踩在上面硌得他脚生疼，他觉得自己的腰根本无力直起来，一挺身就痛得不行，额头上冒出了黄豆大的汗珠子，他唯有在地上爬行了，手掌被硬茬子刺破了，他全然顾不上，心中一个念头，就是尽快爬进林子里去，那样他才可能有躲过搜捕的一线生机。可是他越爬越慢，慢得如一只山野里爬行的乌龟，他听到后面的脚步声越来越近了。又近了，但他却再也无法让自己爬得更快些，更快些。他看到林子似乎就在眼前了，近在咫尺，伸手可及，要在平常不过三五大步就跨过去了，而现在，他觉得自己每挪动一点都是那么艰难，他几乎要捶打起自己不争气的腿脚来了，腿脚明明都是好好的，却偏偏挪动起来如要搬运一座山。他眼前突然一黑，什么都不知道了。

等他苏醒过来时，他发现自己正躺在一个人的怀里，他挣扎着强撑开眼皮，认出来抱着他的人是杨老根。他想开口说话，却虚弱得张不了嘴,只是粗重地喘息着。

原来,杨老根去山坳里采药遇上大雾,转来转去就是转不出一条路来,这可是杨老根几乎从没有碰到过邪乎事,那些平日里仿佛熟稔得像是回家的路,现在都不知道躲到哪去了,他云里雾里地转悠了老半天,正不知道自己到了何处之际,突然听到了不远处有枪声响起。第一声枪响时,杨老根还有些茫茫然,不一会儿又一声枪响,这下他才大致判断出了枪响的方位。于是,他摸索着朝枪响的地方走去。

他在一片低矮的林子里穿行着,在走出林子的时候,他依稀地听到有些细碎的脚步声,看到了前面的田野里一团黑乎乎、一点点在蠕动的影子,杨老根心想,难道是猎人在打猎吗?那一团黑乎乎的东西莫不是被追猎的猎物?但他自己又马上否定了自己,他熟悉猎枪的响声。先前划过的枪响不像是猎枪打出来的声音。这时他又更加清晰地听到了慢慢近了的脚步响,不是那种急促的、零乱的行走的脚步。他想,一定是后面的人在追赶前面那个在地上爬着的人。杨老根弓腰向那爬行者靠拢,等他走近了才发现那人已经昏过去了,再凑近前一看,让杨老根吓得不轻,那昏死过去的竟然就是先前与他分手的林少伟。杨老根伸出两根手指在林少伟的鼻尖上探了探,还有鼻息,他不敢怠慢,赶紧将他一把扛上背,掉头便又钻进林子里了。

摸索着躲藏到了一块岩石后,杨老根将林少伟放下,自己半坐着搂住他,他紧张地捕捉着周围的声响,听到那些杂乱的脚步声并未散去,只是像无头的苍蝇一样在远远近近地扇动着翅膀。杨老根心里暗道一声:还好,幸亏有了这场大雾。

而雾似乎还没有收兵的意思,雾气愈重,空气亦越发显得湿重了。杨老根摸摸自己的衣裳,湿了,再摸摸林少伟的,更湿了。湿漉漉的衣服穿在身上,让杨老根的身子抖索起来,他明显地觉察到了林少伟浑身颤抖。

怎么办呢?这样子拖下去,林少伟眼看就命在旦夕。杨老根有些六神无主,他既担心林少伟的伤情严重,只怕有生命危险,又担心追杀者还没离去,如果自己贸然走出林子,只怕他们两个都会落入敌人的手里。山里的猎人有一种狩猎的方法就是以静制动,猎物搜捕不到的时候,猎人就会静下心来蹲点守候,和猎物比谁更有耐心。眼下的情形,他和林少伟无异于被猎杀的对象,稍有不慎,他们就会落入一个布设好的圈套,掉入万劫不复的陷阱。

这时,他看到林少伟的手动了动,哆嗦着往怀里摸索,但他实在太虚弱了,杨老根知道,这是他失血太多,他忙攥住了林少伟的那只手,轻轻地对他说:"别动,你不能动的。"林少伟的嘴唇微微开启,显见是有话要讲,老根忙将耳朵贴上去,林少伟艰难地伸出一个手指头指了指怀里,然后喘着粗气断断续续地说:"这里面,印章,你拿好了,交给蓝子天——分局长。"停了一停,大口地喘息了一会儿,他接着一字一顿地说,"老——根——我——我——我不行了,你快走——快走,把我的枪也——也带走,我再也用——用不上了,不能留给——鬼子。"说完了,他试图去推杨老根,示意他赶紧走。杨老根眼眶一热,两滴滚烫的泪珠吧嗒地掉落到了林少伟的脸上。他用力地抱紧了林少伟,哽咽着说:"我这个时候怎么能走啊,要死咱俩死在一块,到了那边也有个伴。"林少伟不知道突然从哪里来的力气,使劲地推了杨老根一把,虽然不可能挣脱老根的搂抱,但老根明显地感觉到他已耗尽自己最后的一滴精血,林少伟的喉结急速地上下抽动,嘶哑着嗓子朝杨老根几乎是用吼叫的口吻道:"你傻子啊,都死在这里,谁给我报仇啊?啊?到时候我们是怎么死的都没人知道,晓得不?老根。"杨老根这下子真是束手无策了,要丢下林少伟独自逃走,他无论如何也做不到的啊。可是林少伟又是那样态度坚决,只见他双目圆睁,两只手在空中乱拍,做着驱逐的动作。杨老根别过脸去,不忍看他那番痛苦挣扎的模样,两行热泪不争气地汩汩而流,紧抱着林少伟的双手却死死不松。

蓦地,杨老根觉得不对劲了,他扭过头来一瞧,看到林少伟挥舞的双手在慢慢地落下去,原本粗重的呼吸也慢慢地趋向平静,杨老根慌神了,林少伟真的就这样子要走了。杨老根使劲地摇动着他软绵绵的躯体,抽噎着说:"你再挺一挺,再挺一挺啊,千万别睡过去了。"可林少伟这次再也没搭理了。他的双眼空荡荡的,一眨不眨地望着雾茫茫的天空,左手按在自己的胸口,右手垂在地上,旁边是那一把不知道伴随了他多久的驳壳枪。

第六章

1

当杨老根在自治会里见到蓝子天时,他默默不语地勾着头,好一阵子,才费力地从身上掏出了胜岩砥税卡的印章交给蓝子天,蓝子天也是那么默默无言地接过去,双手轻轻地摩挲着。秦瑾在一旁早已泪眼迷离了。

杨老根像是沉思了半晌,才下决心般又取下别在腰上的那一把枪,林少伟用过的枪,他紧握在手上,没有交出来给蓝子天的意思,蓝子天觉察到了他的举动,有些疑惑了,不知老根是何用意。杨老根终于鼓起勇气,对蓝子天说:"分局长,这把枪也是林卡长的,他本来也交代过,要我亲手交给你,但现在,我请求你把它给我吧,我要用它来为老林报仇,亲手为他雪恨。就用这把枪。"

蓝子天紧锁的眉头始终没有解开,听杨老根这一说,他沉吟了一下,然后握住了杨老根那双粗糙的大手,说:"老根,谢谢你,也欢迎你,这血海深仇,我们一起来报吧。"杨老根抹了一把眼眶,用力地点了点头。

石头这时向蓝子天请缨,他说:"分局长,我请求留在胜岩砥卡子上,老林大哥和强子哥都牺牲了,这里需要人。"蓝子天打量了他一眼回道:"人手的事,我们还是从长计议。"

石头急了:"你看不上我吧?我对征税内行,再说,你还能派出谁来啊?人手那么紧张的了,可是卡子上的事一天也不能耽搁。"他这一说,还真是戳到蓝子天的难处了。

蓝子天把征询的目光投向了身边的鲁双涛,鲁双涛马上替石头说话:"分局长,我看行,石头留下来很合适的。"秦瑾此时也开口说:"石头做事牢靠着呢,分局长就让他试试吧。"

蓝子大严肃地说:"不是试不试的问题,而是一定要搞好!"

石头一听,机灵地"啪"的一个立正,向蓝子天保证:"分局长放心,我一定会搞好,敢立军令状。"

蓝子天挥了挥手:"去,去,军令状那一套就不搞了,我相信你一定行。"

返回潇浦的路上,蓝子天琢磨着,这次对胜岩砥卡子袭击的会是谁呢?他从现场察看的情况还真是判断不出究竟是鬼子和伪军,还是鹰嘴岭的土匪"马上飞"所为呢?从捡拾到的子弹壳来看,显然是伪军和鬼子所用的,可是鹰嘴岭的土匪"马上飞"已经投敌了,他们有这样的武器也不奇怪;如果说是土匪的话,他们的目的当然是劫掠税款,可能是偶然性地为之,照理分析鬼子的可能性也更大,他们一定不甘心龙口被夺去,更不愿意看到抗日民主政权的巩固和壮大,所以千方百计要搞破坏活动,那么,他们肯定会是有预谋有计划地行动了,其他卡子的安全问题就得引起自己的重视了。一想到这里,他的心情沉重起来,朝胯下的马狠狠地抽了一鞭,马受痛,咴地一声长鸣,快疾地朝前飞奔,扬起一路尘土。

当蓝子天一行赶回潇浦县城的税务稽征分局时,已近黄昏。冬日的白昼太短,天早早地就黑下来了。喻大江和横铺子卡子上的周福光听得马蹄声,就走出小院门来迎接着他们。

蓝子天一看周福光那一脸沮丧的神情,心知肯定是卡子上出事了。果然不出所料,周福光一见到他,就急急地说:"分局长,我那边出事了。"

喻大江忙说:"进去再讲吧,我先去通知食堂准备晚饭。"

蓝子天料周福光已经和他说过,也就由着他去,一路下来,他还真觉得肚子里在咕噜咕嘟地闹腾了。

蓝子天刚坐定,秦瑾就递上来一杯热开水,说:"先喝杯水,暖和暖和。"这小姑娘倒是吃得苦,做事也麻利,蓝子天不由得多瞧了她一眼。见他歇过气来,周福光就迫不及待地讲开了。

"今天上午,我们横铺子卡子遭到敌人袭击。我当时的安排是我和田南华分成两个小组,自卫队派了三个人来协助我们,我带了一个去村子上户收税,田南华带两个守卡子,快近晌午的时候,有五个老百姓装束的人来到了卡子上,当时正好还有过卡子的人在交税,他们一来就不怀好意,说什么共产党的税怎么也要交这么多。本来就不关他们的屁事,他们却故意在旁边起哄,田南华很气愤,上前论理,其中一个膀大腰圆的黑汉子竟不论青红皂白,揪住他抡拳就揍,自卫队俩小伙子上前想劝架,旁边那几个家伙蜂拥而上,围着他们三个就下狠手了,嘴巴里还瞎嚷嚷说什么新四军打人了,共产党欺负老百姓。田南华见情况不妙,想开枪镇镇场面,那两个队员没有枪,每个手上只有一把大刀。结果田南华的枪刚朝天一响,那五个家伙立马一个个都拔出枪来了,当即就将他们三个打死,还打死了一个老乡,打伤了四个老乡。

"当时我正在给田南华他们捎中午饭过来,刚到半路上就听到了卡子的方向在打乱枪,我就急忙赶过去,途中碰上了从卡子那边逃奔过来的两个老乡,我才了解到是卡子上发生了事。"

蓝子天的眼里冒出了火,他见周福光停住不说了,就问:"那后来呢?"

周福光低着头回答:"当时我还想奔过去,可那两个老乡死死地拖住我,硬是不准我去,说我去也是送死,除非我还能多带些人去才行,我一听事已至此,老乡们说得也有道理,再说,分局长你也清楚我那里再也没有人可以去支援田南华他们了。所以,所以我就赶快跑回分局,想尽快向你报告。结果一到这里,才听喻副分局长说胜岩砥那边也出事了,卡子那边后来的情况,我现在还没打听到。哦,胜岩砥那边怎么回事啊?"

听了周福光这一番话,蓝子天不由得皱眉了,他瓮声瓮气地说:"先别管人家的事。老乡说了那些人是什么身份吗?还有你们卡子上的票证和印章呢?"

周福光一个激灵:"老乡不知道是些什么人,我特地问了那些人都有些什么特点,老乡说,当时都吓傻了,天才晓得都是些啥人,反正一个比一个恶、一个比一个凶。对了,一个老乡说,来的那伙人中有一个尖嘴猴腮的,像是为首。还有一个说话有点结结巴巴,其他情况就不太清楚了。"

周福光瞟了一眼蓝子天的表情,接着说:"我们卡子上的票证平时是由田南华随身携带和保管的。"

蓝子天追问道:"那你上午去老乡家收税,怎么开票呢?"

周福光回答说:"我们平常是两个人一起出去收的,如果因为事都堆积在一块了,两个必须分开的话,我一般是先打白条将税收回来,待田南华开出正式的票后,我再送给老乡,将白条换回来,去收税也不好先就将票开好带在身上的。"

蓝子天将手中的茶杯往桌子上一蹾,腾地从凳子上起身来,他怒火中烧,狠狠地朝周福光瞪了一眼,然后在房子里气咻咻地踱开了步子。

周福光见蓝子天的那一副神情,自知自己的责任了,忙检讨说:"分局长,这次卡子被袭击,我要负主要责任,我向组织向领导反省检讨。愿意接受一切处理。"

蓝子天用手指连连点着周福光说:"你岂有此理,一个检讨就完了?轻轻松松的,一句检讨就完了吗?周福光同志,你想过没有,你到底要承担什么样的责任?"

周福光一听,有些蒙了,被蓝子天的表情吓到了。他的头埋得更低,大气不敢吭。

秦瑾在一旁听了,没想到横铺子的情况比胜岩砥更糟糕,一下子就伤亡了好几个人。想到二强子和田南华都曾是自己熟悉的人,活蹦乱跳的生命说没了就没了,她觉得太残酷了,不禁鼻子发酸,眼泪不争气地就无声滚落下来了。不料蓝子天一看到她那样,竟然就朝她吼起来了:"哭,哭,哭顶个屁用。"这一吼,让秦瑾哇的一声哭出声来了,她双手掩面夺门而出。

周福光呆若木鸡,更加不知所措了。

这时候,喻大江走了进来。

见到蓝子天怒气冲冲的样子,喻大江便劝着:"子天同志,事情已经发生了。现在再发脾气也无济于事,咱们还是先商量商量对策吧,至于其他的问题,我们下一步再作研究,你看如何?"他看了一眼周福光,又说:"福光今天也累了一天,饭也没扒上一口,我看我们还是先去吃饭吧,饭都准备好了。"

"还吃得进吗?"蓝子天撂下这句话,咚咚地走出去了。鲁双涛一见,也一言不发地跟着蓝子天去了,留下喻大江和周福光面面相觑。喻大江脸上挂不住了,他有些懊恼地说:"这个蓝子天同志,就这副臭脾气啊。"

2

蓝子天径直去了县政府,他必须将胜岩砥和横铺子税卡子上发生的事情在第一时间向于振兴县长汇报,不巧的是于振兴下乡去了,问了办公室值勤人员老余,说已经下去两天,具体还不知道什么时候才得回来,但按县长的惯例,这一天应该就会回来了。他要蓝子天再耐心等等吧。蓝子天想了想,只好等等吧,怏怏地独自来到了青沙江边。

冬天的夜里,青沙江寒风怒吼,好像是一群野马正在黑漆漆的江面上纵横驰骋,卷起一股股惊涛骇浪。

蓝子天一点也不觉得冷,虽然他穿着的不过是一件破烂的灰布棉衣,衣服袖口上和后背上的几个窟窿眼一直没来得及补上,颜色变得暗灰的棉花从窟窿眼里翻露出来,冷风似乎专挑那洞里钻,刮得窟窿眼也呼啦啦地响。

他需要好好地静一静,理理思路。

胜岩砥和横铺子的事,显然已不是偶发事件了。他在路上琢磨的问题似乎已得到了印证,他所隐隐的担心也已发生。他妈的小日本鬼子不甘心啊,下狠手了。蓝子天心里粗暴地骂着。回过头来一想喻大江讲的也有道理,现在还不到追究责任的时候,当下最关键的是要找出对付鬼子的办法来。

可是我在明处,敌人在暗处,虽然在潇浦的绝大部分地区都建立起了抗日民主政权,但现实情况是相当复杂和严峻的,除了日伪政权是明刀明枪的威胁,还有国民党的一股暗流亦不容轻视,明里暗里,他们不会放过任何一个可以挑起矛盾的摩擦,激化的可能性随时随地都会发生,皖南事变就是一个活生生、血淋淋的例证。更何况兼之有山匪、江匪那些潜在的危险,而自己这边力量薄弱,也是"和尚脑壳上的虱子——明摆着"的事实,从大的局面来看是危机四伏,防不胜防,税务分局的建立和工作的开展,显然已经触碰到了敌人敏感的神经,他们肯定不会坐视不理,无动于衷,这次两个卡子几乎同时被袭,就是一个明确的信号,更大的挑战还才开始,更加困难的局面才刚刚拉开帷幕。

怎么样才能破解当前的困境呢?他苦恼了。

蓝子天在青沙江边漫无目的地走着。

什么时候天上突然飘起了雨,随着寒风忽左忽右地飘荡,雨不大,打在脸上,却硬邦邦的、冷冰冰的,像一颗颗坚硬的石子砸得他脸上刺痛。他把如雨一样飘忽的思绪拉开来,往回走。

这时一把伞骤然撑开在他的头上,他一时还没回过神来,秦瑾已经站在他的身边了。蓝子天心里一热,不知是冻的还是惊讶了,他有些结巴地说:"怎么,怎么,是你,你这是?"

秦瑾低着头轻声说:"人家又不是跟着你来的,我不是也到江边来走走嘛,就碰巧了。"

蓝子天裹了裹衣,说:"我还以为你跟踪我来的,怕我想不开往江里跳。"

秦瑾有些急了:"你这人好没道理,我不是讲明了吗,碰上你了,正好下雨,你又没带伞的,淋病了舒服啊?"

蓝子天忙辩解:"我逗你呢。"

秦瑾说:"你再逗人家,我就跑了,让你慢慢淋雨去。"

两人并排着走路,蓝子天沉默了一下,叹了一声,柔和地对她说:"我朝你发火了,你也别放心上,我那是怒火攻心,气昏头了。"

秦瑾听了,嘟着小嘴巴说:"我要是放在心上,还给你来撑伞啊,你想得美呢。"

蓝子天这才恍然大悟般忙从秦瑾手里接过伞去,注视着她说:"呦,真是的,怎么还要你打伞啊,给我,我给你打。"

秦瑾顺从地松开了握伞的手,一股更加急剧的风打着漩涡刮得蓝子天一阵哆嗦,秦瑾注意到了,赶忙挽住了他的胳膊,蓝子天心头一动,想想不妥吧,目光碰上秦瑾那关切的眼睛,他便抑止着内心小小的不自在,一副轻松的口吻道:"没事,我们走吧。"秦瑾则更紧地挽着他,两人依偎着走向风雨茫茫的深处。

3

从胜岩砥传过来的消息是卡子很快已恢复了正常的征收,乡民自治会和自卫队加派了力量协助查税,石头果然对税务这一块轻车熟路,很快进入角色,这让蓝子天暗暗放了一颗心。而横铺子的情况就让他为之担忧了,那一片地方,民风彪悍,群众基础相对而言比较薄弱,周福光垂头丧气地挨了蓝子天的一顿批后,虽说重新回到了横铺子,但他却想不出更好的、更有效的办法来重整税收秩序,原来的卡子他干脆撤销了,路检不再搞了,他所做的便是上门去收税。

第二天晚上,蓝子天正准备出门去县政府找于振兴。这两天里他一天三趟地跑县政府,搞得值勤的都有些烦他了。值勤的老余告诉他,县长下去是常有的事,一下去三五天也不奇怪,特别是在年关在即的时候,他就经常泡在下面,要找他,说好找也好找,说不好找也真不好找,一般情况下,留守的高副县长会处理好家里面的事。

而这一次却是于振兴找上门来了,他的大嗓门在门外就嚷起来了:"蓝子天,听说你一天三趟找我,是天塌下来了吗?"蓝子天苦笑着忙把他让进屋里,说:"天倒是没塌下来,可是青沙江快要决堤了。"于振兴瞪眼了:"胡说,我刚刚从青沙江搭船回来,好好地在那,你这是妖言惑众啊,睁开眼睛讲瞎话啰。"

蓝子天忙道:"天没塌,堤没垮。您老就万放一心了,不过……"

于振兴打断了他的话头:"我在龙口和月林督促土地工作时就听说了,你处理得还是很及时嘛,下面的卡子都加强了保卫,听说胜岩砥和横铺子也恢复了正常。"

蓝子天说:"什么也逃不过你的法眼,可是这一次我们损失太惨重了,牺牲了六个同志,还造成了老百姓的伤亡。我要向组织向县长作出深刻检讨。"

于振兴一听,脸上凝重起来,他说:"的确是的,这次敌人的突袭让我们牺牲了不少同志,是惨痛的损失。可是你也不用太自责了,革命哪能有不流血的呢?关键在于我们下一步要亡羊补牢,避免出现更大的流血事件。"

蓝子天道:"这也正是我要向县长汇报的,吃一堑长一智。亡羊补牢,尤为未晚。"

于振兴说:"哦,那你说说具体的想法吧。"

蓝子天便先把自己对胜岩砥和横铺子事件的真相分析向于振兴详细说了,然后说:"现在我们不能坐以待毙,只能主动出击,这样才可以改变目前这种被动挨打的局面。"

于振兴自始至终都没有插话，坐在那里安静地听蓝子天的想法。听到蓝子天提出来"主动出击"的主张后，他还把椅子挪了挪，往蓝子天身边靠得更近了点。

蓝子天对于振兴说："我寻思着，我们之所以接连遇袭，一是由于力量有限，分身无术。一遇袭击，常常会自顾无暇，所以容易给鬼子钻了空子。你说我税务分局现在可供机动作战的力量只不过一个便衣队，人手还紧巴巴的，整个根据地除县城外五个卡子就够我们喝一壶了吧，还有平时负责县城这一块的日常征收，我现在也只好分配便衣队来兼顾着，的确是精力不济了。二是因为我们对于敌人的行动事先毫不知晓，敌人在暗处，我们在明处。即算是我们再保持警惕，俗话说老虎都难免有打盹的时候啊，从这次敌人的袭击来看，他们狡猾之极，而且行动快捷，下手狠毒，这就给我们的防卫带来了很大的麻烦。三是由于我们驻守在根据地里，局限性也大，死守着一个地方，就很容易成为敌人准确的打击目标，他们毫不费劲就能给予我们以重创的。"

说得于振兴频频颔首，那目光里分明已认定了蓝子天精到的分析。"那你觉得应该怎样才能扭转我们目前这个危机呢？"

蓝子天起身去关上门，压低了声音："我觉得一个方面，我们要建立、布置一个我们税务征收的情报网络，随时能够掌握到敌人的行动，特别是一些大的动作，这样才能知己知彼，伺机而动。"

于振兴点点头："嗯，这个很有必要，我们本来就有自己的地下党组织负责搜集敌人的情报工作，今后在这方面还可以给予加强。"

"另外呢，我想我们在时机成熟时是否也可以考虑派人打入敌占区。敌人敢来我根据地，那我们也敢去他们的地面上，我们也不搞明的，也来暗的，我们没办法去搞他们那一套强硬的，但我们却可以去把敌统区的税给收回来，并不是说非得要去搞打打杀杀那一套，我们不必在意一卡一地的得失，只要能把那边的税给搞回来,就是我们最大的胜利。而且敌占区也有不少爱国人士和进步商绅,征税难度虽大,也不是没有可能,于县长你看呢?"

于振兴赞许地伸出手来在蓝子天的肩膀上拍了拍,说:"我认为你的看法有新意,出奇招,变被动挨打为主动出击。好。我这也在寻思着敌人的举动,在丢掉龙口之后,他们同时从与龙口相邻的胜岩砥和横铺子下手,应当说是另有企图的,胜岩砥和横铺子的地理位置和经济基础都比不上龙口,敌人为什么不反扑龙口,而是选择了一南一北的胜岩砥和横铺子?我想其最终目的还是在龙口,我们都知道,只要占领了龙口,就可以扼住整个潇浦乃至于容壁、大埠桥的咽喉了。那他们为什么没有在这个时候直接进攻龙口呢?我猜测是由于鬼子现在的战线拉得过长,而且目前正在进行的所谓的拉网式清乡计划,是他们年关的一项重要战略目标任务,这也逼使他们的主要精力必须集中,而不能分散。现在他们可以讲是两手不空,但当他们能够腾出一只手来的时候,我想不仅仅是龙口,我们整个的税收征收工作都将面临着更为严重的考验。财政税收可是战争的根本保障啊,他小鬼子不可能不明白这个道理。"

蓝子天说:"那我们近期的重点必须要加强对龙口的防备,以防鬼子来袭击。"

于振兴道:"我正是这样想的,我们不能被鬼子牵着鼻子走,而要先行一步,做到未雨绸缪。我这里有个想法,不知可行不行?"

蓝子天忙说:"你说说吧。"

于振兴郑重地说:"既然我们认识到了龙口位置的重要性,那么我想你们税务稽征分局不妨把分局本部搬迁到龙口去,你清楚,这在战场上来说,就是把指挥所移向前线,让指挥员靠前指挥作战。"

蓝子天拍手叫好:"这样太好了呀。一来可以紧紧攥住龙口这个咽喉不放松,二来也可以向敌人表明态度。哼,你们休想打龙口的主意。"但他转念一想,自言自语道:"那么县城这边可咋办呢?又是一个新的难题了,总不能顾此失彼啊。"

于振兴说:"这个你不用过分担心了,我看你将分局的力量可以重新考虑一下调整部署,特别是要加强便衣队的领导。县城毕竟是县政府所在地,我会再给你配备相应的力量。至于金库嘛,还是设在县城内,相对而言要安全些,以后征收的税款就直接向政府财金科报解就行了,这样也能腾出一些精力来一心一意搞征收工作。"

蓝子天的疑惑化解了,他对于振兴的安排打心底里赞成,他觉得县长已经考虑得甚是周到了。既然县长提到了分局的人事问题,他便顺带着向于振兴报告了他对横铺子税卡卡长周福光在工作上失职的一些看法,于振兴听了严肃地说:"对于失职失责的,绝不能听之任之,决不能姑息迁就,搞经济工作,我们的要求要更加严格。你们分局去依规处理吧。"

4

蓝子天主持召开了会议,各税卡子上的负责人都被通知来分局了。

会议的第一项议程就是通报了胜岩砥和横铺子遭遇袭击的事,蓝子天提议大家起立,脱帽,向在袭击中牺牲的战友们默哀。会场上霎时笼罩着一片悲壮肃穆的气氛,一个个面容严峻。

其后,蓝子天低沉地说:"这样的流血事件,我们根本就没有预料到会发生,作为分局长,我要向同志们作出深刻检讨,我在思想上麻痹大意,以为在根据地上不会发生如此严重的事情,因而没有引起足够的重视,没有对敌人的袭击作出有效的防备,结果造成了不可弥补的损失,对此我要负主要的领导责任,我已经向县政府和于县长提出了请求组织上给我处分的要求。"

说到这里,他严肃地扫视了一下会场,将目光盯住了周福光,逼得周福光不自然地低下了头。

　　蓝子天语气沉痛地说:"林少伟同志为保护票证和征收印章的安全,不惜牺牲自己的生命,这是值得我们税收工作者永远敬佩的舍身忘我的精神,这是大无畏革命者的意志。税收票证是什么?是税收一条生命线,少伟同志用自己的生命来誓死捍卫这一条税收的生命线不被侵蚀,他把税收票证看得比自己的生命更为重要。为了票证的安全,他看到了存在的隐患,想了积极的办法,他死而无憾。"接着话锋一转,他尖锐地说:"可是,横铺子税卡子上的周福光同志,你,又是怎么做的呢?一方面,你没有肩负起作为一个卡子负责同志应负的责任,轻视税收票证的安全问题,致使保管不善而丢失,目前下落不明。另一方面,你擅离职守,虽然事发突然,但你不是采取补救措施,不仅没有做到知难而进,而是置战友和税收票款的安全不顾,离开了理应坚守的本职岗位。我这样说你,你可能心里不服气吧。作为一个有着四年党龄的共产党员,也算是久经考验的老党员了吧,但像你的这种行为,就是不应该发生的。缺乏担当,说得更严厉点,那就是临阵脱逃,对于善后的处理上,你又自作主张,撤销了横铺子的路卡检查,这说明了什么?难道你被敌人吓倒了,难道你忘记了一个真正共产党员面对危险时应该有着怎样的一种态度、一种精神?"蓝子天越说越激动,他的脸涨得通红。

　　空气仿佛凝固,没有人敢插嘴,周福光动了动焦干的嘴唇,喉结蠕动着,想辩解几句,蓝子天旁边的喻大江注意到了,赶紧朝他轻轻地摇摇头,使了使眼色,于是他把到嘴边的话又生生地咽了回去。

　　蓝子天显然也注意到了,但仍不顾不管地说着:"鉴于周福光同志在税卡子遭遇到敌人袭击时所犯的错误,经分局支部会研究讨论,拟对其作出以下处理措施:一是撤销周福光同志横铺子税卡子的卡长职务,工作另行安排;二是责令周福光同志作出深刻检讨。关于对周福光同志的处理意见,请大家发表看法,形成决议后,将报请上级批准。"

大家沉默着,这时周福光举手示意他要发言,喻大江赶紧又朝他使了使眼色。周福光毫不理会地说:"我作为横铺子税卡子上的负责人,我的确要对这次卡子被敌人袭击并造成的损失负责,我本人没有其他意见,只是请求组织上下一步在对我的工作安排上予以考虑,我希望我还能继续留在税务稽征分局工作,我要哪里跌倒就从哪里爬起来。我的意见讲完了。"

喻大江见状,觉得到了自己该发言的时候了,他清了清嗓子,字斟句酌地说:"首先我完全赞成子天同志代表分局支委所作出的对周福光同志的处理意见。福光同志也算是一个老同志了,为革命作出过一定的贡献。对于这次所应受到的组织处理,我个人觉得痛心得很,我很理解此刻大家的心情,也理解福光同志本人的心情。事情既然已经发生了,虽然这是主观意愿上谁也不愿意发生的,对于福光同志的处分无非也就是个警诫作用,希望类似的事情再也不要在我们其他同志的身上发生。希望大家引以为戒,也希望福光同志不要因此而背上思想包袱,轻装上阵,干好工作。至于福光同志个人提出来的请求嘛,"他看了看蓝子天,接着说,"至于福光同志个人提出来的请求,想继续留在税务稽征分局工作,我个人觉得可以考虑,毕竟他作为一个有着多年党龄的老同志,理当经得起考验。我的看法总体就这些了。"

蓝子天一言不发,等待着其他人发表意见。

尚山虎是个炮筒子,他这时按捺不住了:"我看对老周的处理完全应该,你周福光也算是一个老同志了,也不是才参加革命的,对敌斗争就应该是很坚决的,干吗你害怕了呢?连票带人全弄丢了,连卡子都不敢设了,这是种什么行为啊?小鬼子有啥子好怕的,你又不是没见过,不是没打过?要死卵朝天,死了变神仙。"周福光一听变了脸色,他忍耐不住尚山虎的指责了,"呼"的一下站起来嚷道:"你是说我周某人难道怕了不成?你看看我这身上的伤疤又是怎么来的呢?"

尚山虎也一点不给他留面子,往桌子上一拍,站起来虎视着周福光:"伤疤?哼,谁身上没几个伤疤,那你关键时候怎么又怕了伤疤?"

眼见两人针尖要对麦芒了,蓝子天忙制止他们充满火药味的争吵:"今天我们不要把话题扯散了,就事论事谈看法,更不准搞人身攻击和侮辱人格,只是从关心同志的角度提意见,从整个事件的过程中来分析问题,关键是从中吸取教训,亡羊补牢才是我们这次开会的根本目的所在。"

他这一说,就将发言的基调给定下来了。接下来各人的发言便按照这一思路进行下去,周福光则始终阴沉着脸,沉默以对。

蓝子天见状,心想,看来还得找个时间,和他再好好聊聊吧。

5

这天清早,天才蒙蒙亮,蓝子天一如惯例地起床,打算先在院子里活动一会儿筋骨,然后再打扫一遍院子的角角落落。当他来到院子里时,觉得今早的天气特别冷,被风一吹,他浑身不由自主地打起了寒战,两只手掌便相对着一阵使劲的猛搓,将双手搓热后,他又放肆地揉搓着自己的脸颊,直到双颊发红发热后才住手。这还是在狮子山游击大队的时候,谷家峻传授给他的驱寒的办法,他试着觉得还真是管用。

他突然看到秦瑾在角落里清扫着:噫,她比我还起早了。蓝子天心中滑过丝丝暖意,自从秦瑾进入分局后,作为分局唯一的女性,她和大家都相处得融洽,没有他想象中的那些大小姐的作派,而且那一手算盘打得真是出神入化,让大家伙都羡慕不已。他安排她当税收会计,工作上也是没得说,到底是读了书有文化的女子,细心,严谨。对蓝子天而言,没想到秦瑾毛遂自荐的来到,他觉得真是捡了个宝贝。

　　蓝子天细细碎碎的步子响到了秦瑾的身边,他朝她微笑地招呼着:"这么早啊,让我来吧。"说着就去抢她手中的竹扫把,秦瑾一闪,不给,回道:"我不给,这个活倒是还可以让我不怕冷。"蓝子天的嘴巴不停地朝手上呵着热气,双脚跺个不停,见他那样,秦瑾便笑道:"瞧你快要冻熟了吧,你进屋里去,屋里暖和些。"蓝子天确实冷得不得了,便说:"这鬼天气,怎么比昨天冷多了呢,那我进去了啊。"秦瑾说:"去,去,快去。"突然又喊住了他,"等等,给你说个事,晚上我请你到我家去吃饭吧,我好几天都没回去了,请你一起去怎么样?"蓝子天一愣,一时没反应过来,觉得不太好吧,又不好直接拒绝,便含糊其词地说:"噢,噢,再说吧,再看看吧。"秦瑾快人快语地道:"还看什么看,说什么说啊,又不是鸿门宴,会把你给生吃了?"她说完自己兀自轻声笑了。蓝子天也不答言,向屋里走去,听到秦瑾还在说:"就这样说定了啊。"

　　这让蓝子天心里头好一番纠结,他还从没有和女性单独相处过,何况这还要和一个年轻姑娘一道去人家家里,这让他觉得有些难为情。他自问,他并不是对秦瑾有反感之心,相反,他觉得自己每当单独面对秦瑾时总有一种说不清道不明的感觉。那天晚上在青沙江边,当秦瑾很自然地紧紧挽住了自己的胳膊,他觉得有一脉电流传递过了全身,那种感觉显然是他从未体验过的,好像有些奇妙,又有些羞怯、惶惑,却又分明掺杂着幸福。那种感觉让他觉得自己面对秦瑾时竟然会又有些不自然的味道,好像双手不知道要往前放呢,还是叉在腰上好,抑或是背在后面呢。当他第一次产生了这种手足无措的感觉时,他把自己都吓了一跳,这是怎么回事呢?什么时候变得那么婆婆妈妈、爱胡思乱想瞎琢磨了呢,他竭力为自己辩解着,也许就是因为他面对的是一个小姑娘,初涉人世、不谙世事,而自己作为她的上级,作为战友和同志,他不过是多了些关注罢了。现在秦瑾邀请他去她家,他想不管她是怎么样的出发点,但他觉得并不适宜随她一起去,如果其他人看到了,会怎么认为呢?而内心里却又有几分莫名的兴奋,似乎又在说明他其实还是乐意接受她的邀请的。去,还是不去,蓝子天犹豫不决,他好像碰到了一个从没有碰到过的棘手难题。他左思右想,终于决定了:去!

秦人简见到蓝子天时,有些愕然。秦家人的那副架势,却也让蓝子天惊讶了。当他走进秦府时,已是天黑,天上零星地飘起了冷雨,他看到秦府灯火通明,秦人简、小娘、秦琮及妻儿,一家大大小小的似乎都聚集在一块了,专等他上门一般。他看到这阵势,真有些后悔莫及,大不该来,想都没想到,秦家老小会以这种方式来迎接他们俩的到来。这下可好,自己给自己出难题了,他根本不知道接下来该如何应对这一大家子。

见到蓝子天脸上堆积着生硬的微笑,秦人简忙招呼:"呀,蓝分局长大驾光临,真是蓬荜生辉了。"转脸又嗔怪起了秦瑾,"你这小妮子,好不懂事,也不提前告诉家里一声有贵客要来,这要是怠慢了蓝分局长,可如何才好?"秦瑾调皮地说:"你看看人家来都来了,还光顾着怪这怪那的,我才懒得理你了。"她对小娘说,"小娘,我饿死了,还不开饭呀?"小娘笑着说:"开饭,开饭,早都准备好了,就等你回来。"

秦人简朝蓝子天做了个请的手势,蓝子天只得谦让一番,随着大家步入餐厅。一桌热气腾腾香喷喷的饭菜呈现在蓝子天的眼前,一大家子人围了坐定,秦人简非得要拉着蓝子天坐上首,他哪里肯呢,拉拉扯扯的两个都不肯落座。秦瑾看得有趣,就耍嘴皮子了:"你们让来让去,那菜都凉了,还让我们吃不吃啊?"她对父亲说:"老爷子啊,您就别勉强人家了,等会人家要吃不饱的。"一句话才算解了围,但秦人简还是硬拉着蓝子天坐在他的左手边上。

蓝子天搞不清这一家子今天是遇上什么好事了呢,搞得这么隆重其事的。

秦人简要给蓝子天斟上酒,他连忙按住了杯子,说:"谢谢秦会长,我真不能喝酒。"

那秦瑾却凑热闹了:"是不会喝还是不敢喝呢？"蓝子天赶紧解释:"真是不会喝呢。"

秦人简便不再勉强,拿起筷子往中间那一大蒸钵里夹起来一个拳头般大的糯米团子放到他的碗里,说:"先尝尝这个,今天是冬至日,得吃这个米团子。"蓝子天一瞧,那米团子是用磨碎的糯米粉子做成的,上面还星星点点地缀了些赤豆,这东西,他还是第一次吃到,闻着清香扑鼻,他便不客气地咬了一大口,吃在嘴里,又糯又香,还带了些甜味。他实话实说:"这个米团子真好吃,我还是第一次吃到。"秦瑾又插嘴了:"好吃那就再吃一个吧。"作势就要给他再夹上一个,秦人简伸出筷子来挡住了她,说:"先吃一个吧,别看这米团子味道好,但是易饱肚子,糯米做的嘛。这一桌子的菜,也得尝尝味,不然两个米团子下肚,就给撑饱了。"蓝子天连连说:"好,好。"他有些不解地问:"这个米团子平时不怎么做着吃吧？"秦人简回答道:"在我们潇浦这一带,吃米团子是有讲究的。"蓝子天看着他"哦"了一声,等着听他的说法。

"潇浦这一带历来有冬至夜全家欢聚一堂共吃赤豆糯米团子的习俗。相传,远古时候有一位叫共工氏的人,他的儿子不成才,作恶多端,后来死于冬至这一天,死后变成疫鬼,还不行正,继续残害百姓。但是,这个疫鬼最怕赤豆,于是,人们就在冬至这一天煮吃赤豆饭,用以驱避疫鬼,防灾祛病。赤豆是学名,也就是我们平常所见的红豆子。"蓝子天低头看看碗中的那个米团子,上面那些豆子,显见就是赤豆了。他此时才恍然大悟,今天秦家一大家子人团聚一块,原来是因为冬至到来了的缘故。他心上诸般困惑便刹那间放下了,既已释然,他就既来之则安之了,放开肚皮吃了个好不欢快。秦人简在一边看蓝子天那放松的模样,不禁脸上微微一笑,却不料被秦瑾瞧个正着,女儿朝父亲一翻白眼,好像在抢白他笑什么笑哩。

6

吃完饭了,蓝子天饱亨了口福,却还没有马上就走的意思。正好秦人简说要请他去品品君山银针茶,他就乐得个顺水推舟,随着主人来到了客厅里,还一边说:"会长的君山银针茶那真是正宗货,上回我喝了,至今还好像齿间留香。"听得秦人简一阵哈哈哈大笑。秦瑾一想:噫,他还真会说话了,不似平常那般冷着个脸,话也不肯多说一句。秦人简其时拿出了家长的气派,手一挥道:"你们都各自散去了,我陪蓝分局长去品茶。"蓝子天可是求之不得了,他此行来当然怀着他的想法,正想找秦人简单独聊聊。

两人坐定,待佣人泡上茶,蓝子天对秦人简道:"真的是要好好谢谢会长,上回交税您带了个好头,所以,我们的税收征收也就开了个好头啊。"秦人简摆摆手回道:"不必客气,应该的,应该的。"蓝子天说:"我还真是早就想向会长来请教了,也真是没有想到,那天第一个交税的竟然是会长您哪。记得一开始会长也是顾虑重重,我是深为理解会长心中的苦衷的。"秦人简知道他是想探听他又为何会成为率先交税的原因了。他爽朗地说:"秦某人一开始自然也是畏首畏尾的,但后来一想,连小女都已经加入到了共产党的队伍了,为民主政府收税,我还有什么前思后想的呢?我就算思想再保守,再落后,但我秦某人总不能给小女脸上抹黑吧。"蓝子天一听,便说:"会长爱国爱民之举,众所瞩目了。"

他接着不无忧虑地说:"转眼间,税务稽征分局成立已三个多月了,总体来讲,工作运转平稳,可是,鬼子和伪军不会让我们安宁的。会长应该也听说了,在胜岩砥和横铺子就发生了惨案,虽然对我根据地的征收没有造成毁灭性的打击,可其恶劣的后果及影响,却是不容我们忽视的。

"好在我们及时采取了补救措施,而敌人的威胁和隐患也是明摆在那里,谁也不知道什么时候还会发生类似恶性事件,谁也难保再也不会发生第二次、第三次被敌人袭击啊。

"您老是商会会长,德高望重,振臂一呼,集者如云。现在从县城的形势来看,似乎还算风平浪静的,一切运行正常。也不瞒您了,下一步,我们已打算将分局搬迁到龙口去了,以加强龙口的力量,龙口的位置您比我们更清楚,敌人也是虎视眈眈的,他们一定不会甘心龙口被我们掌握。"

秦人简一听,觉得有些意外,一个是在他看来,这应当是属于政府的事,不必要让他一个局外人知道;另一个是,如果分局真的搬迁出了县城,那么县城的情况是否会维持如现在这样的秩序呢?他不禁有些担心,乃脱口而出:"这个,县城征收刚刚有些起色,你们就要搬走,恕老朽直言,只怕会是顾此失彼啊。龙口固然重要,然县城情况只怕也不是表面上的那般风平浪静。"

蓝子天听出了他的话中有话,便试着问道:"那会长觉得县城的情况好像也不容乐观啰。"

秦人简略加沉思,干脆和盘托出了想说的话:"承蒙蓝长官不弃,看得起老朽,我也就不瞒了,本来你不来找我,我也正在寻思着要找你聊聊的。县城并不是死水一潭啊,你还记得分局成立之初本商会副会长卢达和商会两个理事李阳春和张平均来找过我的事吧,他们可是一腔怨气。后来在县立学堂借交税滋事的张平均,其实就是因为受到卢达的蛊惑,和江敬义之流的胁迫而为之。他们见老朽不与之同流合污,一直对我耿耿于怀,后来见大势难挡,便又对老朽行拉拢之举,而且因小女秦瑾参加了你们的税收分局,他们更是劝我,要我学那三国的徐庶,身在曹营心在汉,伺机从小女那里打听和搜集情报,向江敬义和日本人传递过去。老朽虽然朽而无能,但始终不敢忘记自己的根在哪里,自己流的是什么样的一管血。

"说实在的,他们知道,我是担心着家人哪,特别是小女秦瑾,不说是我的掌上明珠吧,可我实实地不敢想她受到丝毫的伤害,这孩子从小没了娘,我可是在她娘临终前向她发了毒誓的,就是我死,也得保护她。卢达和江敬义显然是已勾搭上了,我暗自揣度着,他们肯定是心不死,不闹出点事情来是不会轻易放手的。"

蓝子天听了,不禁锁起了眉头,他对秦人简说:"老先生深明大义,可敬可佩,您说的情况对我们很重要。"他沉吟了一会儿,又说,"依我看,会长不妨答应他们。"

秦人简一听急了:"那怎么行?我秦人简断断不可做那无耻之尤的。"他又疑惑地问,"难道你蓝分局长还不相信老朽吗?"

蓝子天忙说:"哪能呢,您多虑了。我是这样想的,您看看如何?"他朝秦人简倾过身子,将耳朵附在秦人简的耳旁细细地说了他的想法。秦人简边听着,边点着头。

第七章

1

龙口自卫队队长龙雪这天正带领她的队员们在操练,她特地请来了税所的副所长苗风涛给队员们传授巫家拳。苗风涛的拳脚虎虎生风,实战性强,龙雪对她的队员们要求着,如果作为一名自卫队队员,连自己都保不住,还谈什么打鬼子,保卫老百姓呢?所以大家都要按照苗师傅的教授,认真练功。她自己亦站在队列的最前面,一招一式,一丝不苟。

蓝子天就是在这个时候走了过来。

他看到这一幕,脸上露出了赞许的微笑。

龙雪见是蓝子天来到,赶紧走出队列,来到他面前,抹了额头上的那一层细细密密的汗水,对蓝子天说:"让分局长见笑了吧,我们这些队员,大都没有上过战场的,从水田里赤脚上岸就来摸枪,不训练根本行不通。"

蓝子天说:"龙队长考虑得很对,打鬼子可不是好玩,那是要拼死拼命的,自己没一点本事,那就是去白白送命。"

"说吧,你是无事不登三宝殿,有什么吩咐?"龙雪也就不客套了。

蓝子天倒是喜欢她这干练劲,就说:"我是来向你求援的。是这样的,龙口现在虽然已经建立了抗日政权,回到了我们抗日根据地的序列,特别是还建立起了我们自己的税务所,但从前面征收的情况来看,还很不理想,当然一方面是由于以往日伪对老百姓搜刮过甚,另一方面,也是主要原因,就是敌人一直在暗地里破坏。我们分局搬迁到这里后,我特别加强了情报搜索,据我们掌握的情况是,江敬义的税警队虽然没有再敢明目张胆地搜刮民脂民膏了,但他们经常性地化整为零,四处威逼老百姓和过往商人客户,不准他们向新四军交税,有时候还干脆就让人把税交给了他们。

"我们虽说掌握到了这些情况,可是你也知道,以我们分局现有的力量,根本无法去收拾这帮鬼子汉奸。而且,他们也学起了我们游击战的法宝,打一枪,换一个地方,抢一把,就销声匿迹了。"

龙雪点点头:"这可是让人头痛的事。说吧,需要我们做什么?"

蓝子天说:"我们要组建一支协税护税的武装,还要组建水上征收队,对来往的商船进行征税,龙口的水上运输可是不可小视的。"

龙雪认为这真是太必要了:"来来往往的商船如果征不到税,对其他人可不公平,而且听说还有不少日本商船在龙口中转,对日本人就更不能例外了。"

蓝子天说:"你的信息很灵通呀,的确有不少日本人的船只在青沙江畅通无阻,其他地方我们管不到,以后他们要经过龙口的话,可不能让他们那么轻轻松松就漂过去。税务稽征分局的工作要做好,可少不了龙队长和你们自卫队的全力支持。"

"这个,你大可放心,道理摆在那里,不要多费口舌,你蓝局长需要什么,只管言语一声。"龙雪果然是爽快的性子。

蓝子天告辞出来后回到分局新的办公地,一进门,他就看到一个六旬开外的老者在门外徘徊着,好像在等谁。喻大江告诉他,说就是来找他蓝分局长的,蓝子天便不无责备地说:"人家都一把年纪的,怎么着你也得让人家进来坐啊,外面天气这么冷,不冻着老人家了吗?"喻大江苦笑着说:"我都说了几次了,他就是不进来,说要在外面等。真是怪人。再说了,现在家里面只留下我一条光棍守着,我手头还有一堆的事忙不过来,他老先生要讲客气,我正好也没得闲心去陪他了。"

蓝子天便去外面请老者进来。那老者听说他就是蓝子天后，就自我介绍："鄙人龙洛铭。今特地来拜访蓝长官，冒昧之至。"龙洛铭？似曾熟悉的名字，蓝子天在脑子里快速地搜寻关于这个名字的有关记忆，可他还是半天都没想起来，便不好意思地笑了笑，嘴里说着："老先生客气了，客气了。"

龙洛铭一听便知蓝子天并不熟悉他，就自我回旋地说："蓝分局长到龙口已数日，老朽一直想来拜访，又恐唐突造次，挨至今天才成行，请您海涵了。"蓝子天见他穿着不俗，说话又是文绉绉的，也只好耐着性子和他周旋："不敢，不敢，请问龙老先生来找我何事呢？"

龙洛铭却还是不急不慢的样子，并不直接回答他的提问："也难怪了，蓝分局长初来乍到，对龙口风土人情只怕还不是很熟知吧，如蒙不弃，老朽倒是十二分的乐意为长官详加介绍。"

蓝子天这时弄明白了，这个叫龙洛铭的老先生无非是来礼节性地走走而已，串串门子罢了，并没有什么具体事情要和他谈。看起来，他该是地方乡绅之类人物，既然人家客客气气地上门来了，自然也不便冷落他。蓝子天便替龙洛铭倒了一杯热开水，端给他，不无歉意地说："条件有限，只好请老先生喝杯水了。"龙洛铭接过来，连连说："好，好，俗话说君子之交淡如水嘛！"蓝子天一听笑笑："老先生见谅了，现在我们可是条件艰苦呢！"龙洛铭重重地点点头："不急，不急，万事开头难，贵军入主龙口，来日方长，来日方长。"

蓝子天正想就着这个话题聊下去，听听他对于龙口税收征收的看法，还没开口，就看到龙雪风风火火地一头撞进来了。

他有些奇怪了：我这不是刚刚从她那回来吗？这前脚进屋，后脚就跟来了，有什么急事吗？

龙雪一看到坐在蓝子天对面的龙洛铭，登时就变了脸色，那老先生看到她,也一下子就显得极不自然了,而且他的眼光刻意地避开着龙雪。蓝子天一看:哟,不对劲啊,这两人,这是怎么回事呢?少的呢,一副很不待见的样子,老的呢,则是一副心神不安的神态。

蓝子天正要朝龙雪介绍龙洛铭,不料龙雪冷若冰霜地对龙洛铭说:"你来干什么?没事找事吗?"说得龙洛铭一脸通红的,想开口,又闭上了嘴巴。

蓝子天觉察到场面的尴尬,便问龙雪:"这么着急来找我,有什么事啊?"

龙雪冷冷地剜了一眼龙洛铭。龙洛铭立即抬起了脚,朝蓝子天说:"不耽搁你们谈正事,老朽先告退了。"不等蓝子天开口,慌里慌张地就往门口走。等蓝子天那一句"老先生慢走,恕不远送"刚说出口来,龙洛铭早已到了门槛外。

蓝子天问龙雪:"他是谁?看来你们蛮熟悉的。"

龙雪一拂短发,说:"不说他了。我来就是想和你细细扯扯成立江上征税队的事情。我建议,到水上去收税嘛,最好有水性好的,我看那个苗风涛倒不失为一个合适的人选,他在青沙江边长大,对江上情况又熟悉,如果你需要的话,我们自卫队里也还有几个合适的人哩。"

蓝子天说:"龙队长倒真是个急性子的人。你的建议太好了,来,来,我们坐下慢慢谈,敲定好细节吧。"

2

龙雪晚上回到家时,见母亲坐在如豆的煤油灯下,心事重重的样子,窗外的冷风拍打着窗棂,嘭嘭作响。屋子里一片冷清清的,龙雪对母亲说:"妈,这么冷的夜,你怎么也不生个火呢?"母亲叹了口气,对女儿说:"雪啊,我们要不还是住回去吧?"龙雪一听,便有些生气地说:"是不是他又来了?"母亲抓住她的手,无奈地说:"你看这里,哪像个家啊,把孩子你苦的什么样了,你说要生火,家里哪还有生火的柴火呢?一张废纸都寻不出了。妈倒是无所谓,反正苦了大半辈子,什么苦没吃过,可是妈看不得你也跟着妈受苦了。"说着说着,母亲抹起了眼泪。

龙雪一听,摇着母亲的手说:"妈,我只要跟你在一块,再苦再累,也心甘情愿。告诉我,妈,是不是今天他又来了?"

母亲轻轻地点了点头,表示默认了。

龙雪道:"我就知道肯定是他来了,今天我还在税务分局碰到了他。以前他做什么去了,这个时候才想起要我们回去了。"

她朝母亲嚷嚷着:"我就知道你心肠软,耳朵根子也软,听不得几句好话,他半瓢米汤水就把你灌迷糊了,啊?你忘了他以前是怎么对待我娘俩的,现在失去靠山了,就蔫了,就软了,就晓得要接你回去了?哼,想得美。要走你走,要回你回,反正那个家在我心里已经没有了,那个叫龙洛铭的也不是我父亲,我父亲早已死了。那个龙洛铭是什么东西,汉奸,日本人的狗腿子,出卖祖宗,我不会认贼作父的。我呸!"

见女儿这么歇斯底里地叫嚷,母亲泪眼婆娑,她还想再劝劝:"再好再坏,他毕竟还是你的生身父亲啊,雪。"

龙雪一听更来气了:"亲生骨肉,生身父亲,说得好听,他要是这样想,当初就不会将我们娘俩一脚踢出家门去了,那时候,我才多大啊,还在读书啊,就因为我参加了两次游行示威活动,他就害怕连累到他了?就要和我划清界限、撇清关系,就要去向他的日本主子表明忠心吗?你怎么跪下求他的啊,他那副铁石心肠打动了吗?他一点也不念及你和他的结发之情,被家里那两个狐狸精迷昏了老眼,他得意忘形的时候想起亲生骨肉来了吗?他和他的那一大家子吃香的喝辣的时候想起来了吗?怎么偏偏现在倒想起来了呢?他的日本主子滚蛋了,他才会想起我是他的女儿,才想起来套近乎,他就是个典型的投机分子,这么多年来,娘你难道还没看清楚他是个什么样的人吗?翻手为云,覆手为雨。投机钻营,鲜廉寡耻。根本就不配做我的父亲。我没有这样的父亲。"

见女儿那一副油盐不进、水泼不进的样子,母亲默不作声了,两行泪簌然而落。

龙雪便心疼起妈妈来了,她伸出手,替母亲揩了揩泪水,搂定她的肩膀,柔声地宽慰起了她:"妈,你放心好了,现在是共产党新四军来了,共产党是专门来帮助穷苦人的,专门打日本鬼子的,这不,把小鬼子给赶跑了,我们的苦日子结束了,我们的好日子就开始了。咱娘俩不求人家什么,照样过得好好的,越过越好。"

母亲抱着女儿啜泣着说:"儿啊,只是苦了你啊,那个死没良心的怎么不早发善心呢?"

3

龙洛铭知道女儿龙雪的性子烈,他不敢贸然去亲自出马找龙雪谈,本想和蓝子天套套近乎,没想到在那偏偏碰到了龙雪,一见女儿那副冷冰冰的样,他就知道在那里不能纠缠下去,否则就是自讨没趣,转念一想还是得找找发妻,虽然那个女人早在三年前就搬出了他龙家大院,但名义上还是自己的老婆。其实,说起来,当时也并不是他龙洛铭硬要赶走龙雪母女,毕竟将娘俩逐出家门,他龙洛铭脸面上也光彩不到哪里去,想起来一要怪龙雪这小妮子脾气硬,受够了龙家的气,尤其是越来越见不得母亲过那战战兢兢的日子;二要怪那老二、老三颐指气使地喜欢变着法子折磨龙雪母女。龙洛铭心里一叹,清官难断家务事,还真是这么回事了。他自问对龙雪母女的确是心怀歉疚,龙雪娘自嫁到他龙家后,头三年肚皮里没一点动静,等到好不容易一开怀,却又生下个没带把的,让龙家老太爷及龙洛铭都大失所望,要知道他龙家到龙洛铭这一代一脉单传已是第三代了,也是怪事,龙老太爷为了人丁兴旺,也曾纳妾两房,却总是不见为他再添一丁半男的。现今龙家偌大的产业要是在他龙洛铭这里断了香火,那他怎么有脸面面对列祖列宗呢?好歹生下个女儿来了,那就再耐心等等吧,谁知那婆娘的肚子从此再也没见鼓起来过了,让龙家上下顿时慌了手脚,彻底没了个盼头,龙洛铭的信心一丧失,脾气暴长,动辄就拿母女俩撒气,婆娘受不了偶尔顶嘴,龙洛铭更是火上浇油,恨恨地骂着:"肚子不争气,倒是把力气都用到顶嘴上了,打死你这臭婆娘。"龙雪母女俩在龙家想过安稳日子的念头也就成了泡影。龙洛铭迫不及待地纳了二房,一年后又纳了三房,好在那新纳的两房肚子真是争气,接二连三地就给他龙家添了三个男丁,两个女儿。这下他龙洛铭算是心满意足,扬眉吐气了。说来有趣,龙老太爷在第二个孙子出生后,竟然就连打三个"哈哈",一口气没续上来就去了。龙洛铭没有悲痛,相反,他说,老太爷这是放放心心高高兴兴地走了,躺在棺材里面那嘴巴还笑眯眯合不上呢,做儿子的他也因此而欣慰。

想他龙洛铭大半辈子来阅尽人世沧桑,不说尽享世间荣华富贵,在龙口毕竟也是有头有脸,说一不二之人物,潇浦一带历来就有"东龙西江"一说,讲的就是东边有他龙洛铭家,西边有江宗旺家。这龙、江两家在潇浦各占半壁江山,民间传言着:潇浦如果说刮起大风了,那说不定是东边的龙洛铭打了个喷嚏;潇浦如果是发生地震了,很可能就是江宗旺在跺脚了。虽然两家看似各有各的道,平日里井水不犯河水的,但龙洛铭从心底里却是瞧不起江家的,他江宗旺无非是仗着两个如狼似虎的儿子罢了。龙洛铭呢,则自有不一样的招,那就是见风使舵,哪怕世道是乱成了一锅粥,他八面玲珑行走其间,游刃有余。军阀来了,少不了他;国民政府当家,缺不了他;人家日本人大老远地漂洋过海来了,就更不能没有他。自打自己有了三个儿子,特别是大儿子龙雄从小就在龙口螃蟹一般横行的作派，更是让他龙洛铭倍觉腰杆更粗，胆子更肥，更让他不屑于用正眼瞧瞧江宗旺了，他内心里已俨然以潇浦老大自居。不管人家怎么看，不管他江宗旺怎么想，反正龙洛铭自己就是这么认为的。可是这世道变得也太快了，都说天有不测风云，人有旦夕祸福，一眨眼间，那小日本竟然就给"四爷"那几杆破枪愣是给赶走了，不，他娘的，说来真倒血霉了，人家还真没放上几枪，就将小日本吓跑了。这小鬼子平常牛皮吹上天去，一动真家伙，没想到也不经打。你倒是跑了，留下我龙洛铭怎么办？我怎么跟你跑啊，人家祖业在此，老老少少一大家子在此，那房屋搬得动吗？那田地搬得走吗？离了龙口，我龙洛铭算哪块土里的一根葱，算哪棵树上的一只鸟啊？害死人的小日本，你害人不看日子哪。龙洛铭在心里无数次地骂着，有几次甚至骂出声来，让家里人听得莫名其妙的。

　　他不能坐以待毙，绝对不能，他相信天无绝人之路，他相信柳暗花明。亏得大儿子龙雄有乃父之风，他竟然就探听到了龙雪当上了新四军的自卫队队长。听到这个消息，龙洛铭一蹦三尺高，老天有眼，不亡我龙家啊，他就差要向天拜上三拜。

　　可事情却不如他预想得那般顺利。他那天来到了那条叫作三眼井的阴暗潮湿的小巷子里，平生第一次走进了龙雪母女的家里。那个破败的景象让他的确吃了一惊，他没想到，他的结发妻子和亲生女儿竟然住的是如此地方，用家徒四壁来说，一点也不过分。一间破房子，四处漏风。一丝愧疚的颤悠刹那间仿如寒风下的微澜在他心底漾荡。母女俩都在家里，对于这个不速之客的到来，显然是意外得很，母亲不知道是被吓到了，还是过于惊讶，她手里的碗抖索着差点掉落于地，龙雪反应过来后，柳眉倒竖，厉声呵斥："谁叫你来的，我们根本就不认识你。"龙洛铭一时气得脸红脖子粗，却还是竭力忍着，硬是从汗毛孔里挤出来一丝笑容，一副大人不见小人过的腔调说："这孩子，怎么和你爷老子说话的啊？"龙雪嘴巴一点不留情:"我怎么会有你这样的爷老子!"她甚至发出了"嘿嘿嘿嘿"的冷笑,笑得让龙洛铭背脊上都觉得冷飕飕的。龙洛铭无奈的眼神投向了母亲,做娘的低叹了一声,幽冤冤地说:"你来干什么?我们娘俩死活都和你没一点关系,你快走吧。"龙洛铭怎么肯走呢,他早已作好了充分的思想准备,哪怕今天母女俩要打他一顿,他也会忍受着的。他一声不吭地坐在了门槛上。龙雪尖叫着:"哪来的无赖啊,你癞皮狗啊。"母亲这时也是急了,忙说:"你这是干吗?有啥子你就快点讲,不兴这样无赖的。"龙洛铭站起来,拍了拍屁股上的灰,慢吞吞地说:"怎么说都还是一家子人啊,何必这样大火气啊。"母女俩都不接腔了,看他怎么说。龙洛铭低声下气地讲:"以前都是我不对,现在我知道错了还不给我改的机会吗?我这次来是想接你们回去了。你看看,你看看,这是人住的地方吗?马上就跟我住回去吧,你们这样受苦,我心里可不得安宁啊。"龙雪讥讽道:"怎么啦,我们住这里丢了你的面子吗?你哪不安宁了?心里不安吗?这么多年了怎么独独今天会不安了啊。告诉你姓龙的,我们住在这里可是安宁得很呢,搬回去住?那里和我们毫无牵扯,你吃山珍海味,你住华府皇宫,也不关人家屁事。"龙洛铭被噎得气往上涌,他抚了抚胸口,还是强装着笑脸:"雪啊,你这就不要再讲那些气话了,今天我厚着一张老脸来求你们回去,也算是低了头,弯了腰吧。我和你娘再怎么说也有夫妻情分,结发之约吧,也生育了你吧,你这样绝情,再有理管着,倒也显得得理不饶人了吧。"没想到他的话音刚落,龙雪的母亲突然发疯了一样朝他扑过来,一双手就朝他脸上乱挠乱抓,嘴巴里歇斯底里地骂着:"你还有脸讲别人绝情。你龙家做得太绝了,没有人性,薄情寡义。"这一闹,不仅仅龙洛铭没承想到眼前这个向来都是逆来顺受的女人会变成疯婆子一个,不知道她哪根神经错乱了。就连女儿龙雪也惊讶了,母亲平常说话都是细声细气的,走路轻得怕踩死蚂蚁,现在突然发飙,让女儿有了一点担心,可不要因为龙洛铭的到来,让她神经受刺激了吧。

龙洛铭的脸上陡地就划上了横七竖八好几道血印子,他左遮右挡竟然就是躲不开那左抓右挠的,他一边骂着"都疯了癫了啊",一边只得落荒而逃。龙雪见母亲还要去追,忙一把抱紧了她:"别追了,追不上了。"母亲一屁股跌坐于冰冷的地上,吭哧吭哧地大口喘着气,两眼呆呆地望着龙洛铭慌慌张张逃离的背影。

4

青沙江税务稽征分队的第一次行动选择在小寒后的一天。这天,入冬以来难得一见的太阳光明晃晃地撒落在江水上,波光潋滟,天空高远,空气清冽。要是没有战争的硝烟弥漫,这天只怕要蓝得更加纯净,蓝子天心想着。

蓝子天把一干人分成两拨分乘两艘乌篷船出发。他和龙雪、鲁双涛一艘,苗风涛和稽征队员彭水、莫清文一艘。临上船时,秦瑾却风风火火地跟了过来,非得要一道去,蓝子天有些恼火,秦瑾却不管三七二十一,笑嘻嘻地就跳上了他的船,弄得船身好一阵晃荡。秦瑾随身带着她的那张算盘,身子一晃,那算盘上的珠子就骨碌碌地滑动,碰撞得叮咚作响。蓝子天也不好再发作,便要艄公开船。倒是龙雪不满地白了秦瑾一眼,心想:这丫头怎么这样疯癫呢。

他们这次出江是征收巡查。半月前,青沙江税务稽征分队正式组建后,便四处张贴了关于对进出和过往龙口的商船征税的告示,本来是要求商船到码头上的征收稽征分队交税的,但十天半月都过去了,却没有一家船主来交一分钱税。蓝子天一想,这样下去不行,守株待兔,只怕会是竹篮打水一场空,得主动出击,至少得在青沙江上弄出点动静来,让商船都知道有这么回事吧。出来前,他还特地要"顺口刘"编了两句口号,一句是"过往商船都交税,打得鬼子滚回去",一句是"交税为抗日,抗日救自己",写成斗大的字牢牢地粘贴在篾篷上,十分醒目。

作为水上交通工具,"扁舟一叶"的乌篷船船身窄、船篷低,船体轻盈,动作敏捷,能飘逸地穿梭于纵横交错的河道之中,在青沙江上,在河汊水港,犹如黑色的精灵出没其间。蓝子天他们分乘的乌篷船都是只能容下三至四个人的小船,这样便于巡察,艄公也是在青沙江上飘摇了多年的,龙口埠头上有名的弄水好手。

青沙江上宏阔的水域上,一片沉寂,只有船桨的"吱吱"声和荡起的浪花声。蓝子天和龙雪都无心去倾听流水潺潺,他们的目光在江面上来来回回地睃巡,江上轻风拂过,还是让人感觉到了寒冬的冷酷。秦瑾却觉得好玩,她平常少有在江上漂荡过,虽然窄小的船里容不得她又蹦又跳,但丝毫也不影响到她的兴致,她闲不住,一时蹲到船舷边,伸出一只手到江里,撩拨着冷冽的江水,似乎已忘记了水的冰冷;一时又猫着腰往船尾溜,看着戴乌毡帽的艄公一伸一屈地划船;一时则靠近蓝子天,问这问那,船身一晃荡,她赶紧紧拽住蓝子天的手臂。龙雪见状,便冷冷地朝她说:"拜托你,大小姐,这船上可不兴乱蹦的,当心翻了船,大家都灌冷水去。"龙雪这才吐吐舌头,缩到一边去安静了。

艄公熟悉航道,他知道商船一般要经过的地方,便向蓝子天建议:漫无边际地在江上游走,还不如去青沙江畔的几个埠头看看,或许有些收获。大家都觉得在理,于是便摇着船径向最近的石浪埠去。

果然不出艄公所料,他们的船快到了石浪埠时,秦瑾眼尖,一眼就看到了有一艘货船远远地从石浪埠驶了出来。

货船并不大,是那种小型的。从船的吃水线上看得出船上装满了沉沉的货,但货用篾垫盖上了,因为货太重,突突突,船行得很慢,像一只背上负重、屁股里冒着浓浓黑烟的蜗牛在江上爬行。蓝子天朝紧跟在后面的乌篷船做了个包抄的手势,苗风涛心领神会,两艘小船同时加速,一个奔货船前头,一个奔货船后尾,形成前后夹攻之势。

船小自有船小的优势,水里行进的阻力小,其轻便快捷的特点凸显出来,很快,蓝子天和苗风涛他们一前一后将货船逼得停了下来。

乌篷船慢慢靠近货船,蓝子天站在船头,右手按在腰间的枪套上,他看看两船挨近,纵身一跃,稳稳地跳上了货船。船上早有人候着了,一个戴黑圆礼帽,穿长褂的中年男子笑容满面地朝蓝子天一拱手,见蓝子天穿着的灰布军衣,便知其身份了。中年男子恭敬地问:"这位长官,不知您有何贵干呢?"

蓝子天也冲他一抱拳,算是见礼了,说:"我们是潇浦县抗日民主政府税务稽征分局的,我是分局长蓝子天。"中年男子一听,眼睛一转,显得更加谦恭地说:"哦,原来是蓝局座驾到,失礼了,失礼了。"接着便用试探的口气问道,"您这是?"

蓝子天回答道:"我带领青沙江税务稽征分队来水上稽查税收,请你配合我们检查。请问你是干什么的?这船上装的都是些什么东西?"

中年男子忙不迭地说:"我姓梁,梁唯青,容壁人氏,做点小本生意,小本生意。"说完,便笑容可掬地看着蓝子天,但蓝子天并不答话,只是定定地盯着他,看得他脸上滑过一丝心慌,虽稍纵即逝,但被蓝子天敏锐地捕捉到了,蓝子天平静地说:"哦,是梁老板,做生意好啊,我们抗日民主政府也是保护商人的正当生意的,你尽可放心好了。那你这船货是什么东西呢?是不是交了税了啊?"梁老板忙说:"我这批货是从北边贩运过来的豆子之类寻常东西,庄稼地里的玩意,没人瞧得上的。嘿嘿。"

蓝子天说:"那我们得验验货了。"他一使眼色,鲁双涛和龙雪便马上走到船舱的那堆货边,动手掀起篾垫一角,伸手就往里边的筐里掏,梁老板一见想阻止,但一碰上蓝子天那冷冷的目光,他只好作罢,在一旁干瞪眼。

鲁双涛向蓝子天报告说,是豆子。龙雪也报告说:"还有些粳稻米、黄豆、绿豆、荞麦面。"梁老板说:"就是豆子之类的散货嘛,我哪敢和长官们撒谎啊。"蓝子天便微笑道:"职责所在,请包涵了。那么你的货要运往哪里去?交过税了吗?"

梁老板回话:"我这是要运到容壁去的,不瞒各位,鄙人在容壁还有一家小商号,这不,眼看年关了,库房的存货快见底了,而各位长官也清楚现处乱世,货源难以组织,再不去进货回来,我这小本经营就得断炊了,不得已,我只好亲自出马,去找那些老关系,求爷爷告奶奶才搞回来这么一些货,都是要救人命的东西。"蓝子天一听,警觉地问:"救啥命?"梁老板哭丧着脸说:"容壁现在不是皇军的吗?"他自知失言,赶紧改口说,"不是他日本人的天下吗?日本人对粮食控制得可严了,按人口限制供粮,你就是有钱都买不到吃的东西,直饿得人头昏眼花,不少人都得了浮胀病,死的人天天都有。"

"那你怎么还能出来贩运粮食呢?"龙雪怀疑地看着他。

梁老板脸现愧颜,他说:"我也是不得已为之啊,仗着曾经和江宗旺有过生意上的往来,好不容易求江宗旺出面,要他向他的那两个儿子江氏二虎通融通融,才得以出来贩运回这点东西,你们可能也已知道,在容壁,现在除了日本人,就是他江氏父子说得起话了。就这批货回去,我还得和江氏父子四六分成,他家干得我利润的四成。明摆着是欺负人,可我没法子啊。"

见龙雪依然是将信将疑的样子,梁老板急忙以手指天要赌咒发誓了,蓝子天按住了他的手,说:"你说的是不是真的,我们日后总会搞清的,按理说,你是正正当当地做生意,我们也不便阻拦于你。只是你贩运粮食去敌占区,这可是我们抗日政府所不容忍的。"说到这里时,他的脸孔严肃起来,让梁老板一下子紧张起来。

"但考虑到你只是个生意人,也有难念的苦经,为鬼子汉奸所压迫,迫不得已之举,实属无奈,所以,我们今天暂不扣留你的货,只是你必须按我们抗日政府的规定交税。"

梁老板听得真是一喜一忧,最担心的是货物被扣,那将血本无归,幸亏还是遇上新四军,如果是绰号"水上漂"的江匪毕渭民,那就真的会叫天天不应,喊地地不灵了。现在新四军不扣货,让他提着的心终于落地。可是又要他交税,这又是葫芦两头难按啊,一头下去,一头又浮起来。他这货回去,肯定得向江敬义的税警局交税的,这边共产党也要交税,再加上江家要去的四成,他这批货还有什么赚头呢,不是白忙活了吗?梁唯青心里盘算着,要不要再和这位蓝长官说说情,看起来他还是与人为善,好说话。不说呢又没个其他的法子,只有试一试了。

梁唯青小心地赔着笑脸,说:"这个,这个嘛,蓝局长,我这不也是不清楚要向你们交税吗?您看,我回到容壁还得向江敬义交税,您是不是再通融通融,这回就让我回去交税算了行吗?反正都是交税嘛。"

龙雪抢过来回答道:"都是交税,可是性质根本不一样,你回去那是向敌人交税,那是怎么回事,你难道不知道?你是给钱让鬼子来打中国人,你说是一回事吗?"

秦瑾大声斥责他:"只有汉奸才打自己人,你想当汉奸啊?"

梁唯青吓得赶紧辩解:"绝无此意,绝无此意,这税我交了,交了。"

秦瑾将手中的算盘子一扬,说:"那你把货单拿出来,我给你算算交多少钱吧。你放心好了,我们新四军收税从不多要人家一分钱。"

梁唯青连连点头称是:"那当然,那当然。"随即吩咐随从去舱内将货单拿出来。

秦瑾一边噼里啪啦地拨弄着算珠,一边报给梁唯青听:"你这船货共有黄豆35担、粳稻米70担、绿豆10担、荞麦面58担,合计共重173担,梁老板,你说对吗?"梁唯青答道:"对的,对的,你看这就是一条200担的小货船嘛,我费了九牛二虎之力,这不,还没能够收满一船。"

秦瑾接着说:"按我们抗日政府的税收政策,你这船货属于载重200担的小型标准,按每月定额征税的规定就要征税4块光洋。"梁唯青一听急得跺脚,他双手一摊:"这4块光洋,我怎么交得起啊,我这个月才出来运这一趟货。"秦瑾不慌不忙地说:"你先别着急吧,我得先给你讲讲政策规定,我们的政策是,对商船征税按照大、中、小三等定税,按月定额征收,大船是载重600担到800担的,每月要交税8块光洋;中船是载重400担的,每月要交税6块光洋;小船是载重大约200担的,每月要交税4块光洋。这样一来,你的商船交4块光洋可一点也错不了。"

梁唯青可是真焦急了,他朝蓝子天又是拱手,又是鞠躬的,求情道:"长官,您看看这如何是好啊,抗日政府的政策我一百二十个赞成,一万个拥护,可是我这一趟货下来,能不能保本不亏心底没数,再说,我这一出来也没带这么多现钱啊,钱都付了货款了。您就高抬贵手,行行好,放过我这一遭吧。"

蓝子天的脑子急速地动着,他盯着梁唯青的眼睛,一言不发,盯得梁唯青心里发毛了,他不自然地双手搓着,似乎在借以掩饰自己心中的不安。蓝子天沉吟了一会儿,直截了当地说:"你说身边已没有现款,显然是没说实话。"梁唯青"这,这,这"地还想辩白,蓝子天道:"梁老板,真人面前不烧假香啊,你早就作好了出去购货的准备,这货采买得不足,那你带的钱又干吗去了?"这一说,让梁唯青张口结舌了。蓝子天也不和他深究,问道:"梁老板在容壁的商号叫什么?在哪处地方呢?"梁唯青不敢隐瞒了,如实相告:"敝号唤作泰来商行,就在容壁县城大前门街79号。您要去那里,一准就找得着,如蒙不弃,欢迎各位日后来做客,若有用得着梁某的,定当效犬马之劳。"

蓝子天脸露微笑,说:"日后少不了要麻烦梁老板的。今天你这税的事,一则梁老板事出有因,二则我们对商船征税也只在半月前才实行,我看梁老板就减半交了吧,2块如何?也算是为抗日作了一份贡献。"说完,他用征询的目光看着梁唯青。

话已说到这个分上,人家已给了台阶下,梁唯青自知不好再讲什么了,赶紧点头说:"那好,那好,为抗日救国,应该的,应该的。"

蓝子天一拱手道:"那就谢了,梁老板深明大义,还得拜托你多多宣传我们抗日民主政府的税收政策,抗日救国,匹夫有责嘛。"

梁唯青头点得如鸡啄米一般,口里应着:"一定,一定。"

说话间,秦瑾早已开好了税票,递给了梁唯青,还不忘叮嘱道:"票你可得收好,说不定下次碰到了,还得查验的。"

5

时间好像一个沙漏,一点点地流走掉,不声不响,还不可能让它回过头来再走一遭。一声喊,到了十二月,年关就喊得应了。当于振兴来到龙口,督促蓝子天把今年的税尽快收上来,县政府财政科要赶在本月底前关账,蓝子天这才恍悟,一年要过去了。他得部署年终税收决算,税务稽征分局成立小半年来,成效究竟怎么样,他想,也到了该坐下来好好总结一番的时候了。

蓝子天下达了命令,要求各税卡子务必在12月30日前将尚未解缴的税款全部解上来,上交县政府财政科,并让各卡子上的负责人集中到县政府开会和办决算,同时要端出来年的征收盘子。

离30日不到一周的时间了,蓝子天召集分局的驻守人员开了个短会,就决算前的各项准备工作予以安排,他要求喻大江去督促青沙江税务稽征分队,临近年底,往来商船渐渐多了起来,要加大检查的力度;他交给鲁双涛的任务是必须做好护送税款的措施,确保税款一分一厘也不少地安全地解缴到县政府去;他嘱咐秦瑾,要开始作好对各税卡子设立以来的征收情况进行汇总的准备,同时一丝不苟地核对好账目,数字不能出现一丁点差池。做了这一番安排后,他便去自卫队找龙雪了。他想让她陪着一块去找找龙洛铭。那一天在分局龙雪对于龙洛铭的态度让他有些不解,后来零星地听到了一些原委,他心里才有了个大概,也在这时候,他才依稀记起来,那天在龙口伪日镇公所成立周年庆典会上讲话的就是维持会会长龙洛铭,当时龙雪那一副鄙夷的神情让他印象深刻,只是自己的心思都在对付鬼子上,对于龙洛铭倒真是没怎么上心。

可龙雪死活不愿意去,而且蓝子天感觉,一听到龙洛铭,就好像踩痛了她的某根神经一样。蓝子天不再好开口劝说她,只得自己一个人去了。偏偏龙雪还要冲着他的背影喊着:"你去见他,可别上了他的圈套。那可是只老狐狸了。"蓝子天听了暗自摇摇头,看来这父女俩结下了解不开的结了。

龙洛铭家果然不同于一般人家。外面看上去并不气派,还有些内敛的感觉,尤其是门联上书的那副对联"曲江养鸽,京洛传鉤",还让人闻得到一丝书香气息。只是蓝子天读不懂其中的意思,他想下次要问问龙雪。而进得门来,里面却是别有洞天,飞檐曲廊,粗粗一眼看去,蓝子天估摸着,这宅子起码得占十来亩地了。

龙洛铭对蓝子天的不请自来颇为意外。他特地瞅瞅蓝子天的身后,没有第二个人。蓝子天暗揣,也许他是看龙雪是不是来了吧。意外之余,龙洛铭心里忐忑起来,不知道这姓蓝的主动登门来,揣的是何种意图。

蓝子天来会龙洛铭当然也不只是礼节性的拜访,他还有一个特别的任务。于振兴县长前几天来龙口时忧心忡忡地告诉他,由于日伪军的"拉网式"清乡,根据地缺失了不少财产,尤其是粮食紧缺,眼看就要过年了,部队和乡亲们都快要揭不开锅了,这炊烟要是一断,可是会造成人心不稳,给敌人以可乘之机,那么抗日政权势必摇摇欲坠。蓝子天不待县长把话说完,就说:"道理谁都明白,县长你就直说吧,要我们干啥。"于振兴也就直截了当地说:"你给我在龙口筹集到600石粮食来。你也知道,我们边区政府是不可能给我们一粒粮食的,何况边区现在也很紧张,恨不得我们还能支持他们一下才好。我在潇浦还得找秦人简和他们的商会一起想想办法,必须保证顺顺当当地把这个年过了。600石有困难吗?"蓝子天二话不说,干干脆脆地回答:"办法总比困难多,保证完成任务。"于振兴了解他,蓝子天这么爽快地答应,并不是他心里面就硬有底了,只是他从来不会在任务面前打折扣,或者说讨价还价的。他就是这样的性格。在游击大队时,于振兴交给蓝子天的任务,再怎么难啃的硬骨头,他也不会犹豫,好几次在于振兴看来都不太可能做到的事,偏偏他都做到了。于振兴都有些纳闷,这小子身上仿佛有股子神奇的力量。他曾经好几次问过蓝子天,你到底怎么回事呢?蓝子天总是憨笑着说:"办法总比困难多嘛!"这句话慢慢地就成了蓝子天的一个标签了,连江峡边区的首长们都知道。

于振兴轻轻地擂了蓝子天一下,关切地说:"你这个家伙啊。有什么困难就给我提吧,别藏着掖着。"蓝子天说:"没困难,办法总比困难多。"他接着问,"只有一条请县长明示。"

于振兴点头示意他说出来。蓝子天说:"这次筹措粮食,县政府是否有统一的政策?"于振兴微笑着说:"当了税征局长,倒是注意起政策来了。好,好,我们共产党征税就是要讲政策,把政策摆在第一位,人家才信服你嘛。"他告诉蓝子天,县政府为此次筹集军公粮专门出台了一个政策,而且这项军公粮政策在今后一个时期还将继续执行下去,因为军公粮收入也是根据地财政收入的主要来源之一,但必须实行合理负担原则,民主政府规定:每年贫农收公粮6升、中农收1斗、富裕中农收2斗,富农按全年收获数加一,地主加收二,赤贫不收。至于军粮在原则上是向富户半价定购的,其办法也按公粮的数额同样分配,不过定购的对象是侧重于富裕者,而贫农则在免购之列。向蓝子天详细讲解了民主政府征收军公粮的政策后,于振兴又补充说:"考虑到年关即至,一般老百姓家就暂且不去征收公粮了,待明年再分夏秋两季征收,但现在要解决过年的吃饭问题,就只有特事特办,向那些富裕户想想办法。如果说能在龙口搞上来600石,那我给你记头功。"蓝子天嘿嘿一笑。

龙洛铭从蓝子天一进门,脑子里就不停地揣测着他的来意。他看到蓝子天东瞧瞧西望望的,以为他对这所宅第感兴趣,便不失时宜地对蓝子天说:"蓝局长看得起,要不,老朽先陪你院内四处转转?只是眼下万物萧条,难免呈破败之态了。"蓝子天不置可否地笑了笑,说:"总之就是一个气派嘛。还是不转了,今天冒昧来访,不瞒您说还真是无事不登三宝殿哩。"

龙洛铭赶紧说:"客气啦,蓝局长能光临寒舍,龙某的荣幸,蓬荜生辉。既然如此,那以后再请移驾敝府,指点一二吧。看这天气冷得人打摆子,我们先去客厅喝茶,暖暖身子吧。"

6

当龙洛铭一听蓝子天表明来意,他可是蒙了,脑子里出现短暂的空白。还真的是无事不登三宝殿,这哪是来拜访,分明是要割他身上的肉!透过木窗格,他看见天上黑沉沉的云压下来,再压下来,北风刮得窗子嘭嘭地响,似乎要下雪了。龙洛铭木然地裹了裹身上的棉袄。

他最担心的是,共产党迟早会和他这个维持会会长秋后算账的,他们来到龙口也有个把月了,一直没找他的麻烦,让他提心吊胆地不踏实。这一天总算是来了。最可恨的是龙雪那小蹄子,一点也不讲情面,六亲不认,现在竟然要举起刀来朝亲生的爷老子捅了。

在龙洛铭耳朵里蓝子天的话语里不无威胁性,尽管蓝子天的口气听起来是那么彬彬有礼的。蓝子天对他说:"龙老板,我们现在也是没有更好的办法了才向你开这个口的,希望你能够明大义,助一臂之力,共渡难关。"见龙洛铭阴沉着脸,蓝子天又说:"这抗日救国的事,可不是哪一个人的事,我们党历来就主张全民抗战,团结一致,一致对外,凡是支持抗日的我们都会记得,在功劳簿上给他重重记上一笔,当然啰,凡是不支持的呢,我们也会记得,对于那些冥顽不化的,一心与人民为敌,与抗日作对的,绝对不会有好下场的,我们党的这个政策嘛,想必龙老板也是清楚得很的。"说毕,他锐利的目光直逼龙洛铭。

龙洛铭觉得那目光里面有一把刀子,正闪烁着寒光,就抵在他的喉结上。他的喉咙里异常干燥,使劲地蠕动了几下喉结,他才吐出来一句话:"这个,我都明白,都明白,只是这数量也太多了点啊,600石可不是小数目,蓝局长你看要龙某一个人来负担,老朽确实无能为力啊。"蓝子天说:"600石,对于龙老板来说自然也不是小数目,但并不是说你就真的拿不出来,关键还是看龙老板是怎么看待这个事的了。"

龙洛铭有点急了:"蓝局长,我这态度可是很明朗的啊。以前给日本人做事,我那不也是没得法子吗?逼的啊!我一介草民,我不干,人家拿枪抵着,怎么办呢?现在你们共产党新四军来了,我是举双手拥护,打心眼里高兴,终于不用受他小日本的窝囊气了。"他用讨好的口气说:"你还不知道吧,我那闺女,龙雪,不就是你们的人吗?她可是我嫡嫡亲亲的闺女哩。"

蓝子天笑着说:"我都知道了,龙雪就是你的亲生闺女,她现在还是我们自卫队的队长呢,女儿都那么积极投身抗日救国,那你龙老板这个当爹的,更要向民主政府靠拢啊。"

"可是,可是,我一时之间实在凑不齐这么多啊!"

蓝子天沉思片刻,说:"我相信龙老板也许的确是有些难处,那你给我支支招看看,这600石粮怎么拢来呢?时间紧,耽搁不起了,在月底前必须得有个着落。龙老板对龙口这一块情况熟悉,谁家有粮,谁家没粮,你应当说是乌龟吃萤火虫——心里明着吧,就算你不讲,这龙口巴掌大的地方,谁又不知道谁家底子呢,你说是吧?这样子,你看怎么样,你龙老板出一半,其他的你给我列个名单来,我只好一家家再去落实了。放心吧,我们是半价收购,不是豪取明夺,这粮款是货到两清的。"

话一说完,蓝子天一声"告辞",起身便走了,撂下龙洛铭在椅子上愣怔了半天。

龙雄不知道从哪里钻出来,有些气急败坏地嚷道:"凭什么啊,要我家出这么多粮,说得好听,还半价呢,这不明摆在面前就是一个抢字啊。"

龙洛铭经儿子一嚷嚷,更气恼了:"他们共产党这是找我算账来了,这才是个开头,后面还有的是麻纱扯出来。"

龙雄对爹说:"那怎么办啊,现在可是他们的天下了。"他又把怒火烧到了龙雪头上:"还他妈的什么自卫队队长,连亲爹都保不了,根本就不配姓龙,龙家没这样的不肖子孙,我呸!呸!呸!"龙洛铭只顾自己在一旁唉声叹气。龙雄便说:"要不,爹,我们要不就逃走啊,三十六计走为上计,等共产党滚蛋了,咱们再打回来吧。"龙洛铭气不打一处来,他朝儿子呸了一口:"逃,逃,逃,你说怎么个逃法,一大家子都在这里,祖上的产业都在这里,你以为扎个包袱背起来就走啊?"龙雄嘟囔着:"那你怎么办啊,你倒是想个办法来。这样,要不还去找找大姐看看?"龙洛铭叹气道:"还用得着找她吗?我刚才特意提到了她,人家买账了吗?再说,人家早就知道了那小蹄子是我龙某人的亲生闺女,要是他买账的话,他还会上门来要粮吗?你真是个猪脑壳!"

龙雄见爹骂他猪脑壳,脸上也挂不住了,"那你自己去想办法,这也不行,那也不行,我反正管不了。"丢下这句话,自顾自地甩手而去。

窗外真的就飘起了雪,龙洛铭听到雪粒子在窗子上时缓时急地敲打,有一扇窗子没插牢栓子,竟然就被一股朔风呼的一声给洞开了,冷风裹着雪粒子旋到了脸上,龙洛铭不由自主地打了个寒战。他这次没有吆喝下人来关窗子,而是自己站起来动手去关。他看到在朔风中飞舞的雪花,像一个不可捉摸的鬼精灵,一忽儿往东飞,一忽儿往西飘,一时好似直直地朝他扑面而来,旋即一扭身影就不见了踪迹。雪还不大,地面上不见丁点雪的影子,也许是不待雪片在地上稍作停留,就被土地焦渴的目光融化了,唯留下一地湿漉漉的水渍。经冷风一吹,龙洛铭头脑清醒了许多。

他清楚自己特殊的背景,肯定是不可避免地要成为共产党的靶子的,可他岂能心甘被打得千疮百孔呢?要扭转乾坤,就必须将蓝子天的注意力分散,不能集中到他龙洛铭一个人的头上来。

龙洛铭陷入了深思,沉思了一阵,他打定了主意,撑着一把雨伞,一头扎入了风天雪地里。

雪,慢慢地下得大了。

第八章

1

昨天从龙洛铭家出来后,蓝子天一路都在琢磨如何才能完成于振兴交给他的600石粮食的筹集任务,他心想虽然给龙洛铭摊牌了,但其实他自己心里也没底,一来不知道龙洛铭到时候能不能拿出粮来,二来他的确也不是很清楚在龙口这一块究竟谁家有那么多存粮,毕竟在乱世之秋,战争的掠夺使大量的财富丧失了。他在想,万一到了月底龙洛铭交不出粮食那又该怎么办呢?完成任务才是他所要的最终结果。

他却没有想到,龙洛铭正在试图给他制造一场风波。

雪已下了整整两天了,这雪下得不急不忙,似乎还没完没了。院子里堆积了厚厚一层,墙角的那棵光秃秃的银杏树显然是承受不了雪的重压,有两根树枝已被积雪生生地折断了。蓝子天还是那个习惯,一大早就起来了,他操起一把铁锹去铲地坪里的积雪,不一会儿,秦瑾也过来了,两人却并不搭话,蓝子天在前面铲着雪,秦瑾跟在后面用竹扫把扫着,这样地面就更干净了,看上去配合颇为默契。蓝子天侧身时打量了一下秦瑾,这个姑娘,没有那种大小姐的拈轻怕重,她红扑扑的脸蛋,俊俏,又有些顽皮的神态,让蓝子天无端地心里一动。

这时,喻大江和鲁双涛、苗风涛三个一起出来了,一副要出门的样子,头顶竹笠,披着蓑衣,腰上还别了枪,蓝子天便问他们:"还是要出江巡查吗?这雪太大了点呢。"鲁双涛说:"越是这样的天气,就越是不能放松。"苗风涛说:"青沙江上没有结冰,今天这样下雪的天,江上面反而风不大,不会影响行船的。"蓝子天问:"还没吃早饭吧?"喻大江拍拍口袋:"都带着呢,又大又香的烤红薯,中午的都带足了。"蓝子天便叮嘱一句:"那要注意安全。"

目送他们出了院子后,蓝子天笑着对秦瑾说:"这雪看来是铲不尽了,不过也好,这样子活动活动,全身都热烘烘的,看看你,额头上都有汗珠子。"秦瑾直起腰来,在额上揩了一把,说:"以前在家里,我可是从来没扫过雪,只是堆雪人玩玩,还有嘛,就是打雪仗。"蓝子天说:"我小时候也堆过雪人,堆一个老大的菩萨,太阳出来后让他慢慢融化。"秦瑾道:"你还会堆菩萨?吹牛吧。"蓝子天道:"不相信,那我们干脆用铲的雪来堆一个吧。""好啊,我正想着呢。"秦瑾高兴了,把手中的扫把一丢,立即就行动起来。

蓝子天见她那样,心里暗笑,到底是个小女孩作派。反正今天没作其他紧要的安排,先陪她玩玩吧,蓝子天童心顿起。

待老黄来喊他们吃早饭时,那个雪菩萨已具雏形。半人高,硕大的脑袋,圆圆胖胖的脸,大腹便便地坐在地上,老黄笑着说:"这是个笑面佛哪。"秦瑾左看看右看看,说:"还得给他画上一双眯眯眼,添上一个开口笑的大嘴巴,那就更有点大肚弥勒佛的派头了。有副对联说的什么,叫作'大肚能容,容天下难容之事;开口便笑,笑世间可笑之人'。"蓝子天说:"这天下难容之事,得看什么事了,小鬼子侵我国土,害我人命,掠我财富,菩萨肚量再大也难容了。"

蓝子天放下手中的筷子,刚刚准备习惯性地用手去揩嘴,秦瑾不声不响地递过来一块手绢,蓝花格子的,折叠成齐整整的方块状,她的下巴翘了翘,让他用她的手绢揩,蓝子天憨憨地笑了笑,接过去,他闻到手绢上有一股清香的味道,淡淡的,好闻。正想轻轻地往嘴边拭去,突然听到院子里吵吵嚷嚷的,拥进来一帮子人,定睛一看,打头的是龙洛铭。他便赶紧站起来,顺手却将秦瑾给的手绢塞进了衣袋里。

蓝子天迎了上去,见了龙洛铭,便微笑着说:"龙老板早啊,这么大雪天都过来了,看来有要紧的事了。"龙洛铭站定,掸着衣服上的雪,支支吾吾地说:"蓝局长,这大清早的没打扰到你吧?"蓝子天口里说着"没事,没事",让龙洛铭他们进屋去。龙洛铭脚下却不挪动,说:"就站在这里说吧。蓝局长,我也是没法子,你瞧瞧,他们非得要我出个面,带个路,来和蓝局长说说事。"蓝子天"哦"了一声,说:"好啊,只是这雪大,别站在外面了,进去说。看你们都一把年纪了,经不得冻。"一个嘶哑的嗓子立刻说:"不,我们就在这里说,蓝局长如果今天不答应我们的请求,我们冻死在这里也就算了。"一开言便是强硬口气。蓝子天不禁打量了他一眼:戴着瓜皮帽,下巴尖,鼻梁倒是高挺的,六十开外的年纪。龙洛铭哈着腰介绍:"这是王老板,王行璋。"他又指着后面的那些人说:"这些都是龙口本地的老板们。"蓝子天粗粗地一瞧,应该有十来个吧。

蓝子天便说:"哦,是王老板啊。既然大家都愿意站在雪地里讲,那我就奉陪吧。"他收回了迈向阶基的腿脚,"是怎么回事?一个个说呢,还是推举一个人讲呢?"

那些人你看看我,我看看你,最后把目光都聚集到了龙洛铭身上。龙洛铭赶紧往旁边的人身后挪,口里说:"说好了的,我只带带路,要说,你们说。"

还是王行璋站出来了,他一把撸下头上瓜皮帽,稀薄的头发被风一下就吹得乱蓬蓬的了。他满是怒气地说:"我们对你们共产党的这套搞法有意见,很大的意见,很多的意见。"蓝子天静静地看着他。雪花在眼前纷飞,落在他的头顶上。

龙洛铭这时却又抢先说:"是这么回事,蓝局长,您不是给我下达了筹粮的任务吗?我寻思着这事得尽快给落实好,就和龙口的这帮子老板去商量着,怎么样将粮搞到位,免得耽误了你们的大事,八百斤的石磨在我头上转,那我龙某人一个人可就承担不起这个责任的。您说是不?"

王行璋愤愤地说:"你们说得比唱的好听,讲什么抗日救国,人人有责,为什么一收起税来,要起粮来,就专门找我们这班人呢?税要多交,粮也要多出,我们又不是开钞票厂的,要多少钱就他娘的印多少,我们仓里的粮也是一粒一粒从田里土里长出来,攒起来的,天上总不会落下粮来吧,啊?你现在看看,这天上落的是雪,还是钱,还是粮呢?"他顿了顿,手指着灰蒙蒙的天,发泄着心中的不满。

"你们口里说要团结一切力量,一致对外,现在简直就是把我们也当成一致对外的靶子了,我们承认自己家里的确比那些穷人要好过一些,可你知道不,我们的家底也是祖祖辈辈辛辛苦苦地积攒下来的啊!

"哪个都知道你们共产党的队伍是打日本人的,可我们也不是什么汉奸卖国贼,谁来龙口当这个家,我们都只想求个平安无事,谁也不想得罪,也得罪不起。在日本人手下过日子,提心吊胆,没想到你们共产党来了,倒是要搞得我们饭都没得吃了。这一开口就是几百石粮,眼看就要过大年,还要搞得我们鸡犬不宁,过不得安生日子,你们要吃饭,可也不能眼睁睁看着我们饿死吧?这世道乱糟糟的,谁家还有那么多余粮剩米啊?你家有没有,你家有没有,都说说。"他指着身旁的那几个,都拨浪鼓般摇着头。"我要讲的,都讲了,一句话,我家里反正一粒粮食也没了,你蓝大局长可以去我家查看。你们有粮就多交些,我没啥意见。"

有几个人便就着话头七嘴八舌地附和起来:"王掌柜说得在理啊。""这年头,谁家还会有什么粮呢,我家的仓库都底朝天了。""总不能老是找我们几个打主意吧。""我家老老少少几十张嘴张着要吃,我还想找政府要救济粮。"……

龙洛铭一副无辜的样子,垂首而立,他偷偷地瞄了一眼蓝子天。蓝子天一言不发,脸色严峻如那凝重的天空。

大家你一言我一语地发了一大通牢骚,见蓝子天不搭腔,便齐崭崭地噤口不语了。

蓝子天扫了他们一眼，问道："都讲完了？还有要讲的吗？"鸦雀无声。银杏树上小团小团的雪挂不住了，轻轻地掉落于地。一直站在地坪里的人们身上都飘落着雪片。

蓝子天呵出一口白气，开腔了："看来大家今天是有备而来。"他特地瞅了一眼龙洛铭，龙洛铭赶紧将头缩了缩，双手袖起来。

"你们叽叽喳喳说了老半天，我尖起耳朵也听了老半天，无非就是两个意思，一是不想交粮，二是没有粮交，对吧？"说着，他的目光再一一扫过大家的脸上。

有几个脑袋便微微地点了点，算是认可。

"那现在也轮到本人来讲几句了。我首先要讲清楚的是，大前天我的确是找了龙老板，和他讲了这个筹粮的事情，龙老板看来还是很上心，就去找你们商量着怎么办，是吧？"

龙洛铭忙点头。

"按理说，抗日救国的道理要时时讲，天天讲，但今天我不想多讲了，你们都是些见过世面，好歹大小也都是当老板的，做掌柜的。那些抗日的口号平时不会比别人喊得少，比别个声音细。我现在只问大家两个问题，一个是你们的财产是怎么赚来的；二个是国破如此，国将不国了，你还想能够到哪里去做你的生意，赚你的钱。

"其实刚才那位王老板也说了，钱是你们一分一厘攒起来的，粮是你们一粒一粒种田种出来的。这听起来的确不错，可是，你们想过没有，你们是在哪块地上做的生意，收的粮食？在天空中吗？在青沙江里吗？我问你们的那两个问题，归根到底不过也就是一个问题，我想我都可以替你们作出回答，你们生在脚下的这块土地上，你们在这块土地上生儿育女，享受荣华富贵，假使离开了这块地，没有了这块地，你们到哪里寻找安身立命之所？中国这么大，可是还有哪个安宁的角落呢？哪个地方没有硝烟弥漫？哪个地方又不是鲜血淋淋、鬼哭狼嚎的？鬼子的胃口有多大，你们知道吗？岂止是一个中国啊，他们的铁蹄已伸向了东南亚，那么远的南洋现在都笼罩了战争的乌云，飘荡着硝烟。

"就算是你们赚钱赚得辛苦吧，可想过没有，你们不应该是担心赚不赚得到钱的问题。而是要担心这钱、这家产、这祖业稳不稳当的问题，守不守得住的问题。提心吊胆守着一份家业好呢，还是安安心心地去做自己正正当当的生意好啊，你可以比较一下嘛。现在国破山河碎，你们认为哪里有一处可以让人安生过日子的世外桃源？真有这样的地方，我都想去了，肯定谁都会去。

"我们当前的抗日的确是碰到了前所未有的困难，所以才找你们一起想想办法。俗话说，众人拾柴火焰高，办法总比困难多嘛。你们一个个诉起苦来，好像会要了命一样，真要是想要哪个的命，我们现在也不会站在这里耍嘴皮子了，哭穷哭得就差没上吊，可我们新四军是那样恃强凌弱的吗？你们口口声声了解共产党的抗日主张，支持抗日救国，那想想自己究竟又是怎么样支持的呢？看来，想要你们自觉自愿地交粮，是不切实际的想法了，是我蓝子天一厢情愿的幻想了，那么，我今天站在这里，当着大家的面，不得不……"

一股风忽地裹进来两个雪人，打断了蓝子天的话。

两人步履踉跄着，浑身裹满了雪，连眉毛上都挂上了，几乎是爬滚着来到蓝子天的面前。蓝子天吃了一惊，细细一看，竟是鲁双涛和龙雪。他情知发生了大事，鲁双涛可是披挂齐整出去的，这副样子回来，肯定遇上了紧急情况。他忙双手扶了两人往后移开些去，以防让人偷听了。

龙雪上气不接下气地对蓝子天说："蓝局长，我们，我们，在江上查获到了一船粮食，是要往容壁运送的。"她弯着身体，一只手撑在腰上，嘴里呼出大口大口的白气。

蓝子天追问道："是从哪儿运来的？"

鲁双涛压低了嗓门说："就是从龙口运出去的。粮已经扣下了,人也扣下来了。"

"那有多少粮呢？"

"足足有600石啊,是一艘大船。"

蓝子天一听,拍了拍鲁双涛肩上的雪,然后对着龙洛铭他们厉声喝道:"刚才你们一个个都在说,家里没一粒粮食了。现在,我告诉你们,我们在青沙江上查获到了一大船粮,而且就是从龙口偷运出去,还是要运到容壁去的。"

这下,人堆里炸了窝了,大家纷纷议论起来了。

蓝子天注意到龙洛铭的脸一下子苍白了。他大声说:"我现在也不知道这船粮食到底是谁的,也不知道他是不是准备送给日本鬼子去的,我不想在此再把我们的政策重复讲了,我只是要告诉你们,这就是一种卖国贼的行为,就是汉奸的行为,认敌作父,与民主政府为敌,与人民为敌！"

人群里突然传过来一声哭号,大家一看,原来是恒兴久商号的周进财,只见他直挺挺地倏地跪倒在雪地里,嘴里哭叫着:"我有罪啊,我有罪啊！"而在大家还没回过神来的时候,一直站在前面的龙洛铭也紧接着跌倒在地,他两眼直直的,颓丧的脸上一片茫然。蓝子天不禁冷笑了一声。

而戏剧性的一幕又出现了。那个大放厥词的王行璋此时却又破口大骂起来:"他娘的俩贱骨头,贱到家了！姓蓝的,咱老王不用那龙老狗招供了,也算老子一份。"

蓝子天朝鲁双涛使了个眼色,鲁双涛会意,一个箭步上去冷不防地将叫嚣的王行璋三下五除二就给摁倒在地上,啃了个满嘴是雪。

蓝子天望了望龙雪,看到她的双眼里冒出了两团烈火。

蓝子天走到瘫软在雪地上的龙洛铭前,问道:"龙老板,这到底是怎么回事啊？你们唱的哪出戏哪？"

龙洛铭像在梦游中,被人突然惊醒一般,半晌才缓过神来。他趴在地上使劲地磕起头来，一把鼻涕、一把眼泪地哭诉着："都怪我们鬼迷心窍了，我坦白，我如实交代，那粮食就是我们三人的，请政府饶恕啊，我愿意将家里所有的粮食都交给你们，对，还有那些个金银细软的，我都不要了，全给你们了吧。"目睹龙洛铭的狼狈样，那个被摁在地上的王行璋却依然嘴硬："日你龙家十八辈祖宗，龙洛铭你个熊包，怕死鬼。老子要杀要剐随便。"

蓝子天皱了眉头，朝鲁双涛命令道："先把他关起来，再从严处理。"鲁双涛立马押着王行璋走了。

这边，龙洛铭和周进财犹自把头磕个不停，两人的脸上已分不清眉毛胡子了，雪和泥糊了个大花脸，嘴唇颤动着，听得见牙齿咬得咯咯作响，却听不清他们喃喃着什么。

其他的人都噤若寒蝉，脑袋瓜子都恨不能夹到裤裆里去了，一个个哆嗦着腿，在那抖动着，筛子一般。

蓝子天也不制止龙洛铭和周进财，冷冷地看着他们兀自磕头。一时间，静得可怕了。

忽然，人堆里有人战战兢兢地喊叫着："长官，我愿意捐出100石稻谷。"这一开头，马上有人跟随着说："我愿意出大米50担。"一下子，有更多的人就叫开了，这个愿意捐献面粉100斤，那个愿意出粮200石，还有出棉麻10匹、豆子10担的。一个个争先恐后，生怕落后了似的。

2

待一干人都散去了，蓝子天详细地问了查获粮船的经过，原来是龙洛铭和王行璋、周进财三个策划的，他们思谋着借大雪封江的时机，分三批转卖出粮食，尽快把粮食处理好，那么，共产党也拿他们没辙了。这次600石粮食是第一船，三一三十一，各家200石，由周进财的管家老姜头押运，打算运到容壁去卖给江宗旺的通江祥贸易商行。第二船原本想后天走的。江宗旺自打从潇浦跑路后,一直还和龙洛铭他们明里暗里有联系。管家老姜头现在还被扣在自卫队里。

蓝子天说,把人放了吧,他一个下人,还不是得听主子的梆子响。船和粮一律没收了,对那个顽固不化的王行璋,这次可不能轻饶了他。鲁双涛插话道:"那个王行璋真是茅厕里的磨卵石——又硬又臭,把他关起来了,他还在骂通天娘,猖狂得很。"蓝子天说:"龙口的形势表面上风平浪静,实则暗流汹涌,我们初来乍到,一方面情况不熟,另一方面力量有限,正好借这次奸商偷卖粮食的事来敲打敲打那些为富不仁和卖国求荣的。"

秦瑾问道:"那个管家放了好说,那姓龙的和姓周的如何处置呢?姓龙的一看就是个老奸巨猾的家伙,可不能轻饶了他。"

龙雪在一旁死死地咬着嘴唇,一言不发,蓝子天看得出她内心的翻江倒海。

蓝子天说:"这次也是一桩好事哩,让我们对龙口的抗日形势看得更清楚明白了,特别是查获了600石粮食,一举解决了个大难题。刚才那些老板掌柜自认的捐献,秦瑾,由你去一一登记好,并且将货物尽快给我收拢来。至于他们三个人的处理,我们分局支部得开会研究,再要报告县政府于县长批准才行的。我们的原则当然是对那些十恶不赦、死不悔改的要坚决打击,但也要团结一切可以团结的对象,所以嘛,处理他们也得分门别类,区别对待,慎之又慎。"

这番话,在龙雪听来,觉得就是说给她听的,虽然她嘴巴上对龙洛铭刻薄,心里头对龙洛铭愤恨,但真要是到了严惩不贷的地步,她忽然又觉得心头涌起了不可名状的滋味,怪怪的感觉,让她暗叹自己为什么会生在这样的一个家里,还偏偏摊上这样一个爹。蓝子天的话,考虑得周全、得体、滴水不漏的,至少没让她难堪,龙雪不禁在心里暗暗地存了一份感激。

看看雪下得小了些,蓝子天喊上鲁双涛到镇子边上转了转。路面上已经积了厚厚一层雪,野外四处白茫茫的一片,满目苍凉,处处萧瑟。古朴的水乡院落,素白空灵,"风烟俱净,天山共色"。走在雪地上,脚下咯吱咯吱地直响,两人又转悠到了江边。江面上灰蒙蒙的,偶有船帆飘动着,一点点地远去。蓝子天问:"这江上有过冰冻吗?"鲁双涛回答道:"很少有过的,我只听说过还是民国初年冰封过一回。而且冰并不厚,还只有在靠岸的水域。"蓝子天喃喃道:"看来这江流水深,大面积的冰冻很难。"鲁双涛听他的口气,猜测蓝子天在想着要运送粮食的事了。

的确是如此。蓝子天琢磨着怎么样既快又稳地把筹措到的粮食和要上解的税款顺利地送到潇浦去,他想着,连续下了三天的雪了,雪虽然不大,但路面上行走还是艰难,如果碰上了冰冻,那路打滑就更不好走了,兼之现在匪患猖獗,打家劫舍的事时有发生,他可不想节外生枝,一场辛辛苦苦若,是好了那些个土匪,可真是不划算。他转了一圈之后,终于决定还是将粮食走水路运送,虽然慢了点,但相对而言要稳妥些,税款走陆路上解,把粮和款分开来,目标没那么大,他觉得更安全点。

秦瑾已将物资都聚拢来了,她把账目给蓝子天看,没收和认捐的拢共有粮食1050石,另有棉纱、布匹、食盐等少量日常生活资料。她问是不是全部都上交县政府,蓝子天想了想,狡黠地一笑,说:"这回真是肥了于大麻子了,好处不能让他一个人得了,这样吧,清册如实造上去,不过粮食得给我留下点,给他送一大船吧,其他五谷杂粮的东西都给他送去,那个家伙,反正是有饭吃就不嫌馊。哼,还真是便宜他了。"秦瑾说:"一大船那就是800石了。这样子合适不?你这是截留吧。"蓝子天假装生气地说:"你说啥呢?我这累死累活地一根稻草也捞不着,你傻瓜蛋一个,二百五啊。"秦瑾嘟囔道:"正好留下了250石。"蓝子天一摸脑袋,咋着舌:"这么巧了,二百五就二百五,反正比什么都没有强。我先不是叮嘱你了,一定得把清册给详细造上去,一粒粮食都不能少,这可是个原则问题。马虎不得的。"秦瑾调皮地说:"知道啦,你反正开口闭口就是原则,我看你干脆叫蓝原则算了。"旁边的喻大江、鲁双涛听了笑出声来,都说,这个名字好,就叫"蓝原则"了。

因为离年终关账还有最后的两天,税款的解缴还没结束,加上走水路船速慢,所以,蓝子天决定运送粮食的船先行一步,他把这想法和喻大江一说,他也觉得在理,并且自告奋勇去护送粮船。蓝子天想了想,说,那就要龙雪加派三个自卫队员吧,要熟悉水运的,这事可不是好玩的,出不得半点事。秦瑾不失时机地在旁边插上一句:"这也是原则问题哟。"逗得大家都笑了。

喻大江"哎"地应着,去作准备了。

3

船行到卧虎洲时,天已擦黑。大块大块的夜色在江面上飞快地铺开来,浸了墨汁一般。喻大江嘀咕了一句,这冬日的天就他娘的黑得早。

小柏子对喻大江说:"要不咱们今晚就在这里抛锚歇了吧?""老锅头"连忙摆手,他说:"不行,这里万万是停不得的。"喻大江不解地说:"怎么呢?还怕鬼子啊,这一带可都在咱们根据地的范围内。"

"老锅头"道:"不是鬼子的事,这卧虎洲可是'水鬼'出没无常的地方。这'水鬼'和日本鬼子一样的,见船就抢,心狠手毒。"

喻大江有些讶异了:"'水鬼'是什么鬼啊,世上还真有鬼吗?'老锅头'你可别装神弄鬼地吓唬人。"

"老锅头"急忙说:"喻副局长啊,俺还真不是什么装神弄鬼。这里的'水鬼'说的是青沙江上的土匪,水上的土匪,你听说过吧,俺们这一块都叫他们'水鬼'。"

喻大江说:"青沙江上有土匪这个倒是听说过,不过没撞上过,出来的时候,分局长还特意嘱咐过了的,说要当心。'老锅头',那你给说说这'水鬼'到底是咋回事吧。"

"老锅头"点燃了一锅水烟,吧嗒吧嗒地抽了两口,细细地给喻大江说开了:"说起来,青沙江上闹'水鬼'是早有历史的,你看看,这江阔水绕的,有沙洲,有孤岛,有湍急的地方,也有平缓的水面,岸边上还有不少芦苇荡,那种蚱蜢子一样的小舟往芦苇荡里一钻,鬼都寻不到,这样得天独厚的地势,让'水鬼'们如鱼得水,而且青沙江又是入长江的必经之道,大大小小的商船往来不绝,'水鬼'们只要劫下一船,就吃穿不愁,所以,青沙江上一直都有'水鬼'活动。"

喻大江望着眼前的江,说:"也是这么个事,'水鬼'们过的像是梁山泊的神仙日子了。"

"老锅头"又吧嗒吧嗒地抽了一口水烟,烟筒子里咕噜咕噜地水响,他重重地喷出一口烟来,接着说:"要说现在的'水鬼'也算是个人物了,大名叫作毕渭民,江湖上唤作'水上漂',他本是毕家庄的大少爷,因为毕老爷得罪了官家,又被仇敌陷害,结果一家大小十多口都被仇人灭口了,除了他在东瀛求学得以留下了一条性命。官府趁势将他家积攒下的财富一股脑儿给没收了。惨啊。这毕老爷连头颅都没找到,不知叫人丢到哪个旮旯去了,你说他拼死拼命的大半辈子,就这下场,连死都没讨个好死。真是不抵了。""老锅头"感叹着。

"等毕渭民学业结束回来,突遭这样的变故,他一个愣头青还能咋的,没了出路啊,一咬牙就跑到卧虎洲做了'水鬼',慢慢地得到了当家的雷大胡子的赏识,雷大胡子后来去劫一官船,没想到人家早有防备,这下好,他失手了,叫人乱枪打死了。后来又有人传言说,那是毕渭民从中做了手脚,他对雷大胡子早已不满了,和官府合伙,带了雷大胡子的笼子,给他下了个死套。雷大胡子一死,这毕渭民就名正言顺地上了位。嘿嘿,反正这里头,我也是听说的,说不清的。只是这毕渭民在青沙江上倒是练就了一身好水性,据说他一个猛子下去,能潜到江底下捉上鱼来,那好家伙啊,起码得有个二三十米深吧。是不是真的,我反正也没见过,听说的吧。

"还有一点,他疑心特别重,疑神疑鬼的,也难怪了,一大家子都叫人给害了,他没法相信人。所以,他通常是独来独往的,自己一个人摇着一条'蚱蜢子'小舟在江上面神出鬼没,这可能也是叫他'水上漂'的由来。这'水上漂'虽然也是心狠手辣,你想哪有心慈手软的土匪呢?但他有一点却是江湖上都很称道的,那就是专挑大户人家的和官家的商船下手,对那些靠打渔为生的渔民倒是不大去抢,这和雷大胡子不同,原来那雷大胡子是见船就抢,整个青沙江流域都不得安生。现在在青沙江上的渔家出来撒个网,捕个鱼的,也都不再躲避这个'水上漂'。而且他还自行定了个破规矩,就是每劫完一票,就得休息三天,还说什么这叫放水养鱼,呵呵,有些意思。"

小柏子听得神迷六道的,听"老锅头"一说,他冷不丁就是一句:"你怎么这么清楚呢,好像你也是'水鬼'一样。""老锅头"作势要拿水烟锅头去磕他,小柏子忙躲闪了一下。"老锅头"说:"我有一远房老表,早几年被逼得也当过一段'水鬼',后来他想退出来,这要是在雷大胡子手上,是不可能的事,但这'水上漂'却准了他,只是约法三章,让他远走高飞。我那老表出来后去了大埠桥做点小生意,没想到让小鬼子抓了去修碉堡,他逃跑中挨了枪子,回来没几天就死了,唉,他要是跟着那'水上漂'只怕还不至于这么快就丢了命。"

"老锅头"说完了,便望着喻大江,等他定夺到底停不停歇。

喻大江想了想说:"不能停了,免得出现意外,这船粮可是县政府于县长的命根子,我们不能有半点闪失。大家辛苦一下,加速通过卧虎洲。"

4

说话间,天已完全黑了。船上的马灯亮起来了,发黄的光晕在风雪中摇曳着,江上这时的风大了起来,刮得船帆呼呼作响,好在"老锅头"熟悉航道,粮船蜗牛般在黑沉沉的江上蠕动着。

小柏子想去生火将炉子烧起,好将带来的红薯及米饭团子热热,"老锅头"说:"干脆别生火了,光亮一起目标就明了,嚼两口冷的算了,等过了卧虎洲,我们再安安心心地做顿热饭热菜吃吃,俺还特地带了一壶谷酒,到时,你们都尝尝。"

粮船仿佛驶在无边无际的黑暗里。

眼看卧虎洲就要过去了,"老锅头"吁了一口气,对喻大江说:"总算可以松口气了。"站在船头的喻大江却冷冷地回答了一句:"哼,不见得了。""老锅头"吃了一惊,不知道喻大江这话里的意思,他抬头朝江面上望去,蓦然看到在自己的船周围不知道什么时候忽地亮起来了星星点点的火炬,不禁一激灵,大叫一声:"'水鬼','水鬼'。"喻大江早已拔枪在手,哗啦一声将子弹推上了膛,他命令着:"都给我打起精神来,今晚好好会会这个'水上漂'。'老锅头'你给我把好了舵,小柏子你去船尾守着,钟伢子你给我守住船舱,他娘的'水鬼'敢上来就开火,都给我撂下江去喂王八。"三个人立即行动起来。

那些在风雪中晃荡的火光,像鬼火一般诡谲,慢慢地朝商船荡过来了,竟然形成了一个包围之势,喻大江暗叫了一声,看来这帮"水鬼"们不好惹。他心里默数了一下,足足八条"蚱蜢子"小舟,每条小舟上隐约可见两条人影,一个举着火把、一个摇橹,看来"水鬼"是志在必得,硬拼显然会吃亏了,他忙吩咐着:"没我的命令不得开枪。"他躬下身子,紧盯着那条直奔船头而来的"蚱蜢子"。越发地近了,他清晰地看到这条"蚱蜢子"上只有一个人,火把却是插在船上的,来人左手摇桨,动作甚是娴熟,右手提着一支手枪,喻大江想,来的肯定就是那个"水上漂"了。

喻大江再次权衡了一下眼前的情势,动起手来的话,还真没把握获胜,那些"水鬼"个个都是"浪里白条",人数又近四倍于己,他只能静观形势,相机而动。

冲着船头而至的果然就是"水上漂"。喻大江隐忍着,既不开枪,也不开口。粮船犹在慢慢地前进着,只不过船速减下来了。

"水上漂"更近了,眨眼间就驾船来到了离喻大江不过丈二的距离了,他停止了划船,说来也是神了,那小船在他的单手操控下,温存得像听话的小绵羊,说停就停了,纹丝不动般泊在江面上。"水上漂"举枪就冲黑沉沉的夜空一枪,枪声在空旷的夜里特别尖厉,好像擦着耳郭而过,震得喻大江耳膜一麻。

"水上漂"喝道:"船上的听好了,赶紧停下来,否则休怪子弹不长眼。"他两个手指头旋进嘴里一声呼哨响起来,其他"蚱蜢子"上的"水鬼"们听到号令一般,刷刷地拉开了枪栓。喻大江扭过头来朝"老锅头"摆动了一下,示意他停下了船。见船停了,"水上漂"的"蚱蜢子"又近拢来些,这下,喻大江看得更清楚了,他索性站直了身子,冲着"水上漂"一拱手:"来的可是毕大当家的?"

"水上漂"冲天"哈哈"一笑:"算你招子(眼睛)明,正是。"

他用枪指了指船:"看来你算得个识相的,兄弟们,上船,回去啰。"话毕,他竟然就调转船头径直而去。那些"水鬼"们则蜂拥而上,直扑船上的人,不由分说,就将船上的四人捆了个结实,还顺带着蒙上眼睛。动作之快之利落,还真是让喻大江有些瞠目结舌了。他挣扎着叫嚷:"毕大当家的,我有话说。"

可那"水上漂"早已没入了重重黑夜里,耳边只有江水哗哗地响。

没想到今晚在阴沟里翻了船,喻大江觉得真是窝囊透顶了,在游击大队时和鬼子干过那么多仗,都从没像这样连神都没缓过来就叫人家捆扎成了一团粽子。这他娘的"水上漂"真是不讲套路了。

小柏子更是觉得做梦一般,连枪都没响一下,就缴械了,他有些埋怨喻大江,怪他怎么不让他们开火呢,再不济也得放倒几个"水鬼"吧,这下子好了,自己十有八九真要变成"水底之鬼"了。

"水鬼"们押运着船,浩浩荡荡地打道回府。

江上飘过来又尖又细的嗓音,唱的是一首歌谣:

妹子生在青沙江上哎,
水当镜子好梳妆,
爹去打渔娘煮茶,
哥在江上跳大神,
姐挑水来弟摸虾,
妹子我到江里洗衣裳,
……

"水鬼"们乱嚷嚷地起哄:"好,好!""痛快!""当家的再来一段。"喻大江心里疑惑了,这唱花腔调的竟是"水上漂"?

5

当有人解开喻大江头上的黑布后,他睁开眼睛,看到自己眼前的那一个陌生之地。

这是一个纯木材搭建的厅堂,火把把里面照得如同白昼,甫一睁眼,还真是觉得刺眼。"水上漂"威严地端坐在上首的一把以古船木打制的大靠背椅上,那椅子看上去宽大、粗拙而笨重。"老锅头"、小柏子、钟伢子,现在也一个不落地和喻大江一起被丢在冰冷的地上,蒙上的眼睛都解开了,但手脚依然捆着。

"水上漂"看上去并不像那种凶神恶煞之徒,他四十开外的年纪,显得有些单薄的身材,脸上也不像那些成天在水上出没的人那般黑糙,在火光的摇晃下,反倒现出来有些苍白。

喻大江只是紧盯了他一眼,就别过脸去了,显出不屑的神情。

"水上漂"说话了,声音温和,这让喻大江想起那个唱花腔的看来还真是他了。

"你们谁是为头的?"他朝喻大江倾了倾身子,"不用说,应该就是你吧。"

喻大江脖子一梗,算是回答。

"报上你的尊姓大名来吧。""水上漂"往椅背上一靠,懒洋洋地说。

喻大江挣扎了一下,试图站起来,但显然是徒劳。他便直视着"水上漂"道:"难道大当家就是这样对待客人?"旁边有人说:"客人?他把自己当客人了,以为真是当座上客的。"还有人说:"你还想不想坐个上席啊?"立刻轻轻响起一阵哂笑声。

"水上漂"不急不忙地对侍立一旁的"水鬼"猴头说:"告诉他规矩。"

猴头立即凑近喻大江,嬉皮笑脸地说:"这是俺大当家立的规矩。待会要是把你关起来做赎票呢,就会松了你的绑,要是把你丢进江里去,就免得再松了。我说你就忍着点噻,反正不要挨好久了。"

喻大江大声说:"我是新四军潇浦县税务稽征分局副分局长喻大江,我劝你赶快把我们放了,可保你性命无忧。"

一听他说是新四军的人,厅堂内的"水鬼"们交头接耳地议论开了,嗡嗡声一片。

"水上漂"坐直了身子,盯着喻大江问道:"你们真是'四爷'?"

喻大江鼻子里重重地"哼"了声,"老锅头"忙说:"真是的,真是的,不敢瞒大当家的。"

"水上漂"沉吟了一会儿,朝着底下喝了一声:"吵什么吵。"霎时便鸦雀无声了。

他说:"既然是'四爷'来了,那我们理当以礼相待,'四爷'敢打小鬼子,不怕场火,毕某人素来敬佩。松绑。"猴头马上跑过来给喻大江松绑,一边还招呼着:"你们死人啊?快给那几个也解了。"

喻大江站起来揉搓着被绑得发麻的双手,又踢了踢脚,舒展一下筋骨关节。而后朝"水上漂"一拱手,说:"谢了,请大当家的把物资还给我们,这是抗日的专用物资,动不得的。"

"水上漂"道:"按理你们抗日的物资我不会动,但今天得对不起'四爷'了。就是因为你们成立什么税务稽征分局,还有那什么青沙江水上稽查队,结果人家都不敢往江上走货了,都改陆路走了,让我的这一大帮弟兄喝西北风去啊,这马上过大年了,咱也得备点年货了。"他不容喻大江再开口,马上就给猴头下了命令,"吩咐弟兄们,将货全部扣了,人和船打发走了。"一说完,他人影一闪,喻大江竟然就没看清楚他是从哪里就消失掉了。

这下气得喻大江不顾一切地大骂起来:"日你祖宗的'水上漂'啊,你敢抢抗日粮,你不就是一汉奸吗?"

猴头还是一副嬉皮笑脸的样子,他对喻大江说:"'四爷'哎,俺说你就省着点力气吧,骂得再起劲也没得卵用,人家早就走得影都没了,你骂给俺猴子听啊。再说了,大当家的今晚可是给足了你'四爷'面子,换了别人啊,你还想轻松地走人,做梦梦醒哩,不再捞一把,就得给丢江里喂大王八了。快走,快走。别赖在这里耽搁弟兄们睡觉了。"

第九章

1

考虑到分局迁出潇浦县城到了龙口,如果要集中来分局办决算,势必会造成其他几个税卡子报解上的不方便,毕竟龙口位置偏东了些,和另外的税卡相隔路程就自然地远了,因为县城相对而言处于居中的位置,为避免给各税卡带来不必要的麻烦,蓝子天早就和于振兴县长商定了,年终决算还是在县政府所在地进行,所以,他也向各税卡子发出了通知,年终决算将在新年的第一天开始,地点就定在县政府的财政科,也是原来分局在县城办公的地点。于振兴同意了他的这个方案,他说,来年县里正准备要成立县经济委员会,来替代原来财政科的职能,机构有调整,难免会涉及人员调整,他原本就打算要求税务稽征分局的主要负责同志都要参与筹划县经济委员会的组建工作。将年终决算集中到县里来搞,倒是一事两就了,免除了几头跑的重复。蓝子天为此提前十天就通知了月林、古窑、横铺子、胜岩砥这四个税卡子的卡长,要求他们务必在新年元旦前赶到县城参加分局的年终决算。县城片的好说,上次横铺子卡子遭遇袭击后,他已经将原来的卡长周福光调到了县城里,在分局整体东迁龙口之后,就指定周福光临时负责这一片的征收工作。据于振兴县长评价,周福光作为一个老同志,还是能胜任新的岗位的。而横铺子卡上则另指派了安理福去担负了那一摊子。

龙口卡子及青沙江税收稽查分队的税款结算交给了秦瑾负责,从12月29日晚上开始。蓝子天还特别叮嘱她,整个分局的年终决算到时候也要交给她，现在这一小块就当是让她先试一试，适应一下。接受这个任务，秦瑾既兴奋又不安，她还从来没这么搞过，以往在家里，她也见过一年结束时，爹爹也要召集管家和替她家里打理各式生意的小掌柜们开会，布置办年终决算。爹一般都是交代管家去牵头，记得有一次，她问王管家办决算是怎么回事呢，王管家告诉她，简单地说，是算一次总账，看一年下来到底赚了多少，或者是亏空多少，并要找找原因，赚在哪里，亏在哪里，都要搞得清清楚楚，不能老是一本糊涂账。年终决算出来后，老爷也好分析分析，以便好定夺出明年生意上的大盘子。当时她听得云山雾罩的，就朝王管家吐了吐舌子，丢下一句："你还说简单呢，讲起来都是一大通的，我懒得听了。"

现在蓝子天把征收分局年终决算的事交给她，她说，那我不也就成了管家了，像王管家那样的。蓝子天笑着说，你比你家里的管家还要大得多了，你管的可是整个潇浦县的税收，王管家只管你秦家一个的。鲁双涛在一旁打趣地说："你从此后就是管家婆了。"

秦瑾羞红了脸，朝他说"去，去"。

"可是我从没办过啊，这能行吗？"

"你肯定能行的，现在你看看我们这里边的人，还真只有你合适，至少你就会算账，那算盘打得一脉顺溜了，让我们眼睛都看直了。"

"原来都只怪我这个算盘了，都是它给惹的。"听到蓝子天亲口夸奖她，秦瑾脸上缀上了一抹浅浅的红晕。

蓝子天说："这还真是个问题，我们现在还确实缺乏有文化，能识字，会算账的人。都是些说打喊杀的大老爷们，不行，得多多培养出几个你这样的秀才来，就从这次决算开始，我们都跟你来学吧，学打算盘，学算账，学记账。行不行吧？"

秦瑾忙摇动着脑袋瓜子，连连说："那不行，我会什么啊，怎么能跟我学呢?"

鲁双涛又凑热闹了:"你不答应,我今后就喊你管家婆,你要答应了,我就叫你先生。先生,好像不妥吧,你又是一娘们。"蓝子天笑着斥他一声:"怎么说话的啊?女的不也可以叫先生吗?"鲁双涛自知失言,赶紧嚷嚷着跑开了:"对,对,叫先生,秦先生。"

2

晚上,秦瑾将尚山虎报来的龙口的税收账目和苗风涛报来的青沙江稽查分队的账目进行分别整理,她大致翻了翻,对蓝子天说,还是苗队长那边的账目做得好些,看起来规范多了,尚卡长报来的,可是一本稀乱的账目,没有头绪,还得给他去厘清才行。蓝子天说,苗风涛到底是从事过税征的,这尚山虎啊,我还不知道他的底细吗?马大哈一个,叫他去冲锋陷阵还差不多,嗯,也是有些难为他了。所以嘛,我不是说过,要多学学才行。这样吧,你告诉我怎么个理账法,我先来试试,下次也好要求他们。

这时,喻大江突然闯进门来,蓝子天一见,诧异了:"你不可能就从潇浦县城回来了吧?来回四天的路程,你长了翅膀啊?"

喻大江沮丧地说:"粮食让'水上漂'给抢了。"

蓝子天惊得半晌没有出声。

喻大江把粮船被劫的过程详细讲了一遍,铁青着脸,跌坐在凳子上。

蓝子天一把抓起桌子上的枪,就往门外冲,秦瑾忙追了上去:"这黑天黑地的,去哪里找啊?"

蓝子天头也不回地冲进了黑夜里……

却说"水上漂"自劫得了新四军的那满满一船粮食和物资,心里头其实怎么也高兴不起来,猴头和一班兄弟看不懂了,都说,这是咋回事呢?有吃有喝的了,过年也不愁了,大当家的怎么还吊着个脸,心事重重闷闷不乐的呢?"水上漂"骂道,你们懂个屁,那"四爷"丢了粮,能放过咱们?你做梦啊。猴头满不在乎地说,那怕啥呦,在这青沙江上,他"四爷"还不得管大当家的叫爷啊。众人都附和着,是啊,是啊,来就来呗,到了这水上,谁怕谁。"水上漂"转念一想,也是,既已做下了,愁也不是个办法。"四爷"再怎么厉害,总比不得我"水上漂"在青沙江上来去自如的。

正闲聊着,有人来报,问:"又发现了一只船,搞不搞?"

"水上漂"挥挥手:老规矩不能破,弟兄们得休整三天再说。放过去算了,反正这活也是搞不尽的,再说大爷我今晚没兴致了,弟兄们也早些安歇吧。

来人又说:"可是这是条日本船。"

"水上漂"腾地从椅子跳起来:"真的?你怎么知道?"

"那上面明明白白挂了日本人的膏药旗啊。"

"水上漂"抓过衣服就跑,叫道:"那还等什么啊,弟兄们,走,小日本的不抢不行,天与弗取,反受其咎。"

猴头他们哪里听得懂他最后一句说什么,又不敢问,"噢呵"一声,一窝蜂地跟了上去。

这回他们劫下的船却的的确确不是日本人的船,正是蓝子天。

"水上漂"大为震怒,被人明摆着给戏弄了一遭,不仅那船不是日本人的,尤为让他恼火的是那还是一只空船,空空如也,只有三个大男人,一个小娘们而已。

那三个男人,他只认得其中一个,蔫不吧唧的"老锅头",另外两个就是蓝子天和苗风涛,以及秦瑾。"水上漂"自然不认识。

"水上漂"朝蓝子天简直是嚎叫了:"他妈的,胆大包天啊,还挂上膏药旗,敢戏耍老子。拉虎皮当大旗啊。"

蓝子天冷笑着说:"不这样子,黑灯瞎火的,我哪里摸得清你这尊大神落在哪座大庙呢?"

"水上漂"转而笑了:"哈哈,你这也是大实话了,小子哎,机灵着啊。"

他往椅子上一靠,说:"讲吧,干什么来了?"

蓝子天说:"还能干吗,来取回粮啊。"

"噢呵,说得蹊跷了,取什么粮啊,我欠你的?喂,你们听到过叫花子要饭时,会讲是来取米的吗?哈哈。""水上漂"的手下发出一阵哄笑,齐声说:"没听到过。"

蓝子天平静地说:"我不是叫花子,我是来取回被你抢的粮食。"

"水上漂"揣着明白装糊涂:"如此看来,你是'四爷'的人了。"

"老锅头"在一旁忙道:"正是,正是,这位是新四军税务稽征分局的蓝局长,蓝子天,那位是青沙江水上税收稽查分队的苗队长,苗风涛。"他脸上堆着讨好似的笑容。

"水上漂""哦"了一声,冷笑着道:"蓝子天,蓝子天,那你今天想要粮可是难于上天了。进了虎口的粮,你想还可能要得回吗?"

蓝子天胸有成竹地说:"到了别人那里,我还真没把握要得回,但到了你'水上漂'这里,我一定要得回的。"

"水上漂"又奇怪地"噫"了一声:"哦?有这等事,你的把握在哪里,我倒是愿意听听其中的道道。"

蓝子天不慌不忙地说:"没多大的道道。其实就只一条,这粮食是我们用来打鬼子的,大当家绝不是不识大体,不顾大义之辈,凭这一条就足够了吧。"

"水上漂"沉默了片刻,说:"'四爷'你就别给我戴高帽子了,我本一介流落江湖的草民,和我谈,没啥子大体大义可讲的。"

蓝子天注意到他用的是"草民"一词而不是"草寇",他揣测着,大凡草莽凶徒,其实是不太忌讳说自己是匪寇的,甚至于有的还将"匪寇"这个标签贴在脸上而津津乐道。"水上漂"现在并不触及自己的江湖身份,就让蓝子天更增添了三分一定要说服他的信心。

他沉着地反驳道:"大当家此言差矣。长江边上有座著名的岳阳楼,不知你是否去游览过?只是当今乱世之秋,不知在炮火中是不是能幸免于难,但那篇名动天下的《岳阳楼记》,想来大当家的一定熟读过的,范仲淹说:'居庙堂之高则忧其民,处江湖之远则忧其君。'这话你也一定记得吧,不管是江湖草民也好,达官贵人也罢,心忧天下,心怀家国,这可是做人最起码的准则。如果说在国难当头眼中还只有自己,只有享乐,只有私利,那这个人活得麻木不仁,活得窝囊废一个,岂是有志男儿大丈夫所为,真的就只能算是苟且偷生之辈。"

见"水上漂"在不言不语地听他说,蓝子天话锋一转:"再让我斗胆来猜测一下吧,大当家的曾留学东瀛,对那弹丸之地肯定比我们更了解,我没去过那里,只听说那不过是个屁眼大的地方而已,可我现在真是弄不明白了,那区区不过七千万人口的小日本,竟然就敢侵犯我泱泱大中华,置我四万万同胞于何种境地呢?大当家的能不能告诉我这到底是因为什么呢?"

他望着"水上漂",等待着他的反应。

"水上漂"却依然沉默不语。

蓝子天便接着说:"我想我们先不忙着去追查别人的原因,还是得从自己身上找找答案才行。落后就挨揍,这是最根本的一条吧。没有血性,不顾民族大义,应当说也算是一点了吧。虽然有那么些民族的败类和跳梁小丑,其实我们还真是不缺少敢于为国流血牺牲的英雄好汉,我不敢说是自吹自擂吧,共产党领导下的八路军、新四军和小鬼子打了多少恶战,你应该也听说过吧。如果说全中国的人民都能挺身而出,四万万人哪,每人一口唾沫都足足可以把他小日本的那小岛给淹没了吧?你说呢,大当家的。"

"水上漂"猛然一声断喝:"你就少在我面前卖弄嘴皮子了,想要粮食,不能光凭一张嘴,嘴巴皮上下一动就想得到粮食,你想得也太简单了吧。"

蓝子天一拱手道:"那依大当家的,该怎么样才还给我们粮食呢？全凭你一句话的事。"

"水上漂"冷笑着："那总得亮亮你们的招数吧。这样吧，我们来比比拳脚，比比枪法。只要赢下来这两场，你们就拉粮走人；如果输了一场，就快快甩手开路，免得你这嘴皮子在我耳边聒噪，乌鸦一样，弄得我心烦。"

蓝子天说："一言为定。你看怎么个比法。"

3

秦瑾却偏偏在这个时候叫喊起来："你这明显就不公平。"

"水上漂"盯着她道："小娘们年纪不大，胆子蛮大啊，你说说，怎么就不公平了？"

秦瑾头一昂说："凭什么我们得赢下两场啊？你不是仗势欺人吗？"

猴头在一边骂骂咧咧地叫嚣着："臭娘们，别不识好歹了，大当家这就算是已经开恩了，还不公平，就不公平咋的啊？还仗势欺人，就欺你了又怎么样？"

气得秦瑾粉脸涨得通红，鼻孔里直出粗气。

蓝子天将她拉了一把，说："比就比，你让开些。"

"水上漂"屁股离了椅子，走到蓝子天跟前，说："你算个痛快人，那就先比拳脚吧。猴头，你上，给我把他打趴了，老子重重有赏。"

这边苗风涛马上站了出来："那就让我来会会这位猴子兄弟。"

猴头骂着："你他娘的，谁是猴子啊，看老子三拳两脚把你收拾成猴子。"嘴巴上骂着，心里却在想：这苦差事怎么会轮到我呢？怎么不要那牛高马大的秋大个子上啊，我这"三脚猫"的功夫大当家的又不是不晓得。但当他一看到身材矮小的苗风涛时，顿时又信心满满的了。

他猴急猴急地不待苗风涛拉开架势，一个"饿虎扑食"就抢了过来,苗风涛两膝微屈,重心后移,消腰隐脚,护档猴胸,灵活地躲开了那一击,旋即便不避反进,气沉丹田,一招势雄力沉的封面掌子,劈向猴头面门,猴头仗着自己身形灵巧,一闪一挪,躲过了苗风涛迎面的攻击。两人你来我往地三五回合后,苗风涛便探知了猴头的底细,他一边接拆着猴头的招式,一边小心寻找着他的破绽,当猴头一个铲腿起时,苗风涛瞧准时机就在他伸出的小腿肚子上不轻不重地踹了一脚,趁猴头收身不稳,下盘空虚,他顺势一招"转门角肘",猴头"扑通"一声滚一边去了,嘴里"哇哇"叫起来。这一下,他跌得也不轻松了。

眼看猴头显见不是对手,一直抱着双臂观战的秋大个子将指头捏得咯咯响,他摇晃着庞大的身躯走向了苗风涛,口里说着:"让俺也来领教领教你的巫家拳吧。"苗风涛心知,碰上个识货的练家子了。

旁边秦瑾登即嚷嚷起来:"不是说好了的吗?怎么,显得你们人多啊?"

"水上漂"便皱起眉头朝秋大个子摆摆手:"去,去,去,凑热闹啊?输了就输了。"秋大个子不敢造次,猴头灰溜溜地缩到一旁去了。

"水上漂"朝蓝子天道:"蓝'四爷',下面该我们俩上了,比试一下枪法吧,如何?"

蓝子天不动声色地应承着:"说吧。"

"水上漂"环顾一下四周,说:"干脆这样吧,我们俩一个举着一支香,高过头顶,让另一个人来打,怎么样?一枪定胜负,香火灭者为胜。"

蓝子天朗声道:"好,就按大当家说的。"

"水上漂"狡黠地一笑:"那谁先来呢?"

蓝子天毫不迟疑地说:"就让大当家的先来吧。"说完,他径直就往十米开外之处走过去了,站定,大声说:"这样远够了吗?"

早有人将一炷燃着的香递到了他手中,他右手擎起香来,刚刚高过额头。

这简直是搏命了啊,让苗风涛、"老锅头"暗暗着急,秦瑾更是惊得脸容失色,她尖叫道:"不要打,不要打,千万别打了啊。"

说时迟那时快,"水上漂"一个旋风般转身早已从腰间拔枪在手,只听到"砰"地一声锐响,秦瑾吓得人都要瘫下去了,幸亏旁边的苗风涛手快,一把托住了她。待她挣扎着朝蓝子天看过去时,她惊奇地看到蓝子天兀自巍然屹立,神定气闲,脸带微笑,她再一端详,他那擎举的香已被枪击灭。

蓝子天朗朗地笑着说:"大当家的好枪法,在下佩服了。"

"水上漂"却语气颓丧地说:"你赢了,不用比了。"他转脸对猴头说:"把粮食还给人家吧,送客,我累了。"又是那般自顾自地转身就去了,他的脚步轻得像一只猫在地上行走。

蓝子天冲着"水上漂"的背影大声道:"多谢大当家,后会有期!"

"后会有期!""水上漂"的人影虽已不见,但他那略带尖细的声音还是幽幽飘了过来。那声音里却是藏着了疲惫。

厅堂里的人都傻眼了,猴头抓耳挠腮地对秋大个子说:"这,这是怎么了呢?不是还没打完吗?"秋大个子更是一头雾水了,他气呼呼地吼道:"你问我,我问谁去啊?"转背就走,临了还丢下一句:"都怪你这没用的猴子。"

秦瑾兴奋地朝蓝子天跑过去。她现在最关心的是蓝子天的安危,她围着他连转了两圈,左看看、右瞧瞧,口里忙不迭地问着:"没事吧?没伤着哪吧?让我再看看,再看看。"弄得蓝子天在苗风涛和"老锅头"面前都有点不好意思了,他扯了扯衣袖,笑着说:"没事,真没事,毫毛都没掉一根。"

4

转眼就到了元旦。离除夕和春节的到来还有两个半月之久,而按当地人的习俗,老百姓更重视春节。对于元旦的到来,往往是大清早地就起来准备好一桌丰盛的饭菜,全家人围坐在一块吃着,就算是迎接又一个年头的到来。而这个元旦日里,潇浦县城街头上还是出现了难得的欢乐气氛,县政府机关的大门口两边贴上了大红的对联,写的内容是:"云烂日华庆此新年气象,同仇敌忾复我大地山河。"抗日民主政府在潇浦成立后的这短暂的一年多的时间里,老百姓的日子过得还算安定,他们因此而舒展开了曾经紧锁的愁眉苦脸。县政府组织了流动宣传队上街表演打快板、唱花鼓之类的小节目,惹得一帮子人围着看热闹,那些细伢子细妹子更是疯滋滋地跟着跑。

秦瑾本来答应哥哥要回家吃那一餐迎新饭的,但她实在脱不开身。蓝子天把办税收年终决算的任务交给了她,各个卡子上的账本一股脑儿全集中到了她的桌子上,她一看到脑袋都大了。但还得硬着头皮上,当然,第一次担如此重要的工作任务,她心里面还是有些小小的自豪感。蓝子天还特地给她派了两个帮手——鲁双涛和石头,这两个都和税打过交道,办起事来还是有些经验的。而蓝子天自己亦是候在一边甘愿打个下手,这又让秦瑾心里面感觉到了说不出来的喜悦。因此,她埋头于那些账册和数字里,忙得不亦乐乎。

因为县长于振兴捎口信说要来看望大家,所以,蓝子天就让那些卡长们都等着。几个卡长都说,把账目交了就没事了吧,急着赶回卡子去,但蓝子天说,县长一片好心要来慰问大家,就不妨再等等吧,结果一直等到晚上九点了,于振兴才姗姗来迟,而且还没吃晚饭,一进门就朝蓝子天嚷道:"有啥吃的没?"蓝子天苦着一张脸说:"本来还盼着县长大人来慰劳慰劳,结果还要倒贴,真是不划算。"赶紧吩咐石头去给于振兴弄吃的。于振兴笑道:"你这税收分局长越当越精明了,还搞起了成本核算啊。"而后,他又板起了脸孔说:"子天同志,你还犯了一个大大的错误。"见他一本正经的样子,蓝子天反倒有些蒙了,不明就里。于振兴说:"你擅自截留了物资,这是怎么回事?"蓝子天明白了,便嬉笑着说:"青天老爷啊,您这是冤枉哉也,我那数目都是清清楚楚的,哪错了呢?"于振兴不依不饶地追问:"数目清楚,那东西呢,那白花花的大米呢,哪去了?"蓝子天一脸无辜地道:"我都给你圆满完成任务了,不,是超额完成了,你怎么那么抠门呢?也得留下点让我们塞塞牙缝吧。我们税收分局现在人员也在不断增加,而你倒好,不仅没有给一分钱一粒米,还尽给我们压担子,加任务。"两人这么磨了会嘴巴皮子,于振兴抑制不住内心的高兴,道:"说归说,笑归笑,不过,子天啊,你们这一次还真是解了我们县政府的一个大难题。同志们都辛苦了。我要代表县政府重重地感谢你们,要给你们集体记功。"蓝子天便马上带头鼓起掌来。

　　尚山虎叫道:"还要请我们喝一杯吧。"大家都笑起来。于振兴也笑了,说:"喝一杯不够,要喝一壶。不过嘛……"尚山虎抢着说:"不过要先欠着。"又引起一阵哄笑。于振兴便作势到桌子上寻找什么,秦瑾好奇地问:"县长您找啥啊?"于振兴严肃地说:"我找纸和笔,我要给尚山虎同志打一张欠条,欠酒一壶。"蓝子天笑道:"你就别找事了,你欠的账太多了,还不清了。"屋子里洋溢着一片欢声笑语。秦瑾情不自禁地被这种欢乐气氛深深地感染着,作为一个加入到这支队伍还不到半年时光的新兵,她觉得自己越来越喜欢上了身边的这群人,他们是那样乐观,又是那样坚毅,从不在困难面前叫苦,也从不在危险面前畏惧,此时此刻,她的眼前不由得浮现出了已经牺牲的林少伟那微笑的面容,她想,如果他没死,现在不也就坐在大家中间,一起说说笑笑着吗?她心里充满了伤感。

　　受到感染的不止秦瑾,还有鲁双涛,他回想起以往在日伪那边的日子,哪里有眼前这样的融洽快活呢?他心里感叹着,这回自己的选择真是对路了,转了那么大的弯路,他总算回到自己的正轨上了。

说笑了一阵,老黄给县长端上来一碗热腾腾的粉条,上面撒了红红的辣椒粉,蓝子天忙说:"别光顾着说了,赶紧趁热吃。"于振兴也不客气,往嘴里扒拉了一口,边吃边说:"真香,好吃,好吃。"一个不小心,却被辣子呛着了,他夸张滑稽的样子又引起了大家的哄堂大笑。

5

"现在言归正传。"于振兴将手中的筷子一放,抹了一把嘴巴,"接下来的艰难将更加巨大,我前几天刚从江峡边区开会回来,首长给我们分析了当前严峻的形势。世界上发生了一个大事啊,他娘的小鬼子偷袭了珍珠港。珍珠港在哪?我晓得个屁,我又没去过,反正你走上一年半载也走不到的一个地吧,一句话,很远。应该就是过去一晌的一个清晨,日本鬼子海军的飞机和潜艇突然袭击了美国海军基地在夏威夷基地珍珠港的飞机场。那么远,飞机和潜艇怎么去的?这我也搞不清了。反正不是人背过去的,也不可能是牛车拉过去的吧,漂洋过海的,开玩笑啊。怎么过去的不打紧,反正首长告诉我们,太平洋战争从此爆发了。这次袭击是鬼子要打通'南下通道'而采取的偷袭,现在外面都乱成一锅粥了,好多国家都加入到了世界大战之中。鬼子发动了太平洋战争,同时开始进攻香港,中国的抗日战争形势逼人啊,我们这边的情况更是不用讲了的,除了有来自鬼子的威胁,还有来自国民党顽固派的,他们发动第二次反共高潮之后,地方上的顽军勾结日、伪军大规模地向我解放区猖狂进犯,日、伪军也频频配合向我夹击,妄图一举消灭我军啊。可以说,我解放区军民处境将是十分困难的。我们每个人都必须要有充分的思想准备,做好打硬仗、流血牺牲的准备。

"早在1939年1月初,在延安,毛主席就代表中共中央在陕甘宁边区第一届参议会上讲话时,提出了'发展生产,自力更生'的口号,现在延安的大生产那真个就叫作什么,对,如火如荼。这一切是为的啥,不说你们也知道,形势逼人,逼得我们闯出一条自己的路来。没有经济作保障,我们拿什么去打鬼子,去把鬼子撵出去呢?我们组建税务稽征分局,打的就是经济的仗,经济仗打赢了,那军事的仗指定就输不了,反过来,经济仗打不赢,那我们要粮没粮吃,要衣没衣穿,要被没被盖,要枪没枪,要子弹没子弹的,拿什么去跟鬼子打,烧火棍子吗?竹扫把吗?手里没有硬家伙,你就是拼命也是白搭,倒把自己的命给赔上了。不值!

"你们分局成立还只有那么久,四个来月的时间吧,可是起了大作用呢,别的不说,光是你们这一回给我弄来的那一船粮食和物资,就帮我们渡过了一大难关。而且你们这几个月征收的税款也不少,决算还没出来吧,子天同志,(蓝子天插话说:就这两天出来了。)我们现在基本上没啥子经费来源啊,再也别指望他国民政府,他不来捣蛋就烧高香了。我这次去,将税收分局的工作情况向江峡边区首长和财经委员会专门汇报了,他们高兴啊,要求我们下一阶段还要不断总结,加强征收,这是我们新四军抗日救国的一条有力的措施。这个嘛,我们就是在落实毛主席的'自力更生'的指示精神。

"首长还指示我们,根据形势发展和变化的现状,要求我们潇浦县民主政府在根据地的财经建设上摸索出经验来,条件成熟了,他们还将在整个边区政府推广哩,这当然是个好事,但也是个艰巨的事。我想,税收分局下一步还得多想办法,子天同志,你召集大家开诸葛亮会嘛,三个臭皮匠,不就顶个诸葛亮吗?你们分局现在十多号人不就有好几个诸葛亮了吗?(蓝子天插话说:现在发展到了二十五号人了。)什么,你们有这么多人了?你这小子不声不响发了财嘛,好事好事,还要壮大。想什么办法,怎么开辟新的渠道，想多征税的办法，思路要打开，再打开些，前头不是他娘的小鬼子和伪军来我们的税卡子上捣乱吗？我们可不可以也去他敌占区搞一家伙，当然我们不是去和他们面对面打，我们去那弄税回来行吗？还有，这来来往往的生意人，我们怎么把他们的税给征过来，也可以试试吧，我是外行，我不懂你们那一套专业的搞法，供你们参考参考。一句话就是说要敢于闯出新的路子来，敢闯，不也是我们共产党人的本事吗？我们就是一路硬闯出来的。哦，差点还忘了一件事，子天，边区财经委的董准委员会来亲自指导我们成立县经济委员会，他应该明天就会到了，他特别叮嘱我，这次他来一定要见见你，想听听你们分局工作开展的详细情况。你好好准备准备，董委员可是财经专家，而且他还在小日本家里面留过学，念过洋文的，你去和他讲讲，正好可以向他请教请教，好机会，好机会。"

于振兴一口气说了那么些话，大家专注地听着，蓝子天边听边琢磨开了，于县长说的还着实让他有些启发，他的思绪竟然就随着于振兴的话题驰骋起来。当于振兴停止了讲话，蓝子天还没回过神来。

秦瑾见他那神思恍惚的样子，便捅了捅他，他才反应过来，于振兴又开起玩笑："怎么啦，我说了这么多话，还抵不上你的那一碗粉条吗？还嫌我讲少了？"

蓝子天不好意思地挠了挠头皮。

6

这是蓝子天第二次和董准见面，第一次就是在分局成立后组织的税务人员培训班上，那时候，他对于税收完全是一个陌生的领域，听董准讲课，简直如听天书一般，那些概念化的名词和专业性的术语，不仅枯燥乏味，而且是懵懵懂懂的。四个多月的实践下来,蓝子天觉得自己对税这个字眼有了些感性的认知。当他第二次和董准坐下来细细交谈的时候,他的内心里其实是怀着一份渴望的,他希望能从董准那里听到更多更全面的甚至于是更深的税收知识。蓝子天是个执着的人,他想着既已注定了要和税收结下"梁子",他就不能畏火了,咬咬牙也得把那个生疏的"税"给掐熟了、给解透了。

董准仔细地询问了分局征收情况,特别是问到了机构组建以来征税的数量。蓝子天向他汇报说,这两天刚好把决算给办下了,四个来月里,他们共征收了税金95813元,其中包括了如粮食之类实物折算后的税。董准听了,没有说话,蓝子天便有些不好意思地说:"数目确实不多。还主要是龙口一带的税收占了很大份额。龙口一个月现在可以收到将近2万,而那些偏僻一点的有的一个月还收不到1000元。"董准却对他说:"不,已经很不错了。作为一个从零开始,从无到有的税务分局,你们已经做得很好了。"蓝子天这才略略放下了心,道:"和上级的要求还有很大的差距呢。还得请董委员多给予指导,我们这都是大姑娘坐花轿——头一回。"

董准说:"听了你们工作开展的情况,我觉得你们在贯彻落实县政府的税收政策上已走出了扎实的一步,这个要继续坚持,不折不扣地执行政策,这可是税收工作的一条生命线。至于你们在具体的工作开展中,当然还得完善好各项管理制度,如已经发生过卡子遭遇袭击的事情,那你们在税款的安全上就要当心了;如发生过抗税的事件,那你们在宣传工作上要加强,同时打击奸商和偷逃税的行为也不容忽视。这是一个特殊的战场,同样地要讲究策略,要讲究方法,特别是要体现税收的原则性。"

蓝子天特地带了笔记本,一面尖起耳朵听着,一面沙沙地在本上记录。

他对董准说:"董委员,我说一句大实话,你,还有于县长都在讲征税如何如何重要,讲这是个看不见硝烟的战场,我相信也是这样,可是我内心里还真是宁愿到战场上去,和鬼子真刀真枪地拼得痛快,那样抗日不更直接些啊,我们每个人都多杀一个鬼子就不信杀不尽那些狗日的。"

董准笑了,他说:"这恐怕不只是你一个人的想法吧。"

蓝子天老老实实地点点头,算是认可了,但他马上又说:"我可从来不敢和于大麻子说这话,(他一不注意说漏嘴了,赶紧说明,我们背地里笑称县长是于大麻子。董准笑了笑)再说心里面有想法是一回事,我们执行起来可没含糊过的,这也是原则问题嘛。"

董准颔首道:"好一个原则问题,你们的工作成绩,足以说明了你们没有含糊过。可是道理上可没有你想的这样简单了。说起这个税收来,问题还有些复杂,一时半会还真是难和你讲清楚,既然你提起了这个话题,那我简单地和你聊聊吧。"

蓝子天连连说"好啊,好啊",他不由得将身子往前倾。

"我们先来看看日本为什么要发动侵略战争吧。"董准说,"完全可以讲,战争的目的是为了经济,这也是日军侵华的一个重要原因。我曾经留学日本岛国,对日本的崛起略有了解,日本在经过明治维新后,国力渐强,但因为他是在海洋包围着的岛屿上面,国内资源匮乏,因而需要大量的原料地,同时他的工厂生产出来的大量的产品,往哪里去呢?就需要有倾销的地方。可他本来地方就小,弹丸之地嘛,于是开始了对外侵略扩张。再来看看中国吧,与日本相比,我们虽然自然资源丰富,可是经济发展落后,而清朝的洋务运动失败后,清政府被迫与日本签订《马关条约》,付出巨额赔款,日本经济再次得到滋长,两国之间的经济差距就此拉开。经过半个世纪,日本逐渐成为一个'经济的巨人'了。在1937年战争全面爆发时,日本每年的飞机能生产出来一千多架,而我们呢,一架都生产不出来。你看看这天上飞机对着我们横飞乱炸的,有啥办法啊,所以讲,经济是战争的基础,一点也不假了。这意味着这场战争注定是一场实力悬殊的对抗。

"日本鬼子信奉一句话:'大炮一响,黄金万两。'开战以来,他们从我们的国土上掠夺了多少财富,只能说是不计其数了。战争的一个重要特点,就是以战争作为扩充自己、掠夺对方税收资源的手段。

"再和你说说我们党的税收吧。随着第五次反围剿失利,工农红军第一、第二、第四方面军被迫先后撤离瑞金根据地、湘鄂川黔、川陕革命根据地,踏上了艰苦卓绝的漫漫长征路。1935年10月到达陕北吴起镇,举世瞩目的万里长征才算是完成了。初到陕北的红军战士饥寒交加。为了解决给养,共产党人采取了一切革命者最原始的财政方式:夺取敌人的资财和对剥削阶级的资财进行没收与征罚。但共产党人清醒地认识到,靠这些手段,哪能是长久之策啊,要维系一个政权的生存与发展必须发展经济,创立税收。于是乎,1936年8月,在定边建立了我们党在陕北的第一个税务机关——定边税务局。10月,又在盐业资源丰富的盐池,建立了盐池县税务局。随着这些税务机构的相继成立,我们在陕北的税收事业在战争的硝烟中拉开了序幕。1937年7月7日,'卢沟桥事变'爆发。8月,国共第二次合作实现。9月,中国共产党将中华苏维埃人民共和国中央政府西北办事处正式更名为'陕甘宁边区政府'。可随着八路军、新四军队伍不断壮大,从1939年开始,国民政府对我们实施了一系列大规模的政治压迫和军事进攻,对陕甘宁边区更是实行了长期的军事封锁、政治封锁和经济封锁。这一年,在延安简陋的窑洞里,在微弱的油灯光芒下,毛主席写下了'自己动手'四个大字,大生产运动拉开了帷幕。我们中国共产党建立属于自己税务机制的条件走向成熟。1940年1月,在中央指挥部所在地延安,陕甘宁边区税务总局成立,这是税收事业的最高指挥部。

"后面的事你也知道,我上次在你们的培训班上大概也和你们说过了一些。1941年1月6日,'皖南事变'爆发,国民党取消新四军番号,全面停发八路军军饷,彻底斩断对我们共产党人的经济供给。同时,对陕甘宁边区实行更加疯狂与严厉的经济打击,在这生死攸关的历史时刻,我党运筹帷幄,大刀阔斧地实施了一系列经济政策,在经济制度上确立了一个独立国家的原始形态,摆脱了国民党对边区的经济封锁和控制。这些经济政策包括:征收救国公粮,建立陕甘宁边区独立的税收体系;整顿税收组织,建立独立于财政部门之外的税收管理机构;统一税收管理权,将分散于部队的部分盐税管理权和个别地方税管理权统一收归税务部门管理;建立中央和边区政府与地方财政分设制度,开征营业税,以全部税款作为中央和边区政府的经费保证;整顿地方税,清理公产,将公产、牲畜买卖税和斗佣一半划归各县,作为生产自给的保证等等。

"我江峡边区抗日民主根据地目前辖区有4个县级、47个乡级政权,面积约2300平方公里,人口约35万。根据地创立时间并不长,一开始我们实行'一亩田、一斗谷'的初级田赋政策,并在根据地普遍推行减租减息。在潇浦成立税收机构,这是边区政府进行的一项试点工作,将在你们实践经验的基础上,慢慢地,边区将结合江峡实际,对根据地公粮与工商税进行一次调整,要使税收工作进一步臻于完善,以有力地解决根据地党、政、军机关和部队供给问题。我们总的出发点是,抗日民主政府除向根据地人民征收轻微的公粮以供军需外,敌顽原定的苛捐杂税要全予废除。要使根据地人民的财粮负担远比白区人民轻。

"我们下辖的四个县,都要成立抗日政府的经济委员会,要让党中央毛主席的'自己动手''保障供给'的指示精神在我们每一块根据地生根发芽,开花结果。

"所以,下一步,加强我们的财经工作,特别是税收征收工作,将成为我们根据地建设的一个重头戏。税收这个问题解决得好,抓起来了,那么我们根据地的稳固性将大大增强。子天同志,你们开了个好头,我想你应该明白了,在税收这条战线上,你们所起到的作用和意义是多么的巨大,这就和在战场上与鬼子血拼到底一样,而且,完全可以讲,如果说我们在税收这个战场上打赢了,也即是说我们的反掠夺之战胜利了,那么我们就等于是给予鬼子釜底抽薪般的打击。没了经济基础,鬼子垮掉的日子就指日可待了。"

蓝子天听得入神,第一次这么系统地听到税收与战争的分析,第一次了解到根据地财经税收状况,虽然还只是些皮毛,但他对于税收的原则有了大致的概念,其中还真是大有学问,他内心里不禁又感到了惶惑,对自己能不能胜任肩头上的特殊使命,没了把握。董准委员的一番话,让他看到了自己以往在税收理解上的肤浅和简单,在这个特别的战场上,需要的不仅仅只是一腔沸腾的热血,一种不怕流血不怕死的精神,光有猛打猛冲显然不够,还要有太多其他的东西,如学识,如智慧,如方法。他陷入了深思之中。

董准仿佛一眼就看出了他的心思,但他并不点破蓝子天心中的困扰,只是无言地在用坚定的目光注视着他,那目光里包含了肯定、鼓励、信任,当然,还有坚毅。

蓝子天迎着那两道目光,郑重地点了点头,一字一顿地对董准说:"董委员给我上了这一堂课,解答了我许多问题。谢谢。"

第十章

1

当蓝子天对秦瑾说要去她家拜访时,她还没反应过来,以为自己耳朵听错了,她结巴着追问了一句,得到了蓝子天的确认后,她登时心里就被喜悦塞得满满当当的了。这个姑娘的表情,蓝子天看在眼里,心里面亦是"咯噔"了一下,但他没有多说为什么会主动提出来要去秦府上门拜访的动机。

县经济委员会成立了,蓝子天被任命为副主任,当然还是兼着他的税收分局局长的职务。昨晚董准和他讲的那一席话,让他触动很大。今天上午于振兴召集召开的县经委会议,进一步明确了根据地财经建设的目标和任务,让他更加清晰了自己身上的责任。他反复琢磨着,税收征收的目的既然是为当前抗日救国的大局服务的,那么如何想尽办法增加收入,就成为了当务之急。就像手里没有真枪实弹你上战场就会心里发慌,这收税的事,只有搞到了真金白银才是"硬家伙",心中才有底,讲话才硬气,腰杆子才硬朗。

他之所以向秦瑾提出来,要主动去拜访她的父亲秦人简,他自然是心中有了个想法,至于能不能行得通,他也没底,还得和秦人简沟通过才行。八字没一撇,没把握的事,他也不想先告诉秦瑾。可秦瑾那副高兴的样子,让他也不免受到感染,这两天一直萦绕在心里的有些沉甸的情绪,不由得挥散了许多。

回家后,秦瑾却有些失落了,父亲和蓝子天只是寒暄了两句,两人就撇开她径直到密室去了,秦瑾无可奈何,又无所事事,只好跑到哥嫂那边逗小侄子玩去。嫂子嘴快,告诉她说,前一向听到王管家说,看到了秦瑜,也就是她的姐姐。秦瑾惊喜交集,忙问:"我姐呢,回家了吗?"嫂子说:"哪回家啊,是王管家在青山省城看到的,影子一闪就没见到人了,但管家赌咒发誓说一定是大小姐,不会弄错。这秦瑜也真是的,一晃出去怕有几个年头了吧,到了省城也不回来看看,毕竟还有个爹在嘛。多不懂事。"嫂子埋怨着。

秦瑾着急地道:"在省城,那现在不正是人家鬼子的天下吗?她去那干吗?不行,得把她找回来。"嫂子说:"爹派人去找了呢,那人山人海的,你上哪找去啊,管家带了二栓去转悠了好几天,还不是影都没见着,再说,那省城不太平,爹只好让他们先回了。"

秦瑾说:"可是姐在那里让人不放心哪,我得再去找她去。"转身就要走。

唬得嫂子赶紧拖住了她,后悔莫及地朝自己的嘴上哇哇地打了两下:"都怪我这张嘴,话多屁多,真后悔告诉你,你去哪里寻啊,告诉你,听管家讲,省城真不太平,那些日本鬼子天天杀人,逮着谁就杀谁,我的小姑奶奶,你要是去了,那等会爹知道了还不是找我算账啊,帮嫂子一个忙,就算是帮我的忙,别去了。"她是真急了。在一旁逗孩子的哥哥秦琮这时白了一眼嫂子,也说:"你去不得,去了也找不到人,到时候她自然会回来的。"见秦瑾还是一副不罢休的样式,他就说:"那怎么着你也得和蓝局长打声招呼吧,你现在可是人家新四军的人了,别到时候人家来家里面要人,我们可担待不起了。"秦瑾一听,觉得哥哥说得也在理,心里想:噫,奇了怪了,他们两个谈什么呢?这老半天了,还不见出来,神秘兮兮的。

2

简单一点说,蓝子天和秦人简在谈生意上的事。

当蓝子天开门见山说要和秦人简谈生意的时候,秦人简当然不明就里:你们不是只管收税吗?莫非新四军还要做生意?

蓝子天说,讲是做生意呢,也可以说就是做生意,讲不是做生意呢,我们还真不只是为了做生意。他说绕口令一般,把秦人简给绕糊涂了。

见秦人简一脸狐疑,蓝子天说:"我们做生意,可不是单纯地做生意,我是收税的,首先得围绕税做文章,把生意扯进来,就是想把税征得更多一些。这个道理你秦会长比我更清楚。只有生意兴隆了,那税才会水涨船高嘛,是不是?"

秦人简点点头说:"道理是这个道理,可是你收你的税,我做我的生意,这,我们怎么捏到一块来呢?"

不料蓝子天劈头就是一句:"那你和日本人做生意了吗?现在还做吧?"

这样直接的问题,秦人简一时不知道该要怎么回答才好。

他思量再三,才迟迟艾艾地说:"做了,现在也还隔三岔五地有些生意往来。"言毕,赶紧又说,"我做的可是正正当当的生意,正正当当的生意上的往来,绝没有……"他想为自己辩白几句,他的脸上甚至于有些火烧火燎了。但蓝子天不待他讲完,就打断了他:"做生意可以啊,我们抗日民主政府也不是说不准和日本人做生意的,会长就别多心了。"

秦人简放心了些,一五一十地告诉蓝子天,他主要和日本人的大川株式会社和大和江南分公司做做生意,做一些棉花、猪皮、牛皮、油料之类贸易。他见蓝子天似乎并不是要和他计较与日本人做生意的事,还是有些忐忑地说:"如果政府不允许我和日本公司有生意上的往来,那我就不做也罢,说实在话,和日本人做生意,心里也不痛快,很多时候得受他们的窝囊气。"

蓝子天微笑着说:"绝不是这个意思,会长,相反,今后还要和他们多做。多做,才能多赚他们的钱。"

秦人简更加不解了。

蓝子天就细细地和他谈起了自己心中酝酿的一个想法。

他是这样设想的：对于日本公司的那一块业务，由民主政府来和他们做，当然得由县经济委员会出面成立一个相应的公司或者商行之类的机构负责，货源的组织则交给秦人简的商号负责，今后，秦人简不再直接参与和日本人的生意经营，但县经委的公司或商行对日本人销售的货物必须加上规定的税收，说白了一点，就是政府要赚他日本人的税。

秦人简琢磨了半天，说："这个，行得通吗？"

"怎么就行不通了呢？我们就只做日本鬼子的生意，只赚他小鬼子的税。"

"可这是不是有些强人所难呢？生意人的讲法就是垄断了。"

"垄断？对日本人的公司，就没什么客套讲了，这也是战争的需要。我们目前只限制一些紧俏货，反正不会影响到你们的生意的。你给我们把紧俏货收进来，该怎么样还是怎么样，但日本公司要来买的话，就得由我们说了算，到时候他行也得行，不行也得行，当然啰，我们也不漫天要价，只加上按我们的规定该交的税金就可以了。他愿意就做，不愿意也随他去。会长大可放心，我们毕竟不是土匪恶霸嘛，就算是对他们日本人，我们也会区别对待的，并不是每个日本人都是东洋强盗，日本人中也有好人嘛，在延安就有日本人参加了我们八路军的队伍打鬼子呢，在日本国内都还有一个反战同盟，他们就是反对侵略战争的。所以，我们对那些规规矩矩交税的日本商人也会予以保护的。而对那些欺行霸市，抗税不交的也将坚决打击。"

秦人简一听，便说："这样一回事啊，那倒也不妨试试。他小日本的公司来中国做生意，赚的也是中国人的钱，买的货生产出来的东西也是来打咱们中国人的，让他们交税应该的，应该的。好了，你蓝局长看看需要我们干什么，我本人和我们商会都一定配合,一定配合。"

蓝子天说:"好,有了会长这句话,我就放心了。"

两人就一些细节聊得正欢,秦瑾一头撞了进来,打断了他们的谈话,她朝父亲道:"我好不容易回来一回,你们倒好,把我晾在一旁不管,只管自己说不完的话了。"秦人简"呵呵"地笑着,一拍脑门子说:"啊呦,真是的,把我的大小姐都冷落了。"秦瑾一看父亲那好笑的样子,不由得也"扑哧"一笑,转而朝蓝子天嗔怪说:"都是你捣鬼,说的好听,人家还真以为你是陪我回家哩,没想到分明是我陪你回来。"蓝子天只好憨笑着,不接她的话。秦人简笑着说:"我的个大小姐哎,这有区别吗?嗯?"他隐隐约约地觉得女儿对蓝子天心生爱慕了,看着眼前这一对风华正茂的年轻人,秦人简从内心里由衷地感到高兴。

3

潇浦县抗日民主政府经济委员会下辖的民众贸易公司紧锣密鼓地成立了。经蓝子天提议,由税务稽征分局的副局长喻大江负责日常的经营管理事务,另外还有周福光及县经委派过来的小严一起,公司地址就设在老税收分局,和现在的县经委同地点办公。蓝子天一再叮嘱喻大江,一定要把公司的业务开展好,要加强和县商会秦人简他们的联系和合作,他还充满期待地说,如果这个路子走对了,那下一步还要多开这样的商号。县长于振兴也表态说,这对抗日政府来说是个新生事物,要边探索、边总结、边建设、边完善,县政府将全力支持公司业务的开展。他豪迈地说,我们一定要坚信,共产党新四军不仅能在抗日的战场上打胜仗,在经济领域和税收的战场上也一定不会打败仗的。

因为离春节还有个把月的时间,所以在安排好这些工作后,蓝子天决定尽快赶回龙口去,那里还有些棘手的事情要处理好,有的事等不得的,而且春节在即,这段时间内的征收工作更是不能放松,他心里默想着,按照潇浦的风俗习惯,春节期间肯定不便于去人家家里收税,新年大节上门要税的话,人家会不乐意,心里头还会反感的,春节里,人们信奉财不出门的俗例。这一晃就得过完元宵节后才能展开工作。趁着过年还有个把月,事情得尽量地往前赶,这样才主动些。

所谓棘手的事情,首要的一件是处理王行璋的事。

龙雪告诉蓝子天,王行璋被关押的这几天里,不仅毫无悔改之心,而且有一天半夜,还试图撬窗逃跑。刚刚从窗子里跳出来,黑灯瞎火的,就把脚给扭了,幸亏看守警惕,听到后窗子外"哎哟"一声有响动,及时发现,才没让他跑脱,王行璋跛着一条腿脚跑出不过十来米远,又给逮回来了。其后,他家里堂客崽女一帮子人又来大吵大闹着要放人,龙洛铭也联合了商会的一些人联名具保,找我们要求放掉王行璋。可这王行璋平日里也很是嚣张,吃过他亏的老百姓不少,他被抓起来了后,来找政府申冤的人也不少,有个叫王世和的佃户控诉他强夺了他家的一亩好地,有个叫贺三贵的控诉他欺负了人家老婆,还有个叫李四的说王行璋放纵豢养的狼狗咬伤了他的腿,现在走路还是一拐一拐的。一面是有人要保他,一面是有人要严惩他,怎么办得有个决断了。

蓝子天便召集会议,就此事进行决议,大家的意见都是一致的,力主处死王行璋。蓝子天思考了一会儿,便拍板道:"王行璋死心与抗日政府为敌,且顽固不化,枪毙他毫不为过。我们枪毙一个坏人,也要有充足的理由,要让大家心服口服,这样才能起到杀一儆百的效果,所以要召开公审大会,公布王行璋通敌的罪行,公布他祸害百姓的恶迹,同时要发动老百姓起来揭发。关于王行璋的事,我这次已经专门向于振兴县长进行了报告,他指示我们,一经查实,坚决打击,绝不手软。事不宜迟,请龙队长的自卫队配合,尽快将王行璋的罪恶落实清楚,并且发布公审公告,从重从快予以处理。"

王行璋做梦都没想到这次他玩到头了。逃跑不成，又被羁押了好几天，他想着看来此次在劫难逃了，好汉不吃眼前亏，人在屋檐下不得不低头，他想还是花钱消灾吧，还是"出血"换命要紧，"留得青山在，不怕没柴烧"。一咬牙，便向看守请求转告蓝子天，他愿意向税务分局无偿捐助稻谷300石，可是看守冷冷地对他说"迟了"。眼睛便转向一边去，瞧都不肯再多瞧他一眼了。王行璋情知不妙，心里头像有头慌里慌张的小牛犊在四野里乱蹦乱撞，撞得他七荤八素地坐立不安，他实在无处发泄，就开始破口大骂起龙洛铭来："都怪那老王八蛋带了他的笼子，现在撒手不管了，他自己倒在外面吃香喝辣的。"但王行璋却怎么也没想到，这一次他会因此而丢了性命，还被罚没了200石粮食充公。当公审结束，蓝子天宣布立即枪毙王行璋时，王行璋一言不发，两眼只是直直地望着天上。龙洛铭一直都勾着头，不敢抬起眼皮，他实在害怕碰到王行璋的目光。

王行璋死后的头几天里，龙洛铭晚上只要一闭上眼睛必定会看到两个王行璋：一个王行璋在朝他开口大骂，一个王行璋被背着枪的自卫队员拖着出去。龙洛铭待在家里不敢出门，蔫头蔫脑的像霜打的茄子。家里人都急了，二太太说，这分明是中邪了啊。三太太说，这是王行璋那死鬼缠上老爷子。龙雄咬牙切齿地说："王掌柜的你怎么怪上我家老爷子了啊，你是担水找错码头了啊，你要找就应该去找蓝子天，找龙雪他们啊。"一提起龙雪，二太太、三太太的火往上蹿，异口同声地咒骂着："那是龙家的克星，龙家没有这样的女子。"龙雄赶紧就去请了竹玉师公来家里施展法术，驱鬼镇邪，这样折腾了足足三天，才算慢慢地清静下来。

一时间，街头巷尾，人们都在议论着，这回共产党动真家伙了，王行璋那是自作自受，遭了现世报。有人拍手叫好、称快，有人惶恐不安。不过，交税的秩序确实好了许多，这倒是铁板钉钉的事实。

4

　　日子一天天晃荡着,一下就过去了,蓝子天走在街头,这天正是龙口赶场的时间。在潇浦这一带大都有赶场的习俗,龙口也不例外。各地赶场的日子仿佛也是约定俗成沿袭下来的,集镇与集镇不同,于是乎便也有做小买卖的捏着各地赶场日子的不同,挑着货担在各个集镇转悠吆喝,做些小本生意。每逢赶场日,自然比往常要热闹不少。因为临近过大年了,赶场子的也更多。龙口赶场的热闹历来不逊色于潇浦县城的赶场。今天的街头上可以用人头攒动、熙熙攘攘来形容。

　　蓝子天看到尚山虎带着卡子上的四五个人正分头在集市上征税,这样的时候,征税肯定不能错过。他对尚山虎远远地投去赞许的目光,尚山虎从狮子山游击大队随他来到税收分局后,角色转换快,他那种办事风风火火的特点是蓝子天尤其欣赏的。

　　蓝子天看似漫不经心地转悠,实则也是在了解一些市场行情,譬如现在市面上各种物品的价格波动,譬如哪些货物走俏,又譬如各家商号生意的好坏,等等。他想作为一个征税人,对于这些基本的情况得做到随时都心中有数,他总是随身携带着一个蓝皮小本子,以便于及时记录下看到的、听到的有关数据和相关情况。

　　当他看到尚山虎正站在一个摆地摊的老婆婆面前,向她询问着什么,他也转了过去瞧瞧。

　　地摊上摆放着几双鞋底子,密密匝匝的针脚,看得出来那是一针一线纳出来的,蓝子天当然熟悉这样的鞋垫,在他的老家叫作千层底,用派不上用场的碎布一层一层以糨糊胶起来,晾晒干透,依鞋样裁剪好,再一针一线地缝制,千层鞋底做成的鞋子结实、耐磨,而且软和、不硌脚,穿起来也很舒服。记得他走出家去省城求学时,脚上穿的就是母亲给做的千层底布面鞋,一晃三年过去了,他平日里一般都舍不得穿,宝贵得很,所以那双鞋子现在还压在他的那口木箱子底,每当想念起家乡,想念起母亲,他就会从箱底翻出来瞧上一瞧。三年没回过家了,不知道母亲过得如何。想到这里,蓝子天觉得眼眶涩涩的。

尚山虎见蓝子天拢来,正想和他打招呼,蓝子天赶紧摆了摆手,他蹲下身子来,拿起一双鞋底子,左看看,右看看,说:"这鞋底纳得真是扎实。"老人家便说:"喜欢吗?喜欢就买一双回去,让你屋里的给做双鞋子吧,穿着暖和。"说得蓝子天脸孔发热了,心说,哪来的屋里人哦。尚山虎这时候附着蓝子天的耳朵轻轻地告诉他:"这大娘是龙雪龙队长的娘哩。"蓝子天吃了一惊,龙雪和龙洛铭的关系本是一个谜,这满脸风霜的老人,靠做些针线活维持和补贴娘俩的生活,不知道吃过多少苦,受了多少白眼,蓝子天拿起一双垫底,往口袋里掏钱,可掏了半天,也没找到一个铜板,他忘记了带钱出来,未免有些不好意思了,大娘见了,说:"下回给吧,先拿去用着。"蓝子天忙朝尚山虎投去求援的眼光,尚山虎笑笑,从身上摸出钱来交给大娘,看笑话般调侃道:"他呀,经常是这样子,家里头没个管钱的,他的钱都不知道放到哪了。"大娘奇怪地问:"难道你没有成亲吗?那谁给你做鞋子呢?"问得蓝子天不知怎么回答才好,尚山虎说:"谁给他做啊,除非他自己动手了。我们那尽大老爷们谁会这细致活呢。哎,真是的,你又不会做鞋子,要垫子干吗?莫非你还真想自己做?"大娘说:"干脆这样子吧,我给你做一双吧,也真是苦了你们这些孩子了,娘也不在身边,谁给你做呢,来,来,我给你比划比划脚的大致尺寸。"说着就弯下腰去要量蓝子天的脚板,蓝子天赶忙往后边退,口里说:"不行,不行,怎么好麻烦大娘呢。"大娘装着生气的样子说:"你这孩子,和我生分啊,虎子我熟悉,他和我家雪妹子是一块的人,你这孩子我没打过交道,但我晓得你们都是一块的,就莫讲客气了,把脚伸过来,伸过来。不是吹牛,我只要看一眼就晓得你的脚穿多大的码子。"尚山虎便说:"大娘,他是我们的分局长,叫蓝子天。"大娘一听更是不依不饶了:"哦,还是蓝局长,那你鞋子都没得穿怎么去收税,怎么去打鬼子呢?"见蓝子天还在犹疑地缩着脚,尚山虎便劝道:"分局长,你就别辜负大娘一番好意了,让大娘给你做一双鞋吧,你听大娘的没错,下回多杀他几个小鬼子,让大娘高兴高兴不就得了。"大娘忙说:"就是就是,还是虎子说得对,我就喜欢性子直爽的,你还是个分局长呢,这么忸忸怩怩倒像个大姑娘了。"蓝子天只好将脚伸了出来,让大娘比划尺寸。尚山虎笑着道别去忙他的了。

蓝子天向大娘道过谢也接着转往热闹的地方。

没多大工夫,他听到尚山虎的大嗓门在巷子的拐角处叫起来,声音很粗,和人吵架的样子,他知道尚山虎的急性子,便循声寻去看个究竟。

原来是尚山虎和一个贩皮货的商贩子闹得不可开交,远远地看去,只见两人脾气都很冲,尚山虎朝那商贩指手画脚的,那商贩也不示弱,口沫横飞,两人吵得一声高过一声,尚山虎猛地就去抢夺商贩摆放在脚边的皮货,那商贩肯定不干啊,就死护着不让尚山虎得手,嘴里骂道:"什么共产党新四军啊,简直就是土匪,连土匪也不如的税狗子。"尚山虎一听愣怔了一下,马上松开了手,拽住商贩喝道:"你骂谁,骂谁是狗,老子最恨的是骂我狗,有种的再骂一句看看。"那商贩也不惧怕,脖子一横:"我就骂了,咋的,你这是收税吗?你就是抢,抢,和日本鬼子的税狗子没两样。"

尚山虎气血冲顶,嘭的一拳砸向商贩的脸面,顿时,血从鼻子里流出来了。那商贩挨打了嘴巴还不服软,叫嚷着:"打得好,打得好,税狗子打人打得好。"尚山虎更加恼羞成怒,再一次挥起了拳头,蓝子天及时赶到,一把揪住了他的手,才没让那更凶猛的一拳砸出去。

蓝子天喝道:"都给我闭嘴。"两人被他一声断喝,不敢再胡来了。蓝子天压抑着心里的怒火,打量了一下那商贩,那是一个二十多岁的年轻人,一副精明干练的样子,虽说挨了揍,鼻子里还流着血,可他一点也不畏火,他问那商贩:"是怎么回事?你为啥要骂税狗子呢?"

年轻的商贩回答说:"我刚刚摆下摊子,生意还没开张,一个铜角子都没看到,他就要来收税了,我好情好意地和他说,等我做了生意再交税行不行,做生意的都图个吉利,这生意还没开张就交钱出去总归心里不痛快吧,可他一开口就说我这是歪道理,是想抗税不交。就这回事,你们想咋办就咋办吧,反正我已骂了,泼出去的水收不回来了。"蓝子天转过脸来问尚山虎:"他说的是这么回事吗?"尚山虎怒气未消,气呼呼地说:"谁骂我税狗子,我就不客气。"蓝子天眼一瞪,喝道:"我问你是这么回事吗?"尚山虎不作声了。旁边有围观的人说:这事就是他说的这样的。

蓝子天心里有底了,便对年轻人说:"我是税务稽征分局的局长蓝子天,我首先要向你表示歉意,打人肯定不对,而且是非常错误的行为,我们将对这位打人的尚山虎同志进行纪律处分。至于交税的事,也要请你理解、配合和支持。只要你做了生意,达到了我们征税的规定,也请你主动交税。"

旁边的人也七嘴八舌地当起了和事佬,劝说着:"人家讲得在理,歉也道了,你也不要得理不饶人,人家新四军收税毕竟也是为了赶跑鬼子嘛。"年轻的商贩见蓝子天说得有理有节,气已消了许多,爽快地说:"你蓝局长话都讲到这个分上了,我还有什么屁放呢,刚才我也性子急了点,不就和这位长官较起真来了吗?那一拳算我庄天河该受的,你们也可以放心好了,该怎么交税我不会赖的。"蓝子天微笑着说:"这位兄弟看起来也是性情中人,那就谢谢你理解了。"接着他朝周围的人一挥手,"好了,好了,大家别围着了,免得耽误人家做生意。"

蓝子天回想起之前还有个叫宋老汉的也来投诉过,说是他没钱交税,结果被苗风涛他们将他的牛强行给牵走了,害得宋老汉要冬耕都没有牛使,于是他找到分局告状来了。老汉当时也是气鼓鼓地出言不逊,说出来的话也是像那个年轻商贩庄天河一般冲,什么共产党的收税和原来二狗子收税没两样,什么还让老百姓活得下去吗等。当时,一听到他说出"二狗子"这个词,苗风涛就火冒三丈,他当过伪军,最忌讳别人说"二狗子",挽起袖子就要动手,还是蓝子天制止了他,而后又对宋老汉好言相慰,把牛退还,宋老汉才气鼓气胀地去了。今天又碰到了尚山虎这件事,蓝子天想:看来得重视一下这个问题,收税不注意方式方法,只会造成和老百姓对立的矛盾。两件事情发生在尚山虎和苗风涛身上,这两人还都是负责人,说明事情不是偶然的,苗风涛是从那边过来的,难免有些不良的习气,得慢慢改变;可尚山虎收税简单粗暴,这样下去势必会让老百姓们对我们抗日民主政府的税收政策产生抵触,甚至是对抗的情绪。怎么样运用好征税的软硬两种手段,是个值得重视的问题了。蓝子天决定要在年底的总结会上好好讲一讲。

5

难得的一个好天气,一大早太阳从地平线上露脸了,太阳的脸色有些苍白,但这一点也不影响苗风涛的心情。自从青沙江税务稽征分队组建后他带领分队队员在江上巡查征税,辛苦自不必说,但成果却也不少,特别是近一向来,往来于龙口一带的商船渐渐多了起来,交税的自然也相应增加了,因为大家对税收政策有了更多的了解,苗风涛他们征税的难度和阻力也明显减少了。上次蓝子天和江匪"水上漂"面对面地较量一番后,那"水上漂"几乎再没为难过江上的税务稽征分队了。蓝子天说那个"水上漂"毕渭民其实算得上是个有民族大义的江湖人,在大是大非面前他并不犯糊涂。

苗风涛叫上"老锅头"和小柏子一道开始今天的巡查,他们的目的地是清陵矶。小柏子说:太阳一照,这江上的风都被赶跑了呢。"老锅头"看了看天上,接过来道:"朝霞不出门,晚霞行千里。只怕今天这太阳靠不住哩。"小柏子说:"你老眼昏花了吧,看这红火日头的,怎么就靠不住了。"两人你一言我一句地闲扯着,苗风涛懒得掺和,立在船头,四下里打量。青沙江途经龙口的水道上共有五个埠头,过往的商船大都会在这些埠头上停靠,集结。平日里的巡查,不可能在一天内全部巡一遍,苗风涛的安排是轮番进行,或者是根据掌握到的线索有重点、有针对性地巡查。往往巡查的船一到,那些商船便知道自己该干什么了,船主或者押运的货主就会主动停下来等待税务检查,补交税金,再启航。日常的巡查中,当然也会发现一些逃税的商船,那么就得开足马力追上去,但总有一些逃脱的,实在追不上了,只好作罢,望船兴叹。好在如今逃税的现象比一开始要少了不少。

今天对清陵矶埠头属于常规性的巡查。

已有三艘商船停泊于码头。税收稽查船慢慢地靠近,苗风涛指着那三艘船,朝"老锅头"和小柏子说:"上去查查吧。"三个人便开始逐一上船检查,一艘船上载着煤炭,一船装的是稻谷,还有一只船运的是茶油、菜籽油之类东西。苗风涛三人按照分工,他自己和"老锅头"查验货物,核对重量,小柏子负责开票收款。船主都是熟悉的面孔,倒也无须多费口舌,三船货共征收了15块光洋,税金收讫,那些船便准备启动。

这时,从上游方向"突突突"地又过来了一艘船,苗风涛循声望去,看到那船上竟然挂着一面太阳旗,日本的旗子,在白白的阳光下分外惹眼。小柏子恨恨地说:"狗日的,倒是猖狂得狠哪。""老锅头"将目光投向苗风涛,堵还是不堵,他在等待苗风涛下指令。苗风涛心里琢磨开了:这青天白日的,你日本人的商船也还这么嚣张,得教训教训他们一下。他从腰间抽出驳壳枪来,一扬手,三人驾着船便去拦截那艘张狂的日本商船。

他们行船到江中,横泊在航道上,眼看日本船越来越近了,却没有丁点停靠的意思。船速一点也没减下来,反而是在全速地冲过来,浪涛越来越急,浪花跳得老高。

苗风涛一看情势不对,朝天开了一枪,高声喝道:"停船,停船。"没想到他的枪声一响,对方船上也猛然开火了,"嗒嗒嗒,嗒嗒嗒",竟然是机关枪,子弹呼啸着,溅起一片水花。小柏子"哎呀"一声痛苦的叫喊,他的左臂中弹了。"老锅头"赶紧喊叫:"队长,避开吧,不对头了。"苗风涛一扬手,示意船从航道让开去。对方有备而来,火力强劲,硬截明显是鸡蛋碰石头。小柏子怒吼着要开枪,苗风涛猫着腰,眼睛紧盯着直冲过来的船,头也不回地命令着:"没我的命令,谁也不得开枪。注意隐蔽。"

眼睁睁地看着挂着膏药旗子的日本商船耀武扬威地从眼前驶过,小柏子气得跺脚:他妈的,自己白白挨了一枪,可连枪都没放一下,就让狗日的溜走了。苗风涛说:"你们看到没有,那船上至少有一个班的鬼子在护卫,船头还架了一挺歪把子机关枪,我们和他去硬拼不是白白送死啊。"

远去船上的那些鬼子在"呜里哇啦"地大喊大叫,他们兴高采烈的样子,分明是在嘲笑。

苗风涛冷冷地看着日本船渐行渐远,他暗想:得给这帮家伙下个套,一定得拿下来,否则,我们在这青沙江上还怎么征税呢?

三人怏怏地驾船返程,心情郁闷之极。那天上的太阳忽然间就不见踪影了,黑云飘荡,果是如"老锅头"所言的"朝霞不出门"。

6

碧洲岛在龙口镇东南角上,说是岛,其实只不过是陆地延伸入青沙江里的一块低矮的丘陵,好像镇子冷不防地向江里横插了一脚,严格意义上来说叫岛是不太适宜的,称半岛好像还勉强够得着。只是它有个好听的名字——碧洲,龙口人已经习惯叫它碧洲岛了。而碧洲之谓的来历应该与岛上长满了杂七杂八的树木和蓬勃的蒿草不无关系,那些树木当然也并非人们有意栽植的,许是一阵风,许是路过的鸟儿,不知道什么时候捎来了种子,一不经意地落在了洲地上,加之洲又是在江水日积月累的冲积下形成,所以土地肥沃,那些种子就在洲上落地生根了,长势旺盛。且奇怪的是碧洲岛上一年四季里都有常绿的草木,不像有的山头上一到严冬季节就会变成光秃秃的,碧洲俨然已成一座碧绿色的蒙古包了。

除了那些在岛上自生自灭的植物显出的生机外,岛上其实还是荒凉的,人迹罕至。可就在两年前,岛上突然来人开起了一个茶酒楼,取名叫"听泉园"。甫一叫出来这个名字,也是引起了人们的争议的,好事者们有的摇头晃脑地说:这名字大大地不当,哪来的泉,又哪来的园呢,不过是一条江,一个荒岛而已。还有的一副深沉状地反驳:这名字那真个叫好,好就好在大有闹中取静的深远韵味,分明是江水汤汤,却当作泉水叮咚来听;分明是孤岛一个,却视为园子一座来看,妙,妙,妙在其中。"听泉园"是一座用木材搭构的两层小楼,楼下设一厅堂和伙房,楼上有包间两个,三面临水,倒也显得精巧雅致。掌柜的却是个女子,二十七八的年纪,叫夏曦月,生得明眸皓齿,带着四个伙计就将碧洲岛鼓捣出了一派生气。前来光顾的客人倒是三教九流什么样的都有,那夏曦月的来头谁也讲不清,有说是省城来的风尘女子,有说是避难流落至此的富孀,还有的说是哪位官家人的相好,不一而足。这个身世神秘的女掌柜却有一张伶俐的嘴,脸上又常是挂着笑,那笑里分明在说,来的都是客,她都会笑脸相迎。因地处偏僻,那生意不说做得风生水起,但也过得去。且让人费解的是,无论当地的地痞混混,还是地方豪绅,似乎都没有故意去刁难或寻衅滋事过。这个女子背景不浅!

苗风涛其实早就注意到了这个"听泉园"和老板娘夏曦月,他不是没有怀疑过她的来历,但一直没能摸清其底细。暗地里多次观察后,他终于发现了个中端倪,原来这个"听泉园"竟然是游荡于青沙江上的悍匪"水上漂"毕渭民的联络点。毕渭民基本上每隔半月都会悄然无声地来到碧洲岛上,且是"听泉园"打烊后飘然而至,待到天微亮时又飘然而去,神不知鬼不觉的。这样一想,许多不解之谜就迎刃而解了。至于那夏曦月与"水上漂"毕渭民是何层关系,亦不言而喻。苗风涛发现其中的秘密后,他并未声张,他想既然大家都相安无事,又管他娘的土匪还是流氓呢。

而当苗风涛将日本人的商船依仗武力公然抗交税金,还打伤了小柏子的事向蓝子天报告后,蓝子天反问他,那又该如何来教训教训那些可恶的日本商人呢。既要惩罚一下日本商船并且补上税来,又要提防他们的精良武器伤害自己人,苗风涛其实也没有想出个两全之策。蓝子天便想出了要借"水上漂"毕渭民的力量来对付日本商船的主意,因为在青沙江上,只要"水上漂"他们能出手助上一臂之力,那显然就会增加几成胜算。

"可是怎么才能找得到'水上漂'呢?他可是在青沙江上漂浮不定。"蓝子天犯愁了。

这时苗风涛猛拍脑袋说:"有办法,我知道去哪找他。"他说的就是"听泉园"。蓝子天当然也有耳闻,只不过从未登上过。

苗风涛便自告奋勇地要带蓝子天去,蓝子天摇了摇头说:"你还是别去了,你是熟面孔,这样吧,我带秦瑾去,不太会引起怀疑,别让'水上漂'警觉了,到时他不来了反而麻烦。"

"也好,只不过你俩去,势单力薄的,不稳当,要不,我带几个弟兄暗中接应你们。"

"只要他来了,我们肯定没事。你们也不必去,以免打草惊蛇,他'水上漂'不会对我怎么样的,他要我的命的话,上次早就拿去了。放心吧。"

苗风涛听得将信将疑,但见蓝子天这样一说,他也不好再坚持了。

7

秦瑾听说蓝子天要带她去"听泉园",高兴了,二话不问,跟着就往碧洲岛去。蓝子天特意不告诉她去"听泉园"的目的,他怕她知道了反而会紧张不安。

一路上,秦瑾的兴奋劲头,蓝子天看在眼里,他心里想:这姑娘,真是单纯得如一个尚未走出校园的学生,如果没有这场该死的战争,她应该正坐在灯火通明的教室里静静地看书吧,想想自己,只怕也是那样的,如果能继续完成他那半途而废的学业,那也是他的梦想。秦瑾却不是这样想的,她因为能和蓝子天两人一起出来而暗自喜悦着。此时,她觉得自己真的是喜欢上了身旁的这个人,不知道这种感觉是不是小说里写的爱情,想到"爱情"这个字眼,她自己都觉得不好意思了,脸上臊起了两朵红晕,她偷偷地瞄了一眼蓝子天,黑暗里,蓝子天自然注意不到。

沉默不语地走在越来越深的夜色里,两人似乎谁都无意打破那份沉默。还是秦瑾先开口了,她轻声地问蓝子天那天在和"水上漂"比试枪时,为何说好了各开一枪的,而只有"水上漂"打了一枪后就没再让蓝子天打了。蓝子天笑着说:"那天'水上漂'原本就无意要比试的,只不过他要给自己找个台阶下,好让他在弟兄们面前有个交代。"秦瑾"啊"了一声,不解地问:"你怎么知道呢?"蓝子天便给她解释着:"这个'水上漂'从本质上来说还是个有正义感的人,只是他背了一身的家仇,迫不得已误入江湖为匪。据我的了解,他并不想与我们为敌,与一般的土匪不可相提并论。既然抢了我们的物资,又不好主动归还。当我们找上门来后,他只得想个过得去的理由才可能放我们一马。你看他安排的第一场比武,偏偏派了个不怎么会打的'猴头'上来,而不让那个牛高马大的练家子上,显然是有意输给我们。苗风涛不就没费多少劲就打败了'猴头'吗?而后我和他比枪,其实他也是在比谁的胆子大,因为我们从来没打过交道,彼此之间一点也不熟悉,那么谁敢做第一个挨枪的呢?毕竟第一个站出来的要承受的压力更大,因为稍有差池,就可能丢命,这时就得看谁的胆大了,我第一个站出来,就从胆子上先胜了他一等。我算准他也不会先站出来让我打的。"秦瑾吐了吐舌头说:"可是你好危险呢。我担心死了,万一他打不准不就糟糕了啊。"蓝子天说:"一则到了那种地步,我只能赌一把了,置之死地而后生,我已没了退路。另一方面,我想,'水上漂'肯定有这个把握,毕竟机会均等,他不可能拿自己的命来赌别人的命。"秦瑾又追问:"如果让你打,你有把握吗?"蓝子天笑笑,并不直接回答,反问她:"你想他会让我打吗?"秦瑾若有所思地点点头:"这样啊,难怪了。看上去那么危险,刀光剑影的,心里真是急惨了。"心里的疑问冰释了,对蓝子天的敬慕又是增加了一分。

　　走着走着,蓝子天记起了上次秦瑾给他的那方蓝格子手帕来,赶紧从口袋里拿出,说:"放身上好久了呢,记着记着又总是忘记还给你,喏,现在给你。我都仔细洗过了的。"秦瑾挡住了他伸出来的手,嗔道:"谁说要你还啊!送你的。"说毕,娇羞地勾下了头。蓝子天愣怔了一下,将手缩了回去,又想要伸出来,一时倒不知道该怎样好了。秦瑾见他那窘迫的样子,不禁轻轻笑出了声来,嘟囔了一句:"呆子样哩。"脚下加快了步子,走前头去了。

　　碧洲岛上,黑乎乎的,模模糊糊地像一艘巨大的黑黢黢的船,停泊于青沙江之中。岛上生长着茂密的树木,但现在它们的形状,包括它们或已经光秃了的枝,或已经褪却青翠的叶,都被夜色的手掌一一地,严严实实地遮住了;岛上当然还有鸟儿的,那些有着漂亮羽毛和动听歌喉的鸟,此时是否已经沉入梦乡?秦瑾想着,它们只怕是正蜷缩在巢穴里,裹紧了身子,睁圆了滴溜溜的眼珠子不肯入眠。冬天的夜晚,往往有多多少少的事物会让一颗心灵难以安放下来,简单一点,譬如一匹嗖嗖掠过树梢上的寒风吧。呼号着的冷风那尖厉的叫声在冬天的深夜里扫荡着、盘旋着,甚至还涌起像激流一般的漩涡,这是秦瑾远去的记忆中不曾消沓的阵阵惊悸。

秦瑾不知自己何以会突然间没有了方向,也许是因为漩涡这个一闪而过的词语,也许是因为身边这条平静的江流。是的,今晚的青沙江出其不意般宁静,宁静得她看不见一圈小小的涟漪。而且竟然没有风,一丝丝风也没有从江面上拂来,孤岛陷于无边的沉寂。秦瑾不禁有些迷惑了。偏偏天边挂着半块残缺的冷月,似乎钉住了一般,感觉不到哪怕是滞缓的挪动,铅黑的天幕上不见一点星火,冷冷的清辉生硬,而且有了白霜的质感。

秦瑾突然觉得,蓝子天约她一块来到碧洲岛上,恐怕不只是来随意走走这样简单。现在,凝滞的河流似乎让这个冬夜屏住了呼吸,更让她从未有过地觉得,一条河流其实远不止是向前流淌那样简单。

这一路走过来,她自己没问,蓝子天似乎也并没有想告诉她的意思。

秦瑾感觉到有些难以言说的寒冷,深入骨子的战栗,无树枝的摇晃,无江水的流动,无鸟儿的呓语,无星光的闪烁,她仿佛嗅到了生命静止和沉重的味道。她此刻期望着一阵风袭至,吹皱那一条江流,她想着,水流的方向犹如一个坐标,能让她读出某些生命涌动的体征。

蓝子天感觉到了她的寒冷和不安,他伸出右手臂来环住她的肩膀,秦瑾觉得一股暖流刹那间传遍全身,她的身体因此而不由自主般颤抖起来。蓝子天慌得忙松开了手,往她额头上一探,问道:"怎么,不舒服吗?"秦瑾此时正被幸福笼罩着,她猛地侧转身子来,一把抱住了蓝子天,身体却似乎抖得更厉害了。蓝子天猝不及防,没想到秦瑾会有这样的反应,他的身体僵硬着,双手不知道往哪里安放了。秦瑾这时候才意识到自己的举动也许真是吓着人家了,她不禁暗自羞涩地笑了,索性把蓝子天抱得更紧,她的身子在蓝子天的怀里慢慢地柔和起来。这下轮到蓝子天紧张起来,想推开怀里的她,又好像使不上劲,想干脆搂紧了她,又不敢放开手脚来。只好干干地站着不动了,任由秦瑾无声地紧紧地抱着他。冰冷的空气好像凝固了,但两人有些急促的呼吸却又是那样让彼此体味到了温暖。

这样相偎着,一言不发,秦瑾甚至闭上了眼睛,她的嘴角绽上了一丝甜甜的笑。情窦初开的少女现在仿佛正沉醉在一个美丽的梦中。

最终还是蓝子天打破了沉默,他扶住秦瑾柔软的双肩,对她说:"你知道我今天是带你来干什么吗?"秦瑾摇摇头。蓝子天说:"我们要去见一个人,就是'水上漂'。"他顿了顿,问她:"你怕吗?"秦瑾注视着他的眼睛,还是摇摇头,说:"不怕,只要有你在身边,我啥都不怕了。"这当然是她此刻最想表达的一句话,何况听了蓝子天讲了上次和"水上漂"交锋的经过和原委后,她觉得自己更不必担心。蓝子天的那份沉着和机警,使她备觉踏实。

8

蓝子天和秦瑾自然是踩着点来的。

他俩踏进"听泉园"厅堂的时候,看到稀稀拉拉的几个客人在结账,店子里面冷清下来了,夏曦月正准备打烊。见到一男一女两位年轻客人在这个节点上登门来,夏曦月一如平常地到门口笑脸相迎,她略带抱歉地对两人说:"真是不好意思了,小店正要打烊,请两位贵客改天再光临吧。"

蓝子天微笑着道:"老板娘只管忙你的好了,我们耽搁不了你打烊。"说罢,牵了秦瑾的手自顾自地走向靠近窗户的茶桌前,不慌不忙地往竹椅上一坐,一副怡然自得的神态。

夏曦月心里面不由得"咯噔"了一下,看来是无事不登三宝殿,这两个不速之客显然可不是想来喝杯热茶水的。

夏曦月也不是那么容易就慌神的主,她干脆把笑往脸上堆着,一屁股就坐到了蓝子天的对面,轻启朱唇,以她特有的婉转的语气笑道:"看两位客官面生得紧,显是初次来小店吧,难得贵客不嫌小店简陋,这样冷的晚上还专程前来关照小店的生意。这样吧,两位想点什么尽管点,算小女子我请客了。"不待两人作出回答,她又马上说:"因小店准备打烊,店里还真没什么合口味的好东西拿出来招待,给两位客官泡上两杯芝麻豆子茶,如何?既可驱寒,又可暖身。"她起身来就要去吩咐伙计了。蓝子天忙朝她摆摆手,说:"老板娘真是客气,不忙,不忙。"夏曦月带着惊奇的口吻说:"哟,莫不是客官嫌我家的茶不好喝,或者是客官不喜欢芝麻豆子茶的味道?要知道这芝麻豆子茶可是咱龙口特有的,还是用来招待贵客的呢。"蓝子天连连说:"哪里话呢,这芝麻豆子茶谁不知道那味道是顶呱呱的,虽然我不是本地人,可对芝麻豆子茶的了解只怕不会比老板娘少呢。"夏曦月道:"这茶难道还有什么多大的来历吗?我倒是没听说过。"蓝子天见夏曦月对他的这个话题感兴趣了,便趁势朝夏曦月故作神秘地卖弄起来:"老板娘可是在龙口开茶酒店的,不会不晓得龙口的一道招牌——芝麻豆子茶的典故吧。那如是外地来的客人慕名而来要品尝这道茶,倘若不能告诉他们其中蕴含的丰富的茶文化,岂不要让客人产生失落感了吗?"夏曦月便不好意思地说:"不瞒你,我也不是本地人,平常也真是没留心,所以对这个还真不知道。"

蓝子天伸出右手掌来在桌几上轻轻敲了一下,古道热肠般道:"既然如此,那我可就班门弄斧了,姑且于老板娘面前卖弄一番。"他也不待夏曦月愿意不愿意,便打开了话匣子,竹筒倒豆子般,将芝麻豆子茶的传说一五一十地道来。

"芝麻豆子茶,本来全称是豆子芝麻姜盐茶,简称姜盐茶,又名岳飞茶,一开始是从一个叫作湘阴的地方传出来的。南宋时候的事了,那一年,民族英雄、抗金名将岳飞率领岳家军驻扎在湘阴,'撼山易,撼岳家军难'说的就是这个岳家军。绍兴五年,岳家军与占洞庭湖为王的杨幺作战。说起那个杨幺嘛,历史上有说他是洞庭湖匪首的,也有说他是农民起义军的,他出身一个打渔的穷苦人家,日子过不下去了就造反哪,那时候官逼民反的事多着哩。像现在我们青沙江上的匪首'水上漂',我想可能跟他也差不离了。"说到这里时,蓝子天特地看了看夏曦月的表情,他敏锐地捕捉到当听到他讲"水上漂"时,她的眼睛里一闪而过的一丝异样。而她很快就稳住了神,将精力专注于倾听蓝子天接下来的讲述。

"那岳家军的大多数将士不服南方水土,他们可都是从北方过来的,全身虚肿乏力,当地长者见状,携茶叶、姜、盐、豆子进营,教以调治方法。岳飞岳元帅服后,顿觉心舒心顺,满口生津,即命大锅煮茶,全军共喝。几天后,神奇的事情发生了,全军将士的身体都很快痊愈,因而一举歼灭了杨幺。而这一食俗,从此就在当地流传下来,并且慢慢地流传到周边甚至更远的地方。

"那么,这茶到底有些什么神奇之处呢?不只喝过的人,就连略通中医的人都说姜盐茶可以健脾胃,驱风寒,去腻强身,至今盛行于普通人家。煮茶加姜、盐,从中医来说不无道理,茶性寒,姜性热,一寒一热,正好调平阴阳。南宋时候有个叫杨士瀛的医学家,他写的一本书里面就有姜茶治痢的方子,正是这个道理。"

夏曦月听得入神了,她当然没想到这看似平常不过的一杯芝麻豆子茶里,还有那么深的典故和道理。她不禁对眼前这个年轻人多看了两眼,这人年纪轻轻的,儒儒雅雅,竟然懂得这么多呢。

而紧挨着蓝子天而坐的秦瑾心里想：我的个老天啊，他怎么了解得这样广呢，她是土生土长的本地人，还从来没有听说过自己经常喝的芝麻豆子茶会有这些传说和故事。

蓝子天口里不停地讲着，耳朵和眼睛却一点也没歇着，他一直都在留意厅堂外的动静。客人都已走光了，外面更加静谧。孤岛在这寒冷的冬夜，愈发地清冷、静寂。看样子，还得挨挨时间。蓝子天打定主意，便又设下了一个关口，以便将话题延伸下去。他话锋一转，又说："其实，姜盐茶也并非像传说中讲的那样真是岳飞首创。"

果然，此话一出，夏曦月就不满了，说："你讲老半天了，客官你是在编了一个笼子啊，让人家钻进去了，又说钻错了，可人家进去容易，要倒退着出来可不简单了。"蓝子天听了哈哈一笑，说："老板娘讲话真是逗，形象哩。可是你还得听我把话说完吧。"

夏曦月一听，也笑了，连说："好，好，听你说完。"

蓝子天就继续着他的话题："我为什么讲姜盐茶不是岳飞首创呢。这可不是我胡说八道，那可也是有根有据的。姜盐茶最早出现在唐代。唐代有个著名的诗人叫作薛能，他在诗中写道：盐损添常诫，姜宜著更诗。宋代的著名文学家苏轼也讲过，老妻稚子不知爱，一半已入姜盐煎。可见北宋时姜盐煮茶之风已经盛行。苏辙，也就是苏轼的弟弟写道：见北方俚人茗饮无不有，盐酪椒姜夸满口。所以说嘛，岳飞只不过是在姜、盐基础上添加了黄豆、芝麻，提香和味而已。不过现在，如果我们边品味豆子芝麻姜盐茶，边想想那些历史人文掌故，就有另一种风味了。是不是啊，我说老板娘？"

夏曦月眼睛骨碌碌一转，冷冷道："可是刚才我说要给你们上豆子芝麻姜盐茶，而你还不干呢，看来客官是茶客之意不在茶了，分明还揣着另外的事来的。想来客官断不至于在这大冷的深更半夜跑来和小女子讲一通豆子芝麻姜盐茶吧。我猜的对吧？说实话，本来做我们这一行的就讲究个和气生财，来的都是客，我谁也得罪不起,谁也不想得罪,但今晚时候不早了,如果客官没别的吩咐,请恕我无礼了,请您两位移动尊驾回去吧,伙计们也都辛苦一天了,该歇息歇息了。"随即起身来,这当然就是下了逐客令。

蓝子天这时忙站起来,朝夏曦月道:"老板娘少安毋躁,我来这里自然还有些事,只不过得麻烦你了。"夏曦月抽回迈出去的脚,朝蓝子天惊奇地说:"我一个开茶馆的,能帮你什么啊,别没话找话了,回了吧。"蓝子天道:"想请老板娘帮点忙,找个人。"

"找人?找谁啊,我一个外地来的女子,能认识谁啊?这茶馆里天天人来人往的,按说也真是有不少熟悉的面孔,可都是我的顾客,除了见过几面混个脸熟外,还能找上人家门去?岂不笑掉大牙了。再说了,人家上我这儿是熟门熟路的,我可连人家的门朝哪边开都一无所知,我又怎么给你找人去,找得着吗?你这人说得莫名其妙的,寻小女子开心来了吧。"夏曦月那一张利嘴果是厉害,一下子将自己推得干干净净。末了,她双手环抱胸前,嘴角往上翘翘,眼睛还故意剜了秦瑾一眼,在秦瑾看来,那眼神里面多少是带了些嘲弄,甚至挑衅的味道。

话既已说到了这个分上,蓝子天也就不再遮遮掩掩了。他压低声音直视夏曦月说:"这个人还非得老板娘才能找到,他就是'水上漂'毕渭民,毕爷。"

夏曦月一惊,下意识地四下里看看,然后故作镇定地说:"你这位客人可不兴乱嚼舌头哦,我这孤岛上哪有什么'水上漂''岸上游'的,你到处瞧瞧,仔细瞧瞧吧,这巴掌大的房里藏得下个大活人吗?"

蓝子天胸有成竹地说:"老板娘,真佛面前不烧假香。既然我今晚上门来了,那就别再和我打马虎眼了。那'水上漂'为什么叫'水上漂'呢,可不是那么好找到的,神龙见首不见尾。要不然,我还真不至于要来烦劳你的大驾了。不过,请你放心好了,我本无他意,找毕爷可是有正经的大事相商,请你通报一声,有个叫蓝子天的来见他就行了。"

夏曦月疑惑地说:"听起来你和那个什么'水上漂'毕什么的熟悉啊,那你怎么不自己去找,转弯抹角地还要人家去找什么,多费事呢。你到底是什么人,我可以不问,也不想管你们的事,可我真没法子给你找到这个人。你就别为难小女子了。"蓝子天听出来夏曦月还是步步设防,他干脆挑明了身份,朝她伸出四个手指,道:"你转告毕爷,就说'四爷'来了。"夏曦月这下弄明白了,是新四军找上门来了。"四爷"可不是好惹的,今天一大早就听到老鸦在树上叫,没想到真给惹来了难缠的角色。但她岂敢轻易地就松口呢,只有继续装迷糊下去了。

见蓝子天还在耐着性子和那个女人磨着,一旁的秦瑾不耐烦了,她没好气地说:"你这人也真是不爽快,不就捎个话的事吗?有这么难吗?给句痛快话,行,还是不行?不行拉倒。"说着气呼呼地一把拉起蓝子天就要走。她那愤愤的样子,让夏曦月一愣。夏曦月原本无意真正得罪,见秦瑾生气了,她一时倒不知道如何是好。

蓝子天干脆随了秦瑾就作势要走,两人便往门口走去。刚到门口,楼上忽然幽幽地飘过来一声:"怎么,这就真要走了?"蓝子天一听,知道主角终于现身了。他回过头来,果然就看见"水上漂"正从楼上慢悠悠地踱了下来。

第十一章

1

日本大川株式会社的会长岩边秀雄趁着年关连续走了几趟货,他赚了个钵满盆足,未免就春风得意起来。之前,他的货船被青沙江上的江匪"水上漂"劫过,也被新四军的税收分局拦截过,自从他请山田少佐派全副武装的士兵来押运商船后,就再未损失过一粒粮食一根丝线,更没交过一文钱税了。他自鸣得意地想,那真是他想出来的高招啊。大日本军队的威严简直就是一道护身符,谁也别想破了皇军的"不败金身"。共产党新四军怎么样,也没有三头六臂,见了我大日本皇军,还不一样得乖乖退避三舍。

可他绝没想到,接下来的这一趟走货,会让他血本无归。

他亲自随船送八百石优质大米和三百匹棉布,前往华北总社,这是总社下达给他的一项紧急调配计划,是为配合最高指挥部军事行动的物资保障。本来还有一千张皮子和五百担棉花以及一些粮油,但因为大川株式会社一时之间尚未筹措齐全,他决定分两批运送,先走一批已经准备妥当的米和布,这样目标也没那么显眼,相对而言稳妥安全些。

还是由山田少佐派来的士兵武装押运,为更慎重,这一次山田特意加派了一艘护送的汽艇在前面开路,汽艇上有四个士兵,配一挺机枪,货船上有五个士兵,全都荷枪实弹。一大早就从容壁出发了,一路上顺风顺水的,老天爷也开眼了,一扫昨天的雾霾天气,这让岩边秀雄的心情大好,他甚至哼唱起了家乡的小调。

前面就是石排子。石排子是青沙江流经的一处地方。顾名思义,在江的两岸高高耸立着峻峭的岩石,像一排排巨大的岩石森林,船行江上,若抬头往两岸看,就会看到那矗立的悬崖仿佛张开无数双嶙峋的手,朝你包抄过来,那排山倒海般向你扑过来的气势,顿时就让你感觉到阴森森的,心里充满了莫名的恐惧,让人呼吸紧迫。青沙江流经石排子时,江面变得狭窄了,好像是被两边的岩石生生挤成了这样子。而岸右畔的滩涂上偏偏还生长出一片茂密的芦苇荡,枯黄的芦苇,凛冽的寒风,眼前的这一片凄清让人不寒而栗。

岩边秀雄陡然一踏入这个地段,心里隐隐地腾起了一阵惊惶,船行在突然逼仄起来的水面上,他的心情似乎也因此而无法舒展开来。岩边秀雄紧张地朝两边睃视着,一想到有装备精良的皇军武装全程护卫着,他悬着的心又略略放平了些。

他吩咐着全速前进,尽快通过这个令他心生不安的地方。

眼看在前面开路的汽艇已经顺利地驶出石排子了,岩边秀雄想,也许是自己多疑了吧。

可偏偏这时候他搭乘的这艘满载货物的船却出问题了。船的螺旋桨转不动了,使劲轰油,也是无济于事。再怎么发动马达,那货船也只是在水里面原地打转。岩边秀雄忙钻进机舱去看究竟,驾驶员正急得满头大汗,束手无策地告诉他说,一定是螺旋桨坏了。岩边秀雄气急败坏地责问:"一直都好好的,怎么突然会出故障呢?"驾驶员说:"螺旋桨很有可能是被什么给绞死了,所以动不得。"岩边秀雄赶紧命令,马上去查看,要尽快修复。驾驶员哭丧着脸说:"这可不是一时半会能修好的。"岩边秀雄怒吼着:"我不管,修不好,老子要了你的小命。你的大大的死啦死啦的。"岩边秀雄走出机舱来,他看到那艘汽艇似乎并不知道货船发生了问题,还在往前面行驶。他急了,赶紧对护卫的士兵说:"快,快,让他们停下来,停下来。"那士兵便"呜里哇啦"地朝汽艇嚷喊,可哪里喊得应呢。岩边秀雄急了,一把抢过那士兵的枪朝天就要开枪,他想以枪声唤回渐行渐远的汽艇。却不待他的枪响,一声尖锐的口哨声起,右旁的芦苇荡里霎时枪声大作,旋即从里面冲出来了五艘"蚱蜢子"小船,从船上那些人破破烂烂、乱七八糟的穿着上,岩边秀雄知道不是遇上"水上漂"的土匪,就是碰上新四军的游击队了。

他猜测的还真是对了,只是这一次正是蓝子天和"水上漂"的一次联手行动。

真他妈的倒霉了!岩边秀雄只得叫嚣着:"还击,还击,给我狠狠打,给我统统消灭掉。"船上的士兵毕竟不是吃干饭的,马上就地开枪阻击。但对方显然是有备而来,他们袭击的目标准确而动作迅猛。那当然是他们一贯的特点。五个士兵在乱枪的围击之中眨眼间已非死即伤,彻底失去了抵抗能力。岩边秀雄跌倒在船板上,脸色灰白,他此时想的是,向来不可战胜的大日本皇军怎么可能失败呢。他悲哀地看到小船上有的人已经跳上了货船,他们看上去像一群乌合之众,但分明又是训练有素的。一跃上船就在为首的一个年轻人的指挥下迎击那艘正在返回的汽艇。而留在"蚱蜢子"小船上的另外一些人,则在另一中年汉子的调摆下,驾船散开在货船的四周。这样一来,他们将枪口全都对准了欲急驰回来搭救货船的汽艇。岩边秀雄叹息着:迟了,迟了,回来也是送死了。他无能为力,已被"老锅头"死死看住,一杆枪口正冷冰冰地抵在他的后脑勺上。

汽艇上的机枪先发制人开火了,嗒嗒嗒,子弹横扫过来,岩边秀雄木然地坐在船板上,呆若木鸡,那看守他的"老锅头"眼疾手快,一把将他往货物后一拽,以躲避那没长眼睛的子弹。"老锅头"恨恨地朝他啐了一口:"你真是活腻了吧。"但还是慢了半步,一颗没长眼的子弹击中了岩边秀雄的左臂,登时血流如注。

这边很快就组织起了反击,呈半月形排阵的五艘"蚱蜢子"小船和居中的货船上,所有的火力一齐朝着直冲过来的汽艇开火。俗话说,一拳难敌双手,任你再厉害,也架不住那密集火力交织的围攻。汽艇上的机枪没多大工夫就哑巴了,不再"嗷嗷嗷"地叫唤。岩边秀雄知道,一切都完了,不可挽回。他干脆闭上了眼睛。

当耳边的枪声停止后,有人踢他,骂着:"装死啊。"岩边秀雄极不情愿地睁开眼,他看到他的周围站了四个人,除了看守他的那个外,一个是第一个跃上他船的年轻人,还有一个四十出头的年纪,眼里闪烁着琢磨不定的光芒。另一个是个俊秀的姑娘,提着枪,英气逼人。岩边秀雄当然不认识,那正是蓝子天、"水上漂"和龙雪。岩边秀雄心想:也许自己的生命今天就得画上句号了,等待他的命运也许就是一枪殒命,也许是沉入江底成为那些大鱼小鱼的美餐。想到此,他不禁悲从中来,作为一个自命不凡的帝国商人,他一直觉得驰骋商场数十年来,要风得风,要雨得雨,为大日本帝国也算是做出了不少贡献,没想到最终会是如此一个下场。

"水上漂"冷冷地看了岩边秀雄一眼,说:"丢到江里喂鱼吧,省了一颗子弹。"蓝子天却对他说:"我们新四军的政策是优待俘虏。"他朝龙雪示意一下,让她去给岩边秀雄包扎伤口。龙雪便顺手从货物的包装布上猛地一撕,扯下一块布来,蹲到岩边秀雄跟前,替他包扎起左臂上的伤。"水上漂"却在一旁阴阳怪气地说:"怎么啊,这时还心慈手软了啊,多费事,看我给你来个省事的。"说着,他做出了一个要将岩边秀雄抛入江中的动作。岩边秀雄吓得脸都煞白了,忙辩解道:"我是纯粹的商人的干活,打仗的与我无关,大大地无关。"蓝子天微笑着拉住了"水上漂"的手,道:"毕兄,我们犯不着与一个手无寸铁的商人计较,留下他兴许还对我们有些用处呢。""水上漂"鼻子里重重地"哼"了一声:"屁用处,留着他来赚我们中国人的钱啊?小日本没一个好东西。"岩边秀雄忙说:"我不想死,我答应好好地回去,家里还有妻子、儿子的,我答应他们了。回去的干活。我的对你们有用处,大大的用处,以后,我的多多交税,给你们交多多的税。"

见蓝子天坚持,"水上漂"也不好用强了。他叫来"猴头"问伤亡情况,"猴头"说死了一个兄弟,伤了三个,伤还不算重。"水上漂"听了又狠狠地瞪了岩边秀雄一眼,岩边秀雄吓得一激灵,好在"水上漂"只是骂了一句什么,就走开去查看缴获的东西了。龙雪给岩边秀雄简单地包扎后,止住了流血。苗风涛过来向蓝子天报告说,这边只是伤了两个自卫队员,一个伤重一点,打在肚子上;一个伤了腿,无大碍。打死鬼子九个,那艘汽艇也打成了筛子眼,只怕是开不动了。蓝子天便说:"我们赶紧撤退,不然鬼子支援来了就麻烦了。战利品的事,按我和'水上漂'先前说好的办,所有枪械全部给他,其他的一律归我们。那艘汽艇炸毁掉,不能再留下给鬼子。"

2

听说蓝子天要将岩边秀雄放掉,苗风涛第一个不同意,他跳起脚来反对,因为他实在咽不下上次岩边秀雄的船从他眼皮子底下大摇大摆地扬长而去的那口怨气,何况小柏子还因此而负了伤。蓝子天的理由是,对于从事自由贸易的商人无论国界都不应该为难人家,十里洋场的上海滩上做正正当当生意的外国人不也有吗?苗风涛说,可是这个小日本商人他不交税不算,还打伤了我们的人,放了他不是太便宜他了吗?蓝子天便耐着性子和他分析了放与不放的利弊关系。在蓝子天看来,这次放了岩边秀雄,对于下一步对日本商人的征税可就大有好处了,凡是来我们国土上规规矩矩做生意的,只要一分不少地向民主政府交了税,那又有何不可呢?生意谁都可以做,谁都可以去任何地方做,这是一个客观存在的事实,前提是要按生意场上的规定来,不遵行经营的规则,那就将严惩不贷。这番话蓝子天既是对苗风涛讲的,也是说给岩边秀雄听的。尽管苗风涛怎么也想不通,但他见蓝子天如此坚持,反过来一想也许分局长讲得有道理吧,毕竟蓝子天的见多识广已是让苗风涛内心里敬佩的,他也就不那么固执,只是说了句"要是这小鬼子卜次再玩阴的,给老子逮着了,分局长你就再不用讲情了。"蓝子天心道:呵呵,这家伙还以为我在给日本人说情了。

岩边秀雄再一次转危为安,心里自然是有过山车一般大起大落之后平安落地的惊喜。他不断地给蓝子天鞠躬,以表谢忱。蓝子天严正地告诫他:"这一次,可是我们共产党新四军的政策饶了你一命,但如果你不遵商道,做为害中国人民的事情,就没有下一回了。这是原则问题,没得商量的。"岩边秀雄信誓旦旦地说:"我绝不做,绝不做,我的只做生意。"蓝子天便道:"如果你能按我们民主政府的规定照章交税,我们可以保证你在我们根据地范围内的人身和财产安全,甚至可以为你们日本商船护送,那就可以绝对地保证你们不会出任何意外,就是'水上漂'来了也不会动你们半根毫毛的。"岩边秀雄一听,更加惊喜了,忙不迭地说:"要是这样就大大的好。你的,分局长,讲的可是真的?"蓝子天严肃地说:"我们共产党人讲话从来就是吐口唾沫也能砸个坑的。"岩边秀雄听不懂是啥意思,疑惑地看着身边的龙雪,龙雪便向他解释着:"分局长的意思是我们共产党人讲话算数,一是一,二是二,丁是丁,卯是卯。"岩边秀雄挠了挠头对龙雪道:"是这样啊,我听懂了,共产党人讲话算数,一是一,二是二。可是你后面说丁是丁,卯是卯,又是什么意思呢?"

岩边秀雄回去后果然没有食言。他其实远离故土,漂洋过海地来到异邦,初衷只是想做好生意,赚钱回去养家糊口。在日本北海道有他年轻美艳的妻子智代子和正在牙牙学语的幼小的儿子。上个月智代子还捎来信告诉他,儿子会叫爸爸了,这让岩边秀雄感慨不已。当他远走他乡时,儿子尚未落地,现在,足足有两年了,儿子都能叫爸爸了,让他兴奋得通宵没睡着。妻子说,儿子还没有名字,等着他这当爸爸的回家再取名吧。心里有了牵挂,有了盼望,他暗暗提醒着自己:一定要好好地回去,毫发无损地回去,所以他不甘心把自己的性命丢在异国他乡。他计划着再在中国待一年就打道回府,回家享受天伦之乐。这一次能够死里逃生,已属万幸,他想如果不是共产党的那位税务局长的坚持,他肯定会被冷酷无情的土匪给丢进青沙江里喂王八了,他感到了侥幸,但同时知道侥幸不会总是发生在自己身上的。蓝子天说的话他从内心里是完全认同的,做个纯粹的生意人,真不能掺和到战争中去,他不禁反思先前请山田少佐当自己"保护神"的举动,现在看来还是有失明智,新四军没有去追究这一层上的责任,他得谢天谢地了。他自然知道并不是新四军不知情,而是他们从人道主义的角度上宽宏大量地放过了他。也许他们的确希望他岩边秀雄能为他们的政府作出一些贡献吧,不管怎么说,他岩边秀雄也应该感恩他们的饶命之举。大难不死,劫后重生的感觉真好,虽身处异国他乡,岩边秀雄走在路上,觉得那土地是多么坚实,尽管眼里是满目疮痍,但他依然感到了生命的存在是多么真实和幸福。他朝着家乡迢迢的方向,发出了一声大喊:"智代子,等着我。儿子,等着我,我会回来的,一定。"

很快岩边秀雄又要运送一船货物了,这次他没再和山田少佐报告,他只带了一个随从,就随船出发了。途经龙口时,他让船停靠在镇子码头上,独自一人上了岸,拜访了蓝子天。苗风涛见上次放走的日本商人竟然又送上门来了,不禁有些狐疑地打量起了眼前这个文弱书生模样的日本商人。蓝子天倒是一副胸有成竹的样子,听了岩边秀雄的来意后,他当即吩咐秦瑾把岩边秀雄申报的这船货物的税金结算清楚,并当场将6块光洋开票入库。岩边秀雄犹疑地问:"你们不去船上验货了吗?"蓝子天爽朗地笑道:"不用了,岩边先生既然如此相信我们,我们就没理由怀疑岩边先生了。"岩边秀雄不由得在心底涌起了一阵感动。他把心情放松下来,也就笑着说:"难得分局长把我当朋友,我真是十分地高兴了。"对于他提出请蓝子天派人护船的事,蓝子天也是二话不说,就安排了"老锅头"和小柏子去跑一趟。第一次合作的事三下五除二就敲定了。蓝子天朝岩边秀雄挥挥手:"时间紧迫,我也就不留你了,赶紧的吧。"岩边秀雄高高兴兴地去了,"老锅头"和小柏子亦是随着而去。小柏子冲"老锅头"嘀咕了一句:这下倒好,给我们派了个这样的差事,还得保护他日本人了。

一路自是平安无事,"水上漂"的人见是新四军的人在护船,只是远远地瞭了一眼,就散去了。

岩边秀雄一高兴,硬是要塞给"老锅头"和小柏子两块光洋,以表谢意,他真诚地说:"你们辛苦了,大大的辛苦了,应该的,应该的。""老锅头"和小柏子头摇晃得像拨浪鼓,坚决不受,连连说:"你这是要害死我们呀。"岩边秀雄不解了,给你们报酬,怎么是害你们呢。"老锅头"觉得几句话难和他讲清楚,便一跺脚说:"这是我们新四军的规矩。规矩,懂吗?"小柏子说:"我们的规矩谁也不能破,谁破了谁就自己完蛋了。"岩边秀雄还是觉得不好理解,这都是什么规矩呢,给钱也不能要。但他总是觉得过意不去,便出了个主意说:"这钱你们一定要收,带回去给你们新四军一起的用吧,我知道的,你们的缺少这个经费的,拿给分局长,他的不会怪你们的。"小柏子一听眼睛一转,就对"老锅头"说:"这什么什么雄先生说的也有道理呢,他硬要客气,那我们带回分局去也行啊,反正我们自己不揣进腰包不就行了。要不我俩这一趟还不真是白跑了。""老锅头"还是摇头,说:"要带你带,别扯上我。我给你看个相,你回去就等着挨批吧。"他脸上甚至带了些幸灾乐祸。岩边秀雄继续撺掇着小柏子:"真不会有事的,是我的心意,你一定要带回去,有事由我和你们局长去讲清楚总可以了吧。"小柏子这才一咬牙,下了很大决心似的一把接过去了那两块光洋,道:"行,有事我担着。犯不到哪去的。"岩边秀雄终于露出了笑脸。

3

当"老锅头"和小柏子回来复命时,岩边秀雄特地跟着他俩再一次拜访蓝子天。他除了要当面表达谢意之外,还有个事想请蓝子天帮忙。

果如"老锅头"预料的那样,蓝子天对小柏子接受岩边秀雄的两块光洋大为光火,他的眼睛瞪得一双铜铃大,正待冲两人发作,"老锅头"赶紧摆手:"我早就说了,不关我的事,他可以作证。"他指着一边的岩边秀雄说。岩边秀雄一见蓝子天是真动气了,忙说:"不关他们的事,是我真心要感谢感谢的。"蓝子天缓了缓口气道:"是你真心,我们也不能收,这个头不能开,我们一开始是怎么讲的就得怎么执行,否则就是不讲信用了。个人不能收这个钱,我们分局也不能收。这可是我们共产党人的原则。"岩边秀雄沉吟了一下道:"我看这样行吧,我建议蓝局长以后可以修改一下规矩,你们新四军给我们护送商船,出力大大的,安全大大的,以后只要愿意请贵军出面护航的,就可以收这个酬劳费,这样,我们也放心,也过意得去。这是我们做生意的规矩,没事的。"蓝子天说:"岩边说的不是没有一些道理,但这一回我们绝对不收,下次集了新规矩,咱们就按新规矩来吧。这是我蓝子天做事的一贯原则。"岩边秀雄从小柏子手上接过来那两块光洋,苦笑着摇摇头:"蓝局长真是太讲原则了。"秦瑾快嘴插上一句:"他的外号就叫蓝原则。"说得大家都笑了起来。

岩边秀雄郑重地对蓝子天道:"蓝局长,我还有个事,想请帮忙行不行?"蓝子天点点头说:"只要我们办得到。"

岩边秀雄便说:"我大川株式会社现在还要收购一批皮子,就是那种牛皮、猪皮之类动物的皮子。你也许不知道,这些东西在战争时期可是大大的紧俏物资啊,前时我听说在潇浦有个叫民众的贸易公司,他们手上有存货,而在你们根据地的范围内,这些东西管理很严格了,不能随意地流入市场,所以我派出几批业务员都难以买到。我想请蓝局长给我通融通融,看能不能将皮子通通地给我。价格嘛好商量,税嘛也好商量。你看……"他试探性地抛出了话题,等着蓝子天的反应。

蓝子天不假思索地满口应承下来:"没问题的。"

岩边秀雄大喜过望,追问着:"真的吗?"

蓝子天肯定地说:"当然是真的,我从不讲假话。"

岩边秀雄连连点头:"那确实,那确实,蓝局长说话算数,说一不二,一是一,二是二,丁是丁,卯是卯。"他现学现卖,引起了大家一片善意的哄笑声。

蓝子天说:"不瞒你岩边先生,潇浦那个叫民众的贸易公司,正是我们抗日民主政府办的,我们也做生意,正当地做生意,正当地赚钱,正当地收税。不论是谁和我们做生意,只要是规规矩矩的,我们都欢迎。用你们话讲,就是大大的欢迎。这样吧,你要多少?"

岩边秀雄忙说:"有多少,我就要多少。"

蓝子天便说:"好的,我会做好安排的,三天后,你可以直接去民众公司找一个叫喻大江的联系衔接。"

岩边秀雄这下放心了。他朝蓝子天竖起了大拇指,说:"和蓝局长做生意,爽快爽快的。我的高兴,大大的高兴。"

4

喻大江正在为民众贸易公司收购的皮子发愁。公司成立后,他按照一开始的部署,和秦人简的商会紧密联系,对那些战时稀缺紧要物资的进货渠道严加管控,运用特殊手段控制市场自行贸易,为民主政府的财经开创一条新的聚财生财道路。可他毕竟不曾在商场里摸爬滚打过，俗话说，隔行如隔山哪，这一下，他算是深有体会了。这一段时间以来，光皮子就收了七百多张，全部堆放在仓库里，不仅占用了大部分本来就捉襟见肘的流动资金，而且秦人简已经三次提醒他，那些皮子的保管问题也是大事。保管不妥，可能会被虫蛀、会发霉、会腐烂，那样损失就惨了。而由于潇浦大部分地区已经建立了抗日政权，敌占区、国统区的商人对抗日政府或多或少地有着戒备和惧怕心理，因而也不敢主动来和民众贸易公司谈生意。望着堆积在仓库里的皮子，喻大江心里火急火燎的，吃饭不香，睡觉不安。他仿佛感觉到那些皮子一张一张地都飘起来，老是在他的眼前晃荡来晃荡去。

自接到蓝子天的飞鸽传书，得知有个日本商人要一把收购库存的皮子，他一蹦三尺高，大呼大叫着："天无绝人之路，吉人自有天相啊。"把周福光和小严吓了一大跳，差点就以为他这几天为了皮子的事走火入魔了。

岩边秀雄不仅把这笔皮子生意做成了，货款两清，而且他还极其诚恳地对喻大江说，很希望能有再次的、不断的合作。喻大江自然求之不得，他大包大揽地一拍胸脯，说："岩边先生需要啥子货，我都可以给你搞来，日后你尽管直接来找我喻某人即可。"岩边秀雄道："一言为定。"

送走了岩边秀雄，喻大江犹自沉浸在兴奋之中，他故意大声地对周福光说："老周啊，今天这趟子买卖我们赚了多少呢？"小严在一边笑着回答："副分局长，你不是早就算清账了吗？老周将账本都给你看过两遍了哩。"喻大江打着"哈哈"说："我知道呢，我就想着再听听老周报一遍账，过瘾啦，没想到他娘的真是应了那句老话，赚钱不费力，费力不赚钱。这一来一往倒腾两个回合，白花花的银元，花花绿绿的钞票就流水一般淌进了腰包。过瘾，过足瘾了。"他意犹未尽地又指着小严的脑袋瓜子说："你这臭小子，得叫我掌柜的，什么副分局长，副分局长的啊，哈哈。"小严朝他吐了吐舌头,说:"好咧,叫你大掌柜的行了吧。"喻大江笑着道:"这还差不多,算你灵泛哩,小子。今晚我们去'一壶春'酒楼喝一壶,庆祝庆祝,应该吧,老周你说呢?"周福光赶紧应答说:"那敢情好啊,这么大的好事应该庆祝,该喝一杯。"小严却犹豫着说:"副分局长,不,大掌柜的,这合适吗?这赚的钱又不是哪个私人的啊。再说,还不主要是蓝分局长的功劳吗?"周福光白了他一眼:"什么合适不合适的啊,这七百张皮子做下来,光是税就净赚了三百来块钱。喝杯酒怎么啦?大掌柜的这一向为着这皮子的事不知道操了多少心啊,杯把酒的事,就是蓝分局长知道了也没啥子嘛。"见周福光这样说,小严也不好再讲什么,嗫嚅着道:"我这不也是担心违反纪律吗,也是为着大掌柜的好。"周福光道:"不用啰唆了,咸吃萝卜淡操心。"喻大江道:"小严说的也不是没道理,我寻思着也不妥呢,这样吧,我们去喝酒,我请客,自掏腰包,哥几个这几天都辛苦了,放松,放松。"小严一听便响亮地答应着:"好咧。"周福光则不满地剜了他一眼。

三人在"一壶春"坐定,堂倌拿上了菜单,周福光熟练地点道:"来到'一壶春'得尝尝他们的招牌菜'莲蓬鱼',还得品品他们自酿的谷酒'稻花香'。"堂倌笑着说:"这位客官算是说对了,来到咱们'一壶春'如果不尝'莲蓬鱼',不喝'稻花香',那就真是白来了。"喻大江心情不错,便问道:"真是那么回事吗?"堂倌回答:"那的确如此,俺可不敢糊弄客官,待会儿客官亲自尝试尝试便知小的所言不虚了。"

待莲蓬鱼端上桌来,喻大江一瞧,这盘子菜还真形象,看上去就是一朵莲蓬,莲房是以鱼肉做的,莲子却由花生米代替,形色逼真,鱼肉鲜软,花生香脆,别具一格。周福光给他夹了一块鱼,说:"来,趁热尝尝。"喻大江夹起来放进嘴里慢慢地咀嚼着,细细地品味了一会,点点头,说:"不错,不错,清香。"周福光便介绍说,这是专门用青鱼做的,还加入了鸡蛋清、绍酒、菜叶汁等必不可少的配料,才会有这个又滑又嫩又鲜的味道。喻大江对他说:"老周,你还当自己是美食家了啊。"周福光愣了一下,有些不自然地遮掩道:"我哪能称得上美食家啊,只不过偶尔吃过一回,听店小二吹牛皮,我也就记住了一些。来,来,喝一杯。正宗的稻花香,一杯香十里。"小严本是滴酒不沾的,硬被周福光逼着喝了一杯,呛得他涕泪俱下。他们俩也就不再勉强他,你来我往地对酌起来。

　　这一顿饭吃了个把时辰才打住,喻大江和周福光都有些醉意,喻大江打着酒嗝,含混不清地说:"心里高兴,痛快。店家,结账了。"周福光嘴里嘟囔着:"真让你结账啊,我来,我来。难得高兴一回,我来。"喻大江朝他肩膀上擂了一拳,说:"你敢,说好了,我请客。"那一拳擂得显然不知轻重,把周福光打了个趔趄。喻大江从口袋里摸出一张五元钱票子来朝桌子上重重一拍:"走了,走了。"等堂倌追出来要找钱,他们已踉跄着走出了丈许远。

　　见两人虽然醉眼蒙眬的,但并无大碍,小严也就懒得管了,独自一个人先走了。

　　周福光见小严走得没踪影了,便拿出来几张钱塞给喻大江。喻大江盯了他一眼,说:"干什么,不是说好了我请客吗?"周福光道:"还真让你自己掏腰包请客啊,你这回一笔生意为民众公司就收了那么多税钱,哪能让你还自己请客啊。"

　　"那也不能要你请啊。"

　　"好好好,我也不请,公司请,公司请总行了吧,反正公司也得有正常的工作经费支出吧。"

　　喻大江一听,酒劲似乎过去了,他一把攥住周福光的手,沉吟了下说:"这,这,合适吗?老周,你可别害人哪。"

　　周福光道:"瞧你说得多难听哩,这有什么不合适的?本来嘛,一个那么大的公司难道不能有经费开支?平时我们紧巴巴的,恨不得一个铜板掰成两个用,几时乱花过一分钱,不,不是乱花,简直就是从没花过。你看看,我们三个吃个便饭,这又能错到哪去了。放心吧,我的大掌柜的,就算有事,也记到我头上好吧,不关你一文钱的事。"

喻大江便不作声了,一阵寒风陡地刮来,他打了个寒战,裹了裹身上的棉袄,说:"回去睡吧。"

5

容壁税警局因为年底追加的征收粮、代金和税收额任务远远没有完成,江敬义连续几天都困不得觉,早两天前他挨了山田少佐左右开弓的几巴掌,到现在腮帮子还红肿着,火辣辣地疼,嘴里上火了,满口火泡子,满脑子里尽是征收粮、代金、税收额。他歪着嘴念叨着:4万石征收粮、10万元代金、80万税收额……他姥姥的,要这么多,我去抢都没地方下手了。偏偏晚上被老爷子雷急火急地喊回家,江宗旺劈头盖脸地就朝他大发雷霆,弄得他莫名其妙,好不容易安抚老太爷平静一些,才问清缘由。原来是有几个和他家一直有生意往来的客商这一向好像都在躲着避着不情愿和他家做生意了,江宗旺不明就里,派人去打探个中原委,才知道人家现在将容壁的生意逐渐转向潇浦那边去了,听说是那边的税收要轻了不少,还有那个泰来商号的梁唯青干脆利落地放风说,江家的生意日后还是少做为妙,他们一家都是汉奸,遭人白眼,免得自己跟着遭殃,既然惹不起,那就躲开些。江宗旺这辈子何曾受过这等窝囊气呢,以往别人想和他江家做生意还得看他给不给面子,点不点头。一想到这些,江宗旺就气不打一处来。他叫人将两个儿子喊了回来,就是想要儿子们想出个对策来。他的拐棍使劲地敲击着地,喘着粗气说:"这样下去,不仅我江家的颜面尽失,连祖宗留下的这份产业也保不住了。"他拐棍指着江敬义道:"你还收税呢,收个屁啊,生意都不来做了,看你找哪个去收。"又对着江敬仁骂:"你手里不是有人有枪吗?你那枪是吹火棍吧?被那帮穷光蛋撺出潇浦这么久了,天天讲要打回去,说的比唱的好听,哼。"两儿子在外面耀武扬威的,在老太爷面前却只能恭恭敬敬地装哑巴了。

江宗旺累了,才闭上嘴,一屁股跌坐在太师椅上,江敬仁忙乖巧地递上茶,对他轻声说:"看把你老气成这样,犯不着啊,你老放心好了,要不了多久,我们就真正要回去了。"江宗旺听着眼里一亮,却还是用那不相信的口气训斥着儿子:"又来哄我开心吧,你这没用的东西。"江敬仁低眉顺眼地说:"这回不骗老太爷的,再忍忍吧,啊,再忍忍。"江宗旺道:"忍,忍了多久了?这回真有这么回事吗?"江敬仁四周瞧瞧,压低声音说:"有这事,不过现在不能乱讲的。"江宗旺便不作声了。

他又转向江敬义:"你这当税警局局长的,也该想想法子吧,你看看那边人家收税都快收到你的饭碗里来了,你还无动于衷的,外面打烂了二十四面战鼓,你当是鸡啄簸箕啊。你不是吹说你把人家几个税卡子给端了吗?怎么他们照收不误,还越来越猖狂了呢?"

江敬义自己真是无言以对,现在看来,他那些所谓的端卡子的突袭行动,还真是小儿科了,对新四军的税收征收根本就是伤不了筋,动不了骨的。还真的想想另外的法子了。可是,怎么弄才能打乱共产党的税务征收呢。

江敬仁想起他们皇协军最近破获的一个国民党联络站。在这个交通站里起获了不少假钞,这时倒是提醒了他。于是他就对江敬义说:"你们上次端共产党的卡子时不是缴获了他们的税票吗?还在不在呢?"江敬义不解地问:"那几张废纸你问它干吗?应该还在局里吧。"江敬仁道:"那就有办法了,来,我告诉你,这样……"

听着听着,江敬义兴奋起来了,一拍大腿说:"妙,好主意,就这样去搞他们一家伙。"

第十二章

1

　　蓝子天的脚冻得发麻了,他使劲地跺着,对老黄说:"今天怎么那么冷,脚趾头好像都断了一样。"老黄正在伙房里准备早餐,他往灶里添了把柴火,拿棍子捅了捅,柴毕毕剥剥地烧得旺盛些,他招呼蓝子天,坐拢到火灶边烤烤火。他说小寒来了呢,俗话说,"小寒大寒,冻成一团。"一般来讲,小寒时有霜有雪,还伴随着冰冻,小寒实际上要比大寒还冷些。蓝子天嘀咕了一句,难怪了。老黄抬起头透过窗口看了看天气,又说,看这天冷倒是冷,只怕是冒得雪下,不像是下雪的天,今年的雪是最少的,只是冬至前后下过一场,这可不是好兆头。蓝子天对于地方上的这些季候变化是没什么概念的,他好奇地问,没下雪怎么又不好了呢?灶里有没干透的柴火烧起来就冒黑烟,老黄鼓起腮帮子往灶里吹了几口气。他说:"小寒大寒不下雪,小暑大暑田开裂。这就是讲来年可能会出现大旱了,大旱影响收成,你讲好不好呢?"蓝子天道:"你这是没有根据的话,信不得。"老黄笑道:"那可不一定了,反正老祖宗口里传下来的,没一点根据总不至于传得那么久了吧。"

　　老少两人正有一搭没一搭地打着闲讲,龙雪一头撞了进来。她手里拿着一双布鞋,进门就朝老黄嚷着:"老黄叔,做什么好吃的呀,有我的份吗?"老黄笑道:"你这丫头一大早讲鬼话,老黄叔自己不吃也得让你吃饱。小寒来了,叔总得要想办法给你们做顿好吃的。"龙雪口里说:"那一定是做了腊八粥吧,甜的还是咸的啊?我可喜欢吃甜的了。"便做出一副嘴馋的样子就要伸手去揭锅盖瞧瞧,老黄敲了敲她的手背,笑骂道:"拿开你的鬼爪子。哪里来的腊八粥啊?一冒得二冒得的,你让我拿什么去做个鬼腊八粥哦。"

没提防秦瑾突然就钻进来了,她大呼小叫着:"啊呀,老黄叔给我们做腊八粥啊,我甜的咸的都喜欢。我来瞧瞧。"眼疾手快地将锅盖一把就掀开了。待锅里腾腾雾气散开,哪里有什么腊八粥呢。秦瑾惊讶地说:"这是什么啊?没见过这样的腊八粥。"老黄便带着歉意说:"我真做不出腊八粥来,你们看看我这里连一粒红枣、一块木耳、一颗荸荠也寻不出来,让我怎么做吧?"秦瑾便夸张地仰天长叹一声:"唉,过小寒节连腊八粥也吃不到,老黄叔怎么这样抠呢。"龙雪也一本正经地摇头晃脑:"真没想到,真没想到,我心目中的老黄叔简直就是一个巧妇啊,可以做无米之炊的,结果如此,如此结果。"老黄经两个小姑娘一闹,倒是愈发感到内疚了,他心里真是有些后悔了,自己应该千方百计、想尽办法也得做一顿腊八粥。

蓝子天见老黄被两人一唱一和地弄得有些下不了台,忙笑着出来圆场:"我说你们俩别拿老黄叔开心了,我看老黄叔到底给我们做什么好吃的了,没腊八粥还不是一样的啊。"老黄忙说:"我给你们煮了菜饭吃,看看,里面放了青菜、糯米、生姜粒子,还有几片咸鱼,可惜没搞到肉片,不然更香些。"秦瑾和龙雪都将鼻子凑近锅子,深吸一口气,几乎是异口同声地说:"真香啊!"那神态,让蓝子天和老黄都忍俊不禁了。

闹够了,秦瑾看到龙雪手中的鞋子,便一把拿过去,细细瞧了瞧,说:"这鞋子做得真结实,还铺垫了棉花呢,穿上暖和。给谁做的啊?"龙雪正待回答,尚山虎人还在门口就问:"老黄头啊,做了什么好吃的,闻着都香嘞。"进得门来,一眼就瞧见秦瑾手里的新鞋子,听秦瑾问是谁的鞋子,他赶紧一把就抢了过来,朝龙雪挤眉弄眼地说:"这么好的鞋子还能给谁,当然是给我的啊。"龙雪鼻孔里"哼"了一句:"想得美,谁给你做的啊?"趁尚山虎没留神,手一伸,那鞋子又回到她的手里了。尚山虎故意逗她:"怎么又不是啦,我那天在你娘老子手里买的鞋底子,特意和她讲好了的。到你手里就变卦了,那不是我的是谁的?"他特意不提蓝子天的名字,看龙雪怎么办。老黄也说:"龙姑娘,那不是他的,又是谁的,看这大小也不会是你们姑娘家穿的。"龙雪便把鞋子往蓝子天怀里一推,说:"给你的。我妈给你做的,让我给你送过来,天冷冻脚,正好穿上。"她催促蓝子天,"赶紧试试看,合脚不合脚。"尚山虎在一旁油腔滑调地朝蓝子天说:"怎么不合脚啊,那天特意还量了码子的。这是咋回事嘛,老娘做鞋,闺女送鞋,你这人也真是福气啰。"蓝子天不好怎么说,只好笑骂他几句:"大清早的就听到你一个人嘴多屁多,黄叔,赶紧拿饭塞上他这张嘴。"又见龙雪期待的目光,他便脱下脚上的那双单鞋子,来试试新鞋,穿上后感觉蛮舒服,龙雪又让他走几步试试,他听话地真地就走了几步,还原地轻轻跳了跳,说:"好哩。合脚。"

　　蓝子天光顾着自己试鞋子了,一点也没留意到秦瑾在一旁沉默不语,眼神复杂地注视着这一幕。

2

　　小寒过后,年味渐渐浓了。以老人们的讲法就是"叫花子也有个年三十"。置办年货,房前屋后打扫卫生,外出的人们匆匆忙忙地行走在回家的路上,人们收拾好忙碌了一年的心情,都准备安安心心地过大年了。这即将过去的一年,尽管每一天也是那么紧巴巴地熬着,尽管时刻都得揪着一颗悬着的心,毕竟还是一天天过来了。虽然根据地和敌占区、国统区之间一直处在一个犬牙交错的状态,但一切看上去似乎还算平静,这样的局面对于乡亲们来说,显然是内心里所期盼的,不用背井离乡,不用流离失所,只要鸡犬相安,哪怕日子再苦,能让他们安安静静地过好年,他们已经觉得是老天爷开眼了。

一段时期以来的平静,却让潇浦县抗日民主政府的县长于振兴心里面平静不下来,多年来养成的一个直觉告诉他,风平浪静的背后就怕有暗流涌动。在县政府召开的年终总结大会上,于振兴不无忧虑地说出了自己心里的隐忧,他当然只能从形势的层面上来给大家分析分析,反复强调和提醒大家要保持警惕,不能陶醉于眼下的安宁,面临的艰难困苦还将更为严重。

而此时的蓝子天正沉浸于喜悦里。他刚刚得到了县政府的奖励,由于税收征收工作的突出业绩,他还和其他战线的四位代表雄赳赳气昂昂地走上了主席台,由于振兴县长亲自给他们披戴了大红花,税务稽征分局还得到了三支步枪和100发子弹的奖励。台下掌声雷动。他暗自下定决心,在新一年的征收上还要再上新的台阶,他甚至于豪气干云地表态,下一步要争取将征收的税款翻两番。他觉得这个目标一点也不是吹牛皮,回顾税收分局成立以来的工作,也有大大小小的挫折,也有多多少少的失误,甚至还遭受过重大的打击,但现在征收工作的基础正在不断夯实,各项制度亦在不断完善,积累的经验也在不断丰富,特别是税收增长的渠道得到了不断的拓展,他为此充满了信心,底气十足。

所以,当于县长左一个要警惕,右一个要警醒地强调时,而蓝子天听了倒不以为然。蓝子天暗想,财经建设是战争胜利的重要保障,如果我们的税收上去了,有了钱,就有了武器,武器装备上去了,难道说还怕他小鬼子不成?小鬼子也是爹娘生的,没有三头六臂,没有枪子打不穿的,现在我们为啥不能和小日本来硬的,就是因为缺钱啊,一穷二白的,拿一个血肉之躯去拼,哪能打得过人家呢?他一想到这里,顿时觉得自己肩上的担子更重了,税收分局的责任更大了。

散会后,他和一同参加会议的喻大江一道往民众公司去,他想趁着这次来县城的机会和喻大江好好聊聊,听听意见,税收要上去,民众这一块可得加把力。路上,他见喻大江两眼通红,便关切地说:"你还是得注意休息好才行,身体累垮了,那就没有本钱了哦。"喻大江揉了揉惺忪的眼,说:"没事,放心吧,想当初我们在狮子山游击队时,几天几夜不合眼不是家常便饭吗?"蓝子天说:"那倒也是有过,不过还是尽量注意点好。说起狮子山,倒真有点想念起那段岁月,打得痛快,拼得痛快,不似现在这样,一开始我还硬是没法适应。把你拉进来,可是我向于大麻子提出来的条件呢,你不怪我吧。当时谷家峻,我们的谷大队长可是想不通呢,没办法,人家于大麻子堂堂县长大人开口了,官大一级压死人,他敢说半个不字,把谷家峻噎得没法了。哎,说起来还真是有些日子没看到谷家峻了,今天也没看到他来开会呢。"喻大江说:"我也好久没见到他了,早几天还听说他们和'清乡'的鬼子干了一仗,吃了亏,部队伤亡较大,不知道他怎么样了。你走了有好几个月,游击大队的政委还没人顶上去。谷大队长心里可一直窝着口气呢,我曾经在县政府碰到过他,他还在找于县长扯皮。"蓝子天道:"咦,怎么还不给他派政委过去呢?这于大麻子,挖墙脚倒是飞快的,补起来就不爽快了,也别怪老谷有意见。"喻大江打了个呵欠说:"也不能全怪于县长,听说给他提了好几个人选,他一个也不中意,还胡搅蛮缠地说要县长把你放回去,你说这行得通吗?谷大队长就说反正税收这一块已经搞起来了,你回去也不碍事了。县长当即就批评他没有大局意识。给你配你不要,刚好县长手头现在人手也紧,这事不就一直拖下来了。"蓝子天笑了:"批评得好,这老谷啊,三天不刮他一顿胡子,他就浑身痒痒,呵呵。"喻大江也笑了:"可他那边确实也吃紧,鬼子的'清乡'啊'扫荡'啊搞过不歇气的,压力也挺大。"蓝子天说:"也真是苦了他们。说心里话,我还是愿意和老谷搭档,痛痛快快杀鬼子。可这边一时只怕也脱不开。下次碰到于大麻子我也得和他催催。"喻大江便说:"就是说了,早几天县长遇上我还在问我愿意去当这个政委不？"蓝子天一听马上说："那你更不能去了,你想现在民众公司这一块才有点起色,你怎么能走人呢。这个于大麻子,又打起了歪主意。噫,那你怎么回答他的,没答应吧？"喻大江笑道："我还能怎么回答,我只有服从组织安排啊。不过,我也和他说了现在民众公司才起步的实际情况,他听了,倒是没多讲什么,不知道下一步他会如何安排那就不晓得了。"蓝子天道："那我得找他说道说道,你一去,民众这一块的部署就打乱了,今年我还指望你这边多出力呢。哦,对了,现在民众这边的情况如何呢？我正想找你了解了解。"

喻大江说："说着说着,我们就快到了,干脆到公司再和你详细扯扯吧。"蓝子天回道："也好。"两人便加快了步子。

蓝子天见到周福光时,发现他也是满眼血丝,一副没睡醒的样子,而走近来,他闻到了周福光酒气醺醺的,不由得皱了一下眉头,对喻大江说："怎么你们俩都是熬夜去了吗？"喻大江赶紧绕过这个话题,朝蓝子天道："也没啥多大事呢,老周,给蓝局长倒杯开水来,这天气冷得人打摆子了,喝杯热茶暖和暖和。"周福光低着头趁机避过了蓝子天的逼视。

待蓝子天坐下,喻大江立马就和他说起了民众公司的情况。

"民众第一笔业务的开展,就是和那个日本商人岩边秀雄做成的,按照我们的规定,在市场价格的基础上给他加上了税收,也就是说我们在七百张皮子上并没有赚钱,只是收了他的税而已,那一笔税有三百块吧。后来,我们就和这个岩边秀雄建立起了联系,他不仅自己到我们这里来购买一些紧俏货,还真地给我们带来了其他客户,其中还有日本人开的公司,像那个什么大和华北分公司就是的。日本人为什么也愿意来找我们呢？一则是有些货物我们在市场上进行了限制,逼得他们只有找上门来;另一方面的话,在我们这里交了税,他们在我们根据地的范围内走货就一路畅通无阻了,这也是很关键的。说起来呢,还多亏了蓝局长作出了这样的部署，一步一步的，就将民众公司引上路了。说真心话，一开始，我还真不知道怎么弄，无从下手啊。你也不是不知道，我哪是做生意开公司的料啊，祖宗几代上去都只怕没沾过这'生意'二字的边呢。"

周福光这时插话道："确实还是搭帮了蓝局长，不是你介绍那个日本商人来，我们都望着那一仓库的皮子发愁死了，喻大掌柜的那可真是茶饭不思，寝食难安了。"一听他喊"喻大掌柜"，喻大江几乎要变了脸色。周福光自知漏嘴了，忙闭上了嘴巴。喻大江瞄了蓝子天一眼，还好，蓝子天似乎并没在意。

他接着道："我有个想法，不知道蓝局长是否同意。民众要做大的话，我觉得光靠着挣税款不行。"他一边说，一边望着蓝子天的反应。蓝子天点头示意他继续讲。

"现在我们仅仅只是做了几类货物，虽然这些东西在市场上来讲的确是些紧俏货，甚至是和战争关系紧密的物资，但毕竟数量有限，而且我们这些货物的来源主要还得靠商会会长他们那一帮子掌柜的配合。所以，有很多的局限性。我寻思着，我们何不放开手脚来自己做生意呢，既可以赚差价和利润，又可以扩大经营范围，凡是可以做的生意都做一做，那就真叫财源滚滚了，我们赚的绝对要比只征到的税款多出不知多少番了。"

见蓝子天只是静静地听着，并不发表反对意见，喻大江便干脆挑明来讲了："我仔细考虑过了，做生意也许要有足够大的本钱才好动手，但对于我们民主政府来说，这就可以省掉了，为什么这样讲呢？现在，抗日民主政府在潇浦地区可是一块响当当的招牌，还可以讲就是一块金光闪闪的招牌。这些天来，我虽然才接触做生意这行当，但我们有了这块金字招牌，就容易多了，那真是平常人们所讲的，赚钱不费力，费力不赚钱，我们这副招牌一亮，就没有人不相信的，也没有人不听的，做什么生意都是一句话的事了。所以嘛，我琢磨着，我们得充分利用好金字招牌，在这个上面做文章,赚钱的事不难。"

尽管他还是没有也不能直截了当地说穿了讲,蓝子天依然听出了喻大江这番话的中心意思,他在心里盘算开了,按喻大江的思路,其实就是说要打抗日民主政府的招牌来赚钱。这是第一。另外一个,就是说,没有本钱没关系,政府出面做生意,就不怕没业务开展,也不怕没钱赚。照喻大江的逻辑推理,蓝子天觉得他的出发点当然还是为了给民主政府多创收,这是不容置疑的。但他又隐隐觉得,如果采取这种创收的方式似乎又有些不妥当之处,喻大江话语中其实都离不开一个核心词——政府的权力。政府的权力用来征税,显然是无可厚非的,但还有个很重要的前提是政府的征税还得合情合理合法,苛捐杂税多如牛毛,不顾老百姓死活,就会引起民愤,到头来必会危及自身政权。蓝子天清楚地记得董准和他说起过税收的职能问题,马克思形象地讲过,税收是喂养政府的奶娘。董准说,那么我们都知道,奶娘可不能出问题,只有一个健康的奶娘,才能哺养出一群壮实的儿子。依照这个理,如果说作为一个具备征税权力的税务分局,反过来又要来打着政府特有权力的牌子做生意赚钱,是不是将自身的职能给混淆了呢?蓝子天想着想着,觉得自己理不清楚了,头脑里有点乱了。但他觉得可以肯定一点的是,喻大江的没本钱也能做成生意的说法,就是不行的,那不成了强取豪夺了吗?不也就是一种变相的剥削行为了吗?那和我们党的宗旨明显背离了。还是得慎之又慎才行,由不得喻大江那么搞。征税归征税,做生意归做生意,更不能依仗政府的牌子来打压商人,强买强卖。

蓝子天慎重地对喻大江说:"你的出发点当然是能够理解的,但现在,我想民众这一块还是稳妥一些为好。于县长在会上对当前敌我形势进行了深入分析,我们目前最重要的还是要巩固好根据地,所以,我们的观念都得改变,征税的话,务必严格按照县政府制定的政策来执行,我们具体从事征收的不能也无权去擅自搞规定以外的条条框框来。这是原则问题。"他的话显然是不同意民众打着政府的牌子去做生意。

喻大江的热情被浇了一盆冷水。他有些不甘心,还想说服蓝子天:"可是,我通过这一段时间初步了解了做生意的事,如果我们来搞些经营的话,赚钱还真不是难事。这样何乐而不为呢?"

蓝子天便说:"你的提议不是没有道理,政府开公司开商号的确也是一条增加收入的途径,但我们税收分局既收商家的税又赚商家的钱,这只会引起他们的反感。虽然人家嘴上不会讲,或者不敢讲,但他心里服气吗?是不是可以以政府名义做做生意,这个也不是我们能定夺的,得由县政府甚至于是边区政府来决定。当然我们可以向县长建议。民众现在要做好的,就是规规矩矩地按照最初的规定,对相关的货物实行限制流通,交易时也只能加收税金,其他的一律不得多收一分一厘。同志哥哎,原则上可不能含糊噢。"

话说到这个分上,喻大江再也不好坚持了,只得点点头算是认可。

送蓝子天出来的时候,蓝子天对周福光说:"你这个老周啊,一副醉醺醺的模样,这样子可不行,你是老同志了,对自己的要求得更加严格。"说得周福光耷拉了眼皮。

侧过脸又对喻大江道:"龙口那边的情况已经基本上稳定局面了,我向于县长提出是不是过年后我们分局还是回到县城这边来,可他没答应,说是龙口既是前沿,又是大后方,还得看局势下一步发展的情况再决定。县长自有县长的考虑,我们只有服从。那么这一边的事情你们可得多费心了,千万千万出不得乱子的。特别要注意依靠好商会,秦会长对抗日政府可是很支持的,发挥好他们的作用,也能减少一些阻力。俗话说无商不奸,但并不是所有的商人都是奸商。"

喻大江不置可否地"哦"了一声。

3

刚刚回到龙口,屁股还没落座,尚山虎和鲁双涛就急急地找上门来了。

尚山虎拿着两张税票递给蓝子天,说:"你看看吧,这是我们的税票吧?"蓝子天拿过来瞧了瞧,说:"是啊,这两张是胜岩砥卡子上开出的。这两张税票怎么会到你的手上,有什么问题吗?"

鲁双涛说:"这是我们便衣队在上路稽查时发现的。当时查到三马车的货物,我便去查验是不是交税了,结果押运的拿出来这两张票,说是交过税了的。我一看,这票看起来还真是我们分局的票,反正我看不出名堂来。只是我有些怀疑的是,为何会有胜岩砥卡子上开出来的票呢?胜岩砥和龙口也不近啊,有上百华里的路程。那人解释说,货就是从那里运过来的,还反问我难道不行吗?都是你们新四军的税务票,管它是胜岩砥的还是哪里的呢。他这样一说我倒是不好怎么讲了,只是我心里总觉得有些不对头,所以就拿了票找山虎看看。"

尚山虎说:"我一看也没看出么子不对头,听双涛一讲,又觉得其中有些猫腻。但找不出来,正好你回来了,就拿来给你也看看。"

蓝子天问:"照理说呢,只要是在我们根据地的范围内交了税的,我们都得认账,这是毫无疑义的。那人和车呢?"

鲁双涛说:"我当时要拿他的税票过来,他还硬是不愿意,还耍起了横,那理在他那边,我也不好把他给扣起来,就让他在镇子外等着,他也不干,说急着回去交货,扯了一阵,他就说过一两天反正还要经过龙口的,再来找我要票,我一听,也就让他先走了。"

蓝子天拿着票仔细看了起来:两张票面上的税金一张有三十五元,一张是五十八元。盖的戳印是"潇浦县抗日民主政府税收稽征分局胜岩砥卡子章",印章没问题,品目填的是"货物一批",虽然简单了点,但也说得过去,没多大的疑点,时间是上个月的二十八日,这已经过去了有半个多月了,而因为胜岩砥到龙口有这么长的一段距离,这从情理上也不能作为有问题的依据。蓝子天这时候几乎就要作出这两张税票无问题的结论了,但当他一眼瞟到了票面的右下角时,他有了发现,开票员一栏里填写的是"杨老根"。他一拍脑袋,说:"有问题,这票有问题了。"

尚山虎和鲁双涛忙凑过来看,他们还是没看出其中的端倪来。明明写的是杨老根的名字啊,这有什么问题?林少伟牺牲后,石头去了胜岩砥负责挑起卡长的担子,杨老根就是那个搭救林少伟的药农,在林少伟牺牲后,他自己积极主动要求加入了税收分局,而且听石头讲他表现很不错,又熟悉本地情况,他能有什么问题吗?蓝子天指着"杨老根"三个字说:"不是讲杨老根这个人有问题,而是他的名字有问题。杨老根并不是他的大名,而是别人习惯叫他的名字,他的大名叫杨根福。老根开票时绝不可能写上自己的小名,何况老根粗通药理,平时还懂得给人家开个什么药方,识得些字,他不可能把自己的名字在开票时写成杨老根。这就是问题了。所以他不肯跟你到这里来。"这时秦瑾在一旁也说:"我想起来了,林大哥牺牲后,我曾对胜岩砥卡子上的税票进行了核实,发现丢失了五份票,看来这票现在给人利用了。"鲁双涛一听,掉头就往门外奔,他想去追回那三辆车来。

尚山虎气得骂了起来:"他娘的,真是狡猾。"

蓝子天想了想说:"看来这是个信号,敌人在千方百计地想鬼点子来破坏我们的根据地。秦瑾,你赶紧想办法,通过我们的联络站尽快通知各个卡子,包括在县城的喻副分局长,让他们严密注意敌人利用假税票来真逃税。"秦瑾应着就去了。

不大一会儿,鲁双涛垂头丧气地回来了,不用说,那几辆马车早已溜之大吉。他恨恨地说:"真是窝囊啊,收了那么多税,还给那王八蛋硬是骗了,下次别再让我碰到,我非把他撕成两半才算解气。"

蓝子天安慰着他说:"这也怪不得你,只能说敌人太奸诈了。眼看就要过大年,想来不会有节外生枝的事吧,偏偏又钻出来这等事,足以说明我们还真是大意不得。这次在年终总结大会上于振兴县长就反反复复地讲了要提高警惕,防止敌人的阴谋诡计,他说表面上的平静恰恰意味着背后有不平静。唉,我当时听了还不以为然,觉得他婆婆妈妈,神经过敏了。没想到还真是他所说的那样,形势依旧是逼人的。"

4

仅仅三天之后,就有情况反馈过来了。

最先报告的是胜岩砥卡子上发现了盖有龙口税卡子征收戳印的税票。当天正是石头带人在卡子上检查,他查到了一车花生油和棉籽油,是从胜岩砥往龙口方向的货,货主拿出票来,说是交过税了,石头一看,竟然是从龙口税卡子上开出来的税票,因为接到了秦瑾传递过来的消息,他当时就怀疑哪有这么巧的事呢,而且由于胜岩砥本地产油,有不少油榨坊,从以往植物油的流向来看,一般都是经胜岩砥贩往龙口去,所以交税按惯例都是在胜岩砥交的。而这车货还没到龙口,怎么就在龙口交了税呢?石头越想越可疑,便盘问货主,其人支支吾吾地答不上来,却依然态度强横地说:"你问那么多干什么呢?反正已交过税了,这票明摆着在这里,白纸黑字,交到哪还不都是你们政府的吗?"石头心细,将手中的票反复查看,他发现了疑点。他将胜岩砥卡子上的票与手中的这张票细细一比对,看出来这张龙口的票上的戳印要比胜岩砥的票略略大了点,而当时各税卡子上的票证印章都是由分局在同一家印社按统一的大小和统一的字体进行制作,规格几乎就是一致的,即使有细微的区别,那也是肉眼难以挑出来的。而这张票上龙口的印章凭一双肉眼就看出了与真印章在大小上的不同，石头因此断定其中有诈，便将人和车一股脑儿扣下来了，但那货主却甚是嘴硬，反正不承认自己作假，还说就算是假的，那也是被人骗了。

接下来又有月林卡子上的卡长任其文亲自跑到分局来反映，情况更加严重。他不无自责地先作检讨，说由于他的警惕性缺乏，在月林发生了肆意利用假税票偷逃纳税的恶劣案件，近半个月的时间来，月林卡子上的税收征收额大幅度地减少，而他对于税金锐减的现象没有引起足够的重视，当得知在龙口发生了假票事件后，他这才急了，组织人员进行深入调查，一举查获了在月林一带贩卖假税票的事情。有人将假税票以低价卖给要交税的生意人，那些假票都是仿照潇浦县税收分局各税卡子上的票造的，有些造假水平高，不仔细看真是难以分辨，足以以假乱真；有的虽粗糙些，但如果没有警惕，马虎对待的话，也容易蒙混过关。据他们初步的核实，目前在月林已经发现有二十余份假税票，税款流失达二千余元，能够追回补税的不及一半。目前已经抓到了三个使用假税票的人，正在追查其假票的来源。

蓝子天意识到了事态的严重性，事实证明，敌人是有计划有预谋地实施着假票的卑鄙阴谋，其目的不言而喻，既要扰乱根据地的财税秩序，又在抢夺根据地的经济资源，可谓居心叵测，其所酿成的后果自然是非常之恶劣。他猜测着，敌人的这个阴谋肯定已经在根据地全面铺开，如果不果断采取措施予以控制的话，那么局面将于己很不利。不知道流入根据地的假税票有多少数量，而且也不知道这些假票是否已落入到了不法商人的手中并且已经通过了税卡子的检查，对于税收的损失目前来说还难以评估。要扭转如今被动挨打的形势，势必以非常手段予以补救了。

蓝子天召集了分局支委通报了假税票的事件，在征求了大家意见的基础上，他宣布了三条措施。一是对各卡子上库存的税票彻底摸清底子，并全部加盖上分局支部的印章后方可继续使用（这也是从节约和不浪费的原则考虑）；二是在全区内发布公告，凡是有买卖假税票行为的限期自首，否则一经发现有隐瞒不报的，将严厉查处；三是广泛发动老百姓，积极护税，举报偷逃税行为。

假税票的事件如此才算基本上处理完了，这件事给蓝子天思想上产生了很大的震荡，他越来越发现，税收这个领域的复杂性远远超出了自己曾经的预想，他之于财税工作当然是陌生的，陌生却不足以让他怯懦，他只是觉得天天和写写算算打交道，哪能和去战场上真刀真枪地杀鬼子比呢。在游击大队的那些年头里，敌情不可谓不复杂，他和战士们每天都是将脑袋挂在裤腰带上，但他们没有退却过、动摇过，而自从他来到税收征收分局，他尽管也是绝对服从组织的安排，心里面还真没拿收税当成多大的事，于县长，包括那个边区政府财经委员董准，将税收工作的意义说得那么"天花乱坠"的，在蓝子天看来，无非就是两个字——"要钱"呗。他不止一次地和分局的税干讲过这样的观点：什么是征税，征税就是"要钱"两个字，要得到钱，你就有真本事。他嘴巴上这样和人家讲，心里却又不是那样认为的：收得到钱的也许就可以讲有点本事，而即算你收得到钱，那又真能称得上有大本事吗？收税能比得上杀鬼子吗？根本就不是一回事嘛。蓝子天在内心里还是那样认为的。而几个月的税收工作一走下来，他对这条战线固有的甚至于有些不屑的看法得到了颠覆性的改变，分局成立以来所遭遇到的种种挫折，使他意识到了，在税收这个战场上，时刻都会有意想不到的情况出现，随时都面临着把你推向风口浪尖的可能，各种各样的矛盾激化和加剧的现象也是丝毫不亚于战场上那纷飞的战火及弥漫的硝烟。在税收这个战场上，敌人使用的手段虽然不是枪炮子弹，但却是无孔不入的伎俩，让你防不胜防的阴谋，有时候，你仿佛是和一个影子在较量、在作战，那个影子让你追着它捉迷藏，让你有劲使不上，让你吃了哑巴亏后只有去亡羊补牢了。

假税票的事尽管让于振兴县长非常恼火,但他对蓝子天他们的补救措施还是给予了肯定。他看到蓝子天和他税收分局的战友们正在另一个抗日救国的战场上一点点地成熟起来,他由衷地感到高兴。蓝子天还在为税款的损失而自责不已,于振兴县长便安慰他说:"这是花钱买来的教训,值得。一方面说明敌人太狡猾了,另一方面也更加坚定我们一定要抓好根据地财经建设的信心。敌人越是破坏,我们就越是要迎接挑战。这好比面对着一个阵地,我们得坚守住,不能退缩,敌人再猖狂进攻,我们也不能丢失阵地,这个阵地一旦溃败了,那我们的根据地就危险了,我们的民主政权就动摇了。"蓝子天深有感触地点点头。这个道理,他现在彻底弄明白了。

5

大年三十到了。家家户户都贴上了春联。大红的春联仿佛火红的心情,一年到头了,再怎么着,现在也得长舒一口气,把郁积胸中的憋闷吐出来,痛痛快快地享受着过年的热闹吧。潇浦一带过年向来闹得很火,人们也是很爱热闹和晓得怎么热闹的。

当地人十分看重过年,过年是传统节日中最重要的一个节日,持续的时间最长。从先年腊月二十三过小年起到第二年正月十五闹元宵为止,历时约二十三天,活动繁多,热闹非凡。一般早在年前几个月就开始晒好薯片、米年糕,供过年油炸、炒食。冬至一到,便开始蒸酒,熏制腊肉。除夕夜吃团圆饭时,在丰盛的菜肴旁,他们还不忘多放几副碗筷,以示请祖先回来一起过年。吃过年饭,天色渐晚,这时家家户户便在堂屋里堆起丁块柴烧起大火,还要把屋内外所有的灯都点亮。有俗语说:"三十的火,十五的灯。"大年三十没有大火是不成气氛的。即便是大晴天,也得烧火烤火。

正月初一起就开始拜年了,也有讲究,道是"初一崽,初二郎,初三初四拜团方"。说的是大年初一做儿子的应去父母家拜年,初二做女婿的应随妻子去岳父母家拜年。俗话说得好,"远亲不如近邻。"初三初四就是亲朋戚友互相拜年了。这几天,街坊邻里们都纷纷走出家门,互祝"过热闹年"。在龙口镇还有习俗,正月初一的大门是不能随便打开的,要等到吉时。时辰一到,家家大门打开,刹时鞭炮齐鸣,响彻山野。这天起,大家相见均拱手互道"新年好",儿孙们也要给长辈拜年。初一、初二不倒垃圾不扫地,非扫不可时,扫帚不向外而向柴角落里扫。在阶基和柴角落堆很多柴,谐多"财"。初三是"送穷鬼",这天一早,人们就将家里积存了两天的垃圾,往路边一倒,将装垃圾的簸箕往垃圾上一扣,燃上三根香,放三只鞭炮后喊道"穷鬼去,富鬼来",这表示家里送走穷鬼,从此走向富裕。拜祭也罢,送"穷鬼"也罢,表达的都是人们对美好吉利的深切向往。在潇浦,从正月初一到十五,不论是乡下或集镇,到处可以看到舞龙灯、耍狮子的。舞龙灯先要"接龙":舞龙的队伍经常挨家挨户发请帖,凡是接了请帖的人家就依次进屋去舞龙灯表示祝贺。舞的时候,一条龙上下飞舞,左旋右转,伴随着欢快的锣鼓,节日的气氛更加浓烈。"龙"所到之处,鼓乐齐鸣,鞭炮不绝。

秦人简在大年前就捎信给女儿,要秦瑾回潇浦过年,他还说不知道是不是方便约了蓝子天一块回家,反正他也是一个人在龙口,孤孤单单的。其实秦人简心里面还打了"小九九",如果蓝子天能和女儿一块回家来,他便要去约了于振兴来,请县长做媒,最好能把女儿和蓝子天的婚事给定下来。他看出来了女儿对蓝子天的好感,而他和蓝子天这个小伙的几次接触,也甚中意于他的厚道、他的精明。女儿选择了这样一条道路,他想如果她能和蓝子天结合,女儿一定会幸福的。作为父亲,他想的是只要女儿高兴,只要女儿幸福,他就感到放心了、满意了。至于说媒、相亲、换庚、定庚、过门、拜堂、闹房、回门那成套成套的仪式,既然人家共产党不兴这一套，他也懒得去费心劳神了。三个孩子当中，现在儿子秦琮已然成家，侍奉在身边，儿子虽然性格有几分懦弱，但老实诚恳，不至于给家里捅出什么娄子；二女儿秦瑜已经快两年没和家里联系过了，前时听说有人在省城偶然看到过她的身影，待他派管家王明基特意去寻找时，却又没得到一点音讯，这乱世之中，一切还真不好讲了。他最疼爱的是小女儿秦瑾，一方面是因为孩子亲娘死得早，这孩子自小没娘的呵护，心里面自然没少受过委屈；另一方面呢，女儿大了，如果她的终身大事能够早些定下来，他就放下一条心了。他想着，女儿和蓝子天之间现在无非就隔了一张薄薄的纸，只不过是没人来捅破它。

秦瑾当然也想和蓝子天一块回家去，可她想来想去，这个口还真不好开。让她一个姑娘家那么直接地邀约一大小伙子一道回家去，这会让人笑话的，她可抹不下这个面子来，再说，万一人家不答应，那就更让自己下不了台了。秦瑾便犹豫着，有两次好不容易逮着和蓝子天单独能说上话的机会，话到嘴边上，她还是给吞了回去。

可就算她说了，就算蓝子天愿意，可还真是不能和她回家去。因为蓝子天接到了县政府的紧急命令，于振兴县长要求征收分局，还有龙口自卫队在春节里务必做好春节里的保卫工作。他没有透露出更多的情况，而蓝子天凭自己的敏感，知道于县长下这道紧急命令肯定是有缘由的。于是，蓝子天马上进行了布置，他要求所有的征收队员都必须坚守岗位，不得擅离职守，同时，他和龙口自卫队队长龙雪紧急进行了磋商，在龙口的陆路和水路安排岗哨，加强对进入人员，特别是可疑分子的身份盘查。秦瑾在这样的情况下自然也不可能回潇浦陪父亲过年了，她原本也不想独自一个人回家去，这下倒也是正好如愿了。

那边秦人简却未免感觉到了几许失落。

第十三章

1

县长于振兴当然不是在搞风声鹤唳和草木皆兵,他从江峡边区等有关渠道传递过来的情报综合分析,敌人年底前后肯定会对根据地有所动作,这就契合了他早就有的那一种预感,太过平静的背后说不定正在酝酿着一场暴风骤雨。应该说蓝子天也和他报告过一个情况。蓝子天曾经稽查过一个叫梁唯青的商人,每当要贩运货物时,他一定会找蓝子天,让税务分局护送。前不久,他就向蓝子天提起过,他偶然听到了从江宗旺嘴里流出来的话,说是他江家很快就将重新坐回潇浦的江山了。那口气有些得意,也显出口大气粗来。于振兴目前苦于没有敌人具体的行动方案,能做的只能是在密切关注敌方的动静外,尽可能地采取一些防范手段。

内紧外松,于振兴的大年三十夜是在政府机关的值班室过的。他特意吩咐食堂加了菜,生长在南方的年轻人对于包饺子可是外行,他还兴致勃勃地告诉几个小年轻怎么包饺子。若无其事地和大家吃过团圆年夜饭后,他就带上警卫员出来,准备去岗哨上查看。刚步出机关院子大门口,就碰上了秦人简和管家。秦人简给他送蛋糕花来了。

蛋糕花是地方特产,一般得过年时才做了吃的,一般的贫穷人家当然也是不会做的。于振兴是地地道道的北方人,蛋糕花可是头一遭看到,王明基打开提着的木制盒子,说,刚出笼的热蛋糕花。闻一闻,真是香气扑鼻而来。因为加入了食品红的缘故,每一片上都显示出清晰的蟠龙纹来。

秦人简道:"县长,尝尝吧,这可是本地过年时才能吃得到的。"于振兴夸张地吸了吸鼻子,说:"真香,真香,可惜我现在没有口福。这样吧,会长的客气和心意,咱也不能马虎了,送给那些值班室的尝尝吧。"秦人简奇怪道:"这大年夜的,县长还不歇息歇息啊?"于振兴道:"我得去查查岗哨去,谢谢会长一番美意了。"王明基便说:"县长您好歹就尝一口嘛,也不枉我家老爷亲自送过来不啰?"于振兴便说:"好,好,好,我尝尝。"他伸出两手指就拈了一块还冒着腾腾热气的蛋糕花往嘴里送,一边吃一边说:"好吃,好吃,不比我们老家的饺子差,小王,你也尝一块。"警卫员小王早已馋了,一听县长发话,他眉开眼笑地说:"是。"

于振兴不能再耽搁,朝秦人简一拱手说:"过年大吉。"便和小王旋即消失在夜色里。他们行动之迅速,让秦人简不禁感慨道:"老夫经历过的县太爷也不下五任,唯独这共产党的县长别具一格,看来,今后坐天下者必是他们无疑矣。"王明基在一旁亦是不住地颔首称是。

大年夜的潇浦县城,万家灯火里洋溢着难得的温暖。

于振兴和小王披着浓重的夜色一直穿梭到了凌晨,他们巡查了布置在县城东西南北所设置的每一个岗哨,让于振兴满意的是在每一个哨位上,他都看到了放哨的自卫队员们都在忠于自己的职守。直到更夫敲响了三更的时候,他们才拖了疲惫的躯体赶回驻地。是夜无话,一如更夫所喊着的:"平安无事。"于振兴和衣往值班室的椅子上一靠,眯上了眼睛。他带着一份期待,很快就进入了梦乡。

而当他突然被一阵轰隆隆的榴弹炮声惊醒时,他知道,担心的事情还是发生了。

2

天还未大亮,狮子山游击大队队长谷家峻提着双枪旋风般冲进来，他朝于振兴急促地说："鬼子对我们发动了偷袭，而且出动的兵力还不少，从东北方向和东南方向两面同时进攻县城，每个方向至少有一个大队，足足有五六百人，另外还有皇协军的一个团也出动了。"谷家峻的游击大队是于振兴早已调配来县城配合自卫队布置防守的，虽然说他做了这一手准备，但这次敌人来势汹汹，显然，游击队那三百多号人加上自卫队一百多号人是无法阻挡得住的。谷家峻说，他们抓了一个皇协军的排长，审问了得知，这次是鬼子发动的一个代号叫作"铁网"的扫荡行动，鬼子调集了一个联队的兵力和三个皇协军团，同时开展向江峡边区根据地全面围攻，妄图一举荡平我抗日民主政府。

于振兴脸上冷峻若冰雪，他没有料到这次敌人会下这么大的本钱，照此来看，江峡边区也一定遭到了敌人的进攻。可恨的是狡猾的敌人这次竟然是趁着老百姓都在过大年的时候侵犯进攻，不利于组织乡亲们及时撤退和转移，而且敌人行动保密，出动兵力多，一时之间想要冲破敌人的"铁网"又谈何容易呢？

这时通信员铁蛋拿来了边区首长发过来的电报，指示于振兴，鉴于目前残酷的现实，命令县政府组织和保护好有生力量，尽量降低损失，尽快实施战略转移。谷家峻一听于振兴读了边区首长的电报，急了，说："这不就是要我们放弃潇浦了吗？"

于振兴沉重地点点头。

在正月初一的这一天清晨，潇浦县抗日民主政府机关被迫进行战略转移。

谷家峻率领狮子山游击大队断后掩护，于振兴给他下的命令是不得硬拼，牵制进攻，边打边撤，保存力量。

于振兴率领机关人员向龙口撤退，他心在滴血，这一次仓促之间的撤离，使他无暇顾及组织百姓有计划地转移，他知道每一次鬼子的清乡扫荡，总要给乡亲们造成痛苦，甚至于生离死别，可恶的侵略者！可恶的侵略战争！领地的每一次易帜，城头每一次旗子的变换,都得以鲜血作为代价。我们灾难深重的同胞们啊,在自己的土地上都这样不得安生,连一个家人团圆的年都过不成了。于振兴眼里湿润了,他看到被炸醒的老百姓正在四处乱窜,枪炮声、哭喊声将过大年时的那份祥和、温馨霎时撕得粉碎。有的房屋着火了,有的房子倒塌了,还有人中枪了,在地上抽搐着,鲜血溅了一地。街头上,一片凄惨、混乱。这样的状况下已不可能组织严密有序地撤退了,于振兴不禁自责起来,他振臂高呼着让人们紧跟着撤离。

好在龙口没有受到鬼子的袭击。鬼子"铁网"行动的重点在江峡边区政府及其下辖的县一级抗日民主政府,包括潇浦县在内。蓝子天得到潇浦被敌人占领的消息后,心急如焚,担心着于振兴他们的安危,只是一时还没有探知到于振兴和县政府机关人员的下落。他除了派出几路侦察人员继续出去侦察情况外,赶紧又和龙雪一块商量着加强警戒的措施。税收分局和自卫队的全体人员紧急动员起来,做好抵抗敌人侵犯的准备,在镇子的要害处垒筑工事,在大街小巷处布置好火力点。忙完了这些,蓝子天和龙雪又分头去督察了一遍,心中踏实了几分,现在只是焦急地等待着于振兴他们的消息了。

直到傍晚时分,鲁双涛赶回来向蓝子天报告,说:"于振兴于县长带领着政府机关干部,还有小部分的群众已经从潇浦县城安全地撤离出来了,至于具体撤往哪里,尚没有准确的目的地,不知道会不会往龙口来呢。"蓝子天听得一个激灵,他记起来那一次他向于县长提出年后税收分局是否回到县城这边来时,县长没有答应,说是龙口既是前沿,又是大后方,还得看局势下一步发展的情况再决定。当时他听了也没向于振兴细细询问,只是服从决定罢了。现在琢磨起来,于县长他们撤向龙口的可能性还真是大了。想到这里,蓝子天忙嘱咐龙雪守在镇上,他得带人去接应于县长。龙雪点点头,关切地对他说:"那你多带点人,小心点。"

秦瑾这时坚持着也要一道去,她迫切地想知道父亲和哥嫂一大家子的情况。蓝子天却粗声粗气地勒令她不得去了,他呵斥着她"你凑热闹也不看看是啥时候。"他跃上马,一扬手,鲁双涛便召集了十来个人马随他往镇外奔驰而去。秦瑾受蓝子天一句抢白,不禁委屈得泪水在眼眶里打转。龙雪见了,便走过去牵了她的手,安慰她说:"放心好了,你爹他们没事的。走,随我去外面转转。"

3

蓝子天一行十来骑在镇子外通向潇浦县城的官道上直扑而去,一路尘土飞扬。天色暗了下来,鲁双涛和两个战士便点燃了预先携带的火把,在火光摇曳里,他们马不停蹄,而蓝子天一马当先。这一奔跑已跑出了近三十里,眼看就要走出龙口地界了,胯下的马在喘着粗气。战士们的额头上也冒出了一层细细密密的汗珠子。鲁双涛往马屁股上抽了一鞭子,紧紧地跟上了蓝子天,他大声对蓝子天说:"分局长,我们是不是就地歇一下,眼看就要走出龙口的地盘子了。"蓝子天勒紧了缰绳,让马放慢了步子,抬眼往前面望了望,黑咕隆咚的,鲁双涛说:"现在前面情况也不明,我们是不是就地隐蔽起来,让我先去摸摸情况再说呢。"蓝子天指了指前方说:"这一带地形我熟悉,前面十里左右就是峡山口,是龙口通往潇浦的必经之路,而且地势也很显要,我们不如到那里去等等,看看情况再定吧。"说完,他也不待鲁双涛他们回答,双腿用力一夹,鞭子狠狠地抽在了马屁股上,那座下的马负痛,咴地一声长啸,顿如离弦之箭飞驰而去,没入了无边的寒夜里。

到了峡山口,蓝子天下得马来,朝四周察看了一遍,然后吩咐着鲁双涛带人去峡山口两旁的山坡地上埋伏,他自己则带了两人继续往前面探索。峡山口是一条狭长的山谷地带,两边是并不峻峭的坡地,但因这条山谷有五六里长,所以平常走在这里,也难免让人感觉到阴森森的。在漆黑的夜里,那种恐怖的感觉自然而然更重了。蓝子天现在顾不上自己什么感觉了,他毅然决然地策马朝峡山口的更深处闯进着。

突然,奔跑中的他敏锐地捕捉到了前方的动静。蓝子天赶紧勒住了马,翻身下马,将身子匍匐于地,耳朵贴在冰冷的地面上,尖起耳朵来谛听。果真有情况。那两位战士也听到了前面有杂乱的脚步声正往这边响过来,越来越清晰,越来越响亮,也越来越近了。更近了。随即,又听到了似乎还有追赶的声音,枪声里夹杂了咒骂声。

此时,蓝子天几乎就可以断定出来,就是于振兴于县长他们奔逃过来了。肯定不会错。蓝子天跃上马背,朝着纷杂的脚步声奔赴过去,看着前面出现了幢幢人影,他立即大声地喊叫着:"是于县长吗?我是蓝子天,蓝子天。"对方先是愣了一下,继而传过来了嘶哑而依然不失浑厚的声音:"子天,是你们来了吗?"那正是蓝子天熟悉的声音——于振兴的声音。蓝子天激动得飞快地奔驰到了于振兴的跟前,说:"总算接上你们了。"于振兴来不及细讲,赶紧对他说:"后面还有一群疯狗追着咬呢。"蓝子天道:"你们不用管,赶紧走,我在口子那设了伏击,打他们个措手不及吧。"

一直咬住不放,冲在前面的是江敬仁的皇协军,有一个中队,而紧跟其后的只不过一个班的日军。他们一路追击着,满以为前面是早已溃不成军的残兵败将,费不了多少力气就手到擒来,长官在给他们打气,叫喊着要活捉新四军,捉到一个赏金元宝一锭,捉到当官的加倍有赏。他们就仿佛看到前面奔跑的那都是金元宝了啊,正在金光灿灿地等着他们去捡到怀里面。可是,他娘的新四军也真是邪乎,眼看着越追越近了,不,简直就要追上了,偏偏人家脚下此时此刻却又像装上了弹簧,上紧了发条,弹一弹,紧一紧,又立马蹦出去老远,让他们追得上气不接下气,还是没能手到擒来。

让他们还绝对没有料到的是,在这个叫峡山口的地方,马上就要栽个跟头了。

蓝子天将于振兴他们领出峡山口,马上和鲁双涛会合。他告诉战士们作好打伏击的准备,要把随身带的手榴弹一个不留地甩给追上来的敌人。

等敌人到了火力圈内,蓝子天大喝一声:"打。"从两边山岗上霎时落下了十多颗手榴弹,在敌群中爆炸,接着又是长枪短火地射击,皇协军和鬼子一时蒙了,追了大老远的路程还没遇上这样猛烈的火力狙击,都以为是撞进了新四军主力的埋伏圈子。这个时候,金元宝还是别想要了,保自己那条小命要紧。于是乎便一窝乱蜂般掉转屁股往回窜。押后的日军小队长村尾冈寿急眼了,他试图制止住这种溃退的局面,组织起有效的反击,但无能为力,他由后队变成了前队,被溃败的皇协军裹挟着不由自主地往后退。

看到敌人丢下了几具尸体,鲁双涛意犹未尽,想带人追打落水狗。蓝子天止住了他,说:"不能追了,我们火力有限,等鬼子明白过来是咋回事,我们就麻烦了。赶紧撤退吧。"

于振兴他们这才算是脱了险境。

绷紧的弦松弛下来,顿时让人感觉到又冷又饿。在回龙口的路上,于振兴让小王清点了人数,结果是当时随着一道撤退的至少得二百多人,现在不过寥寥四五十人了,大都打散了,不知所踪,于振兴的情绪跌落到了冰点。蓝子天特别注意到没有发现喻大江、周福光和小严的影子,真不知道他们遇到什么情况了。他也没看到秦人简和秦家的人,他想秦瑾肯定要大大地失望了,不知道会有多担心。

4

农历新年的开局,笼罩上了厚厚一重乌云。

"铁网"行动让山田少佐摇身一变,成为了山田中佐。山田中佐志得意满地骑着高头大洋马,"嘚嘚嘚"地在潇浦县城里招摇过市。江敬仁、江敬义兄弟俩扬眉吐气了,他们跟随着山田中佐在县城各处晃荡了一遍,除了嘴角上堆着合不拢的笑外,他们没有开口说一句话。这已经足够了。

山田中佐没有过多地沉浸于胜利的喜悦里,在他看来,眼下的潇浦真是千疮百孔,百废待兴,他有责任把潇浦打造成为"王道乐土"的典型,成为"亚细亚共荣"的典范。山田中佐踌躇满志地投入到了潇浦新秩序的忙碌中。

江宗旺感慨万端,重新搬回祖宅后,仰天大笑:"没想到我还有回来的这一天啊,列祖列宗保佑,苍天有眼。"

当皇协军保安司令的儿子江敬仁兴冲冲地回家,告诉父亲一个喜讯,说是山田太君有意要父亲重新出任潇浦的维持会会长。江宗旺一听,并没有喜出望外。他微闭着眼睛思忖着,迟迟不表态。江敬仁有些急了,不耐烦地说:"您还等个啥呢,这样的好事,从天上掉下来了,还偏偏落到了您老的头上,还犹犹豫豫的,等别人来抢啊?"江宗旺蓦地睁开眼睛,朝着儿子就啐了他一口,怒道:"你懂个屁啊?你忘了当初是怎么被人家给撵出潇浦的啊?枪打出头鸟,树大必招风,人怕出名猪怕壮,你动动脑子吧,啊?"

见父亲骂他,江敬仁犹自不服气,辩驳道:"还提当初怎么啦,此一时彼一时,我看现在谁他妈的还敢上江家的门来,我看谁吃了熊心豹子胆?"

江宗旺叹了口气说:"你这几十年算是白过来了。年轮倒是一圈一圈见长,见识一点都不见长。你别看现在日本人风光了,可今后的事谁能说得清道得明呢?别到时候人家一拍屁股回东洋去了,你说我们父子能跟着他们去吗?就算是人家愿意带我们去,我还真是不愿意呢。这一把年纪了,难道两根老骨头还要丢到九州国外去吗?儿啊,我们现在得想想自己的后路了,你们兄弟俩做事也得灵活点,凡事留有余地吧。"

江敬仁听了父亲的一席话,觉得不好驳斥,但又担心山田那里交不了差啊,怎么办呢?

江宗旺狡黠地一笑,道:"山田太君那好说,好说,老朽年事已高,昏聩无识,力不从心了。倒是可以给太君推荐一个更合适的人选。"

江敬仁眼睛一亮,说:"这主意不错,那太君肯定就不会生气了。您说说看,推荐谁好啊。"

江宗旺胸有成竹地说:"秦人简!"

江敬仁一想:"哟,还真是的,就推秦人简。他不是商会会长吗?听说他家还出了个共产党的税务官,这下就看他秦人简怎么向日本人交差吧。"

山田中佐果真接受了江宗旺的建议,他亲自出马,登上了秦人简的府第。

秦人简没想到这么快灾星就上门来了。初一的大清早上,他起床来吩咐管家和佣工作好祭祀先祖的准备,这是每年第一天早上他秦家必做的功课。刚燃起线香和纸钱,连鞭炮尚未来得及点燃,外面突然就枪炮声大作。宅子外很快就响起了乱糟糟的尖叫声、脚步声。他打开了门缝往外瞧去,只见火光冲天,街头上已拥挤不堪了。有个年轻小伙子跑过来,朝他家的门内喊叫着:"赶紧躲避起来吧,日本鬼子就要打过来了。"那小伙子喊着就跑开了,跑到下一家去叫喊。

往哪里跑,又往哪里躲呢?这个时候一切都来不及了。关键的是秦人简不能丢弃自家的祖业一跑了之啊。他打定主意,哪也不跑了,就这样耗着,鬼子来了就让他们来吧,鬼子总不至于生吃大活人吧。是祸就躲不过的。

秦人简当然不想当那个劳什子会长啊,那是个遭人唾骂的职位。他赔着笑脸对山田中佐说:"太君明鉴,我这哪是当会长的料呢？请另请高明吧。"山田不高兴了，咆哮如雷，江敬仁在一旁好言相劝着："秦会长，这是太君的一番好意，你别淡看了哩。给你面子不要这不好吧。"秦人简眼珠子一转，踢起了皮球，他弯腰朝山田说："草民真是谢谢太君的厚爱了，惭愧得很。在下倒是认为江老太爷德高望重，这会长还真是非他莫属。"江敬仁生闷气了，这老狐狸，又绕回来了啊，想得美呢，便阴沉了那张马脸，冷笑道："看来秦会长今天非得让山田太君下不了台呵。"话音未落，山田真地就很是不满了，"刷"地抽出了挎在腰上的军刀，一把就抵在了秦人简的肩头上，咬牙切齿地说："秦会长的大大的良心坏了，我的耐心没有了。"惊得秦府的人一阵尖叫。管家王明基见势不妙，赶紧上来对山田道："太君息怒，息怒，待我来劝劝老爷。"转脸过来劝说秦人简，"老爷，好汉不吃眼前亏哪，留得青山在，不怕没柴烧。你得从长计议，不能就这么白白地丢了性命，那可不值得哪。"秦人简本来想，梗了脖子让山田剁吧，剁了也好，一了百了。现在听老管家一说，想想还真是不值得，虽然脑袋掉地碗大的疤，可真是便宜小鬼子了，自己这一大家子也就真的散了，彻底完了。秦琮和家人都急得大呼小叫，哭哭啼啼的。秦人简长叹了一口气，软了下来。

第十四章

1

喻大江潜回龙口的时候,已是正月初八。

他的出现,给蓝子天带来了一阵惊喜。而秦瑾一见了他就急不可耐地问起了父亲的情况,喻大江支支吾吾地不明着回答,这让秦瑾更急了,喻大江暧昧的态度让她认为父亲一定凶多吉少。还有哥嫂侄子呢?喻大江不作声,秦瑾可不依不饶。她泪眼婆娑地望着喻大江,望得他心忍难侧,便一跺脚告诉了她:"你爹没事,不过,不过他现在当了日本人的维持会会长。"喻大江终于还是没有讲出"汉奸"那两个刺耳的字来。

秦瑾一听惊诧了,她当然不相信父亲会给鬼子做事的,可是喻大江不至于会捏造事实来骗她啊。这一想,她不仅没有因为得知父亲还活着的消息而有一丝的高兴,反而由于父亲替鬼子卖命,让她更加痛苦了。她哭泣着掩面而去。蓝子天望着她的背影摇摇头,转而向喻大江询问起潇浦那边失陷后的情况。

说到民众公司的事情,喻大江说,好在于县长早已作安排,公司没什么损失,税金都已解缴县经委了。老周和小严也都好好的。他们现在隐藏起来了,身份没有暴露。他这次潜回来,一是向分局报告他们的现况,好让大家放心,更主要的还是想来征求分局对他们下一步工作的意见。蓝子天便问他:"你们有什么打算呢?"喻大江说:"来之前,我和老周、小严三个仔细琢磨过,是不是我们继续留下来呢?敌人占领了我们的根据地,我们也可以在沦陷区从事我们的抗战啊。他娘的,我们怎么不可以留在那里,照样收我们的税？做我们的生意呢？"蓝子天听了眼前一亮，示意喻大江说下去。

"反正现在的态势要做到敌中有我才好，"喻大江道，"分局长你以前不是琢磨过吗？敌人搞我们的破坏，我们就偏偏要钻到他的肚子里去闹，去收他们的税，去赚他们的钱。只是我们在敌后，得更加注意方式方法。"

蓝子天点点头说："首先要保护好自己，才能更好地开展工作。"

喻大江兴奋地说："那分局长是同意我们留在潇浦了吗？"

蓝子天说："你们这个设想，我确实认为可行，以往也想过这方面的事。现在留在潇浦，既有利也有弊，利是我们在那里还是有良好的群众基础，易于打开工作局面。弊是我们要在沦陷区里征税，那等于是从敌人的饭碗里生生地去扒拉出香喷喷、白花花的米饭来啊，那敌人能干吗？所以危险性也是很大的，而且我们还没有过在敌占区开展税收工作的经验，这对我们也是个不小的挑战。"

喻大江急忙说："可是不入虎穴焉得虎子啊，现在我们根据地遭遇到了沉重的打击，接下来的形势会更加严峻，我们只要是能从这个渠道打入敌人的心脏去，不就开辟了另一个战场吗？或许还能挽回和弥补一部分损失。"

蓝子天说："你说的不是没有一点道理，但这事还得从长计议，待我向于县长作专门汇报后再定吧。"

蓝子天又聊到了秦人简当上了维持会会长的事，他说："秦老板这人我还是有些了解的，我寻思着他只怕是事出有因吧。下一步还得仔细调查调查才行。"

喻大江道："我也不相信呢，但事实如此啊。说真的，要是秦会长能在那边帮上我们一把，我对于在潇浦敌占区做税收征收工作倒是添了几分把握了呢。"

2

潇浦商会副会长卢达跑到江宗旺跟前发牢骚了,他说:"这秦人简怎么还能当维持会会长呢?这日本人也是,眼睛没吃油盐啊,看花眼了吧。"他一脸愤愤,"日本人看走眼了,难道您江老爷子也糊涂了,他秦人简从来就是和皇军作对的,你没听说吗?他带头给新四军交税,那可是比谁都积极,搞得我们一个个都下不了台。他家那满女儿还是共产党税收分局的,号称'铁算盘'哩。真不知道日本人是怎么想的,把自己的死对头弄来当会长,难不成是怕自己的对头少了吧?"江宗旺任他发泄了一通,才阴不阴阳不阳地插了一句:"那依卢老板卢副会长看来,这个会长该谁来当更合适啊?"卢达一副义愤填膺的口气道:"不论谁当,反正也不该是他秦人简来当!"他谄媚地说,"放着现成的合适人选不用,真不知他东瀛人葫芦里卖的什么药了。"江宗旺知道卢达说的合适的、指的是他江宗旺,便连连摇头:"卢老板说到哪里去了呢,我江某人何德何能,更兼老眼昏花,岂是当会长的人选。人家皇军要选秦会长,肯定自有其道理所在,那就不是你我要操心的事了。不过,卢老板,听老夫一句劝吧,别人的事,咱最好就别去议长议短。我看哪,这日本人的会长可也不是那么好当的呢,当得好还是不好,不是你我说了算,得看人家皇军如何说了。秦会长啊,秦会长,只怕到头来得吃不下兜着走啰。卢老板,我说你何不跷着二郎腿看看热闹,不好吗?自己那可是图个轻松、快活。"

卢达听了江宗旺的话,歪着头想了半天。

卢达快快不快地回到家里,三姨太太金俏娘扭动着柔软的腰肢接过他脱下的长袍,告诉他说:"家里来了两个客人,都等了老半晌了,问他们是谁又不明说,只是讲是你的老熟人。"卢达奇怪地问:"那会是谁呢?现在哪?"金俏娘说:"我让他们候在小客厅里,喝着茶在等着老爷回家。"卢达便急忙去见那两个没有透露姓名的客人。

一见面,他惊讶得半天没作声,原来是喻大江和周福光来了。这两位不速之客,他卢达当然认识,共产党政府里收税的干部。一个还是税收分局负责的。

"卢老板卢副会长别来无恙啊。"喻大江朝他行了拱手礼。

卢达回过神来,口里机械地应道:"客气了,客气了。"他的心里头忐忑不安地转动起来,揣摩着这两人的来意。

喻大江看出了他的心思,便直截了当地说:"今日无事不登三宝殿,一来看看卢掌柜的,也有些时日没见面了吧;二来要请卢掌柜的还得把这一个月的税款给缴清了。这不一眨眼,都过完了春节,我们也得忙忙正事了。"

卢达一听,心里一惊,这他妈的新四军收税还真是收上瘾了啊,他们自己的政府机关都滚蛋了,还惦记要收税,难道真不知道现在潇浦是谁的天下吗?他不由得干笑了两声,道:"原来是'四爷'大驾光临,来到寒舍收税。没搞错吧,俗话说皇粮国税,说的是这税该向谁交,你们这个时候还来找我收税,错误啊,天大的错误啊,错误的时间,错误的地点,还要做错误的事。依愚之见,你们还是尽早离开此地为好,真的,我这可是为着你们好。"

喻大江冷笑一声,道:"那听你的意思是说,现在这皇上也换了,这国家也变了,这世道也容不得我们了吗?卢掌柜的,我可得好好提醒你一句了,这里是中国,不是外来侵略者的天下,这天下再怎么变,也不会变成别人的天下。"他顿了顿,带着讥讽的口气说,"好像日本鬼子一来了,你卢大会长腰杆子长粗了是吗?那我可得讲句不好听的话撂在你这里,这脚下的土地装不进日本人兜里去,他们迟早得乖乖滚回老家去,什么都带不走,一寸土地也别想带走。如果卢副会长以为现在是日本人的天下,可以依靠日本人了,连背上汉奸的臭名都不在乎的话,那也就别怪我们不把你当成自己同胞看待。我们共产党的政策,你比谁都明白的。"

这软中见硬的话语,让卢达听得背上有了一种冷飕飕的感觉。可他真不甘心还要把税交给共产党,便以默不作声对抗着。周福光不客气了,他"嗖"地一下抽出了腰间的枪,往卢达面前的茶几上用力一顿,不耐烦地嚷道:"少跟他啰里啰唆了,爽快点,交税还是不交?不交的话,就休怪我枪子不认人,管你是掌柜的还掌嘴的。"

卢达也不是盏省油的灯,他硬挺着不低头,冷笑着说:"也罢了,你干脆一枪崩了我算了,这税也省得交了。"他转而又道,"崩了我倒是好说,手指头一勾的事,可是,你们也不看看自己还走得出这潇浦县城吗?你这枪只怕也不是那么轻易地好开的。"

喻大江却一言不发地操起茶几上的枪,一把就抵住了卢达的太阳穴。他狠狠地说:"那我们现在就来赌一把,这枪好开还是不好开吧。至于开枪后,我们是站着还是横着出去,你卢副会长就不必操心了。"说着,他一把将枪栓拉开了。"哗啦"的声响里,卢达吓得一激灵。他当然清楚他面前的这俩共产党,说得出做得到,不计后果的。可他嘴巴上还是不服软,仍叫骂着:"你开枪吧,反正你们也没好下场。"

虚掩的门"咣啷"一下被撞开了。三姨太太金俏娘一头扑了进来,她一脸惊慌,花容失色,尖叫着:"使不得啊,长官饶命哪。"张开双臂箍紧了喻大江的腰。

喻大江没提防到这个女人会来这一手,感觉到她丰满的胸抵住他的背,那一具温软香郁的身体顿时让喻大江涨红了脸,他挣了两下,竟然没能挣脱金俏娘的手,反而觉得她抱得更紧了,仿佛一条蚂蟥叮上了身子,甩都甩不掉。女人要是发起飙拼起命来,其力量也是不可小视的。喻大江急了,他还是第一次被一个女人那么样地紧紧抱住,这让他不知所措了,忙吼道:"抱我干吗,快松开,快松开。"那金俏娘哪里肯听他的呢,不管不顾地死死抱着,口里说:"不放开,就是不放开,你答应放了我家当家的,我就放你。"喻人江没法子了,朝周福光吼道:"老周,你个死人啊,快来帮一把,把她给我弄开。"周福光在一旁急得搓手,想去拉又不知道如何下手,他结巴着说:"这女人我怎么弄啊。"心一横就叫道,"再不放手,我给你全家灭了。"没想到这一吼,还真出了效果。只见金俏娘陡地松开了双手,整个身子就软软地滑到地上了。她披头散发的,那一脸泪痕,让两个大男人一时竟然手足无措了。

喻大江脸通红着,气呼呼地坐下来,冲着金俏娘道:"你闹啥子闹啊?我们只要税,又没说要命,难道你们真是要钱不要命啊?你别赖地上了,赶紧地起来,起来。"

金俏娘定定地盯了一眼喻大江,费劲地从地上爬起来,然后对卢达说:"你个要钱不要命的冤家,你都命在旦夕了,还留下钱干什么啊?你这死鬼,你要是去了,我可怎么活啊?"卢达兀自呆若木鸡般立在那里。金俏娘又款款地来到喻大江跟前,娇滴滴地说:"这位长官,你看行不行,我家要交多少税,你们吱一声给我吧,若能宽限两三天的,我保证一分不少地给你们交来,你告诉我送到哪就是了。你们看,这样僵着、闹着也不是个办法嘛。"喻大江心想也是有几分道理,目的还是要把税收上来,并不是真正想要人家一条命。他和周福光对视了一眼,便道:"也行,你们家这个月得交二百六十七块税,我们可是按规矩给算出来的,不会多要你一分。"金俏娘说:"您说哪里话呢,你们怎么会要我们多的啊?不过你们也知道,这兵荒马乱的,一时要筹现款的话也难,能不能宽限点,我保证三天内交来,好吧?税到时候送到哪里?"喻大江迟疑了一下道:"那三天内晚上送到后河街的四季福酒楼来。"周福光在一边警告道:"你休想玩花招,要是不老实,那你这一大家子可别想有好日子过。"金俏娘忙说:"哪能呢,放心好了。保证明天晚上送到。"

从卢家出来后,喻大江埋怨着周福光,怪他讲话的口气像土匪:"动不动就要灭了人家全家大小,哪里还像共产党新四军啊,倒像是绑票的土匪。"周福光委屈地说:"那样的情况下,还真得吓吓他们,不然怎么收场啊,打也不是,杀更不行。"喻大江便说:"事倒是这回事,只不过不是那个味道了啊。话说回来,今天还真是你那一句话镇住了那娘们,不然,只怕是非得闹出更大的动静来,反倒不妙了。"见喻大江并无责备的意思,周福光却又拿喻大江开涮了。他诡秘地说:"那小娘们死缠着你,只怕是你心里也舍不得她松手吧,哈哈。"喻大江脸一红,作势伸拳打人,嘴里说:"你真是胡说八道,看我怎么收拾你。"周福光哂笑着一路跑开了。

3

关于在敌后征税的计划,喻大江得到了蓝子天和于县长的同意,只是嘱咐他要切实注意方法,并且要保护好自己。喻大江受命组建一个特别征收小组,活跃于敌占区内。由于对潇浦的税收分布情况熟悉,因此,喻大江的工作开展得还算顺利,只不过,不少经商的一方面碍于日本人的威慑,一方面又不敢明目张胆地得罪新四军,他们夹在中间,感觉像老鼠掉进风箱里。原来向抗日民主政府交税还算爽快的商户,现在变得拖三挨四的了。还有,从自身私利计,开始和喻大江他们讲讲条件,诉诉苦。特别征收小组的工作遇到的阻力自然也多了起来。从近一段时间收到的税款来看,比预计的就要少了三分之一。蓝子天对此还是非常理解的,他想的是,能多收一点就算一点,毕竟比一分钱税也没有强,而且关键的是通过收税,等于就是告诉了老百姓,我们共产党新四军是打不垮的,仍然在和鬼子周旋斗争,仍然充满了不屈不挠的昂扬斗志。从这个层面上来看,就远远地超出了收税本身的意义。

周福光对于金俏娘是否会来送交税款表示出怀疑,且担心卢达会使出什么花招来。喻大江分析道:"目前他尚不至于会走那一步的,他卢达毕竟还是有很多顾虑。所以我们也不能太激化和这些生意人的矛盾,而要利用好他们矛盾的心理。我看至少这一次他卢达不至于马上就和我们撕破脸皮的。这三天之内我会派人盯着,看是否有异常。他也在观望着,不可能不给自己留一点退路。你看看,我们前时和秦人简接触后,不就弄清楚他当维持会会长的个中缘由了吗?那其实是江宗旺那老狐狸使的鬼,你想连铁杆汉奸江氏父子都在想自己的后路,这些生意人难道不会更如此吗?"

四季福酒楼并不是喻大江他们平时联络的地点,只不过是一个随口说出来的地方。平常特别征收小组的人员都是分散的,按照各自范围和征收对象分工负责,有统一行动计划时,再召集大家聚拢来。

晚上喻大江独自一人去会见金俏娘。他先到四季福酒楼要了一间小包间。位置正好,可以透过窗口望得见进出酒楼的人。喻大江早已用过了餐,本想点一杯清茶就够了,偏偏那小二哥露出一脸的不悦来,嘴里嘟囔着:客官连包间都要了,怎地这样干坐呢?喻大江便又要了一碟油炸花生米,想了想,一咬牙干脆还点一壶烧酒。那小二哥这才面目舒展开来。

金俏娘进来后东张西望的,喻大江一眼就看到了,他赶紧招呼小二去把她领进来。金俏娘今晚还特意着了淡妆,显得青春而妩媚,喻大江心中一动,心下惴惴着不敢直视她。喻大江不自然的神态让金俏娘看在眼里。她不动声色地往凳子上一坐,两眼幽幽地望着喻大江。

喻大江沉默了一会儿,眼神闪烁不定地说了一声:"老板娘还真是守时哟。"金俏娘叹息着说:"没想到这样的事还非得要让我这女流之辈来抛头露面。"

喻大江便道:"这事其实不用你亲自出面的。卢老板怎么不来呢?"

金俏娘说:"你就别指望他能办成好事。他呀,整个一头脑简单吃饭不想事的货色。"

喻大江本来想问问青春年少的金俏娘为何会嫁给年过半百,足够当她父辈的卢达,想一想未免太唐突了吧,就打住了。听金俏娘的口吻里透出对卢达的不满来,他也不好把话题深入下去。一时场面有些尴尬。还是喻大江打破短暂的沉默,问道:"不知道老板娘把税款带来了吗?"金俏娘幽怨地说:"我什么老板娘啊,当一个下人使唤而已。带来了,来时那要钱不要命的主就差没和我拼命了。喏,给你,你点点数目对不对吧。"说着,她从贴身处拿出来一个布包,将手伸向喻大江。喻大江去接,无意间触到了她白皙凝滑的手,喻大江一下子就如电流传遍身体。他的脸不由得又红起来。金俏娘见状,做出了一个出乎喻大江意外的举动,她竟然一把就攥住了喻大江伸出来的手。

喻大江脸红得如泼了猪血,他心头似鼓,脑子里一片空白,一时之间却不知道要不要将手从金俏娘那柔软的紧握之中抽出来。

金俏娘静静地握了喻大江的手,两眼迷离。半晌,她还是自行松开了,眼睛别向一边,分明有泪光在灯影里闪亮,一副落寞无奈的样子,那样子在喻大江看起来,便又多了一份无助,一份落落寡欢,一份惹人怜爱。

金俏娘转身朝门口走去,头都不回。

留下喻大江呆立着,直勾勾地看着她的背影一点点地消失在他的视线里。

4

因为根据地被蚕食鲸吞,税收征收的卡子不得不予以收缩,原来的五个卡子撤掉了月林、古窑和横铺子,只剩下龙口、胜岩砥两个了。蓝子天的心情一直阴郁着,像刚刚开春但总不开脸的天气。他是个不轻易言输的人，可是当下严峻的形势，却又必须得面对，心情再不舒畅，也不可能由着自己的性子来。于振兴给他的两个字就是要他"等待"，等待时机，东山再起的时机，一举反攻的时机。可时机真是能够等来的吗？蓝子天从来都不这样认为。他想得主动出击，大活人可不能让一泡尿给活活憋死了。

在潇浦县城活跃着的那一支特别征收小组，这让蓝子天又有了一些启发，他想当前的状况已是不容被动地等待下去，谁争取主动，谁就掌控局面。虽然我们在军事力量上明显地处于劣势，这就决定了我们不可能采取霸蛮的手段硬去从敌人的手里将失去的土地、粮食都夺回来，但我们如果发挥出了自己机动灵活的特点，那么在财经税收这个战场上，也还是和敌人有得一搏的。关键是取决于战略战术的灵活运用。

他决定自己要去潇浦跑一趟，总结一下沦陷区的征收工作，也是很有必要的，便于下一步拓展。毕竟特别征收小组在潇浦开展工作也有些时日了。

秦瑾这次死缠活缠着要一同去。蓝子天理解她的心情。好久没见到家人的面了，她特别不放心现在还给日本人当着维持会会长的父亲。虽然蓝子天早已安慰她，说秦人简不会是那种甘心情愿替鬼子卖命的汉奸，可耳听为虚，眼见为实啊。蓝子天没法，只得带上了她。但约法三章，严令她不得私自行动，凡事不能自作主张，一切要服从他的命令。秦瑾说："都答应，都答应，别说三条，就是三十条，我也一定谨遵不误。"这个时候，她可是没啥不答应的。

鲁双涛要跟随去，他去是因为不放心蓝子天的安危。但蓝子天没答应，他的理由是目标不能太大了，去敌占区不是好玩的事，目标大了反而更易暴露。鲁双涛说："那多去个人总可以相互照应照应吧？"蓝子天还是不同意："又不是去搏命的，真要是打架，再去几十上百人恐怕也少了。你这便衣队队长还是留下来去干你的稽查吧。"这下鲁双涛没辙了。

蓝子天和秦瑾干脆就扮成了一对小两口,往潇浦而去。

秦人简没想到这一天于他秦家来说,真是有了意外的惊喜。

上午,管家王明基向他来通报,说外面有人求见。秦人简问也不问,手一挥道:"不见。"管家趋前告诉他:"来的不是日本人,也不是二狗子。是一个后生打扮的年轻人,黑色礼帽,青布长衫,挺精明的,也彬彬有礼,一看就受过不错的教养。不过面生得紧,我在潇浦可没见到过这样的后生仔。"

秦人简道:"那是谁呢?总得报上个名号来吧?"

王明基苦了脸道:"我不也是纳闷哩,问他又不肯说,只讲非得见了老爷你才肯讲。"

秦人简便没好气地说:"那就让他来见见,看到底有啥子事,神秘兮兮的,弄什么鬼啊。"

后生一进来,却让秦人简有些疑惑了,这年轻人眉目间有些面熟啊,一时却又想不起来哪里见过。

后生仔却猛地一下就抱紧了秦人简。秦人简这下吓得不轻,王明基更是脸都煞白了。没想到,那后生马上又松开了手,将头上的黑色礼帽一取,一头瀑布似的秀发霎时倾泻下来。

原来是个大姑娘啊!吓人一跳,再一打量,这不正是秦瑜吗。

王明基惊讶地叫道:"二小姐回来了。"

秦人简哭笑不得,他又惊又喜地对女儿说:"你这死不听话的妮子,想吓死你爹啊?"高兴着牵了女儿的手左看看右瞧瞧。一肚子的话正好要问女儿哩,没想到她突然就站在了自己面前,秦人简能不高兴吗!

说事有凑巧,还真就那么巧了。这边秦人简拉着二女儿的手正在细细地询问她离家后这些年的情况。那管家王明基又大呼小叫地进来告诉他,说是三小姐回来了。秦瑜一听蹦了起来,起身就往门外赶去,口里嚷嚷道:"小妹回来了。在哪呢,在哪呢?"

秦瑾和蓝子天一道回来的。蓝子天不认识秦瑜,初一见面,他竟然有一种似曾相识的感觉,那一种模糊的印象在脑子里一闪而过。秦人简忙向蓝子天介绍了秦瑜,又向秦瑜介绍了蓝子天的身份。秦瑜微笑着说:"蓝分局长,我们见过面的。"蓝子天糊涂了,其他的人也糊涂了,这秦瑜离家多年了,怎么会和蓝子天见过呢?秦瑜对蓝子天说:"去年打龙口时,鬼子的机枪怎么会哑巴了呢?"蓝子天一拍脑袋瓜子,明白了。那天,他正准备去端了鬼子隐藏在台子后面布草间的机枪,不承想被人占了先,迎面碰上的那两个人一胖一瘦,一高一矮,其中有个确实长得很秀气的小伙子,现在听秦瑜一讲,那秀气的小伙子原来就是秦瑜乔装打扮的。蓝子天忙致谢意,道:"那天幸亏你们先行一步,搞掉了鬼子的机枪,不然的话,我们会遇上大麻烦。谢谢了,谢谢了。"

而秦瑜并未透露出自己的身份来,蓝子天正想发问,秦瑜先开口了:"我现在是党国派驻江峡地区的特派员。"蓝子天"哦"了一声道:"幸会,幸会。今后还得请秦特派员多多指教,多多合作了。"秦瑜笑着说:"指教倒是不敢当了。"她的口气里陡地有了些居高临下的意味,"至于合作嘛,国共合作到今天这个地步了,再谈何益呢。我们今天不提合作这个话题也罢了。只不过,你们共产党人真真正正地打鬼子,这倒是让秦某人内心里有几分敬佩。"

秦人简可不想他们在这个时候共产党国民党扯开了讲,在一边忙不迭地招呼大家:"这一大家子好不容易走到一块来,国事莫谈了,王管家,你赶紧给安排安排,今天咱家得好好聚一聚了,把我那泡了五年的蛇酒搬出来。今天不醉不休。"王明基脆爽地应答着去了。秦瑜却朝秦瑾挤眉弄眼地接过话头来,说:"哟,咱爹都说今天是一大家子团聚了,看起来小妹早已有了大喜事,怎么也不告诉我一声啊?"

秦瑾不好意思了,脸上缀上了一抹淡淡的红晕。蓝子天更觉得突兀,想开口,却又不知道怎么讲,干脆闭了嘴巴,任由秦瑜调侃几句算了。

秦瑾岔开话题问姐姐："你什么时候摇身一变成了特派员呢？"

秦瑜道："说起来既复杂又简单。我们几个留学生想着国家如此破败，都无心读书，心早已飞回来了，与其提心吊胆地待在国外，还不如回来，寻找报效国家的机会吧，便约定回国。没想到一到上海，碰巧遇上了一个参军的时机，不管三七二十一，我们就很顺利地加入了国军的部队，我稀里糊涂地就成为了特派员。就是这样的。那你又是怎么回事啊？"

秦人简替秦瑾回答道："她啊，和你不同，你说是稀里糊涂地成了特派员，她可是铁了心参加新四军的，我拉都没拉回头。"

秦瑜若有所思地说："人各有志嘛，您老人家也不必要去拦阻，孩子们总归有一天要长大的，大了就得选择自己走的路。"

秦人简不满地说："哟，喝了点洋墨水，就和你爹讲起人生大道理来了。我这当爹的不也是为着你们着想吗？"

秦瑾嘟起嘴巴，挖苦道："还说我们讲大道理，你老人家动不动就是老一套，什么家道尊严，什么君臣父子，听得耳朵都起茧子了。姐姐你倒好，反正不在身边听不到，眼不见为净，耳不听不烦。我和哥就惨兮兮的，天天听他那套说教，动不动还要吹胡子瞪眼的。姐，你不知道，我不走出去，我真是待在家里活受罪了。"她夸张的表情让秦瑜笑了起来。

第十五章

1

蓝子天嘱咐秦瑾待在家里不准擅自行动,他则溜出去到联络点找喻大江去了。

喻大江刚刚送走金俏娘,蓝子天一闪身就进了他的房间,而当他转身走进屋子里,就发现蓝子天正端坐在他的床沿上。喻大江吓了一跳,对蓝子天的突然到来显然出乎意外。

蓝子天注视着他,问道:"老喻,刚才送走的那个是谁呢?"

喻大江知道蓝子天已然看到了金俏娘,忙嗫嚅着说:"哦,你指的是刚才出去的那个吗?她叫金俏娘,是潇浦县商会副会长卢达的三姨太太。"又急急地解释着,"她是来交税的,卢达要交的每笔税款都是由她来交。"

蓝子天询问起了征收情况,喻大江说:"现在工作越来越难做了啊,敌人对沦陷区税收的控制更加严厉,他们的税警局疯狗一样,到处掠夺税源,而且还出台了不少新的政策,像重租、高利贷、囤积居奇、贱买贵卖和充斥市场的洋货,吸吮着老百姓的鲜血,老百姓苦不堪言。苛捐杂税名目繁多,只怕是超过了历朝历代,灯油捐、清洁捐、粪担捐、茶桌税、席桌税等达二十多种。而且关卡林立征收厘金或捐税,滥征附加,正税之外又征各种附加税,巧立名目,层层摊派。"

蓝子天眉头紧锁,他语气沉重地说:"我们好不容易才建立起一个负担较轻的赋税秩序,让老百姓过上了相对轻松不少的日子。没想到这一下子就让小鬼子他们给搅乱了,真是所有的努力一朝付之东流。只是更加苦了乡亲们了。董准委员说得对啊,鬼子为什么发动侵略战争,除了土地扩张,他们还有不可告人的目的,就是要无限地来掠夺中国人民的财富。"

喻大江道:"就是啊,小鬼子们的手段现在可是无所不用其极,残酷无情,惨无人道。背井离乡的老百姓越来越多了。"

蓝子天悲怆地说:"老百姓受苦了,想想他们曾经那么无私地支持我们,而如今,我们却无力去救他们于水火。真是心里滴血,心痛如绞。"

他对喻大江说:"不管形势怎么样恶劣,环境怎么样凶险,我们不能退缩。我们在敌人的眼皮底下收税,实则是一场掠夺与反掠夺的战役。现在在正面战场上,我们暂且处于被动局面,忙于防守,忙于抵御,但我们在税收的战役上,还是要尽最大可能地保护我们自己的资源。我认为,我们征收税收实际上也就是对财富资源的保护。

"据我们现在掌握的确凿消息,国民党也在开展行动了。清山省国民党党部派驻江峡地区的特派员秦瑜现在来到了潇浦,她还有一个没有公开的头衔,清山省国民革命委员会财经工作领导小组的督导员。秦瑜在这个时候派驻江峡,来到潇浦,她的目的只怕也是冲着'财税'来的。这样一来,敌我犬牙交错的形势,情况更加错综复杂。我们可是要在夹缝中求得一席立足之地,并且要想方设法地让自己生存下去,不容易哪。"

喻大江沉吟了一下,恳切地对蓝子天说:"说实话,我还是愿意回到游击队去,那样打鬼子痛快多了,现在让我来搞这个税收工作,我老是觉得自己憋屈得很。"

蓝子天狠狠地盯着他的脸说:"都这个时候了,你怎么还在打退堂鼓呢?在敌占区工作对于我们来说是个考验,在沦陷地区搞税收工作对我们更是重大的考验。莫怪我要批评你大江同志,越是在这样危险困难的时期,我们就越不能动摇。"他末了还意味深长地看了喻大江一眼,特地加重语气说:"大江同志,我们在这样特殊的环境下工作,尤其要注意讲组织观念,坚持组织原则。任何时候、任何情况下都要挺得住。"

喻大江似乎不想直视蓝子天的目光,他的眼神里掠过一丝不宁的情绪,一纵即逝。

2

蓝子天决定让秦瑾留在潇浦,这样更有利于帮助喻大江他们的特别征收小组,而且由于秦瑜的贸然出现,让蓝子天也产生了警觉。他知道,虽然国共合作唱了许久,皖南事变降到冰点,之后的两党关系一度又有了些缓和。国民党迫于各方压力和抗日战争的形势,不得不在表面上摆出了一个再度合作的姿态,可是,他始终不相信国民党会真心合作。秦瑜的特殊身份和消失多年之后骤然现身,不能不引起他的怀疑。那么,此时将秦瑾留下来工作,是很有必要的。秦瑾一开始并不情愿,她内心里舍不得离开蓝子天,却又不好向蓝子天表露,只能是一副极其勉强的态度。蓝子天何尝不清楚她心里想的啥呢,便耐心地和她说了留下来的意图,秦瑾这才释怀。小姑娘脸上阴霾散尽,一忽儿,又是一番高高兴兴的笑容荡漾了。

更高兴的是秦人简,两个女儿一下子突然回家,尽管是在动荡不安的环境下,可一家人毕竟出乎意料地得以团聚,他怎能不高兴呢?同时,他又隐隐地担忧着,两个女儿虽说是站在不同的阵营,可她们现在都做着同样的事——打鬼子。这既让他欣慰,又让他为女儿们揪心。一个女孩子家去面对那些烧杀抢掠的刽子手,他能放心吗?所以,他既想女儿留在身边,又希望她们能有一处安身之处。而这个地方,显然不是眼下的潇浦。

蓝子天看出了他矛盾的心理,便和他说,将秦瑾留下来,对秦人简其实也是有好处的,因为鬼子一直不信任秦人简,其中一个很主要的因素即是他有个当新四军的女儿。鬼子也因此而要挟着秦人简当上了维持会会长。而秦瑾回家来了,那么鬼子挟持秦人简的筹码自然要降低分量了,反过来看,秦瑾的归来,会让鬼子对秦人简的怀疑态度缓和一点。只不过对秦瑾而言,要顺利开展工作的难度亦是显而易见的。

这诚然就是一项布满危险,而又充满挑战的工作。

秦瑾有些兴奋,又有些不安。她知道,此后,很多的时候,她将一个人独自去面对一切。她邃地感觉到肩上的担子沉重起来,也忽然觉得自己一下子就成熟起来。

江敬义闻讯登门了。

他见到秦瑜、秦瑾姐妹,登时眼睛放光,他觍着脸对秦人简道:"真是女大十八变啊,多年没见到两位大小姐了,没想到出落成了两朵花一样。秦会长真是好福气啊。"秦人简赔着笑脸,说:"哪里,哪里,是江局座谬夸小女了。"那俩姐妹对江敬义的上门,不理不睬,像两只高傲的白天鹅。江敬义觉得没趣,心下有些恼怒,他来回在姐妹俩的脸上睃巡一番,然后盯着秦瑾道:"听说秦家有位大小姐当上新四军,不会就是你吧?"秦瑾不拿正眼瞧他,也不回答。秦人简忙道:"那都是谣言,谣言,小女不过一个学生娃娃,以前不懂事,跟着人瞎闹过,现在不就回来了吗?一个女孩子家的,能闹出什么名堂来啊。"江敬义打着"哈哈"说:"不懂事,那倒是可不予追究,回来就好,不是说浪子回头金不换吗?那这位呢?这些年都到哪去了?该不会也是误入歧途了吧?"他转向了秦瑜。

秦瑜双手绕到脑后拢了拢披散的长发,不慌不忙地说:"这位长官讲话真是有趣。就算是小女子我误入歧途,那好像也不关你什么事啊?"江敬义一开口就碰了个不软不硬的钉子,想想自己何曾受过这等气呢,登即脸色一沉,正待发作,秦人简见势不妙,赶紧又赔上一副笑脸道:"局座别和小女一般见识,这小妮子在海外喝了点洋墨水,不知天高地厚,多有冲撞,多有得罪,请多包涵,包涵了。您也别听她一派胡言,哪能有什么误入歧途的事啊,子虚乌有嘛,小女秦瑜刚从海外留学归来而已。"

江敬义压下了心中的火气,强挤出来一丝笑脸,拱手道:"哦,原来还是从海外喝了洋墨水回来的,学有所成,荣归故里,可喜可贺。这样正好了,学得一身本事,正可以为大东亚共荣效力,为我潇浦早日建成王道乐土效劳,如此,也不枉了那一身的本事和学问。"

秦瑜冷笑着说:"我这一身的本事,一身的学问,可不是随便施展的,什么大东亚共荣,什么王道乐土,我可是没一点兴趣。哼。失陪了,本小姐还有正事要忙。"一转身,自己径直而去。秦瑾一见,竟也一言不发地跟着去了,气得江敬义直翻白眼。

秦人简心知这下子把江敬义算是彻底得罪完了。他无奈地冲江敬义双手一摊,忙不迭地说:"这,这,这,你看看,你看看,我这是从小就惯出来的结果,惯出来了俩小姑奶奶。"他忙朝管家王明基喝道,"老王,你怎么今天也不懂事了呢?江局座是难得上门来的稀客,你半天也不晓得去上茶,还有,还有那个什么,那个税的事准备得怎么样了?"王明基一拍大腿,恍然大悟般说:"瞧瞧,我这鬼记性,真是让狗吃了。我这就去准备。"他边走边嚷道,"吴妈,吴妈,快泡茶来,用最好的银针茶,贵客驾到了。"

一唱一和之间,伸手不打笑脸人,江敬义反倒是不好大光其火了,便强抑着自己坐了下来。

3

秦瑾看出喻大江和周福光对她不冷不热,特别是周福光似乎还很有些抵触情绪。她奇怪了,按理说,将她留下来协助工作,这可是蓝子天的意思,也是组织上的安排,他们不应该是如此一种态度吧。而小严瞧她的神情,却又是另一副眼神,闪闪烁烁的,凭着女性的细腻和敏感,她觉得其中肯定有缘故,却又说不清楚,心里不觉就有了些压抑。

这天,秦瑾朝喻大江吐露出请他安排工作的愿望,她说:"既然组织上决定让我来这里工作,那我不能闲着,请你分配任务。"喻大江想了一会儿,道:"秦瑾同志,在敌占区是很危险的,你一个女同志,那么文弱的样子,我一时间还真是不好安排你做什么。"秦瑾便脱口而出:"我还是来干我的本行吧。"她做了个拨弄算盘的动作,意思当然就是来做点账务方面的事情。喻大江还没表态,周福光抢先说了:"能有几笔账呢?让你这铁算盘来管小账,那岂不是大材小用了。"语气里已是明显婉拒的意思。小严还是一副模棱两可的样。秦瑾瞧瞧这个,又看看那个,她感觉到怪怪的味道。见喻大江不点头,她也不好坚持,只是闷声说了一句:"那我干什么好呢,总得给我安排工作吧,我可不是来吃闲饭的。"喻大江便说:"这样吧,你先熟悉熟悉情况,之后的话,我想,我想,干脆由你协助小严负责解款吧,我们一般都要定期将税款向县经委解送。"这时小严却插话说:"这怎么行呢,她一个女同志,解款可不是轻松的事,责任重大着呢。"周福光白了小严一眼:"解款有什么难的,又不要直接往经委解,通过我们的地下渠道就可以了。"

喻大江向秦瑾详细地解释说:"非特殊的情况下我们一般并不需要直接将税款解到县经委去,我们有自己特别的解缴税款的通道,应该说,这条渠道是隐秘而可靠的,已经经营了不短的时间,每个环节都是相对独立的,而整条通道又是一环环相扣的链子,所以,虽然存在一定的危险,但我们遵循的原则是,不惜一切代价,哪怕付出自己的生命,流尽最后一滴鲜血,务必保障税款的安全。"秦瑾一脸庄严,她双脚一并,向喻大江行了一个礼,响亮地说:"请喻副分局长放心,我坚决完成任务,决不让税款在我手上损失半文,誓死保卫税款安全。"

待秦瑾离去后,周福光朝喻大江发起了牢骚,他嘟囔着:"你看,这不是不相信我们了吗?还派了一个专管账务的来。"小严道:"这有什么抱怨的,工作需要嘛。"喻大江道:"这不是相不相信的问题,你也别看得太偏激了,小秦留在潇浦,她还有她家庭背景的优势,对我们的工作还是会有很大帮助的。而且如今形势严峻,我们多一个帮手,不就多了一份力量嘛,虽然人家是一个小姑娘,可她也有我们所不具备的优势呢。"周福光道:"那几笔账我三下五除二就算得清清楚楚,这分明是对我的不信任吧。"喻大江听他还是这么坚持认为,摇了摇头,也不多言了。

小严叫严训直,比秦瑾大不了多少,他见秦瑾来和自己一块解款,内心里满是高兴。他向秦瑾介绍了解款的流程,并交代了他们解款的具体规定,那些都不是难事,一说就清楚了。一般是每半个月解一次款,税款都要交给"顺口刘",至于"顺口刘"怎么把税款解缴上去,就不是他们管的事了。"顺口刘"是"潇浦通",居无定所,来去无踪,每到约定的解款前日,他就会主动以并不固定的方式通知他们将税款送到指定的地方进行交接,交接完毕后,各自散去,互不打听,形同路人。交接地点除了直接送解税款的人晓得外,就只有喻大江、周福光知道了。这样做当然也是为了税款的安全及人身的安全。

秦瑾和小严解了一回税款后,她对于税款的安全问题的重要性可是深有体会,那紧张的架势一点也不亚于鲁双涛的便衣队进行税务稽查时所处的那种程度,而且她和严训直去和"顺口刘"接头的时候,还特地化装了,因为小严考虑到她是本地人,熟悉她的人多,为防止她的身份过早暴露,她装扮成了一个小伙子。那天晚上,她和小严是在一家茶庄里面和"顺口刘"接上头的,没有一句多余的话语,很快就办妥了税款的交接手续,而"顺口刘"在接过他们带去的钱箱子后,迅速地消失了。她再和小严一前一后地走出茶庄。

她终于没能忍住向小严说出了自己心中的困惑:"我总是感觉到自己留下来,好像成为了不受欢迎的人,真不知道是咋回事了。"

严训直看了她一眼,想说点什么,却欲言又止。他末了不着边际地吐了一句:"你慢慢就会明白的。"见秦瑾不解的模样,他又补上了一句:"你能来这里,真是好事。我就是这样想的。"再不言语了。秦瑾没了法子,不便追问,只好闷头跟着他走路。

走过怡红院的时候,严训直突然将她往一棵大树背后一拉,示意她躲藏起来。她正待发问,严训直将食指压在嘴唇上作了个"噤声"的动作,然后朝刚从怡红院里跟跟跄跄地走出来的一个人指了指。

顺着他手指的方向望去,秦瑾看到一个有些模糊的身影,似曾熟悉。因为天色太暗,隔着三四丈的距离,看不清其人的真实面目。会是谁呢?小严小声地告诉她:"是老周。"秦瑾一听,吃惊不小。怡红院是潇浦头牌欢场。"不可能吧,老周怎么会来这种风月场所呢?别看错人了吧?"她压低嗓门说。

"错不了的,绝对就是他。"小严十分肯定地说,一副不容置辩的口吻。

看看那一步一摇晃着的身影慢慢地走近了,两人赶紧隐在树后,秦瑾借着昏黄的光定睛一看,果然是周福光。他的嘴里还哼着小调,醉醺醺的,打树前经过了。

秦瑾不禁皱起了眉头,这始料不及的一幕使她惊慌不安。

严训直这时才告诉她说:"你来了好,我早就发现他们有不对劲的地方了。"

"他们?"秦瑾不敢细想,难道还包括了喻大江吗。

严训直道:"你不妨去查查特别征收小组的账务,我怀疑其中就有问题。他们为什么不要你来管账务呢?"

是啊,为什么当她提出来要协助管理账务时,喻大江他们不乐意呢,特别是周福光意见挺大的。看来,小严说的不无道理,这其中只怕是有些不可告人的内幕。秦瑾心里琢磨开了,得把事情弄个水落石出。

4

"顺口刘"提着装了税款的樟木小箱子从茶庄出来后,马上发现身后有"尾巴"跟上来,有两人,一高一矮。他仗着对环境熟悉,左绕右转,试图甩掉跟踪的人,以往他也碰到过这样的情况,但大都没费多少气力就成功摆脱了。而今晚似乎异样得很,他怎么也没能甩掉跟踪的"尾巴"。他显然已不能按照原定的路线将税款送交下一个接手的人了。"顺口刘"不禁有些急躁起来,情知拖得越久就对他越不利。

"顺口刘"从前河街转悠到了后河街,又从后河街晃荡到了大正街,两条"尾巴"还是像牛皮糖一样,依然粘得很紧。"尾巴"不仅没能甩掉,而且明显已觉察到了他的企图。在"顺口刘"带着两条"尾巴"逛遍了快大半个县城的时候,他来到了怡红院的拐角处,当他躲在墙角的暗影里探看时,陡地发现不知道什么时候竟然又多了两条"尾巴"。四条"尾巴"呈散开状态,竟是要包围之势了。显见得是"尾巴"们在跟踪无果的情况下要图穷匕见了,将对他采取强硬手段。

"顺口刘"现在最担心的是税款的安全。怎么样才能将税款一分不少地转移出去,他心急如焚。

他拔枪在手,作好最后一拼的打算。当下别无他法,他只能在"尾巴"们尚未对他形成关门之势的情况下,选择一处口子突围出去,看能不能给自己找到一个脱身之机,只有自身突围出来了,税款才有安全的可能,才不至于落到敌人的手上。只是冲出去的速度得快,必须以迅雷不及掩耳之势,打敌人一个措手不及。"顺口刘"暗暗地作好了准备。

眼看着四条"尾巴"包抄得越来越近了。"顺口刘"朝着最右边的那条"尾巴"甩手一枪,那条黑影一惊,往地上就势一滚,身手矫健地躲开。"顺口刘"见状,知道今晚碰上硬茬子了。他这是虚晃一枪。枪声未落,他的人已如离弦之箭往左边奔过去。

另外三条"尾巴"本来已顺着枪声往右边抢过去,陡然见"顺口刘"声东击西,赶紧就朝他开起了火。乱枪响起,撕破了夜晚的沉寂。街头巷尾原本尚未安歇的人家,霎时听到号令般,齐刷刷地都熄灭了灯火。

"顺口刘"弓着身子在黑暗中左突右奔着,他顾不得从身旁呼啸而过的子弹,一心想着:快,快,快突出去。

遽然间,他觉得胸口一热,心里暗道一声:"糟了。"他中了枪弹。一阵剧痛突至,让他几乎提不起腿来了。"顺口刘"的身子慢慢地软了,他一屁股瘫坐在了地上,左手紧紧抱住钱箱子,握枪的右手撑在地上,以免身体歪倒下去。

眼看四条黑影包抄过来了。秦瑾和严训直跑到了"顺口刘"的身边。原来他俩在怡红院外撞见周福光从里面出来后,刚离开还没走上几步路就听到零乱的脚步声。接着又听到了从怡红院那块传过来的几声枪响,忙藏身观察动静,后来一看有人负伤了,管不了那么多就先跑过来救人。没想到这个负伤的人会是先前和他们分手的"顺口刘"。

"顺口刘"一看是秦瑾和小严,这下子他揪着的心松弛了许多,可他此时已说不出话来了,胸前汩汩地冒出血泡来。"顺口刘"拼尽最后一点力气扯过秦瑾的手,压在了木箱子上。他很想说什么,可他仅是动了动嘴唇而已,然后他头一歪死在了小严的怀里。他那瞪大的眼睛犹自怒视着黑沉沉的夜空。

见秦瑾还呆立着,严训直从"顺口刘"的手里拿过木箱子往她怀里一塞,大喊道:"拿上箱子你赶紧跑,我来掩护。"秦瑾仿佛从梦中惊醒一般,抱紧了箱子撒腿就跑,跑出几步,又停住来说:"一起跑啊。"严训直急得跺脚,朝她直挥手:"你先跑,越快越好,再迟迟疑疑的,谁也跑不了。"秦瑾这才往前狂奔起来。

严训直轻轻地将"顺口刘"的眼睑抹上,拔出枪来上了膛,顺着墙根边还击边撤离。

四条黑影训练有素,他们飞快地缩小着包围圈,严训直的右肩膀上和右大腿上都中枪了,他疼得提不起枪,迈不开脚了,子弹亦打光了,严训直知道今晚是逃不掉的了,他朝秦瑾奔跑的方向望去,已不见了她的身影,严训直心中略略放心了。他挣扎着爬到了那棵大树下,倚树坐下。敌人狂叫着扑了上来,他们叫嚣道:"他没子弹了,抓活的。"严训直心里冷笑着:"想得美,老子让你们去抓活的。"他从腰间摸出一颗手榴弹,拧开了盖,静静地等着那四条黑影扑上来。

秦瑾一口气狂奔了足足两里地远,耳边的枪声渐渐稀落了,她不知道小严所面临的是啥情况,肯定是凶多吉少,可她顾不及了,她现在唯一的念头就是要保住税款,保住紧抱在她胸前的那个小木箱子。突然"轰"的一声炸响,她停住了脚步,回头眺望爆炸声起的地方,正是怡红院的方向。巨响过后,便是死一般的沉寂。秦瑾想着,一定是小严出了事,她的眼泪不禁夺眶而出。不过短短两个时辰之内,她一下子就失去了两位战友,曾经活泼泼的两条生命,转瞬间灰飞烟灭,她的心头像被一把尖刀刷地一下就旋走了两坨肉,那种撕心裂肺的疼痛几乎要击倒她了,她的双腿如灌满了铅,沉重得连挪动半步的力气都已丧失殆尽。

可她知道自己此时绝对不能倒下,绝对不能!"顺口刘"临终时无声的嘱托,严训直掩护她撤离时那焦急的眼神,都像无数条鞭子在抽打她。

秦瑾狠狠地揩去泪水,一咬牙,拖着双腿跌跌撞撞地往家里挪动……

秦人简刚刚睡下,听到大门被不停地敲打,忙掌灯披衣起床来,待他打开门,一下就被秦瑾的样子吓坏了,只见女儿披头散发,脸色苍白,有气无力地瘫倒在门槛边,胸前紧紧地抱着一个木箱子。再一细看,那箱子上血迹未干,他以为是女儿受伤了,急得直呼管家和秦瑜,秦瑾挣扎着制止了父亲的喊叫,说:"不要惊动他们,爹,我没事。"秦人简将女儿扶起来搀进她的房去。

秦瑜已听得外面的响声,走进房间来探看,秦瑾忙将木箱子往床底下一塞,对她说没大事,刚才在外面碰上土匪了,吓得不轻。秦瑜疑惑地看看父亲,秦人简忙接着说:"是的,这世道太不安生了,鬼子、土匪,一个个凶神恶煞的,这还让人活不活了啊。你妹妹好在没啥事,吓了一跳而已,我平常是怎么嘱咐你们姐妹的呢?没事少去外面乱走,又不听我的话。"他朝秦瑜挥挥手,"时候不早了,你去睡吧,你妹妹睡一觉就没事了。"

5

喻大江搂着金俏娘睡得正香。门"咣当"一声被踹开了。

喻大江一个激灵翻身而起,往枕头下去摸枪。孰料,早已被"活蜈蚣"抢先一步将枪夺过去。喻大江赤裸着上身,睁大惺忪的眼一打量,拥进房间的还有山田中佐、江敬义。他们此刻正一脸得意地看着他,"活蜈蚣"抖动着手中的枪,朝他狞笑着。金俏娘吓得将头埋进被子里,身子在哆嗦个不停。

喻大江朝身旁的金俏娘狠狠地踹了一脚,骂道:"你这贱货,把老子卖了。"金俏娘痛得哎哟地哭起来,抽抽噎噎地回答:"我没有啊,不是我啊。真不是我啊。"

江敬义朝门外甩了一个响指。两个日军士兵用枪押着一个人慢吞吞地走了进来。

首先映入喻大江眼帘的竟是周福光那一张惊惶的脸。他这才明白,是周福光把他卖了。喻大江只觉得血往上涌,他朝周福光怒吼道:"你这叛徒,做人做腻了,要做狗了吧？"

周福光勾着头不敢直视他,哭丧着脸辩解道:"副分局长,我这不也是没法子了吗？人家的枪指着我的脑门子,我这硬挺不下去啊。"

山田中佐微笑着说:"喻桑,我们这是幸会,幸会哪。"

江敬义头一摆,下令了:"带走,咱们有话回去慢慢说。哈哈,喻分局长,咱们可是有的是时间面对面地扯淡了呵。"

第十六章

1

秦瑾连着两天试图去联系喻大江,都没有联系上,她正在费解的时候,被周福光截住了。不等秦瑾开口,他就神秘兮兮地告诉秦瑾:"喻副分局长被捕了。"秦瑾大吃了一惊,忙问是什么时候的事。周福光说前天晚上的事,具体原因不详,如今,他打听到喻大江正被关押在宪兵队。秦瑾急了:"那赶紧想办法救人啊。"周福光叹了一声道:"救人?你说得轻巧。宪兵队戒备森严,靠我们两个人去吗?那不是白白地送肉上砧板吗?"秦瑾道:"那怎么办,我们难道见死不救,坐视不理吗?"

周福光眯起眼来盯着她说:"我们当然不能不管,可就算我们俩都搭上命,又能救得出人吗?所以,当前要紧的还是得先将这个消息传递给蓝局长他们,等他们来一起想个周全的计划才行,否则我们只会付出无谓的牺牲。"

秦瑾想了想,觉得他说的也不是没有道理,心里面犹豫着要不要将"顺口刘"和严训直牺牲的事告诉他,她见周福光并没有提及这事,似乎还不知情。话到嘴边了,忽然又想到那天晚上小严说过的那一番听起来不着边际的话,以及她亲眼看到周福光从怡红院那个寻欢之所出来的一幕,她决定还是暂且不和他讲了。她便向周福光说:"我去想办法向蓝分局长他们报告喻副分局长被捕的事吧。"周福光点了点头说:"也好,我再去打探打探情况,把关人的确切地点搞清楚吧。"

"顺口刘"和小严的牺牲,喻大江的被捕,周福光的不可信,这些都让秦瑾陷入了一个错综复杂的境地。木箱子放在家里显然也不是长久之策,她现在面临的第一个困难是要将那一笔税款安全转移出去,第二个难题是如何尽快将喻大江被捕的消息告诉蓝子天,她绞尽脑汁也没想出来什么可靠的法子。最后下定决心,由自己亲自往龙口跑一趟了。她思量着还是骑马走要快一些,走水路固然轻松多了,但也要慢了许多,路程也绕了不少。马好说,家里就有。她特意请管家替她挑了一匹骏马,带上木箱子说走就走。她还交代管家王明基千万不要告诉家里任何人,尤其是父亲。她不想年迈的老父亲为她担惊受怕。那个平常喜欢随身带的算盘,她拿起来,想想又放下,决定不再带着走,留在家里了。

　　去龙口有一条捷径,可以比走官道少去半天的路程,但必须经过鹰嘴岭。鹰嘴岭可是一道鬼门关,绰号"马上飞"的土匪马猛飞在此落草多年,想从他的地面上全身而过,那无异于是难于上青天。秦瑾听说过"马上飞"的悍名,心里犹豫了片刻,还是决定走这条路,心里存了几分侥幸,想着:鹰嘴岭那么大的地盘,见机行事吧,惹不起难道还躲不起吗?绕着走吧,总不至于就一定会碰上那"马上飞"。时间等不及,她得以最快的速度赶到龙口。她认为这已是最好的选择了。

　　秦瑾却没能逃过一劫。一根绊马索将她坐下的马摔了个跟头,她从马背上抛了下来,重重地摔在了地上。

　　秦瑾顾不上疼痛,赶紧去寻找那只木箱子。箱子被抛在离她几步远的草丛里。她试图朝着箱子爬过去。

　　但她动不了,三杆冰冷的枪抵住了她的身体。

　　"还是个娇俏小娘子呢。"一个黑脸膛土匪淫邪地笑着。另一个胖一些的土匪接着说:"带回去给老大,他一高兴指不定就要赏小的们一口喜酒喝了。"矮个土匪一副垂涎欲滴的样子:"那肯定的了,瞧这小娘们长的,啧啧,掐得出水,鲜嫩哟。"说着,他伸手冷不防在秦瑾的脸蛋上掐了一把。

秦瑾气得杏眼怒瞪,却又没一点法子。她心里暗暗祈祷落在草丛里的木箱子千万别被匪徒发现。可是事与愿违,黑脸膛匪徒早已注意到秦瑾的眼神似乎在四处搜寻什么,他便往旁边的乱石草丛里搜索过去,没费多大工夫,那只木箱子就落入到了他的手中。秦瑾绝望地闭上了眼睛。

2

"马上飞"正和师爷辛元在楚河汉界上酣战。"马上飞"大字不识几个,游荡江湖时和一个相士胡混过一段时期,那相士最喜下棋,闲着便教"马上飞"杀上几着,久之,"马上飞"也爱上下象棋,且棋艺不凡,在山寨里鲜有对手。凶神恶煞的土匪头子"马上飞"每每将了对方的军或夺了对方之帅时,他便会得意得狂笑不止。那笑声让人听得心里瘆得慌。

师爷辛元不过二十出头的青皮小伙子,却下得一手好棋。这也是"马上飞"颇为欣赏他的地方。

喽啰进来通报时,"马上飞"正因为要破解辛元的一招"归心炮"而抓耳挠腮,他哪里听得见手下来禀报,一双鱼泡眼都快嵌进棋盘了。倒是师爷辛元瞄了一眼被押解进来的秦瑾,他一眼就认出来了,这不是秦会长家的小三吗?怎么会落到土匪手里了呢?他不禁暗自吃了一惊。秦瑾也认出来了辛元。辛元正是潇浦县前河街上做水产货生意的掌柜辛远兴的小儿子。他们俩自小就一起长大,两家大人又都有些生意上的往来,自是熟悉。秦瑾听说辛家早已被日本人灭门了,却没想到竟然会在这鹰嘴岭的土匪窝里碰上辛元。她当然并不知道,辛元其实就是她父亲秦人简冒了风险将他好不容易才送出潇浦县城的。却说辛元逃出县城后,误打误撞地又被鹰嘴岭的土匪给绑票了,当时踩点的土匪见他生得白皙,穿着打扮像一个富家子弟,就不管三七二十一先绑上山再说。没想到"马上飞"对这个绑上山的小子鬼使神差地起了恻隐之心,不仅没有由于其身无分文而一怒之下"撕票",反而见他识文断字而强留下来做了他的师爷。那个相士曾告诫他,想成大事者,光靠打打杀杀不行,得有谋士相助。相士还举例说,为啥刘玄德能成就一番霸业呢?就是因为有诸葛孔明这位神机军师辅助;朱元璋一个流氓出身的之所以能当上皇帝,就是由于有刘伯温出谋划策。"马上飞"本无成就一代霸主的勃勃野心,却也被相士的一番话说得心动,如果有了诸葛亮、刘伯温之类谋士相助,不说真能打下一个江山,至少不会是坏事,对自己还是蛮有用处的。所以,寻得一个读书人做他的师爷一直是他"马上飞"心中的一个夙愿。恰在此时辛元被绑上山来,他一见到这个书生气十足的文弱后生,满心欢喜,以为是老天爷给他送来的,可他不知道如何来验证辛元是不是真的就是个读书人啊,因为在他眼里可是"大字墨墨黑,细字不认得"。"马上飞"眉头一皱,计上心来,让辛元和他下一盘棋,还特地命令道,如果赢了他,就饶其不死,如果输了就"咔嚓",他朝辛元做了个抹脖子的手势,吓得小伙子双腿一软,只好咬紧牙关屏气凝神地和他杀上一盘。"马上飞"原本并没有把这个嘴上没毛的辛元放在眼里,却没想到自己不是他的对手。"马上飞"输得心服口服,推倒棋盘就吩咐手下摆开宴席,他向一众兄弟正式宣布,推举辛元做了鹰嘴岭的师爷。可怜那辛元到了这步田地还能咋的呢,哪敢说半个不字,先保命要紧吧。

"马上飞"瞥见这回绑上来的竟是一个俊俏姑娘,登时来了兴致。他将棋子往一旁拨开,来到了秦瑾跟前,看到这生得水灵灵,葱一样的小妹子,他不由得心花怒放,粗声大气地打着"哈哈":"没想到老天爷真是开眼,前一向给我送来了个师爷,今天又给我送来个压寨夫人。这小娘子,俺'马上飞'要定了。"黑脸膛匪徒谄媚地说:"恭喜大当家的。这小娘子还带来了一个木箱子,小的们可不敢擅自开启。""马上飞"道:"哦,拿上来。"沾了血迹的木箱子摆在了"马上飞"面前,他一示意,黑脸膛匪徒立即将箱子打开,里面有一个包裹得严严实实的油布包,再拆开看,原来是花花绿绿的钞票,还有一些光洋。喽啰们都七嘴八舌地惊叫起来:"这么多钱啊。""发财了。""捡到大篓子了。"

"马上飞"盯了秦瑾一眼,问:"你是什么人,带这么多钱要往哪里去?"秦瑾紧闭嘴唇,一言不发。

匪徒们便嚷嚷起来:"你聋子啊?老大问你话呢。""别敬酒不吃吃罚酒。""想死还是想活啊?"

"马上飞"朝匪徒们眼一瞪道:"怎么说话呢?还晓得规矩不?这是和谁讲话呢?"一时鸦雀无声了。

"马上飞"道:"小娘子不想说就不说也罢。这箱子钱嘛,就当是老丈人给小娘子的陪嫁了,哈哈哈。"他转头朝辛元道,"麻烦师爷给我好好看管这小娘子,择个良辰吉日,老子就把喜事给办了。"他指了指匪徒们,"你们一个个凶神恶煞的样子,别吓到小美人了。"

他又说:"这箱子嘛,谁也别动,就让小娘子保管得了,这是她娘家带来的嫁妆嘛。"

有匪徒就叫道:"大当家的说的是,反正这人也好,财也好,还不都是您的吗?"辛元便抱着箱子押着秦瑾往左厢房而去。

3

松开了秦瑾身上的绳索,辛元尖起耳朵听了听外面的动静。他小声地对秦瑾问道:"三小姐,你怎么回事啊?"秦瑾的眼泪簌簌而下,抽噎着讲了事情的经过。然后问道:"你怎么当了土匪了呢?"辛元叹了一口气,将缘由大体说了说:"搭帮秦伯伯救我一命,未曾料想才出狼穴又入虎口。我怎么会甘心情愿当土匪啊。"

秦瑾暗自流泪,辛元道:"你别急,我一定想法子救你出去,也算是报答你父亲的救命之恩吧。"

秦瑾急道:"你怎么救我出去,你自身都难保!"她将木箱子往他手里一推,道,"我逃出逃不出去先别讲,你得给我保证把这个箱子安全送出去吧。"

辛元道:"真是想不明白你,到这个时候了,你留着个木箱子有什么用啊?钱重要还是命重要啊?傻瓜!"

秦瑾流泪说:"这是人民政府的税收所得啊!为了这个木箱子,已经死了两条人命了,我就是再搭上自己的一条命,也得保证这个箱子的安全。"

辛元微叹了一声:"唉,真是佩服你们共产党人了。"

秦瑾望着窗外说:"可惜我还不是共产党员啊,我一直都想加入,只怕从此都没有这个机会了。"

辛元咬咬牙说:"三小姐,我就是拼了自己的命也要救你出去,你放心好了,待天色晚下来,我们就行动,我先去给你弄点吃的东西来,吃饱了才行。喏,你身上的伤没事吧?"

秦瑾回答说:"没大碍,只是擦伤了皮而已。"她活动着身子,向辛元证明自己能跑得动。

"马上飞"见辛元过来了,忙问:"师爷,我的压寨夫人怎么样了?"

辛元笑道:"报告大当家的,没事,她只是受了惊吓,加上路途辛苦,待我给她送去些吃的,休息休息就好了。"

"马上飞"道:"那就好,那就好,她究竟是什么来头,刚才可是一言不发的,别是一哑巴吧,哈哈,你可打听清楚了?"

辛元早已编好了词,赶紧搬了出来:"打探了,她是从江北逃难过来投亲的,说来也是惨,家里人全都死于战乱,投亲又不着,正六神无主,没想到会撞进山里来了。"

"马上飞""哦"了一声,接着问:"一看她那样,应该是出身大户人家,只怕她心高气傲地不肯从了俺做山寨夫人吧?"不待辛元说话,他又自顾自地道,"就算她再心高气傲又何妨,到了俺鹰嘴岭,除非从了俺'马上飞',还能有别的出路吗?"

辛元点着头说:"就是说嘛,这乱世之秋,她一个弱女子能傲什么傲,尾巴翘到天上去也得给拽下来。今非昔比啊,我看她能在鹰嘴岭保住一条命已是万福了。""马上飞"点了点头:"她想得通得想,想不通也得想,你去吧,给我好好看住了,出了岔子,休怪俺手下无情。"

辛元"诺"地应着,退出来径往后面灶房里去给秦瑾弄吃的。

秦瑾见了辛元弄来的一大堆吃的,哪里有心思咽得下呢?辛元便劝道:"你不吃点东西,那怎么跑得出去呢?"

秦瑾赌气道:"就算是吃饱了,就能逃得了吗?"

辛元这时压低声音告诉她:"我一上山,就一直在寻思着哪天要溜之乎也,好不容易探得山后面有条野径,虽然危险,但是我们逃走的唯一途径了,我们只能放手一搏。"

秦瑾惊喜地说:"真的啊?"辛元用力地点点头。

秦瑾转瞬又忧虑地说:"就算是能从后山逃走,可门口这个看守,就拿他没法子,怎么出得这个房子都是难题。"

辛元道:"你就放心吧,甭管其他的,先吃你的,吃得饱饱的。"

秦瑾听他说起来蛮有把握的样子,便将信将疑地抓过去一个蒸熟了的玉米,大口地啃起来了。

鹰嘴岭的夜里山风呼号。

辛元再次来到关押秦瑾的房子时,被看守毫不客气地挡住了。看守说,大当家的吩咐过了,晚上谁也不得入内。

辛元从怀里掏出一包东西来,对他说:"这是给夫人吃的药,夫人身体有病,如果不及时吃药,那可不得了了。"

看守还是坚持着不让进。

辛元发脾气了,他怒气冲冲地说:"让夫人吃药也是大当家的吩咐过了的,你若是耽搁了夫人吃药,她的身体垮了,误了大当家明天拜堂成亲的大喜事,我看你吃不了兜着走吧。哼!"

看守半信半疑地说:"真是给大人送药来啦?"

辛元不耐烦地说:"还不相信?你干脆就跟我进去看夫人吃了这包药吧。"看守打开房门后,真的就跟随着进去了。这正是辛元想要的结果。

秦瑾倚着床头冷冷地看着两人进来,依然是一言不发。

辛元赔着笑脸道:"夫人,赶紧吃了这药吧,身子骨要紧。"他将布包一点点地打开来,是一些白色的粉末,看守好奇心起,竟然伸出头来弯腰去端详,想看看到底是些什么药粉。说时迟那时快,辛元说了一句:"我让你看,看仔细了。"迅速将白色粉末往看守的双眼一砸,原来那是一撮石灰。看守猝不及防着了道,眼睛被石灰烧得火辣辣的疼痛,他"嗷嗷嗷"地怪叫起来。辛元立即操起脚边的方凳子朝他头上猛砸下去,连击三下,看守闷头而倒,再也哼不出声来。秦瑾看得发呆了,没想到辛元这样一个看上去文绉绉、书生气十足的,下起手来会是这般狠辣。

辛元一把扯着秦瑾就跑。到了门口,秦瑾发现木箱子没拿,赶紧折回去拿上。一低头看到匪徒的枪,她又捡起来背上。两人这才跌跌撞撞地慌忙往后山奔去。

4

好在辛元熟悉路径,他带着秦瑾蹑手蹑脚地绕过了通往后山的路上的两道岗哨,眼看就要来到下山口处了,不料,秦瑾一不小心跩了右脚,跩得还真是不轻,一阵钻心的疼痛让她不由得"哎哟"地叫出了声,一屁股坐在了地上,辛元忙折回来扶起她,秦瑾试着走两步,她觉得右脚一点也不得劲,显然是伤及了骨头。

两人这样慢腾腾地挪动,肯定会凶多吉少,辛元见状,干脆弯腰下来,不由分说就将秦瑾背上了背。秦瑾想挣扎下来,倒把辛元弄得火起,他轻声叱道:"你还乱动的话,叫我怎么背你走,拖下去只会是一个也走不成了。"

正僵持间,突然听到旁边乱石丛里传过来一声断喝:"是谁?站住!"接着就是拉动枪栓的声响。辛元没想到这里还设有流动的暗哨。这是他在侦察中没有发现的。

但目下已无他法,唯有硬闯了。

辛元背起秦瑾就朝前奔。后面顿时响起了两声枪响。尖厉的枪声在空寂的山谷震荡。辛元情知不妙,这枪一响,"马上飞"很快就会带人抄过来,而背上又背着个大活人,今晚可是难得全身而退了。秦瑾在背上老实了一会儿,这时听得枪声响起,看着辛元背着自己在黑暗中摸索着艰难前行,她心知形势越来越不利了,便使劲在辛元的胳膊上头掐了一把,辛元没料到她会来这一手,痛得手一松,秦瑾便骨碌碌地从他背上滚落下来了。辛元气喘吁吁地骂道:"你找死啊,都什么时候了?"秦瑾的眼里闪着泪花,哽咽着说:"辛元哥,谢谢你了,你赶紧跑吧,这样下去,谁也别想逃掉。"辛元气呼呼地说:"讲蠢话啊,要跑也是你跑。"秦瑾说:"我这样子跑得脱吗?再说,我路也不熟悉,往哪跑?你跑吧,能跑一个算一个。"她飞快地把手中的箱子往辛元怀里一塞,说:"你把这箱子带出去,送到龙口找税务分局的蓝局长,他叫蓝子天。记着,这个箱子比我的命更重要。"辛元还是不肯干。秦瑾火了,她将挂在脖子上的那杆长枪摘下来,将枪口抵住了自己的下巴,歇斯底里地叫喊着:"你再不走,我就死在你面前。"辛元惊呆了,他没想到秦家三小姐会不惜这样以死相逼,多么刚烈而决绝的女子!辛元抹了一把湿润的眼眶,一跺脚,往前奔去。他听到秦瑾还在后面叫道:"记住我说的啊,他叫蓝子天。"

辛元回头一望,看到数点火把正在朝后山游动而来。枪声把"马上飞"他们都召唤过来了。

秦瑾目送着辛元的身影消失在茫茫夜色里,她的心头没了挂碍,踏实了许多。现在她要做的是把追上来的土匪引开去。

于是她强撑着站直了身子,以枪杆拄地,一拐一拐地往左边的山林里挪动着。反正路况不熟悉,她也就无所谓选择了。为了将土匪朝自己引过来,她冲那一步步逼近的火把接连开了几枪,枪声一落,就听到匪徒在叫:"在那边,在那边。"火把便朝着秦瑾的方向蛇一样游过来,狰狞地张着口,吐着毒芯子。

"马上飞"他们没费多大力就追上了秦瑾,当发现只有她一个人,"马上飞"暴跳如雷了:"辛元呢,那个忘恩负义、吃里爬外的狼崽子呢,老子今晚非得将他碎尸万段不可。"

秦瑾默默地打量了一下自己所处的位置,发现自己已站立在一道悬崖峭壁的边缘了。脚边是望不到尽头的无边黑暗。不要说已无任何退路,即算是有路可逃,她也没一丝丝的力气。见"马上飞"那一副气急败坏的样子,她的心里体验到了一种兴奋,她扬起头来,山风吹拂着她蓬乱的头发,吹拂着她汗渍渍的脸颊,她双手拄着枪杆子,以便让自己的腰身挺得更直。

"马上飞"被她那一副凛然的样子震慑着,他目不转睛地盯着她那秀丽的脸庞,等待着她开口说话。秦瑾自被绑进鹰嘴岭来,他"马上飞"还愣是没有听她开口说过一句话。

秦瑾终于开口说话了,她睥睨着面前的这帮土匪,一脸鄙夷:"你们的师爷早就远走高飞了。你们这群土匪,作恶多端,谁也没有好下场。"

"马上飞"恼羞成怒,叫嚣道:"臭娘们,跑了一个狼崽子,你可别想有好日子过了,给老子带回去,慢慢地有你好受的。"

几个土匪便试图上来捉拿秦瑾。秦瑾"哈哈"两声大笑,厉声喝道:"'马上飞',做你的白日梦去吧!"说完,她将枪朝身后的悬崖下一扔,自己随即纵身一跳,跃下了绝壁。

她轻灵的身子在黑沉沉的深谷中划过一道优美的弧线。

第十七章

1

鬼子宪兵队的地下牢房里，一瓢冷水将昏死的喻大江浇醒，他被五花大绑在老虎凳上，双脚下垫着几块砖头。这是喻大江今天第二次过堂，他咬紧牙关没有吐露出一个字来。

除了气得脑门子上冒烟外，山田束手无策了，不过他还是从心底里对眼前这个体无完肤的汉子油然而生出一份敬意，他认定这是个硬汉子，真正的军人！江敬仁抓耳挠腮了一阵，献上了一条计策，山田别无良方，只得随他一试了。

于是金俏娘和周福光被带到了喻大江面前。

金俏娘看到遍体鳞伤的喻大江，早已吓得花容失色，她哭泣着轻轻抚摸着喻大江的伤，抽咽着道："他们怎么这么狠啊，真的不是我出卖了你。"喻大江强睁开血肿的眼，看了一眼金俏娘，没有作声。他不知道该怎样对金俏娘说。金俏娘其实也是个苦命的女人，自从他那天晚上喝多了酒，鬼使神差地竟然和她发生了那样难以启齿的关系后，他对这个女人慢慢地就有了一份特殊的说不清也道不明的感情，有对她那散发淡雅清香的肉体的眷恋，也有对她命运乖舛的同情，他从来不敢想象他和她会走向哪一座命运的山峰，而当他感觉到金俏娘对他那种投入的依赖后，他又莫名地感觉到了恐惧。其实从一开始，他就知道他们之间的这段孽缘，早已注定不会有什么好的结果的，只是他没想到会来得这样快，而且是以被人出卖被人利用的方式刺破。现在，面对这个哭得梨花带雨的女人，他又能怎么说呢？而最让他意外的是，周福光，他昔日的战友,曾经一起出生入死的兄弟,沦为了日本鬼子的一条狗,这是他绝对没有想到的,怎么会是他呢?他百思不得其解。

周福光走上前来,嗫嚅着说:"你就别硬挺了。那边反正也回不去了。"

喻大江朝他啐了一口血水,骂道:"你这是为啥呢?背着汉奸的名好听吗?"

周福光脸一拉,说:"好听不好听,是我自己的事。实话跟你说吧,今天你想不背也不行了。"

喻大江怒火中烧,喝道:"你还背着我做了什么勾当,有种的今天你就痛快地讲出来。"

周福光这时已豁出去,他挺起了胸,道:"我哪能背着你做什么?我做的你都知道,别不相信,我说出来你听听吧。我们平常下馆子、添行头、进茶庄那些乱七八糟花销的钱是哪来的,你别说你没花过吧?我有那么多钱给你花吗?还不是收来的税款?"

喻大江惊讶了:"你不是说是在日常工作经费中可以支出的吗?"

周福光一脸无辜地说:"我的大局长啊,你也用脑子想想,工作经费有那么大的额度可以让我们来花销吗?根据地过的什么日子你又不是不知道?队伍上的纪律你又不是不清楚?"

他顿了一下,接着说:"你过生日时我送给你的那只金表哪来的?我从内心里当然想送你件像样的生日礼物,可你不是不知道,这、这,我私人送得起你一只金表吗?"

喻大江傻眼了:"这么说,也是你用税款买的?"

周福光点点头:"就是啊,这回你说对了。"

喻大江怒道:"你这王八蛋,我太相信你了,你为什么要这样子处心积虑地来害我呢?"

周福光笑道:"别说得那么难听,我怎么害你了,顶多也只能算是拉你下水吧。你说,我们亏空了这么多,捅了那么大个马蜂窝子,我们还能回去吗？我们就算回去了还有活路吗？"

喻大江号叫道："你回不去,难道说我也不能回去吗？我可以向组织说清楚,都是你这狗腿子害我的。"

周福光叹息道："唉,你就别想得太天真了,共产党的纪律和规矩你又不是不知道,你要回去就是去送死。"

喻大江盯住他问："你到底亏空了多少税钱,你说个准数给我听。"

周福光昂首道："说出来你别吓到了,听着,一共有二千二百多块,你盘算着办吧。"

喻大江真是吓了一大跳,二千二百多块是个什么概念,他不是不知道。他清楚地记得于振兴县长和他们说过,在边区政府有过贪污二百块钱的就被枪决了的事例。如果不是自己被绑得动弹不得,他肯定会跳起来去撕碎了周福光那张歪斜的大嘴巴。

他不禁颓丧地低下了头,良久,他扬起苍白的脸朝周福光恨恨地说："这些钱都是你花的,贪污了,和我无关,我会和组织讲清楚的。"他的语气里却又是那样明显地没了底气。他当然明白,事情到了这个地步,他回去能说得清楚吗？只怕是跳到黄河也洗不清了。

山田中佐这时以婉转的口气对喻大江说："喻桑,你的就别再固执己见了,回去的没有啦。如果喻桑加入到皇军来,我们大大的欢迎,欢迎。这个金俏娘也就是你的了,效忠皇军,好好的干活。"

江敬仁在一旁道："中佐,这,这行吗？这个金俏娘可是卢达的老婆呢。"

山田微笑地摇晃着食指道："我大日本皇军做主了。"

金俏娘听了这话,觳觫的身子稳住了些,登时两眼便满是期待地看着喻大江。

喻大江沉默不语了。

2

蓝子天正在对各个税卡子上今年来报解的税款账目进行分析。自从卡子缩减到只剩下龙口、胜岩砥两个以来,税务征收分局的税款数自然已呈下降之势,好在苗风涛的水上稽查分队还算是保住了青沙江这条水上黄金线的征收,江上过往的商船,包括日本商人主动来向税务分局交税,并且寻求护商的途径依然畅通无阻。鲁双涛的便衣队也在打击偷逃税上起了不少作用,便衣队四处设卡查税,流动稽查,灵活机动,效果也不错。而当蓝子天仔细查看喻大江的特别征收小组近三个月来报解的税款时,他发现了问题,税额在月月递减,减少的幅度还不少,但据他了解到的情况,在潇浦县城,税源的变化并没有太大的起伏和波动,而且据了解,喻大江已将特别征收的范围正在向周边的区域,如容壁等地渗透。那么不管怎样看,特别征收小组报解来的税款不说增加多少,至少不应该还在以百分之十五的幅度下降,这究竟是怎么回事呢?蓝子天琢磨不透了。他反思一下,觉得对特别征收小组还是得按月下达一个控制性的指标才行。原来因为潇浦属于敌占区等种种原因,税款征收存在许多不可预见的困难因素,分局对喻大江他们采取的是松散式加自我约束式的管理方式,现在看来,还必须有一个参照指标体系来宏观调控才行,不然的话,一旦出现如现在这样的现象,又不能及时了解到真实情况时,面对那些生硬的数字,他也无法猜出个所以然来。好在他把秦瑾派过去了,那么接下来的情况应该就会更清楚些。但本月的税款报解已经超过期限足足三天了,这在以往是很少出现过的现象,蓝子天隐隐地感到了一丝不安。

他的不安转眼间就得到了证实。

尚山虎和鲁双涛将辛元带到了他的面前,说:"我们在巡税的卡子上碰到他的,这个人不见到你硬是不罢休。"

蓝子天打量着眼前的这个年轻人,只见他身上的衣服破破烂烂的,瘦削的脸,一双眼睛透出几分精明来。辛元确认了蓝子天的身份无疑后,这才松了一口气,将手中的一个小木箱子递了过来。蓝子天接过去,狐疑地问:"这里面装的什么?请问你又是什么人呢?"

辛元接过鲁双涛倒给他的水,一口气就喝了个精光,他实在是又累又渴了。等喘过气来,他向蓝子天讲述了所发生的遭遇。

蓝子天一听急了:"那秦瑾秦姑娘后来怎么样了?"

辛元摇了摇头,难过地说:"我不知道了,肯定凶多吉少啊,那'马上飞'什么事情做不出来呢?鹰嘴岭简直就是个活地狱,不知道害死了多少人命。"

蓝子天半晌没有说话。他的脑袋里仿佛一下子就被掏得净光,变得空空如也。

尚山虎何尝不知道蓝子天现在的感受呢,他一拳砸在桌子上,愤怒地说:"分局长,你让我带人去鹰嘴岭端了那个'马上飞'的老巢,让他变成'马下滚'。把秦姑娘救出来。"鲁双涛也急了:"得赶紧想办法救人,不然秦姑娘真危险了。"辛元道:"想去鹰嘴岭救人,那可是难上难啊,'马上飞'经营多年了,原来的国民政府拿他没办法,后来日本人来了想剿灭他也没成,最后才用招安手段将他拢过去了,他本来就是个有奶便是娘的角色。"尚山虎不客气地白了他一眼:"我们新四军游击队可不是他娘的国民党军队,比鹰嘴岭再险的地方又怎么样,比'马上飞'更凶残的土匪又怎么样,老子又不是没见过,没打过?"

蓝子天缓过神来,低沉地说:"这位兄弟说得不错,那鹰嘴岭绝对不是我们随随便便说打就打下来的,贸然进攻,只会付出无谓的牺牲。我们得从长计议。这样吧,双涛,你尽快带几个人去鹰嘴岭一带四处打探一下,看能否探听到秦姑娘的消息,然后我们再伺机行事吧。"

鲁双涛领命去了。

蓝子天小心翼翼打开那口血迹斑斑的樟木箱子,他看到里面是一个油布包,再取出慢慢打开了,是一沓叠得齐齐崭崭的钞票,附有一张字条,上面写的是"五月税款报解数目",纸上签着"周福光"的名字。蓝子天一看就明白了,税款并不应由秦瑾亲手来解缴的,肯定是那边出了问题,看来还不是一般的问题。而秦瑾并没有向辛元提供更多更细的相关情况,蓝子天也无法了解到在潇浦的特别征收小组到底发生了什么事情。他只是直觉到一定是很不寻常的变故。

那么,喻大江呢?周福光呢?还有小严呢?他们是不是也是遇到了危险呢?蓝子天不禁心急如焚。

蓝子天耐心地清点了税款的数额,一千六百二十九块零八角,比上个月的数目又减少了差不多三百块。他想,在敌占区收税真是越来越艰难,也真是难为喻大江他们了。

想到秦瑾现在生死两茫茫,蓝子天的心就按捺不住地焦急。他的手不由得伸向了怀里,一下就摸到了秦瑾送他的那方手帕。

鉴于情况不明,蓝子天除了静待鲁双涛打探的消息外,他将自己的思路急速捋了一遍,各种可能发生的后果,他不能不考虑到,甚至必须做好最坏的打算。他对龙雪道:"龙队长,请你通过地下工作的渠道,尽快摸清楚在潇浦发生的情况,特别是特别征收组喻大江他们现在的安危。我们的联络站都得作好应急的准备,以防万一。"龙雪应承着,立即去作部署。

3

当于振兴县长听了蓝子天的汇报后,分析道:"今年来,鬼子对根据地的扫荡和围困更加疯狂,经济上的封锁越发残酷,妄图切断我们的经济来源,饿死、困死抗日力量。在军事和经济上我们都将面临着前所未有的重重困难。我们必须要千方百计挫败敌人的阴谋诡计,绝不让他们得逞。"他同时指出,在彻底摸清潇浦的情况之前,不可贸然采取行动,并且要尽可能减少损失,当前的征收行动暂且一律停止,地下联络线如税款报解途径也要中止工作,以免给敌人可乘之机,对我们造成更为严重的破坏。

他安慰蓝子天说:"秦瑾姑娘是个好姑娘,只要有一线希望,我们就要尽最大的努力把她解救出来。必要时,我会让县大队谷家峻他们配合你们的行动。"自从潇浦失陷后,狮子山游击大队随县政府机关撤退到了龙口,游击大队改编成了县大队,谷家峻仍然担任队长。

从鲁双涛和龙雪那儿传递回来的消息让蓝子天的心坠入了冰窟。

鲁双涛听说在鹰嘴岭上有一个姑娘跳下了悬崖,说是被"马上飞"逼婚所致。这个消息与从鹰嘴岭逃出来的辛元所说的情况大体吻合,蓝子天感觉到心里一阵绞痛。秦瑾那有些俏皮、有些任性的神态浮现在他的脑海里,他呆呆地坐着,摩挲着那方蓝格子手帕,眼眶湿润了,他强抑着不让泪水流出来。

而龙雪传递来的消息更是让他吃惊不小,喻大江被捕入狱了,具体情况不明,而周福光当了可耻的叛徒,投了鬼子,成了汉奸。还有小严和"顺口刘"被打死在街头。特别征收小组几乎是遭遇覆灭性的打击。潇浦县的地下党也正在面临着巨大的危险!

喻大江入狱后的情况会如何呢,这是一个很关键的点了。蓝子天凭自己对喻大江的了解,他相信他不会是一个软骨头,毕竟两人曾在狮子山游击大队一同经历过无数次血与火的战斗考验。但蓝子天很快又对自己的看法动摇了,从喻大江负责的特别征收小组报解的税款来分析,他直觉其中就有不对劲的地方,何况又出了周福光叛变这档子事,事情的发展态势就真是难以预料。

尚山虎看到他这样难受的样子坐不住了。他说:"干脆我们去一趟,不就啥都弄明白了,老喻是死是活,我们总得搞个清楚吧。"都是从狮子山上一起下来的,他也不愿意草率地作出喻大江是否会当叛徒那样的臆测。

蓝子天想了想,决定赴潇浦县城一趟。

于振兴同意了,他点了谷家峻、鲁双涛和龙雪陪同蓝子天去潇浦。谷家峻轻轻地擂了蓝子天一拳,道:"老伙计,咱们兄弟可是有好一阵子没在一块了。"尚山虎在一边胡咧咧着也要去,蓝子天没好气地道:"现在龙口的局势也日益紧张,都去了怎么办?"尚山虎被呛得不好再坚持。

4

四人潜入潇浦找好客店住下。蓝子天独自一人去秦人简家。

秦人简正在因为小女儿秦瑾几天没有回家,又没得任何消息而担心着,蓝子天的突然登门,让他心中一喜。秦人简觉得,蓝子天一出来,他心里踏实许多。

他问蓝子天怎么不见秦瑾一起回来呢。蓝子天心里隐隐作痛,不好直接告诉他,就马虎着应付道:"秦瑾执行任务去了呢。"秦人简放心了,马上又说:"听管家说,她骑马出去了,走得很急,连那个算盘她也没带了,还交代管家要保密,你说,她不会有什么事瞒了我吧?"蓝子天晓得秦瑾有个习惯,总喜欢随身带着算盘,那算盘子是她心爱之物,平时须臾不离的。倏地又想起来她来参加税务分局的场景,正是拿了那算盘子一头撞进分局培训班的。

秦瑜以调侃的口吻说:"妹夫,你别把我妹妹拐卖了啊。"

秦人简呵斥她:"胡说什么呢,妹夫妹夫地乱喊乱叫,你不害臊,人家听着都害臊了。"确实,蓝子天听得心里更加不是滋味了,他无法想象秦人简得知了女儿不在人世的消息会痛苦到何等地步。

蓝子天向秦人简提出来要将秦瑾用的那个算盘带走,秦人简疑惑地说:"她自己回来拿吧,难道她这一去不回返了?"蓝子天啜嚅着说:"她不是忙不赢吗?而您知道,这只算盘她是离不开的,平常都是随身带,叮嘱我这次一定要将算盘给她捎回去呢。"秦人简点点头说:"哦,这样子啊,那你等等,我这就去取来。"

待秦人简转身离开,秦瑜拉了蓝子天到一边,端起了脸低声地对他道:"你们这边肯定出大事了,那个叫周福光的现在公开投了日本人,他当上税警局的行动队副队长,带着一帮税狗子四处收税,飞扬跋扈的,那嘴脸可让人瞧着恶心死了。"蓝子天道:"这个情况我们已经知道,现在不清楚的是喻大江怎么样,不晓得特派员你还掌握到了什么情况没有呢?"

秦瑜冷笑着说:"我估计嘛,你们那个喻大江只怕也是摇身一变了啰。这个姓喻的和那个姓周的天天腻在一块,一个叛变了,另一个还能好到哪里去?我们其实早已看出了些端倪,他们俩可不是什么善茬,尤其是那姓周的,花天酒地的,出入风月场所,可不是你们共产党的作派了。难不成你们事前真的一点也不知情吗?"

蓝子天脑子里回放了一些细节,现在寻思起来,那周福光的言行早已有过一些不对劲的地方,经不起推敲琢磨,只是当时自己没有引起足够重视,不及细究。但他对喻大江还是抱有幻想的,便回答秦瑜道:"周福光叛变已木已成舟,喻大江和他不会是一丘之貉的,这个我有信心。我们这次进城来,目的是想弄清真实情况,如果老喻身处危险,还得尽量想法子,助他脱身。如果有可能的话,还要请特派员助一臂之力。"

秦瑜道:"我奉劝你别想得太天真了,这姓喻的到底会不会和姓周的一般,你暂且别早下结论,我说不会那么简单,你要慎重,小心别掉进陷阱里去,那就得不偿失了。"

蓝子天嘴上没说什么,心里头倒是认可秦瑜的提醒,虽说她话说的口气不中听,毕竟还是一番好意吧。

秦瑜这时候又逼视着他说:"别跟我遮遮掩掩的了,小妹究竟遇到了什么情况?你和我父亲打马虎眼,可是你瞒不过我,你敢不敢对着我的眼睛说你真的不晓得?"

她这样咄咄逼人的话,让蓝子天果真是不敢直视她。其实蓝子天之前在回答秦人简时那躲闪的眼神早已被秦瑜不动声色地捕捉到了。

秦瑜一把抓紧了蓝子天的双手,急促地说:"是不是小妹出事了?我说的对不对?"

蓝子天的手被她抓得发疼,他沉默着,躲避着她锐利而焦急的目光,不说是,也不说不是。

秦瑜一下子什么都明白了,她颓然地松开了蓝子天的手。

5

午夜时分,周福光鬼鬼祟祟地走进后河街吉兴门巷子的姘头秋芳的家。他一个纵身跃上院子的墙头,"扑通"一声跳进院里,秋芳的房间里还亮着昏黄的灯光,周福光轻轻一推门,门是虚掩的,他压着声调喊了声:"宝贝儿,还在等着爷啊。爷来哩。"一脚就闯了进去,一进门,不禁傻眼了,秋芳被五花大绑地捆在床头,嘴巴里塞上了布条,一脸的惊恐。他大惊,正欲上前给她松绑,没提防,两支冷冷的枪几乎同时抵住了他的脑袋。他定睛一看,原来是谷家峻和龙雪,而窗户边上还站了一个人,正是蓝子天。周福光知道自己的大限已到了,干脆放弃了要掏枪反抗的想法。

他不由得双腿一软,直挺挺地跪在了地上。

谷家峻气得猛地朝周福光使劲踹了一脚,骂道:"你这个贱骨头,老子一枪毙了你。"

周福光脸色惨白吓人,带着哭腔道:"分局长、大队长,你们饶了我吧，我这是一时糊涂啊。"

蓝子天鼻子里重重地"哼"了一声，冷冷地回答道："这时候知道糊涂了？寻欢作乐的时候不知道自己糊涂，投敌叛变时不知道自己糊涂？"周福光爬过去抱住了蓝子天的腿，用力地摇晃着："我真是一时糊涂啊，分局长，你念在我平时没有功劳也有苦劳的分上，饶我这一回吧，我一定会痛改前非。我这次是误入歧途，是自己瞎了眼，着了小鬼子设下的套，一步步就没办法了啊。"

龙雪呵斥道："自己当了可耻的叛徒，倒把责任推得一干二净，亏了你还是个老党员，你忘了自己当初举手宣誓的时候说过什么吗？最后一句是什么，你忘光了啊。"

谷家峻厌恶地盯着周福光道："老子最看不得你这种认贼作父，没一点骨气的东西。"他朝蓝子天说，"子天，还和他啰唆什么，给他个痛快吧。"边说边撸起了衣袖。

周福光这下更紧张了。他将头在地上鸡啄米一样叩了起来，嘴里哭着："不可啊，不可啊，我可也是为革命作过贡献的啊。"

蓝子天道："你曾经是为革命出过力，可你现在沦为可耻的叛徒，你不是不清楚我们对待叛徒的手段，现在我问你几个问题，你给我详细交代清楚，不得有半句谎话。"周福光忙说："我一定讲实话，讲实话，只求你们饶过我一条小命，我从此就消失掉，再也不出现在你们眼里，更不与你们为敌。"

蓝子天问道："为什么现在每个月解缴的税款越来越少？"

周福光眼睛一转，迟疑了一下，说："这不是由于税款收不上来了吗？那些奸商们仗着有鬼子汉奸撑腰，我们拿他们没辙，所以收税难了。"

蓝子天剜了他一眼，朝谷家峻一使眼色，道："既然他自己不想活了，那就成全了他吧。"

谷家峻立马就拔出一把匕首来，寒光雪亮，刀锋一闪，划过了周福光的脖颈。周福光烂泥一般眼看就将瘫了下去，却又被谷家峻一把扯住,讥讽道:"别急着躺下去,我才是试试刀子锋不锋利,你的头现在还好好地挂着呢,等会可就难保了。"

周福光不相信般伸手摸了摸头,果然还在。谷家峻的匕首只是划破了他的皮。他感觉到脖子上沁出了血滴。这一下,他不敢耍心眼了,哭丧着脸道:"我说实话,税款上解的外,我还截留了一部分,除了被我花掉了一些,剩下的我都藏起来了,我这就全部拿出来给你们。"

谷家峻一听,气得又朝他狠狠地踹了一脚,骂道:"你狗日的,胆大包天啊。"

蓝子天又问:"你这样做喻大江副分局长是否知道?"

周福光回答道:"我也不知道他到底知道多少,他也问过我平时胡吃海喝哪来的钱,我敷衍他说,一是花我自己的钱,一是在正常的工作经费里开支,是允许的。他也没细究了。至于我截留的那些,他指定不会知道了。我这可是大实话。"

蓝子天又问:"那小严呢,严训直呢,他是怎么回事?"

周福光道:"严训直是一根筋,他和我们尿不到一块,所以好些事情我就都瞒了他。账务是我管的。有啥子事我只要向喻副分局长汇报就行了。"

蓝子天心里道,之前的怀疑得到了印证,制度的缺失和监管的缺位,无疑也是酿成今日恶果的一个不可忽视的原因。

他神情严峻地问周福光:"那么现在喻大江在哪里?为什么不见他人影?"

周福光此时却又表起功来了:"分局长你就别跟我玩迷踪了,你们这大驾光临,还不是为着救老喻而来的吗?是我得知了喻副分局长被捕入狱了,我才冒了风险将消息透露给了秦姑娘的,让她来向你们报告,想一个周全之策救人的啊。你看,我虽然身不由己投了鬼子,可我这心可是一点没变啊,天地可鉴。"他眼睛四下里一转,问,"怎么没见到秦姑娘呢?不信,你可以找秦姑娘证实。

她可以为我做证的。"

龙雪皱起了眉头呵斥道:"要不要证实,我们自然会决断,用不着你来操心。喻大江现在关在哪里?"

周福光道:"关在宪兵队的地牢里面,千真万确。我知道你们这次是一定会来救人的,我愿意给你们带路,将功折罪。"

蓝子天一摆手:"先不忙,你把截留的那些税款藏在哪里?现在马上带我们去取出来。走。"

6

秦瑜急匆匆地来找蓝子天,她见他就是为了告诉他一些情况。

原来是潇浦商会的副会长卢达来向秦人简诉苦了,道是他的三姨太金俏娘被山田中佐派人给扣起来了,说是通抗日分子,连同那个叫喻大江的共匪头目一起也被抓了。卢达打死也不相信自己的婆娘会和抗日分子勾结的,便去找江敬仁理论,没想到江敬仁告诉他,通不通抗日分子没啥子了不起的,只是金俏娘从今往后和他卢达无关了,让他少管闲事。卢达不解了,既然没通抗日分子,那么为何把人家给关起来了呢?金俏娘明明是他卢达的三姨太,凭什么说与他无关了呢?江敬仁得意地说:"说与你无关就无关了,咋的?金俏娘以前是你屋里的人,而今可不是你的三姨太了。"卢达越发听得糊涂:"那是什么道理啊,俏娘可是我卢某人明媒正娶的偏房,怎么凭一句话就不是我的老婆了?"江敬仁不耐烦地挥挥手:"去去去,懒得和你啰唆。告诉你吧,山田中佐说了,金俏娘做了喻大江的老婆,他俩现在在宪兵队里颠鸾倒凤度着蜜月,吃香喝辣地过着神仙日子呢。"卢达蒙了,这天底下还有这种事,老子活得好好的,一没跛脚瞎眼,二没休了她金俏娘,这不合理呀!卢达气得七窍生烟,却又无可奈何,心里郁闷得无处发泄,这不就找秦人简来了,希望会长能出面和日本人周旋周旋,看事情是否还有回旋的余地,否则,他卢达这张老脸在潇浦哪还有搁置之地呢？日后哪能挺起腰杆子做人呢？

秦瑜说完这些急急地走了。

蓝子天想起那一回他去找喻大江时,正好碰到过那个女人,他不由得陷入了深思。

照这样看来,喻大江被捕是真,关在宪兵队里也是真,只是他是不是没有和周福光一般叛变了,可就说不清楚了。尽管从个人感情上来说,蓝子天怎么也不愿意相信会出现这样的结果。可如果真如卢达所言,只怕是凶多吉少,情况不妙,喻大江变节的可能性骤然增大。那么,周福光所说的话十有八九就是日本人设下的圈套,等着他们去救人时,自投罗网。一想到这里,蓝子天不禁感觉脊背发凉,情况不摸清楚,只会造成更大的麻烦,甚至于更大的牺牲。

好在周福光还控制在手里。蓝子天不信周福光会对喻大江的情况一无所知,可怎么样才能从周福光的嘴里撬出真话来呢？

周福光坚持说喻大江被捕后一直关在宪兵队里,还赌咒发誓说他已经走错路了,回不了头了,他愿意为营救喻大江拼尽最后一点气力。说这番话时,周福光一把眼泪一把鼻涕的,看起来像是动了真情,听得谷家峻在一旁不由得对他产生了一种"怒其不争,又哀其不幸"的感觉,谷家峻恨恨地斥责道:"早知今日又何必当初啊。"

蓝子天一言不发地看着周福光,他需要作出一个准确的判断来。也许周福光现在说的是真心话,毕竟他参加革命多年,一失足成千古恨的可能性也不是没有,但还有一种,可能他情知目前已难逃一劫,只能寄希望于将蓝子天他们带进早已挖下的陷阱,从而给自己创造出咸鱼翻身的机会。这种可能显然也是存在的。对于蓝子天他们而言,更是致命的。

蓝子天不能不慎之又慎。他冷不防朝周福光说:"你死到临头了,还无悔改之心啊。"

周福光愕然了,支支吾吾地问:"分局长还是不愿意相信我吗?"

蓝子天叹了一声,说:"老周啊,我一直在给你机会,可你倒好,却一直在骗我们。天作孽犹可活,自作孽,不可救了。"

周福光不知蓝子天葫芦里到底卖的什么药,便一脸委屈地说:"你们到现在还是不相信我。也罢,你们该怎么样就怎么样吧,我也无话可说了。"

谷家峻和龙雪也不知道蓝子天因何这样讲,又不好刨根问底,干脆就静静地看着。

蓝子天冷笑着说:"想来你并不晓得我们这次来是为了什么吧?"

周福光疑惑地说:"难道秦姑娘没有告诉你们,正是我要她向分局通风报信的吗?"

龙雪气愤地说:"秦姑娘到底发生了什么事情,我们还想问你个究竟了。"

蓝子天道:"秦姑娘到现在都人影不见,她怎么来通风报信啊?和你讲穿了吧,我们早已发觉了你们特别征收小组在潇浦的问题,所以过来要彻底弄清楚。据我们掌握的实际情况,你和喻大江沆瀣一气、狼狈为奸,大肆贪污侵占税款,每月向分局解缴的税款一次比一次少,我们找相关的商户进行了深入细致的调查,你们侵贪的税款远远不是你个人向我们交代的那区区一千多块。"

周福光直呼:"冤枉啊,我就只拿了那么多,全部交给你们了。"一转眼,他又说,"不可能的,这税款的数目可都是我一个人经手的,喻副分局长不会有问题。"

蓝子天逼视着他:"没问题?你敢打包票吗?那为什么商户交的税和你们报的数目核不上呢?我提醒你一下吧,容壁的税款是怎么回事啊?"

周福光挠了挠头皮,回答道:"容壁?容壁什么税啊,我们不是还没有打进去吗？原来倒是和副分局长商讨过，怎么样把税收到皇军的眼皮子下面去，不，是鬼子的眼皮底下。可是后来不是因为难度太大就搁起来了吗？"

蓝子天厉声喝道："哼，还搁起来了呢？那么泰来商行交的六百块税钱是怎么回事？"

周福光这下真给弄糊涂了："什么泰来商行，什么交的六百块税钱啊？我真的不清楚。"

蓝子天冷眼瞧着道："你就装吧，继续骗吧。要不要我还给你提醒一下，泰来商行就在容壁县城大前门街79号，老板叫梁唯青。想起来了吧？"

周福光勾头苦想了半天，恍然地一击手掌，道："想起来了，那次我和喻副分局长两个一起去拜访的那个梁唯青。听喻副分局长说这个姓梁的思想进步，倾向抗日，想找他做些工作，在容壁的商户中征些税回来，可是当时也没谈妥啊，因为潇浦刚刚沦陷，鬼子的气势正旺，姓梁的胆小怕事，我们就无功而返了。"他停顿了一下，又自言自语道，"难不成是喻大江独自又去找姓梁的收税了？什么六百块税，和我一毛钱关系也没有啊。"他急促地抓住蓝子天的双手，朝蓝子天辩白着，"分局长，我真是没有收那姓梁的六百块税，一定是喻大江搞的鬼。他妈的喻大江，在背后还和老子玩这一手，我哪点对不住你啊，吃香的喝辣的，老子哪样少了你，我祖宗十八代都没有戴过金表，老子还特地买了孝敬了你。没想到你姓喻的心忒黑了啊，背着我还捞了那么多好处，倒让我替你背上了黑锅。"

他这一番闹腾，把蓝子天他们都吓了一大跳，原来，这两人背地里还有那么多、那么深的勾当。秦瑜的那一番提醒再一次让蓝子天引起了警觉。

蓝子天用力将周福光的手甩开，喝道："我告诉你，周福光，还远远不止那六百块钱的事，我们还在核实。今天给你最后一次机会,你仔细考虑清楚了。"

周福光如被掐断了颈一般,耷拉下了脑袋,咬牙切齿地说:"一个六百块就够我枪毙上三回了,老子反正没活路了,就是死了也得扯上他喻大江垫背。事已到此,我也不瞒你们了,那喻大江被捕是真,但他也和老子一样抱上了他日本人的大腿了。实话告诉你们,日本人就是想利用喻大江来将你们一网打尽。"

此语一出,无异于石破天惊。

事实已明摆着了,蓝子天不想再和眼前的这个软骨头多费口舌,他朝谷家峻和鲁双涛一扬头:"我们革命队伍里岂能再留下这等可耻之徒,送他上路吧。"周福光闻言如一条抽去筋的癞皮狗霎时瘫了下去。

龙雪打心底里对蓝子天佩服不已,她忍不住问道:"分局长,你真的掌握了喻大江贪污税款的事吗?那个梁老板是怎么回事啊?"

蓝子天微微一笑作答:"兵不厌诈嘛。你看这几天我们不都是待在一块吗?我又没有分身之术,去哪调查核实啊。"

龙雪这才释疑了。蓝子天望着被谷家峻和鲁双涛架出去的周福光,语气沉重地说:"想当初那喻大江和周福光也是出生入死过来的,没想到会蜕化到这般地步了,我真是感觉到痛惜啊。"

龙雪问:"那我们下一步该如何打算,鬼子已经设下了套子,专等着我们上钩。可是这叛徒不除掉,我们也咽不下这口气啊。"

蓝子天沉吟道:"咽不下暂时也得咽下去。我们已经损失不少了,不能再硬拼了。喻大江这汉奸狗腿子的账等日后寻着机会再找他仔细算,先且让他苟延残喘些时日吧。"

第十八章

1

当周福光的尸体被税警局行动队的人从青沙江里打捞上来后，喻大江按江敬义的要求，陪同他一起去察看了那一具已略呈浮胀状的尸体。江敬仁问他这是谁干的，周福光有什么仇人，喻大江苦笑着回答：还能会是谁干的呢？他的心情甚是复杂，曾经作为共患难同生死的战友，周福光今天的下场，又何尝不是他喻大江的明天呢？周福光的身上没有枪口，蓝子天给他留了个全尸，已算是手下留情了。

喻大江虽然知道作为叛变者的下场，可一看到周福光那副惨样，激起了他兔死狐悲之外的另外一种情绪。他这下自然是更加明白自己真的没有回头路了，他为了自己也只能硬着头皮走下去，尽管他知道，等在他前面的路将是一条黑暗、充满凶险的路途。

江敬义还在天真地想象着那个"钓鱼计划"何时能见效。

喻大江毫不客气地浇头给他泼了一盆冷水。他指着周福光的尸体说："还想钓？人家早已跑得远远的了。这就是他们的杰作。想让我姓喻的来当诱饵，你们想得美了。他蓝子天是什么角色啊？"蓝子天的冷静和机智，喻大江太清楚不过了。

江敬义显然对于喻大江不恭不敬的态度有些恼火，他将手上的手套扯下来往地上狠狠一砸，瞪着喻大江道："那依你说我们就白费力气了，还搭上了个死人。"喻大江知道自己对于江敬义和日本人的价值所在，他也不敢在江敬义面前太过放肆，便说："蓝子天他们这回肯定不会贸然行动了,而且他们杀了周福光足以说明他们已经从周福光身上弄到了他们想要的东西,也就是说,他们已经了解到了你们打的什么算盘,再寄希望于他们自投罗网显然是不可能了。而且,据我的猜测,他们应该已全身而退了。"

江敬义道:"那依你这样讲来,我们的算盘落空了。你说说,我们怎么向山田中佐交差呢?"

喻大江想了想说:"事已到此,我喻某人只好站出来使出几招撒手锏了,不说做出一番事业,也得闹出几分动静来,也算是报答江局长您和山田中佐对我的看起了。"

江敬义一听大喜,他亲昵地拍了拍喻大江的肩膀,道:"有喻兄弟这句话,我就放心了。"连忙又许愿道,"只要你一心帮着皇军做事,皇军一定不会亏待你的,我江某人也一定会尽力给你在皇军面前美言美言的,不遗余力地向山田中佐举荐你。"

喻大江收敛起脸上的不屑,朝江敬义一拱手,表示谢过。

孰料江敬义却心生不快,心里道,你姓喻的何德何能,在老子面前还摆起了架子,嘴上却说:"那接下来的好戏可就等着喻兄弟你来导演了,哈哈。"

喻大江使出来的第一招撒手锏竟然是向秦人简动手。

秦瑾的牺牲,给了秦瑜一个晴天霹雳,她强忍内心的痛苦,没有告诉父亲,而她同时从周福光、喻大江的叛变上敏锐地捕捉到了父亲即将面临的危险。为此,她力劝父亲尽快撤离潇浦,可偏偏秦人简不以为然。他认为自己好歹还是日本人圈定的维持会会长,总不至于说翻脸就翻脸吧。再说,他也放不下自家的产业,不能丢下一切自顾自地逃走。秦瑜拗不过父亲,只好又来劝说秦琮,让哥哥、嫂子带一双侄儿侄女赶紧出去避一避,没想到平时一副逆来顺受、懦弱性子的秦琮这回却无比坚定地选择和父亲站在一起,说什么也不愿意走,非得留下来不可。秦瑜没辙了,好说歹说才说服了父亲和哥哥,让嫂子带一双幼儿外出避避。随即,秦瑜安排她的手下送走嫂子和侄儿、侄女。接下来会是怎么样的情况,只能走一步看一步了。

事实证明秦人简这回可是彻底想错了。那日本人还真的就和他翻脸。

翻脸的最直接的原因当然是因为喻大江供述他秦人简一直在帮共产党的税务分局做事。

这是山田中佐最为气愤的事,也是他绝不能容忍的事。山田"哇哇"大叫着:"秦会长的,良心大大的坏了,当着我皇军的面一套,背后还搞一套,这是什么搞法?"江敬义谄媚地说:"这叫脚踏两只船,耍两面派,阴阳手。"

山田狞笑着下令:"给我去把秦人简抓来。我要看看他还能玩什么花招。"

秦人简被五花大绑带到山田面前,他一脸不解地说:"太君,误会啦,大大的误会啦。"山田也不说话,手一挥,喻大江不知道突然就从哪里钻出来,站到了秦人简的眼前。

喻大江冷冷地说:"秦会长,别来无恙啊,没什么误会的吧。"

秦人简一见,心里大吃了一惊,这时他知道自己今天可是在劫难逃了。也就昂起了那一颗头颅,不再说话,也不拿正眼瞧喻大江一眼。

喻大江见秦人简一副睥睨的样子,不由得心生恼怒,却又自觉面子上挂不住,也不好发作,隐忍着垂立一边去了。

山田冲秦人简咆哮着:"皇军对你大大的好,你的竟然敢背叛皇军,良心的哪去了、哪去了?"

秦人简一脸不屑,慢条斯理地回答:"与尔等野心狼子谈什么良心?畜生也配讲良心二字,真是天大的笑话。"

山田眼睛里喷出了火,他狂笑着:"我不配看谁配,好,好,我会让我大日本帝国的神犬来与你谈谈良心吧。"

2

县立公学的操场上,老百姓被鬼子用刺刀逼着,用枪押着围在了看台前。一条浑身漆黑体形庞大的狼狗被一个士兵牵扯着站立在一旁,那狼狗吐着长长的红舌头,鼻腔里"吭哧哧"地喘着粗气。

山田要拿秦人简开刀,杀一儆百。秦人简被牢牢地绑在台上的立柱桩上,他花白的头发零乱着,眼睛紧闭,头昂扬着。

江敬义朝台前的人们大声叫喊道:"乡亲们哪,你们看到了吗?秦人简不识时务,暗地里勾结抗日分子,对大日本皇军大大的不忠,山田太君对此大大的生气,这可是敬酒不吃吃罚酒啊!今天你们就将看到和皇军作对的下场。"说完这几句,江敬义讨好地望着山田中佐,等着他来训话。

山田眼露凶光,"刷"的一声将腰间的刀抽了出来,朝空中做了一个劈的动作,苍白的阳光下,军刀闪烁着冷冷的光芒。他叫嚣道:"秦人简良心的坏了坏了的,今天,就要掏出他的心来看看,皇军只喜欢良民的,与皇军为敌的,死啦死啦的。"

围观的人都以为山田扬起的刀会劈向秦人简。可那把刀在半空中却停住了。

山田的面孔狰狞地扭曲起来,他朝牵着狼狗的士兵一扬手,那士兵立即放开了狼狗。

一道黑色的闪电扑向了秦人简。人群里一片惊叫。只见那畜生竖起两只前爪搭上了秦人简的前胸,尖利的爪子往下一拨拉,衣服就被撕破了,它张开了血盆大口,随着秦人简一声惨叫,狼狗锋利的牙齿已将他的胸口活生生地撕开一个口子。那畜生竟然是直奔着秦人简的心脏而去的,那一连串的动作,一气呵成,全然是一副训练有素的样子。狼狗爪牙并用,在秦人简的胸口使劲撕扯着。哀号声声里,使人惨不忍睹。

突然,秦琮号叫着不要命地冲了过来,父亲遭受的折磨让他几欲疯狂。两把雪亮的刺刀霎时交叉架着挡在了秦琮的胸前,江敬义走近来,朝着秦琮啪啪就是两记响亮的耳光,打得他满嘴吐血。秦琮心火急攻,陡地一声瘆人的怪叫,咕咚一声,四脚朝天地仰脸而倒,身子抽搐不已。江敬义嘴里骂着"装死啊",还不解恨地往他肚子上踹了几脚。

那恶狗犹自不达目的不罢休般噬咬着秦人简的胸脯,秦人简用尽最后一点气力惨叫一声后,很快地没了声响。而那恶犬竟然将他的心脏扒拉了出来,叼在嘴里,鲜血淋漓。父亲撕心裂肺的惨叫刺激了秦琮,只见他蓦然坐了起来,两眼呆滞地盯着头已耷拉下来的父亲。他竟慢腾腾地爬了起来,突然发出一阵狂笑,嘴里含混不清地叫喊着:"死了好,死了好。"

旁边的人痛惜地议论:"这人疯了,造孽啊。一家子就这样散了。"

秦琮真是疯了,他一路跌跌撞撞地走开去。

目睹了眼前这血淋淋的一幕,喻大江知道,自己的罪孽加深了一重。他脑子里一片空洞,视线被秦琮踉跄的背影搅得一片恍惚。

他一转脸正好撞上卢达那双冒火的眼睛。卢达的眼里燃烧着愤恨,仿佛两把刀子捅向他,恨不得在他喻大江身上扎出几个血窟窿眼来。喻大江陡地一惊。他想回避,却又偏偏心中没来由地烧起一股无名火来,恨恨地想:都是因为你这个卢达,如果不是那天到卢家收税的风波,就没后面这一切的事情,一步一步地弄得他喻大江如今人不人,鬼不鬼。卢达的仇恨让他恶念顿生。

善良与丑恶之间本不过是一念之差,魔鬼与天使之间往往只有一步之遥。

喻大江牙一咬,一个箭步就蹿到了卢达跟前,不由分说,一把牢牢揪住了卢达的领口,将他往山田中佐的面前拖,可怜卢达年过半百之人,现在只有任年轻力壮的喻大江任意摆布的份了。卢达的脸因呼吸不畅而憋得通红,双手一阵乱抓,也不过是徒劳而已。

山田中佐疑惑地看着喻大江的举止,不知道他这是何意。喻大江将卢达用力一推,卢达就摔倒在地了。喻大江朝山田道:"太君,这个姓卢的也是和抗日分子勾搭在一块的,以前,就是他向新四军交税最积极,也最多了。"山田盯着卢达,道:"你的良心大大的坏。"卢达脸色转而苍白,吓得语无伦次,竟然不知道该如何为自己开脱,结结巴巴地说不出一句意思完整的话来。山田愈发觉得卢达不老实,看来杀了一个秦人简还不足以起到震慑作用,那么多杀一个又何妨呢?山田掏出枪来,瞄都不瞄,朝卢达甩手就是一枪,正中其眉心。这一幕让喻大江有些始料不及,他并无想要卢达性命之意,没想到山田不问青红皂白。一旁的江敬义劝阻不及,看卢达已躺倒在地上,四肢抽动了两下,就没了声响。江敬义心里不由得有些窝火,卢达一直以来可是与他江家走得近的,这下可好,连哼都来不及哼一句,即一命归西。江敬义白了喻大江一眼,心里骂道:你这兔崽子,心够狠手够黑了,霸了人家女人,还不罢休,竟然还要了人家的命啊。看来日后得跟你小子留着一手了。窝火归窝火,事已至此,已无从挽回,江敬义只得认了。末了,他还得装模作样地吆喝上两声:"父老乡亲们,你们都看到了吧,都给我长长记性啊,与皇军作对,就是这样的下场。"

山田赞许地朝喻大江竖起了大拇指,说:"喻桑,你的大大的忠心。皇军的朋友。"他继而当着众人的面宣布,"从今天起,任命喻大江为税警局副局长。江局长,你的要和喻桑的精诚协作,为大日本帝国的大东亚共荣努力。"江敬义和喻大江忙点头哈腰地连称"是,是,是"。

3

秦瑜泪水涟涟地在父亲的坟堆前长跪不起,她仿如在一场噩梦中还没有醒来。仅仅几天的工夫里,她一下子就失去了父亲和妹妹两位至亲至爱的人,而哥哥疯了,流落街头,家里的房子被鬼子霸占,用作了他们的指挥所。秦瑜不知道接下来该怎么办,她现在除了仇恨,还是仇恨。

秦瑜心里最恨的是喻大江。在她看来,如果没有这个叛徒的出卖,父亲不会落到如此惨烈的地步,而喻大江之前就是新四军的人,和蓝子天、秦瑾他们都是战友,一个战壕里出生入死的战友,倒戈一击,那就是毁灭性的打击。秦瑜牙齿咬得咯咯响,她一拳砸在硬邦邦的地面上,冲着天空怒吼道:"喻大江,我一定要杀了你。"秦瑜在父亲坟头上叩了三个响头,起身离开。

要找喻大江报仇也不是件容易的事。喻大江深知新四军惩治叛徒的决心和手段,周福光之死就是前车之鉴。

喻大江带着金俏娘躲进了税警局的办公楼,本来山田出于保护他的目的,打算要他住到指挥所去。山田寄希望于借助他能将在潇浦的抗日力量肃清。但喻大江胆子再肥也不敢往秦人简的老宅里入住。这些天的晚上,只要一闭上眼,便总有一条狼狗,叼着一颗鲜血淋漓的心朝他扑过来,让他无法安心地入睡。

江敬义显然对于山田器重喻大江心生不满,他对"活蜈蚣"发牢骚:"他妈的,功劳没立一份,苦劳也没费一点,一下子就当上了副局长,凭啥啊?""活蜈蚣"附和着:"就是啊,他姓喻的真是坐享其成,天天吃香的喝辣的,夜夜搂着美人睡,兄弟们呢?腿都跑细了又怎样?跑断了人家也没看在眼里。"江敬义思索了一下道:"这样子下去可不行,咱们哈巴狗一样累死累活的,他喻大江倒好,窝在房间里大门不出二门不迈,世上没这道理啊?得给他派点活儿干,别把他给惯坏了。""活蜈蚣"连连称是,顺势添了一把火:"您好歹还是一局之长呢,他一个新来乍到的,哪能就仗着山田太君另眼相看,就不晓得自己姓甚名谁了。这税警局应该还是姓江吧。"江敬义给"活蜈蚣"一席话激得越发不满,冷笑道:"税警局可是老子苦心经营起来的,想改门换庭,还为时过早了点。这样吧,明天就让他姓喻的带几个人去搞税款稽查,为共产党收过那么多税,现在总得给皇军出出力了,看他到底有多大能耐。""对,是骡子是马得拉出来遛遛。""活蜈蚣"马上接过话头。

当秦瑜接到手下曹大鼻子报告的消息,说喻大江一大清早就带人出了税警局,她立即从凳子上一跃而起,等了多天,总算逮着了一个可以一雪父仇的机会。

喻大江此行的目的地是西河庄。江敬义和他说,这西河庄刁民甚多,税钱和粮食都收不上来,几次派人去都无济于事,前两天结巴"黑皮"还被刁民扣押起来,关进茅房里了,结巴"黑皮"差点就给熏倒在屎坑边,他费了九牛二虎之力才逃了回来。

喻大江熟悉西河庄,那里的民风彪悍,为首的是一个人称"雷公"的汉子,有一身拳脚功夫,以往,潇浦县抗日民主政府的税务稽征分局去西河庄征税时,也发生过税收员被"雷公"带领一帮子人关起来的事情,最终还是由蓝子天亲自出马,到西河庄做了深入浅出的宣传工作,才平息了事态,并且取得了"雷公"等人的支持,之后再没出现过抗税的现象。喻大江而今可谓人在屋檐下,不得不低头,他无法抗拒江敬义派给他的这趟差事。江敬义假惺惺地给他灌了一大碗"米汤",说什么他喻大江本事大,能力强,对付西河庄的刁民非他莫属,只要他喻大江一出山,定会马到成功的。末了,还亲热地拍了拍喻大江的肩膀说:"我恭候喻副局长的喜讯,必备酒设宴为喻副局长庆功。"喻大江明知道江敬义心里打的小九九,可他这一趟不去也真是说不过去,否则,只要他江敬义到山田那儿扇上一把阴风,点上一把鬼火,他喻大江也得吃不了兜着走。

到西河庄有二十来里地远,江敬义给他派了一个小队,一行十二人早早地就出发了。

一路无话。赶到西河庄集市时,喻大江发现情况不对,这天应该正是赶场的日子,可集市上冷冷清清的,昔日那种热热闹闹的场景不见了。喻大江不禁警觉起来,他不敢贸然闯进去,便吩咐"黑皮"进庄去探听虚实。

"黑皮"在这里可是吃过"哑巴亏"的,哪敢一个人再去,急得结巴发作,半天没说出一句囫囵的话来。喻大江气得朝他屁股上踢了一脚,一咬牙,带头就往前走。他第一次带人出来查税,也不想被"黑皮"他们瞧不起。

慢慢地沿庄搜寻过去,竟然看到家家户户都是门窗紧闭。喻大江暗想:难道说有人通风报信了吗?听到他喻大江来到,就退避三舍了?"黑皮"这时候倒是不失时机地拍起了马屁:"喻副局长一来,这,这帮穷光蛋就,就,就吓跑了。"喻大江不领情,白了他一眼骂道:"扯鸡巴蛋啊,你,胆子细得跟针眼大,嘴巴子倒是抹了蜜糖。""黑皮"马屁白拍了,就知趣地闭上嘴。喻大江问他:"都有哪家不交税的,你就给我往哪家去。""黑皮"苦着脸说:"都,都是他娘的刁民,刁民,刁民。"喻大江不耐烦地一挥手:"那就挨家挨户一路给我扫过去。"

一时间,西河庄鸡飞狗跳地闹腾起来。咒骂声、哭闹声、打砸声四起,本来岑寂的村庄经税警们一折腾,好像是一大锅达到了沸点的开水翻腾着。

4

"黑皮"领着喻大江几枪托就砸开了莫老三的门,几个税警冲进院子里,莫老三紧握了一把铁耙头横眉怒视着他们。"黑皮"皱着眉头,鼻子里重重地"哼"了两声,这回他说话竟然是从没有过的利索了:"呦,呦,呦,莫家屋里老三还当起英雄好汉来了?"莫老三只是怒视着他,一言不发。

"黑皮"道:"哑巴了啊?上一回,你跟着雷公可是多起劲呢,今天怎么变成了掐了须的蚊子了?"他指着莫老三对喻大江说:"他,他,这个人叫莫,莫老三,跟那,那,那叫雷公的一路货色。对的,一样的,一样的货色。"连"黑皮"自己都奇了怪,怎么一下子说话又结巴了呢。喻大江并不理会,只是阴沉沉地打量着院子里的角角落落。

"黑皮"歪着头对莫老三嚷道:"你老婆呢?还别说,你这黑炭团一样的莫老三,偏,偏偏娶了个秀秀,秀秀气气的老婆,真他妈的一朵,一朵鲜花,硬是插在牛屎上了。"他朝旁边的手下一扬手,"去,去,给老子搜出来。"几个人就要往里屋闯。莫老三举起手中的铁耙,怒吼道:"看谁敢动,不要命的过来!""黑皮"闻言,登地退了一步,拉开了枪栓,瞄准了莫老三,叫嚣道:"他,他娘的莫老三,还敢反,反了不成,老子叭的一家伙就,送,送你去西天了。信不信,啊?"喻大江这时朝"黑皮"做了个压手的动作,示意他不得开枪,而后他径直朝莫老三走过去。莫老三一见还真来了个不怕死的,他想老子的铁耙可不是纸扎的,心一横,扬起铁耙就奔喻大江面门挖去。他的这一举动让"黑皮"一干人等都惊吓了一跳。而眨眼间,莫老三手里的铁耙不知怎么地就到了喻大江手里,旁边的人还没瞅个仔细,喻大江已将铁耙抵压在了莫老三的胸脯上,逼得他不由自主地往地上一跪,不敢乱动弹了。"黑皮"带头叫起好来,喻大江牛刀小试,只此一招,一下子就让"黑皮"他们折服了。

突然里屋的门"咣当"一声打开了,莫老三的老婆六妹从里面冲了出来,她号啕大哭着扑向了莫老三。

"黑皮"淫邪地笑着:"小娘子总算是肯,肯露面了。"他走上去,伸手就往六妹的脸上摸。六妹吓得躲也不是,不躲也不是。"黑皮"干脆一手拦腰抱住了她,另一只手就往六妹丰满的胸前乱摸。六妹尖叫起来,莫老三气得肝胆欲裂,无奈被喻大江用耙头逼住无法动弹,只能破口大骂:"畜生,猪狗不如的东西。"越是叫骂,越是挣扎,那"黑皮"似乎越来劲了,一边的人都纷纷起哄了,"黑皮"更是得意忘形,把臭烘烘的嘴往六妹的脸上拱去。没提防啪的一声,他挨了一巴掌,那一巴掌打得他眼冒金星,他蒙了,六妹趁机挣脱他的搂抱。"黑皮"摇了摇头,让自己清醒一下,定睛一看,原来那一巴掌是喻大江打的。他正待发作,一触及喻大江那阴鸷的目光,他不敢了。怪就怪自己没把这"反水"过来的新任副局长看在眼里,这一巴掌只能当是白挨了。他揉搓着火辣辣的半边脸,低眉顺眼地缩到一边去不敢吱声了。

喻大江喝道:"你就这点出息啊,妈的,忘了你今天来做什么的吧?是让你来抱娘们的吗?"

"黑皮"赶紧朝六妹恶狠狠地叫喊着:"你赶紧给老子,把,把税钱交上来,不然,不然,有你的,好,好,好看了。"六妹一听,转身就往里屋奔去。为了自己男人不遭罪,她别无选择。"黑皮"又命令手下:"去,去,搜一搜,只,只要是看上值钱的,都给老子带走了。牛栏里、猪圈里、鸡窝里,他,他奶奶的,一个都别给我漏了。""黑皮"有气没处撒,搜刮油水很是有一套。

就在喻大江他们闹得起劲的时候,他没想到,秦瑜仇恨的眼睛已经死死地盯上了他。

老乡们陆续走出来,集聚到了莫老三家的院子里外。一身短工打扮的秦瑜带着曹大鼻子和小伍子混杂在老乡中,她在寻觅着下手的机会。

看到手下还真是从后院赶出来了一口大肥猪,"黑皮"不禁咧嘴笑了。不一会儿,六妹也从里屋出来了,她手里抖索着几张零钱,对"黑皮"说:"全都在这里了,给你们。""黑皮"一瞅,张口就骂:"打发叫花,花子啊。你,你莫老三家欠税八块九角,加上息,现在要,要,要十五块了。"莫老三气呼呼地嚷开了:"你们这是收税吗?比强盗还不如!""黑皮"拍着胸脯叫嚣着:"你莫老三,活腻了吧?胆子比猪尿泡还大了,敢骂老子是强盗?我,我,看你真是活腻了。不过大爷今天心情好,好,好,就放你一马,没钱,那你婆娘跟老子走一趟。来人,带人。"六妹一听,呼天抢地哭闹起来。这一下激起围观者们的愤怒。西河庄本就民风彪悍,哪里见得如此欺负人的。场面一时有失控的迹象,喻大江见状,情知不能在此久留,他冲天鸣了一枪,以期镇住骚动的人群。这下子秦瑜感觉机会来了,正好借机动手。她偷偷地握住了藏在怀里的勃朗宁手枪。

不料喻大江这时却已丢了手中的铁耙,一把将莫老三的脖子死死勒住,将他当作了挡箭牌,怒吼着:"抗税不交,就是死罪,我看谁敢乱动。"秦瑜暗暗骂了一声:"狐狸!"其实喻大江并没有发现秦瑜,他只是把莫老三当作人质挟持,使老乡们有了顾忌。秦瑜不得不缩回了握枪的手,没有了十足的把握,她不管贸然动手。

莫老三落在了喻大江手上,老乡们嘴上叫嚷着"放人,放人",却也不敢乱动,正僵持间,不知道从哪个角落里遽然飞出一道寒光,喻大江感觉脑后生风,他反应极快,身子一矬,头一压,飞镖竟是擦着莫老三的耳旁嗖嗖而过,扎进了院里的那棵槐树上。惊得人群里一阵骚动,喻大江打心里佩服那发镖之人,端的是艺高人胆大,似乎根本就不担心会失手误伤到莫老三。他知道西河庄藏龙卧虎,不是久留之地,得赶紧撤离为上。"黑皮"战战兢兢地将飞镖取下,呈给喻大江,喻大江一看镖上镌刻着一个"雷"字,早就耳闻过西河庄有姓雷的擅使独门暗器。他晓得了,这就是西河庄"雷公"的暗器。喻大江不由得心生恼怒,朝飞镖飞来之处骂道:"西河庄雷公在江湖上也算是有些名声的,没想到也使出了这般下三烂招数。有种的站出来啊。"稍一沉默,便有一个有些尖细的嗓门回应道:"对付你们这些汉奸狗腿子还用得着讲规矩吗?我偏不站出来,你拿小爷我咋的?"声音里带着明显的稚气,显然不是"雷公"

本人了。西河庄的老乡们这时听出来了,那是"雷公"的小儿子雷有声。一听还是个乳臭未干的毛孩子的声音,喻大江惊出了一身的冷汗。他示意"黑皮"准备开溜了。这时候他也顾不上脸面,还是先保命再说,全身而退之后再作从长计议也罢。

秦瑜见状,机不可失,时不再来,好不容易逮着了缩头乌龟出头的时机,再不动手,不知道得等到啥时候。她一想到父亲和哥哥的惨样,便再也按捺不住。她刷地掏出了手枪,朝喻大江瞄着。喻大江不愧是从枪林弹雨中摸爬滚打过来的,他一刻也不消停地左闪右躲,就是不想成为靶子。秦瑜和曹大鼻子、小伍子三人的异样自然已经被喻大江尽收眼底,他知道除了西河庄有人想要他的命,现在还有共产党的人想除了他。他把秦瑜当成了锄奸队的人。

喻大江先下手为快,他没有半点犹豫,掏出枪来就朝秦瑜连开了两枪。他的目的在于制造混乱。他并不幻想在乱哄哄的场面里能一枪取敌性命。他只是想伺机溜走。喻大江的子弹击中了两个老乡,这是他有恃无恐的地方,可以不管不顾旁人的死活乱开枪。而秦瑜当然不能那样肆无忌惮,她不能伤及无辜。这样一来,就让喻大江平白地抢占了先机。

枪响之下,像炸开了一个火药桶,税警们也顾不上从老乡们家抢来的牲畜,一时,地上猪羊乱跑,鸡飞狗叫,一片狼藉。老乡们四下里逃跑。秦瑜和曹大鼻子、小伍子三人紧盯着喻大江不放,他们却无法给喻大江以致命的一击,此时的喻大江俨然就是一只仓皇奔袭之中的狐狸,他弓着身子,竖立耳朵,任何风吹草动都让他十分警觉。秦瑜好不容易逮着一个喻大江露出半边脑袋的破绽,毫不迟疑地一扣扳机,说时迟那时快,喻大江却一把将身边的"黑皮"扯了过来,"黑皮"应声而倒,子弹从他的胸前穿透,血水汩汩地冒了出来。而喻大江毫发无损,气得秦瑜直跺脚,却无可奈何。

眼看已追杀到了庄外,曹大鼻子犹疑地问秦瑜:"特派员,我们怎么办?"秦瑜一咬牙:"追,今天不杀了这条恶狼,我们日后麻烦更大。"喻大江这时已经清楚追杀自己的敌人的底细,他心里面盘算了一下,这样一味地躲闪太被动了。他要争取主动,一瞅四周,正好有一堵残墙可作掩体,于是他立即命令跟着他溃逃的税警藏匿其后,组织起了抵抗。十来条枪霎时对着秦瑜三人开起了火。这下,秦瑜没有办法了,犹豫了片刻,只好悻悻地带着曹大鼻子和小伍子撤退。

第十九章

1

进入二伏以来,接连下起了瓢泼大雨。田野里的早稻开始驮弯了腰,如果天气晴好的话,要不了几天就可以收割。而不停歇的大雨自然会影响到稻子的成熟。雨下得让种田人的心情郁闷得像那阴云密布的天空。过去的梅雨季节倒是没见多少雨水,到了现在这时节雨反而下得起劲了。真是邪乎!往年一进二伏时令,天气就一天比一天热将起来,似这般暴雨倾泻的伏天还确乎少见。空气潮湿得好像随手一拧,就拧得出水来,湿热的天气,让人坐立不安。

于振兴伫立窗前,望着窗外连绵不绝的雨,皱起了眉头,像是对蓝子天说,又像是自言自语着:"这天上莫不是烂成了一个筛子啊?雨下得这么凶,止不住脚了。"

蓝子天眺望着远处的田垄,忧心忡忡地接过话去:"就是啊,再不停就不得了了,田里的稻子只怕都得沤烂在泥巴里。据当地老人讲,青沙江的水涨得已经超过了近十年最高的水位警戒线,昨天,龙口镇上的乡绅都在担心青沙江的堤岸会不会被冲垮掉,准备去码头上祭拜江神了。"

于振兴叹了一声:"这大雨确是下得人心惊胆战的,不只是担心堤坝的事,早稻会颗粒无收,连晚稻只怕都插不下去了,连日暴雨,秧苗也是问题。"他点了支烟,平时他的烟瘾并不大,现在狠狠地抽了几口,又一把将烟掐灭了,说:"不行,我们不能坐等雨这样下了,得帮助乡亲们去抢收谷子,能抢回来多少是多少。"

正说着,龙口镇贫农协会的薛老伯一脸焦急地冒雨撞了进来,他人还没进门,大嗓门就喊响着:"县长哪,本来只要几个晴天下来就可以收割了,偏偏碰上老天爷不开眼,这样下去我们可是得喝西北风去,你有什么法子吗?"

于振兴回答:"刚刚我俩正在议着,现在看来只有组织乡亲们抢收了,收回来再说,粮食进了屋,慢慢想法子吧。"他吩咐蓝子天:"我们组织战士们全部投入到抢收中去,帮老乡们尽量挽回损失。"蓝子天领命抽身就往雨里冲去。于振兴想起一件事,赶紧又冲他的背影喊道:"记得还得组织人员到江堤上去巡查,防止青沙江溃堤啊。"他转脸朝薛老伯道:"走,我们去吆喝乡亲们下田去。"一拱身就钻进了雨幕里。

人们纷纷涌进了田野里,连老幼妇孺都上阵,冒着大雨甩开膀子干开了。镰刀在挥舞,田畴里到处都是忙碌的身影,割好的稻子被装进箩筐,挑回家去。这是一个何其壮观的场面,人们一个个都仿佛在和铺天盖地的倾盆大雨较劲。乌云翻滚的天空下,是另一番热火朝天的景象。

蓝子天本来已有风寒在身,经大雨一淋,全身上下没有一根干纱,直到傍晚时分,他才费力地从烂泥田里爬上田埂,没走上几步,自己实在支撑不住,便想靠了田塍喘口气,不料眼前突然一黑,一头栽倒在泥水里。龙雪正好看到了,忙拔腿就朝他艰难地奔过去,一边大呼着:"蓝分局长晕倒了,快来人啊。"于振兴和谷家峻、尚山虎、鲁双涛赶紧火急火燎地围上来,七手八脚地将蓝子天抬了回去。

把他安置到床上后,龙雪摸了摸蓝子天的额头,"呀"的一声惊叫,他发高烧了,烧得烫手。只见他双眼紧闭,脸色通红,呼吸急促。于振兴赶紧让尚山虎去请郎中来,龙雪则忙着去烧姜汤水。在她感染风寒时,母亲就常给她煮姜汤水喝驱寒,很简单的,一块生姜和几棵葱加上一勺子水煎熬得滚沸了,趁热喝上一大碗,焐出一身大汗,身子就会轻松大半。

郎中来把过脉,说只是因风寒太重,拖得久了,且劳累过度而致,他叮嘱一定得好好休息,喝上一大碗姜汤水散散寒,自然并无大碍,他开了一张药方,嘱咐道,赶紧去抓上三服药来,今晚连夜服一剂,调理调理很快就好了,他还说蓝子天这回硬是自己把自己给拖出毛病来的。龙雪便对于振兴道:"县长,晚上就让我来照顾他吧,你们都还有任务呢。"于振兴点点头,说:"也好,家峻你还得去布置警戒,以免让小鬼子钻了空子,山虎和双涛你们要带人分头去清沙江的堤岸上去巡守,千万要防止江水决堤。大家都分头去准备吧。子天这里就交给龙雪了,我们也放心。"

龙雪冒雨去镇上寿仁堂药铺抓了药回来,恰好姜汤水已熬好了,龙雪将蓝子天的头扶起来靠在自己的肩头,用调羹一点点地喂进蓝子天的嘴里。好不容易喂完了姜汤水,龙雪又赶紧去熬了药,如法炮制地喂了蓝子天药。夜已深,她便坐在床边守着。听到蓝子天的呼吸慢慢地顺畅了,赤红在脸上也消退了不少,她稍稍宽心了些。而自己也实在太疲劳了,于是不知不觉就埋头伏在床沿上打起了瞌睡。

不知过去了多久,龙雪突然听到一声叫喊"冲啊,杀啊",她遽然从沉睡中惊醒,一看,原来是蓝子天在说梦话。蓝子天含混不清地嘟囔着,她伸手摸了一下他的额头,没有那么烫热了,烧已退了不少。她尖起耳朵仔细辨听着蓝子天嘴巴里说的胡话,却已捕捉到了蓝子天是在呼唤一个名字:"秦瑾"。

那个有些任性而调皮的姑娘身影立即就浮现在龙雪的脑海里。此时此刻,她明白了,秦瑾已经成为了蓝子天心灵深处深刻的记忆,一道抹不去的记忆。那个秦瑾用过的算盘,现在就静静地挂在蓝子天床头的墙壁上,龙雪的眼睛不禁湿润了。

2

　　因为洪灾的影响,田土里歉收了,兼之日伪对根据地的封锁,老百姓的日子过得异常艰难。于振兴召集大家来商议:"毛主席在《论持久战》中说:战争的伟力之最深厚的根源,存在于民众之中。幅员广大、人口众多的中华民族,军民一旦动员起来,形成的滚滚铁流,摧枯拉朽,日本军国主义这头野牛就是跌入人民战争的汪洋大海,最终被我们所征服。一句话,老百姓就是水,我们就是那水中的鱼,其中的意义不言自喻。我也没必要和大家啰唆了。那么,作为共产党领导下的抗日民主政府的税收政策呢,那就是取之于民,用之于民。

　　"眼下的状况是我们面临的最难挨的时候,老百姓的生活难以为继,那么我们的抗日民主政府绝不能坐视不管。我有个想法,供大家参考,我们有必要调整税收政策了,要采取减税、免税的政策,来帮助乡亲们渡过难关。大家想想吧,如果水都干了,那么鱼可怎么活呢?在现在的情势下,我们先要让水活起来,流起来,不能成为一潭死水,死水里是养不活鱼的。这是个浅显不过的道理。"

　　鲁双涛有些不解了:"减免税收?天灾人祸的,如果再没了税收,那我们的军队吃啥呢?以往我在那边的税警里,可从没听到过减免税这个说法呢,越是日子难过,敌人的税警局越是要加码收,除了税收,还有五花八门的地方捐。他们才不管老百姓的死活。"

　　于振兴微笑着说:"你这问题提到要害上了。其实也不难理解,这就是我们共产党政府不同于他国民党政权的根本之处。"

　　蓝子天拍了拍鲁双涛的肩膀道:"我们勒紧裤带也得和乡亲们同甘共苦,这样才能一块渡过难关。以往,我们每次都是这样过来的,这世上嘛,就没有过不去的坎。办法总比困难多嘛。"一听到蓝子天的口头禅,大家都会心地发出轻轻的笑声。蓝子天挠挠头,说:"怎么,我说错了吗?"

于振兴道:"没错,你说的一点也没错。现在,我们就要想办法来克服困难。"

蓝子天便道:"我还担心我说得不对哩。这样吧,于县长你就直截了当地讲,我们该怎么弄就行了。"

大家也就附和着:"是啊,快作安排吧,咱们该怎么做就怎么做。这火都烧到眉毛上了。"

于振兴说:"我们得积极开展自救,不能靠老天爷施舍。初步的设想是这样的:一是根据中共中央颁布的《关于抗日根据地土地政策的决定》,全力推行减租减息,不论任何租地、任何租佃形式均照之前的租额减低25%,且最高地租额不得超过土地正产物的37.5%。二五减租,这是一个总的原则,至于在游击区及敌占点线附近,则可少于二五减租,或只减二成,一成五或一成。根据地据实情而调整。对于历年的欠租一概予以免交。这当然是为了保障佃户的佃权。关于减息方面,只对于抗战前成立的借贷关系,以一分半为计息标准,如付息超过原本一倍者停利还本,超过二倍者本利均要停付。同时要广泛开展回赎抵押地和典地的运动,调动和保护农民生产自救的积极性。二是学习南泥湾精神,推动大生产运动,号召乡亲们开荒种地,并规定'谁开谁种,谁种谁收'。如烈军属劳力不足,以保甲组织互助组、换工队,实行互助换工的办法,解决劳力不足的困难。对各个乡、镇要明确一个开荒种地的任务,如大岭乡荒山荒地多,要开垦200亩,如小岭乡可下100亩任务,等等。要因地制宜种植经济作物。大岭山高多种茶,小岭地低多种麻。在完成作战和训练任务后,我们的县大队、区小队、税务分局都要帮助老百姓推动大生产运动,实行'劳力和武力相结合'的原则,以正确处理战斗和生产之间的关系。政府经常对群众宣传'增加生产,支援抗日''劳动光荣,懒惰可耻'。"

说到这里,于振兴停顿了片刻,语气沉重地说:"要是'顺口刘'没有牺牲就好了,他弄出来的那些宣传口号顺口溜真是琅琅上口,生动,有趣,容易记,老百姓爱听。"他的话勾起了大家对战友牺牲的缅怀,沉浸在悲痛之中。

于振兴见气氛沉闷,便接着说:"牺牲是难免的啊。我接着把设想讲完吧。我们把劳动积极者评为'劳动模范',对懒汉、二流子进行思想改造教育。对于民愤极大、作恶多端的恶霸地主和冥顽不化的汉奸要坚决没收其财产。三是必须更加严明税收法令,政策要更加合理,我们不单单要对根据地的工商业者给予支持,而且对过往客商也加以保护,前面我们税务分局派武装护送客商的做法很好,那个叫什么岩边秀雄的日本商人跷起大拇指说税务分局不错,不多收一分钱。土匪很多,为了保护客商过境的安全,可以专设一支武装护商队,并对客商分文不取。有些客商对我说,共产党新四军纪律严明,政策深得人心,他们到了根据地,比在家里还安全哪。根据地里只要交过一次税,就畅通无阻;而到了大后方或者沦陷区,交了税,还有多种多样的地方捐。我们的对外贸易,都是采用'以物易物'的公平交易。根据地内,农副产品等经济作物出口到根据地之外,可换回棉布、日用品、兵工厂生产的机器设备等,在敌占区也可用烟土之类特货换回武器弹药等军用物资。四是要再一次适度降低税负。特别是在困难时期,不能因税负过重而伤民。我们要认真研究,通盘考虑,譬如商船税是不是可以每吨位税再下调一块,货物税也可以考虑降一点嘛,按中央和毛主席的指示就是要想尽办法减轻人民的负担,借以休养民力。五是要大力兴修水利,根据地大都处于平原丘陵地带,河流湖泊众多,每到雨季容易造成洪涝灾害,老百姓们深受其害,这个我们已经亲眼看到了。下一步我们要把根据地的水利建设当作根据地建设的一个中心任务来抓,加固防堤,重修大坝。防患于未然才是首要的,否则在天灾面前束手无策,只能眼睁睁地看着房屋被毁,粮食被淹,甚至看着活生生的生命被大水冲走。所有付出的努力一旦一夕间就会变成血本无归,那才是欲哭无泪的痛心事。你能怎么办?捡个石头去打天吗?打也没用。

"还有一点也是很危险的。而我们平时可能没有注意到的,没有引起足够的重视,那就是贪污浪费的问题。从现在起,除了战斗人员外,其他人员的粮食供应一律要降低定量。我参加了苏中区举行的财经粮食供给扩大会议。在大会会场上,我还记得有两条惊心动魄的标语:一条是'贪污是政治上的死敌',一条是'浪费是变相的贪污'。同志们哪,我们要从喻大江和周福光的身上吸取深刻的教训。周福光慷公家之慨,请喻大江吃饭喝酒下馆子,用政府的税钱买手表送给喻大江,名义上表示关心和尊重,其实自己也在揩油打歪主意。吃人家的嘴短,拿人家的手短啊,收了东西,嘴一抹就不作声了。因为只顾个人享乐,个人挥霍,不顾公家,不顾群众疾苦,只顾用群众的,不去关心他们。这就会形成某些同志滥用权力,甚至越权,造成破坏财经制度,谁筹谁支的现象。

"我们共产党是主张大家过得好的,不是主张个人特别享福的。这两年来,我们江峡边区这一片根据地的日子算是过得好的,因为这里经济贸易都活跃,加上税务分局的工作也颇有成效,所以手中有了余钱,日子自然就好过了些,其他很多地方都比不上我们……可是还有些同志不满意,还要求改善生活。但是,我们去看老百姓的生活怎么样呢?有些同志发了棉衣、手套,还要发棉鞋,还要求大家烤火。上次苏中区会上首长通报,说有个营还到山东买皮鞋,但是老百姓的皮鞋是长在肉上的呀。海边上拾蛤子的人,冬天赤着脚、挽着裤管在海水里泡呀……"

于振兴的这一番话让鲁双涛有了更深的感触。在共产党的眼里,不,是在心里,只有一个词是摆在第一位的,那就是"老百姓"。难怪老百姓从内心里会发出"共产党好""新四军好"的感慨。

让鲁双涛更为感慨万端的事还在后面。

这天一大早,税收分局简陋的办公房前,一下子就聚拢来一大帮子老乡,听得外面人声喧哗,鲁双涛吃惊不小,不知道发生了什么事情,他抓起床头的枪就奔出屋去。蓝子天早已站在了人群前,也是一脸迷茫。

为首的是薛老伯,蓝子天疑惑地问道:"乡亲们,你们这是?"薛老伯说:"蓝分局长,乡亲们晓得新四军日子过得紧巴巴的,现在还要给我们减免税收,那你们往后可怎么挺过去呢?大家伙一合计,不行!不能这样搞,我们勒一勒裤腰带,没多大事,你们可不行,你们还得打鬼子。"

老乡们顺势接着薛老伯的话,你一言我一语地都说开了。

"是啊,你们饭都吃不饱,枪都扛不动,怎么和小鬼子打呢?"

"就算是俺们饿得半死,也不能让你们空着肚子上战场。"

"我们饿几天都没事,你们可不行,还指望你们把鬼子赶走哩。"

"俺这把老骨头反正要散架了,多吃一口少吃一口都不是啥事,孩子们,看着你们挨饿受冻,俺这心里都割肉似的痛。"

……

听着父老乡亲七嘴八舌的话语,蓝子天的眼眶不由得湿润了。鲁双涛垂立一旁,竟自有些不知所措了,他压根就没想到老乡们会有这样一出的表现。他想起自己以往在税警局时,去挨家挨户催税的时候,真是受尽了老百姓的白眼,没有哪回不是搞得鸡犬不宁的。眼前的这个场景,让他唏嘘不已,不可同日而语的感触,恍如隔世。

薛老伯也不再言语,从怀里摸索出几张皱巴巴的钱币来,朝蓝子天递过去,说:"我家的税不用免,得交,你一定得收。"

乡亲们一见,也纷纷围拢上前,有的掏钱,有的带来了鸡蛋、麦子、豆子、稻谷之类东西,他们都硬是争着要往蓝子天手中塞,弄得蓝子天左右为难了,他一急,用力摇着双手,大声道:"父老乡亲哪,你们别急,先听我说,听我说。"

见大家安静了些,蓝子天说:"乡亲们的心意我们知道了,也很感谢你们的好意。减免税收不是哪一个人的主张,是抗日民主政府做的决定。日本鬼子侵略我们的国土以来,烧杀抢掠,无恶不作,乡亲们过的那可真不是人过的日子,前一向的那场暴雨洪水,不仅把我们眼看要进口的粮食给冲走了,而且还影响到下一季的收成,这是雪上加霜的灾难啊,天灾人祸,我们共产党的政府怎么能看着乡亲们忍饥挨饿呢?共产党一贯的主张就是要把老百姓摆在第一位,乡亲们受苦受难会让我们良心不安哪。"

"你们现在这样做,就是让我蓝子天为难了,让我们税务分局为难了。为啥呢?我要是今天收下你们交来的税,那我就是违反了政府的规定。我们平时收税,讲究的就是一条,要按规矩来,我作为分局长,怎么能带头破坏我们自己定下的规矩呢?那岂不是明知故犯了。大家可能也听说过,我蓝子天还有个外号,叫'蓝原则'。所以,我决不能不讲原则。谢谢乡亲们的情意了,请大家赶紧都将钱物带回家去吧。"

话已讲得很明白了,可大家怎么也不肯听他的。

石大娘一把抓紧了蓝子天的双手,哽咽着道:"孩子,你们为我们想得太多了,可自己再苦也不肯吱一声,这几个鸡蛋一定得收下,不然,老婆子心里真是过意不去。"

谭五叔是出了名的爆筒子脾气,他干脆一屁股坐在地上,吧嗒吧嗒抽了两口旱烟筒,气呼呼地讲:"你们今天要是不收下,那好,下次别再进俺家屋了。俺今天也就坐在这里不挪动了。"鲁双涛赶紧去搀扶他,谭五叔双手就往土里抠,和他较上了劲。

蓝子天左右为难,不知道该怎么样才能将乡亲们给劝回去。

正僵持间,于振兴大步赶到。他听说老乡们一大早都聚集到了税务分局,不知道究竟发生了什么事,才急匆匆地过来瞧瞧。

救星驾到。蓝子天如释重负,赶忙大致把事情经过和于振兴县长汇报了。这下,他长嘘了一口气,这个难题就让他于县长去解答吧。

于振兴心底涌起了一阵暖流,面对乡亲们说:"老乡们,我们只是暂时碰到了困难,相信这种日子一定会在不久的将来结束的,乡亲们的一番好意,我代表抗日民主政府深表感谢了,我给大家鞠躬了。"他弯下腰来深深地鞠了一躬,"可是,你们的日子更艰难,你们带来的这些可都是大家的救命钱、救命粮啊,这好似从虎口里夺回来的,从各自的牙齿缝里省出来的,你们还得指望着这些钱和粮渡过难关,挨过灾荒。如果说你们过得不舒心,那我这心里头就好比针扎一样子。我们之所以作出了这样的决定,就是要减轻乡亲们的负担,因为我们是老百姓的队伍,老百姓的队伍当然要时时刻刻为老百姓着想,我们苦点累点不打紧,只要乡亲们过得好些了,值得,心里面踏实。你们要是过得不高兴不痛快,我们又怎么会高兴会痛快呢。请乡亲们一定要听我一句劝,都回去吧,等情况好转了,欢迎你们都来交税,那我们一定不会拒绝,一定会高高兴兴地收下大家伙的心意。真的,我这里再次谢谢了!"他再一次弯腰鞠了一躬。

薛老伯不干:"于县长这么说就生分了,难不成让我们看着你们挨饿啊?既然都是一家人,那就该有苦同受,有难同当。还分啥子你们我们的呢。"

谭五叔抢过话来瓮声瓮气地叫嚷道:"就是,哪怕是饿肚子也应该一块饿。县长,你不收,那你今天说破了天讲干了河也没用。"他站了起来,手一挥,朝大家一声喊,"俺们走了,反正带来了就不带回去了。别在这里费口舌耽误队伍上的事了,咱们散了吧。"他掉转屁股迈腿就走。乡亲们真地就纷纷将东西往地上一放也要走人。

于振兴一看也急了,赶紧说:"都别走,都别走,听我说,都收下了,行吧?"

大家一听这才又站住了。

于振兴道:"这样子的话,我们给大家打借条,就算是政府借你们的。如果不答应算借,那我就坚决不收。"他的语气里透出坚定。乡亲们听他这样一说,便面面相觑,把目光都投向了薛老伯。薛老伯想了想,说:"既然这样,那就当是借了吧。"

于振兴忙朝蓝子天他们吩咐道:"赶紧将老乡们的钱物一一登记好了,给每个人都要打好借条,盖上章戳。细致一点,不要漏登了。等抗战胜利了,我们一定会还给乡亲们的。"

3

岩边秀雄来了,不过这次他并不纯粹是为了他的商船完税的,而是来向蓝子天辞行的。

甫一见面,蓝子天细心地看出岩边秀雄左边脸上有瘀青的印迹,便关切地询问他是怎么回事。岩边秀雄叹了一声说:"实不相瞒,我这次来是最后一次交税,顺便向蓝君告辞。"蓝子天一听倒也没觉得有啥意外:"秀雄先生是准备回家了,还是打算另谋高就呢?"见岩边秀雄沉默着,蓝子天自己接着说:"也好,这乱世之道,在外面年年颠沛流离,天天担惊受怕,还不如回家去,至少一家人能团聚了,享受享受天伦之乐也好。秀雄先生作出这样的决定,我觉得是好事呢,噢,你的孩子还没叫过你一声爸爸哩,只怕都会识字了吧。说实在的,我真心地为你高兴。"蓝子天握住他的手说。

岩边秀雄又是长叹一声,缓缓地说:"我今天来特意要向蓝君表示谢意,你们共产党真是好样的,这些年里为我的商船护航,费心不少,除了交税外,你们也没多要我一分钱。你们说一不二,真的就是你们讲过的那样,一是一,二是二。我的大大的佩服。你问我这脸上是怎么回事,说起来真是窝囊,窝囊死了,这可是拜我大日本皇军山田中佐所赐。"

蓝子天吃了一惊,追问:"这是怎么回事呢?你们日本军队不是一直都在宣扬要保护你们日本的商人和侨民吗?"

岩边秀雄摸了摸左脸，似乎那里还在火辣辣的疼痛。他说："就因为我向你们新四军交了税的缘故，山田君大光其火，骂我是帝国的败类，是大和民族的耻辱。可是我只想做一个纯粹的商人啊，在商言商，商人自有经商之道，得遵从商人之德。我向你们的政府交税又有什么错呢，我只是对我的商事行为负责，交税天经地义。可他山田君蛮横得很，根本听不进我的辩解，他暴跳如雷，还对我拳打脚踢。"

蓝子天现在只好宽慰他："让秀雄先生受苦了。"

岩边秀雄扬起脸，语气坚定地说："在你们中国这些年的经历和所见所闻，虽然我只是商人身份，不愿涉足政治，却也让我算是看明白了，大日本帝国发动的战争，且不论是不是正义的还是侵略的，可是给贵国人民带来的灾难却是深重无比的。草菅人命，烧杀劫掠，涂炭生灵，我这些年来一直受到良心上的谴责，我做的什么生意啊，那分明就是发的战争难财。自己费尽心力赚来的每一分钱，仿佛都闻得到了浓浓的血腥气味，我的母亲是信佛尊佛的信徒，她要是得知我赚的是这种钱，不知道会有多伤心了。我打定主意，不再发这财。从此回到北海道去，侍奉老母，陪伴妻儿，一家人和和美美地过日子。"他说得有些动情，眼睛里闪着泪光。

蓝子天紧紧地握住他的手，真诚地说："那我要送上我的祝福，秀雄先生能回到自己的家乡，从此不用颠簸辛苦，也是一件大好事。"

岩边秀雄点点头，擦了擦眼睛，记起了一件事，又说："我差点忘了告诉你，皇军好像又要采取什么行动了，山田君和江敬义的税警局他们正在加紧筹备钱物，显然是为行动作准备了，税也加重了。早一向还派了那个喻大江去西河庄收税，听说被人打了黑枪，吃了亏，他们准备要组织更多的人去报复，说是要血洗西河庄。"

蓝子天不由得捏紧了拳头，骂道："喻大江，你这个狗汉奸，真的要死心塌地当你的铁杆汉奸了啊。"

送走了岩边秀雄,蓝子天急忙召来龙雪、尚山虎和鲁双涛商讨,根据岩边秀雄提供的情况,为避免西河庄百姓遭到更大的损失,他们必须通过地下党组织传递情报,让西河庄方面提前做好应急,不可硬拼,尽早做好坚壁清野,不能让鬼子和汉奸的阴谋得逞。安排好这一切,蓝子天暗想:留着喻大江终究是个大祸害,他好像是一个定时炸弹,不知道啥时候就会在身旁爆炸,得找机会除掉他才踏实。龙雪这时却又提出了自己的疑虑,她说,一个小小的西河庄难道值得鬼子如此兴师动众吗?只怕他们还有更大的阴谋啊。蓝子天不禁陷入了深思,他也觉得龙雪的话不无道理,只是鬼子到底还会有什么动作呢?

4

喻大江在西河庄仓皇而逃,算是捡回了一条命,可是江敬义却拿这事不依不饶的。加上"黑皮"之死,"活蜈蚣"在江敬义面前着实烧了几把火,让他认为这一次非得将喻大江的阳火抹下来不可,否则,喻大江有了山田在背后撑腰,那日后还不得骑在他江某人的头上去拉屎拉尿了。

江敬义到山田中佐那里狠狠地告了一状。当然说的都是喻大江的不是,如无能,对皇军不忠、阳奉阴违、贪生怕死之类。他选择那些贬义词,意图刺激山田的神经,让他对喻大江生出愤怒来。未曾料想山田中佐耐着性子听完了江敬义那一通"义正词严"后,半天不作声,只是歪着头静静地看着江敬义。

这下反倒让江敬义不得要领,山田葫芦里装的啥药呢,心下不由地惴惴起来。他脸上只能挂着僵硬的表情,巴巴地等着山田发话。

果然,山田一开口就不是江敬义期待中的那种态度。

他几乎是朝着江敬义咆哮起来:"你的大大的坏了的干活,喻桑是我皇军重视的人,你怎么随便就派他出去干活的,喻桑的作用远远不是这些乱七八糟的活计,对他,我的大大的另有用处。你把我的计划给一锅搅乱了!"

江敬义蒙了。他铁青着脸,小心翼翼地辩解道:"太君,我这不也是为着皇军好吗?那西河庄可是向着新四军的,想着让喻副局长出马定能制服了那一帮子刁民,我也没想到会出这等事。再说了,他喻副局长不是能耐大吗?"

一听江敬义的嘟嘟囔囔,山田更是气不打一处来,他指着江敬义的鼻尖骂道:"八嘎,你的鼠目寸光,成事不足,败事有余,要坏了我大日本皇军的大事,死啦死啦的有。"这一声下来,江敬义吓得要两腿打跪了,忙朝自己左右开弓,扇起巴掌来,一边打,一边叫着:"皇军饶命,太君开恩,我的鼠目寸光,我的成事不足,败事有余,我的死啦死啦的有,不,我的请中佐大人高抬贵手,饶我一条小命吧。请太君看在我为皇军鞍前马后的份上,千万别和我计较了。"

山田中佐口气缓了缓,挥了挥手道:"好了,这次我的就不追究你的责任了,记得下次不可再擅作主张。"江敬义松了一口气,忙连连应答:"一定不敢,一定不敢了。"

他听到山田阴冷的声音在耳旁响起:"你的给我荡平了西河庄,揪出那个为头闹事的来,叫什么雷公的,碎尸万段,特别是要查出敢刺杀喻桑的人,挖地三尺也不能放过。"

江敬义没想到到头来倒是给自己惹上了一身麻烦,日本主子却又是得罪不起的,他心底那一腔怨气便只能记到喻大江的身上了。

在村尾冈寿少佐带领一个小队鬼子的督导之下,江敬仁、江敬义兄弟不得已组织起了保安队和税警局的人马浩浩荡荡地向西河庄进发,他们预计将会是一场恶仗在等着,可事实恰恰相反。

西河庄一片宁静,鸡不跳、狗不叫,安静得让江敬义听得见自己的心跳。

江敬义不敢相信眼前的一切,他想,不会又是个陷阱吧。他的担心却的的确确是多余的。鬼子和伪军将村庄抄了个底朝天,粮食没见到一粒、钱没搜到一分,猪圈里、牛栏内都是空空如也。连庄子里那些青壮男人都不见了,挨家挨户地只驱赶出来一些婆婆老老,以及三五个细伢子和年轻点的婆娘来。

江敬义奇了怪了,一方面却又暗暗有了几分高兴,不用动刀动枪就一举拿下了庄子,他至少可以向山田交差了。而若真的交上了火,遇到了游击队的抵抗,那也就麻烦不少。他不是没有和游击队交过手,那简直就是一帮拼起命来就血红着眼的斗牛,想轻而易举地占到便宜,简直就是做春秋大梦。

村尾冈寿少佐面对江敬义讨好似的目光,不耐烦地一挥手中的军刀,嘴里硬邦邦地砸出来一句话:"给我统统的烧了烧了的。"江敬义早就等着他这一声令下,立马朝"活蜈蚣"吼道:"你他娘的还不快去!给老子一把火烧他个精光。"他歇斯底里的号叫里,掺杂了他连日来憋闷于心中的那些阴郁。

黑烟腾起,一场大火霎时将西河庄的天空燃烧得红透了。

在老百姓们昏天黑地的哭喊声里,江敬义带着人马跟在鬼子少佐村尾冈寿的屁股后面扬长而去。临了,他还不忘回头望了一眼身后那冲天的火光,咬牙切齿地说:"让你们抗税,看你们敢不敢再不交税!"

他心里却在嘀咕开了:这事儿邪门,怎么一下子粮食都销声匿迹了呢?肯定是走漏了风声,那个平日里带头闹得凶的,叫作"雷公"的人也不见出头了。回头又想:小鬼子村尾冈寿都表态了,一把火烧光了事,自己也犯不着较真硬要去追那劳什子粮食。他当然清楚,这个时候给自己找事做,无异于就是惹火烧身。天塌下来也不打紧,反正前面有村尾冈寿挡着,他只要回去向山田交差就行。这样一想,他的心情登时就好了起来。

第二十章

1

龙洛铭一心想和女儿龙雪修复关系，无奈女儿视他陌若路人，他目睹了共产党政府在龙口的所作所为，特别是洪灾之后，共产党主动减轻了当地的税收，这让他大感意外。在他六十余年的人生经历中，这还是第一次碰到的稀奇事情，随后，他又看到连堂堂的县长于振兴都带头掐掉了供应的口粮，一日三餐改为了两餐，干饭改成了稀粥，想想他县长也是牛高马大的身板，这一天到晚又忙个不歇气，真不知道他怎么挺得过来，真是铁打的汉子啊。记得有一回他讪讪地问于振兴："县长你喝这么点照得见人影的稀粥，不饿吗？"于振兴微笑着告诉他说："我有绝招呢，一点也不饿。"他好奇了，问："啊？还有绝招可以不饿吗？"于振兴四下里瞧瞧，见无外人了，便撩起衣摆，露出腰带，他响亮地拍了拍，神秘兮兮地说："瞧瞧吧，我把宽裤腰改成了窄裤腰，皮带一勒，肚皮就紧了，不饿，不饿，一点不饿。"他接着说："有句古话讲，'有时当想无时难，莫待无时想有时'，我们共产党的人可算是理解得到家了，现在紧紧腰带也就过去，以后的日子只会是越来越好。你说是不是，龙会长？"天灾人祸的情势下，龙洛铭看到的是人心更加齐了，精神更加饱满了，局面也更加稳定了，全然不是以往那种灾年一到，粮价暴涨、匪盗丛生、饿殍遍地的惨景。这让他不得不暗生佩服。这些共产党人够神的啊！

而当他看到女儿龙雪的脸上没一点水色，显然也是饿的、累的所致，他不禁又心疼起来，对女儿的愧疚感不由得增加了几分，好几个晚上,夜静更深的时候,他从没有过地认认真真地反思起自己的所作所为来。作为首屈一指的大户人家,他龙家在龙口向来都是风光占尽,几十年来一直是要风得风要雨得雨,在龙口敢不卖他龙洛铭的账的,到目前为止,恐怕还只有自己的女儿龙雪一个人。一想到那个让他又疼又恨的女儿,他就束手无策,好像是豆腐掉到灰里面,吹不得也拍不得。假如不是日本人打进来了,不知道龙口会是什么样子,也不知道他龙洛铭会是什么角色,他想,有一点是可以肯定,日本人来之前他龙洛铭自然是说一不二的,自从日本人来了之后呢,他变得没有脾气了,说得不好听,仿佛一头在人家面前摇尾乞怜的狗。他何尝不知道龙口的老百姓就是这样背地里骂他的啊。其实他每每一想到这里,就觉得臊得慌,好似有鸡虱子在脸上乱爬一气,让他不知道将脸往哪里放一般。但有啥办法呢?凭他龙家之力能和日本人去拼去斗吗?那不是螳臂当车吗?那不是飞蛾扑火吗?傻子才会做的事!他自然不能坐视龙家的祖业毁在他龙洛铭的手上,那样的话,他将无脸去见先人。基于这些考虑,他只能硬着头皮,厚着脸皮去迎接那些投向他的鄙夷眼光,他管不了那么多了。忍字心头一把刀,刀抵住了喉咙,他也得忍,忍,忍,他已别无他法,没有第二条路可以选择。潇浦的秦人简死得那样惨,被恶狗掏了心,想想都让他头皮发麻,背上冷气飕飕的。尽管自己这样过得人不人鬼不鬼,别人家怎么看管不了,可他自小就疼爱的女儿龙雪偏偏正眼都不瞧他,还带着她娘一道离开了龙家大院,这简直就是当着所有龙口人的面,狠狠地甩了他龙洛铭一个大耳光!那耳光甩得太响亮了,让他龙洛铭脸面扫地!人前人后的都觉得自己怎么都抬不起头来。

共产党主政龙口以来,他最担心的当然是自己头上那一顶汉奸的帽子会让他陷入万劫不复的困境,他为此而胆战心惊,夜不能寐,时刻都在担心哪一天新四军突然就上门来了,不容分说,就会赏给他一粒"花生米",然后,他家藏的所有宝贝财物就会被一抢而光。他自然不甘束手就擒，躲在背后掀风鼓浪。而以共产党人的智慧断不至于就不明就里，可他们并有找他秋后算账，他不知道这是不是因为女儿的关系。几番几次之后，他不得不审视自己，他并不愚蠢，深知再玩那些自以为聪明的小把戏，必将是使自己成为下一个如王行璋之类的玩火者。于是乎，他再三提醒着自己万万不可轻举妄动再造次了。不仅不能再行造次，而且还得有所行动。他决定要将家里祖传下来的"千年屋"，一副上等的楠木棺材转手，所得的款项，全部给政府交税去。

他将这一想法讲出来后，儿子龙雄第一个跳起脚来反对。

龙雄之所以坚决反对也不是没有道理。这副棺材可谓是龙家的传家宝。在外人看来，家中停放一口棺材不可理喻，一眼看到家里的棺材时，第一个想法是什么，只怕会感觉到很不吉利且怪怪的。那么，为什么家中要留下一口棺材呢？在龙口却有一个这样不知始于何时的习俗。据说，以前凡有知天命之年以上老人的大户人家里，大都会在家中备有一副棺材，预示老人健康长寿、生活开心。而家里一旦有了重病的老人，则会买一副棺材"冲喜"，通常这个时候，老人的病会奇迹般地痊愈。所以就有这么一个说法，棺材放家中，给长辈添福添寿，还是升官发财的好兆头。

龙家的这副棺材系用珍贵的楠木材料打造而成，不但材质上好，而且做工精细。这副棺材还是龙洛铭祖父在世时，采用300年树龄的楠木料制作而成，比普通棺材大了足有两倍，分为内棺和外椁两层，当年龙洛铭祖父花费大量资金打造的这副棺材，屈指算来差不多已有近百年的历史了，这副棺材自然也成了龙家的传家宝，他的家一直视若珍宝，无非是寄希望于他龙家世世代代人兴财旺，风水显赫。

现在龙洛铭说要将这个传家宝出手，他自然是下了死决心。这下可好，轮到儿子来骂老子了。龙雄竟然指责起父亲是"龙家的不肖子孙"，气得龙洛铭举起拐杖狠命地抽了他一棍，痛得龙雄

"嗷嗷"直叫。还好,他没敢骂父亲是"败家子",平素里就没少挨过父亲骂他"败家子"的责骂。

而龙洛铭似乎已铁定了主意。

连龙雪听了之后都觉得大出意外,她没有想父亲会有这样的一个举动。平时,没人敢动那副黑漆发亮的棺材一根手指头,甚至于连多看两眼都难免会招来父亲的一顿痛骂。她觉得自己要重新来审视父亲。那个曾经让她愤恨的龙洛铭,现在究竟是唱的哪出戏呢?龙雪百思不得其解。

龙洛铭话已放出了,却没人愿意买他家的宝贝,或者说,在龙口,根本就没谁买得起。这又让他愁闷了。

蓝子天和龙雪在这时找上门来。

2

蓝子天是来劝龙洛铭万万不可这样做的,他干脆说:即使楠木棺材有人买了去,他们也不会接受龙家的这个捐助。

龙洛铭一听就急了:"难道说你们有什么忌讳吗?这棺材并不是用来埋人的,确确实实是我家的祖传之物。"

蓝子天道:"这个我们自然晓得,可我们也不能要。龙会长的好意我们心领了,但如果说因为我们民主政府一时的困难,而要夺人所爱,那我们怎么向世人交代呢?"

龙洛铭道:"这哪是夺人所爱呢?是我自己心甘情愿给抗日政府交税的。"

蓝子天便说:"交税那就更加不行了,我们一向的原则就是要按规定、按政策交税,你龙会长现在不需要交税,我们就不能收你的税。"

两人在交谈时,龙雪一直站在旁边,一言不发。她的目光在龙洛铭看来,还是那样地冷淡,好像一点也不关她的事。她只不过是陪同蓝子天来一趟而已。事实上也是这样,正是蓝子天硬要扯上她一道来的,否则,她根本就不想要登上这家门。她对于父亲说要卖掉楠木棺材一事,鼻子里哼了一声,对蓝子天道:"不知道他又在打什么鬼主意。"

偷运粮食事件发生后,蓝子天一直在观察着龙洛铭的表现,他觉得如果龙洛铭能迷途知返,不与政府为敌,那未尝不是一桩好事,毕竟龙洛铭在龙口和工商界也是举足轻重的人物,倘若能争取到他的理解支持,那么,对税收工作的开展无疑是大有裨益的。蓝子天在了解到龙洛铭和龙雪这一对父女的恩恩怨怨后,他也有心促成父女俩的和解、亲近,他想着,如果龙雪能影响到父亲,那么事情都将向着好的方面进展。可龙雪偏偏又是个犟脾气,他几次试着和她谈谈,龙雪都不予理睬,俨然一副针插不进、水泼不进的样子。

也许是父亲对她娘俩的伤害太深了吧,蓝子天猜测着。

而因为王行璋被公开处决,这件事给龙洛铭的震动显然是巨大的,他内心再不满,也不敢轻举妄动,而随着时间的推移,龙洛铭耳闻目睹到了共产党政府的种种作为,得人心,顺民意,不仗势欺人,不横行霸道,与以往统治龙口的可谓大相径庭,这给他又有了莫大的甚至是新鲜的触动。不知不觉间,他那种抵触反感的情绪消弭掉许多。兼之自己的女儿又是共产党的人,不管她对他这个当父亲的有着怎样深的仇恨,毕竟她的身体里流着他龙洛铭的血液,那可是一份化解不开、血浓于水的亲情啊。

龙洛铭见蓝子天并不同意自己的决定,他一方面真是有些急了,另一方面心里又不由得增加一分敬佩。要知道,以前可是有过不少来龙口主政的官绅都想打他龙家的这个传家宝的歪主意。有些时候,他都觉得留着这个黑亮亮的宝贝简直就是个祸害,招来不少是是非非。

眼前这个剑眉朗目、瘦高个子的青年人,外表看上去文弱得就是一个书生气十足的小伙子,反而让龙洛铭对蓝子天心存一种不可言喻的感觉,好像有些亲近,分明又掺杂着敬畏。说来奇怪,龙洛铭和比蓝子天职务更高的于振兴县长打交道时,却要随意得多,全然没有面对蓝子天时那样复杂的情感。

他看到女儿还是一副不拿正眼瞧他的样子,背对着他,他心里突然冒出来个有些奇怪的想法,对于税收分局局长蓝子天,不知道龙雪是不是和自己一样的感觉呢?

他当然无从知道,龙雪的感觉恰恰与他相反。在龙雪心里,于县长近乎严厉多了,她从内心里面敬重县长,而她平时却更愿意接近蓝子天,虽然两人工作岗位完全不同。自从那一次为了赶跑驻扎在龙口的税警局鬼子和伪军,她和蓝子天才有了首次的接触,但此后蓝子天的冷静果断和丰富的战斗经验,在她心里面烙下了深刻的印记。她喜欢和他一道并肩作战,有他在身旁,她就觉得自己心里有了主心骨,也曾有过那么几次的配合行动,她备觉心情舒畅,而且暗暗地期待着再多一些那样的机会,干脆说呢,要是能调动自己到蓝子天身边工作多好。可脑子里一冒出这样的念头,她又不禁莫名其妙地心跳得厉害,摸摸脸蛋,似乎有些发热。她赶紧就把那个念头给死死地摁下去,不让它再无端地冒出头来。革命工作可不能随自己想怎么样就怎么样的,得一切服从需要,服从组织安排。说实在话,今天要不是他蓝子天邀请她来见父亲,她打死也不想登这个门。在她自小的记忆中,这座看上去那么豪华、富丽堂皇的宅第,从来没有过值得她留恋的一丝一毫的记忆。客观地说,父亲对她这个长女不能说疼爱有加,更谈不上视若掌上明珠,但也并没有虐待她,兴致好的时候,偶尔还有过几次和她逗乐的记忆,而母亲在龙家受到的折磨,却成为她怎么也无法抹去的阴影。自小她就是在母亲的泪水中泡大的。母亲的痛苦和不幸,早已传染给她,她幼小的心灵里对这座让外人艳羡的豪宅已经塞满了恐惧和愤恨。

她不知道父亲为何会有要卖掉楠木棺材来交税的举动,她坚信,他断然不会是那种真心投向共产党的人,除非真是太阳从西边出来。她清楚蓝子天其实也是在贯彻党的抗日救国的路线方针,但在这一点上,她认为蓝子天太不了解他龙洛铭,想争取龙洛铭的想法真是幼稚了。

3

可龙洛铭这次确实是出于真心实意的。女儿龙雪不相信,而蓝子天相信了他的真诚。

蓝子天之所以作出这样的一个判断,诚然不是因为龙洛铭口口声声说要卖掉祖传的宝贝来交税,"说的比唱的好听"是骗不了他蓝子天眼睛的。但他现在认为,龙洛铭卖不卖掉楠木"千年屋"并不重要,重要的是他能真正地将心灵上的砝码倾向抗日政府,倾向共产党这边来,那才是最关键的地方。抗日救国进行到今天这个地步,共产党如果说没有社会各阶层的鼎力支持,没有广大人民群众作坚强后盾,就会失去生存的土壤,一棵树自身再粗大,如果没了泥土,会怎么样呢?老百姓就是共产党生根发芽、开花结果的土壤,就是共产党能够深深扎根的地方。越是在物力维艰之际,老百姓这块土壤就越是不能失去,而且还必须要不断地夯实、拓展,这样,根须才能扎得更广、更深,树呢,才不会惧怕任何风雨雷电的侵蚀、打击。

一个要卖,一个不准,一时之间,似乎僵持起来。

蓝子天想了想说:"龙会长坚持要卖掉祖传之物,我反正是不主张的,而且只怕龙会长会因此而落个不肖的诟名,反过来,不知情的人也许会认为我们共产党政府没有人情味,不食人间烟火。龙会长坚持要交税来支持抗日救国,我们当然是举双手赞成的,但多交税又不符合我们的政策规定,我们收了你的,那我们就自食其言了,就讲话不算数了,我们共产党人最看重的就是要讲话算数。你看这样行不行?你也知道,今年来天灾人祸,干脆你就向政府捐些粮食。据我们所知,龙会长家里应该还有些余粮,是吧?"蓝子天微笑着看了一眼龙洛铭。

龙洛铭赶紧回答说:"是的,是的,有一些呢,以备灾荒之年用。"

蓝子天就说:"那不就行了吗?现在我们最缺的是粮食,你不也看到现在有不少乡亲都快揭不开锅了吗?粮食可是救命的,比任何东西都要实在。"

龙洛铭思索了片刻便说:"既然如此,那我听从分局长的吩咐吧。我也打听了一下,现在一时间要出手'千年屋'还真是难,乱世之中,连饭都没得吃,谁还愿意来买这当不得饭吃也当不得衣穿的一副棺材啊。这样行吗?我留下一家大小的基本口粮外,其余的粮食全部捐出来,应该也还有个八百千把石吧。这个月底,我还可以从容壁那边的商号里盘出来三五百石。"他扳着手指头算起家中的余粮数来。

蓝子天便高兴地说:"太好了,太及时了,你要是还能从敌占区通过你商号的渠道多弄回来些粮食,那就更好了。这样吧,你今后从敌占区搞回来的粮食,我会建议于县长以政府的名义全部按市场价格收购,有多少要多少。你也知道,对于粮食,我们现在是准入不准出的。只不过你一下子全捐了,那接下来你家的日子怎么办?要不这样吧,我们给你也打借条,算是借你的,日后日子宽泛了些,再慢慢还你。"

龙洛铭忙摇晃着脑袋,连连说:"使不得,使不得,君子一言既出,驷马难追。再说了,连你们于县长都只吃两餐了,喝的还是稀汤,那我一家子也能做到。我就不信,捐出了粮食我龙家会饿死人。"

蓝子天道:"那就这样说定了,谢谢会长对我们的支持。"他向龙洛铭热情地伸出了双手。

静坐一旁的龙雪表面上始终是"徐庶进曹营——一言不发",俊俏的脸别向一边,好像眼前的一切与她并没有丝毫关系,她只是一个局外人罢了。只不过她的耳朵却已慢慢竖起来,父亲龙洛铭和分局长蓝子天两个人的对话,其实已一字不漏地听进了耳里。

随着蓝子天告辞一道走出龙府,她有意无意地回望了一眼那一座曾让她无比伤心的庞大宅院。她的眼神里流露出了复杂的情感。

第二十一章

1

从没有主动联系过蓝子天的"水上漂"毕渭民竟然让夏曦月捎信来,约他到碧洲岛上的"听泉园"一聚。蓝子天心里一"咯噔","水上漂"向来是谨慎之人,行事讲究一个诡异之道,虽然一些日子来和新四军游击队保持了某种默契,可作为江湖中人,他从来不会主动把自己的底细完完全全、一无保留地暴露给对方。蓝子天理解他的难处和苦衷,也就从未有过强求他的想法。现在,"水上漂"急切地想约见他,肯定是遇上大事情了。

蓝子天没敢多带人,也不声张,晚饭只是草草地扒拉了几口薯米饭,就带上龙雪匆匆忙忙赶往碧洲岛去。之所以只带龙雪,一来女孩子能让"水上漂"多多少少地消除一些戒备之意,二来也不会让外人起疑心。虽说龙口属于根据地的范围内,但敌特依然活动频繁,敌情之复杂性自不可大意。

夜色深重地铺开来,走在前往碧洲岛的路上,蓝子天闻到了熟悉的味道。

记得第一次登上碧洲岛,秦瑾和他一起来的,而如今,斯人已逝,那个纯洁如一朵素净白莲花的姑娘再也不可能陪他走上这座静谧的孤岛了,她银铃般的笑声、灿烂的容颜,甚至任性而又顽皮的眼神,仿佛都已随着一缕晚风轻轻吹拂去了,永远地飘走了。蓝子天不禁心生伤感,他沉默着,埋头只顾前行,脚步生风,龙雪一路碎跑着都难以跟上他的步伐。

"水上漂"早已在阁楼的包间里等着,他的神情有些焦急,这让蓝子天相信自己之前的判断。

"听泉园"的老板娘夏曦月亲自泡上茶,然后轻轻地扣上门扉,脚步款款地走出去了。龙雪觉得这是个修养不错的女子。

蓝子天却不待"水上漂"开口,故意扯起了轻松的话题,他四周一打量,浅浅地抿了一口茶,顿感口齿生津,微笑着道:"好茶啊,大名鼎鼎的'水上漂'竟然有这等雅兴,我真没想到你会在这里筑建一个这样的世外桃源。只是小弟我心中正好有些疑惑,还请兄台给指点指点了。""水上漂"只能耐着性子来听他说。

蓝子天道:"这茶楼怎么叫它'听泉园'呢?你看看,孤岛一座,被青沙江团团围住,满耳里只怕都是惊涛骇浪之声,又哪来的泉可听哪?明摆着是名不符实嘛。"

"水上漂"苦笑着说:"你说的极是,怎么说呢,我这也算是听厌烦了江水的咆哮,便想换种口味吧。讲句底子话,要是不干这水上的营生,我还真的想寻一处有泉可听之所,每日里过轻松快活的日子,那才是神仙样了。可是,你又不是不清楚,我的这个梦想还真是个奢望,黄粱美梦一个。你说这小鬼子究竟要怎么样才撑得走呢?现在他们好像更猖獗了。"

"水上漂"到底还是忍不住把话题给亮出来了。

蓝子天不作声,眼睛直视着他,等待他把话说完。

"水上漂"道:"早几天我去了一趟省城,看到鬼子紧紧张张地调动兵力,大街上,白天黑夜闹哄哄的不清静,省城的大街小巷都在议论,道是鬼子正在向南方调兵遣将,似有横扫江南之势。我就不解了,你说这鬼子怎么就越打越多了呢,那何时会是个头啊。就在前天,青沙江上出现了一长溜的船队,浩浩荡荡的,派头十足,都挂着膏药旗,船的吃水线很深,载满了货物,船头船尾上都架着机枪,全副武装押运,我派出的眼线探知都是枪支弹药,还有不少大家伙。昨天,又是一样的船队,只不过听说载运的换成了粮草。晚上停泊在清陵矶埠头,把个偌大的埠头排得满满当当的,我本想狠狠地敲他一家伙,可那些小鬼子精得很哪,守卫严得连只苍蝇都休想飞拢去。而且我特别注意到,这回全是清一色的小鬼子,二鬼子没见到一个。我那几十号人要是冒冒失失撞上去,还不够人家填牙缝。思来想去,只有作罢,眼看着大块大块的肥肉进不了自己的嘴巴,只能在一边干着急了。"

蓝子天弄明白了,"水上漂"这次急着见面,并不是要商谈配合行动的事,他的话语中显然是对当下的形势产生了忧虑,抗日的趋势会向哪个方向发展下去,这才是他最关心的焦点。至于"水上漂"所说的那些情况,还的确是蓝子天所没有掌握到的,他想江峡边区的首长肯定会从各种渠道获取情报,有所了解吧,不管如何,得尽快将这些鬼子的动向报告给上级。

蓝子天对"水上漂"说:"你提供的情况很要紧,我们会根据这些情况来作出相应的战略部署,难得你有这份心了。鬼子再怎么猖狂,我就不信他没有灭亡的那一天,也许这一天会来得迟一点,但该来的总是会来的,他小日本别想得太天真,中国人不是那么好欺负的,中国的土地也不是他想来就来,想去就去的。毕爷不愧是有血性的汉子,我可是一直都在期待着我们能一块携起手来消灭更多的侵略者哦。"蓝子天心想,得给他"水上漂"开一剂"强心药"了。

"水上漂"毕渭民用力地点了点头:"我瞅着你们共产党还是真心实意打鬼子的,这一点我尤其佩服。我姓毕的这一辈子反正就和小鬼子耗上了,小鬼子不让我安生,那他们也休想睡个安稳觉。"

2

当蓝子天将"水上漂"所讲的情况原原本本地告诉于振兴后,于振兴的脸上似乎看不出意外。蓝子天心中有数了,这说明上级不仅早已掌握到了相关情况,而且作出了正确的判断并进行了相应的部署安排。蓝子天看到于振兴眼睛里布满了血丝,他一定又是熬过了一个不眠之夜。

但于振兴的精神看上去不错。果然,于振兴兴致勃勃地和蓝子天详细地掰扯起了当下的形势来了。他打开了一个笔记本,蓝子天看到上面密密麻麻地写满了字。那是于振兴在边区开会时所记录的笔记。

"我刚从江峡边区参加完会议回来,边区首长给我们作了一个全面的形势报告会,我也给你子天同志详细传达传达吧。太平洋战争爆发后,我们中国军队与盟军正式开始直接协同对日作战,可以说中国战场成为世界反法西斯的主要战场之一。随着世界反法西斯战争进入新的历史转折时期,中国军队一面在滇西、缅北对日军进行反攻作战,一面又在湖南地区抵抗力图全力打通大陆交通线的日军。而当美军在太平洋战场开始转入全面反攻时,美、英在华盛顿举行了一个'三叉戟会议'。啥叫'三叉戟会议',我还真没听明白,所以也讲不清。大概意思就是决定在北部、中部和西南太平洋同时发起进攻。

"'水上漂'所看到的情况显然不假,那是日本鬼子为实施一个大规模的作战计划而采取的行动。他们可是搞的倾巢来犯,其意图在破釜沉舟,打通一条东线战场上新的交通线,可是他们没想到,从各战场抽调走了重兵,直接导致原占领区兵力单薄、'治安恶化'。加上西线滇缅战场盟军的胜利使印度、缅甸和我国西南后方连成一片,鬼子根本无法转身对美军在中太平洋的作战构成威胁,这对本已力不从心的日军来讲,无疑就是增添了新包袱。战线进一步扩大,兵力更加分散,势必会加速其败亡……目前看来,虽然敌我力量还未起根本变化,但在敌后形势正悄然发生变化,形成了一个对我十分有利的'空隙',现在,在党中央和毛主席的指示下,我党各抗日根据地都在抓住这一'空隙',展开攻势作战,积极收复国土,解放受难同胞,并且最大限度地消灭敌人的有生力量。而在华中敌后抗日根据地的新四军自然也要乘势展开攻势作战,以壮大根据地和发展新的根据地。'卢沟桥事变'之后,由于敌强我弱等方面的原因,日军侵占了我大片国土,摧垮了国民政府在当地的统治。然而,日军并无力量占领广大的小城镇,尤其是广大农村,只能占领大城市与交通要道,这样八路军和新四军得以及时深入敌后,尤其是广大敌后农村,开展敌后抗日游击战争,打击日军侵略者,进而也使我党领导的抗日武装力量得到了极大发展。虽然我们的敌后抗日游击战争一直来都面临了极大困难。那么现在形势发展,也将又一次给予我们发展敌后游击战争和新根据地的机会。只要及时抓住这一'空隙',就等于抓住了这一新的机遇。完全可以讲,我们的进攻是'间隙'作战,是乘日军兵力空虚时的进攻。为此,党中央已确定进军敌后的战略总部署……"

于振兴讲得条条是道,蓝子天听得入了迷。这样的形势分析,让蓝子天眼前豁然开朗,他琢磨着:得把这个好好和同志们讲讲。哦,对了,还要找机会和"水上漂"毕渭民讲讲。那天,他虽然已经敏锐地捕捉到了"水上漂"毕渭民对于抗战形势的迷茫,甚至于还有了些悲观的成分,他及时地给他打气、鼓劲,可是基于自己对整个抗日救国大局认识的欠缺,他觉得自己对"水上漂"说的那一番话,其实也没有很强的说服力,如果"水上漂"也听了今天于县长的这一番透彻的解析,相信缠绕在他心头的所有迷茫都会云开雾散了。

蓝子天一方面为此兴奋不已,另一方面不禁又想到了税务稽征分局,下一步又该如何卓有成效地开展工作呢?他很想听听于县长的意见。

"你这个问题提得好呢,"于振兴赞许地说,"现在看来,日本鬼子频繁地进行战略部署,依我看嘛,他小鬼子就是一个殊死挣扎,最后一搏了。总的形势发展固然有利于我们,但正如你所想到的,国家兴亡,匹夫有责啊,作为每一个共产党员,每一个抗日战士,又该怎样投入到这场轰轰烈烈的战斗中去,尽到我们应尽的责任,做出我们应有的贡献呢?

"日本侵略军在对我中国人民施行武力,进行军事镇压的同时,还在政治、经济上不断强化殖民统治。政治上,他们扶植了一批汉奸傀儡政权,搞'以华制华'。这你清楚,凡在沦陷区,几乎没有不建立汉奸政权的。诸如什么'治安维持会',什么'特别市政府',什么'市政委员会',傀儡政权中的汉奸特务,为虎作伥,甘当鹰犬,为侵略军捕杀爱国军民,征用民工,征粮派款,掠夺战略物资,实行奴化教育,干尽坏事。在经济上,鬼子采取'以战养战'的侵略政策,掠夺资源财物,以支持侵略战争的需要,并发行货币,控制金融,将沦陷区经济纳入殖民地经济体系。你看看他们是怎么样来掠夺财富的?在金融方面,日本侵略军操纵各地傀儡政权建立如'储备银行''劝业银行''华兴商业银行'等,大量发行'中储券'。这种由汪伪中央储备银行发行的'新法币',其实就是一种伪币。日伪当局发行的伪币高达数亿元。还在南方的一些地区设立什么'钞券交换所',发行日本政府的军用票。军用票与国民党政府发行的法币比值为1:2,后升至1:3。无论是汪伪'中储券'还是日军的'军用票',都是没有发行准备金,而是在刺刀下强制人民使用的,是对沦陷区人民的又一次掠夺。这样一来,因为战时封锁,交通阻塞,物价居高不下,日伪当局滥发纸币,又使通货膨胀坠入恶性循环,特别是粮食、盐、食油、柴火等日常必需品,更是以数十倍甚至上百倍的速度暴涨,老百姓无法生存。而从长远利益来看,如果汪伪政权垮台后,伪币贬值,最终受害的仍是沦陷区的老百姓。另一方面,侵略军用伪币从人们手中强行套取大量国民党的法币,再投到国统区大后方,抢购战略物资,破坏后方金融,使通货膨胀更加严重。还在占领区实行严格的经济统制。当粮食极度缺乏时,实行粮食配给分配。我再给你说说小鬼子在一些地方搞他娘的所谓的粮食配给制吧。"

于振兴说到激奋处，骂起了粗话："日本人每人每月24斤，日本狗每月12斤，台湾、朝鲜人17斤，而中国人多少呢？你猜猜，每人每月仅2斤碎米，还经常断了供给。老百姓只能坐以待毙啊，饿着肚子等死。中国人连一条日本狗都不如。这是何等的侮辱呢！鬼子还设立什么'物资调查委员会''木材处理班''商会''物资交换所'等机构，疯狂掠夺粮食、钢铁、木材等战略物资。还设立'统制会''交通船舶站''水产公司''粮食管制机构'，等等，五花八门，稀奇古怪，以统制外埠货物，垄断粮食、交换燃料，剥夺渔民利益，手段无所不用其极。甚至于还设立'福大土膏局'，用鸦片毒化国人。这样的铁腕统治之下，只能是工厂关门，商店歇业，百姓受害，国家遭殃。日本侵略军的滔天罪行，罄竹难书。"

于振兴越说越激愤，情绪难抑，他的呼吸粗重起来。蓝子天起身给他的茶缸里续了些开水，于振兴端起来喝了一大口，平息了一会儿波动的情绪，接着说："我们的税务稽征分局现在可以说是任务艰巨，职责重大啊，子天。针对敌人的经济封锁，我们要想尽一切办法突围出去，打一场掠夺与反掠夺，封锁与反封锁，破坏与反破坏的战役。毛主席在陕甘宁边区参议会的演说中指出，'发展经济，保障供给'，是我们确定不移的财政方针。如果我们不去从根本上发展经济，而去枝枝节节地解决财政问题，就是错误的方针。主席同时强调'要以不加重人民财政负担为条件'，这一点必须谨记。如果违背了这一点，我们就会要失败的。他还要求我们做财经工作的务必要讲究'公平'二字。这样才能让人家信服，心服口服。

"下一步，我们税收工作的重心也要适应军事形势的需要而作出相应的调整、转移。我们总的方针不会变，为保障打好和争取抗战最后胜利的目标不能动摇，那么，我们得好好研究一下根据地税收工作的布局，研究一下怎么样才能在这样复杂和艰难的困境中，把税收征收工作做得更有成效。这里边可是大有学问、大有文章的……"

3

　　不得不说,如果要数世界上最伟大的事物是什么,那肯定就是时光了。日月如梭,电闪雷鸣不能不说迅快吧,而时光呢,连一个背影都看不清,它就不见了,但有时候它行走得又是那么缓慢,不亚于一只蜗牛,让人度日如年,一分一秒得扳着指头地过。这个伟大的事物,记载着苦难的岁月,荼蘼了一茬又一茬时光,让潮涨潮落淹没昨日的足迹,在你不经意间却又向人们铺展一方未来的结局。

　　公元1945年8月的这个时刻,毫无疑义,将载入历史厚重的册页。时间的沙漏和摇晃的流年,是否还记得岁月的悄然滑落与无情流逝?那些往日的血泪和悲伤呵,在历史之潮浩浩汤汤的荡涤下无声无息地逝去,而留下的笑靥和欢乐就在记忆深处绽放、回响。灿烂地绽放,久久地回响。那样的扬眉吐气,那样的慷慨激昂,那样的荡气回肠。

　　战士们和老百姓们都沉浸在抗日战争胜利的无比喜悦之中。他们盼望这场旷日持久的胜利已经太久了,他们太需要一场淋漓的情感宣泄了。人们哭了又笑,脸上挂着欢乐的泪花,潇浦县的街头上整日地锣鼓喧天,人们披红着绿,载歌载舞。万里晴空,天上飘荡着鲜艳的彩云,这是多么令人欢欣鼓舞,心旷神怡!

　　是的,人们都在想着要怎么样才能表达出内心的高兴,才能表现出他们对这场来之不易的胜利的渴望!然而,国内形势却异常严峻。

　　潇浦县抗日民主政府的县长于振兴也还来不及高兴,就遇上了一个棘手的问题。

　　事情的经过是这样的:按照边区政府的统一安排,他迅速指派蓝子天、谷家峻、龙雪等组成十人小组去潇浦县城,接受日本军队的投降。临出发前,于振兴抑制不住兴奋地说:"潇浦县城是江峡地区较早创建的抗日根据地,也曾一度是民主政府成立之初的'大本营',如今终于可以重新回到我们的手中了,希望同志们不辱使命,把接收工作做好,尤其是把秩序管理起来。"

蓝子天一行十人骑马前往县公立学校操场。接收仪式的消息早已不胫而走,老百姓都早早地守候在那里了。操场上人山人海、人头攒动、人声鼎沸。而鬼子们已经在列队等候着。

山田中佐昔日的骄横一扫而光,他谦恭地向蓝子天敬礼,并且示意他接受投降缴械仪式。操场上一片欢腾,老百姓都为这一刻的到来而欢呼。然后山田中佐请蓝子天和他一起到日军队伍前面训话。

山田首先大声讲话,叽里哇啦地说了一大通之后,再一次向蓝子天敬礼,请他讲话。

蓝子天便整了整衣服,用他洪亮的嗓音道:"我讲什么,你们可能听不懂,但是,我要讲!今天,接受你们侵华日军的投降缴械,我很高兴!遵照我方首长的命令,你们放下武器,就要善待你们!但是,你们不要忘记,你们双手沾满了我们中国人的鲜血,多少中国军民牺牲了!今天,我作为中国新四军的一员,终于看见你们放下武器!我们中国的土地上,又和平啦!"

他的话音一落,像决堤的潮水一样,潇浦的天空上腾起欢呼声。一共十个人,十匹马,缴了600名侵华日军的枪!——真是抗日战争胜利啦!蓝子天的眼睛湿润了。

日本兵把步枪和机枪都整齐地码放好,再整齐划一地列队站好。放下武器的日军虽然沮丧万分,但是,他们每人都还戴着军帽,扎着武装带,列队坐在地上。

山田中佐向蓝子天走来,立正敬礼后说:"辛苦了。我们打了这么多年,现在,天,终于蓝了。你看,中国的百姓再也不用怕我们了,我们再也不用害怕中国人了。我们准备近期启程去上海集中,然后,回国。……和平了,我们和新四军打了多年,互有胜负,让我们敌手之间喝一杯吧!"

这可是戏剧性的一幕,立马就有好事者飞奔而去。不久,一坛白酒被两个人哄笑着抬到操场上。

"拿大碗来!"蓝子天虽有酒量,但平常不太喝酒。可是,在缴枪投降的侵华日军面前,在欢腾的中国民众面前,这时蓝子天的情绪特别好!连干满满的三大海碗!浑身上下好像着了火!

山田中佐目瞪口呆了,他勉强干完了三杯酒后,摇摇晃晃着,身躯訇然一声躺倒在地。围观的民众又是欢呼一片!

随后,谷家峻和龙雪带人留下来善后,蓝子天、尚山虎和苗风涛三人,和山田中佐等几个日军士兵,押送日军的 500 支步枪、13 挺机枪、20 门小炮和 40 门掷弹筒和大量弹药,向 15 公里以外新四军的驻地驶去。一路上,蓝子天和山田因干了几大碗酒,都迷迷糊糊的。蓝子天没道理不高兴啊,抗日战争终于胜利了!没有想到,山田中佐看着也挺高兴。一路上,他絮絮叨叨地说,他的家在日本山梨县,已经有两年没有接到家中的来信了,父母应该在,老婆孩子也应该还活在人世吧……他上过日本的陆军军官学校,学习过中文,战争期间在中国还学习了很多中国文化。他还说,他本人极为景仰中华民族的文化和传统……人常说,酒后吐真言,蓝子天却无法相信,这个刽子手说的都是真话。

只不过自从日本天皇颁布投降书后,有不少日本官佐面朝东方剖腹自杀,这其中就有少佐村尾冈寿。而山田中佐最终还是失去了那份切腹以谢天皇的勇气,个中的原因当然也只有他自己心里才明白。

4

蓝子天他们走后不久,谷家峻和龙雪这边迎来了一帮不速之客。

接踵而至的竟然是秦瑜。她现在的身份是国民政府清山省江峡地区接收特别办事处主任。她今天赶来的目的不言而喻。

可她来迟了一步。她没料到共产党已经捷足先登了。她之所以来迟了，是因为她回了一趟家里。那里被日军霸占后曾经作为他们的指挥部。一切皆物是人非了，秦瑜捧着父亲秦人简的灵牌不禁放声痛哭起来。

谷家峻看到跟随秦瑜一同来的还有江敬义，他不禁大吃一惊。江敬义现在摇身一变，他的一身行头标志着他的身份已改头换面了。穿着一身崭新的黄呢军装，帽徽上那颗青天白日徽章在阳光下闪烁着白色的光泽。

秦瑜看出了谷家峻的异样，她便介绍说："这是我们税警团新任的团长，江团长，想来诸位不陌生吧。"

龙雪冷冷地回敬道："岂止是不陌生呢，我们还打了多年交道了。"

谷家峻嘴上不客气了，他以嘲讽的口吻对秦瑜说："你们国民政府真是让人捉摸不透，总是有意外之举，怪招数就是多。这等连自己祖宗都出卖的货色倒成了你们的香饽饽，成了你们的座上宾了？"

秦瑜其实骨子里是瞧不起汉奸的，只不过她也难以改变这一现实，谷家峻的话让她脸上青一阵红一阵的，嘴上却不闲着："实不相瞒，这些货色我秦某人何曾看上过眼呢，不过时过境迁，此一时彼一时嘛，怎么着还是可以给人以浪子回头，铁树开花的机会吧。这世道变得太快，还不允许这人也变一变吗？说不准有朝一日人家又变回了人呢，未必就不是好事一桩啊！"

江敬义对谷家峻的冷嘲热讽本来还想反驳几句，现在听得接收大员秦主任这几句话，他顿即如泄气了的皮球，干脆闭紧嘴巴为妙，别再自讨没趣了。

秦瑜一副大包大揽的架势，道："本人今天来是奉国民政府之命前来处理接收事宜的,这里就没诸位什么事了,请自便吧!"

龙雪哑然失笑道:"呵呵,可是,不用劳你的大驾了,接收,我们已经全部完结了。"一边的谷家峻、鲁双涛等人闻言不禁也笑了起来。

秦瑜有些恼火,但她还是尽力保持着矜持,冷笑着道:"是吗?还真是先下手为强了啊,向来都是游而不击的共产党干起这等坐享其成的事情来倒是上下其手,一点也不含糊了啊。"

她冷眼一扫,问道:"你们那个蓝子天,蓝分局长怎么不见人了呢?他今天没来吗?"

龙雪回答说:"他怎么能不来呢?他替你完成接收任务去啦,鬼子缴枪了,那么多好家伙丢在这里岂不是糟蹋了,他押着鬼子的枪啊炮啊一股脑儿的都送回驻地去了,现在应当快到了吧。"

第二十二章

1

国民政府很快就在潇浦成立了绥靖公署，组建了税警团，负责整个江峡区域的税收征收任务。将绥靖公署和税警团设在潇浦，一方面有潇浦地理位置方面的考虑，另一方面也是秦瑜个人的力主。秦瑜对生养她的这块故土有一种复杂的情感，她的根在这里，她显赫一时的家在这里辉煌，也是在这里倾颓，父亲和妹妹死了，哥哥疯掉了，嫂子和一双幼小的侄儿侄女有家不能回。虽为女流之辈，但她觉得自己现在有责任要让秦家再度兴旺昌盛起来。所以，现在她总是在绥靖公署处理完公事后，坚持一个人住回到秦宅里。尽管嫂子带着儿女不敢住回来，而是去了娘家，偌大一所宅院空落落的，曾经的欢乐时光已经成为了永远的记忆，使人倍觉凄清和孤单，但她的确怎么也割舍不了心中的那份浓浓眷恋。

她打内心里根本瞧不起的江敬义当了税警团团长，这很像是一出滑稽的游戏。不过以秦瑜的观察来看，江敬义这个反复无常的小人走马上任后，在税收征收这一块上还算是干得起劲，这归结于他对地方情况熟悉，对税收业务也不陌生。难怪她的顶头上司、省长苏三河曾经说过这样的话："乱世未定，党国急需各种人才，需不拘一格，唯有利于我党事业为要。"于是乎，她复有何言，睁一只眼闭一只眼吧。

她一直在搜寻一个人，就是出卖她父亲秦人简的那个共产党的叛徒喻大江。她把父亲惨死的这一笔账直接算在了喻大江的头上,想着父亲作为一个开明乡绅,他原本没什么政治立场的,只管做自己的经营,也只管守着一道做一个有良心人的底线。不知道从什么时候开始,他心里的天平向着共产党一边倾斜了。关于这一点,她甚至对妹妹秦瑾也有些责怪,她认为父亲肯定是受到了妹妹和那个蓝子天的蛊惑。想想父亲为共产党明里暗里地做了不少事,到头来却被共产党给出卖了,她能不气愤吗?家仇国恨,她恨不得将姓喻的叛徒撕成碎片,一泄心头之恨。

奇怪的是喻大江一夜之间好像从人间蒸发了一般,和喻大江一道消失的还有伪军的保安司令——江敬仁。比起他的弟弟江敬义来,江敬仁的血债更多,对他来说也许是没有比销声匿迹这个更好的选择了。而听江敬义说喻大江原本也有意留下来辅助他做税警工作的,但担心共产党那边的蓝子天饶不了他,国民党这头的秦瑜也不会轻易放过他,所以,他只能和江敬仁一样自动消失掉,不知所踪。这让秦瑜恨得牙关痒痒的。但她现在也无暇顾及。千头万绪的工作在等着她去理顺、去落实。作为潇浦绥靖公署代理主任,秦瑜一门心思要尽快将潇浦的秩序整理好,她的能力和业绩已初步得到了上峰,特别是省长苏三河的认可,所以,这也是为何迟迟没有再派绥靖公署主任来履职的原因,而是一直让她当这个代理主任。在其他地方已经发生了多件让当局头痛和尴尬的事件。抗战胜利了,面对全国各收复区不下4万亿元的日伪产业,国民党政府派出大批军政官员前往接收,一时间各种接收机关林立,可恨的是那些接收大员们趁机大肆营私舞弊,贪污盗窃,纷纷"五子登科"。何谓"五子登科"?就是占房子、抢车子、夺金子、捞票子、玩婊子,接收沦为"劫收",致使民怨沸腾,正像是民谣里唱的:"想中央,盼中央,中央来了更遭殃。"如国民党共接收日本的机关财产、企业财产、个人财产的房屋和土地,本来有很大一部分是日本侵略者从同胞手中抢去的,本应酌情还一部分给原主,但国民党的接收大员却照单全收,原主人无缘置喙。对于接收大员们的"劫收"丑态,全国各地舆论哗然,公开指责国民党政府的贪污腐败。

秦瑜听闻到那些讽刺的言论,心里像打翻了五味瓶,说不出来的滋味,没想到好不容易把日本鬼子打跑,按理说人们要过上平安稳定的好日子了,却又来了新一轮的灾难。还远远不止是"劫收"的灾难,接踵而至是通货膨胀,纸币天文数字般的泛滥,物价飞涨。其中粮价的暴涨更是让人匪夷所思。抗战爆发以前,潇浦的大米每斤为0.12元,抗战期间配给价格为0.17元,但抗战胜利不久,大米1斤涨至31.4元,粮食价格上涨近200倍。试想,有几户寻常人家能抵得住这般折腾呢?

秦瑜耳闻目睹这些现象后,不禁觉得眼前那原本鲜亮的世界变得模糊和迷茫起来。她时常陷入了沉思,却又总是无可奈何地不得其解,干脆懒得去琢磨那些让人头疼的事,只能自己尽心尽力而为了。

2

于振兴,现在应该叫他于书记了,潇浦县委新任书记,还兼着县长一职。肩扛重任的于振兴眼下正眉头紧锁着思考一个问题。

日本侵略者虽然赶走了,但战争的乌云却并未散尽,种种迹象表明战争已有一触即发的危险!

国民政府下达的要求解放区抗日军队"原地驻防待命"的命令,这可是"司马昭之心——路人皆知"。形势逼人到了火烧眉毛的程度。为此,中共作好各种准备。

从潇浦的情况来看,自然也是不容乐观的。

和国民政府的摩擦已经发生了好几次,同志们心里面都窝着一肚子火,尚山虎早就叫嚷道:"潇浦之前就是我们的根据地,我们可是费了九牛二虎之力才从小日本手里夺回来的。可是,他国民党现在倒好,捡起便宜来像猴子一样手脚飞快的。世上有这样的好事吗?惹得老子脾气来了,别怪我枪子不认人。"于振兴也是火冒三丈高,但边区首长叮嘱过,抗战才胜利,还得从大局出发,讲究有理有节,不可鲁莽行事。于振兴便只能对国民党的挑衅采取克制态度,他耐着性子做同志们的工作,说:"让人不是怕人,我们不可由着自己的脾气来,得讲纪律,按照上级的方针来。现状来看,我们也不管他们的那一套,我们自己搞自己的,该干吗就干吗。"

是时江峡边区政府已经完成了其历史使命,改设为江峡地区行署,在于振兴和县委政府的筹划之下,报请行署批准,决定在原抗日民主政府潇浦县税务稽征分局的基础上扩展成立潇浦县税务局,由蓝子天担任局长,龙雪从原自卫队调任税务局担任政委,尚山虎担任副局长,原自卫队改编为独立支队,谷家峻担任队长。税务局下设六个征收所,分布在城关、龙口、月林、古窑、横铺子、胜岩砥,鲁双涛、苗风涛、石头、杨根福及安理福、任其文担任所长,还设有一个稽查队,由尚山虎兼任队长。让尚山虎颇为自豪的是他的10名稽查队队员全部配备了手枪。他得意洋洋地到处显摆。其他征收税务员配备的武器装备则是长枪短火参差不齐,称手的家伙什不多,他们就难免颇有微词,说蓝局长厚此薄彼,蓝子天只好解释说,稽查队行动上要更迅猛,出击要更快捷,配短枪更有利些。背地里,他将尚山虎叫去狠狠地刮了顿鼻子,他严厉地说:"我给你们配短枪,不是让你人前人后地炫耀,而是要你们打出一点稽查队的威风来。你可得夹紧尾巴做事。搞不出成绩来,别说短枪长枪,你只配拄一根烧火棍了。"直说得尚山虎鼻孔里大气不敢出,赶紧大声作出一定不会丢脸抹黑的保证后,这一关才算过了。

完成了机构调整后的税务局立即奔赴了新的历史征程。好在经过几年的摸爬滚打后,对税收工作已不再陌生,大家很快即以百倍的热情投入到了工作中。

于振兴带着蓝子天及龙雪在潇浦的城关和郊区调查了两天。一路走下来,他们的心情越来越沉重,所到之处,满目疮痍,满眼凄凉,逃荒讨米的穷苦人比比皆是。于振兴愁眉紧锁,他铁青着脸,一言不发。龙雪忍不住长叹一声,自言自语般说:"这都是日本鬼子给害的,何年何月才恢复得了啊。"蓝子天恨恨地说:"国破山河碎,老百姓过的啥日子啊,可算是胜利了,这胜利来得太不容易了。"

于振兴的眼前情不自禁地浮现起那些烽火岁月……

这么多年来,黑山白水,天涯海角,东部海滨,西南腹地,日军铁蹄所至,生灵涂炭,屠刀所向,尸骨成山。这么多年来,日军在中国大地上制造了数万起杀害中国平民的血案,在对中国人民实施的残杀暴行中,日军用尽了所有残忍的手段;其残杀手段,为人类理性所无法想象;更令人发指的是,这些手段,大多数也用在中国妇女和儿童的身上;遇难的中国同胞达数千万人,令人发指,惨绝人寰。这么多年来,日军所到之处,疯狂地掠夺公私财产,破坏文化遗产,开采矿藏森林资源,发行伪钞,焚毁炸毁军民用设施;中华民族的物质精华,几被侵略者洗劫一空。这么多年来,日本占领了中国大城市的绝大多数,而这些城市聚集着几乎中国全部的现代化工业,这些工业,有的直接损毁于炮火之中,有的因战争而失去运转的条件导致关闭,有的被迫内迁损毁于途中;而在沦陷区,日军不仅任意掠夺公私财产,还截留税收,把持金融,建立起依附于日本的以掠夺中国资源财富为目标的殖民地经济体系。战争的损失不仅使中国原有的现代化进程难以为继,还足以使它的经济全面崩溃。百废待兴啊!

可是和平的曙光刚刚一显露,就将被战争的乌云笼罩。在美国支持下的国民政府急忙从峨眉山下来"摘桃子",妄图独吞抗战的胜利果实,并以收缴日伪武器为名,进攻解放区。战争的危机日益严重。此时,龟缩、观望中的汉奸、恶霸、土匪们也迫不及待地跑了出来,都幻想着分一杯羹。国民党党棍、官僚政客和当了汉奸的国民党分子,乘机勾结一起,自称"忠于党国",摇身一变,就成了接收大员,到处抓人、抓钱、索物,四处寻欢作乐。这样,还沉浸在抗日战争胜利喜悦之中的老百姓瞬间又重陷于暗无天日的痛苦之中。

潇浦的情况一点也让人乐观不起来。

3

蓝子天陪于振兴转了一圈回来后,他的心情沉重得像一件湿漉漉的笨重蓑衣。

这天下午尚山虎气咻咻地跑了进来,二话不说,咕咕噜噜猛灌了一大碗凉水,一屁股坐到了蓝子天的对面,气鼓气胀地朝他发起了牢骚:"这税真是没法收了!"

蓝子天心里正积着一肚子愁闷,没好气地冲尚山虎一瞪眼:"你这是啥意思,税没法收了难道就不收了?这税几时又好收过?"他那冲人的语气,倒是让尚山虎一愣。蓝子天平常可不这样子,至少不会轻易在自己同志面前动肝火。

转瞬,蓝子天即压下了自己的火气,脸色缓和了些许,问道:"怎么回事呢?"

尚山虎说,他今天一大早就带了三个稽查队员去进城的官道口上设卡查税,等了老半天,都没看到一辆货车经过。几个人心里面不由得嘀咕开了:按理说现在小鬼子都跑路了,不应该是这样子啊,那些商人难道都金盆洗手了不成?正奇怪时,好不容易来了一辆马车,拖了一车的谷子。战后粮食可是稀缺货呀。几个赶紧就围了上去查看。忽地,不知道从哪里钻出来了上十个穿一身黄皮的家伙,为首的就是那个叫"活蜈蚣"的,荷枪实弹,一伙反过来就把尚山虎四个人给团团围住了。

"这不生生欺负人吗？无非是仗着人多，仗着手里的家伙硬嘛，要不是他于大书记早就说过什么不准制造摩擦要以大局为重，要不是你蓝局长三令五申地强调纪律，我今早可真的要一把撂倒几个了。我带去的那几个蠢崽子，不但不帮我，倒一个劲地抱紧我，让我动弹不得。气死个人了。"尚山虎余怒未消。

蓝子天此时已冷静，他说："你记住了纪律并且遵守了纪律，这是对的啊。现在情况越发复杂了，国共两党的合作由于国民党方面不断的挑衅而严峻，老百姓谁都不愿意看到战火重燃，可是如果国民党反动派非得发动内战，那也是无法避免的事了。当前，我们的税收工作肯定会遇到阻力，但我们必须服从党中央的统一指挥，不得擅自行动。先忍着点吧，不得授人以口实，让他们抓住了把柄。连古人都说过，小不忍则乱大谋哩。"

比起尚山虎来觉得还要窝囊的是鲁双涛。

按照一开始制订的计划，城关税务所所长鲁双涛决定先从汉奸和奸商的税收清算入手来整饬税收秩序。

这天，鲁双涛亲自出马，带领副所长孙大壮及所员曾二娃和秋六直奔潇浦县臭名昭著的汉奸江敬仁家。江敬仁曾是伪军保安司令，敛财无度，作恶多端，民怨极深，拿他第一个开刀自然是理所当然的事。虽然抗战胜利后，江敬仁自知罪孽深重，已从潇浦蒸发得影踪全无了，但他的家还在。鲁双涛因为江敬仁还曾试图欺负他的嫂子而结下了仇恨，他的哥嫂因此而被迫背井离乡，至今杳无消息。他现在比任何人更想抓到江敬仁，一报家仇。跑得了和尚跑不了庙，他江敬仁不见了，那就先把他的家产封了再说。

心里头这样盘算着，鲁双涛带着人不大一会儿就来到江敬仁的宅院。那是一所在潇浦数一数二的豪华府第。光从外观来看就是气势不凡的了。

结果让他们一行人大吃一惊，江敬仁家里不仅大门紧闭，而且门上还贴上了潇浦县国民党党部的封条。县党部大红的印章赫然在目。这就意味着谁也不能去动它了。

鲁双涛不禁怒火中烧,一个箭步冲上前去,就要将那封条一把撕下来。

就在他的手伸向封条的瞬间,砰的一声枪响,鲁双涛一惊,赶紧转身子来,一看,竟然是江敬义带着一排人马出现在眼前,仿佛他是从地底下突然钻出来一般。

江敬义歪着头吹了吹冒着硝烟的枪管,一副得意洋洋的样子。鲁双涛气不打一处来,刷地拔出了枪,对准了江敬义。

江敬义却是全然不在乎的样子:"怎么啦?小子哎,你还敢开枪打老子吗?你可知道现在是什么时候,国共合作时期,你敢开枪试试,不治你一个破坏合作的罪名,就算你狠。你也不睁眼看看门上面贴的什么条子,白纸黑字大红章子,你也敢撕?胆大包天了,不怕你上峰怪罪下来吃不了兜着走吧。"

他毫不理会鲁双涛早已涨得通红了的脸,嘴巴里依然不干不净地在骂骂咧咧:"我告诉你,这处房产县党部早就封了,属于党国的财产,你还想硬抢不成?我真是瞎眼了,养了你这条白眼儿狼,反过来还想咬主子一口。我江家可是待你不薄,你何苦又要做出如此不仁不义的事来,我呸!"

这后一句彻底激怒了鲁双涛,他不顾一切地一步冲到了江敬义跟前,一手猛地一把揪住了他的领口,一手把枪口抵住了江敬义的头颅,吼道:"江敬义你这狗汉奸,还有脸讲人家不仁不义,你江氏兄弟真正的不仁不义之辈,做尽了坏事,天理不容。今天老子豁出命来也要了你这狗汉奸的小命。"他说着"哗"的一声将子弹推上了膛。

江敬义的脖子被鲁双涛勒得气喘不匀,翻起了白眼,听见枪栓一响,更是情知不妙,担心鲁双涛真的一枪就崩了他,便不敢硬挺了,挣扎着一面朝手下说:"快,快,救我,去报告秦主任去。"一面又朝鲁双涛说:"我可是堂堂国民党的税警团团长,你打死我可得想想自己的后果啊。"

副所长孙大壮担心事情闹大,搞出意外来不好收场,忙小声嘱咐曾二娃赶紧去找蓝子天来,一边就劝起了鲁双涛:"鲁所长千万别开枪啊,有事咱慢慢商量,这姓江的死有余辜,可不是现在这个时候。先放下枪来吧。以大局为重,从长计议吧。"

鲁双涛却梗着脖子道:"老子管他什么合作不合作,大局不大局,今天就要和他把私账了了,然后该杀该砍,老子都认了。"

江敬义一听,脸色登时变了,额头上淌起了豆大的汗珠,他深知鲁双涛的性子,一急起来就是个敢把天王老子也扯下马来的狠角色,要不的话,他老兄江敬仁也不至于会吃到鲁双涛的一顿老拳。好汉不吃眼前亏,江敬义心想,今天要是被他鲁双涛将自己的老命要了去,真是不值了,"留得青山在,不怕没柴烧",得低头时不妨低头吧,他连忙向鲁双涛讲起了软话:"大壮兄弟说得对,双涛老弟啊,你可别冲动,就算你现在要了我的命,那你也活不成,何必呢,害人又害己啊,以往兄弟我有什么过了的地方,咱们还可以坐下来慢慢谈吧,有什么样的结解不开呢。多大的事啊,你说呢?哟哟哟,你轻点,轻点,我都喘不上气来了。"

鲁双涛一声"呸"道:"谁和你是兄弟了,你总算晓得这个时候要称兄道弟,早干吗去了,要还是兄弟,你江家两条恶狼会那样对我?我呸,做你的兄弟,简直是说我鲁双涛瞎了一双眼珠子了!"一边说着,一边手上加了劲道,江敬义立马"哎哟哎哟"直哼叫。鲁双涛不屑地叫道:"干脆老子拧下你的脑袋当夜壶算了,正好省了我一粒枪子。"他真的就把手枪往腰上一别,好腾出握枪的那只手来。这明摆着就是要动手的前奏。江敬义感觉到了从没有过的绝望。他虽然带来了一个排的税警,可谁也不敢动弹,鲁双涛抱定了鱼死网破的决心,那些荷枪实弹的人再多又能如何。江敬义在他手上,这就足够了。如此喊天天不应,叫地地不灵的境地,他江敬义打从娘肚子里出来后还是第一次碰到。除了恐慌就是绝望,除了绝望就是恐慌。他紧紧地闭上了眼睛,似乎不敢看到自己的脑袋是怎么被一双孔武有力的大手给脆生生地拧下来的。

正在这时,秦瑜和蓝子天几乎同时到达。

当听到蓝子天一声断喝:"住手!"江敬义知道自己有救了,只不过他没想到现在能救他的恰恰就是他的老对手蓝子天。

秦瑜尽管也来了,但鲁双涛买不买她的账的确要打个问号。不管怎么样,一听到"住手"两个字从蓝子天口里喊了出来,江敬义悬在喉咙里的那颗七上八下的心一下子感觉到有了着落之地了。他苍白而紧绷的脸上霎时轻松起来。

第二十三章

1

这是抗战胜利后秦瑜和蓝子天的首次会面。

说实话,秦瑜并不反感面前这个身材颀长的小伙子。她甚至还在那一回打龙口时暗地里帮过他一把,除了打鬼子是共同的目标外,秦瑜对蓝子天身上的那份沉着和那股韧劲还是有几分好感的。她反观自己身边,未免就遗憾地感叹怎么就没有一个如蓝子天这样的人呢。妹妹秦瑾加入了新四军,而且就在蓝子天手下,她便也有一种如释重负的感觉。父亲老是对妹妹不放心,她为此还自信地劝过父亲,说既然在那边了,完全可以放心妹妹。父亲也就慢慢地接受了这一事实。而令她痛心的是,妹妹和父亲都是因为一个共产党叛徒的出卖而白白地送了性命。那个特殊的年代里,出了叛徒也不值得大惊小怪,世上总存在着那样的一类败类和软骨头,她身边的那个阵营里,出汉奸、出叛徒的事情并不鲜见。让她愤恨的是,那个共产党叛徒喻大江偏偏害了她一家人,这就是让她无法接受的残酷现实。同时也是她心里无法解开的一个仇恨的心结。

既然蓝子天在制止事态的发展,秦瑜也就乐得冷眼旁观。她等待着蓝子天控制住这个剑拔弩张的场面。她相信他们共产党在现今这样敏感的时候是断然不敢制造事端,挑起两党之争的。

果然,她看到蓝子天早已抢上前去,牢牢攥住了鲁双涛的手,严厉地命令他赶紧放手。鲁双涛没辙了,只得极不情愿地松开了勒住江敬义的双手。

逃过一劫的江敬义甩了甩被勒得发紫的脖子，忙跑开去,他只想离得鲁双涛那莽汉子远一点再远一点才踏实。

蓝子天朝秦瑜一拱手,不无歉意地说:"得罪了,秦主任。"他转头来问鲁双涛的缘由。鲁双涛便一五一十地告诉了蓝子天。

蓝子天朝江敬仁家大门上一瞧，心里有底了，就朝秦瑜道:"既然是贵党已经将江敬仁这汉奸家的财产查封了，我们也无话可说。只不过我得提醒一下秦主任，这江氏兄弟的为人大家有目共睹,可别让坏人钻了空子。"

秦瑜微笑着说:"蓝局长多虑了，想我秦某人这点眼力还是有的。"

蓝子天便道:"那算我多嘴了。告辞。"

秦瑜忙伸出手来作了个阻拦的手势道:"且慢,蓝局长,你的手下今天这样肆意妄为,难道就这样算了吗？未免也想得太简单了吧。"

蓝子天立住脚,不动声色地看了一眼秦瑜,却不作声,似乎在说,那你说还要咋整吧。

秦瑜漫不经心地踱到了蓝子天跟前,不冷不热地说:"今天这事嘛,说大了可是你们共党分子目无法纪,寻衅滋事,还试图迫害我党国干部,要是上报了上峰追究下来,可是什么性质的行为,蓝局长是明白人,不需要我秦某人多讲了吧？"

见蓝子天还是不接茬，她又自顾自地说开了:"当然啰,如果往小里说呢，纯属是一场误会,毕竟现在我们还算是一家人,大水冲了龙王庙,自家不识自家人嘛,也情有可原。往大了说,还是往小了说,那得看蓝局长怎么看了。"

听了这一席话中有话的言辞,迎着秦瑜那闪烁着几分狡黠的目光,蓝子天不开口也不行了。

"既然秦主任要揪住这事来说事,那我就请问了,这汉奸的浮财,这奸商的税收,我们还真是收不得了吗？好像是谁先下手为强,谁把封条往门上一贴就是谁的了,总得讲点规矩吧。抗日战争前后打了那么久,我们共产党新四军闲没闲着,你秦主任可是比谁都清楚,心里面有本明白账。现在鬼子打跑了,要分享成果了,好像我们共产党新四军倒成了多余的人了,倒成了目无法纪,寻衅滋事,这道理能摆到桌面上来评评吗?"蓝子天这几天来心里郁积的一肚子不痛快,正好借这个机会一吐为快,释放一下自己的心情。他也就不再遮掩自己了。

秦瑜听蓝子天倒豆子般的一通话,心想,看走眼了,这家伙平常看上去有些闷声闷气的,没想到一打开话匣子,分明是软中有硬,一句一句,都是针对她的话来的,讲起来斯斯文文,实则暗藏着锋芒,还有些咄咄逼人的味道,才不是个闷葫芦、文弱人。反过来一琢磨,他讲的话也不是蛮横无理,共产党新四军抗日的确不是戏台上演的那一套假的、虚的,这她早已耳闻目睹。可现在明明白白就是"一山不容二虎","卧榻之侧,岂容他人酣睡",苏三河省长早已作了部署安排,和共产党终究要撕破脸皮的,只不过是时间问题。五届五中全会所确立的"溶共、防共、限共、反共"四项方针,并不会因为时间的流逝而被抛之于九天云外。这个"四项方针"精神秦瑜当然不可能向蓝子天透露半点风声。

秦瑜将手中的勃朗宁手枪一扬,不无讥讽地说:"蓝局长想和谁评理,又准备要谁来评理呢?你未必真的不清楚,你们共产党可是根本就没有合法地位的,想评理,找谁去啊?"她的口气里满是揶揄。

蓝子天心里动气了,表面上只是以冷冷的语气回敬她:"那就让老百姓来评吧,让历史最终来评吧!今天看来已是不可能让你秦主任来评出个是非对错的。不过话说回来,我们还是秉承精诚团结的态度来善待两党关系,说穿了,我们是很珍惜今天来之不易的局面的,不愿意广大老百姓再度陷入战火纷飞的困境。但这绝不是我们共产党单方面就能做到的。个中道理想来也不必我蓝某人在此多费口水了。当然,我还想送给贵方一句话,叫作'人不犯我,我不犯人;人若犯我,我必犯人',这句话可不是我说的,是我党毛泽东主席早就说过了的,这句话一直管用着哩。"撂下这句话,他朝鲁双涛一挥手,道,"我们走。"

留下秦瑜呆呆地站在那里,好像半晌还没有反应过来似的。而蓝子天一行人已然甩开步子远去了。

江敬义揉搓着脖颈,歪着头说:"这就走了?让他们大摇大摆地走了?"

秦瑜缓过神来,狠狠地瞪了他一眼,厉声喝道:"怎么?你还想请他们回去做客啊?成事不足,没用的东西!"

被秦瑜这一训斥,江敬义尽管觉得莫名其妙的,却也不敢顶嘴。

2

秦瑜"念念不忘"的喻大江到底去了哪里呢?

此时此刻,他正在鹰嘴岭上和江敬仁、"马上飞"密谋着准备袭击潇浦县城。这三伙计之所以最终走到了一块,虽说各打各的算盘,但有一点相同之处是,都担心没了日本人作靠山,各自又都背负了血债,现在这样变换了天的情况下,怎么敢再出来招摇过市呢。江敬仁和"马上飞"自不待言,向来作恶多端,为害一方,恨不能剥其皮、抽其筋、食其肉、饮其血者众矣,而且自从日本人来了后,这两人更是狼狈为奸,结拜为兄弟了,扑倒在日本人的脚下比谁都快。一个山上一个山下的,遥相呼应,为虎作伥。这回鬼子撇下他们滚蛋了,日本人已指望不上,只有上鹰嘴岭待着。江敬义倒不全是搬着他哥江敬仁的那一套,他圆滑得多,又工于心计,所以角色转得快,日本人滚蛋了,他立马摇身一变,投入了新主子的怀抱,还得到了重用。喻大江虽则不似江敬仁、"马上飞"二人那么血债累累,可他那叛徒的身份,把共产党和国民党两边都得罪了,惹火了一个蓝子天,惹怒了一个秦瑜,他们都是恨不得将他立斩于阵前马下的主。喻大江更没有退路了,思来想去,他也只有随着江敬仁上鹰嘴岭这一条路可走。

当他来到鹰嘴岭,一看,不禁大为惊讶。那天正是在雨后上山的,在山脚,隔大老远眺望,鹰嘴岭云山雾罩如幻境一般。山峰险峻突兀,高耸层叠,众山环衔,主峰若一只老鹰栖息在一块巨大的岩石上,浑然一体。山寨地势险要,上山必经之路上有一处石洞,仅能容一人侧身而过,而石洞外就是万丈深渊。一夫当关,万夫莫开的鹰嘴岭,成为了"马上飞"有恃无恐的一道屏障。鹰嘴岭自古就是土匪的老窝,据当地人口传,土匪啸聚最多的时候,是在一个叫"江三娘"的女匪首时期,其手下有近二百名土匪。山寨脚下有一条溪流,即青沙江的支流沙平溪,一直都是当地交通运输的主要渠道,来往船只也就成为了土匪垂涎的目标。到了明朝时,朝廷官兵派兵围剿,但土匪山寨固若金汤,官兵一围就是三年,山寨仍没有被攻破。后来,在官兵的层层包围下,江三娘竟然带着土匪消失得无影无踪。听老人说,土匪是从山后攀沿着悬崖上的大树和藤条逃走了。

山上为匪尽管过的也是随心所欲的日子,大碗喝酒,大口吃肉,可江敬仁内心里并不痛快,他总有一种落水的凤凰不如鸡的感觉,想他身为保安司令之日,出则前呼后拥,威风八面,谁敢不卖他江司令的账呢。现在呢,沦落到了上山落草的地步,他岂能心甘啊?

今天他们三个脑袋瓜子凑一起就是谋划着要干一桩大事,目标很明确,针对共产党的税务局,为何选定税务局作为攻击目标呢?他们分析,一则攻下税务局可以收获到一笔财富,洗劫税务局的金库,对共产党政权也是一个莫大的动摇;二则税务局的战斗力相对而言要薄弱些,武器装备自然也差了许多。目的则是通过这一行动,希冀能引起国民党县党部的关注,甚至于可以说是博得其好感,为他们找新主子打下基础。换言之,就是希望能以此行动为一块"敲门砖",既去敲击一下共产党的神经,也去敲开国民政府的大门。这个他们三人一致都认为的高招,其实也还包含了江敬义的一片苦心。江敬义不忍心看到老兄上山落草为寇,一心在思谋着要给江敬仁搭建一个下山的机会。

他一直在等待着那样一个机会的到来。

3

考虑到既然和国民党县党部税警团的摩擦难以避免,蓝子天和龙雪商量着,只能加紧自己一方的工作力度和加快工作进程,一味退让,一味等待,显然不是办法,要争取变被动为主动,把征收权牢牢地抓在自己的手中才是上策。基于此,他们决定干脆全面铺开一项税收清理,尽可能地扩大征收的范围。当然,在税收清查过程中必须贯彻好民主政府确定的税收政策,注意方式、方法,特别是要争取老百姓们的广泛支持,对冥顽不化的奸商偷税、逃税、抗税的行为必须严厉打击,绝不心慈手软,养虎为患。

于是,在一个秋风飒飒的上午,蓝子天自带了尚山虎和另外两个稽查队队员丁大山和来宝组成一个清理小组,直奔前河街头的万利隆市场而去。万利隆市场是潇浦县城最大的商贸市场,有近百户经营户,商贾云集,向来都是一张潇浦市场的名片,也是一个晴雨表,市场上的生意状况,直接就能反映出潇浦经济的情况。

"裕兴通商行"就在万利隆市场的入口处。这是一个占尽了地利人和的位置,形成市场内部和外部左右逢源之势。

其铺面也不小,坐东朝西,结构为三间单檐重楼式建筑,门面宽敞,通面阔和通进深均在五丈左右。屋面为硬山勾连搭灰筒瓦,二层有廊,有后楼作为账房。店铺的门口,写有"货真价实,童叟无欺"八个大字。"裕兴通商行"有如此气派,自有不同一般的背景。

它现在的掌柜叫白志富，江宗旺的外甥。白志富原来一直替江家打理在容壁县城那一家颇具规模的名为"通江祥贸易"的公司。在日本鬼子重新占领潇浦后，江宗旺又从容壁耀武扬威地回到了潇浦，也顺便将他的外甥白志富带回来，且将这一家"裕兴通商行"——他江家最大的一处商行交由他管理。这样，江宗旺才觉得能放心一点。所以说，"裕兴通商行"真正的后台老板其实还是他姓江的。

蓝子天他们当然并不清楚这其中的原委。

现在蓝子天一行就直奔到了"裕兴通商行"。

蓝子天深谙税收清查的"三昧真火"，最关键的是要有确凿证据。不管对方的后台如何，只有真凭实据，才是让他蓝子天讲得起话，挺得直腰的真正后台。

按照事先商定好的步骤，在蓝子天和白志富讲着场面上的客套话时，尚山虎和另一个队员丁大山早已瞄准了"裕兴通商行"那一排靠墙壁的账柜。

白志富心不在焉地和蓝子天寒暄着。他表面上不动声色，毕竟在生意场上滚打了多年，也算是"洞庭湖的老麻雀"了，见识过风浪的。而心里面却是敲起了鼓，显然他对于蓝子天他们的不请自来，有些措手不及，没一点思想准备，以至于他根本就没来得及将那些应该藏匿好的账本藏好。当他发现尚山虎表现出了对于那个装账本的柜子有了兴趣的时候，白志富陡地心跳加速，一颗心抑制不住地七上八下地晃荡起来。

但他现在却不能有任何一点应对的措施。换言之，所有的措施都已来不及付诸实施了。他只能硬着头皮挺着，走一步看一步吧。他的目光扫向账房"曹眼镜"，嘴角使劲朝账柜挤着，意在提醒他注意账柜里面的东西，可惜那木讷的老先生半天没能会意，倒是他挤眉弄眼的举动让尚山虎捕捉到了其中的"猫腻"，尚山虎的"虎性"登即显露出来，他一个虎步就扑到了账柜跟前。"刷"地一声打开了柜门,一个精致的黑檀木箱子赫然在目。

白志富心里暗自苦叫一声:完了,完了。

"裕兴通商行"一贯做"阴阳账"的真相大白于天下!

白志富额头上淌出了豆大般的汗珠。

第二十四章

1

尚山虎只是稍微翻了几页账簿,立即作出了结论:这账本大有问题!他咬着蓝子天的耳朵说了几句。蓝子天的脸色凝重了。

这时,围观的人渐渐多了起来。

白志富眼珠子骨碌碌一转,有了主意。他忙上前"啪"的一声关上了那个黑檀木箱子,双手紧紧地按在上面,不准尚山虎再去查看账目。嘴里说:"这都是些日常的零散账单,还没来得及登上去,待我们正式入账了,你们再看不迟吧。"

丁大山到底年轻气盛,忍不住呵斥道:"你休想和我们打马虎眼,明明就是做了假账来哄骗人的,偷税了,还敢狡辩!"

此言一出,在周围的人群中犹如投下了一颗重磅炸弹!

人们纷纷议论起来,指指点点之下,白志富脸上黑一块紫一块,他不禁恼羞成怒,色厉内荏地朝丁大山吼道:"你,你血口喷人,我'裕兴通商行'向来以讲诚信立世,靠信义吃饭,有门口大字为证,'货真价实,童叟无欺'。我商行从来也是照章纳税,从不偷税一文钱,谁人不知、哪个不晓,你竟敢造谣中伤,岂有此理?"

他话音未落,旁边尚山虎一蹦三尺高,指着门口那几个大字道:"你一提起我还真来气了,你这里边才是挂羊头卖狗肉,讲什么诚信和信义啊?你们根本就不配挂上这几个字。看我一把火给你烧了去!"

他边说边作势就要去撕掉门口张贴的字,蓝子天忙伸手制止了他,转脸冷冷地朝白志富说:"白老板不必如此大动肝火,到底是不是有问题,我们可以查个水落石出的,这样吧,我们把你的账本带回去看清楚搞明白如何?"

围观的人七嘴八舌,说什么的都有,有的说:"真是没想到,他江家的货真价实,童叟无欺原来是这样的啊。"

有的道:"裕兴通商行竟然是靠做假做大的。"

也还有息事宁人的劝说着:"是呀,胆大吃西瓜嘛,让人家看看不就没事了。"

……

而白志富一听要带走他的账本,肯定不乐意,他蛮横地一梗脖子:"想抄我的账?简直是天大的笑话了。只怕你们来头还欠了点!"

蓝子天这下火了:"今天这账本我们是查定了,不管是谁家的,也别想躲得过去!"他给尚山虎下令道,"带走!谁敢阻拦,就是与我民主政府为敌,一并抓了。"他斩钉截铁的语气一下子就震慑了白志富。白志富这下倒真是还不敢放肆,气得脸都歪了。他更担心的是,如果账本被抄走了,在江家面前怎么交得了差呢?

硬阻又不敢,软拖又不行,他正急得手足无措之际,早有伙计向江宗旺通风报信。当蓝子天他们带着那一箱子账本刚刚走出店门时,江宗旺气喘吁吁地赶到了。

2

江宗旺将手中的拐杖一横,连喘带咳地说:"想带走我江家的账,好,好,那你们连同我这把老骨头架子一把也捎带上吧!"

蓝子天强忍着心中的火气,尽量地以平和的口气说:"江老掌柜,我们今天可是来搞税收清查,是代表了民主政府来执行公务的,我们有权对任何一家店铺进行清查,当然也包括了'裕兴通商行',请你不要阻拦我们的行动。"

江宗旺一把胡须抖动得乱颤,他用力拄着拐杖,上气不接下气地说:"你们查税,说得好听,不要以为我江家无人就欺负上门来了,想我江家在潇浦也是有头有脸的,现在可是国民政府掌天下,我可不相信你们共产党的那一套,有事咱们去县党部说去!"

这时,聚拢来的人越来越多了,蓝子天一眼扫过去,发现了不少不三不四的身影出现在周围。他情知事态如果不及时控制,势必会发生意外,到时候可能更难把握了。

而其时已经有人开始骚动喧嚷。一个獐头鼠目的后生仔跳出来叫道:"共产党政府就是这样子收税的吗?明摆着就是一个抢字啊!"还有一个满脸横肉的家伙也在嚷嚷:"从来没有见过这样收税的,今天谁也别想带走一张纸。""日本人走了,难道说就是你们共产党的天下了吗?想怎么搞就怎么搞啊?反了天了吗?"一个一脸凶相的汉子叫得起劲。

尚山虎一看情况不对,他暗暗地将右手伸进了口袋,紧紧地攥住了枪柄。

江宗旺一副有恃无恐的样子,他喘着粗气说:"老朽反正也活够了,今天就拜托你们共产党政府将我这把老骨头收了去也好。"这并不是他敢于倚老卖老,而是笃信了蓝子天他们不会将他怎么样。共产党人不是土匪强盗,他江宗旺心里头清白得很。一边说着,一边抖抖索索地迈向抱着黑檀木箱子的丁大山。年轻力壮的丁大山自然不会把糟老头子江宗旺放在眼里,只不过口头上还是喝道:"你站住!"却不妨江宗旺突然将手中的拐杖一摔,以常人不可想象的速度扑向了丁大山,双手死死地箍住了丁大山的腰。这可出乎了大家的意料,让丁大山亦是措手不及,来不及闪开,双手因为抱住箱子,无法腾开来,只得甩了一把腰,试图能甩开江宗旺的环抱,可他又不敢太过用力,怕将这个死缠烂打的古稀老汉摔出个好歹来。结果,他一甩之下竟然没能挣脱江宗旺,这一下激起了他的火气,嘴里大声警告道:"赶快给我松手,否则别怪我不客气了！"江宗旺哪里听得进呢，反而越箍越紧了。丁大山身子一蹲，腰上一蓄力，陡地一扭身，猛地一声怒吼："滚！"江宗旺应声倒地了，他随即"哎哟，哎哟"地号叫起来。

围观的人群里立即叫喊起来："共产党打人了啊！"

"新四军打死人了啊！"

"强盗来了啊！"

"别让凶手跑了！"

"快抓住杀人凶手！"

"我们强烈抗议征税！"

"共产党税收重于山！"

"税收稽查是雁过拔毛！"

"滚出万利隆去！"

……

在起哄声里，几条汉子早已蠢蠢欲动，他们移动步子，对蓝子天、尚山虎等四人形成了包抄之势。

尚山虎猛地拔出了枪，怕误伤了人，蓝子天忙制止他。蓝子天眼疾手快一把将江宗旺扯了起来，看似扶他，实则是将老头子挟持在手中，好让对方有所顾忌。他低声对尚山虎道："我们先往店子里退，把住门再说。"便扶持了江宗旺迅即退至了店里，尚山虎和丁大山及另一个稽查队队员来宝赶紧把住店门口及靠门的窗户，占据有利位置。

因为有江宗旺在手上，所以情势得以主动了许多。那些借机闹事的不敢乱动了。但还是围了上来，与店里的蓝子天他们形成了对峙之态。胆小怕事的和与己无关的围观者悄悄地散开去，这样一触即发的场面，剑拔弩张，可不是闹着玩的，枪子不长眼睛，他们担心会惹火烧身。可也有一小撮被煽动起来的万利隆市场里的经营业主，他们因为担心自己成为下一个被稽查的目标，所以也抱着一种观望的态度不愿离去。在他们的心里面认为，如果共产党这次能不进驻市场搞什么税收稽查,于他们而言自然是好事一桩。

短暂的对峙后,那个凶神恶煞般的汉子突然叫嚣起来:"弟兄们给我上啊,共产党不敢开枪!"不知啥时候他手中竟然就多了一把大砍刀,只见他高举起雪亮亮的刀在空中做了几个晃动的动作,那刀闪着寒光。原本沉寂的场面顿时又像一个火药桶被点燃了。这十来个其实就是江敬仁从鹰嘴岭上派下来的土匪。他们"嗷嗷"叫着,欲往店里发起冲击。

土匪人多势众,而且手上都持有家伙,真要动起手来,吃亏是明摆的事。蓝子天的脑子里紧张地思考着。现在他倒不是担心自己的安危,毕竟有江宗旺在手,敌人投鼠忌器,暂且不至于就落下风,他在想着,这显然不是一个偶发的事件,肯定还有更深的背景,如果敌人是有备而来的,那只怕是会有组织、有预谋地进行的一次行动,如此看来,敌人的目标就不仅仅是针对他蓝子天带队搞的税收稽查了。他脑子里一激灵,突然担心起留守在税务局驻地的龙雪来了,驻地才是重中之重,金库里有征收上来的税款和实物,而龙雪只带了一个班驻守着。虽然有两挺机枪,但是人手太少,如果遭到了敌人的袭击,那就真的是危险了!后果不堪设想。

一想到这里,蓝子天不禁惊出了一身冷汗!他同时又责怪自己的麻痹,一门心思只想尽快铺开征收的摊子,没有对当前复杂的敌情引起高度重视。

可懊恼也于事无补,现在首要的是怎么样摆脱眼前的困境!

3

土匪嚷嚷着越逼越近,他们似乎也和江宗旺一样笃定了蓝子天他们不会轻易开枪,所以不顾警告,依然不曾停止脚下的步子。

尚山虎将征询的目光投向蓝子天,丁大山更是焦急地喊道:

"局长,我们开枪吧!"小伙子沉不住气了!

蓝子天示意尚山虎朝天鸣了一枪。尖厉的枪响让土匪们一怔,但旋即又嚣张起来:"弟兄们,共产党是吓唬人的,他们不敢真的开枪,给我冲上去抓活的。"那个叫得最凶的汉子显然是个头目,他挥动着手中的砍刀歇斯底里地狂呼着:"大当家的说了,活捉一个赏大洋两百,打死一个赏大洋一百,兄弟们,发财的机会到了啊!"

而他的话音甫落,蓝子天果断地朝这个闹得最起劲的土匪头目甩手一枪。

那头目扑通一声倒地,粗壮而笨重的身躯如一座小山訇然崩塌,发出沉闷的钝响。蓝子天的那一枪正中了他的眉心!他甚至于来不及哼叫一声就急急地奔往阎罗爷那里报到去了。

这一枪让土匪们震惊,原来叫嚣着共产党不敢开枪的幻想破灭,而更让他们惊奇的是眼前这个年轻轻的青皮后生竟然会有这等神奇的枪法,他们甚至都没有瞧见他拔枪、举枪,更甭说看到他开枪之前是不是还做过瞄准目标的动作,就那么看似快捷而随意的甩手一枪,即正中人的眉心。土匪们不由得噔噔地连连后退几步,内心里当然没有哪个敢再去冒那个险的。赏金固然诱人,但也得有福消受啊。

"谁他妈的再敢退后半步,老子就崩了他!"江敬仁的公鸭嗓子突然嘎嘎地扑腾而出。

鬼魅一般不知从哪个角落里钻了出来的江敬仁阴沉着脸,殿在人群的后面。

他冲着江宗旺大声道:"爹,今天休怪儿子不孝了,事已至此,儿子也没了退路。"

蓝子天一听,心想:难道说这江敬仁竟然连他老子的死活都不管了吗?

尚山虎瞪着一对铜铃大的眼,骂道:"姓江的,你真是猪狗不如的东西,你老子在我们手里,想要他死得快,你就来吧。"

江敬仁也不答言,恶声恶气地命令:"给老子灭了这帮共匪!"见匪徒们犹犹疑疑的,他干脆朝身边的那个小个子土匪的屁股上端了一脚,骂道,"你还不给老子上。"

可他老爷子江宗旺一听急了,这样两边对垒,还不把夹在中间的他给打成个马蜂窝啊,他口口声声说"死了拉倒",可实实地不愿意以这样的方式挂了啊,于是咧嘴骂着儿子:"老大,你个混账东西,连你亲生的爷老子也不管了,你个逆子!咳,咳,咳。"心里一激动,他咳成了一团。

父亲说话了,江敬仁还是得回答几句:"爹啊,自古忠孝两难全,请您老人家原谅做儿子的不孝,您老人家就放心去吧,我会记得年年清明都会去祭奠您老的。给您多烧纸钱。"

江宗旺已是无法答话,他的胸闷得抹不开,脸也憋成了一张茄子皮。

尚山虎便讥笑道:"姓江的,你这出卖祖宗的狗汉奸,也配谈忠孝二字?好笑啊!满嘴仁义道德,一肚子的男盗女娼。我呸!老子今天非把你送上西天去不可!"

蓝子天一看今天不动真家伙就想要全身而退,只怕是难了,他心里还焦急着龙雪那边的情况,好在过去的这一段时间里,他的耳朵里还没听到驻地那边有枪声传过来,至少目前来说还是安全的,这让他稍稍有些安心。尽管那边人手少,但毕竟还配有足够的武器装备,断断不至于被悄没声息地就给一锅端了,龙雪也算是个有丰富战斗经验的老同志了,蓝子天相信她在关键时刻不会含糊半点。但现在自己这边久拖下去显然不是个办法,不仅要心挂两头,而且敌人几倍于己,不尽快脱身,将对自己很不利。

他的脑子里在紧张地分析着:这是江敬仁从鹰嘴岭上带下来的一股子散匪。他们的目标显然是针对共产党而来的,而不是针对国民党。但江敬仁和鹰嘴岭上的土匪"马上飞"其实都有着日伪的背景,背负着汉奸的名声,现在还是国共和平时期,两党虽有摩擦,但并未撕破脸皮,那么江敬仁他们应该尚不至于和国民党勾结起来对我方发难。而且,凭他对秦瑜的了解,她不会是那种不讲民族大义和民族气节的人。只不过现在蓝子天无法判断,县党部和秦瑜是不是会作壁上观,"坐山观虎斗"呢?

时间已不容蓝子天再作过多的琢磨了。他得采取主动出击,不能被土匪困死在这个市场里。

主意一打定,蓝子天朝尚山虎低声下令:"先打他个措手不及。开火!"

四支枪管里几乎同时间里吐出了火舌,舔向了那帮子还在畏畏缩缩的土匪,枪响之下排在前头的三个土匪中枪而倒。江敬仁没料到蓝子天他们会有先发制人这一招,他嘴巴里说不会顾忌他家老子的死活,可手下的人不能不考虑后果,万一真的一枪误崩了老太爷,他江敬仁不会秋后算账吗?这谁能打包票呢?就算他江老大说话算话,不还有个江老二吗?爹可不是他江老大一个人的,老二也有份啊,那老二江敬义也不是个善茬呢,惹不起的角色,谁不知道"江氏二虎"的底细呢。

蓝子天正好抓住了那一瞬间的时机,来了个先下手为强。

这一排枪打乱了江敬仁的阵脚,土匪中出现了慌乱。

蓝子天一看,正是突围的最佳时机,他原来想如果土匪抵抗强烈,那么就只能退守店里,凭借房子与之周旋,现在一看土匪被一排枪给打蒙了的状况,此时不走又待何时!

他们一行四人若猛虎下山,丢下了吓得龟缩成一团、战战兢兢的江宗旺,迅速往外面突击。

正在这时,远处传过来一阵密集而胶着的枪声。蓝子天狂奔中依然判定出那就是驻地方向传来的。他不禁为龙雪捏了一把汗。

眼下最关键的是自己要赶紧冲出土匪的包围!等他们回过神来就麻烦大了!

蓝子天脚底加劲,一边还得回头还击。

当他一口气猛地冲出约二十米远时,一抬头,看到了秦瑜骑着马带了一队人马冲过来了。

蓝子天不由得一惊,迟不来早不来,偏偏这个节骨眼上飞驰而至,难道说凶多吉少？

秦瑜的坐骑眨眼间已奔到了跟前。她猛一勒缰绳,胯下那匹通体黑亮的骏马"咴"的一声长嘶,在蓝子天面前立住了,逼得蓝子天不得不收住脚,抬头一看,骑在马上的秦瑜一身戎装,英姿飒爽,手中握枪,一脸威严,十余骑随从紧跟其后。

秦瑜以居高临下的口吻问道："蓝局长,这是怎么回事？"

蓝子天忙说："鹰嘴岭的土匪滋事生非,是那个狗汉奸江敬仁带头闹事的。"他特意给江敬仁的称谓冠上了"狗汉奸"的定语,以试探秦瑜的态度。

还好,秦瑜一听,柳眉倒竖,粉脸含怒,气愤地说："果真是江敬仁那狗东西啊,寻了他多时,没想到倒是自己现身了,我还以为他是土行孙会钻山打洞哩。吃了熊心豹子胆,还敢来潇浦闹事,这回绝不能让他溜掉了。"她回头一声令下："给我统统拿下！一个也别放走了,活捉了江敬仁这狗汉奸,我要召开公审大会,和他清算血债！"她一抖缰绳,一马当先直奔江敬仁而去。

蓝子天揩了一把汗水,赶紧示意尚山虎他们三个撤退。他心里揪心着龙雪那边的情况。

第二十五章

1

留守驻地的龙雪果然碰上了大麻烦。

"马上飞"和喻大江带来了五十余土匪从正门猛攻税务局。虽然土匪远道而来,没有携带杀伤力强的武器,可他们毕竟人多势众,加上有大当家"马上飞"亲自压阵,那一群亡命之徒大有不攻下税务局就决不罢休的劲头。下山前,"马上飞"唾沫乱溅地发表了一通训示:"弟兄们,共产党让咱们吃了不少苦,连好饭也没吃上几顿,潇浦县城原来咱想来就来想去就去,现在真他妈的憋屈,今天,我们去剿灭他,抢他娘的税务局的金库,今后,不只是鹰嘴岭,就是潇浦也是咱的天下了!有的是咱的吃咱的喝咱的钱!大家有没有决心啊?""有!"下面一片响应。

"弟兄们,抓住共产党那个鸡巴县长,赏大洋一千,抓住那个税务局局长赏大洋五百,打死一个赏一百!向潇浦出发!""马上飞"脸蛋子上的横肉不自觉抽动两下。因为想着这次可是下山办大事,"马上飞"还特意去胜岩寺抽了一签,签上写着:"得道多助跨骏马,耀武扬威身披甲,四平八稳享太平,财茂运旺美名扬。"他闻言大喜,高兴得一蹦三尺高,他觉得签里讲的真是神了,想着现在有了江敬仁和喻大江相助,不正是多助吗?为此他更加信心满满。这一趟发兵潇浦县城,真他妈的大吉也!"马上飞"抑制不住他内心的飞扬跋扈。

袭击税务局,抢劫金库的主意正是喻大江出的。他说,这叫釜底抽薪,没了金库,他共产党想立足都难!不战自溃。

日头从地平线上冒了出来,在岗楼的警卫哨小柏子一看一队人马气势汹汹地远远奔过来了,来者不善,当场鸣枪报警。

政委龙雪早已适应了随时临战的这一种状态,她没有惊慌,立即吩咐留守的战士们,加固了大门口原有的简易防御工事,将两挺机枪中的一挺布置在大门口,一挺布置在岗楼上,这是她手中最能够震慑到土匪的有效武器。七个队员揣足了手榴弹,带足了子弹,在龙政委的指挥下,两人上了岗楼,余下的五人坚守在门口,这里自然是敌人首先要攻下的必由之路。这些平时拿算盘,和纸笔、数字打交道的税务员,马上就成为了敢打硬仗、不怕牺牲的钢铁战士,他们同仇敌忾,拼死阻止土匪向税务局进犯。大门口的第一个机枪手牺牲了,另一个马上顶了上去。土匪的火力很猛,枪林弹雨往两个主要火力点倾射着,压得龙雪抬不起头来。她一边伺机反击,一边给战士们打气、鼓劲:"就是死也不能让土匪前进半步!"

她深知失守的严重后果和难以弥补的损失。

她不知道能挺多久,但绝对不能后退半步!

她相信这边的战斗一开始,蓝子天他们和另外那几个外出稽查小组一定会闻声赶回来支援的,谷家峻的独立支队这几天拉往江北执行任务去了,想来土匪们也是认为县城防卫力量空虚,才乘虚而入,试图浑水摸鱼的吧。

又有一个税务战士中枪倒在龙雪的身边。七个人中已牺牲了两个,还有一人已经挂彩了——伤了腿,犹在咬牙支持着。这一阵的工夫,龙雪和她的战友们成功打退了土匪的三次蜂拥般的进攻。

机关枪和手榴弹构成了一道强大的火力防线。可这样下去,人单势薄的终究坚持不了多久。

岗楼上机枪这时突然哑火了,龙雪来不及多想,朝身旁的战士道:"火力掩护!"她说着拧开一颗手榴弹用力甩向敌群,在一阵

"嗒嗒嗒"的机枪声里,她反身躬腰跑上岗楼。

小柏子重伤了,另一个战士牺牲了!这就是岗楼上的两个人。

龙雪顾不上去扶一把小柏子,她操起机关枪,朝狂叫着冲上前来的土匪一顿猛扫,呼啸的子弹夹杂着她的仇恨把土匪再一次逼退。小柏子挣扎着撑起血肉模糊的身躯,举起了一颗手榴弹,拼起自己最后一点气力,甩向土匪。在手榴弹爆炸的瞬间,一颗突如其来的流弹再一次击中了他,小柏子头部中弹,他倒下了,睁着一双燃烧着愤怒的眼睛!

"马上飞"没想到会遭遇到如此顽强的抵抗,而当他看清楚阻击他们进攻的竟然不过区区几个人,而为首的居然还是个女人!他狂怒不已。喻大江告诉他,那个女的名叫龙雪。龙雪,龙雪,"马上飞"记住了这个听起来柔弱的名字,这个让他损兵折将、让他头痛无比却又无可奈何的女共党!

在大门处阻击敌人的税务干部,五人中打得也只剩下最后的两个人了——"老锅头"和水生。但他们手中的枪依然在顽强地吐着火舌。土匪丢下了十数具尸体的代价,攻下税务局的目标似乎就近在咫尺,伸手可及,几步就能跨进税务局的大门,而现在那几步的距离于他们来说却又是那么艰难、那么遥远!

又熬过了一会儿,土匪那边的枪声却不可思议地骤然停止了。抓住这难得的空隙,龙雪蹲在墙角喘息一下,这时她听到有人在喊话了,是喻大江的声音。龙雪对于那个有些嘶哑的嗓门并不陌生。

喻大江在叫喊着:"龙姑娘,你别再作无谓的抵抗了,现在只剩下你一个人了,如果你投降,保你性命无忧。"

龙雪一听,难道说在大门口阻击的"老锅头"和水生也牺牲了?她刚才打得红了眼,根本就没有注意到岗楼下面的情况。喻大江说的没错,"老锅头"和水生已经死了。连同龙雪在一起的八个人,牺牲了七个,现在只余下龙雪一个人了!龙雪心中充满了悲愤,她的眼泪不争气地流淌下来。

喻人江嘶哑的嗓子再一次传过来:"龙姑娘,龙政委,你这么年轻,来日方长啊,就这样子死了值得吗?"

龙雪一甩她那一头秀发,牙一咬,挺胸站了起来,端起机关枪朝声音传来的方向一通狂扫,这就是她的回答!

喻大江吓得不轻,就地一滚,躲过了那一梭子弹。

"马上飞"恼羞成怒,哇的一声怪叫,朝岗楼上开了一枪,他气疯了,命令道:"给我打,狠狠地打,把她打成筛子!"土匪们的枪口一齐对准了岗楼,子弹如雨倾射。

2

在土匪们的一只脚刚刚踏进税务局门口的时候,蓝子天和尚山虎他们飞奔而到,鲁双涛也带人包抄过来。

"马上飞"没料想到当自己就要得手之时,后面突遭袭击,眼巴巴地看着即将入口的美食,转而成为了烫手的山芋,让他舍不得丢弃,却又一口吃不进嘴里。

喊杀声四起,密集的火力交织成一张网,罩向"马上飞"和他的喽啰们。"马上飞"怎能甘心呢,他犹自咬牙切齿硬往里闯去,喻大江忙一把拖住他,说:"大当家,进不得了啊,再往里面去,就会被人家给关起门来打,赶紧撤吧,留得青山在,不怕没柴烧!"一语点醒了"马上飞":是啊,还往里面去,不是送肉上砧板吗?哼,我"马上飞"可没蠢到要自己去送死的地步,他妈的"四爷",老子这辈子和你们算耗上了,不共戴天!

"马上飞"朝他的手下吼了一声:"风紧扯呼。"扔下了二十余具尸体,赶紧脚底抹油也罢。

蓝子天火急火燎地冲上岗楼,龙雪早已昏厥过去了,他一把抱起了血泊中的龙雪,冲尚山虎大叫道:"快,快,送卫生所。"

龙雪身中四枪，左臂、右肩、右边大腿上各有枪口，还有一枪穿胸而过，只是尚存微弱的心跳，惨不忍睹，让卫生所陆健所长和护士们都落泪了。蓝子天一把揪住陆所长的衣领吼道："哭，哭，哭个屁！哭有个卵用，你给我必须把她救活了！死马也得当作活马医！"从来都给人以温文尔雅印象的蓝子天爆出了粗口。

陆所长揩了一把泪水，牙一咬，说："准备手术！"

因为失血过多，现在急需给龙雪输血，蓝子天第一个挽起了袖子，尚山虎、鲁双涛他们一听，也争先恐后地纷纷要求抽自己的血。护士赶紧给大家检验血型，做输血的准备。

蓝子天的血液一点一滴地融入了龙雪的身体，同志们的血液一点一滴地流进了龙雪的血管中，那是生命的希望！那是血浓于水的情谊！

一个不眠之夜过去了，又一个让人备受煎熬的黑夜过去了，那一个个在漫漫等待中又充满期待的黑夜与白昼啊！

三天后，当东方的天边渐次露出鱼肚白，过去的这一个晚上守候在龙雪身边的蓝子天也只是伏在床沿打了个盹。他已整整三天三夜没睡个囫囵觉了。蓝子天忽然听到一声微弱的呻吟："水，水。"他不禁欣喜若狂，是龙雪，是龙雪的声音，她终于醒来了，醒过来了！蓝子天冲出门去大叫："醒来了，醒来了，陆所长，快来人啊。"

龙雪终于度过了危险期。这不能不说是一个奇迹！身中四弹，其中那一颗足以致命的穿胸而过的子弹，离她的心脏只有一粒米的距离！蓝子天长嘘了一口气，陆所长激动得眼里闪着泪光！

龙雪当然虚弱得不行。她只是费劲地睁开了一下眼睛，缓缓地看了看围绕在她身边的那些熟悉脸孔，那些让她感觉到无比亲切的目光，像一束束秋天里的暖暖阳光在抚摸着她，她觉得分外地踏实和温暖。

她很快又昏睡过去了，眼角两行热泪无声无息地流淌出来。

3

江敬仁可不是一般的郁闷了!

那天,他眼睁睁地看着蓝子天几个在眼皮底子下溜之乎也,而自己一干人还被后来的秦瑜给堵住,那娘们不由分说,就命令缴了他们的械,统统押回县党部给关了起来。他江敬仁何曾受过此等羞辱!大骂秦瑜是"狗咬吕洞宾——不识好人心",一再声明他江敬仁可是来帮县党部忙的,要帮忙把共产党新四军给灭了,怎么现在反而把他们给扣起来,却把蓝子天他们给救了呢。可秦瑜不仅不听他的辩白,相反以一种讥讽的口吻对他说:"帮忙?谁请你来了?谁又会请你这种汉奸来帮忙?笑话!我还正想着怎么去收拾你们这帮子狗汉奸,没想到你倒好,自己送上门来,倒是省了我多少麻烦了。"秦瑜得意洋洋的神态噎得江敬仁直翻白眼。秦瑜说的也没错啊,没谁请他江敬仁下山来打共产党的,是他自己的主意,想借机来个咸鱼翻身而已。谁曾料到而今是"竹篮打水一场空","赔了夫人又折兵",不仅把自己和一众兄弟主动送进了牢狱,而且他的老父亲江宗旺受不了那一场惊吓,抬回去后就一命归西了。

接下来的事却又是让秦瑜好一番郁闷!

她本来以为抓到了大汉奸江敬仁并一干鹰嘴岭上的土匪,这肯定是大功一件啊,只待上报省里后,她就准备将民愤极大的首要分子江敬仁就地正法,以儆效尤,也算是为潇浦的老百姓除了一害,给了民众一个交代。殊不料,苏三河省长一纸信函飞到,令她将江敬仁等全部释放,并委任江敬仁为民团团长,饬令其组建一个民团,同时要求江敬仁配合县党部和秦瑜做好收编鹰嘴岭"马上飞"部工作。接到苏省长的信函后,秦瑜以为自己眼花了,连看了三遍,白纸黑字的,一点也没错,的确是苏省长的亲笔书信。

秦瑜一脑门子官司了。她真是不理解苏省长为何会作出一个如此昏庸的决定。对于那个一直赏识她而她也一直尊重的长官,秦瑜第一次产生了不解和怀疑。她百思不得其解其中之一究竟有什么原委。

她其实也猜测到了,一定是江敬义从中捣鬼。

江敬义见兄长被秦瑜给抓住了,情知性命难保,他绞尽脑汁之后,想出了一条也是唯一能救江敬仁的途径,那就是直接到清山省城找到省长苏三河,否则江敬仁只有死路一条。

俗话说,上阵父子兵,打虎亲兄弟。江敬义不能坐视兄长被杀,他得做最后一搏。于是乎,江敬义甚至于不待操持完父亲的葬礼,就悄悄地带了十块金砖及家藏的一件宝贝——一个战国时的错金银鸟耳壶,那壶是扁平敞口,口沿镂空处雕兽纹,平缘处饰绳纹,束颈上饰错金银嵌绿松石云纹,伏鸟状穿环双耳,鼓腹部饰流云纹并以绳纹间隔。此壶设计独特,镶嵌精细,伏鸟状双耳栩栩如生,云纹古朴流畅,体现了铜器制作工艺之精湛。江敬义费了九牛二虎之力才打听到苏三河省长有此雅好,才痛下狠心,忍痛割爱,将家里的这件宝贝拱手相送,舍不得孩子套不住狼啊,毕竟这是性命攸关的关键时刻,也事关他江家日后的兴衰荣辱。临去省城前,江敬义特地在父亲的灵柩前重重地叩拜了一番,嘴里念叨着:求父亲原谅他将错金银鸟耳壶送人了,也求父亲保佑他能不虚此行。

省城之行收到了奇效。看到省长苏三河把玩着错金银鸟耳壶时那爱不释手的痴迷劲,江敬义心里别提有多高兴!有戏,他心里暗想。果然不出所料,苏三河对江敬义所提之事,未加半点推托,爽快地提笔就给秦瑜写信函,边写还边说:"只要江敬仁也迷途知返,从此后为党国效劳,也是好事一桩嘛。何况目前正是党国需要用人之际呢?"江敬义在一旁听得心花怒放,鸡啄米般只管点头。口里连连附和着、恭维着:"省长英明,青天大人,真是我清山子民之大幸啊！"

　　这其中的周折,秦瑜自然无从知晓,江敬义也不至于愚蠢到不打自招的地步,一直等到秦瑜迫不得已地将江敬仁从牢里放了出来,江敬义都在装聋作哑,好像这件事情与他没有一毛钱关系的样子。

第二十六章

1

城关税务所所长鲁双涛这一段时间来几乎没有一刻安生,他像一个上紧了发条的钟表,一刻不停地奔走着,让他尤为气愤的是江敬义的税警团在疯狂敛财,那简直谈不上是收税,而是以武力胁迫群众交款、交物,不愿意的或稍有反抗的,税警团动辄就抓人、打人、关人,强制性的手段之毒辣,比起日本鬼子来也毫不逊色,江敬义还不无得意地对部下说:"这税嘛,就是要强硬才能收得上,自古以来都是那么收的。凡是不交者,就是抗税,必须严加惩处,决不手软,心慈手软的,那还收得上税来?"他得意洋洋地自我标榜这是"铁腕治税"。

如此一来,不仅让乡亲们背负了沉重的负担,而且直接影响到了民主政府的税收组织。鲁双涛和同志们对税警团的这种行径尽管愤慨,却又无可奈何。

他心里积压了太多的愤懑,无处发泄,只好来找蓝子天诉苦。蓝子天冷峻着脸,他何尝不知道这样的一个现状呢,江敬义们之所以如此猖獗,其实背后还有更深的原因,与民主政府实行的统一税制、税收要全额上解行署和边区政府的做法大相径庭的是,国民政府将税制进行了调整,划分为国税、省税、县税,规定各类所得税、印花税、特种营业税、关税、货物税、盐税和55%的遗产税、30%的土地税统统归中央所有;50%的营业税、15%的遗产税、20%的土地税及契税附加属于省里所有;50%的营业税、30%的遗产税、50%的土地税、契税、屠宰税、营业牌照税、使用牌照税、筵席娱乐税等则归县里面。这个政策一出台,省、县一级政府收税的劲头倍增,热情高涨,算盘子挂得高高的,为了本级财政都想赚个钵满盆足,甚至于不惜打起了歪主意,把中央的税收恨不能都要揣进自己的腰包里来。更有如江敬义之流者,则借机敲诈勒索,贪污侵占,中饱私囊,一派乱象环生。好像税收这块"大蛋糕"摆在了你面前,你不晓得去抢上一块,你就是傻瓜!以江敬义的话来说就是:"这年头里,腰包里没有票子,那就没有底气了,腰杆子都挺不直。"

蓝子天幽幽地说:"这税警团江敬义他们的做法,用本地话来说就是典型的叫花子扒火——只往自己胯里扒。他们可以不管老百姓的死活,我们可不能不管。税收本来应该是取之于民而用之于民的,离开了人民群众的支持,我们共产党怎么能走到今天这步田地呢?现在的形势看起来,和国民党迟早得翻脸,党中央毛主席也作好了两手准备,上级指示我们,要着眼于长远利益和目标,我们当前要抓紧抓好税收清理稽查,不能因为受到一些挫折就半途而废,对先前我们制订的工作计划一定要落实到位,同时,按上级的要求,我们很可能实行一个重大的战略转移,当然,具体的实施还得等新的指示。但我们目前只管做好本职工作,坚守岗位。"

鲁双涛疑惑地问:"战略转移?难道说我们要将潇浦拱手相让吗?"

蓝子天道:"不是拱手相让,而是一项战略部署。有时候退一步海阔天空哩。后退是为了更好的、更快的前进。我前时已经接到了于书记的通知,让我们做好思想准备和有步骤地做好相应措施,为避免不必要的麻烦和造成恐慌,你我心中有数就行了,一切要不动声色、有条不紊地进行着。明白了吗?"

鲁双涛赶紧回答:"是。"

尚山虎这时一头闯了进来,他说,他看到江敬仁大摇大摆地出现在街头了,一打听,才得知国民党收编了鹰嘴岭的土匪,江敬仁当上了民团武装的团长。"这不是瞎胡闹吗？一个汉奸还能当他们的团长，连那狗日的叛徒喻大江还当上了副团长，你说，这，这，他国民党怎么混蛋到了这个地步啊？"

蓝子天说："也不奇怪，你看之前江敬义还当了税警团团长呢，这可是个信号，国民党在大肆扩充势力，他们的目标不是别的，就是针对我们来的。"

尚山虎愁眉苦脸地说："唉，说真的，我们现在的工作难度真是大，一方面税务人员积极性高，想尽量地能够多收税，另一方面又感觉到我们的税收政策规定得太死，太严了，和国民党的税收政策比起来，他们的税基宽泛了许多，收税的力度也大了许多，因此，他们收的税自然而然也比我们多了不少。"

蓝子天一听，斟酌了一会儿说："山虎，越是在这样错综复杂的情况下，我们在征税的过程中越是要坚持自己的原则，必须把讲政策放在首位，必须把维护人民群众的利益放在第一位。反正一条，我们一定要牢牢记住，不管人家政策怎么样，不管人家手段如何，我们共产党的宗旨绝不能动摇，那就是要以不损害老百姓的利益为前提。这可是重大的原则问题！"

他接着说："同志们心中有疑惑，为什么我们不把税基扩大、把税率提高一点呢，那不就能多收到税吗，我们的革命斗争不正是需要有大量的资金作为保障吗？讲心里话，以往我也有过和大家一样的困惑。我们干吗非得要实行累进税则啊？分档计算麻烦多不讲，税也少收了。你们也算是老税务了，能给我一个解答吗？"

尚山虎摇摇头："我可搞不清，大老粗一个，我只管执行好上级的指示就行了。"

鲁双涛也摇摇头："没细琢磨过，说老实话，我还觉得这样的累进税则束缚了我们组织收入的手脚呢。不过和尚队长讲的一样，不懂也不妨碍我们执行上级的政策嘛。"

蓝子天微笑道："这倒是句实话了。也别怪你们没搞清其中的道理,我也是知其然而不知其所以然,和行署的财经专家董准细掰过好几次,才算是略知一二。简单来说呢,我们民主政府的累进税制,一是要限制私有财产的增长。中国共产党的一项重要的任务是发展社会生产力——当然,先要用暴力推翻阻碍生产发达、破坏生产的帝国主义、国民党军阀、豪绅地主、资产阶级的政治统治,而累进税在现阶段则能起到一个有效防止小有产者的私有者的发展与产生。二是从长远的观点来看,可以促成社会主义的集体经济基础,提高社会生产力,达到社会主义实现的过程。三是世界上已有苏联社会主义建设巩固的成功典范,在中国的新民主主义革命也必然要很快地转变到社会主义革命的轨道上来,而累进税正好是这一转变过程中的经济上的一种政策。四个呢,你们也清楚,一直以来统治阶级除了对革命在政治和军事上的进攻外,还要用经济的封锁手段企图消灭革命,使我们的革命势力因而动摇、失败。如断绝给养,使我们根据地的群众得不到生活上必须得到的便利供给,如缺衣少穿,连油盐都吃不上。要打破这种种残酷的封锁,只有进行积极的进攻策略,征收累进税,防止敌人的经济破坏,就是我们积极的进攻路线之一,同样是帮助巩固革命势力,巩固民主政权,扩大革命队伍的方法。"

尚山虎听得入迷,他说:"收税这里头还有这么大的道理,有这样大的学问啊,蓝局长,你真不简单了。"他朝蓝子天竖起了大拇指,又挠挠头不好意思地道,"我平时可只知道要税,难怪有人背地里管我叫'尚要钱'呢,我真讲不出这些深奥的道理来。"

蓝子天道:"所以说我们不仅要知其然还要知其所以然嘛,道理搞明白了,那么工作也好做了。"

鲁双涛点点头,若有所思地说:"难怪我们的累进税与国民党的税有本质上的不同,他们一股脑儿一通乱收税,哪怕你穷苦人家连锅都揭不开了,他的税也照收不误,各种名目多得数不清,什么每月捐、季款、开支款、寒衣款、被子款、牛皮捐、谷米税、黄豆蚕豆税，还有人头税、自卫捐、保甲捐、门牌捐、乡丁草鞋捐，这税那捐的，让老百姓还活不活啊。累进税呢，对雇农绝对不征收，对贫农也坚决不征税，对于中农和富农征税，也还要除去了他们自己必需的供给外，有剩余的才征税。这就好，不搞一刀切，也有人情味了。我想想，这才是真正为劳苦大众做主的政府。这一向来，当老百姓一看到江敬义的税警团，就躲得远远的，而当我们上门时，他们大都是二话不说，该交多少就交多少。这才是人心所向的体现啊！"

蓝子天以赞许的目光看着鲁双涛："双涛可算是个爱琢磨事理的人了，你也说到了点子上，这就是我们与其他一切政党完全不同之处。"他指着自己的脑袋，朝尚山虎道："山虎，你这个老革命，以后也得向双涛学习学习，多开动一下脑袋瓜子吧。"

2

短暂的和平因为战火的重燃而支离破碎。战争的风暴不可避免地又一次席卷中华大地，好似来不及痊愈的伤口上又撒上了一把盐。

风云变幻，在党中央大踏步前进与收缩的战略方针之下，主力部队主动撤出了潇浦，留下的县独立支队改编为潇浦游击队，坚持游击战争。还是由谷家峻任队长，只是力量削减到实际只有一个中队的规模。自此，曾经的解放区潇浦现在又成了敌占区。

蓝子天心想：形势急转，税务局显然也不再适宜存在于这片敌占区了，也好，自己从此可以扛起枪重新走上战斗一线。没想到，于振兴却又郑重地交给了他一个任务：让蓝子天在敌占区开展游击收税，税务局改组成了税收游击小组。原来的四十余人削减到了十一人，其他的人员都已充实到了主力作战部队。这就意味着，税收力量的规模又回复到了几年前初始时的状态，尚山虎不无揶揄地朝蓝子天说:"你瞧你这出息,从分局长到局长,一下反倒成了一小组长啦。"蓝子天正色道:"你是笑我官越当越小吧,同志哥哎,我看你这思想出了问题了。革命可不是来当官发财的,想当官别进革命队伍,想发财就另谋出路——这可是铁打的原则。我原本以为从此要与税收工作完全脱钩了,从内心里还真有些舍不得,现在组织上要我继续干税收工作,我还真就是俩字:乐意!不要说是小组长,就是什么长也不是,我还是俩字:乐意!"尚山虎本是开开玩笑,一看蓝子天严肃认真的样,他赶紧朝自己嘴上打了一下:"打你这张臭嘴,乱讲乱说,叫你关不住,该打。"大家不由得一阵哂笑。

龙雪原本是要随主力部队一起行动的,但她死活不愿意,硬要求留下来参加税收游击小组。于振兴便让蓝子天去做她的工作,蓝子天自是极力赞同,一方面是出于工作的需要,另一方面也是因为一个姑娘家在敌占区工作的危险性更大,可他还没开口,龙雪就知道他是来当说客的,只抛下一句话,就跑开了。蓝子天一听,不觉怔住了。

龙雪道:"我的身体里流着你的血,这辈子我都要跟你在一块了!"她最终留了下来,这是她坚定、执着的一个选择。

于振兴无奈地嘱咐蓝子天说,一定要照顾和保护好龙雪!龙雪的那一句话,让蓝子天百感交集。严格地说,他并没有完全读懂那句话深蕴的含意,他的心思都扑在了一个"税"字上。好几次在梦中,他梦见了秦瑾,目前为止,秦瑾才是他烽火交织青春岁月里怎么也没能磨灭掉的一份记忆。"我的身体里流着你的血,这辈子我都要跟你在一块了!"每每一回想起龙雪的这句话,蓝子天就觉得有一种说不清的滋味涌上心头,一种难以释怀的情绪好长一段时间都弥漫在他的心间。他自然没有走进龙雪的内心世界,也许并不清楚,当一个曼妙青春年纪的清纯少女向一个异性说出这一番话语时,意味着什么。只不过于振兴的叮嘱倒是让他感觉到了一份责任和担当。

当秦瑜得到消息,说共产党一夜之间仿佛从潇浦蒸发了一般,没了任何踪迹,她简直不敢相信自己的耳朵。秦瑜急忙跨上马去察看,果然如此,在县政府、在税务局那些共产党的办公场所,她都没有寻到一张熟悉的脸孔,于振兴、蓝子天、龙雪、尚山虎……那些她认识的人一个也不见了。

她心底诧异不已,那么多人,不说是一支多么庞大的队伍,但说走就走了,消失得无影无踪,这是一件让人难以想象得到的事情。虽不见人影,而房间内摆放的简陋物件却是那样地井然有序,丝毫不见匆忙撤离后的零乱,秦瑜不由得在心里一声慨叹:共产党真是一个让人不敢小觑的对手,甚至于可以说就是一个可怕的对手!

正当秦瑜觉得匪夷所思之时,江敬仁气急败坏地跑了过来。这个保安团的团长在投靠了新的主子后,再一次飞扬跋扈。他急急来找秦瑜,是要报告一个让他恼羞成怒的事件。原来,他的副手——保安团的副团长喻大江被人暗杀在家里。

昨天就已经通知营长以上人员今天上午要在团部开会,有重要军情通报,可是独独喻大江迟迟不到,江敬仁火气上来了,拍着桌子骂了一通娘,骂喻大江到底是游击习性不改,没有一点纪律观念,关键时刻掉链子。但副团长缺席不行啊,这次会议之所以重要,是要进行重大的军事布防。他接到了上峰秘密命令,即刻要作好剿灭共匪的准备。盛怒之下,他派了一营营长常湘川前往喻大江家中催促。

常湘川带了通信兵赶到喻家时发现大门紧闭,他将门板擂得山响,里面也毫无动静。于是通信兵翻墙而入,从里面将门打开才放了常湘川进去。两人直奔卧房,这才发现喻大江横尸床上,给人一刀抹了脖子。他的老婆金俏娘则被捆得如粽子一般丢在床底下,嘴巴里塞得严严实实的,常湘川将她从床底拖出来,把她嘴巴里的破布掏空了，金俏娘脸色苍白，半天也说不出一句话来。好不容易待她情绪稳定些了，才惊惶着向常湘川将事情的来龙去脉说了个大概。

喻大江从鹰嘴岭下来后，虽然当上了保安团副团长，但他自知为秦瑜和蓝子天双方所不容，因而行事低调，深居简出，不敢像"江氏二虎"那般张扬。慢慢地性子也变得疑神疑鬼起来，老是怀疑有人跟踪，有人要打黑枪刺杀他，晚上看到月亮下自己的影子都会无端地吓一跳。但许是念了两人那一段难得修来的情分吧，他待金俏娘却是不错的。金俏娘因而很是为他担忧，早一天她还麻起胆子劝喻大江，与其这样提心吊胆地过日子，还不如丢了这一切，两人离得远远，也许能过上几天踏实日子呢。喻大江听了，沉默不语，但金俏娘知道他似乎有些心动了。想着过些时日再劝劝他吧。当晚，喻大江独自喝得酩酊大醉，金俏娘也早早地收拾了一番，陪着他一起沉沉睡了。应是三更时分，金俏娘还扶起他来给他喝了一杯水。待她再次醒来时，却已被两个蒙面汉子捆了个结实，嘴巴里还塞进了一块脏抹布。而当她惊恐地去打量喻大江时，只见他一头歪在床边，脖子上汩汩地冒出血泡，已是寂然无声。她一下子就昏厥过去了，以后的事就不得而知了。

3

江敬仁既惊且怒，自己正准备要对潇浦共产党势力大肆搜捕与围剿，殊不料不早不迟，偏偏在这个时候突然发生这样的事来，行凶者下手利索，一刀毙命，绝不是一般的打家劫舍之徒，而目标就是喻大江，金俏娘毫发无损，财物分文未取，他首先怀疑的当然是共产党干的，因此想，正好师出有名，用不着还要打着两党和谈的旗号与共匪虚与委蛇，借喻大江被刺身亡之名即可趁机一举将共匪全部歼灭掉。于是他急匆匆地来找秦瑜。

而秦瑜听了江敬仁的想法后,也是暗自一惊。尽管她心里对喻大江遇刺身亡有一种幸灾乐祸的感觉,总算是一泄心头之恨了。她因为父亲秦人简的死而对喻大江一直耿耿于怀,只不过碍于上峰苏三河省长的旨意,投鼠忌器,不敢对喻大江明目张胆地采取报复行动。喻大江终于不得好死,这样的下场让秦瑜有一种出了一口恶气的畅快。

当然,在江敬仁面前,她不会轻易地流露出她内心里那份真实的情绪。

而当江敬仁分析说行刺者应当就是共产党时,她内心里也是认可的,共产党蹊跷地一夜之间消失得不见踪影,更加加深了她的这种判断。江敬仁怒不可遏地撸着袖子,说马上就要对行刺凶手进行大搜捕,秦瑜冷笑道:"江团长还在梦游吧,你去看看哪里还有他共产党的影子!"她指着那一栋空空如也的房子说,"这里就是他们共产党税务局办公的地方,你睁大眼睛瞧瞧,看从地底下能不能挖出半个共产党来。告诉你吧,江团长,人家鬼精鬼精的,等你要撒网时,鱼儿早就游到江河湖海里去了,你连人家一片鳞都捞不着。还想着抓大鱼吗?痴人说梦话,哼!"

江敬仁狐疑地看了秦瑜一眼,不相信她说的,"噔噔噔"走入房子亲自查看。俄而他又"噔噔噔"地走了出来,脸上的狐疑更重了。他搔着头皮说:"真是他奶奶的出鬼了,我昨天才接到密令,尚未来得及部署,这帮共匪是从哪里闻到气味了,跑得比他娘的兔子还快,都长着猎犬鼻子吗?"秦瑜只是冷笑着并不接腔。在她心里,其实已经对战争产生了一种微妙的心态,有些许抵触,也有些许厌恶,她想着自己留洋归来,寒窗苦学,学得一身知识,满腔抱负,没料想阴差阳错地卷入到了战火纷飞中,卷入到了错综复杂的政治漩涡中,而她常常是一个无能为力的小小角色,只有被动地接受命运的摆布。她为此而焦虑,而忧愁,而心急如焚。原本以为打跑了日本人,就该安居乐业了吧,自己也正好抽身而退,去从事自己所喜欢的生物学研究,讵料到风云再起,内战已迫在眉睫,战火重燃已成不可逆转的事实。她不由得在心里慨叹：真是多事之秋,灾难深重的天下苍生呵,何时才可以拨开笼罩的乌云,重见那风和丽日啊！

事实已明摆着了,共产党的队伍早已悄然无声地撤退了,他们面对着一个不知强大多少倍的对手,作出了一条明智的选择。暂且避其锋芒又如何？

江敬仁颓丧地瞪着那对鱼泡眼,突然失去了对手,他空落落的,不知将一股子狠蛮劲发泄到哪去。而秦瑜那一副漠然的神态,更加让他气愤,他双手在空中狂舞着,仿佛要抓住一把空气般,嘴里嚷着："就算那帮共匪个个都是土行孙,老子也要挖地三尺将他们掀出来。"

江敬仁猜测的一点也没错。喻大江正是被蓝子天和尚山虎、鲁双涛三人刺杀的。

由于马上要进行战略大转移,严惩叛徒的时机不能再拖延下去了,如果留下喻大江,对下一步在潇浦开展的游击战争和游击征税将是一个无穷后患。毕竟在狮子山打过多年游击,在税务战线也待过不短的时间,喻大江对游击战和税收的情况与规律都谙熟于胸,那么,此人不除,势必成为今后的一块绊脚石。而且喻大江背叛了当初加入中国共产党的信念,先是卖身投靠日本鬼子,接着又委身国民党顽固派,在镇压西河庄老百姓的抗税运动中欠下血债,不杀不足以平民愤！蓝子天于是召集尚山虎、鲁双涛,密议后,作出了刺杀喻大江的决定。参加除奸行动的也只是他们三人,由鲁双涛把风,蓝子天和尚山虎负责执行。尚山虎一刀抹上喻大江的脖子,蓝子天用力捂住他的嘴,以防他乱喊乱叫,而后蓝子天附在喻大江的耳旁,轻声而严厉地、一字一句地儆告于他："算总账的来了！"也算是让他喻大江死了个明白。

第二十七章

1

　　驻扎在狮子山的游击营地,已经连续一周无油炒青菜了,再过三天,连炒盐黄豆也吃不上。队长谷家峻听了司务长的报告后,不禁愁眉紧锁:这日子怎么过呢？正好蓝子天和龙雪过来,他一见,登时喜笑颜开地使劲摇着蓝子天的手说:"哈哈,好了,好了,我们的财神爷来了,真是刚刚在想娘家人,小孩他舅舅就来了。"

　　龙雪调皮地道:"谷队长真是嘴巴越发地甜了,我看嫂子都没影,哪来的娘家人哪。"谷家峻一脸夸张的表情:"你俩现在可是我的的确确的娘家人了。我正愁着无米下锅,娘家人一来,我们就不用活活挨饿了吧。"

　　蓝子天一听,明白是咋回事,他面露难色,欲言又止,不知道该怎么开口了。

　　谷家峻一看,赶紧一声"哈哈"给自己来打圆场:"真是太不应该了,一见面就只顾和兄弟诉苦。"

　　蓝子天苦笑道:"我理解老兄的难处呢,可我现在真是两手空空地来的,也没给你们带点啥子见面礼。"他顿了一下,又说,"而且这次来还得请你们游击队出手相助。"

　　谷家峻忙道:"莫讲客套了,都是一家人,有什么直讲好了。"

　　蓝子天便直截了当地说:"实不相瞒,我现在已变成身无分文的'穷财神爷'了,实无菜金供给,口袋里只有税票,查验印章和税率条例。战略转移之后,我们税收小组只能相应进行工作调整,潇浦划分为了五个片区,每个片区一个到两个人负责,我们现在收税的重心还只能放在农村,动员乡亲们来协税、护税、查税,好在潇浦的革命基础好,人民群众是我们有力的支持者。可是国民党的多次'清剿'和摧残,给我们收税制造了不少的障碍和麻烦,加之农村的税源很有限,我们对贫苦的摊贩和小贩实行的都是免征税的政策,税收锐减。我们统计了下近两个月的征税情况,10月税收还有37600元,到了11月却只有19500元了,几乎减少了一半。究其原委,一是走私和逃税严重,而我们力量有限,无法查处;二是对城镇的商家收税难,江敬义的税警团可猖狂了,他们还成立了一个叫什么'铁钳队'的,专门搞税收稽查。为什么叫'铁钳队'呢,意思是从谁的身上都要拔下毛来,雁从天上飞过,他们也能举起铁钳扯下一撮毛来,可见其猖獗狂妄到了极点。谁敢不交税,'铁钳队'马上上门,非搞得你倾家荡产,甚至家破人亡不可。这帮家伙配备的武器都是清一色的美式装备,一个个如狼似虎的,谁敢惹啊,为首的就是那个叫'活蜈蚣'的家伙,他狗仗人势、为非作歹、欺男霸女。"

谷家峻打断了他的话头,急急地说:"那我们何不先把这个'活蜈蚣'捏成'死蜈蚣'啊?"

蓝子天道:"我和龙雪这回来狮子山,正是这个意思,想请游击队配合行动,给这个'铁钳队'一点颜色看看,煞煞他们的威风。还有一个的话,我们要好好商讨一下,以后怎么收税的问题。针对税警队的搞法,我们也必须走武装护税和收税的途径了。打击敌人和征税这两个任务都要完成。说实话,看到游击营地这样缺衣少吃的困难,我的心情非常沉重:我们对游击队的最低给养都不能保证,又怎么谈得上支援战争、支援前线呢?可是,要征税,大商人又都在敌人据点里,所以还必须开辟据点征税新途径,这样才能多多收税。"

谷家峻一听,用力一拍手,兴奋地说:"好啊,老伙计,就按你的计划来吧,该我们做什么,全凭你调遣,没得话讲。"

蓝子天双手一摊道："你看你，老话讲'出门三步就是客'，我俩好不容易上了你狮子山来，你一不招呼我们坐，二不让我们喝杯水，太小家子气了吧，难道你看我们两手空空上山，你就是这样个待客吗？"

谷家峻一拍脑袋瓜子，"呵呵"地笑道："看我这只顾着和你说话了，该打该打。请坐，请财神爷上坐，小山子，快倒水来。"通信员小山子响亮地"哎"了一声。谷家峻双手滑稽地朝木凳子上抹了一把，弯腰朝龙雪做了一个请坐的动作，嘴上说："女士优先，女财神先上坐了。"他夸张的样子逗乐了大家。

蓝子天挥挥手："去你的，少酸了吧。咱们都坐下来好好合计合计。"

2

俗话说，天无绝人之路，蓝子天横下一条心，决定冒险打入国军据点去。他和谷家峻、龙雪商定，税收小组和游击队配合，组织三个征税尖刀组，分别突入到城关、月林、龙口等几个地方上去征税，这些个地方不仅有代表性，而且有几家生意做得大，而交税态度向来不咋的。首先把城关镇的李阳春油坊、月林的福康木行和龙口镇的米行老板龙二洪列为重点查税对象。

这天上午，蓝子天化装成一个打油工人，用一根扁担挑着两只油桶，带一支手枪，把枪放在右手手心里，手按在扁担上面，大摇大摆地来到通往潇浦城关镇的万福桥。他顺利地通过了敌人的哨卡，单枪匹马到达李阳春油坊。一进油坊门，蓝子天就看到老板李阳春坐在账桌上，端着一把紫砂茶壶，有滋有味地品着茶，好不逍遥自在。李阳春偶一抬头，看到了蓝子天，遽然一惊，手中的茶壶都差点掉到地上，太突兀了，这个让他又恨又怕的新四军税务局局长怎么又回来了？真是阴魂不散啊，正惊惧间，蓝子天的枪口已对准了他。蓝子天轻轻地对他说:"李老板别来无恙,反正我们也不是初次见面,客套就免了。我这次来,主要是请你向我们完税的。为了我们的安全起见,烦劳你跟我走一趟,护送我出去,请你走在前面!"李阳春不得不听命,而蓝子天便跟在他的后面,用枪始终对着他的脑袋。到了据点外面后,龙雪前来接应。见蓝子天安然无恙,她舒了一口气,蓝子天就交代龙雪赶紧给李阳春算了一笔账,要他交 380 万元(法币)税款。蓝子天微笑着盯着李阳春的眼睛道:"李老板,我们这账还是算得够清楚的了吧?按照我们的政策,一分钱税也没多要你的,怎么样?"李阳春揩了一把额头上黄豆大的汗珠,忙不迭地点头:"没有,没有,一分钱也没多。"蓝子天收起笑容,换了冷峻的口气说:"那好,三天之后的上午九时请你将这笔税款如数准备好,送到万福桥对岸的那棵樟树下,到时候自然有人来接税款,并且会将税票开给你的。记住了,三天后,过期不候,你看着办。我先行一步,就不送你回去了。告辞!"话毕,蓝子天和龙雪果然头也不回地走了。留下李阳春目瞪口呆地站在那里,仿佛在梦游一般。

三天之后,李阳春派管家把税款如数送来了。这一笔不菲的税款被赶紧送到了狮子山游击营地,解决了游击队的燃眉之急。谷家峻拍了拍蓝子天的肩膀,竖起大拇指道:"咱们财神爷真是好样的!佩服!"

蓝子天旗开得胜,让征收尖刀组的一个个脸红心跳、摩拳擦掌。而毕竟是进入敌占区收税,所以并非都是那么轻而易举的。

又是一个初冬的早晨,地上铺了一层白霜,老天爷阴冷着一张脸,尚山虎带领游击队员袁三旺和王有财赴月林镇上收税。

本来他们是奔着福康木行去的,在途经一家叫作"大通"的商行时,尚山虎想着来一趟也不易,能多收一家是一家,于是乎他让袁三旺站在门外望风,自己则和王有财走进了"大通"商行,商行老板郑长生见到陌生人一大早上门来,满心欢喜地做第一笔开张生意,而当尚山虎亮出身份时,他支支吾吾地不太乐意了。王有财眼睛一瞪,喝道:"难道你还敢抗税不交吗?"一边就做出了掏枪的动作,尚山虎这回冷静了,忙朝有财严厉地瞪了一眼。他和颜悦色地对郑长生道:"郑老板休得害怕,你对我们共产党的政策可能不清楚吧,那我慢慢和你说一说。"郑长生连忙说:"我清楚,清楚得很呢,你们共产党的队伍从不乱来,而且打鬼子毫不含糊,我们心里都敬佩。我不是不愿意交税,只是,只是我们做生意的,常常喜欢讲个吉利兆头,这大清早的,我还没开张呢,一分钱生意没做,你们就要来收税了,这,这,我这一天的生意不是没利市了吗?"尚山虎一听,不觉失声一笑,道:"原来如此啊,我还以为是郑老板不想交税呢,误会了,误会了,是我们没搞清这规矩,这样吧,那我们就先走了,回头再说吧,多有打扰。"门外望风的袁三旺此时突然发现有敌人已进镇子,正朝这边走来。他赶紧就向尚山虎报告情况,三人连忙准备撤走,这时郑长生却一把拖住了尚山虎,不由分说往他手里揣了把票子,急急地说:"这是我的税钱,你们难得来一趟,先收了吧。"尚山虎心里一热,忙道:"那我得开税票给你。"说着一边掏出票来,一边将税款交给王有财,"你仔细点清楚了。"郑长生急得跺脚道:"别开了,别开了,下次再补吧,来不及了。"尚山虎边填写税票,边笑道:"没事,耽误不了。"等他将税票交到郑长生手上时,敌人已越来越近。三人迅速往街后的巷子向南撤退,这时候敌人发现了他们的可疑,领头的高声大喊:"站住,站住!"话音刚落,他开枪了,十多人朝尚山虎他们包围过来。

是时,一群老百姓也正蜂拥着向江边奔跑,原来这天是当地还乡团搞清剿行动。尚山虎和袁三旺、王有财趁机混在逃难的乡亲们中跑到了七条港西堤岸外的青沙江滩上。此处向东是七条港,向西是龙口镇。北面敌人正在扑来,南面则是白浪滚滚的青沙江,情况万分危急!未等他们定神,五六个敌兵已登上了堤岸,离他们只有十来米了。敌兵用枪对着他们大喝一声:"喂!你们是什么人？"所幸,三人都是农民打扮,尚山虎马上回答:"我们是老百姓。"大概敌人未怀疑他们的身份,又唤道:"上堤岸来,我们要检查。"三人只得慢慢地向敌人走去。尚山虎一面低声吩咐袁三旺在接近敌兵时快速甩出了一颗硫磺弹,黄烟腾腾而起之时,他们马上向北突围。不料,此时又有十多个敌兵爬上了堤岸,其中一个曾是龙口镇开肉店的老板,此人姓姜,绰号"蛤蟆",他的一个哥哥因为当了汉奸,参加了税警局,在一次敲诈勒索时碰上了尚山虎带着队员稽查,而被稽查便衣队给一枪毙了。"姜蛤蟆"由此放下了屠刀参加"还乡团",发誓要为哥哥报仇雪恨,而他恰恰认识尚山虎。所以当他发现被他们包围的正是尚山虎后,不禁好一阵得意,老天有眼,报仇的机会终于等到了,他一面高喊"尚队长,不要跑,快投降吧",一面开了几枪,子弹从尚山虎的身边飞过,弄得江滩泥浆四溅。尚山虎拔出腰间的驳壳枪向"姜蛤蟆"还击了两枪,王有财也甩出了一颗硫磺弹,"轰"的一声,将更多的敌人引了过来。

敌人紧紧封锁北岸,集中火力分两路向他们追击,满以为这回游击队肯定跑不掉了,抓住他们是坛子里摸乌龟——易如反掌。尚山虎边跑边对三旺和有财说:"我们向北突围无望了,冲不出去,只有跳江,扑过七条港,才有生路!你们快跟上我,往东奔!"三人飞快地向前边奔跑,敌人在后面打着枪追赶。当与敌人的距离拉远到四五十米时,尚山虎猛然回头一看,袁三旺不见了,他心中一凛,三旺凶多吉少了。但现在他只能和有财继续向东奔跑。终于到了七条港外口,两人紧握手中的驳壳枪,毅然决然跳入青沙江,向港东游去。

七条港外口水面宽,水又深,两人不顾敌人子弹在身边横飞,在惊涛骇浪中一口气游过了200多米宽的七条港,总算到得岸边,两人已是筋疲力尽,整个人都瘫倒在江滩上,半个身子却还浸泡在江水中,尚山虎感觉全身都已冻麻木,王有财冻得牙齿咬得咯咯响。两人拼尽全身最后的力气拼命地往岸上爬,但总是爬不上去。这时,敌人已赶到七条港外口,不停地向他们开枪射击。然距离已超过了射程,纷飞的子弹无力地落在了江里,尚山虎的心中不由滋生了一种胜利的喜悦:不管多么惊心动魄,这次敌人是捉不到我们了!恰好此时前来接应的石头和另一个游击队员也被敌人追赶到七条港,他们在港东江边偷偷向堤外看,发现有人半个身子泡在江水中,便冒着敌人乱飞的子弹,飞快地爬过来救他们,石头使劲地拉住尚山虎的双手,将他拖泥带水地扶到了堤岸内,这才真正脱离了险境。

而袁三旺年轻的生命却永远凋谢在青沙江畔。

尚山虎为此而自责不已,他将200万元法币税款交给蓝子天时,懊恼地说:"要不是因为我去开票而挨延了时间,三旺就不会牺牲了。是我害了三旺啊!"

3

江敬义得知了游击队竟然敢在自己的地盘子上收税,他怒不可遏,把"铁钳队"队长"活蜈蚣"叫到跟前一顿痛骂:"你是吃干饭的啊?人家跑来把你嘴巴边的口粮都抢走了,你还坐得住,沉得下气吗?他们是虎口夺食,而你还称什么蜈蚣,你的钳子呢?是断了,还是短了?什么'铁钳队',我看是一群饭桶,一群消食的猪,吃饱了只会哼哼叫两声罢了。"骂得"铁钳队"队长"活蜈蚣"鼻子里只有出的气,没有进的气,头都钻到裤裆里去了,大气不敢喘。江敬义骂得累了,撒完气了,"活蜈蚣"赶紧替他点上一支烟,又端上一杯茶,嘴里喏喏着:"您老人家消消气,别气坏了身子骨啊,您把心放宽,我不把这股游击队消灭,我他妈的就不叫'活蜈蚣'了,我只要张开我的两个铁钳子来,他妈的共匪不死也得脱层皮。"江敬义余怒犹在,叫道:"你那两个钳子早晚让老子给折断算了,哼!""活蜈蚣"举起两只胳膊肘儿晃动着,提高了声音回答江敬义:"不彻底灭了那帮共匪,不让您团座亲自动手,我自己废了它。"江敬义白了他一眼,低下头来吭哧吭哧地喝了一大口茶。

"活蜈蚣"恼火的是不怕和游击队硬碰硬。当面锣对面鼓地干上一仗,恰是他所期待的,可是游击队偏偏不着他的道,偏偏和他捉迷藏,他们神龙见首不见尾一般,飘忽不定,让"活蜈蚣"有力使不上,只有干着急的份。挨了江敬义的一顿臭骂后,"活蜈蚣"的"铁钳队"在他亲自督率之下,加大了巡查的频率,他笃信着,总会有碰上收税游击队那么一天的到来。

这一天居然就在半个月之后来临了。

月底的一天傍晚,蓝子天、尚山虎、龙雪和鲁双涛四人已做好了次日早晨赶往江峡财经分局参加财税培训班的准备。吃过晚饭后,四人一商议,决定利用会前的这个夜晚,到龙口镇西南东兴村附近的三岔路口,搞一次突击性查税缉私活动。他们于是决定先摸到路口附近的关帝庙歇脚,静待时机。

在当地人心目中,关公是神通广大、有求必应的神明。因此,不论是婚姻、生意、疾病、求职,他们都要到关帝庙抽签,希望得到指点,以求心理上获得安慰。宋元以来,龙口当地商业贸易盛行,传统商业文化强调经营者要具有"守信用、重承诺"的美德,而关公则成了这种美德的代表,被奉为商业的保护神,也就是人们所说的"武财神"。凡做生意的人,都要到庙里来求财祈福,并捐一些香火钱。只是战火年代,动荡不安,自然也就波及了关帝庙,向来旺盛的香火冷落了不少。好在庙内尚可遮挡寒风,蓝子天、尚山虎、龙雪和鲁双涛靠在高大威武的关公像下休息。夜越发地深了,寒风在庙外呼呼地叫着,龙雪冷得缩成一团,旁边的蓝子天感觉到了,他脱下了外衣不由分说硬是披在龙雪的身上,龙雪哪里肯要呢,蓝子天轻声地说:"没事,我壮实得像头牛牯呢。"已经入冬,而大家都还没有棉衣。蓝子天暗暗想,一定得想法多征税才行,不然这个严冬大家可得备受煎熬。

半夜时分,他们听到路口有动静,鲁双涛摸出去打探,发现并不是商队经过,而是一大队身份不明的人,在这样的环境下,这些人显然不会是自己的队伍,四人不明就里,还是先避开为好,赶紧便向南撤,欲经东兴桥向东转移到安全地带。

桥上人影晃动,有流动哨把守着。这都是些什么人呢,又要怎么样才能顺利地通过东兴桥,鲁双涛悄悄地说:"我先上去摸摸情况再说吧。"他索性挺直了身子,大摇大摆地往桥头走去。

"站住,干什么的?"哨兵拉动了枪栓喝道。

鲁双涛忙装着害怕的样子回答:"千万别开枪,俺是老乡。"一边停下了步子。

哨兵平端着的枪口对准了鲁双涛:"老乡?你扯淡吧,这么晚了,还在外面逛荡。我看你准是探子。"

鲁双涛忙举起双手,说:"别拿枪对着俺,俺真是东兴村周家屋场的,俺叫周老三,俺家的牛走丢了,出来寻牛的,一头大黄牯,没了它,俺这田里的活怎么办呢,大黄牯可是俺一家子的宝贝。丢了俺自己也不可以丢了它的。"

哨兵远远地借着朦胧的月光打量着鲁双涛,见他那一身地道的乡下人装扮,狐疑地问:"你真是周家屋场的周老三?"语气里已没了先前的冷硬。哨兵三十上下的年纪,五短身材,却是很敦实的样子。

鲁双涛心里却是一惊,难道说这哨兵认识那个周老三,周老三倒不是鲁双涛杜撰的,确有其人,周家屋场也不是虚构的。但如果这哨兵要是认识周老三,这不就麻烦大了吗?鲁双涛试探性地轻声地说:"可是,可是,俺好像没和你见过面吧?"哨兵道:"我没见过你,可我见过你家老大,你老大不是一直在龙口做着牛贩子吗?我见过。"原来如此。鲁双涛暗暗松了口气,连连说:"是的,是的。"

他疑惑地问:"这么晚了,老哥你这还在干吗?黑灯瞎火的,天又冷得冻得掉脚趾头,还不早些回去钻热被窝呢。"

哨兵道:"我这可是在站岗放哨啊,怎么能随随便便就离开呢,不允许。"

鲁双涛装着糊涂套话:"那是谁这样严厉啊?没一点人情面子!"

哨兵道:"你难道不知道吗?我们是三乡联防队的,三乡联防队,你未必没听说过?"

这个鲁双涛当然知道,三乡联防队是地下党发展起来的农民协会组织,在龙口、月林和古窑一带挺活跃的,在这三个地方的农村地区,他们协助地下党做了不少有关交通、情报工作。"难道说,这个桥上的哨兵真是联防队的?那就太好了。"可是,鲁双涛还是不能完全放下心来,毕竟自己和联防队的没打过交道。别因为自己的麻痹大意而中了敌人的圈套。

心里琢磨着,要不要再走近去探个清楚。正迟疑间,哨兵在桥头朝他吆喝着:"周老三,你不是要去寻你的牛吗,那你赶紧地过去吧。别磨磨蹭蹭的,耽搁了你的事。"鲁双涛便不再多想,慢慢地往桥上走去,刚走上桥塅,突然从桥洞下跃起十数条黑影,鲁双涛猝不及防,一下子就被两条黑影扑倒在地。他发现上当了,拼命挣扎起来,他只想把动静搞得大一些、更大一些,这样一来,蓝子天和尚山虎、龙雪就会发觉危险而及时转移。他嘴里大喊大叫着:"你们干什么,俺是老乡,你们抓俺干吗?"那哨兵狞笑着道:"还老乡,还周家屋场,还他妈的周老三,还他妈的寻牛的,你当老子那么好骗啊?周老大抗税早三天刚让江团长给一枪崩了,还贩牛?贩鬼去了呢,哈哈!"

鲁双涛不禁悔恨不已,被狗日的算计了。他的双手现在被反拧在后面,头被死死摁在冰冷的地上,他试图用力甩开抓住他的两双手,却动弹不得,对方显然是有备而来,那是两个五大三粗的莽汉。鲁双涛挣扎着动了动手指头,触摸到了挂在腰间的那颗手雷,他运足一口气,身子猛烈地一扭动,终于使自己的手指头拉到了手雷的环,好在夜色太暗,抓住他的敌人没有发现他的这一举动。他再一次厉喝一声,用尽全身力气,将手雷拉响了。

轰的一声爆炸,鲁双涛和那两个摁住他的敌人同归于尽。

4

埋伏的蓝子天、尚山虎和龙雪听得巨响,不禁悲痛欲绝,情知鲁双涛已陷于敌手而选择了与敌人同归于尽,用他自己的生命来保护他们三个的安全。尚山虎低吼着拔枪就要冲上去,蓝子天只得死死地扯住他,低声喝道:"你还想去送死吗?没看到桥上的敌人越来越多了吗?"龙雪眼里噙着泪,泪光在清冷的月色里闪烁着,哽咽着说:"难道眼看着双涛这样白白牺牲了?"蓝子天一把扯起她,道:"双涛的血不会白流,仇要报,不是现在,赶紧冲出去。"三人随即向北突围。

此时敌人已经发现了他们的行踪,"嗷嗷嗷"地怪叫朝他们追赶过来。子弹嗖嗖地在他们的耳旁呼啸着。好在蓝子天对路径熟悉,他带着尚山虎和龙雪一路朝着青沙江方向狂奔。

耳边已听得见江水汤汤奔流的声响,而龙雪已气力不支,她整个人虚弱得抬不起腿脚了,脚下一个趔趄,踩空了一脚,人已软软地倒了下去,一阵钻心的疼痛,她的右脚踵伤了。蓝子天和尚山虎赶紧折回身来搀扶她,龙雪急得气喘吁吁地说:"别管我了,你们快,快走,这样三个都走不脱。"蓝子天哪能听她的,弯腰一把抄起她的腰,连抱带拖地踉跄着向前走,尚山虎则在后面还击掩护。这样前行的速度实在太慢了,加上视线不好,数十条黑影如鬼魅般怎么也甩不掉,眼看着敌人已越追越近。咚咚咚,后面追赶的杂乱无章的脚步声已越来越清晰了。蓝子天心里一紧,今晚要想全身而退,只怕是难。龙雪还在挣扎不肯挪步,蓝子天火了,喝道:"要死大家死一块!"龙雪知道蓝子天铁了心不会舍她而去,不觉心里一热,她不敢乱动了,想着,横竖一死,死就死吧,就算是这样子死了,也值!她咬紧牙关在蓝子天的搀扶下奋力往前挪动着伤腿。

殿后的尚山虎几乎已经能清楚地看到后面追赶过来的人影了,他焦急地大喊:"敌人追上来了!"蓝子天边大口喘气,边回应他:"前面就是青沙江了,坚持住,到江边上就跳下去!"当敌人已近在咫尺时,蓝子天听到一个有几分熟悉的声音在后面狂叫:"弟兄们,给我冲上去抓活的,哈哈,他们跑不动了。"蓝子天知道这是"活蜈蚣"出马了,那么追赶他们的人就是税警团"铁钳队"的人。

三人终于挨到了青沙江的堤岸上,可他们已经迈不开步子,他们瘫坐在地上,连跳下江去的力气也丧失殆尽。子弹也已打光了,看来只有束手就擒的结局。龙雪不禁绝望地闭上了眼睛,她为自己拖累了蓝子天和尚山虎而深深自责着。

当敌人慢慢地围上来时,突然响起了一排枪声,有两条黑影蓦然仆地。救星到了!

蓝子天不禁为之一震,身体里爆发出想象不到的巨大的潜能,他倏地弹起,拖着龙雪,猛喝一声:"跳!"其实他们三人根本不是跳下去的,而是骨碌碌地滚下了堤岸!

两条筏子迅捷地划到了他们身边。

为首的那个瘦削精干的中年汉子不是"水上漂"又是谁呢。蓝子天眼眶里一热,却已无力和"水上漂"说上一句感谢的客气话。

"水上漂"和几个弟兄将蓝子天三人从水中拖上了筏子,这时他们吃惊地发现全身衣服湿透、面色苍白的尚山虎一手揣着包裹,一手捂着肚子,表情痛苦,"水上漂"连忙把他扶着靠舷躺下。尚山虎上气接不到下气地说:"我挂花了。"蓝子天一听急忙把他的衣服解开,只见他浑身是血,肠子已从枪眼中涌了出来,大家都惊呆了。"水上漂"忙道:"赶紧到镇子上找郎中去。"尚山虎艰难地说:"大当家的,别费心。我们这一闹,即便到了镇子上也是死路一条。我这伤我心里清楚。"他转脸看了蓝子天一眼,指着脚边上的枪和包裹里的税款、税票说,"请组织收下吧,我的任务完成了。你们继续战斗……"龙雪挣扎着爬过来给尚山虎简单地包扎了伤口,蓝子天噙泪点了点头,对尚山虎道:"别胡思乱想,我们马上把你送往后方医院抢救。""水上漂"连忙吩咐立即开船。而船划离堤岸不过两里处,尚山虎头一歪,倒在了蓝子天的怀里。

　　事后在替尚山虎遗体更换衣服时,发现他身上共有八个枪眼,有几颗子弹头还嵌在肉体内。大家伙心里非常悲痛,也非常震撼:他身负重伤,竟没有丢失手中的武器,没有丢失一张税票,没有丢失一分钱税款!

第二十八章

1

"活蜈蚣"没想到半路杀出个程咬金来,眼看着煮熟的鸭子又飞了,他甚至于是谁把人救走了也没弄清楚。他恼羞成怒地把账算到了龙口的百姓头上。他曾在这里栽过跟头,被共产党算计,硬是被逼离开龙口,这一点他至今耿耿于怀。

"活蜈蚣"带着他的"铁钳队"耀武扬威地开进了龙口。

他此行来第一个要找的就是商会老会长龙洛铭。龙洛铭的女儿龙雪是新四军,他得好好利用这个事做做文章。

龙洛铭明知道来者不善,善者不来,只有一口咬定龙雪早已与他断绝了父女关系外,别无他法。"活蜈蚣"冷笑着道:"别以为你死不认账就可以撇清关系了,我们对你通匪的证据可是了如指掌。今天你交出你的共匪女儿来,就一了百了,否则别怪我不讲往日情分。"龙洛铭干脆紧闭嘴巴,不再搭理。

"活蜈蚣"见状,便恶狠狠地咆哮着:"看来你龙会长也是死心塌地通匪了,那就对不起。龙洛铭身为龙口商会会长,带头抗缴税款,影响极坏,弟兄们,给我把龙家从里到外抄个精光,所有财产一律充公。着令龙口镇全体商户以此为鉴,积极缴纳税款,否则,一概按通共论处!严惩不贷!"

龙洛铭气得花白的胡须颤抖,他战战兢兢地说:"老朽反正已是土埋上脖子的人了,死不足惜,唯愿尔等万万不要牵累到龙口父老身上。什么过错一切均由老朽一人承担吧。"

龙雄此时跳出来骂他的父亲:"你真是老糊涂了啊,都什么时候了,火烧眉毛,你还是屎啊尿啊什么都往自己身上揽,你不想活,那我可没活够啊,这一大家子难道都陪着你去死吗?老糊涂,真是老糊涂!"他责骂了一通老父亲后,又赶紧挤出一脸谄媚朝"活蜈蚣"说,"大队长,您千万别信他那老糊涂的话。""活蜈蚣"歪着头乜了龙雄一眼,等着他的下文。

龙雄一脸无辜地说:"龙雪那个匪婆子,我们确实不清楚她的下落,她和我们是三十年的亲戚四十年没通来往了,她早就搬出这个家了,这个邻居第舍们都有目共睹。我没有半句谎言。可是要抓她,找一个人肯定可以。"

"活蜈蚣"来了兴致:"哦,那是谁?还不快说。"

龙雄瞥了一眼父亲,龙洛铭正朝他怒目而视。父亲的目光让龙雄心中一凛,不由得缩回了话题。

"活蜈蚣"却不耐烦了,手一挥:"给我抄!"

龙雄吓得一激灵,赶紧道:"别,别,我说还不行吗?龙雪的亲娘老子就在镇上住着,我带你们去总行了吧?"

"活蜈蚣"眼珠子滴溜一转,道:"那行,可是抓共匪婆子是一回事,收税又是另一回事,你别想得轻松,这税一分一厘也免不了的。谁不知道你龙家是龙口首富?"

龙雄这下子傻眼了,他以为对龙雪的下落有了一个交代就过了关,没想到自家的财产还是难保。情急之下他冲口而出:"我还可以领你们去那些支持过共匪,给共匪交过不少税的人家。"

一听儿子这么一说,龙洛铭登时气得五脏六腑错了位,他大骂一声:"你这逆子!我,我……"口里喷出一大口鲜血,身子往后颓然倒下,后脑砸在坚硬的地上,发出一声沉闷的钝响。

龙洛铭的亲眷一时哭哭啼啼地慌作一团,龙雄扑上去一把抱着父亲的头,泪流满面地哭叫着:"爹,爹,我这不也是没法子了吗?爹,爹。"龙洛铭费劲地睁开眼睛,看了儿子一眼,嘴里幽幽地长叹一声,永远地合上了眼。

2

潇浦绥靖公署这时候给税警团追加了10000万法币的税收征收任务,还追加了1000担粮食及500担棉纱布匹指标。税警团团长江敬义感觉到一座大山压头,他自忖又不能抗命,只好把任务分解下去。在如此环境下要完成任务指标,下属们一个个怨声载道,江敬义一肚子气也没处撒,他没好气地说:"你们只管叫苦连天,我江某人总不能把指标揣在自己的怀里带回去吧。办法你们想,反正一条,完不成的,一律军法从事!"

"活蜈蚣"和他的"铁钳队"自然地也就站在了强征强拉的浪尖上,他借机把龙口镇闹得满城风雨,乌烟瘴气。

"铁钳队"规定:凡是抗税者,一概以通共论处,没收全部家产,格杀勿论。在大肆搜刮民脂民膏的同时,"铁钳队"疯狂搜捕农会干部,制造了惨绝人寰的"耙头血案":龙口贫农协会会长薛正平及三个农协干事和另四个游击队员家属,以及两个同情共产党并给予过共产党支持的商户,一共十人,其中之一就有龙雪的母亲龙邹氏。在审讯中,农协会干事受尽了酷刑,仍顽强不屈,骂不绝口,被恼羞成怒的"铁钳队"一连割去了薛正平等三人的舌头。即使这样了,"活蜈蚣"看着血肉模糊的薛正平还不满足,竟又想出了个骇人听闻的残暴手段。他命人挖了一个近一人深的大坑,把受尽酷刑的十个人全部推进坑内,站在里面,用土埋到胸部,再用农村耙地用的铁耙套上牲口耙来耙去,生生把那十个人的人头耙得稀烂。

鲜血染红了土地,累累血债再添新恨!这件丧尽天良的残暴罪行很快传遍了潇浦大地,老百姓提起"活蜈蚣"无不为之色变,无不恨之入骨!

"活蜈蚣"报复性的手段,得到了江敬义的极力称赞。他训示,税警团就是要不惜一切地用尽所有措施,来确保各项征收任务完成。特殊时期必须以铁腕治税!

蓝子天和谷家峻义愤填膺,尽快除掉十恶不赦的"活蜈蚣",以儆效尤,这已成当务之急!

化装成百姓的蓝子天先后三次独自来到龙口,很快摸清了"活蜈蚣"和他的"铁钳队"的活动规律,知道"活蜈蚣"常到"铁钳队"驻地对面的喜盈门饭店胡吃海喝。他还是一个喜欢蹂躏良家妇女的淫棍,便决定投其所好,引他上钩。但刁滑之徒"活蜈蚣"自知血债缠身,估摸着共产党不会轻易放过他,一向来总是龟缩在据点里避风头,轻易不肯出外行动。

鱼儿不上钩,蓝子天只能耐心地在暗中等待时机。

狗改不了吃屎。约莫一个月之后,一直不敢公开露面的"铁钳队"又开始活动了,憋屈坏了的"活蜈蚣"自以为风头已过,又蠢蠢欲动,开始出入于饭馆、赌场及青楼欢场。

一天中午,"活蜈蚣"正同"铁钳队"一个外号唤作"叫脑壳"的队员在驻地对面的喜盈门饭店喝酒,这时,从外面进来了两个二十多岁的汉子,他们一身生意人的打扮,进门就在挨着"活蜈蚣"的桌子上要了酒肉吃喝起来,三杯酒下肚两人便说起了悄悄话。其中那个脸孔黝黑的大汉边吃边小声说:"老弟,听说了吗?白露湾李世松家刚办了喜事,给儿子娶了个天仙般的小美人,人称'赛桃仙',想想那又嫩又鲜的赛桃仙,真是馋人哪。没想到李世松那蔫不拉唧的儿子还会有这等艳福。"另一人嚷道:"好你个臭小子,叫俺嫂子知道你这花脚乌龟花花肠子的坏心样,尽打些歪主意,非跟你闹翻天不可。"两人看似无心地随口说笑,所说的话却都被旁边的"活蜈蚣"听得一清二楚。

白露湾是一个距离龙口镇不到二里路的小村子,村里的土财主李世松其实就是一胆小怕事的"软蛋","活蜈蚣"听着传到他耳朵眼里的话语登即便起了淫心。他吃饱喝足之时,见那两个生意人还兀自在酒桌上推杯换盏。"活蜈蚣"装模作样地给掌柜的丢下一句话"记上账吧",头也不回地走出了店门,"叫脑壳"赶紧撑上,撂下店家一脸无奈。

刚走出饭馆门口,"活蜈蚣"就毫无遮掩地对"叫脑壳"说:"你刚才听到了吗?今天晚上咱们干脆去会会那个赛桃仙小美人。""叫脑壳"迟疑着说:"不可大意,得小心点。""活蜈蚣"不以为然地说:"怕啥?这二里地不到,他新四军游击队敢来?"两个人一边商量着什么,一边奸笑着走回了驻地。

这两个生意人不是别人,正是蓝子天和谷家峻。他们出现在酒馆和他们所说的那些话,是特地给"活蜈蚣"下套的。他们在"铁钳队"外面放出眼线,随时注意着"活蜈蚣"的一举一动,单等着引蛇出洞了。

当天好不容易完全黑下来,一弯冷冷的下弦月悬挂在半空中。"铁钳队"驻地的大门"吱呀"一声打开来一条缝,从里面蹿出来两条黑影。"活蜈蚣"和"叫脑壳"带着盒子炮出了东门,大摇大摆直奔白露湾。谁知刚走到一处唤作"鸡公坳"的地方,忽然从小路边的芦苇丛里冲出来四条黑影,还没等"活蜈蚣"和"叫脑壳"两人反应过来,黑洞洞的枪口已经顶住了他们的胸膛。

"不许动!我们就是新四军。'活蜈蚣',你干尽了丧尽天良的事,我们代表龙口乡亲们处决你这个刽子手!"这是蓝子天冷峻的声音。"活蜈蚣"吓得啥也说不出来,当即便尿了一裤子。"活蜈蚣"抬头一看,他认出了蓝子天,还有龙雪。"活蜈蚣"后悔莫及,看来今晚得命丧"鸡公坳"了。他记起曾经在关帝庙算过一卦,卦师仔细打量他后道:"恕我直言,观你气质,察你身态,听你言语,窥你面貌,你乃蜈蚣托生,运气好,当可大有作为,但要远离带'鸡'字地名之处,甚或路过诸如有此类带'鸡'字的地方时亦需小心在意,以防不测。时运不济则难得善终。切记切记了。"那卦师年过花甲,虽称不上鹤发童颜,然而也是精神矍铄,双目炯炯有神,"活蜈蚣"听得将信将疑,后面那一句虽让他心中不悦,却也并不以为然,他狂笑一声对卦师道:"哈哈,鸡吃得了蜈蚣,但能吃掉我的人恐怕还在娘肚子里。"如今没想到竟一语成谶,不幸被卦师言中,"鸡公坳"就是他"活蜈蚣"最后的归宿之地。

龙雪用枪顶在他的脑门上,厉声喝道:"你不是要抓我吗?你这没人性的畜生,你也有今天!"话音刚落,她连续扣动了扳机,只听"当当"两声枪响,"活蜈蚣"和"叫脑壳"立马就见了阎王。蓝子天把事先写好的两张字条留在了"活蜈蚣"和"叫脑壳"的尸体上,上写:"刽子手的下场!"谷家峻冲龙雪道:"你怎么不给我留下一个呢?啪啪两下子就送他们见了阎王,还真是让他们死得便宜了。"他恨恨地朝"活蜈蚣"的尸体上踢了两脚,算是解了一下心里郁积的仇恨。随即,他们就像鱼儿游进青沙江一样,眨眼间消失在星光下的无边原野里。

不知从哪个角落里突然传来两声公鸡高亢的啼鸣,把那一片沉沉的夜色刺破。而月色如水,清辉洒了一地,这夜晚的天空似乎分外地澄明。

3

江敬义没想到游击队还有那么牛大的胆子,敢刺杀了他的"铁钳队"队长。而更让他痛心的是,没有了"活蜈蚣"的"铁钳队"群龙无首,就在"活蜈蚣"被刺杀的当晚,游击队发动了对"铁钳队"的袭击,"铁钳队"损失惨重,一支整整二十多人的队伍,死的死,伤的伤,被俘的被俘,只逃出了区区五个人,几乎是全队覆灭。苦心经营的结局如此凄惨,难怪他要连连叹道:"这共匪真是无孔不入啊,明明白白他们的主力早消失得没了踪影,偏偏潇浦还有这些不怕掉脑壳的。"他百思不得其解的是,保安团团长江敬仁不是一直吹嘘吗,说在潇浦不可能再有共匪敢露出头来,他每组织保安团进行一次清剿,都是大获全胜,总能割下好几个共匪的首级回来,挂在城墙上示众。可这是怎么回事呢?这共匪怎么杀不怕,也杀不尽呢?现在竟然敢跳出来和他江敬义叫板了!敢和国民政府对着干了!

你做得初一,那就别怪我做得十五了!江敬义咬牙切齿地拍桌而起。他在税警团立下恶誓:此仇不报,绝不罢休!我江某人就不是爹娘养的。怎么样报那一箭之仇,他其实心中也没个谱,但他得当着手下立那个誓言,也算是对死去的弟兄们有个交代吧,再者,如果他吃了那么大的一个亏,连屁都不放一个,又岂不会寒了弟兄们的心?日后还会有谁死心塌地地跟着他江敬义团长混呢?他比他的那位仁兄江敬仁工于心计。这是大家公认的。

琢磨来琢磨去,他想找江敬仁的保安团出头,给他出这一口恶气,可这一回江敬仁吞吞吐吐地没个态度,反而闪烁其词地对江敬义说:"老弟啊,这税多收一分会怎么样,少收一分又会怎么样?咱兄弟能胀饱,会饿死吗?"明摆着他的话里有话,听得江敬义一愣,寻思了半天才影影绰绰地悟到些老兄话里隐喻的意思。分明是不让他太过火了,税多收少收不关他江家多少事。

江敬仁模棱两可的态度让他无可奈何地断了那个要请保安团为税警团出头的念头。

江敬义奇怪地想到,以老兄以往的风格绝不是现在这样的一个态度,话里话外,他似乎对党国的事业不是那么上心。(当然,即算真是这样的,他江敬义也不会蠢到拿这事去抖搂的)突然脑子里又是一想,奇怪了,这回他税警团的损失不可谓不惨重,早已传得沸沸扬扬的,可绥靖公署和县党部那边倒是淡定得很,上峰并无追究责任的意思。他不知道是不是该为自己庆幸。

他自然不清楚,现在绥靖公署代主任秦瑜正烦闷着,烦闷到了有些心灰意冷的地步。早几天她到省城一趟,在和省府幕僚私下里的交谈里,一个不争的事实让她悲观滋长。

自从战争开打以来,党国的局势可谓江河日下。开战之初,仗着拥有整个国家机器以及得到了美国政府的支持,国民政府曾踌躇满志地预言:"在3至6个月内,就可以消灭共产党。"可是,国军几乎每战必败,节节溃退,美国顾问巴大维将军的观察则是:"自我到任以后,没有一仗是由于缺乏军火装备而被打败的。"话中自有深意啊。

随着解放军控制了东北和中原的大部分地区,国共兵力对比也彻底翻了个,曾经弥漫国民党上下的乐观气氛荡然无存。

秦瑜痛苦地寻思着,当前的中国,只怕是真正意义上最混乱的邦土了。因为它符合一个"坏时代"的所有特征!让秦瑜回想起晚清状态:人人知道这样下去是不行的,甚至很多人都明白好的道路、好的办法应该是怎样的,然而,就是无法改变现状,于是,只能眼睁睁地看着自己和这个时代一起沉沦下去,终而同归于尽。在这种泥沙俱下的"坏时代"里,秦瑜不由得想:难道自己也要与它玉石俱焚吗?

她对战事初起时读过的《大公报》主笔王芸生那一篇《中国时局前途的三个去向》一文,至今记忆犹新。文中描述了当时的经济现状:"一面倒地靠洋货输入,国家的财政又一面倒地靠通货膨胀。物价狂涨,工资奇昂,人民憔悴,工业窒息,独独发了官僚资本与买办阶级。政府天天在饮鸩止渴,人民天天在挣扎呻吟,如此下去,则洪水到来,经济崩溃,已经不是太意外的事了。"形势发展看来果然被王芸生不幸言中,财政吃紧,法币的发行如脱缰野马,一发不可收拾。民间的恶性通货膨胀而造成的物价暴涨,使城市居民怨声载道。最具讽刺意味的一幕是有的造纸厂干脆以低面额的法币作为造纸的原料,比用其他纸成本还低!美联社甚至发过一条电讯,它给出了一个很具体很明白的物价比较:法币100元可买的物品,1937年为两头牛、1938年为一头牛、1941年为一头猪、1943年为一只鸡、1945年为一条鱼、1946年为一只鸡蛋、1947年则为 1/3 盒火柴。

一个名唤辛笛的诗人其时写了一首题为《风景》的诗歌,他写道:

列车轧在中国的肋骨上
一节接着一节社会问题
比邻而居的是茅屋和田野间的坟
生活距离终点这样近
……

这样的风景,又是何其悲惨啊!
那一艘巨大的航母已经千疮百孔,面临着沉没的命运。
那一辆庞大的战车已经支离破碎,等待它的就是终有一日的彻底解体!

4

岁月蹉跎,又是新的一年到来了。时光这家伙总是这样,不管世上的风霜雨雪,也不管人间的冷暖悲欢,它总是不紧不慢地一路走过来,它不管你高兴也好,忧愁也好,谁也阻拦不住它的脚步,谁也无法改变它前行的方向。

新年的第一天,在狮子山游击队的驻地来了一个不速之客。蓝子天、龙雪正和谷家峻商量着开展税收稽查的下一步行动,看到这个头顶黑色礼帽,身着蓝呢长衫,一副商人装束的客人时,一时有些奇怪,是谁会莽莽撞撞地找到这深山里边来呢?待定睛细细一瞧,呵呵,那不是于振兴吗?把他们可惊喜坏了。已有近两年时间没见面,能不高兴吗?

于振兴重重地擂了蓝子天当胸一拳,"哈哈"地大笑道:"都活着,真好,太好了!"战争状态下的生命很多时候总是那么脆弱,幸存下来未尝不是件值得庆幸的事。

他这话一出口,却让龙雪红了眼睛。她想起了那些牺牲的战友。

于振兴觉察到龙雪的异样,意识到了什么,忙问道:"大家都好吧?山虎呢?双涛呢?他们怎么没见到啊?"

蓝子天沉重地告诉他:"山虎和双涛他们都不幸牺牲了。"遂把其中的过程简短地向于振兴作了介绍。于振兴垂下头沉默良久,他握着蓝子天的手说:"你们辛苦了!同志们作出了巨大的牺牲啊!"

蓝子天将这个沉重的话题转开,问道:"你怎么跑来了啊,也不提前告诉我们一声。"

于振兴说:"没想到我会来吧,走得的确有些急,按照组织的安排,我又回到潇浦来工作了,从今后,我们又能战斗在一块,老伙计们。"

龙雪一听高兴了:"真的啊?你可别骗人。"

谷家峻白了她一眼:"你也真是的,这个也能骗你吗?开玩笑!"

于振兴道:"是的,不骗,真的调回来了。"

他深有感触地说:"你们坚持在敌占区,难以想象到你们克服了多少困难。可是,我今天特地要告诉你们的是,上级对你们的工作非常满意,边区政府的宁主席和财经委董主任都让我转告他们对你们的亲切问候!你们虽然吃了不少苦头,但你们的工作成绩显著,在敌占区收税,那无异于是从虎口夺食,你们征收到的每一分税款、每一粒粮食、每一根棉纱,都化成了支援前线的一股股作战的力量!因此,宁主席对此作出了高度评价,他说,正因为我们做到了将每一分极其有限的财力集中起来用于战争,我们才能打大仗,打胜仗。每一分极其有限的财力,对于我们来说都是极其重要、极其珍贵的。

"为什么现在国内的形势,无论是军事上的,还是民心上的,越来越向着我们有利的方向发展呢？根本原因是我们共产党是一个为解放人民大众、全心全意为人民服务的政党。简单一点说，我们收税就不向广大的贫苦农民收嘛。而且我们收上来的税，也从来不敢乱花一分，都得用在正道上，用在锋刃上，不是拿来供个人挥霍、享受的。而反动政府呢，他们的各级统治机构对人民之榨取空前繁重。譬如说，近一个时期以来，食盐已连续增税三次，年前尚为15万元，现在每担收税达法币45万元，货物税税率平均增加98%，其中卷烟税甚至于增达100%至300%，听说还将再度增加。国民中央政府随时另立名目，进行榨取，如最近有所谓'自卫特捐'，预定在全蒋区搜刮十万亿元的'救济特捐'，在全蒋区勒索军鞋1500万双。凡商店每月负担捐款达三十余种。还有一副有关税收的对联，堪称绝对！"

蓝子天追问道："是怎样写的呢？"

于振兴接着说："不知怎的，有的地方官府和军阀不仅对妓女征税，竟然对粪水也很感兴趣，征收粪水捐税，并美其名曰'新政'，简直是滑天下之大稽了！这下好啦，一副讽刺粪水税之联，遂应运而生，写的是：自古未闻屎有税，而今只剩屁无捐。

"巧立名目收税还算是最最客气的了，不客气的怎么办，明摆着就一个字：抢。以古窑镇五区北冯窑村为例，该村有三十多户，二百四十口人，几十垧地，去年产粮七十多石，竟先后被抢走五十九石。去岁旧历九月二十六日，正值秋禾收割时节，村里农民将禾谷刚刚搬运上场，即被盘踞将军庙的税警团和保安团抢走，附近村庄无一幸免。村上首户宋义全家十几口人，种地七十多亩，经此浩劫，只余粮食石余。还有佃户史仲谷家，一年劳作所打粮食二石二斗，悉数被抢走，连红薯也没留下一个。许多农民的被褥衣物，亦被抢劫一空。

"所以啊，老百姓听到'民国万岁，天下太平'的说法时，不无气愤地说是'民国万税，天下太贫'。你想想，老百姓能不贫吗？

"我这次回来,带回来了新的指示精神,从现在开始,我们党的工作方针进行了调整,我们的税收政策和工作重心亦不例外地也要作出相应的部署了,国民党的税收政策主要从战时经济转变为平时发展经济模式,而我们共产党实行的税收政策主要是战时经济,从战略防御到战略反攻的战争形势,相应地也要求我们要对经济形势作出准确的分析研判,如此才能把握好战争大局,对整个内战情势的把握,才能更加清晰理性。来,来,我和大家仔细说说……"

第二十九章

1

青沙江,这条饱经沧桑的大江,仿佛一部流淌的血泪史,默默地承载了多少苦难,蜿蜒在这一片灾难深重的土地上。青沙江的流水,似乎总是在呻吟着一曲哀伤的歌谣。它也许是不忍多看一眼苍生的悲苦,所以总是埋着头,毅然决然地向东奔去,一去不复返。

平日,在常人的眼里,青沙江上的"水上漂"毕渭民那过的真是快活似神仙的日子吧。他常常独自驾了一小船,出没在青沙江上,仿佛驭着一匹马,踏浪而行,驰骋在浩渺的云水烟波间。他是那样地悠然自得,兴之所至时,还要用他尖细的花腔唱出万般风情来。青沙江上飘荡着他的渔歌子:

　　山顶开花山脚下香
　　水里鱼跳水起浪
　　心中有了不平事哎
　　渔歌如火出胸膛
　　……
　　木瓜结果抱娘颈
　　芭蕉结果一条心
　　柚子结果抱梳子
　　菠萝结果披鱼鳞
　　……

妹是红花朵朵儿鲜
哥是莲藕种在泥里
朵朵红花排藕种
花也香来藕也甜
想妹一天又一天
想妹一年又一年
铜打的肚肠都想断
铁打的眼睛也望穿
……
唱首渔歌子解心愁
喝口清水来浇心头
清水解得心头火
唱歌解得万般愁呦
……

"水上漂"这一天来心里都在烧灼一把火，他的歌子里也就有了忧愁的味道。平常，他高兴的时候会唱上几句，烦躁的时候也会唱出一段来，这个脾性是他的手下都了解的。

"听泉园"的老板娘夏曦月被江敬义给抓了。这是"水上漂"烦闷烧灼的事情。

正如人们所猜测和传言的，夏曦月本是清山省城一被逼堕入风尘的女子，因为一个极其偶然的机会和毕渭民邂逅。那时，毕渭民还没有成为浪荡青沙江上的"水上漂"，他还只是个在省城求学的富家子弟而已。他青春年少的心灵第一次鬼使神差般为一个卖艺的少女而情窦初开，正在此时，他考上了公费留学日本，带着几许怅惘，他踏上了远涉重洋的轮船。当战火在中国大地上蔓延开来时，毕渭民和众多热血沸腾的学子一怒之下弃学归国，而日寇铁蹄践踏下的清山省城，已是一派支离破碎的惨境，夏曦月寄身的醉红楼一夜之间毁于无情的炮火,她最终流落街头。当毕渭民与她再度相见时,他就认定,这一切都是老天爷的安排,惶恐不安的弱女子夏曦月自然也就视眼前这个痴情的男人为她终生的依靠了。可是当毕渭民既是兴冲冲又有些不安地带着夏曦月赶回老家时,他不禁惊呆了。他的家已不复存在。原本还担心父母亲不会赞同他带回来一个风尘女子,其时已成多余的担心。严父、慈母,连同那个让在梦中都感觉到温暖的家已经成为了一道消逝的记忆!

毕渭民从此以后脱胎换骨成为了"水上漂"。

可他实在不愿意自己心爱的女人跟随他在风雨飘摇中担惊受怕,于是乎,他在碧洲岛上给夏曦月营造了一个可以遮风避雨的"听泉园",由于有他的苦心孤诣,夏曦月的日子这些年来在"听泉园"倒也过得波澜不惊。

没想到这一回因为未能让江敬义兄弟敲诈勒索的愿望得逞,税警团竟然将夏曦月关进了牢房。得到这个消息时,"水上漂"还有些不相信,他暗自忖度,正是因为有着和官府若即若离的关系,所以一直都是相安无事,这一次,"江氏二虎"不卖他"水上漂"的账,不知道是哪根筋错位了。他自然无从知道,随着国民党的节节溃退,"江氏二虎"闻风而动,早已作出了给自己埋下一条退路的打算。而趁势大捞一把,发一笔国难财,便是他们打的如意算盘。乱世之下,只有财富才能让人最具安全感。江敬义深知这个道理,所以他借征税之名中饱私囊,为自己留条后路。兄弟俩都一致认定"水上漂"积蓄可观,如果说没有他们江家这些年明里暗里的关照,他"水上漂"只怕连喝黄汤寡水的机会也捞不着,依此看来,"水上漂"也到了该报答报答他们兄弟的时候了。可当江敬义直言不讳地向夏曦月提出来要对"听泉园"补征税款后,夏曦月一眼就洞穿他的心思,根本就是嗤之以鼻,不屑一顾。

她不冷不热地说:"江长官又不是不晓得,这要交税的事还是请你们直接找毕爷要吧,我一个小女子能作得了这个主吗?"江敬义一听她推得一干二净的,登时就火了:"不找你找谁?毕爷哪能那么容易找得到的呢?再说了,这店面可是你老板娘在打理着,指定就是找你要税。"没想到夏曦月也不是盏省油的灯,她柳眉倒竖,声调高了八度:"是我打理没错,可究竟谁是做主的,你江团长不是不明白吧?再说了,这些年来,我这小本经营的店铺向你交税还少吗?大家心知肚明。别逼得太急了吧。"口气里明显有了挟持甚至于威胁的含意,她的态度怎么能不激怒江敬义呢?一气之下,他以抗税罪将夏曦月抓了。

"这个娘们在手,老子就不相信你'水上漂'还能稳坐钓鱼台!"江敬仁早就有收编"水上漂"部的打算,可惜"水上漂"根本不尿他那一壶,江敬仁尽管生气,却一时又拿他奈何不得。这下好了,干脆来个一箭双雕。

看着俏丽的夏曦月,江敬义得意地想着。

2

江敬义想的当然没错。

"水上漂"的确坐立不安了。他不可能坐视他的女人任人宰割,而要付给江敬义一大笔款子,他却又不心甘哪。尽管他并不是那种贪财到不顾一切、六亲不认之徒。

可要怎么样才能将夏曦月救出来呢?"水上漂"伤透了脑筋。实在没招了,那就只能来硬的,和"江氏二虎"撕破了脸皮也罢。他一咬牙,决定带人上门去找江敬义要人。谈不成就抢,抢也要把他的女人抢出来,否则,日后他"水上漂"也没有颜面在江湖上混了。

正准备出发时,"猴头"大呼小叫地闯进来了:"老大,老大。""水上漂"呵斥道:"号什么号,老子还没死!""猴头"忙道:"好事啊,老板娘回来了。""水上漂"一听,奇了:"青天白日的,你娘的没讲梦话吧？"

"当然没讲梦诂。"门外走进来一个人接过话头。

"水上漂"一看，这不是蓝子天吗。他狐疑地看着蓝子天，他怎么来了呢。夏曦月接着就走进来了。果真是她！"水上漂"喜出望外。

"这是怎么回事呢？""水上漂"问道。

夏曦月眼睛红红的，扯着"水上漂"的胳膊说："多亏了蓝长官他们，将我从虎口里救了出来。"

蓝子天微笑着说道："说起来事也凑巧，我和几个兄弟前天正好在搞税收稽查，约了潇浦大鑫印染坊的苟老板交税，没想到又正好碰上了夏掌柜被江敬义他们押解着，江敬义这小子可是我们早就想收拾的，冤家路窄啊，这下让我们碰上了，那江敬义不过一纸上画的老虎，门上贴的神罢了，平日里耀武扬威，没想到一动真家伙了，他溜得比兔子还快，让他跑了，好在把夏掌柜给阴差阳错地劫下来。毕爷，你说巧不巧啊，呵呵。"他轻描淡写地讲了经过。

"水上漂"朝他双手抱拳一长揖，嘴里说："真是太感谢了。太感谢了！"

蓝子天摆摆手："无巧不成书，无巧不成书呢，不足挂齿。这江氏二虎欺人太甚，动不动就抓人杀头的，连毕爷你的面子也不看看了。"

"水上漂"气咻咻地说："那江家兄弟真不是东西！"他面有赧色地道，"说句不怕老弟你见笑的话，这些年来为啥我还能在碧洲岛上开个小店呢，原因就是我和官府，特别是江家兄弟还能相安无事。不瞒你说，我和他们的相安无事可是付出了代价的。所以，他们兄弟过去当汉奸也好，现在投了新主子也罢，可都不是我关心的事，只要他们不找我的麻烦，我才懒得理他江家的那些杂碎事。你们共产党打汉奸，打鬼子，我都赞成，我也打过小日本，可我却没有动过他江家兄弟的脑筋。你知道，我毕渭民号称'水上漂'，其实也是在刀尖子上讨碗饭吃，过的也是脑袋挂在裤带上的营生,没想到今天在背后捅我一刀的竟然会是江老二,其实应该也有他江老大的份,他来找过我两趟想收编我,我自在惯了,懒得和他国民党搅和到一块去,没给他好脸色,让他下不了台,难免要给我整出些么蛾子来了。"

他叹了口气接着道:"我何尝不知道他江氏兄弟的为人呢,翻手为云,覆手为雨,有奶便是娘的货色。只是想不到他们会动手这么快,说翻脸就翻脸了。"

蓝子天试探着问道:"恕我冒昧问一句,依眼下情势下去,不知道大当家的下一步有什么打算呢?"

"水上漂"道:"还能有什么打算呢?到哪座山上唱哪首歌吧,不管是你们共产党坐天下,还是他国民党坐江山,只要不和我过不去,我谁也不想得罪了,我谁也得罪不起。大不了遣散了弟兄们,一窝蜂朝四面八方地飞了罢。说真的,这日子我也过得厌烦了。"

蓝子天若有所思地"哦"了一声,沉思了片刻,说:"我有句话不知道当讲不当讲?"

"水上漂"忙说:"蓝兄弟客气了,尽管讲,尽管讲。"

蓝子天便字斟句酌地说:"我想着毕大当家竟然要被逼流落江湖,实在是可惜了。既然这落草的日子过得不是个滋味,你何不另谋途径呢?"说到这里,他特意停止了话题,意味深长地看了"水上漂"一眼。

"水上漂"道:"还能有什么好途径可走呦,我可是青沙江上挂了号的土匪强盗。"

蓝子天乃直截了当地挑明了讲:"跟我们走吧!"

"水上漂"吃了一惊,他显然是没有这个思想准备。

蓝子天道:"也许你觉得有些突然。不过你毕大当家的确可以认真考虑一下我的这个意见。你可以细细了解一下我们共产党的主张,以及我们共产党人。虽然我们打交道并不多,但我们也有过成功的合作,我想,以大当家的见识阅历和你独立的思考,一定会作出一个明智的正确选择。当然,我们共产党的队伍虽然百分之百地欢迎你的加入,但也绝对不会强人所难的。即使大当家同意我的意见,我也得向组织报告后,再作下一步的商议。今天就不再叨扰大当家了,我先告辞,后会有期。"

蓝子天知道这事也性急不得,点到为止吧。

走到门口时,他特地回头望了一眼夏曦月,后者则不露声色地眨了眨眼。这是蓝子天别有用意的一个眼神。在送夏曦月来的路上,蓝子天已经说动了她,让她帮着劝说"水上漂"。

3

送走了蓝子天后,"水上漂"不由得陷入了深思。

他不是没有考虑过自己日后的打算,在江湖上漂来漂去,终究不是个长久之计,他实在厌恶了打打杀杀的生活,更不愿意卷进是是非非的漩涡中。他奉行着独来独往,自由自在的信条。本想着这辈子能图个偏安江湖,乐得逍遥,直至终其一生,而现实却是冷酷无情的。他怎么也无法达到那样的愿望。各种各样的纷争总是把他不由自主地绕进其中。乱世之秋要求得相忘于江湖,竟是一件多么难的事情。自从江敬仁代表民国行署上门来游说他后,他就知道,自己的愿望从此以后算是彻底落空了。江敬仁和他的政府是不会就此罢休的。为此他真的就细细地思量了一番自己日后的路子该如何走了,只不过他还没能来得及琢磨出个头绪来。

见他心事重重的样子,夏曦月知道"水上漂"的内心里正在翻江倒海。

她体贴地给他端上了一杯茶,绕到他背后,伸出双手轻轻地给他捏着肩膀。"水上漂"闭上眼睛,一副享受的神情。

夏曦月拿准时机开言了:"大当家的,我看那蓝长官说的也不无道理哩。"

见"水上漂"并无反应,她接着轻声地说:"依小女子看来嘛,终归是要洗脚上岸的,迟上不如早上呢。这共产党的作派,在我看来,要比江敬仁兄弟他们靠谱多了。不是说人家救了我一条命,我就说他们的好话,大当家的其实心里头也有个准星吧。想当初人家可是一门心思抗日救国,不像他江家人那样做墙头草,风吹两边倒,欺负老百姓来倒是不择手段。你说是不是啊?这姓蓝的我瞧着就是条血性汉子,真爷们。"

她说了这一通言语后,探头察看"水上漂"的表情,发现他闭上了眼睛,似乎已打起了瞌睡。

夏曦月轻叹一声,不再说话,手上的动作更加温柔了。

4

看似陶醉于夏曦月的温情脉脉,"水上漂"其实并没有睡着。蓝子天的话在他心底投下了一块石头,那块石头溅起的浪花在一朵接一朵地绽开。夏曦月说得不无道理,迟早要上岸的,何去何从,是到了该决断的时候了。

他深知这一步至关重要,不能不慎之又慎,乡里有句俗话,"做错生意一回,嫁错郎君一世",他这一把"嫁"出去,错了可就后悔莫及。

正在他闭着眼睛默神当中,"猴头"又一惊一乍地跑进来了,气喘不定地报告道:"又来人了,又来人了。"

"水上漂"有些恼火,今天这小子是怎么了,慌慌张张地没出息!

"猴头"捕捉到了大当家脸上的不悦,赶紧压低声音说:"是马大当家的来了。"

马大当家的,哪来的马大当家的,"水上漂"一时想不起是哪个。

"就是鹰嘴岭上马大当家啊。""猴头"怕"水上漂"发脾气,嗫嚅着道。

是"马上飞"马猛飞来了,"水上漂"又感觉到奇怪了。他和鹰嘴岭素无往来,一个山上,一个江上,从来都是井水不犯河水,何况他平素里从内心里瞧不起"马上飞",其所作所为乃他"水上漂"所不屑的,是以刻意不与鹰嘴岭交错。今天他"马上飞"怎么会上门来呢?怪事!

人家既然已登门拜访,不见即为失礼。他从椅子上慢吞吞地直起身来,吩咐道:"有请。"

"马上飞"的粗嗓门早已从门外传了过来:"我说毕大当家的,老哥哥我今天可是开了眼界了。"

"水上漂"忙迎了上去,一脸惊讶的样子:"真是马大当家的啊,这是刮错了什么风,把你从山上刮到江上来。哈哈,哈哈。"

"马上飞"也不客气,一屁股坐下,冲他大笑着道:"你这里迷宫一般的还真是难找,又是芦苇荡,又是汊湾港,我可是转得晕头转向了。你真是青沙江上的活神仙,过得有滋有味啊。"

"水上漂"口里应付着:"说哪里去了呢,真没想到'马上飞'和'水上漂'这两个江湖上有些名气的角色今天到底是会面了。幸会,幸会了!"

上过茶水,"水上漂"漫不经心地等待"马上飞"说出来意。他知道,"马上飞"不会无缘无故地寻上门的。

果然不出所料,喝过几口茶后,"马上飞"看看左右,脸皮上堆起了神秘。他一眼瞥见"水上漂"身后站着夏曦月,欲言又止。夏曦月看在眼里,赶紧识趣地转身离去,进了客厅后的里间。

"马上飞"这才不好意思地搔了搔头皮,移了移座下的椅子朝"水上漂"俯过身子,低低地说:"老哥今天可是给老弟送喜讯来了。"

"水上漂""哦"了一声,道:"马大当家的就别吊小弟的口味了吧,我这天天只有喝清水吹西北风的份,什么好事轮得到我头上来啊。"

"马上飞"嘿嘿地干笑两声:"我就知道你不会相信的,还真让我猜中了。兄弟,这运气一来,门板都挡不住呢。老哥哥也不卖乖子了,直说吧,你知道吗,我现在可是警备自卫团团长了。和他保安团团长江敬仁平起平坐,没承想我这当了半辈子的强人,摇身一变,也成官府的人了。哈哈,我祖宗三代都没出过一个官,莫非真像算命先生讲的是祖坟埋得好,硬是冒青烟了哩。"

"水上漂"嘴角上挤出一丝笑容,不冷不热地道:"那就真是恭喜马兄了。"

"马上飞"大大咧咧地一挥手:"没啥恭喜的,我倒是要恭喜老弟了。县党部拟任命你为税警团团副兼青沙江税务稽查大队队长。现在就等你老弟头一点,立马就可以走马上任去。这可是个让人眼红的肥缺啊,整条青沙江都是你'水上漂'的地盘子了,这条江可是富得流油,老哥我想都想不到手的。"

"有这等事吗?马大当家的就别拿我开玩笑了。""水上漂"从"马上飞"的话中早已猜测到了他的来意,无非就是来当说客的。他只有装起了迷糊。

"你看你看,我还能骗你不成,想我'马上飞'在江湖上也算是个响当当的人物吧,说话能像三岁孩童吗?""马上飞"见他不相信,倒是有些急了。他盯着"水上漂"的眼睛,食指朝天上一指,说:"我敢对天发誓,绝无半句谎言。"

"水上漂"忙伸手制止,说:"哪能是不相信马大当家的呢,我这不是不敢相信自己头上会降临这样的好事呢。"

"那你是答应了吧。""马上飞"高兴起来。他心里有了几分得意,没想到江敬仁两番出马都是铩羽而归,自己却是马到功成,看来还是江湖中人对脾性。他大包大揽地说:"既然定下了,那你赶紧地就和我一块走,趁热打铁嘛,从此以后,你我兄弟携手齐心,打出一片新天地来,那远比在那山上水里混日子强多了,风光多了。"

"水上漂"眼珠子一转,委婉地回答道:"多谢老兄美意,我知道我'水上漂'后半生能有那么好的归宿,可是全仗老兄力举。只是这事也别太着急了,缓缓再说吧,你别瞪眼,我可不是后悔,你看我这虽然没你马大当家在鹰嘴岭上那般家大业大,我也得作善后安顿吧,怎么着在青沙江上也白混了这么些年头。"

"马上飞"绷紧的脸色松弛了,点了点头:"说的也确实是有些道理。"他的嘴巴朝厅后的里间努了努,目光里不觉流露出淫邪的本性,挤眉弄眼地说:"兄弟可是金屋藏娇哩,是得好好安顿。"他猥亵的神情霎时让"水上漂"心生厌恶,却只好隐忍着不当场发作。那"马上飞"却丝毫不懂味,犹自口无遮拦地说:"不过嘛,话说回来,女人不就是穿在身上的衣服吗,旧了就得换新的,咱们吃香喝辣的好日子还在后头呢,过去那些穷山恶水的都滚他妈的蛋了。"

"水上漂"已无意再与他周旋下去,干脆下起了逐客令:"事不凑巧,今天我手头正好有点琐碎事急着处理,恕我不能陪马大当家的闲聊,要不这样吧,我让手下陪大当家的在我这水寨四处转转?"

这回"马上飞"倒是脑壳灵光了,知道人家是送客之意,赶紧识相地道:"不必了,兄弟你尽管忙你的,日后机会多的是,我就先告辞了。"说罢,扯腿就走,待到了门口,却又回头说,"哦,差点还忘了告诉你,半个月后老兄我要娶亲了,在县城最好的'望江楼'酒店摆酒设宴,请你一定放驾,来给老兄凑凑热闹。""水上漂"巴不得他快点走,忙不迭地应允:"一定,一定。"那"马上飞"却意犹未尽般炫耀着:"这回,老子相中的可是一年方二九的黄花妹子呢,长得那个甜呦。哈哈,哈哈。"

"马上飞"前脚刚走,夏曦月后脚就出来了。她脸带愠色地问道:"莫非你真的想招安了,去当那个税警团团副吗?这'马上飞'

一听就不是个好东西,名声臭得像粪坑里的苍蝇,和他混到一处,只会把自己也搞臭了。""水上漂"沉着脸说:"我现在只能先糊弄过去再说。下一步怎么办,还真让我头痛。"

夏曦月果断地说:"还有啥犹豫的,毕爷,我看你只有跟了共产党才会有个出路的。你没听说吗,共产党的主力队伍据说很快就要打过江来了,他江家就要完蛋了。早一天我好像都听到江对面的炮声了呢,这可假不了的。而且我好像还觉得眼下游击队也要比以前活跃多了。"

看来在"听泉园"还真是能探听到来自五湖四海的消息,至于消息的真假与否,又另当别论了,往往却是无风不起浪,从来没有空穴而来之风。"水上漂"沉吟了片刻,站起身来道:"我得出江去一趟,找蓝子天他们聊聊去。"

夏曦月忙给他去拿上一件棉衣,披到他身上,叮嘱道:"外面冷,别冻着了,一路上注意着点噢。"

说走就走。"水上漂"向来都是那样独来独往的性格。夏曦月目送着"水上漂"划船的背影在江面上渐渐远去,直至淡化成一个小黑点完全消失在她的视野里。

"水上漂"的渔歌子犹隐隐约约地在江面上飘晃着:

  脚踩乌篷手撑篙
  一年四季水上漂
  发起风来将篷扯
  落起雨来把桨摇
  ……

第三十章

1

半个月后,正是"马上飞"大喜的日子。"望江楼"酒店里高朋满座,潇浦的地方政要和显赫权贵济济一堂,他们都是应邀前来为警备自卫团团长马猛飞新婚道喜的。马猛飞现在贵为政府官员,他也讲究起来,忌讳别人再叫他"马上飞"了。"望江楼"是江氏家族产业,若干年来都是潇浦数一数二的酒店,能进出"望江楼"的自然亦是潇浦的头面人物。

来道喜的人中没有秦瑜的身影。那个自视清高的女人正兀自烦心着,她实在不愿意出席这种乌烟瘴气的宴会,她苦苦思索着身处其中的这个政府究竟是怎么回事,别的姑且遑论,单单是眼前这些多多少少都身负血债的土匪汉奸们怎么换了一身皮就都成了党国的栋梁之才呢?而她总是得不到答案,让她看不明白的事一桩接一桩地在眼皮底下呈现,让她心神不安的消息一个接一个地传到了她的耳朵里。她敏感而隐约地觉得这世道只怕真的要变了,这一变,恐怕就是彻底的、颠覆性的。秦瑜这一段时间常常失眠,她无精打采的一副疲沓样。当那个行署代主任已有些时日,她已经厌倦了,向苏三河省长递交了辞去职务的报告,可苏三河不知道出于什么考虑,既不说准,也不说不行,事情就那么拖着。她甚至觉得他苏省长的心思似乎也不在他的岗位上,热衷于收藏,热衷于高谈阔论,作为下属,她当然不能去以下犯上。这也是她困惑的地方。面对号称党国的精英们,她作为一个小字辈,复又何言呢?她越发地觉得自己无所事事、无所寄托,像青沙江上一叶无人驾驭的孤舟,在风雨之中漂荡着,漫无目的。

偌大的一所宅院现在只有她,还有她那神志不清的哥哥秦琮。父亲的惨死,直接导致了哥哥精神错乱。把在街头流浪的哥哥找回来后,她就担负起了照顾他的责任。好在自小就老实巴交的秦琮即使是精神失常了,也还是那副老实的模样,不吵不闹的,整天呆坐着,或是躺着,呆滞的目光像一把锐利的刀捅得秦瑜心里痛。她这一段时间来干脆懒得理行署那些烂事杂事了,乐得在家多多陪陪秦琮,陪他说话,试图唤醒他沉睡的记忆。有时候,她又转念一想,像哥哥这样也未尝不是件好事,什么痛苦、什么烦恼,统统都见鬼去吧,与己无关!

人啊,有时候活得糊涂点也好。秦瑜现在真是这样想的。

看着秦琮傻乎乎的模样,她突然有了一个想法,她决定带哥哥去上海看病。马上就行动。这样一来还可以冠冕堂皇地拒绝掉土匪"马上飞"的婚礼邀请,一举两得。"马上飞"本来还要请她在婚礼上作为嘉宾致辞的。在她心底里始终都固执地认定"马上飞"就是一个十恶不赦的土匪,不管他披上怎样华丽的外衣。

于是她立即向苏三河省长挥笔疾书了一封请辞书。她将书信细细封好,然后去了一趟行署办公室,将书信留在办公桌上,毫不留恋地扭头走了。

2

傍晚时分,当"水上漂"毕渭民走上"望江楼"的台阶时,身着绸缎礼服,披挂着大红花的新郎马猛飞满面春风地迎着他,连连说:"惊动毕大当家大驾光临,荣幸啊!"他身旁的新娘看上去比他小了许多,完全属于两代人了。新娘生得美貌如花,脸上笑逐颜开,眉眼间风情四溢,"水上漂"笑呵呵地说:"真是郎才女貌啊,天造一双,地设一对,祝贺祝贺。"马猛飞扯着"水上漂",神秘兮兮地附耳道:"老弟能来,真是给足了面子,你尽管放心吧,邀请你来参加愚兄的婚礼,不仅仅是我个人的意思,也是两位江团长的旨意。所以嘛,老弟你今天只管放宽了心吃好喝好,没人敢动你一根汗毛的。""水上漂"一副心领神会的神情:"那是当然了,不然,就算你借我一个天大的胆子也不敢跨进'望江楼'半步。等会我可得和老兄连干三大碗,不醉不休。"马猛飞忙说:"那是自然的。"他喊了一声"知客司",吩咐他把"水上漂"领上楼上的雅间。那里有专门安排的席位。

楼上楼下足足摆满了一百二十桌酒席,宾客盈门,好不热闹,而这其中就有谷家峻、龙雪和四个身手矫健、枪法好的便衣队员,他们现在成了前来道喜的食客,蓝子天因为和江敬义等彼此相熟,怕被识破,所以带领一部分税收队员和游击队员在外围作好了突击准备,在各险要路口设置了暗哨,以"路摊"作掩护,随时准备接应和掩护从"望江楼"里撤离出来的谷家峻他们。

马猛飞自以为在此设宴,等于是进了保险箱,不敢有人在太岁头上动土,绝没料想到,这个婚礼竟然最终成了他的葬礼,"望江楼"也因此成了他的葬身之地。

话说"水上漂"毕渭民找到蓝子天一番推心置腹的深谈后,他终于下定决心,带领他的那帮子手下投入游击队。在得知"马上飞"马猛飞即将举办婚礼的消息,蓝子天敏锐地感觉到这是一个难得的机会,正好可以借机除掉"马上飞"这个罪恶昭彰的土匪,为民除害。蓝子天不由得注视着挂在床头墙壁上留下来的那个算盘,这个秦瑾的心爱之物,勾起了他的无限情思,想起自己心爱的姑娘被"马上飞"害死的那一幕,他心底里说,这次一定要给秦瑾报仇雪恨!他急忙把谷家峻扯上,带着"水上漂"毕渭民一道去向于振兴汇报自己的想法……

临近中午时,赴宴的各色人等已经将偌大一座"望江楼"坐得满满当当的了。

毕渭民一踏进"望江楼",谷家峻的目光就搜寻到了他,当他走进为嘉宾专设的包间后,谷家峻立即示意两个便衣队员跟随着来到了包间外面,相机行事。

包间里设了三桌酒席,客人中并无毕渭民熟悉的,他想也好,免去了那些互道寒暄的麻烦。他一言不发地择一角落静静地坐下来,从容地端起茶来抿了一口。他仔细一看,在上首的桌子上空出了四个座位,他猜测着应当是为新人和特别的主宾而预设的。

婚礼仪式在下午六点零八分如期举行。这时候天色渐渐暗了下来。华灯初上,酒店内亮如白昼。

鞭炮噼里啪啦地炸响,江氏兄弟一个当主婚人,一个当证婚人,他俩插科打诨的,不时爆出粗口,倒是把马猛飞的婚礼鼓捣得气氛热烈,现场一片闹哄哄。但持续时间不长,主婚人似乎无意在仪式上面大做文章。几个必要的程序走完后,大家入座海喝胡吃起来。这才进入婚宴的高潮。

按第一方案的安排,是在婚礼仪式的进行当中趁乱刺杀江氏二虎和悍匪"马上飞"。而谷家峻发现在人群中混了不少形迹可疑的人,那一定是保安团的便衣了。想想也不奇怪,江氏兄弟向来老奸巨猾,在如此特殊的环境里,他们不可能不作防备。谷家峻既担心一旦动手难以脱身,又担心给接应的蓝子天他们带来更大的压力,所以,他没有发出动手的信号,还是等等再说,得等待最佳的时机出现。

婚礼仪式一结束,谷家峻就看到"马上飞"偕新娘陪着江氏兄弟往楼上的包间走去,他的眼睛再一逡巡,见大家都已经在酒席上吃喝开了,划拳声、叫嚷声,闹得不可开交,已是渐入佳境。那些便衣们似乎也经不住美酒佳肴的诱惑,三三两两落座了,虽然眼睛还在四处扫瞄着,他们还不敢放肆敞开肚皮吃喝,但其紧绷的神经显然已是松弛了不少。谷家峻装出了几分酒意,端了满满一杯酒,跟跄着步履,一桌桌地敬了过去,嘴里含混不清地叫嚷着:"喝,兄弟,来,喝一个。呵呵,再喝一个。""咱高兴啊,喜酒,敬你一杯。""马大当家的哪去了,咋不见影了?也不敬兄弟们一个呢?"他一副兴奋不已却又不胜酒力的样子,一面嚷嚷着:"马大当家的,马大当家的,你躲哪去了?兄弟要和你连干三大碗,谁趴下谁,谁,谁他妈的王八蛋。"谷家峻哼哼唱唱着,一路东倒西歪的,他其实目的就是奔楼上江氏二虎和"马上飞"而去。没人起疑。大家的注意力都在酒桌上,兴奋点聚焦在美酒和山珍海味上。

毕渭民看到马猛飞和江氏兄弟走了进来。他和"江氏二虎"从没直接接触过,但对此二人的臭名昭著早已如雷贯耳了。座位上的客人赶紧停下了吃吃喝喝,放下手中的家伙什,恭恭敬敬地站起来迎候。大家鼓起掌来,祝贺之声不绝于耳。马猛飞挽着美丽娇娘的胳膊,一脸的春风,他笑着向大家致谢,然后向毕渭民介绍道:"这是保安团江团长。"他指着左边的江敬仁说,又指了指右边的江敬义道,"这是税警团江团长。江氏一门双杰,可是我辈景仰之极的。"毕渭民忙点头哈腰地说:"久仰久仰。""马上飞"环顾了一眼又向大家介绍:"毕大当家的,大家不熟悉吧,但是不会没听到过'水上漂'的名号吧,哈哈!"座中人一听眼前这个精瘦的中年汉子竟然就是青沙江上悍匪"水上漂",许多人的脸上不由得变了色,绝没想到自己会和那样一个"魔头"坐在一起吃饭。毕渭民只好摘下头顶上的礼帽,冲大家伙双手一抱拳,算是招呼了:"浪得虚名,请多多赐教了!"

江敬义热情地扯住毕渭民的手,连连说:"快坐,先喝一个,话咱慢慢聊。"不由分说就要将他拖到身边去坐。毕渭民一看那里只有四个空座位,便有些难为情地说:"我还是先坐这里吧,回头再听团座教诲不迟。"马猛飞也说:"说的是,今天是我老马大喜的好日子,只管喝好吃好才是第一等大事。"

3

正在这时,谷家峻满身酒气地一头撞进了包间。

他醉眼蒙眬地嚷嚷着:"马大当家的,你躲哪去了,也不敬兄弟一杯,你这人太不义道了吧,了不起啊?啊?"谷家峻的失态让大家面面相觑,不知道是咋回事。马猛飞盯了他几眼半天也没有想起这个酒鬼是谁来。听他口无遮拦地乱讲,马猛飞不禁心头无名火起,他站起来厉声喝道:"是谁胆敢如此无礼,来人,给我轰出去!"门口立即跑进来两个人,作势就要将谷家峻架走。

这时毕渭民猛然起身将头上的礼帽摘下来朝桌子上一掷,进来的俩小伙霎时翻了脸色,松开了谷家峻,三个立马就掏出了藏在身上的家伙,朝着马猛飞和他身旁的江氏二虎"砰砰砰"就是一通开火。马猛飞和他那正值豆蔻年华的新娘中枪倒地,旁边的江敬仁来不及躲闪亦被一枪击中。而江敬义早已见跑进来的俩小伙子有些面生,正纳闷间,陡见毕渭民摔帽的动作,第六感告诉他大事不妙,说时迟那时快,赶紧将身子一缩,滑溜到了桌子底下,得以躲过了那一通致命的乱枪攻击。只不过将腰闪了而已,总算是没了性命之虞。

枪响后,场面顿时大乱。人们哭天抢地地争相往"望江楼"门口拥去。

江敬义毕竟也是枪林弹雨中过来的,他躲过了致命的一击后,从桌底爬到了靠墙角的位置,这是一个相对安全的地方,他掏出枪来,朝天窗上砰砰开了两枪,歇斯底里地号叫道:"都别慌,一个也别给我放走了。捉住了刺客,重重有赏。"

谷家峻和便衣队员立即撤退。一击之后,不管刺杀是否成功,他们不可能再去细究了。他们必须赶在敌人组织起有效的合围之前退出战斗,否则就有陷入重围的危险。

龙雪带着两名队员趁乱解决了酒店大门边的两个保镖，把住了门口。他们的主要任务是接应谷家峻他们从里面撤出来。

随着跌跌撞撞的人流，谷家峻他们像滑溜的泥鳅一般很快就钻出了"望江楼"。会合了龙雪之后，一行人迅即没入了夜色之中。而江敬义显然也不是省油的灯，他很快就组织起对刺客们的追捕。

这时税警团一营长常湘川率领一彪人马死死地咬住了谷家峻他们的身影。

好在沿途都有蓝子天安排的人员接应，不断地有人躲在暗处狙击追击的敌人，从而延缓了常湘川他们的步伐。等谷家峻一行人冲到城门口时，他看到蓝子天正焦急地迎候上来，一见面，好好的，蓝子天高兴得一拳擂在谷家峻胸脯上。他没看到毕渭民，赶紧问："毕当家的人呢？"谷家峻一看，傻眼了，真是没注意到毕渭民跑哪去了。而之前蓝子天特意嘱咐过他，让他一定要保护好毕渭民的安全。现在倒好，把个大活人不知道丢哪里去了，他忙朝蓝子天说："你带人赶紧走，我这就回去，一定要把人给找到了。"蓝子天却不干，一反身就已冲进城里去了，他一边喊道："你们先走，我去找人。"

龙雪急得跺脚，意欲追上蓝子天，谷家峻一把扯住了她，着急道："姑奶奶啊，你就别再添乱了，他熟悉地方，让他去吧。咱们赶紧撤，再不撤就来不及了。"

4

蓝子天仗着路况熟悉，避开保安团和税警的搜捕，钻过几条小巷子，这时县城已经戒严。这样毫无目的地去寻找毕渭民显然如大海里捞针，蓝子天寻思着先找个地方待下来再另作安排吧。他一抬头发现前面的那一座有着徽州特色的宅院有些眼熟，细一看，原来已经来到了后河街。这一座院落不就是秦府吗？蓝子天心里一动,现在恐怕没有比躲进秦府更安全的地方了。他决定先进去避避风头,再想办法探听毕渭民的下落。

他绕到后花园外面,知道那里靠墙有一棵大樟树,正好可以借势翻进墙头去。

蓝子天轻灵地跃上墙头,轻轻地落在了秦家后花园里,不待他抬起腰来,一管冰冷的枪管抵住了他的脑门。他脑袋里"嗡"的一声,是谁,好像是挖好了一个大坑,在专门等他跳进来。

"别动,敢动就打死你!"他一听是个女人的声音,确切地说,是秦瑜的声音。他这下子放心了,忙轻声道:"别开枪,是我,蓝子天。"

秦瑜一听,移开了顶着蓝子天脑门上的枪管,冷冷地说:"三更半夜地翻人家墙头,就不怕稀里糊涂地丧了命啊。"蓝子天一脸尴尬地道:"事出有因,冒昧打扰了秦主任,真是不好意思。"

秦瑜道:"想来今晚上把潇浦闹得个鸡犬不宁的就是你们了。"

蓝子天沉默着不回答。秦瑜不无讥讽地道:"可是你这不是自投罗网吗?还敢跑进我家里来,你简直是昏了头啊!"

蓝子天苦笑着道:"我这不是乱撞进来的吗?压根就没想到惊动您的大驾,我只是想在这里悄悄地待上一阵子,天不亮就走人的。我可真不想惊动到你们。"

秦瑜轻哂道:"看上去你好像挺聪明的一个人,怎么会做出这等没脑壳的事来,那么多地方你不去,偏偏跑到我家院子来了,你这不是飞蛾扑火,自取灭亡吗?"

蓝子天竟然将嘴巴轻轻贴近她的耳朵,秦瑜被他的举动吓到了,忙呵斥:"你干吗,老实点。"蓝子天轻声说:"我不做飞蛾呢。你不会对我怎么的,是吧?"他呼出的气息扑上了秦瑜的脸,让她感觉到痒丝丝的。

这时,前面的大门被擂得震天响,看门的老王提了马灯,小跑着过来问秦瑜怎么办。秦瑜一挥手:"是谁吃了豹子胆,走,看看去。"她意味深长地看了蓝子天一眼,随着老王奔前院去了。蓝子天松了一口气,一屁股坐在了那块光滑而冰冷的石头上。

秦瑜让老王打开门,原来是常湘川带领人在挨家挨户搜寻刺客。听了常湘川介绍了事情经过,她这才知道那个悍匪"马上飞"和保安团团长江敬仁已经遇刺身亡。秦瑜呵欠连天地问道:"抓刺客抓到我府上来了吗?你可清楚刺客的身份吗?"常湘川道:"现场一片混乱,现在尚未来得及调查清楚,据江团长说,很有可能是那个'水上漂'勾结了共匪搞的暗杀。"秦瑜道:"这就奇了,他们共产党一向来不是最恨土匪恶霸了吗,怎么可能和土匪穿一条裤子。那个什么'水上漂'人呢?"常湘川苦着脸道:"不是都跑得个精光了吗?所以团长严令卑职我等全城搜捕,就是挖地三尺,也得将刺客翻出来。"秦瑜不悦了:"照你这么说,连我家也得让你们给翻个底朝天了吗?"常湘川忙道:"岂敢岂敢,借卑职天大的一个胆子也断断不敢。这不是黑灯瞎火的,给弄错了吗?咱们马上走,马上走。请秦主任恕罪了。"他回头一声命令,"弟兄们,走!"

第三十一章

1

还是熟悉的环境,但已物是人非,蓝子天看着客厅里挂着的秦家合影,原本那么和美的一大家子,现在死的死,疯的疯,还有的流落异乡,他不禁伤感起来。这时,秦瑜打发走常湘川进屋子里来了。从她口中探听到"马上飞"和江敬仁确定已毙命,只是江敬义逃过了一劫。而"水上漂"毕渭民也并未落到敌人手里,他下落不明,江敬义正在组织人大力搜捕。蓝子天心里有底了,他知道毕渭民那"水上漂"的绰号可不是白来的,想随随便便地抓住他没那么容易。

蓝子天瞥见墙角堆着两件行李,又见秦瑜没去参加"马上飞"的婚礼,心里便有些疑惑了,想问,还是闭住了嘴巴。倒是秦瑜把他的疑虑看在眼里,干脆挑明了告诉他:"天一亮我就走了,带哥哥去大上海治病去。这一去能不能再回潇浦来,我自己也不知道了。"蓝子天还是有些惊讶。秦琮有病不假,可秦瑜这个做妹妹的非得舍了自己的一切陪他去看病吗?似乎也不见得。他猜测着,秦瑜不过是在给自己找一个能让本人接受也能让上司勉强认可的理由罢了。他早已看出来,与江氏兄弟之流格格不入,其实让秦瑜活得郁郁寡欢。她这一去,肯定也是下了很大决心的。秦瑜定定地看了一眼全家的那张合影,叹了一口气,不再说话。

蓝子天很想对她说点什么,哪怕是安慰或者祝福也好,可他竟不知道怎么开口才好。他和这个家庭有过太多的交集。如果不是赶上这流年不利,这个家庭该是多么幸福呢,老老少少享受天伦之乐,其乐融融。

经过那一阵子闹腾,天已熹微,蓝子天站起来道:"我得走了,天要是大亮了,就走不成了。"秦瑜说:"都散了吧,我也得走了,赶第一趟船去。"蓝子天说:"那好,你也多保重了,一路顺风。后会有期。"秦瑜眼睛红红地道:"我不敢让我的同僚来送行,没有想到却是你这个共产党给我道了一声祝福!"

此地一为别,孤蓬万里征。打量了一眼那座熟悉的宅第,蓝子天朝秦瑜拱拱手,赶紧走了。他心里还惦记着毕渭民,他要是被江敬义抓了就麻烦了。

可这样子去哪里寻他呢?没头苍蝇般四处乱撞肯定不行,蓝子天一琢磨,遂决定往碧洲岛上的"听泉园"去。"听泉园"是毕渭民一处落脚的老地方了,俗话说,越危险的地方往往越安全,毕渭民只怕也会这样反其道而行之。蓝子天心里想,反正先往那里看看再说吧。

而和蓝子天这般想的,还有一个人,他就是江敬义。

常湘川带着人折腾了一晚上,搞得人疲马翻的,却一无所获。江敬义恼羞成怒,尽管他不相信行刺是"水上漂"所为或是他的主张,但他从"水上漂"当天晚上酒桌上的表现来看,他百分之二百地脱不了干系。既然共产党人抓不到,那么何不把"水上漂"弄来再说呢,可是"水上漂"在事发后也消失得无影无踪。这更加加重了江敬义对他的怀疑。突然想到那个"听泉园",江敬义心里一动,指不定"水上漂"躲藏在那里了。于是他气急败坏地命令常湘川火速去碧洲岛,他狠狠地说:"把岛给我翻个底朝天也得把'水上漂'给挖出来,老子是驯了一辈子鹰,反过来让鹰啄了眼睛。"

"水上漂"果不其然正待在"听泉园"睡大觉。他倒是想得简单,江敬义没有抓住他的把柄,而且还在打着收编他的主意,断不至于就立马翻脸不认人吧。所以,他趁着当时场面乱成一锅粥悄悄地溜走了。当外面闹得天翻地覆之际,他却在"听泉园"美美地睡上了一大觉。当他的黄粱美梦还没做够时,被夏曦月一把推醒来。原来"听泉园"叫人给围上了。他睁开眼一看,天已大亮。急急地爬起床来,胡乱地套上衣服,凑到窗前往外面一瞧,这才知道是让江敬义的人给团团围上了。他一惊,难道是江敬义识破了他吗,要不就是游击队的人被抓了供出了他。他心里没底了,看他们来者不善的架势,想要全身而退只怕难了。

但总不能束手就擒呀,"水上漂"毕渭民的霸蛮劲上来了:老子在青沙江上混了那么多年,可不是你们想捉就捉,想杀就杀得了的。

常湘川在喊话了:"毕大当家的,我知道你在里面,我们江团长有请,请你去团部一趟,有要事相商。"

毕渭民冷笑一声,回答道:"说得好听,有这样子来请人的吗?你们听好了,速速回去禀复江团长,我'水上漂'改日一定登门拜访,今天有琐事缠身就恕难从命了。"

常湘川道:"大当家这样说的话可是为难我们。奉团座之命,如果请不动大当家的,那我们可是不敢回去交差了。请大当家的看在我们的薄面上,体谅我等难处,随我们走一趟吧。"

毕渭民丝毫不为所动,喝道:"要说面子,我毕某人今天可是给足了面子,除非是绑了我去,否则你们就快快滚开。"

他说话冲劲十足,把常湘川硬是给激怒了。

常湘川骂道:"你他妈的'水上漂',土匪一个,给脸不要脸啊,老子耐着性子和你讲了这许多,结果油盐不进,非得老子动粗吗?那就别怪我常某人不讲情面了。弟兄们,都听好了,给我打进去,活抓了这给脸不要脸的东西。"哗啦啦,一阵拉动枪栓的声响。

毕渭民朝着常湘川"砰"地开了一枪,将他的帽子击落于地,常湘川吓得就地一爬。听到"水上漂"叫道:"姓常的,老子要你的小命易如反掌,这一枪给你提个醒,识相的赶紧在爷爷面前消失。否则别怪我手下无情了!"

常湘川又惊又怒,他狂叫着:"弟兄们,给老子将'听泉园'荡平了。"他开枪发出了号令。霎时乱枪噼噼啪啪地响起来。

毕渭民和店子里的几个伙计则掩藏在房间里的各个角落里予以还击,里面的人虽少,但有大当家的亲自坐镇,几个人都不敢退缩,红了眼死命地抵抗,外面的人则折腾了一夜,一个个没了精神,又都不愿和土匪拼命,双方对峙了一阵子,常湘川和手下虽说人枪数量上占绝对优势,可也没捞到多大的便宜,一时间竟然难以冲进去。常湘川起眼一看,心里顿觉窝囊,手下的这帮家伙,平时在手无寸铁的老百姓面前,一个个那真是耀武扬威的,收起税来也是下得了狠手,横得下狠心来,没想到今天碰上几个土匪就一个个都蔫了吧唧的。常湘川那个气啊,他瞧着前面一个缩手缩脚的家伙正撅着屁股趴在地上,朝天上胡乱地放着枪,心头不禁火起,狠狠在那屁股上踹了一脚,将他踢了个狗抢屎,嘴里骂道:"饭桶,饭桶,几个毛匪也治不了,起来,都给老子往里冲。后退半步者,就地正法!"

又打又骂的,手下们这才麻起胆子往前慢慢移动起来。

2

蓝子天赶到"听泉园"时,看到双方正在激烈交火,他心想,看来"水上漂"让江敬义的人给咬住了,得想办法帮他解围。

蓝子天来不及多想就朝税警团的人甩出了一颗手榴弹。轰的一声爆炸,常湘川和手下蒙了。屁股后面有情况。常湘川还算冷静,他一听动静,从后面发动袭击的人似乎并不多,一颗手榴弹炸响后,只听得开了两枪,就没声响了。他判断出这是扰兵之计,无非是为"水上漂"逃跑赢取时间而已。可手下却趁机停止了进攻,趴在地上一动不动。常湘川气极,他挥动着手枪喝道:"都他妈的起来,那是缓兵之计。给我一鼓作气冲进去,老子重重有赏。"士兵们迫不得已只好又爬起来,边打枪边前进。

这时候,蓝子天移动到南边又甩出了一颗手雷,有两个士兵被炸飞。常湘川急了,召集一排长"廖歪嘴"让他带人殿后,对付后面那个专施冷箭的家伙。其他的人保持阵型向"听泉园"里突进。

毕渭民他们的抵抗在渐渐减弱。虽然外围蓝子天的袭扰没有解了他们的困难境地,却延缓了常湘川他们的合围,给他们争取到了尽快撤离的时间。"听泉园"的伙房后面有一条直抵青沙江边的暗道,暗道尽处的江边上停泊着一条小船,平时,毕渭民即是通过这条船进出碧洲岛的。

蓝子天不明就里,甩出最后一颗手雷,见并没能将敌人吸引住,他有些焦急了,这样拖下去,自己的子弹也快打光了,那么毕渭民会更加危险。阻击他的敌人嗷嗷地叫着朝他围了上来。"廖歪嘴"他们已经摸清了蓝子天虚张声势的底细,也就没了顾忌。蓝子天低声骂了句:"真是见鬼了,这群王八蛋难缠!"他现在面临着自己如何尽快撤离的选择,不然的话,人没救出来反而把自己也得搭进去,那就不划算了。

蓝子天正在紧张地思考着,突然,他看见"听泉园"里火光腾起。常湘川的人已经冲进楼里了。蓝子天暗叫一声:"糟糕!"毕渭民他们只怕凶多吉少。

而那把火却是毕渭民在钻进暗道前将柴房点燃的。既然已经没了回头路,他干脆一把火将所有的过去连同这座楼一把烧了。

待常湘川率人冲进园里时,立即就被那熊熊的火势给逼了出来。看着毕毕剥剥燃烧的大火,常湘川道:"也好,一把火烧个精光,他'水上漂'还能遁地吗?我们回去也好交差了。"

蓝子天奔到青沙江畔,他看到一只船影正在疾驰远去,江面上隐隐约约地传过来几声歌谣:

抬头猛听一声雷

天上乌云尽扫开
玉帝差我下凡来
龙王爷宫殿上当座上客
嘿哟嘿哟咧
……

3

看到"水上漂"毕渭民脱险了,蓝子天放下了悬着的一颗心。而脱险后的毕渭民呢,他知道已经到了抉择的河汊道了,何去何从,他自己其实已经作出了选择,然而隐隐的担心也不是没有。他在究竟该更主动一些,还是静观其变之间踌躇着。夏曦月心里比他着急,担心过了这个村就没了那个店。她却不敢多言。在这个改变了她命运的男人面前,她心里除了感激之外,就是敬畏。

这时候,于振兴和蓝子天上门来了。

其来意不言而喻。三人甫一相见,于振兴就开门见山地说:"加入到我们的队伍里来吧。"他眼睛里含着笑意,荡漾着真诚。

蓝子天附和着说:"来吧,你'水上漂'漂来漂去的,也得有个根啊!"

毕渭民读出了两人的真心实意,此时没作丝毫犹豫:"行,那就来,别再'水上漂'长'水上漂'短的了,我从此与过去的"水上漂"、过去的毕渭民彻底决裂了。一刀两断!"

于振兴爽朗地笑道:"那我看干脆叫你毕为民算了,别叫毕渭民了。"

毕渭民抚掌而道:"为民,毕为民,好啊,响亮多了!"

蓝子天也笑道:"岂止是响亮多了,意义更深了哩。为民,为民,我们共产党的队伍就是为人民谋幸福,为普天下穷苦老百姓打天下的。这一个字改得真好。"

毕为民,现在得叫他毕为民了,郑重地说:"毕为民从此以后就跟你们走定了!"

于振兴纠正他:"不是跟我们走,而是跟共产党走。"

"对,跟共产党走,有什么任务尽管交给我吧。"毕为民急切地说。

和蓝子天相视一笑,于振兴说:"看把你急的,少不了有你的份。目前的革命形势正在发生剧变,我们都看到了,国民党反动派气数将尽,他们加紧敲诈勒索,税目繁多,这是他们打算最后捞一把的疯狂之举。那么我们要想尽一切办法坚决抵制,组织群众起来抗税抗捐,不能让他们卑鄙的目的得逞,组织上已经研究决定了,要组建起一支活跃于青沙江上的税务稽查队,专门打击偷税、走私和贩运紧俏物资的行为。青沙江这条水上航运线,也可以说是一条战争的生命线,谁最先掌握了,谁就会掌握主动权。上级对此很重视,能有力配合我们下一步的军事行动。因此,我们决定要由你'水上漂'来当这个巡查队队长。你是不二人选,太合适了。而且组织上还决定派子天同志协助你。"

毕为民挠了挠头,说:"你怎么还叫我'水上漂'啊?"

于振兴一拍脑门笑道:"真是的,看我这臭记性了,应该叫你毕为民同志了,我们共产党的队伍里都兴叫同志哩。怎么样?能接受这个任务吗,为民同志?"

毕为民双脚跟"嚓"地一碰,行了一个并不标准的军礼,响亮地回答:"保证完成任务!如有戏言,甘立军令状。"

4

苏三河展开秦瑜写给他的信,只看了不到一半,他就勃然大怒,一把将信纸扯碎,狠狠地往地上一砸。对于秦瑜的不辞而别,他大光其火。秦瑜也算得上是他的门生了,在她留洋回国投军后,是他苏三河慧眼识珠,着力提携,不说是领路人,也算是有着知遇之恩的。现在可真没想到这小妮子竟然敢来个先斩后奏,挂印而去,真是白白浪费了党国对她这些年的培养。让苏三河尤其恼火的是,眼下正是党国用人之时,他刚接到战区司令官关于要全力维持青沙江航线安全畅通的指示,着手制订一个"青沙江号子"计划,正准备要对秦瑜委以重任,现在倒好,让他算盘落空,苏三河能不大发雷霆吗?

气归气,恼归恼,秦瑜一走了之,"青沙江号子"计划却不能因此搁浅。以苏三河的脾气,恨不得立马就将秦瑜抓回来,军法严惩,但当前最关键的是物色合适的人选来担负起"青沙江号子"计划的实施。苏三河抓耳挠腮,总算想到了一个人,他就是江敬义,现任潇浦税警团的团长。江敬义和他虽然只打过屈指可数的几次交道,但他看起来精明强干,会来事儿,给苏三河留下了比较深的印象。特别是江敬义土生土长在青沙江畔,对沿江一带的情况熟悉,还有,虽然他劣迹斑斑,但他反共的态度坚决。对了,就是他了!苏三河打定了主意。

江敬义还沉浸在兄长江敬仁命丧"望江楼"的悲伤之中,俗话说,打虎亲兄弟,上阵父子兵,而今父死兄亡,留下他形单影只,顾影自怜。悲伤之余,他又未免有几分庆幸,那天晚上如果不是自己眼明手快,等待他的就是和兄长一般无二的下场!

苏三河把"青沙江号子"的重担又压在了他的头上,名义上是信任,可他想,我江敬义可不至于傻帽到要对你苏大省长感恩戴德的地步。眼下是什么时候了?当人家是瞎子,是聋子啊?嘴巴上说的比唱的还好听,大家伙都在思谋着怎么全身而退,你还偏偏让我一个人顶上去,这不是拿我开涮吗?但江敬义不得不接受,还要装出喜出望外、兴高采烈和感激不尽的样子来。一句话,他的脸上展现出来的是一副很乐意接受上峰下达给他任务的愉悦。他江敬义自非傻子一个,非常清楚如果他表现出哪怕一丁点的不愿意来,那么等待他的下场会是什么,还不就是父子仨去另外那个世界重逢吗。

他当然不愿意自己会是那样一个结局。

何况"青沙江号子"计划让他敏锐地捕捉到了不一样的机会,发财的机会!人为财死,鸟为食亡,逮到了机会,他不能让它在指缝间轻易溜走,尽管得冒风险,甚至是生命的代价,但富贵险中求,天下没有免费的午餐,拼一把还是很值得!想想自己也是洞庭湖的麻雀子——经过风浪了的,还有啥子前怕狼后怕虎的呢。

形势突然急转直下!这是苏三河没有想到的。战区司令部的电报再一次严令他尽快落实"青沙江号子"计划。

所谓的"青沙江号子"是对青沙江流域的各个防区而言的,不只是包括他苏三河主政的清山省。当然,清山省是其中重要的一环。美其名曰"青沙江号子",即是暗含了统一行动的意思,一声号子起,整个流域立马行动起来,构成一道防控天堑。苏三河抖了抖手中的那一纸电令,暗暗摇了摇头,"青沙江号子",想倒是想得美,然而党国何以江河日下到今天这等地步了呢。

潇浦因为特殊的地理位置,决定了它在"青沙江号子"计划中的地位。这么说吧,如果青沙江是由两个铁链子连接而成的话,那么潇浦这里就是那个关键的环扣,由于它的存在,两个铁链子才得以紧紧地衔接。兼之潇浦流域有三个优良的港口,平常这里就是货物吞吐的集散地,船来船往的,好不热闹。从战略的角度来看,自古以来,无论水战还是陆战,潇浦都是兵家盯得很紧的地方。

"青沙江号子"此时在江敬义心里就是一把尚方宝剑,苏三河省长指示他只要保证"青沙江号子"的圆满实施,他可以采取任何手段。特殊情况下,先斩后奏!

"青沙江号子"的核心当然在一个"防"字,防共军打过青沙江!

江敬义现在真正地大权在握,江敬仁遇刺身亡后,保安团虽然没有树倒猢狲散,但人心不稳。奇怪的是,平常在人们眼里那炙手可热的团长宝座,这回似乎却鲜有人觊觎。江敬义并非糊涂蛋,顿觉其中定有蹊跷,大势不妙,可当苏三河明确了保安团暂且也由他江敬义兼任团长时,他又不由得激动和兴奋了。这意味着,自此在潇浦地界,他江敬义跺上一脚,地动山摇;他打一个喷嚏,也能刮起一股狂风。

他不禁要一副志得意满的神态了,喜欢前呼后拥地到大街上溜达溜达。三圈两圈地溜达回来,却又挨了苏三河在电话里的好一顿训斥,骂他是"稀牛屎扶不上墙",正事不办,却热衷于表面风光。江敬义知道被人告了状,真是明枪易躲,暗箭难防啊,心里恨恨的,却不能发作出来,唯唯诺诺地好不容易才挨到苏三河把火气撒完,他大声地向苏三河保证:"卑职一定不辱使命!"

要建立青沙江防线,严防死守,绝不让共军打过江来,力保半壁江山。这第一步,就是要将所有船只看管住,防止渔民驾船资敌。江敬义的耳边犹在回响着苏三河气急败坏的号叫,他铁青着脸,心一横,立即推行船只严管令。

江敬义毕竟是江敬义,这时候他玩了个心眼。

他出台了一个规定,凡是有船的户主,在原来征收船舶税的基础上,要加收一项战时特别捐,这样税捐加起来每船比平时得多交税50元,又明令每出船一次,按船只载重大小分别要交行船税50元至300元不等。凡不按规章交税的,一经查获,一律扣押船只,并将给予重罚。一想想这样能一举两得,江敬义仿佛满耳都是光洋的回响,听得他两眼放光。

此举既出,一时反响沸天。这还让人活吗?一条船值得多少钱呢?这样一来,有船的负担不起,总不至于就将自家好端端的船劈了当柴烧吧,而出船不行,不出船也不行,让船家们一个个左右为难,愁眉苦脸。

显然,这个税捐的事,并不是"青沙江号子"计划的构成内容。

江敬义敢于这么做,当然是因为苏三河省长有言在先,得到了他默许的。苏三河只问结果,不管过程,现在在江敬义的强压之下,不仅把沿线的船舶管住了,而且他以征税的名义,从中捞了一大把。自然也少不了他苏省长的好处,于是乎,江敬义肯定要得到苏三河的褒奖了。

江敬义干劲更大了。他不仅亲自出马带领税警团沿青沙江流域挨家挨户清理船只、征收税款,而且还组建了一支江上别动队,不分白昼黑夜地在青沙江上巡察,只要发现有船只在江上航行,即予以截获,横征暴敛,动辄连船带货扣押。一时间,船家们都不敢从潇浦流域经过了,免得落个人财两空。

第三十二章

1

青沙江流域经江敬义这一闹腾,气氛空前紧张。在蓝子天的眼里,江水的流动似乎也变得滞缓了。

这一年的冬天好像走得特别慢,它像一个沉疴在身的年迈老人,每挪动一下脚步,就得停下来喘息上好一阵子。时令上早已立春了,偏偏却没见到一滴雨,一滴濡润而柔滑的春雨。干燥而冷酷的寒风依旧在肆意地统治着青沙江,呼呼地乱叫着,仿佛在狂妄地讥笑着:"这是我的地盘子,你们谁也别想插上一脚!"

毕为民心里头敲起了鼓,这鬼天气,怎么回事呢?太反常了。他从船头俯下身子一只手探入黑黝黝的江里面,一阵刺骨的冰冷让他打了一个激灵,赶紧就缩回了手。往年在这个时候,江水不会如此深入骨髓的寒冷,相反,还会有一丝丝的温软。现在的江水却还是那种硬生生的冷。毕为民抬头看了看沉重得似乎随时都会压下来的天,自言自语:"真是要翻天了吧。"

他回过头来用征询的口气问蓝子天:"今天还出不出江呢?"蓝子天没有马上回答他。

此时,在蓝子天的心里也是一片阴霾。他伫立在船头,目光越过一丛破败的蒿草投向堤坝内。按常理,眼下已是农人开始下地的时节,田野渐渐苏醒过来,变得柔软。可他的视野里,依然是那般荒芜,没有一点生气萌动的迹象。

船突然颤悠起来,一圈一圈的波浪不知道就从哪个方位传递过来了,眼看着近了、近了,再近了,眨眼间就扑到了跟前,一排一排,一波又一波,暗哑地嘶鸣,越近,气势越大,咬噬着船舷,咬出满嘴的水花花来。灰黑凝重的天空随着船只的摇摆而剧烈地晃荡。

江面上又刮起了风。风是动荡不安的,风是变幻莫测的,"九霄龙吟惊天变",风不会隐忍不发,瞬时即生,瞬间即逝。而风起浪涌的迅猛里,蓝子天隐隐约约地捕捉到了阵阵马达的声响。是的,那种轰鸣声正在由远及近地传过来。这当然逃不过毕为民的耳朵。行走江上这么多年,对青沙江上的一切动静,他总是那么敏感而机警。他仿佛匍匐在山林里的一只兔子,时刻都竖着那一对长长的耳朵,一有风吹草动,就会如箭一般从藏匿的草丛里弹射而出。毕为民冷冷地说:"江敬义的巡逻艇又出来了,这个害人精!"

蓝子天道:"我们还是先避一避风头吧。得好好琢磨个法子对付他们。"毕为民懊恼地说:"咱们这些'蚱蜢子'怎么跟人家硬碰硬哪,简直就是飞蛾扑火。"他跺了一下脚下的小木船。小船猛地摇晃了一阵。

近一段时间来,征收税款的难度越来越大,税款呈直线下降。仲冬的一个夜晚,征收组的祖桂秋在铜甸湾附近收税时,遇上保安团常湘川的巡逻队,祖桂秋的一支三号驳壳枪被缴,税票和税款被抢劫一空,人也被捆绑拷打了大半宵,不幸牺牲。时隔不久,另一个征收队员茅锡洋在傍晚返回的途中,遭到了税警团的伏击,税票和税款同样也被抢光,他情急之下跳入河里,在冰冷的河水中躲藏起来才捡回来一条命。蓝子天心里烧起了一团火,怒气攻心之下,他的嘴角起满了燎泡。龙雪看在眼里,不声不响地跑到堤坝上去,她记得自己小时候嘴巴里生了火疮的时候,母亲常常会去野地里挖回来鱼腥草的根,洗净了给她嚼着吃。鱼腥草在这一带并不是稀罕物,田野里到处可见。

蓝子天愁眉紧锁的时候,于振兴和谷家峻来了。于振兴看到蓝子天一脸的自责,便拍着他的肩膀说:"黎明前的黑暗,往往是最难熬之际。别看现在潇浦地区的革命形势异常严峻,我们必须坚信胜利就会来到,曙光已经露出来了,辽沈、淮海、平津三大战役胜利了,反动派完全丧失了进攻的能力。国民党早已失去了民心,你没听到民间有人在传唱的那一首歌谣吗,'穷人们长着土耗子脸,嚼了草根吃树皮,米铺的老板没心没肺,良心烂透囤积居奇。贪赃枉法的江敬义,头顶冒油肚皮圆,盖起了新洋房,抱上了美娇娘。还有,物价也狂飙式地往上蹿啊,过去花钱是一张一张、一元一元的,如今倒好,买盒洋火打瓶洋油回来都得装上一板车的钱币去才行。论斤论捆。啧啧,这都是什么世道了。好在这种日子不会太久了啰。"谷家峻望着远处灰蒙蒙的天,舒了一口气说:"总算是要熬出头了!"

2

蓝子天正和两人交谈着,龙雪手中攥了一把鱼腥草根进来了,她的额头上沁出了一层细密的汗珠,脸蛋红扑扑的,她把洗得干干净净的鱼腥草根往蓝子天面前一递,说:"赶紧吃了,去火呢。"蓝子天接过那一把白色的根须,放在鼻子前闻了闻,一股鱼腥味,便皱眉说:"这能吃吗?一股子腥味。"龙雪嗔道:"怎么叫鱼腥草呢,当然有股子鱼腥味道了。快吃吧,灵着哩,看你一嘴火泡子的。"谷家峻凑上鼻子打趣道:"这有什么腥味啊,分明是又香又甜。"于振兴笑道:"你小子少凑热闹吧,再香再甜也没你的份。"龙雪一听有些不好意思,脸上的红更酽了,勾着头对谷家峻轻轻说:"你看看人家的嘴巴不是起泡了吗?这你也馋呀?"蓝子天笑了笑,往嘴里塞进去一根,嘎巴嘎巴地咀嚼起来。那声音听起来有些夸张,像是故意要给谷家峻听到。

他边嚼边对于振兴道:"快给我们下达新的任务吧。"

于振兴收敛起脸上的笑容,招呼着蓝子天和龙雪坐下,他说:"根据革命形势的发展进程,上级指示我们,第一个,针对反动派最后的疯狂,我们要好好组织起民众抗捐抗税。近一段时间来,在各个国民党的统治区爆发大大小小的抗税运动,这就是民心沸反的表现。在潇浦城里也不例外,江敬义的倒行逆施和横征暴敛,将老百姓的反抗情绪激怒出来了,我们既要充分保护好民众反对当局的热情,又要有组织有重点地做好群众工作。当前有很多都是自发性的行为,这就没有形成对抗和打击的力量,相反造成了一些不必要的牺牲和损失。

"第二个嘛,我们要想法子挫败敌人的如意算盘,他们搞了个'青沙江号子'的计划,目的在于阻止我大军渡江南下,全线封锁青沙江。江敬义借机敛财,打着征税的幌子大肆捞钱,让渔民苦不堪言。据侦察,他们将掳掠劫持的50余条船只全部集中在清陵矶埠头,有保安团一个排看守,我们要想办法夺取回来,上级会派专人护送这批船只去北江,我们的任务只管抢回来就可以了。

"第三,鉴于青沙江航道目前已经被江敬义控制,而且他们有炮舰、运输舰、汽艇、扫雷艇,这是国民党的一条重要的水上运输线。所以,我们要破坏、要斩断他们的这条运输线。青沙江对于我们而言,可也是一条生命线啊。"

听得蓝子天眉头紧锁,这几个任务可都不是那么轻松的!

于振兴又何尝不知道其中的艰辛呢,他说:"这一回,我们得好好合计合计,只能成功,不许失败,事关全面胜利的大局啊,同志哥哎。正因为困难大,所以我们要举全力,我初步想要老谷的游击队,毕为民的江上巡查队都来配合,打好这一仗。"

蓝子天想了想说:"抗捐抗税运动的工作还好做一点,西河庄的那个外号叫'雷公'的大家熟悉吗?"

于振兴点头道:"嗯,听说过,不就是带领乡亲们抗税的那个'雷公'吗?他现在怎么样了?"

蓝子天回答说:"就是他,大名叫雷庆春。他现在是农协的骨干了,别看他五大三粗的,在群众中不仅有威望,而且方法也有一套,粗中有细,是我们重点培养的对象,抗捐抗税这一块搞得有声有色。我们还要加强对这一块的领导和指导,讲究策略,不蛮干,不单打独斗。"

谷家峻插嘴道:"现在我觉得最头痛的是怎么去破坏航道的封锁,这可是个大事。我们的几条'蚱蜢子'小木船哪是那些庞然大物的对手啊,连人家的边都拢不了就被撞得没影了。"

于振兴说:"这的确是个事实,我这次特地带来了十五枚水雷,这些可是宝贝了,还是军分区首长特批给我们的,我想多要一枚都不给。首长说能给我们十五枚已经是破天荒了。其他的只能靠我们自己想法子。子天同志不是有句口头禅叫办法总比困难多吗,我们不妨开个诸葛亮会嘛,三个臭皮匠还顶个诸葛亮呢。"

龙雪道:"江里面的办法找毕为民准没错。他可是叫'水上漂'呢。"

3

一切都在暗暗地进行着,不声不响,紧张而有序。每个人的神情都绷紧了,看上去却分明又有了些抑制不住的兴奋。

毕为民果然有套路。他吩咐手下去四下里搜罗来破渔网,他嚷嚷着:"越多越好,越多越好。赶快准备去。"

"猴头"挠着头皮道:"上哪去找那么多烂网啊,网一烂了人家还不丢了,谁家还当宝贝似的收着藏着啊?"

毕为民瞪了他一眼:"就你嘴多屁多的,你这都没去找,哪知道就没有呢?"

"猴头"眼珠子一转:"大当家的,没破烂的,有好的不是更好吗?这破烂的网不好找,那好的网可就好找多了。"毕为民经他这一说倒是愣住了,他反应过来笑道:"你这猴子,有好的当然更好啊,可谁家会把好网给你呢?你不会不知道,打渔人家的饭碗可就是靠一张网罩住的,你指望人家把好网给你,想得美,我看你是脑子里进水了。"

秋大个子在一旁边却嚷着:"人家不给?不给就抢嘛。谁敢不给啊?"

毕为民猛地侧身朝秋大个子屁股上踢了一脚,嘴里骂道:"我叫你抢,抢,抢,就只晓得一个抢,你还当自己是土匪,是强盗啊。"

秋大个子忙躲避开毕为民又一次踢过来的腿,委屈地嗫嚅着:"我这不也是急着给想招吗?"

"再急也不能抢人家的了!"毕为民吼道。

"说得好,的确不能再抢老百姓的了。"蓝子天从门外大踏步进来,他听到了毕为民的话,内心由衷地为之高兴,毕为民从一个横行江湖的匪霸投身到革命队伍中来,其角色转变令人可喜。蓝子天拉住了还欲追打秋大个子的毕为民,正色道:"毕队长严格要求部属遵守纪律,这是做得非常对的,可是,作为队长你不能打骂战士,这也是我们共产党队伍中铁的纪律!你这打人就不对,必须向人家做检讨。"

毕为民蒙了,愣在那里。蓝子天黑着个脸道:"这是我们共产党的规矩,官兵一律平等,不得打骂下级,否则就是违反纪律,就要受到严肃处理的。我记得龙政委是和你交代过了的,是吧?"

龙雪确实和毕为民说过,可他心里头真没当回事,对手下打打骂骂,算得上多大的事呢,以往在他的寨子里,那还不是家常便饭。实事求是地讲,其时他"水上漂"当家时,还真不是那种不把手下喽啰做人看的主,所以,弟兄们打心眼里敬佩他。至于说动动拳脚,责骂几句,那自是免不了的。现在倒好,教训了一下秋大个子,倒要作检讨,受处分,这未免就小题大做了吧。蓝子天目光何等犀利,他看出毕为民嘴上不说,心里依然不以为然。秋大个子忙转了个弯,他忙不迭地把责任揽到自己头上,道:"不怪队长,只怪俺乱讲乱说哩,该打该打,这检讨俺可受不起。"蓝子天心想,只怕还得

— 463 —

慢慢地来，不能一下子就将一众江湖人士改造成纯粹的革命战士，便缓了语气道："毕队长日后可还得仔细了解了解队伍上的规矩，不仅自己要带头遵守，还得带领好这一帮子弟兄们认真遵守。这可不是开玩笑的。哦，你们刚才说到什么什么好网破网，是怎么回事呢？"

毕为民便将个中缘由说明了。

他说之所以搜罗渔网即是准备把它们安放在青沙江的航道里，绞住敌人船舰的螺旋桨，让敌舰行驶不了。它们一动不了，就像是水鸟折断了翅膀，飞不起来的鸟等于死鸟了。否则，自己摇着那些小木船根本就不是人家的对手，想打掉那些庞然大物，简直是痴人说梦。现在虽然有十五枚水雷，那也是杯水车薪，不能完全指望靠这区区十五枚水雷就能一锅端掉敌人的船舰。

他说的自然在理。这也是蓝子天担心的地方。

待毕为民话音一落，蓝子天握住他的双手，猛力地摇晃着，他兴奋地说："好主意，好主意，咱们一方面布上水雷阵，一方面布上渔网阵，那就够敌人喝上一壶的啦。"

"猴头"愁眉不展地说："现在让我到哪去弄那么多破渔网来呢？"

蓝子天沉思了一下说："这个应该不是大问题，我们来发动群众嘛，你们不知道，依靠群众，走群众路线，可是我们共产党人的一大法宝哩。"他拍了拍毕为民的肩膀，胸有成竹地说，"放心，我们一起来想办法，办法总比困难多！"蓝子天的乐观感染了毕为民，他咧嘴呵呵一笑："我就知道你办法多，只要搞到了足够多的渔网，我一个渔网迷魂阵，就能把他们给缠得晕头转向。"马上又作起了检讨，"刚才我打人不对，不也是心里急吗？"蓝子天笑言着："你这检讨深不深刻，过不过得了关，我说了不算，得他说了算。"他指了指秋大个子。

秋大个子一听，头点得鸡啄米似的连连说："过关过关，深刻深刻。"说得大家都哄堂大笑起来。

"那你下不为例了哦。"蓝子天道。

毕为民赶紧一抱拳:"一定的,一定的。"

4

让毕为民大吃一惊的是,仅仅在三天之后,他所需要的渔网就已全部准备到位。当"猴头"向他报告这一消息时,他不敢相信。

"猴头"绘声绘色地向他讲述了经过:"真是想都想不到啊,那些渔民家家户户把渔网都给送上门来了,不要说烂网破网,连好网新网都送来了,你说怪不怪?怎么人家共产党一声号令,那么多人二话不说,这叫什么?应者云集。对,就是这词。而且,更让俺们琢磨不透的是,给他们钱,可没有一个接的,丢下网,"轰"的一声就跑开了,好像生怕硬要把钱栽给他们似的。还有的家里没渔网,就送来了吃的,什么大米、稻谷、黄豆、芝麻、鸡蛋,五花八门。好说歹说不收他们的,乡里乡亲却说是交税来了,不由分说放下东西就散了。那个叫十婆婆的孤老太太干脆把她养的生蛋鸡婆也给抱来了,不收她的,她还真是不干。十婆婆那一张利嘴四处闻名,我算是见识了一回,她一把眼泪一把鼻涕的,从她那早已死了的老倌子说起,说到尿一把屎一把地拉扯大俩儿子,结果一个被鬼子害死,一个被国民党拉了壮丁,因为不放心家里的老娘,想逃跑,不成,硬是被枪毙了,骨头都没捡回来一根。老太太说来说去,最后就一句话,不收了她家的这只老鸡婆,她就没脸活在世上了,说她一孤老婆子没人瞧得起。你听听,这都是哪跟哪呢。没法子,缠她不过,最后就只好收了,还给她打了张收条,老太太这才作罢,移动一双小脚摇摇晃晃地回家了。大当家,俺活了这多年头,还真是头一回碰到这样的怪事呢,十婆婆白白送了一只生蛋鸡婆,还高兴得像捡了个金元宝似的。你说怪不怪呢?"

毕为民沉吟半晌，嘴里蹦出来一句话："这天下江山真是要换主了。"

还得有船只才行。布水雷缺不了船，围攻敌舰更少不了船，而这一带的船几乎全都被江敬义的江上别动队给强征生拉地抢走了，凡交不起船舶税和特别捐的，船只即被没收，否则就被扣上一顶"资敌"的帽子，以"通匪"论处，谁也别想私自藏匿船只。扣留的船只则被集中在清陵矶的一处港湾里停泊着。把船只抢回来势在必行，只是得找准时机。于振兴和蓝子天、谷家峻寻思着，既然全线反攻在即，就不能打草惊蛇，而应是一盘棋地谋划行动，便商定向军分区报告批准后再相机而动，并决定夺船的行动由谷家峻率领游击队负责。

那一边江敬义依旧飞扬跋扈，耀武扬威，谷家峻咬牙切齿地说："让你再神气几天吧！"

军分区首长的指示三天之后就传达过来了，他同意了于振兴上报的行动方案，只不过强调一定得配合大军强渡青沙江的战役，主要是为渡江战役扫清障碍，以尽可能地减少反攻中我方的损失。

这样一来，于振兴他们就心里有谱了，遂详细地研究了作战方案，待上级指令一下达，将全面启动一个针对"青沙江号子"的行动。龙雪道："敌人搞什么'青沙江号子'，那我们也不妨给我们的行动起一个名称。"她这一提议，大家都赞同，几个人便兴致勃勃地议论起来。

毕为民说："叫'破网行动'吧。"

蓝子天笑道："哈哈，难怪你搞了那么多破网来。不行，不行。"

毕为民红了脸赶紧反驳道："不是说那些渔网的事。我讲的是要破除敌人防线的那张网。"

于振兴一听，一拳砸在桌子上，朗声道："我看行，就叫'破网行动'，我们就是要把敌人的网撕破，撕得个粉碎。"

于振兴将"破网行动"计划进行了仔细、周到的部署,作如下战斗准备:一、由蓝子天负责将15枚水雷由万福桥秘密运抵七条港附近存藏;二、谷家峻率领游击队两个中队劫取清陵矶的50只小木船,到七条港的河边分散停靠待命;三、龙雪组织民兵队,由侦察组带领到布雷必经渡口、道路,检查维修关键地段,确保运雷队摸黑通行顺畅;四、于振兴亲率苗风涛带部分游击队员为掩护、接应;五、积极开展抗税抗捐运动,达到扰乱敌人部署,分散敌人注意力的目的;六、立即实行严格的保密制度,防止走漏任何风声。

"破网行动"得到了上级的肯定,并被纳入迎接先遣队渡过青沙江的整体战役中。派先遣队偷渡过江的目的在于建立隐蔽联络点,做好发动群众、筹集粮食等前期准备和策应工作。

第三十三章

1

沉睡的田地似乎还没有苏醒过来,这年的倒春寒比往常都要盘踞得久,寒潮迟疑着极不情愿般从田野里挪开它的脚。老天爷偏偏还下了一场纷纷扬扬的春雪。远眺着漫天飞雪,蓝子天突然想起一个叫韩愈的大诗人吟过的两句诗,"白雪却嫌春色晚,故穿庭树作飞花"。而分明已是春意在四下里闹腾得正欢的时令,那么,这漫天飞舞的雪花又算是凑的哪门子热闹呢。这让蓝子天倍觉突兀的一场春雪,卖力地在他的视野里舞蹈,直让人"不辨梅花与柳花"。显然不是韩愈诗中所描述的那般情境了。诗人的吟哦早已飘散在唐朝那场莫名其妙的春雪里。

严酷的气候只能延迟春播的时间。人们心头上被黑沉沉的云笼罩着。

蓝子天和龙雪冒雪走访了几个村子,看到乡亲们一个个面黄肌瘦、有气无力的凄惨景象,越走下去,他的心里面越是堵得慌。西河庄的春荒已经闹了十天半月了,在寒潮里,地头里面的野菜也没能长出几棵像样的来,揭不开锅的窘况日益严重,西河庄本来耕地就少,春荒闹得尤其厉害。蓝子天来到这里时,正碰上雷庆春和几个贫协骨干窝在雷家商议着怎么度过这比往年糟糕得多的春荒。

他们一个个像霜打的茄子,苦着脸,一筹莫展,雷庆春袖子一撸,说:"只有一条路,找大户人家借米去。"

许山子有气没力地说:"谁在这个关口借米给你啊?"

李老六的声音小得像蚊子嗡嗡声:"可别米没借到一粒,反倒让人家的恶狗咬断了脚,那就不划算了。"

雷庆春没好气地说:"你们怕这怕那,怕狼怕虎,那等着饿死算了。"

蓝子天这时候迈了进来,他接过话道:"当然不能,活人还能让尿憋死啊?"

他的到来,顿时让雷庆春有了主心骨。

蓝子天道:"我们不仅要找那些地主老爷们借米渡过难关,还要求他们减租。只不过单靠在座的你们几个不行,力量太弱了,我们要发动乡亲们都站出来,形成一股强大的力量,才能和那些地主们斗。"

正谈话间,雷有声慌慌张张地跑进来,他满头大汗,上气不接下气地说:"不好了,不好了,成松大叔,他,他,让狗日的郑保长带着税警队的给活活打死了,打死了!"

众人皆惊。特别是许山子一听父亲被打死了,霎时脸上一片惨白,他腾地起身就要往外奔,嘴里号哭着:"爹啊,老子和郑文光拼了。"蓝子天忙一把抱住许山子,不让他冒冒失失地走。雷庆春喝令儿子:"你给老子喘口气好好说是怎么回事。"

原来江敬义听郑保长说西河庄刁民拖欠粮税不交,而且抓壮丁也难抓,应郑保长之请,江敬义派出了莫细拐子领着一个中队直扑西河庄,一门心思要好好整饬整饬秩序。

郑保长带着莫细拐子他们首先就来到了许成松家,许家只有烂茅屋一间,家徒四壁,欠粮欠税又怎么交得起呢。许家父子俩相依为命,都是胆小怕事的人,前一向郑保长上门来催许成松交税,说如果实在交不起,就抽许山子去当丁。许山子是许家的命根子,许成松自然死活不肯干,这个老实巴交的老人其时发起狠来,扛起一根门闩就要和郑文光拼命,那一股子不要命的疯劲倒是让郑保长吓了一大跳,他好像不认识眼前的许老汉一样,僵持了一会儿,眼看人越聚越多,郑文光心想好汉不吃眼前亏,便悻悻地退走了。回到家一想,懊恼得不行,许成松这平常放屁都不敢大声的老实汉,竟然敢和他叫板,让他郑保长日后还有何脸面在西河庄混下去呢?

当莫细拐子带人来了后,郑文光顿即觉得自己的腰杆子直了、硬了。第一个要上门的就是许成松家了,这是不容置疑的事。郑文光恨得牙痒痒地想着。

莫细拐子抖动着他两条细如麻秆的长腿,一言不发地绕着已浑身筛糠般颤抖的许成松转了一圈,而后嘴里轻轻地蹦出来一句话:"是你敢抗税吗?好好教训教训,让你清醒一下。"话音刚落,几个税警一窝蜂地凑上来,抡的抡枪托,挥的挥拳头,不费吹灰之力就把许老汉揍倒在地,郑文光一看蜷缩着身子的许成松眨眼间就成为了一只弯曲的虾子,在地上痛苦地蠕动。他忙喊:"别打死了,别出人命了呀。"莫细拐子懒得理他,拿眼白了他一眼。动手的几个正在兴头上,没有莫细拐子的命令,他们更不会停止。

不一会儿,有人发现不对头了,说:"怎么,没动静了,不会装死吧。"还边说边踢了踢没了声响的许成松。"真没动静了,这么不经打呢?"几个人方才停下,齐刷刷的目光投向了莫细拐子。

莫细拐子嘴里"噫"了一声:"都看我干吗?死了就死了吧。去屋里看看,有啥子值钱的东西没?"

两个人应声进去转了一下很快就出来了,沮丧地摆摆手。莫细拐子道了声:"背时鬼。"朝郑保长手一扬准备走人了,"去下一家吧。"

"慢着,打死人就这样拍屁股走人了啊?"一声怒吼里,雷庆春和乡亲们赶来了。

2

郑文光毕竟有些心虚,他往莫细拐子身边靠了靠,小声地说:

"这个为首的就是雷庆春,外号叫'雷公',是个不好惹的角色。"

莫细拐子乜了一眼雷庆春,将右手按在了腰间的枪套上,傲慢地说:"不走,大爷我还留下来替你守尸啊?"

伏在父亲慢慢变冷的身体上痛哭的许山子按捺不住,他猛地一跃而起扑向莫细拐子。莫细拐子吃了一惊,反应却是极快,他身子一闪一矬,躲开了许山子狠命的一扑,侧身起脚,飞踹在许山子的腰上,这一脚踹得不轻,许山子"哎哟"一声倒在地上。莫细拐子迅即抽枪朝天开了一枪,叫嚣道:"妈的蛋,你们想造反了吗?许成松抗税不交,被就地正法,谁敢效仿,他就是下场!"

雷庆春怒视着莫细拐子,厉声诘问:"针尖上刮不下铁来,麻雀身上炼得出油吗?俺们现在仓里没一粒米,锅里没一滴油,哪里还有税交有粮交?这世道还让不让人活了。"他转向乡亲们道,"大家伙说说,我们还有活路吗?今天非得让这帮没良心的给个说法不可!"

大家群情激愤,纷纷嚷嚷起来:"打死人命就像踩死一只蚂蚁一样,还把我们当人看吗?""今天你们干脆把俺们都给打死算了,反正也活不几天,饿也得活活饿死了。""老天爷,还有谁能管管这帮死没良心的人渣呢?""我们干脆请愿去,县里不行,上省城。俺就不信真是世上没个讲理的地方了。"……

雷庆春脸红脖子粗地大吼道:"乡亲们,反正没个活头了,今天这帮孙子不放过俺们,俺们就和他们拼了,一命换一命也抵了!"他举起右手在空中用力地挥动着。

郑保长自然了解雷庆春的脾性,不然怎么会叫"雷公"呢。他脾气火爆,一点就燃,而且喜欢替人出头,所以在乡里乡亲中威望颇高。如果真的动起手来,那西河庄肯定会成为一个爆炸的火药桶,他郑某人可是土生土长的本地人,真是把事情弄到不可收拾的地步,那他日后的日子也难过。本来他并没想到会闹出人命来的,原想拉虎皮作大旗,吓唬吓唬那些刁民而已,没想到……

唉,郑文光赶紧高举起双手一阵乱晃:"使不得,使不得,千万使不得啊。"

雷庆春岂会理他这一套,猛然一甩袖,寒光一闪,一支飞镖陡地击中莫细拐子手中的盒子炮,"咣当"一声,掉落于地。

莫细拐子吓得不轻,张大嘴巴傻呆了。郑保长自然知道,这"雷公"今天还是手下留情。

税警们赶紧将枪口对准了雷庆春。

剑拔弩张,一触即发。

蓝子天这时候站了出来。在税警的注意力都集中在雷庆春身上的当口,他一个箭步窜到了莫细拐子的身边,脚尖一勾,掉在地上的盒子炮眨眼间就到了他的手上,冷冰冰的枪口抵上了莫细拐子的后脑勺。这一连串的动作,让人看得目瞪口呆。雷庆春也是何等灵泛的,他立马效仿蓝子天,一把勒住了郑保长的脖子,一支飞镖顶上了他的喉结。

蓝子天并不想一枪要了莫细拐子的命,而是要借这次机会把潇浦的抗税、抗粮、抗丁、抗租、抗债这"五抗"运动推向高潮。他对乡亲们大声道:"我们将这两个祸害捆到县政府去,讨一个说法。"大家都齐声叫道:"好,好。"

上任不到四个月的县长任重远遇上的焦头烂额的事多了去了。秦瑜挂印而去后,苏三河派来了任重远担任潇浦县县长。任重远本一介书生出身,他踌躇满志地走马上任后,才发现事情远不是他所想象的那么一回事。县政府财政拮据,已到无法维持的地步。去年财库亏空好几万元,一切行政教育经费均无法开支,春节前向商会借3000余元,才勉强敷衍过去;行政人员饷金拖欠了四五个月,引起大家包围会计索饷。

这天上午他正在为省里面追加的税收和军粮任务发愁,他明明知道越来越重的赋税是绝不可能完成的任务,而且他也对老百姓有了一些同情心,如此任其发展下去,那老百姓真是没法过日子了。他因此还试图和省长苏三河据理力争,结果可想而知,不仅没能改变,反而挨了苏三河的一顿臭骂,骂他关键时候不能为党国分忧,惑乱民心,向来谨小慎微的任重远吓得灰头土脸再也不敢开口了。

县党部的窗子外突然传来激愤的呼喊声:"逼死人要偿命!""严惩杀人凶手!""反对苛捐杂税!""荒年不还债,荒年不交租。"

看着越聚越多的黑压压的人群,雷庆春心潮起伏,他几步抢到人群前,大声道:"今天多谢各位父老乡亲为我西河庄人撑腰!说起来都是抬头不见低头见的交情,都是喝着青沙江水长大的穷苦命,客套话我就不说了。大伙和我雷庆春一样,穷苦人出身!我们祖祖辈辈都是富人家的佃户、雇农!大伙说句实话,我们这些人一年到头地辛苦劳作,为官府和那些东家老爷们无偿地出劳役,我们全家老小有一口安安稳稳的饱饭吃吗?""哪有什么饱饭吃啊,这春荒时节一天全家老少能喝上一碗稀饭就不错啦!""全年的收成除去交给东家的租子、各样的捐税,剩下的口粮只够全家吃三个月。遇到荒年,那只能逃荒要饭、卖儿卖女啦!""我家是有两亩薄田,但每一年我也得出门去,做上大半年的长工。几个没成年的娃,都在河西的大户人家里放牛,就这样全家人还不够勉强吃饱肚子。""这都是命,我们穷人就是吃糠咽菜的命,那些富人是锦衣玉食的命!"众人七嘴八舌地倾诉着自家的疾苦。苦水越倒越多。任重远这才了解到事情的真相。

被五花大绑的莫细拐子和郑文光这回意识到真正触犯众怒的后果,事情闹大了,闹到县长这儿来,有些不妙,担心被丢卒保帅而成为牺牲品,不禁有些后怕起来,双脚打跪。而人越聚越多,任重远害怕起来,他忙一面吩咐左右赶紧去找江敬义带人来县党部,一面硬着头皮出来面见那些愤怒的百姓。

见到县长出面了,人们高喊起"严惩凶手""免交税捐"的口号。

3

正当"五抗"运动的动静越闹越大之时,于振兴下令谷家峻加快了夺取清陵矶船只的行动。

谷家峻率领游击队两个中队摸到清陵矶时,发现驻守的保安团的士兵只有一个班,原来掌握的情况是这里守卫着至少有一个加强排的兵力,看来敌人换防后削减了守备力量。江面上刮着料峭的风,除了一个岗哨外,其他几个人都钻在一个船舱里赌博,吆五喝六,玩得正在兴头上。舱板上一片狼藉,横七竖八地躺着空酒瓶子和被丢弃的烟蒂。谷家峻他们没费多大力气就将这帮家伙统统缴械了。说来还挺滑稽的是,当谷家峻带人冲进船舱里时,看到有三个人正将一满脸络腮胡子的摁在舱板上,手忙脚乱地在里里外外地掏他的衣袋,络腮胡挣扎着不肯就范,嘴里骂骂咧咧着:"还反了啊,你们几个兔崽子,敢抢老子的钱。"有一个回敬道:"你尽耍赖皮,今天非将俺的钱退回来不可。"谷家峻大喝一声:"闹够了没有。都住手,缴枪不杀!"络腮胡竟然冲着谷家峻喊着:"兄弟来得好,快帮俺一把。哎哟,你他妈的轻点、轻点,老子手都要断了。"见突然有人闯进来,那几个人便扭头来瞧,黑洞洞的枪口正对着自己的脑袋,这下才觉得情况不对,赶紧松开了手,自己的枪呢,早已到了人家手上了。络腮胡"哼哼唧唧"地爬起来,谷家峻喝道:"双手抱头,蹲下。"络腮胡一激灵,赶紧听话地蹲下。谷家峻问道:"谁是为头的?"其中一个马上朝络腮胡翘了一下嘴角。谷家峻不禁暗自好笑,看来是这家伙耍钱输了赖皮,把手下给惹毛了。

五十条船只被迅速转移到七条港,于振兴早已在七条港坐镇,渔网、水雷都已准备就位,万事俱备,只等船只一到就可以开展下一步的行动。

龙雪风尘仆仆地回来向于振兴报告,她到青沙江沿线进行了侦察,向当地渔民仔细询问了情况,更在江岸实地侦察到了敌人布防的状态,弄清青沙江潇浦段航道敌军驻守、巡逻的敌情和规律。综合多方面的情况后,她提出来布雷以大埠桥附近的江心洲一带水域为最佳地点。于振兴将征询的目光投向毕为民,毕为民点头道:"江心洲一带水流平缓,适宜布雷,而且是必经航道,也是敌人巡防不太注意之处,我看可行。"龙雪补充一句道:"江心洲一带还有芦苇荡可以让我们埋伏。"先遣队偷渡青沙江的时间就定在第二天的卯时,拂晓时分。离行动的时间已不到十二个时辰了,刻不容缓。于振兴和蓝子天他们几个人很快就敲定了布雷方案,大家便分头去进行紧张的准备工作。

　　第二天凌晨,青沙江水面上浓雾茫茫,细雨纷纷。龙雪犹豫地说:"这样的坏天气,可麻烦了。"于振兴坚定地说:"时间不再变了,天气坏也有坏的好处,敌人就会麻痹大意,黑漆漆的夜里,他们的巡逻艇即算是出动也会受到影响,这样大的雨雾天里,他们只怕是窝在被窝里懒得动了。"

　　于是三十条小渔船载着二十名游击队员、十五枚水雷和渔网,在蓝子天和毕为民的率领下出发了。天气异常地冷,冻得大家手脚发麻,浑身哆嗦,而头戴的竹笠、身披的蓑衣其实不能遮挡多少风雨,没完没了的雨将大家的衣服淋得透湿,行动艰难,但必须赶在拂晓之前将水雷安装好。毕为民干脆将湿重而又冰冷的蓑衣和衣服脱掉,赤膊上阵,轻轻一跃跳进江水里。他水性再好,却难敌江水刺骨,冻得他嘴唇乌青乌青的。蓝子天和另外几个队员效仿着他,也跳入江里,推着船只往前行。游击队员们推的推,拉的拉,好不容易才把水雷送入江中,安置在"水津"要冲上,并用竹枝、树丫伪装好。毕为民接着指挥大家把一部分渔网在水雷爆炸区域的边缘处安放好,这样是为了缠住从水雷阵里逃脱的敌舰,再围而歼之,又把剩余的渔网布置在雷区前面的航道上,以阻击前来接应和支援的敌船。

水雷和渔网布置停当后,大家驾船隐蔽在芦苇荡里,这时天已拂晓。

下了一整晚的雨总算停歇了,江面上一片静寂,只有波浪在轻轻地摇荡着。

冒雨挨冻了一夜,大家都有些支持不住。蓝子天强撑开打架的眼皮,给大家打气。他轻声然而坚定的语气在芦苇荡里传到队员们的耳朵边:"打起精神来,很快就要打响战斗了。"龙雪也提醒着:"注意检查一下各自的武器。"

黎明前的等待焦急而漫长,像在寒夜里翘首遥遥的天边上那一缕熹微的曙光,偏偏迟迟不肯露出它的微笑来。

4

"轰——"突然传过来一声猛烈的爆炸声。"轰""轰",紧接着又是两声更为剧烈的巨响。

芦苇荡里潜伏的人们兴奋得叫喊起来:"炸了,炸了。""烧起来啦,烧起来啦。"

轰隆,轰隆,接二连三的爆炸声起,随着爆炸而起的还有冲天的火光。"猴头"激动得蹦跳起来,船身一阵摇摇晃晃,让毕为民一惊,他瞪了"猴头"一眼,斥道:"想到江里凉快了吧。""猴头"吐了吐舌头。

蓝子天立在船头,拿出望远镜来朝火光处瞭望,他看到这是敌人出动的一个舰队,打前的是两艘巡逻艇,现在着火了,有一艘庞大的运输舰触了水雷,舰板上的士兵惊慌地跑来跑去,忙于灭火,还有一艘炮舰被水雷拦腰一炸,遭遇了致命的一击,正在慢慢下沉。有人负伤了,有人落水了,还有人丧命了,江面上一片鬼哭狼嚎。两艘军舰冲过了布雷区域,却又被水下的渔网缠绕住了螺旋桨,驾驶员试图轰大油门,依旧无济于事,军舰在江面上动弹不得,像一条被渔网牢牢网住的鱼,再如何用力挣扎,始终无法破网而出。拖在舰队尾后的三艘船只,见状不妙,赶紧就准备调头开溜。

出击的时机到了!

蓝子天和旁边船上的谷家峻一对眼色,两人不约而同地摇着小木船快速地驶出芦苇荡。

这就是无声的命令。

三十条小船按照事先的分工有序地形成三个小队,直扑各自的目标。

毕为民率领一队,朝着两艘被渔网困住了的军舰包抄过去。看到敌人如没头的苍蝇在舰上乱转,毕为民喝令"开火",一阵弹雨霎时倾射到了舰上,打得敌人找不到北,这是毕为民惯用的办法。在江面上开打,首先就要不分青红皂白一阵猛打,把人家打蒙了,四面江水,无路可逃,他就心虚了。看看差不多了,毕为民一挥手,大家也就停止了射击。这时候,"猴头"尖细的声音一字一句地响了起来:"国军弟兄们,你们跑不了啦,赶紧投降吧,否则,你们的船,还有你们的人,都要被打成筛子眼了。"

舰艇上面静默了没一会儿,就听到有一副嘶哑的嗓子回答道:"共军弟兄们,我们投降!你们千万别再开枪了。"

"猴头"便喊道:"不开枪,那你们把枪都丢到甲板上,双手举起来,慢慢走出来。"

话音刚落,果然就见到艇上的人纷纷将枪支丢在甲板上,一个个高举着双手从掩身的船体后走了出来。

小木船快捷地靠拢,毕为民率先跃上舰艇。这一下抓了九个俘虏,缴获了十余条枪及不少的弹药。毕为民吩咐龙雪和"猴头"再带两人两船押着俘虏和缴获的战利品返回营地,他率领其他船只去协助蓝子天和谷家峻作战。龙雪却不干,非得要同他去。她更担心蓝子天。毕为民眉头一皱,不耐烦地说:"你一个娘们别凑热闹了,这可不是赶集。怎么着也轮不到让你去冒险吧。"龙雪却一瞪眼,也不言语,将身子一纵,跃上了毕为民的船头,船身晃得毕为民一个趔趄,他无奈地道:"我的个活娘哎,你秀气点好不好。都是让蓝子天他们给惯坏了,要是我,哼,一开始就不会让你来的。"他朝"猴头"嚷道,"猴子,你带俩押回去算了。"

从舰艇上撤离下来后,毕为民下令将舰艇炸毁,几颗手榴弹丢上去,爆炸声起,敌舰四分五裂。

第三十四章

1

开溜的三艘船里有两艘是运输舰,满载着物资,吃水线深到几乎平着船舷板,跑的速度也就快不起来。

蓝子天和谷家峻便分头率领十条小木船追击上去。

敌舰上组织起了火力阻击,枪声里,接连有人中弹,还有两个游击队员不幸落水了。

蓝子天大声朝谷家峻喊道:"火力太猛,我们盯住拖在后面的那艘船下手。吃掉一个算一个。"江面上枪声大作,也不知道谷家峻听见没有。

见到身边不断有人挂彩、牺牲,此时的谷家峻已经急红了眼,他一面喝令大家还击,一面命令迎着枪林弹雨加速前进,一只只小木船像在暴风雨中疾飞的水鸟,掠过翻滚的波涛,面对着那艘吐着火舌的敌舰毫不退却。谷家峻左手摇橹,右手提枪,一马当先,一颗子弹射过来击中了他的左膀,他感觉臂膀一麻,摇橹的左手不听使唤了。他将桨一扔,回头朝在船尾的洪老磨吼道:"冲上去。"洪老磨见谷家峻身子一晃,又硬撑着站稳了,情知他负伤了,洪老磨牙咬得邦邦响,使出浑身的力气摇桨,一双手臂上的青筋如蚯蚓般蠕动。

蓝子天一见谷家峻那副拼命的架势,心里急了,他大声喝令道:"集中火力压制住敌人!"说着,他猛力甩出了一颗手雷,手雷的爆炸掀起了一片浪涛。离敌船的距离远了点,手雷够不着。小木船上的火力点分散,而且武器远没有敌人的好,对敌人构不成足够的威胁,这样一来,硬拼下去就将付出更大的牺牲。蓝子天看在眼里,急在心里,他担心着谷家峻和跟着他冲在前面的那些战友们的安危。

尤其让他焦虑的是,敌人的船这时候反而没有逃跑的意思了,那两艘船已越跑越远,而拖后的这艘干脆不跑了。蓝子天想,它一定是以为追赶的小破船奈何不了它,就摆开阵势一较高下吧。那艘庞大的船横在江心,眼睛里仿佛尽是蔑视和嘲笑:"我就等在这里,你们能拿我怎么着吧?"蓝子天权衡了一下,如果这艘敌船打不下来,等敌人缓过神来,反过来就会被他们给咬住,敌舰巡逻到达的时间迫近,那么,一旦保安团江敬义的大队巡逻舰出动支援,局面将相当地被动,不仅仅他们这些小船脱不开身,还可能波及正在偷渡青沙江的先遣队。他估摸着,先遣队此时应该突破了敌人的第二道封锁线。他们这边动静闹得越大,对敌人的吸引力就越强,相应地也就形成了对先遣队行动的掩护。

可是对于小木船来说,面前横亘的这艘船,无异于一座难以逾越的山峰,要攻下来,谈何容易!

谷家峻的腰上又中了一枪,他疼得直不起身来,只能半跪着,坚持不让身躯倒下去。他知道,自己一旦倒下了也许就再也起不来了,这个时候,他绝对不能倒下去!他吼道:"同志们,打不沉它,我们就是撞也要撞沉它!"

"撞!"周围回应着他的是一个坚定的字。谷家峻环顾一下,尚有五条小船跟在他的船旁。

大家的眼眶里布满了血丝,燃烧着愤怒。

"撞!""撞沉它!"

怒吼声再次响起。

谷家峻振臂一呼:"撞啊!"

六条小木船此刻如绷紧了弦的弓箭,"刷"的一声,利箭呼啸着进射而出,带着怒火射向前面正在狞笑着的敌人。

薄薄的水雾慢慢散去,江面上渐渐变得清晰了,旋即却又刮起大风。青沙江的脾气古怪得难以捉摸。一排排浊浪不断涌来,撞击着、撕扯着小船,喷溅着雪白的泡沫,似乎要将小船撕裂,一口一口地吞噬掉。小船没有躲避,没有退缩,眼看着它们被汹涌的浪涛吞进去了,却总是顽强地钻了出来,昂首挺立于潮头。

2

风浪中蓦地一叶小舟穿过枪林弹雨,迅捷地超越了谷家峻的木船,直逼敌舰而去。

谷家峻定睛一看,小舟上的人不就是蓝子天吗。他一惊,蓝子天这是要与敌人同归于尽啊,他忙扯开喉咙大喊:"你给我回来!你站住!"但他的叫喊被澎湃的涛声淹没了。蓝子天头也不回,只是弓着腰拼命地划着船。他隐约地听到一个熟悉的声音在风中飘荡,那声音里满是焦急,他的确没有听清楚谷家峻在嚷嚷着什么,但他不用猜都知道谷家峻的意思。可他不能回头,更不能停止!时间刻不容缓,已无暇多想,他只有拼死迫近敌船,才有可能采取制敌的措施。

谷家峻急得不行,可又束手无策。他大声喝道:"加把劲,再加把劲啊。"他现在只希望自己能抢到蓝子天的前头。他不能眼睁睁地看到生死与共的战友以生命蹈火、赴难!

在后面赶过来的毕为民看见蓝子天和谷家峻那副架势,他惊出了一身冷汗,情急中他脱口而出:"你们这是疯了啊,这是送死啊,快回来,快回来。"一个骇浪扑面而至,打得他的小船差点翻了,似乎在回答他,再怎么呼喊都是徒劳的。

相比于毕为民的激动,龙雪却显得要冷静多了。

她知道这个时候就是有十头牛也不可能拉回那些义无反顾的战士。她当然清楚蓝子天们在毕为民眼里如此疯狂之举的后果将会是什么,她的心在阵阵痉挛着,疼痛的感觉一下一下地鞭笞着自己。她揪紧了心,却以临危不乱的口吻对毕为民说:"现在我们只有一条路了,那就是也要冲上去。"毕为民一听,惊呆了,他说:"还要冲上去?我不是怕死,可那样分明就是白白地去送死了啊。"龙雪冷峻的脸庞上写着果敢,她一字一顿地说:"明摆着是去送死,也得上了。如果我们稍有犹豫,稍有退缩,那么敌人的气势马上就会高涨,将我们逼近死亡地带,那必定是死路一条。"她顿了一下又说,"我相信他们不顾一切地冲上去不是一时的冲动和不计后果的。"

  毕为民看到龙雪说这番话时眼角泪光一闪,她很快就将袖子一擦,掩饰过去。而她这一句话语,不禁让毕为民心生钦佩,一个看起来柔弱的女子,在这样生死关头有着那样清醒的头脑,丝毫不曾乱了分寸,难得啊!毕为民仔细一回味,觉得龙雪说的在理,一句话就是:置之死地而后生!他不由得豪情激扬,奋力一呼:"弟兄们,怕死的给我滚蛋,不怕死的跟我冲上去!"

  敌船长范存模本来以为胜券在握。他刚才还很为自己的果断决策而沾沾自喜:与其被"共匪"追着打,不如停止逃跑,来与他们面对面拼一场,俗话说狭路相逢勇者胜,今天他要是被"共匪"的小破木船追杀得狼狈不堪,国军威严何存,日后传出去也会是个天大的笑话。别人逃跑就跑吧,他范存模不能再跑了。所以他立即作出决断,摆开了要和"共匪"决一死战的架势。他不信,就凭共军的那几条破枪、几只破船能把他咋的。

  他的决心立下,局面也为之改观,强大的火力使谷家峻和蓝子天他们进攻受阻。看到"共匪"不时有人中枪,看到那十几条破船在风浪之中颠簸之艰难,范存模的嘴角不禁挂上狂笑,他挥着拳头给部下打气:"看到了吧,几根烧火棍,几条破烂渔船也想来打老子,去死吧,弟兄们,给我狠狠打,把它们一个个打沉到江底去。打沉了,本人大大有赏。"

风吹雾散,范存模看到十来条小木船突然齐刷刷地朝他们直冲过来。"妈呀,这是干吗,有这样不要命的吗?"宫大副失声叫道。射击的士兵此时仿佛莫名其妙地失去了准星,瞄准那些在惊涛骇浪中颠簸起伏的小船开火,就是打不到。宫大副的这一声叫喊,让士兵们一下子慌了神,有人大喊:"这明明是要撞我们的船了啊。"

范存模仔细一瞧,恍然大悟,共匪是想要同归于尽,玉石俱焚了。他真没想到"共匪"会给他唱这一出,穿鞋的碰上打赤脚的了。这可是他不愿意要的结果,万万不行!

范存模往船后瞭望着,他看到那两艘船已经逃得远远的了,留给他渐渐变小的船影,而保安团的巡逻舰到现在还不见踪影,不禁心里火起,他气急败坏地骂道:"你狗日的江敬义,死到哪里去了。"骂得再凶也于事无补,江敬义不会听见。骂完了,残局还得靠自己收拾,范存模胡乱地挥动枪命令道:"给我打回去,狠狠打。"可是,已经没人听他的了。丁阿福率先丢下枪就往船舱里跑,他当然是奔着救生圈而去的。范存模冲着丁阿福的后背抬手就是一枪,丁阿福应声倒在船舱门口。范存模恶声恶气地吆喝着:"谁再敢临阵逃脱,这就是下场!"这才总算镇住场面。士兵们不得不举起枪来冲着直撞过来的共军的船胡乱地开枪。

"砰砰砰"的枪响在风中尖厉地啸叫着。

3

江敬义其实也是碰上了麻烦。

当晚凌晨,他搂着新娶的一房娇妾小香桃睡得正香时,被一阵催命似的电话铃惊醒。原来是县长任重远打来的,他火急火燎地告诉江敬义,说接到上峰紧急命令,有一小股"共匪"将偷渡青沙江,必须严防之,一旦发现即予以抓捕或当场击毙。任重远以哀求的口气说:"江团长,警务力量薄弱,难以担此大任,务必请你保安团派员协助。"他知道江敬义从来都没有正眼瞧过他这个县长，现在有求于他，任重远只能更加低声下气了。江敬义本来就对自己被任重远从温柔乡里吵醒甚是不满，这下一听还要派他个苦差事，更加恼火。他打着官腔回答道："这样啊，保安团现在江防任务很重，自顾不及，请县长另外再想良策吧。"任重远那一句"这也是江防任务啊"刚到嘴边，还没来得及说出来，就听到听话筒里传过来"啪"的一声，江敬义将电话挂了，噎得任重远只有直翻白眼的份。

江敬义骂骂咧咧地刚熄灯睡下，又听到铃声大作，又是他妈的任重远啊？他恨不得将电话摔了。小香桃在身边嘟囔着："还让人睡不睡啊。"江敬义无奈，只得操起话筒，冲着里面就是一通呵斥："老子说了，没人。"

这回打电话来的却是苏三河："你他妈的没人，人都死哪去了？"苏三河雷霆震怒。

一不小心顶撞到了龙王爷，江敬义清醒了，一骨碌滚下床来站直了，赶紧赔上了好话笑脸。那样子好像苏三河就站在他的面前似的。

苏三河却不听他那一套："你给老子听清楚了，赶紧带巡逻舰去青沙江布防，有共匪偷渡。你敢放进来一个，老子亲手毙了你。"笑容僵在江敬义的脸上，还没来得及敛起来，"啪"的一声，电话挂了。

任重远和苏三河说的虽然是同一件事，可是任务的侧重点却完全是两回事，前一个讲的是围，后一个讲的是堵，一个说的是陆地上，一个讲的是江里面。江敬义想，真把我江某人当沙包了啊，想往哪里填就往哪里填。他抬起右手朝自己脸上扇了一下：就你妈的命贱，真贱。任重远的话可以不理，苏三河的话不听可不行，真要是惹怒了他，自己脖子上吃饭的家伙分分秒秒都难保。那就带巡逻舰艇出江吧，江敬义揉了揉惺忪的眼，伸了一个长长的懒腰。

"共匪"偷渡何时何地开始，没有准确的情报，只是说地点选在卧虎洲一带,江敬义叫苦不迭,这么个冷雨飘飞的夜晚,一个笼统的"卧虎洲一带",绵延达数十里的水域,够人喝一壶的了。江敬义只得硬着头皮上,他心里祈祷着:千万别让我江某人碰上偷渡的"共匪"呀,老天爷保佑,老江家祖宗十八代保佑。

五艘巡逻舰艇在卧虎洲一带慢悠悠地转悠了大半宿,没一点动静。常湘川哆嗦着冲江敬义抱怨道:"这不捉弄人吗,冷得打摆子的夜里,共匪会偷渡?鬼话!"江敬义斥道:"你小子难道还真想遇上共匪啊?比猪还蠢。"

江敬义怎么也没想到,黑沉沉的雨夜里,十多双眼睛一直都在死盯着他们,那些锐利的目光一直都在随着巡逻舰艇的探照灯光移动。

负责接应偷渡先遣队的于振兴、苗风涛带着一个中队的游击队员借着雨雾的掩护已在卧虎洲潜伏多时。

看看寅时已近尾声了,而江对面还是一片寂静。苗风涛捅了捅身边的于振兴,轻声道:"不会有变吧,这么恶劣的天气。"于振兴做了个噤声的手势。这时巡逻舰艇的灯光探射过来了。待艇走得远了,于振兴才轻轻说:"不会变,安心等下去。"

卯时已到,眼看天将蒙蒙亮,于振兴低声命令:"作好准备。"

话音刚落,果然传出来了动静,一长两短的三声鱼鹰的鸣叫隐隐约约地飘过来。这是接头的信号。

偏偏这个时候才驶过去不久的两艘巡逻舰艇突然折回来了,停止行动已不可能,于振兴一声令下,苗风涛和游击队员们便一齐朝巡逻舰艇扣动扳机。

几乎同时从江心洲方向传过来了爆炸声,于振兴他们知道,这是水雷炸响了。既然一开火,就必须速战速决,不能再拖延时间。于振兴直起身挺立在船头,朝大家高喊道:"同志们,冲上去啊。"蛰伏的八条小木船立即摇动,如扑棱着翅膀的鱼鹰奔向亮着灯光的巡逻艇而去。

听得枪声,如霹雳炸响在江敬义的耳边,始料不及的变故让他大惊失色,本以为天一大亮他就可以平安无事地交差了,没想到在这个节骨眼上还是出了状况,真是天不佑人,奈何!

于振兴朝苗风涛喊着:"把探照灯打掉!"

苗风涛心领神会,端起枪来,"啪"的一枪,一盏灯灭了,"啪"又是一枪,另一盏灯也灭了。

这下巡逻艇如没头的苍蝇只能在江面上团团转了。

江敬义本来还想率另外的三艘艇赶过来救援,见状不妙,他干脆脚底抹油,开溜。他娘的,黄牛过河,各顾各吧。向来以善于见风使舵的江敬义,在这一刻再一次祭出了他的逃命大法。

4

十来条小船距离运输舰越来越近,范存模越发心慌,情况大为不妙,他立即命令调转船头,但已经来不及了。小木船以飞蛾扑火之势争先恐后地撞向运输舰,连续的撞击让范存模心惊肉跳,他站立不稳,满脑子里除了绝望,只剩下一片空白。

只听见江中几声巨响,运输舰立刻被大火包围,熊熊的火光映红了朦朦胧胧的天空和雾气弥漫的江面。

龙雪瘫坐在船上,两行热泪无声地长流!

都说男儿有泪不轻弹,而毕为民此时不禁直挺挺地跪倒在船头上,号啕大哭起来!

伴随着爆炸声的运输舰在燃烧中发出毕毕剥剥的声响,龙雪泪眼模糊,她的眼前挥之不去的是蓝子天、谷家峻,以及那些以身蹈死的勇士们矫健的身影、坚毅的眼神和慷慨激昂的大义!

她看到天空现出了一片浅蓝,颜色很浅,很浅,仿佛轻轻呵一口气就能将那一片浅蓝吹得无影无踪。她屏住呼吸,生怕将那一片浅蓝吹走了。转眼间,天边出现了一道红霞,一点点地、慢慢地扩大了它的范围,加强了它的亮光。龙雪知道,太阳就要从天边升起来了。她眼睛一眨也不眨地盯住那道霞光,好像只要一眨眼,那红霞也会在眼底无声息消失。那就是朝霞,火红,火一般的红,火一样地燃烧,好似火光一直蔓延至天际,燃烧了半边天。

果然过了一会儿,在青沙江的尽头出现了太阳的小半边脸,真是红哟,由橘黄而鲜红。龙雪甚至觉得自己触摸到了太阳红彤彤的质地和金灿灿的质感,这个太阳好像负着重荷似的一步一步、慢慢地攀升,到了最后,终于冲破了云霞,完全跳出了江面。一刹那间,太阳忽然发出了夺目的亮光……

一滴滚烫的泪挂在龙雪的脸颊上,那一滴泪珠在阳光的折射里,闪烁着斑斓的色彩,晶莹、光洁、透亮……

尾 声

当我满怀喜悦地告诉蓝子天老人:"祝贺您了,蓝老,您将被邀请参加中国人民抗日战争暨世界反法西斯战争胜利70周年纪念活动,特别是要参加9月3日在北京天安门广场上举行的盛大阅兵式。"老人家没啥反应。哦,我记起来了,老人耳有些背,他只怕没听清楚,便附在他耳朵边上,提高了音量,又重复了一遍。

老人不耐烦地一摆手,嘟囔道:"我早听见了,费那么大劲。"我不觉有些尴尬,不知怎么找话题了。

好在龙雪奶奶及时解了我的围:"人家这是替你高兴呢,你摆什么谱,你这老头,越活越不像话了。"

蓝老爷子朝老伴眼一瞪:"有啥好高兴的,还有什么比我能活到今天这样的事高兴吗?"

老奶奶一听,也不言语了。沉默了一会儿,她拉住我的手说:"别管他,去不去,都一回事呢。来,来,坐下来,有两天没来家里了吧,和我聊聊外面都有啥新鲜事,局里面都有啥新动作呢。唉,这人一老了,就真没用了,活在世上,浪费粮食哩。"

我忙说:"看您说到哪去了,今天这一切还不都是您和蓝爷爷他们给打下来的啊,您老健康长寿,就是我们的福气哩。"

老奶奶微笑着轻轻拍了拍我的手,说:"你这嘴巴子真会说话。"

在和龙雪奶奶闲聊的时候,我偷偷瞄了一眼老爷子,见他埋头坐在床沿上,用毛巾揩着一个算盘,他的动作轻柔且细致。

我好奇地问龙奶奶:"老爷爷现在还打算盘啊?"

龙奶奶沉默了,半晌,才开口道:"都过去大半个世纪了,还是放不下啊。"我从她的语气里听出了对往事不堪回首的艰涩与痛惜。我不禁暗自责备自己多嘴,一不小心触痛了老人心底尘封的记忆。老奶奶何其敏感,我不觉有些手足无措,一时不知道该如何将话题转移开来。

我一眼瞥见墙壁上挂着的那幅二老的结婚照,心想:有了,我就来聊聊老人家高兴的事。

我拉着老奶奶的手,一本正经地说:"得问您一个问题,您可得实话实说,那个时候是老爷子追的您吧?"我特意将下巴朝墙上翘了翘。

果然老奶奶得意地说:"那是当然的。不是有句老话说得好吗,世上只有藤缠树嘛。"她的脸上漾着笑容。

"别听她瞎说,哪里是我追的你,明明是你自己讲要嫁我的。"龙奶奶话刚落,没想到在旁若无人地揩拭着算盘的蓝爷爷突然瓮声瓮气地抢过了话题。

我不由得哑然失笑,晃了一下老奶奶的手,追问:"真是这么回事吗?"

老奶奶沉默了一会儿,老老实实地说:"确实是我先开口说要嫁给他的。"她转过脸冲着老爷爷说,"可那不是看你快没了,我心里一急,就给说出来了吗?看你现在倒是得意起来了。哼!"

回溯到那场惊心动魄的战役,当蓝子天和他的战友们驾着小木船抱定了必死的信念,前仆后继地撞向敌人的运输舰时,很幸运的是,他成为了三个幸存者之一。在敌舰燃烧爆炸后,龙雪揩了一把泪水,和毕为民摇着小船疯了似的绕着正在渐渐向江里沉没的敌舰寻找。龙雪事后一回想,当时其实也不知道自己漫无边际地寻找究竟是找什么,说起来那不过是情感上的眷恋吧。也许该是冥冥之中的注定,龙雪惊喜地发现一个人箍住了一块木板,随着波浪在沉沉浮浮。

而更让她惊喜的是,这个人正是蓝子天!

龙雪和毕为民赶紧把他从冰冷的水中捞上来,其时,蓝子天已经昏迷,求生的本能让他随手抓紧了一块炸裂的木头。两人费了老大的劲才把蓝子天紧紧箍住木头的双手掰开来。

龙雪抱紧蓝子天,不停地哭喊着,她希望自己泣血的呼喊能将他唤醒。

那句话就是这时候从龙雪的嘴里脱口而出的:"你快醒醒啊,我还等着嫁给你!"

这时,蓝子天僵硬的手指头神奇般地动弹了一下,那么微小的动作,龙雪真真切切地感觉到了。

2015年10月15日—2016年8月15日第一稿
2017年1月1日—2017年5月12日第二稿

（京）新登字083号

图书在版编目（CIP）数据

生命线/谢枚琼著.—北京：中国青年出版社，2020.8
ISBN 978-7-5153-6141-3

Ⅰ.①生… Ⅱ.①谢… Ⅲ.①长篇小说—中国—当代 Ⅳ.①I247.5

中国版本图书馆CIP数据核字（2020）第144787号

责任编辑　岳　虹
装帧设计　郭子仪

出版发行　**中国青年出版社**
社　　址　北京东四十二条21号
邮政编码　100708
网　　址　www.cyp.com.cn
门市部　010-57350370
编辑部　010-57350402
印　　刷　三河市君旺印务有限公司
经　　销　新华书店
规　　格　880×1230　1/32
印　　张　15.5
字　　数　375千字
版　　次　2020年9月北京第1版
印　　次　2020年12月河北第2次印刷
定　　价　48.00元

本图书如有印装质量问题,请凭购书发票与质检部联系调换
联系电话：(010)57350337